파운틴헤드

에인 랜드 지음 **민승남** 옮김

The Fountainhead
by Ayn Rand

Copyright ⓒ1943 by the Bobbs-Merrill Company
Copyright ⓒ1968 by Ayn Rand, renewed 1971, 1996
All rights reserved.

This Korean Edition was published by Humanist Publishing Group 2011 by arrangement with Curtis Brown Ltd., New York through KCC(Korea Copyright Center Inc.), Seoul.

이 책은 (주)한국저작권센터(KCC)를 통한 저작권자와의 독점계약으로 휴머니스트출판그룹에서 출간되었습니다. 저작권법에 의해 한국 내에서 보호를 받는 저작물이므로 무단전재와 복제를 금합니다.

오 직 나 만 이 나 의 근 원 이 다

파운틴헤드

The Fountainhead Ⅰ

에인 랜드 지음 민승남 옮김

Humanist

| 차례 |

1권

작가의 말 7

1부 피터 키팅 23

2부 엘즈워스 M. 투히 439

2권

3부 게일 와이낸드

4부 하워드 로크

옮긴이의 말

작가의 말

《파운틴헤드》가 지난 25년간 꾸준히 독자들의 사랑을 받아오고 있는 것에 대해 작가로서의 소감을 묻는 이들이 많다. 나는 조용한 만족감 외에는 특별한 소감이랄 게 없다. 빅토르 위고는 "작가가 당대만을 위한 글을 쓰는 것이라면 나는 펜을 꺾어 던져버릴 것이다."라고 말했는데, 나의 작가적 태도를 가장 멋지게 대변해주는 명언이다.

나를 포함한 특정 작가들은 현재의 범주 안에서만 살고 생각하며 글을 쓰지 않는다. 진정한 소설은 한 달이나 일 년 안에 사라지는 것이 아니다. 그런데 요즘은 대부분의 소설들이 마치 잡지처럼 쓰이고 출간되어 순식간에 세상에서 사라져버리고 만다. 그것은 오늘날의 문학의 가장 안타까운 현실이며, 심미적 철학의 득세에 따른 심각한 폐해라고 할 수 있다. 구체성에 매몰된 언론적 자연주의는 이제 무슨 소리인지 알아들을 수도 없는 공포에 찬 신음을 내며 막다른 길에 이르렀다.

장수(長壽)는 오늘날에는 사실상 존재하지 않는 낭만주의 문학의 두드러진 특권이다. (물론 낭만주의 문학만 장수를 누리는 건 아니지만 말이다.) 지금 나는 낭만주의 소설의 성격에 관한 논문을 쓰고 있는 것이 아니니, (나의 입장을 분명히 밝히기 위한 차원에서, 그리고 낭만주의에 대해 제대로 알 기회를 갖지 못한 대학생들을 위해) 낭만주의는 개념적인 문예사조라는 점만 이야기하고자 한다. 낭만주의는 일상의 무작위적이고 사소한 일들이 아닌 영원하고 근본적이며 보편적인 문제들, 그리고 인간 존재의 가치들을 다룬다. 또한 그것들을 기록하거나 사진 찍지 않고, 창조하고 투사한다. 아리스토텔레스의 말을 빌리면, '있는 그대로의 세상'이 아니라 '있을 수 있고, 또 마땅히 있어야 하는 세상'에 관심을 갖는다.

자신이 사는 시대와의 관련성에 목을 매는 이들을 위해 덧붙이면, 역사상 우리 시대처럼 '마땅히 있어야 하는 세상'에 대한 투사가 절실하게 필요했던 적은 없다.

그렇다고 내가 《파운틴헤드》를 집필할 때 이 작품이 25년 이상 장수하게 될 줄 이미 알고 있었다는 뜻은 아니다. 나는 특정한 기간을 염두에 두지는 않았다. 다만 이 책은 오래 살아남아야만 하는 작품임을 알고 있었을 뿐이다. 그리고 그런 나의 생각은 현실이 되었다.

25년 전, 무려 열두 개나 되는 출판사들에서 《파운틴헤드》

의 출판을 거절하며 '너무 지적이고', '논쟁의 소지가 크며', 이런 책을 읽을 독자층은 없기에 팔리지 않을 것이라고 단언했을 때에도 나는 이 작품의 가치를 믿었다. 사실 그런 시련은 견디기가 쉽지 않았지만, 그래도 나는 작품에 대한 믿음을 잃지 않았다. 내가 지금 그 이야기를 하는 건 나와 같은 시련을 겪게 될지도 모르는 다른 작가들에게 희망을 주기 위해서다.

《파운틴헤드》에 대해, 그리고 이 책의 역사에 대해 이야기할 때 결코 빼놓고 지나갈 수 없는 인물이 하나 있으니, 내가 이 작품을 쓸 수 있도록 해준 나의 남편 프랭크 오코너다.

내가 30대 초반에 쓴 《이상(Ideal)》이라는 희곡에서 영화배우인 여주인공이 이런 말을 한다. "내가 하나의 환상으로 창조해낸 그 영광을 현실 속에 생생히 살아 있는 모습으로 직접 보고 싶다. 나는 그것이 진짜로 존재하기를 바란다. 그리고 나처럼 그걸 바라는 사람이 이 세상 어딘가에 존재한다는 걸 알고 싶다. 그렇지 않다면 그걸 보고 만들어내는 것이, 실현할 수 없는 환상을 위해 자신을 불태우는 것이 무슨 소용이 있겠는가? 정신에도 연료가 필요하다. 정신도 고갈될 수 있다." 내가 하고 싶은 말이다.

프랭크는 내게 정신의 연료였다. 그는 《파운틴헤드》를 창조한 인생관에 현실성을 부여해주었으며, 주위에는 온통 경멸감과 혐오감만 불러일으키는 인간들과 사건들뿐인 잿빛 사막에서 내가 오랫동안 그 인생관을 지킬 수 있도록 도와주었다. 우리 부부를 하나이게 해주는 힘은 우리가 《파운틴헤드》에 제시된 세상보다 못한 세상에 안주하기를 원했던 적이 없었다는 사실이다. 우리는 그런 유혹조차 느껴본 적이 없었다.

내가 '실생활'의 대화를 소설에 써먹는 자연주의 작가의 기법을 사용했다면, 프랭크와 관련된 경우에만 국한된다. 예를 들면 2부 끝부분에 나오는 투히와 로크의 매우 의미심장한 대화가 그것이다. 투히가 "나에 대해 어떻게 생각하는지 말해주겠소?"라고 하자 로크는 이렇게 대답한다. "나는 당신에 대해 아무 생각도 하지 않습니다." 프랭크는 자신과 종류가 다른 사람에게 그런 상황에서 그렇게 대답했다. 프랭크는 내가 하는 일에 대해서는 이렇게 말했다. "당신은 아무런 대가도 얻지 못하면서 돼지에게 진주를 던져주고 있소." 로크의 재판에서 나는 도미니크가 그 말을 하게 했다.

나는 여간해서는 실의에 빠지지 않으며, 설령 실의에 빠져도 하룻밤 이상 가지 않는다. 하지만 《파운틴헤드》를 집필 중이던 어느 날 저녁, 나는 '있는 그대로의 세상'에 대한 격렬한 분노에 휩싸여 '마땅히 있어야 하는 세상'을 향해 한 발짝도 나아갈 수 없을 것만 같은 좌절감을 느꼈다. 그날 밤 프랭크는 내게 몇 시간 동안 이야기를 했다. 그는 우리가 경멸해 마지않는 사람들에게 이 세상을 넘겨줘서는 안 된다고 나를 설득했다. 그의 이야기가 끝나갈 무렵 나는 실의에서 벗어났고, 다시는 그런 지독한 좌절감에 빠지지 않게 되었다.

나는 모름지기 책이란 그것을 읽을 만한 가치가 있는 모든 독자에게 바쳐야 한다는 신념으로 저서에 헌사를 쓰는 것에 반대해왔다. 하지만 그날 밤 나는 프랭크에게 《파운틴헤드》를 바치겠노라고 말했다. 그가 구원해준 작품이니까. 그로부터 2년 후의 어느 날, 프랭크가 퇴근해서 집에 돌아오자 나는 교정지 맨 앞장에 차갑고 분명하고 객관적인 인쇄체로 찍힌 '프랭크 오코너에게'라는 헌사를 보여주었다. 그때 남편의 얼굴에 나타난 표정을 보며 나는 평생 잊지 못할 행복감을 맛보았다.

나는 지난 25년 동안 자신이 변했다고 생각하느냐는 질문도 많이 받는다. 아니, 나는 25년 전과 똑같다. 그때보다 더해졌으면 더해졌지 결코 변하지는 않았다. 내 생각이 변했느냐고? 아니, 내가 기억하는 한 나의 근본적인 신념과 인생관과 인간관은 변하지 않았다. 그것들의 적용에 관한 지식은, 범위에 있어서나 정확성에 있어서나 성장했지만 말이다. 현재 시점에서 《파운틴헤드》를 어떻게 평가하느냐? 집필을 끝낸 날과 마찬가지로 자랑스럽게 생각한다.

《파운틴헤드》의 집필 목적이 나의 철학을 제시하기 위한 것이었느냐? 그것에 관해서는 1963년 10월 1일 루이스 앤드 클라크 대학에서 한 '내가 글을 쓰는 목적'이라는 제목의 연설 내용을 인용하여 대답을 대신하겠다.

이상적인 인간의 투사, 그것이 내가 글을 쓰는 동기요 목적입니다. 도덕적 이상을 그리는 것, 그것이 내 문학의 궁극적인 목표이며, 소설 속에 들어 있는 교훈적·지적·철학적 가치는 그것을 위한 수단일 뿐입니다.

다시 한 번 강조하건대, 나의 목적은 독자들의 철학적 계몽이 아닙니다. …… 나의 목적이자 원동력은 그 자체가 목적인 하워드 로크(또는 《아틀라스(Atlas Shrugged)》의 주인공들)를 그리는 것입니다.

……

나는 이야기 그 자체를 위해 쓰고, 또 읽습니다. …… 어느 이야기에 대해서든, 나의 평가 기준은 이렇습니다. "나는 실생활에서 이 인물들을 만나고 이 사건들을 목격하고 싶은가? 이 이야기는 그 자체로 삶 속에서 체험해볼 만한 가치가 있는가? 이 인물들에 대해 깊이 생각해보는 즐거움 그 자체가 목적이 될 수 있는가?"

나의 목적이 이상적인 인간을 제시하는 것이므로, 그런 인간을 가능하게 해주고 그런 존재를 필요로 하는 조건들을 정의하고 제시해야만 합니다. 한 인간의 성격은 그의 전제조건들의 산물이기에, 이상적인 인간의 성격을 만들어내고 그의 행동들을 유발하는 전제조건들과 가치들을 정의하고 제시해야만 합니다. 즉, 나는 합리적인 윤리강령을 정의하고 제시해야만 합니다. 인간은 다른 인간들과 어울려 살기에 이상적인 인간들이 존재하고 기능할 수 있도록 만들어주는 사회 체제를 제시해야만 합니다. 모든 인간에게서 최고의 것을 끌어내고 그에 대한 보상을 해주는 자유롭고 생산적이며 합리적인 체제, 그건 곧 자유방임적 자본주의가 되겠지요.

하지만 정치나 윤리, 철학은 인생에서나 문학에서나 그 자체가 목적이 될 수는 없습니다. 오직 인간만이 그 자체로 목적이 될 수 있습니다.

《파운틴헤드》의 내용 중에서 고치고 싶은 부분이 있느냐? 없다. 그래서 지금까지 한 번도 손을 댄 적이 없다. 나는 《파운틴헤드》가 원래 씌어진 그대로 존재하기를 원한다. 하지만 이 자리를 빌려 밝혀두고 싶은 한 가지 작은 오류와 오해의 소지가 있는 문장이 있기는 하다.

오류는 단어의 의미에 관한 것으로, 로크의 법정 연설에서 '자기중심주의자(egotist)'를 '이기주의자(egoist)'로 썼어야 했다. 나는 사전(웹스터 일상용어사전, 1933년판)에 의존해서 단어를 선택했는데, 거기에는 '자기중심주의자'가 내가 의도한 뜻에 더 근접한 것처럼 정의되어 있어서 그런 오류를 범하게 된 것이다. (하지만 그 두 용어의 문제에 대해서는 사전 편찬자들보다 현대 철학자들의 책임이 더 크다.)

오해의 소지가 있는 문장은 로크의 연설 중에 들어 있다.

"이런 가장 단순한 필요에서부터 고도의 종교적 추상에 이르기까지, 바퀴에서 파운틴헤드에 이르기까지, 우리의 모든 건 인간이 지닌 단 한 가지 속성, 이성적인 정신에서 나옵니다."

이 문장은 종교나 종교적 사상들을 지지하는 의미로 잘못 해석될 수 있다. 나는 그 문장을 쓸 때 잠시 주저했던 기억이 난다. 하지만 로크와 나 자신이 무신론자라는 사실과 이 작품의 전체적인 정신이 이미 분명히 전달되었을뿐더러, 종교적 추상이 초자연적 계시가 아닌 인간 정신의 산물이라고 말했으니 오해하는 독자는 없을 것이란 결론을 내렸다.

그러나 이런 문제는 두루뭉술하게 해석되지 않도록 확실히 짚고 넘어가야 한다. '종교적 추상'이란 표현에서 내가 말하고자 했던 것은 종교가 아니라 지난 몇 세기 동안 종교가 거의 독점해오다시피 했던 특별한 범주의 추상, 가장 고귀한 추상인 윤리였다. 종교적 윤리가 아닌 추상 윤리. 가치의 영역. 인간의 선과 악의 규약. 높음과 고양과 고귀함과 존경과 장엄함을 함축하고 있는 것. 인간의 가치의 영역과 관련된 것이지만 지금까지 종교가 부당하게 남용해온 것.

로크와 홉턴 스토더드의 대화 중에도 그와 같은 경우가 있는데 그 부분 역시 문맥을 생각하지 않고 읽으면 오해의 소지가 있다.

"로크 씨, 당신은 매우 종교적인 사람이니까. 당신만의 방식으로 말이오. 당신의 건물들을 보면 알 수 있지."

"그건 사실입니다." 로크가 대답했다.

하지만 그 장면 전체를 보면 정확한 의미를 파악할 수 있다. 스토더드가 말하고자 한 것은 최고 최선의 가치와 이상을 위한 로크의 심오한 헌신이다(그가 지을 신전의 성격에 대한 설명을 보면 알 수 있다). 스토더드 신전의 건립과 뒤이은 재판은 그 문제를 명백하게 말해준다.

말이 나온 김에 《파운틴헤드》가 독자들에게 지속적으로 사랑받고 있는 까닭을 알고 싶은 사람이라면 반드시 이해해야 할, 이 작품의 내용 전체와 관련된 좀 더 광범위한 문제에 대해 짚고 넘어가겠다.

종교가 윤리 분야를 독점하고 있다 보니 합리적 인생관의 감정적 의미와 함축들을 전달하기가 매우 어렵다. 종교는 윤리 분야를 선점하여 도덕을 인간과 적대적인 것으로 만들어놓으면서 우리 언어가 지닌 지고의 도덕적 개념들을 빼앗아 그것들을 인간의 손이 미치지 못하는 이 세상 밖에 가져다놓았다. 그리하여 '고양감'은 초자연적인 것을 묵상할 때 일어나는 감정 상태를 의미하게 되었다. 그리고 '숭배'는 인간보다 높은 존재에 대한 충성심과 헌신의 감정적 체험을, '공경'은 무릎을 꿇고 체험해야 할 신성한 존경의 감정을, '신성함'은 인간이나 속세의 관심사를 초월한 우월한 것을 의미하게 되었다.

하지만 위의 개념들은 초자연적 차원이 존재하지 않는다고 해도 실제 감정들의 이름이 될 수 있다. 그리고 그 감정들은 종교적 정의가 요구하는 자기비하 없이 정신을 고양시키거나 품위를 높여주는 것으로 체험될 수 있다. 그렇다면 현실 속에서 그런 감정들의 근원이나 대상은 무엇인가? 그건 도덕적 이상에 헌신하는 인간의 감정 영역 전체다. 하지만 그 감정 영역은 종교에 의해 도입된 인간 비하적 요소 없이는 아무런 개념도, 용어도, 인식도 없는 상태로 남아 있다.

이 지고의 감정들은 신비주의의 암흑 속에서 구원되어야만 하며 그 올바른 대상, 즉 인간에게로 방향이 돌려져야 한다.

바로 그런 의미와 의도에서 나는 《파운틴헤드》에 그려진 인생관을 인간 숭배라고 부르고자 한다.

그것은 소수의, 아주 극소수의 사람들만이 지속적으로 체험하는 감정이다. 일부 사람들은 순간적으로 번쩍 빛났다가 허무하게 사라지는 불꽃처럼, 그나마도 아주 드물게 그것을 체험하고, 어떤 이들은 지금 내가 무슨 이야기를 하는 건지도 모른다. 또 어떤 사람들은 광적으로 악랄하게 그 불꽃들을 끄고 다니는 데 평생을 소비한다.

도덕을 종교로부터 해방시켜 이성의 영역에 넣고자 하는 나의 '인간 숭배'를, 종교의 가장 나쁘고 가장 비이성적인 요소를 세속적인 것으로 대체시키려는 수많은 계략들과 혼동해서는 안 된다. 예를 들어 공산주의, 파시즘, 나치즘 등의 모든 현대적 집산주의는 종교적 이타주의 윤리를 그대로 지닌 채 단지 인간의 자기희생의 수혜자인 신을 '사회'로 대체시킨 것일 뿐이다. 현대 철학의 다양한 학파들이 동일률(the law of identity: 모든 대상은 그 자체와 같다는 논리학상의 근본 요구를 나타내는 원리―옮긴이)을 거부하고 현실은 불분명하고 유동적인 것으로 기적의 지배를 받고 변덕(신의 변덕이 아닌 인간이나 사회의 변덕)에 의해 형성된다고 주장한다. 이 신(新)신비주의자들은 인간 숭배자들이 아니라 공공연히 신비주의를 내세웠던 그들의 선배들과 마찬가지로 인간에 대한 깊은 증오를 지닌 존재들일 뿐이다.

인간에 대한 증오가 더욱 잔혹한 형태로 나타난 사례는 구체성에 매몰된 '통계적' 사상가들에게서 찾을 수 있다. 그들은 인간의 의지가 어떤 의미를 지니는지 알지도 못한 채, 자신들은 숭배받을 만한 인간을 만난 적이 없다는 이유로 인간은 숭배의 대상이 될 수 없다고 주장한다.

내가 말하는 인간 숭배자들은 인간이 지닌 최고의 가능성을 보고, 그것을 실현하기 위해 노력하는 사람들이다. 그리고 인간 혐오자들은 인간을 무력하고 타락하고 경멸할 만한 존재로 여기고, 인간이 자신의 진정한 가치를 찾지 못하게 하려고 날뛴다. 여기서 꼭 기억해야 할 점은 우리가 인간에 대해 갖는 직접적이고 자기 성찰적인 지식은 곧 자기 자신에 대한 것이라는 사실이다.

 좀 더 구체적으로 설명하면, 이 양 진영의 근본적인 차이는 전자는 인간의 자존감의 고양과 지상에서 누리는 행복의 신성함을 위해 헌신하는 이들이고, 후자는 그것이 가능하도록 허용하지 않겠다는 결의로 가득 찬 사람들이다. 대부분의 인간은 평생 중간에서 양 진영 사이를 오가며 그 문제를 묻어두려고 애쓰며 산다. 그런 태도는 문제의 본질을 바꿀 수 없다.

 어쩌면 《파운틴헤드》에 나타난 인생관을 가장 잘 전달하는 방법은, 내가 초고의 맨 앞부분에 실었던 인용문을 그대로 보여주는 것인지도 모른다. 나는 출간된 책에서는 그 인용문을 뺐는데, 이 자리를 빌려 그 일에 대해 설명할 수 있게 되어 기쁘다.

 내가 그 인용문을 뺀 것은 원저자 프리드리히 니체의 철학을 수용할 수 없었기 때문이다. 철학적으로 니체는 신비주의자이며 비합리주의자다. 그의 형이상학은 다소 '바이런적이고' 신비주의적으로 '악의적인' 우주로 이루어져 있으며, 그의 인식론은 이성을 '의지' 또는 느낌, 또는 본능, 또는 피, 또는 타고난 미덕 밑에 둔다. 하지만 시인으로서의 니체는 이따금(늘 그런 것은 아니고) 인간의 위대성에 대한 숭고한 감정을 지적 용어가 아닌 감상적인 시어로 표현해내곤 했다.

 내가 고른 인용문은 그 대표적인 예라고 할 수 있다. 나는 그 인용문의 글자 그대로의 의미는 지지할 수 없다. 그것은 결코 정당화될 수 없는 주장인 심리학적 결정론을 담고 있기 때문이다. 하지만 그것을 감정적 체험의 시적 투사로 받아들인다면(그리고 타고난 '근본적 확신'을 후천성의 '기본적 전제'로 대체시킬 수 있다면), 그 인용문은 고양된 자존감의 마음 상태를 표현해주며 《파운틴헤드》가 그 합리적·철학적 바탕을 제공하는 감정적 귀결들을 요약해준다.

> 여기서 결정적인 역할을 하고 서열을 정하는 것은 업적들이 아닌 믿음이다. 오랜 종교적 방식을 새롭고 좀 더 심오한 의미로 다시금 활용하는 것. 그것은 고귀한 영혼이 자신에 대해 품고 있는 근본적 확신이며, 찾으려고 해서도 안 되고, 찾을 수도 없으며, 어쩌면 잃어버릴 수도 없는 것인지도 모른다. 고귀한 영혼은 자신을 존경한다.
> ―프리드리히 니체, 《선과 악을 넘어서》에서

인류 역사상 그러한 인간관이 표명된 사례는 매우 드물다. 그리고 오늘날에는 그런 인간관이 사실상 존재하지도 않는다. 하지만 가장 뛰어난 젊은이들이 인생을 시작할 때, 다양한 정도의 동경과 아쉬움과 열정과 고통스런 혼란 속에서 지녀야 할 것은 바로 그런 인간관이다. 그들 대부분에게 그것은 하나의 관점이라기보다는 쓰라린 고통과 형언할 수 없는 행복감으로 이루어진 모호하고 불확실한 느낌이다. 그것은 엄청난 기대감이고, 자신의 인생이 중요한 것이라는 느낌, 자신이 위대한 업적들을 이룰 수 있으며 자신의 앞길에 위대한 일들이 놓여 있다는 느낌이다.

처음부터 포기하고, 자신의 얼굴에 침 뱉고, 존재 자체를 저주하는 건 인간의 본성이 아니다. 살아 있는 생명체라면 결코 그런 본성을 지닐 수 없다. 타락의 과정을 거쳐야만 자신에 대한 포기가 가능해지며 타락의 속도는 사람마다 다르다. 어떤 이들은 처음 힘들어지려는 순간 바로 포기한다. 어떤 이들은 한꺼번에 손을 털어버리고, 어떤 이들은 감지할 수 없을 정도로 조금씩 열정이 시들어 언제 어떻게 그렇게 되었는지조차 알지 못한다. 하지만 결국 그들 모두가 (성숙함은 자기 생각을 버리는 것이라고, 안전은 자신의 가치를 포기함으로써 얻어지는 것이라고, 실용성은 자존감을 버리는 것이라고 집요하게 세뇌시키는 선배들이 이룬) 거대한 늪 속으로 사라져버린다. 그러나 신념을 잃지 않고 꿋꿋이 나아가는 소수가 있다. 그들은 가슴속의 고귀한 열정을 저버려서는 안 된다는 걸 알며, 그 열정에 형체와 목적, 현실성을 부여하는 법을 배운다. 결국 그들이 어떤 미래를 맞이하게 되건, 그들은 인생의 출발점에서 인간의 본성과 삶의 잠재성에 대한 고귀한 이상을 품는다.

그들의 길잡이는 극소수에 불과하다. 그리고 《파운틴헤드》가 그중 하나다.

《파운틴헤드》가 독자들에게 지속적인 사랑을 받고 있는 가장 중요한 이유는, 인간의 영광을 찬양하고 인간이 지닌 무한한 가능성을 보여주면서 젊음의 정신을 확고히 하고 있기 때문이다.

어느 세대에나 소수만이 인간의 진정한 위상을 알고 그것을 실현시킬 수 있으며, 나머지 사람들은 그것을 저버린다. 하지만 그건 그리 문제될 게 없다. 그 소수가 세상을 움직이고 삶에 의미를 부여할 것이며, 나는 지금까지 줄곧 그 소수를 위해 글을 써왔다. 나머지 사람들은 나의 관심 밖에 있다. 그들이 저버리게 될 것은 나나 《파운틴헤드》가 아니고 그들 자신의 영혼이기 때문이다.

에인 랜드
《파운틴헤드》 출간 25주년을 기념하며
1968년 5월, 뉴욕에서

파 운 틴 헤 드

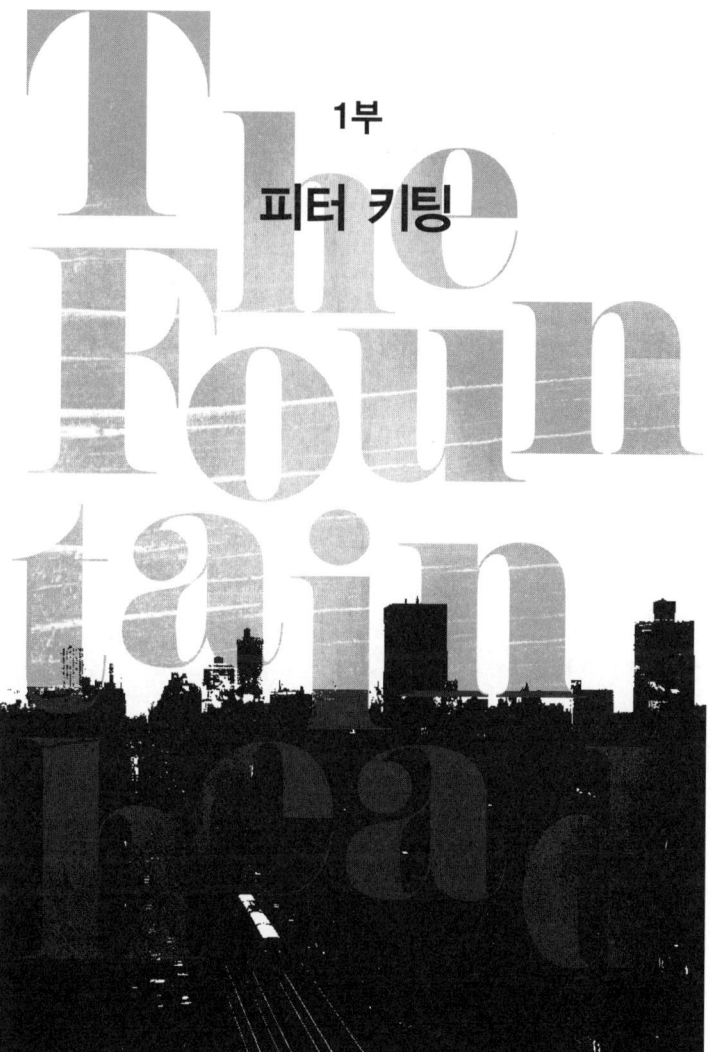

1부

피터 키팅

1

하워드 로크는 웃었다.

그는 알몸으로 절벽 끝에 서 있었다. 저 먼 아래에 호수가 펼쳐져 있었다. 고요한 수면 위로 하늘을 향해 솟구치다가 멎은 화강암이 보였다. 물은 움직이지 않고 돌이 흐르는 듯했다. 전투에서 공격과 공격이 맹렬히 충돌하면서 움직임보다 더 역동적인 멈춤이 이루어지는 순간의 절대적인 고요, 돌은 그 고요를 품고 있었다. 돌이 햇살에 젖어 반짝였다.

저 아래 호수는 화강암 절벽의 중간 경계를 이루는 얇은 강철 고리에 불과했다. 절벽은 호수면 아래 깊고 깊은 곳까지 굳건히 이어져 있었다. 하늘에서 시작되어 하늘에서 끝났다. 그리하여 허공에 섬처럼 떠 있는 세상이 절벽에 선 사내의 두 발에 정박해 있는 듯했다.

그는 하늘을 등진 채 몸을 뒤로 젖히고 있었다. 길고 곧은 선들과 각들로 이루어진 몸이었고, 굴곡들은 평면들로 이어졌다. 그는 손바닥을 편 채 양팔을 아래로 늘어뜨리고서 뻣뻣하게 서 있었다. 힘이 잔뜩 들어간 어깨뼈, 목의 굴곡, 손에 몰린 피의 무게가 느껴졌다. 젖혀진 등의 우묵한 부분을 지나는 바람이 느껴졌다. 바람이 하늘을 배경으로 그의 머리칼을 헝클어뜨렸다. 그의 머리칼은 금빛도 붉은빛도 아닌 잘 익은 오렌지 껍질 색이었다.

그는 아침에 있었던 일과 앞으로 닥칠 일들을 웃음으로 날려버렸다.

그는 앞날이 험난할 것임을 알고 있었다. 질문들에 응해야 하고, 어떻게 행동해야 할지 계획도 세워야 했다. 그는 앞일에 대해 생각해야만 한다는 걸 알았다. 하지만 자신이 그러지 않을 것임도 알았다. 이미 오래전부터 계획이 세워져 있었으니까. 이미 모든 게 분명하게 보이니까. 그냥 웃고 싶으니까.

그는 앞일을 생각하려던 것을 잊고 화강암을 바라보고 있었다.

그는 주위의 땅에 시선이 멈추자 웃지 않았다. 그의 얼굴은 의문을 제기할 수도, 바꿀 수도, 간청할 수도 없는 자연의 법칙 같았다. 움푹 파인 수척한 뺨 위에 높이 솟은 광대뼈, 차갑고 확고한 회색 눈, 집행자나 성자를 연상시키는 굳게 다물어진 경멸 어린 입.

그는 화강암을 바라보았다. 잘려져 벽이 될 것이었다. 나무를 바라보았다. 쪼개져 서까래가 될 것이었다. 그는 돌 위의 녹 줄기를 바라보며 땅속의 철광석을 생각했다. 녹여져 대들보로 재탄생하여 하늘 높이 우뚝 설 것이었다.

'이 화강암은 나를 위해 여기 존재하는 것이다. 여기서 드릴과 다이너마이트, 내 목소리를 기다리고 있다. 쪼개지고, 깨지고, 연마되어 새로 태어나기를 기다리고 있다. 내 손이 형체를 부여하기를 기다리고 있다.'

그는 그런 생각을 하다가 아침 일이 기억나서, 또 앞으로 할 일이 많다는 사실이 떠올라서 머리를 흔들었다. 그는 절벽 끝으로 가서 양팔을 들고 저 아래의 하늘로 뛰어내렸다.

그는 호수를 똑바로 가로질러 헤엄쳐서 기슭으로 갔다. 옷을 벗어놓은 바위에 이르렀다. 그는 애석한 눈길로 주위를 둘러보았다. 3년 동안 스탠턴에 살면서, 그는 어쩌다 한 시간쯤 여유가 생기면 꼭 이곳을 찾아와 수영도 하고 휴식도 취하고 생각도 하면서 조용히 혼자만의 시간을 가지며 재충전을 하곤 했다. 자유로운 몸이 되자 제일 먼저 하고 싶었던 일이 여기 오는 것이었다. 이번이 마지막임을 알고 있었기 때문이다. 아침에 그는 스탠턴 공대 건축학과에서 퇴학을 당한 것이다.

그는 낡은 데님 바지와 단추가 거의 다 떨어져 나간 반팔 셔츠를 입고 샌들을 신었다. 그러고는 바위들 사이로 난 좁은 길을 힘차게 내려가 초록 비탈을 지나 도로에 이르렀다.

그는 느긋하고 노련한 자세로 빠르게 걸었다. 햇살 아래서 긴 도로를 걸어 내려갔다. 저 멀리 스탠턴이 매사추세츠 해안을 따라 무질서하게 뻗어 있고, 그 소도시의 보석인 위대한 대학이 언덕 위에 자리하고 있었다.

스탠턴 시는 쓰레기장에서 시작되었다. 잿빛 쓰레기 더미가 풀밭 위에 우뚝 솟아 있었다. 그곳에서는 희미한 연기가 피어올랐고, 양철 깡통들이 햇빛을 받아 반짝거렸다. 도로를 따라 계속 걷다 보면 집 몇 채가 나오고 그다음에는 교회가 보였다. 교회는 청비둘기색 지붕을 인 고딕식 건물이었다. 교회 건물의 육중한 목조 버팀벽(buttress: 고딕 건축 양식을 대표하는 버팀벽은 대개 아치를 받치는 역할을 함―옮긴이)들은 아무것도 받치고 있지 않았고, 스테인드글라스 창들 위에는 묵직한 인조석 장식이 붙어 있었다. 교회를 지나면 주택가가 나왔는데, 길게 뻗은 거리들에 옹색한 전시용 잔디밭을 가진 목조주택들이 늘어서 있었다. 그 주택들은 억지로 박공과 작은 탑, 지붕창을 다느라 뒤틀려 있었고, 포치를 내느라 불룩 튀어나와 있었으며, 경사진 거대한 지붕에 짓눌려 볼품없는 몰골을 하고 있었다. 창가에는 흰 커튼이 바람에 날리고, 옆문에는 가득 차서 넘치는 쓰레기통이 놓여 있었다. 늙은 페키니즈 개가 문간의 쿠션에 앉아 침을 흘리고 있었다. 포치 양쪽 기둥에 매놓은 빨랫줄에서 기저귀들이 바람에 펄럭였다.

하워드 로크가 지나가자 사람들이 고개를 돌려 쳐다봤다. 어떤 이들은 그가 지나간 뒤에도 불쑥 솟구치는 분노로 계속 노려봤다. 그들은 그 분노를 설명할 길이 없었는데, 사실 하워드 로크의 존재 자체가 대부분의 사람들에게서 본능적으로 분노를 끌어냈다. 하워드 로크는 아무도 보지 않았다. 그에게는 거리들이 비어 있었다. 그래서 마음만 먹으면 알몸으로도 아무 거리낌 없이 거리를 활보할 수 있었다.

그는 스탠턴 심장부의 넓은 잔디광장을 건너갔다. 잔디광장 양쪽으로 상점들이 늘어서 있었고, 쇼윈도에는 '1922년도 졸업을 축하합니다!', '1922년도 졸업생의 행운을 빕니다!' 같은 새 현수막이 내걸려 있었다. 오후에 스탠턴 공대의 1922년도 졸업식이 거행될 예정이었다.

로크는 활기차게 골목으로 접어들었다. 초록의 골짜기처럼 보이는 긴 골목 끝 작은 언덕 위에 키팅 부인의 집이 있었다. 그가 3년 동안 살아온 하숙집이었다.

키팅 부인이 포치에 나와 있었다. 난간 위에 걸린 새장 속 카나리아 두 마리에게 모이를 주던 참이었다. 로크를 보자 키팅 부인의 오동통한 손이 허공에서 멈추었다. 그녀는 호기심 어린 눈으로 로크를 응시했다. 그러면서 유감의 뜻을 전하려고 입술을 움직였지만 그게 진심에서 우러나지 않은 억지 노력이라는 것만 보여주고 말았다.

로크는 키팅 부인을 보지도 못한 채 포치를 걸어갔다. 키팅 부인이 그를 불러 세웠다.

"로크 군!"

"예?"

"로크 군, 정말 안됐어." 키팅 부인은 조신하게 망설이다 말을 이었다. "오늘 아침에 있었던 일 말이야."

"무슨 일요?" 로크가 물었다.

"학교에서 퇴학당한 거. 뭐라고 위로를 해야 할지 모르겠네. 내 마음을 알아줬으면 좋겠어."

로크가 그녀를 바라보았다. 하지만 키팅 부인은 그가 자신을 보고 있지 않음을 알았다. 아니, 그건 아니라고 그녀는 생각했다. 그는 늘 사람들을 똑바로 쳐다봤고, 그의 저주스러운 눈은 작은 것 하나도 놓치는 법이 없었다. 다만, 그의 시선이 상대로 하여금 자신이 아예 존재하지 않는 듯한 기분을 느끼게 만들 뿐이었다. 로크는 우뚝 서서 바라보고만 있을 뿐 아무 대꾸도 하지 않았다.

"사실, 이 세상에서 우리가 겪는 고통은 다 자초한 것이지. 물론 이제 로크 군은 건축가란 직업을 포기해야만 하겠지, 안 그래? 하지만 젊으니까 돈벌이야 얼마든지 할 수 있겠지. 사무원으로 취직하건 장사를 하건 뭘 하건."

로크가 안으로 들어가려고 돌아섰다.

"참, 로크 군!" 키팅 부인이 불렀다.

"예?"

"외출한 동안 학장님께 전화가 왔었어."

키팅 부인은 이번만큼은 로크가 모종의 감정을 드러내기를 기대했다. 그건 곧 그가 무너지는 걸 보는 것과 같을 터였다. 로크의 어떤 면 때문에 그런 건지는 몰라도 키팅 부인은 그가 무너지는 모습을 보고 싶은 욕구를 늘 가슴에 품고 있었다.

"예?" 로크가 물었다.

"학장님." 키팅 부인은 자신의 말이 지닌 효과를 되살리려고 애쓰며 자신 없이 말했다. "학장님이 몸소 비서를 통해 전화했다니까."

"그래요?"

"비서 말이, 학장님이 로크 군을 당장 만나고 싶다고, 연락받는 즉시 와 달래."

"고맙습니다."

"이제 와서 무슨 일로 찾으실까?"

"모르죠."

로크는 "모르죠."라고 대답했다. 키팅 부인은 그 말이 "난 전혀 관심이 없어요."라는 뜻임을 분명히 알 수 있었다. 그녀는 도저히 믿을 수 없다는 눈으로 그를 쳐다봤다.

"그건 그렇고, 피터가 오늘 졸업해." 키팅 부인이 뜬금없는 말을 꺼냈다.

"오늘요? 아, 그렇군요."

"내겐 참으로 기쁜 날이야. 아들 대학 공부 시키려고 그동안 돈 한 푼 못 쓰고 노예처럼 일만 한 걸 생각하면……. 불평하는 건 아니야. 난 불평쟁이가 아니니까. 피터는 참 똑똑한 애지."

키팅 부인은 꼿꼿이 서 있었다. 빳빳이 풀 먹인 면 원피스

속의 땅딸한 몸을 코르셋으로 어찌나 단단히 조였는지 살들이 손목과 발목으로 삐져나온 듯했다.

그녀는 자신이 제일 좋아하는 이야기를 하고 있었기에 열정적으로 빠르게 말을 이어갔다. "물론 난 자랑쟁이는 아니지. 세상에는 복 많은 어머니들도 있고 그렇지 못한 어머니들도 있어. 각자 자기 복대로 사는 거지. 이제부터 피터를 주목해야 해. 난 아들이 일에 파묻혀 죽는 걸 원하진 않아. 그리고 피터가 이루는 건 아무리 작은 성공이라도 주님께 감사할 거야. 하지만 그 아이가 미국 최고의 건축가가 되지 못한다면 그 아이의 엄마로서 그 이유를 알고 싶을 거야!"

로크가 안으로 들어가려고 몸을 움직였다.

"바쁜 사람 붙잡고 수다를 늘어놓다니! 어서 옷 갈아입고 학교로 달려가야지. 학장님이 기다리고 계시는데." 키팅 부인이 밝은 목소리로 말했다.

키팅 부인은 로크의 깡마른 몸이 엄격하게 정돈된 응접실을 가로질러 걸어가는 걸 방충문 밖에서 계속 지켜보고 있었다. 그녀는 로크가 집에 있으면 갑자기 달려들어서 커피 테이블이나 도자기 화병, 사진 액자를 박살낼 것만 같은 막연한 두려움을 느꼈기에 늘 마음이 불편했다. 로크는 그런 폭력적인 성향을 보인 적이 단 한 번도 없는데도 무슨 이유에선지 두려움을 떨쳐버릴 수가 없었다.

로크는 계단을 올라 자신의 방으로 갔다. 넓고 휑한 방이었다. 벽에 반짝이는 회반죽을 칠해서 밝은 느낌을 주었다. 키팅 부인은 로크가 진짜로 이 방에 살고 있다는 느낌을 받은 적이 없었다. 원래 구비된 최소한의 가구 외에는 그림 한 점, 펜던트 하나 없었으며, 기분을 살려주는 인간적인 손길이라곤 찾아볼 수가 없었다. 로크는 자신의 옷가지와 도면들밖에 가져다놓지 않았는데, 옷들은 너무 적었고 도면은 너무 많았다. 키팅 부인은 방 한구석에 높이 쌓인 도면들을 보며 이 방에는 사람이 아니라 도면들이 살고 있는 것 같은 기분을 느끼곤 했다.

로크는 도면 쪽으로 걸어갔다. 제일 먼저 꾸려야 할 짐이기 때문이었다. 그는 선 채로 커다란 종이 도면을 하나씩 차례로 집어 살펴보았다.

그것들은 일찍이 지상에 존재한 적이 없는 건물들의 스케치였다. 인간이 지은 건물에 대해 들어본 적조차 없는 최초의 인간이 설계한 최초의 집들이었다. 모든 구조가 필연적이고 마땅하다는 것밖에는 특별히 언급할 것도 없었다. 설계자가 도면을 앞에 놓고 앉아 공들여 궁리하며 자신의 직감에 따라, 혹은 책에서 배운 대로 문들과 창문들, 기둥들을 짜 맞춘 것 같지는 않았다. 완전하고 절대적으로 옳은 모종의 생명력에 의해 건물들이 땅에서 솟아오른 것 같았다. 날카로운 연필 선들을 그린 손의 주인은 아직 배워야 할 게 많았다. 하지만 불필요한 선이나 빠뜨린 평면은 찾아볼 수 없었다. 구조는 간결하고 단순했지만 자세히 들여다보면 얼마만 한 노고와 복잡한 방법, 긴장된 생각이 그 단순성을 이루어냈는지 알 수 있었다. 어느 작은 것 하나도 기존의 법칙에 따르고 있지 않았다. 그 건물들은 고전 양식도, 고딕이나 르네상스 양식도 아니었다. 하워드 로크 양식이었다.

스케치 하나에 로크의 시선이 멈추었다. 계속 만족스럽지 못하던 스케치였다. 학교 과제와는 별도로 스스로 연습 삼아 한 설계로, 사실 그는 길을 걷다가 눈에 띄는 터를 발견하면 걸음을 멈추고 그 터에 세워져야 할 건물에 대해 생각했고, 그걸 스케치에 담는 경우가 많았다. 그는 며칠이나 밤을 새워 이 스케치를 들여다보며 도대체 빠진 게 뭘까 고민했었다. 그런데 지금 아무런 준비도 없이 무심코 흘낏 본 순간 실수가 눈에 띈 것이다.

그는 황급히 스케치를 탁자에 내려놓고 몸을 구부려서 능숙한 솜씨로 쓱쓱 선들을 그렸다. 그러다 가끔 손을 멈추고 그림을 들여다보았는데, 손가락 끝으로 종이를 누르고 있는 모습이 건물을 손에 들고 있는 듯했다. 그의 손은 손가락이 길쭉길쭉하고, 혈관이 단단하게 불거지고, 관절과 손목뼈가 튀어나와 있었다.

한 시간 후 문에서 노크 소리가 들렸다.

"들어오세요!" 그가 작업을 멈추지 않고 외쳤다.

"로크 군! 도대체 지금 뭐하고 있는 거야?" 키팅 부인이 문지방에 서서 헐떡거리며 말했다.

로크는 고개를 돌려 그녀를 보며 그녀가 누군지 기억해내려고 애썼다.

"학장님은 어쩌고? 학장님이 기다리고 계시잖아." 키팅 부인이 신음하듯 내뱉었다.

"아, 참. 깜빡 잊었군요." 로크가 말했다.

"**깜빡 …… 잊어?**"

"예." 키팅 부인의 호들갑에 좀 놀란 목소리였다.

"에이그……." 키팅 부인은 말문이 막히는 모양이었다. "그런 일을 당해도 싸지! 그런 일을 당해도 싸. 졸업식이 4시 30분인데 학장님이 로크 군을 만나줄 시간이 있겠어?"

"즉시 가겠습니다, 키팅 부인."

키팅 부인이 로크 일에 나서는 건 단순한 호기심 때문만은 아니었다. 스탠턴 대학 이사회의 결정이 번복될 수도 있다는 은밀한 두려움 때문이기도 했다. 로크는 복도 끝에 있는 화장실로 갔고, 키팅 부인은 그가 손을 씻고 얼굴로 흘러내린 곧은 머리칼을 단정하게 뒤로 넘기는 모습을 지켜보았다. 로크는 화장실에서 나와 키팅 부인이 미처 상황을 파악할 사이도 없이 계단으로 향했다.

"로크 군!" 키팅 부인이 로크의 옷을 가리키며 헐떡거렸다. "**그 차림으로** 가려는 건 아니지?"

"왜요?"

"**학장님** 만나러 가는 건데!"

"이제 상관없습니다, 키팅 부인."

키팅 부인은 로크가 행복하게 그런 말을 하는 걸 보자 기가 막혔다.

스탠턴 공대는 언덕 위에 우뚝 서 있었고, 총안(crenel: 총을 쏘기 위해 성벽에 뚫어놓은 구멍—옮긴이)을 낸 담장이 마치 언덕 아래 펼쳐진 도시의 왕관처럼 보였다. 캠퍼스는 중앙에 고딕 대성당을 접목시켜서 마치 중세의 성채처럼 보였다. 사실 튼튼한 벽돌담은 성채로 안성맞춤인 게, 몇 개의 틈새는 보초를 세울 수 있을 만큼 넓었고, 방벽 뒤에 궁사들이 몸을 숨길 수 있었으며, 모퉁이 장식 탑들에서는 공격군에게 끓는 기름을 쏟아 부을 수도 있었다. 학문의 전당에 그런 비상사태가 터진다면 말이다. 담장 위로 우뚝 솟은 대성당은 두 개의 큰 적(敵), 빛과 공기를 막아주는 연약한 방어막 역할을 하는 화려한 레이스 문양 장식으로 덮여 있었다.

학장실은 마치 예배당처럼 보였으며, 하나뿐인 커다란 스테인드글라스 창으로 들어온 꿈 속 같은 미광이 가득 차 있었다. 미광은 팔꿈치가 뒤틀린 뻣뻣한 성자들의 옷을 통해 흘러 들어왔다. 한 번도 사용한 적이 없는 벽난로 양쪽에 쪼그리고 앉아 있는 두 개의 진짜 이무기돌(gargoyle: 고딕 건축에서 홈통 주둥이로 쓰는 괴물 석상—옮긴이)에 붉은색과 자주색 빛의 반점이 하나씩 자리하고 있었다. 그리고 벽난로 위에 걸린 파르테논 신전 사진 중앙에는 초록 반점이 있었다.

안으로 들어가니 고해소 같은 조각 장식이 된 책상 뒤에서 학장의 희미한 형체가 헤엄치듯 움직이고 있었다. 학장은 땅딸막하고 살집 좋은 남자로 꼿꼿한 위엄이 퍼져가는 살을 막아내고 있었다.

"아, 그래, 로크. 어서 앉게." 학장이 미소를 보내며 말했다.

로크는 자리에 앉았다. 학장은 깍지 낀 손을 배에 대고 로크의 애원을 기다렸다. 하지만 로크는 애원하지 않았다. 학장은 헛기침으로 목청을 가다듬었다.

"오늘 아침의 불행한 사건에 대해 굳이 자네에게 유감의 뜻을 전할 필요는 없겠지. 내가 늘 자네에게 진지한 관심을 갖고 있었다는 걸 자네도 잘 알 테니까." 학장이 말문을 열었다.

"전혀 그러실 필요 없습니다." 로크가 대답했다.

학장은 미심쩍은 눈초리로 그를 보았지만 말을 이었다.

"말할 필요도 없이, 난 자네에게 불리한 표를 던지지 않았네. 사실 난 기권했지. 자네가 기뻐할 일은, 이사회에서 비록 소수지만 자네의 열렬한 옹호자들이 있었다는 사실일세. 소수지만 열렬한 옹호자들. 구조공학 교수는 자네를 위해 용감히 싸웠지. 수학 교수도 그랬고. 하지만 애석하게도 자네의 퇴학에 찬성표를 던지는 걸 자신의 의무로 여긴 사람들이 훨씬 더 많았지. 설계비평 피터킨 교수가 문제를 제기했네. 자네를 퇴학시키지 않으면 자신이 사직하겠다고 으름장을 놓더군. 자네가 피터킨 교수를 단단히 화나게 만들었다는 걸 알아야 하네."

"알고 있습니다." 로크가 말했다.

"알다시피 그게 문제였어. 난 지금 건축설계에 대한 자네의 태도를 얘기하고 있는 것이네. 자넨 건축설계를 너무 등한시해왔어. 그런데도 공학 쪽 성적은 뛰어났지. 물론 미래 건축에서 구조공학의 중요성을 부인하는 사람은 아무도 없네만, 그렇다고 극단적인 태도를 취할 필요는 없지 않은가. 왜 건축의, 이른바 예술적이고 영감적인 측면을 등한시하고 무미건조하고 기술적이며 수학적인 과목들에만 집중하려는 건가? 자넨 토목 엔지니어가 아니라 건축가가 되려고 공부하는 걸세."

"그건 불필요한 얘기가 아닌가요?" 로크가 물었다. "지나간 일입니다. 이제 와서 저의 과목 선택에 대해 토론하는 건 무의미한 일이죠."

"로크, 난 지금 어떡하든 자넬 도우려고 애쓰고 있는 걸세. 자넨 이 문제에 대해 공정해야 하네. 이런 일이 터지기 전에 이미 많은 경고를 받지 않았다는 말은 할 수 없을 걸세."

"맞습니다."

학장은 의자에 앉은 채로 몸을 꿈틀거렸다. 로크가 그를 불편하게 만들었던 것이다. 로크의 시선이 그에게 정중히 박혀 있었다. 학장은 로크가 자신을 바라보는 태도에는 전혀 문제가 없는데도, 사실 그의 태도는 매우 바람직하고 정중한데도 왠지 자신이 이곳에 존재하지 않는 것 같은 기분이 들었다.

"자넨 과제로 주어진 모든 설계를 …… 어떻게 했나? 자네는 모든 설계를 …… 글쎄, 그걸 하나의 양식이라고 부를 순 없고 …… 어쨌든 도저히 믿을 수 없는 자네의 방식으로 했지. 그건 우리가 자네에게 가르쳐온 모든 원칙, 이미 확립된 예술적 전통들과 관례들에 반하는 것이네. 자넨 자신을 이른바 현대주의자라고 여길지도 모르지만, 그건 사실 현대주의도 아니네. 그건 …… 그건 완전히 미친 짓이네. 기분 상했다면 미안하네."

"괜찮습니다."

"본인이 원하는 양식으로 설계하는 과제의 경우, 자네가 무모한 묘기와도 같은 작품을 제출해도 솔직히 교수들은 그걸 어떻게 생각해야 할지 몰라 그냥 통과시켜줬네. **하지만**, 튜더 양식 예배당이나 프랑스 오페라하우스 같은 역사적인 양식들을 실습하는 과제도 자넨 얼토당토않게 상자를 수북이 쌓아놓은 것 같은 설계를 제출했네. 자네, 그게 과제 수행인가, 아니면 순전히 반항인가?"

"반항입니다." 로크가 말했다.

"우린 자네에게 기회를 주고 싶었네. 자넨 다른 과목들의 성적은 아주 우수하니까. 하지만 이런 걸 제출하다니!" 학장은 앞에 펼쳐져 있는 종이를 주먹으로 쾅 내리쳤다. "올해 마지막 과제로 르네상스 양식 빌라를 설계하라고 했더니 **이걸** 제출했어. 이보게, 이건 정말이지 너무 지나쳐!"

그 종이에는 유리와 콘크리트 건물의 설계도가 들어 있었다. 그리고 귀퉁이에 날카롭고 각진 글씨로 '하워드 로크'라고 서명되어 있었다.

"자넨 이러고도 무사히 넘어갈 수 있으리라고 생각했나?"

"아닙니다."

"우리로선 다른 선택의 여지가 없었네. 물론 지금 당장은 우리에게 섭섭한 감정이 들겠지만……."

"그런 감정 없습니다." 로크가 조용히 말했다. "오히려 제가 죄송합니다. 전 원래 일이 이 지경까지 이르게 하진 않는데, 이번에는 실수를 했습니다. 학교에서 퇴학당할 때까지 기다리는 게 아닌데. 오래전에 제 발로 나갔어야 했는데."

"아아, 그렇게까지 낙심할 건 없네. 그건 올바른 태도가 아니지. 특히 이제부터 내가 자네에게 할 얘기를 감안한다면 말일세."

학장은 선행의 서곡을 즐기며 미소 띤 얼굴로 은밀히 로크를 향해 몸을 기울였다.

"자네를 부른 진짜 이유를 말하겠네. 자네에게 빨리 알려주고 싶어 안달이 다 나더군. 자넬 낙심한 상태로 떠나보내고 싶지 않았거든. 그래, 난 총장님의 노여움을 살 걸 각오하고 개인적으로 찾아가 부탁을 드렸네. 사실 뭐…… 총장님은 언질을 주지 않으셨지만…… 어쨌거나 상황은 이렇다네. 이제 자네도 사태의 심각성을 깨달았으니 일 년간 학교를 떠나 쉬면서 반성의 시간을 갖는다면, 그걸 성장이라고 부를 수 있겠지? 학교로 돌아올 기회가 생길 수도 있을 것 같네. 명심할 건 나로선 아무 약속도 해줄 수 없다는 것이네. 이건 어디까지나 내 사견이니까. 우리 학교에선 매우 보기 드문 예가 될 것이네만, 여러 상황과 자네의 우수한 성적을 고려하면 복교 가능성은 크다고 할 수 있네."

로크는 미소를 머금었다. 그건 행복한 미소도, 감사의 미소도 아니었다. 그저 단순하고 태평하며 즐거운 미소였다.

"학장님께서 절 이해하지 못하시는 것 같군요. 왜 제가 복교를 원한다고 생각하시는 겁니까?" 로크가 물었다.

"응?"

"전 돌아오지 않을 겁니다. 이곳에서 더 배울 것이 없으니까요."

"**정말** 이해할 수 없군." 학장이 완고하게 말했다.

"설명할 필요가 있을까요? 이제 학장님께서도 흥미가 없으실 텐데요."

"그래도 설명해주면 고맙겠네."

"정 그러시다면 말씀드리겠습니다. 전 건축가가 되고 싶지 고고학자가 될 생각은 없습니다. 따라서 르네상스 빌라를 설계할 이유가 없습니다. 르네상스 빌라 같은 건 어차피 짓지도 않을 건데 왜 설계법을 배워야 합니까?"

"이보게나, 위대한 르네상스 양식은 결코 죽지 않았다네.

그 양식의 건물들이 날마다 세워지고 있어."

"맞습니다. 앞으로도 그럴 거고요. 하지만 저는 그런 건물들을 짓지 않을 겁니다."

"아아, 이보게, 그건 어린애 같은 소리야."

"전 건축에 대해 배우려고 이 학교에 온 겁니다. 제가 이곳에서 수행하는 과제의 유일한 가치는 장차 실무에 뛰어들어 풀어가게 될 방식대로 연습하며 배우는 데 있습니다. 전 장차 건물을 지을 방식대로 과제를 했습니다. 전 이곳에서 배울 건 다 배웠습니다. 학장님이 좋아하지 않는 구조학에서요. 여기서 일 년 더 이탈리아 엽서를 그려봐야 제겐 아무것도 얻을 게 없습니다."

한 시간 전만 해도 학장은 로크와의 면담이 최대한 차분히 진행되길 바랐었다. 하지만 이제는 로크가 감정을 좀 표현해 줬으면 하는 생각이 들었다. 이런 상황에서 너무도 자연스럽게 행동하는 것이 비정상적으로 여겨졌던 것이다.

"그럼 장차 **만일** 건축가가 된다면 정말로 **그런 식으로** 건물을 짓겠다는 뜻인가?"

"예."

"이 사람아, 누가 그렇게 시켜주겠나?"

"그건 중요하지 않습니다. 중요한 건, 누가 저를 막겠는가입니다."

"이보게, 이건 심각한 문제일세. 진작 자네를 데리고 길고 진지한 대화를 나누지 못한 게 유감스럽군. …… 아, 알아, 알아. 나도 다 아니까 말 자르지 말게. 자넨 현대주의 양식의 건물을 한두 채쯤 보고 영감을 얻었을 거야. 하지만 이른바 현대주의 운동이라는 것도 덧없는 유행에 불과하다는 걸 모르겠나? 건축에서 모든 아름다움은 이미 완성이 되었다는 걸 자네도 깨달아야 하네. 그건 모든 권위자에 의해 증명된 사실일세. 과거의 모든 양식에 보물들이 묻혀 있네. 우린 그저 과거의 위대한 대가들의 작품을 선택할 수 있을 뿐이라네. 우리가 어찌 감히 개선을 꿈꾸겠는가? 우린 그저 공손히 모방할 수 있을 뿐이지."

"왜요?" 하워드 로크가 물었다.

'아니, 로크는 다른 말은 안 했어, 그건 다른 뜻은 없는 순수한 질문이었어, 지금 날 위협하고 있는 게 아냐.' 학장은 그렇게 자신을 달랬다.

"그거야 자명한 일 아닌가!" 학장이 말했다.

"보십시오." 로크가 창문을 가리키며 차분하게 말했다. "캠퍼스와 시내가 보이십니까? 저 아래서 얼마나 많은 사람이 살고 길을 걸어 다니는지 보이십니까? 전 저 사람들이 건축에 대해 어떻게 생각하는지 따위는 전혀 관심이 없습니다. 그런데 왜 저들의 조상들의 건축에 대한 생각까지 고려해야 하는 겁니까?"

"그건 우리의 신성한 전통이니까."

"왜요?"

"제발 그 순진한 소리 좀 그만할 수 없겠나?"

"정말 이해할 수 없어서 그러는 겁니다. 학장님께선 왜 제가 저걸 위대한 건축물이라고 생각하길 원하시는 거죠?" 로크가 파르테논 사진을 가리키며 물었다.

"**그건** 파르테논이야." 학장이 말했다.

"그렇죠."

"난 어리석은 질문들에 낭비할 시간이 없네."

"그럼, 좋습니다." 로크가 벌떡 일어나서 책상 위의 긴 자를 집어서 사진 쪽으로 걸어갔다. "이게 왜 형편없는 작품인지 말씀드릴까요?"

"그건 **파르테논일세**!" 학장이 말했다.

"예, 빌어먹을 파르테논이죠!"

로크는 자로 액자 유리를 두드렸다.

"보십시오. 유명한 기둥들의 유명한 세로줄 홈 장식. 이 장식들이 왜 있는 걸까요? 기둥이 나무로 만들어졌다면 이음매를 감추기 위해서라고 할 수도 있겠지만, 이 기둥들은 대리석으로 만들어졌어요. 그리고 기둥머리 장식, 이것들은 무엇으로 만들어졌습니까? **나무**. 인류가 처음 나무로 판잣집을 짓기 시작한 때는 나무 들보를 사용할 수밖에 없었어요. 그리스인들은 대리석을 사용하게 되었지만 기존의 목조 구조물을 그대로 본떠서 만들었습니다. 다른 사람들이 그렇게 해왔기 때문이죠. 그다음에는 르네상스의 대가들이 등장하여 목조 건축물을 본뜬 대리석 건축물을 본뜬 석고 건축물을 만들었습니다. 지금 우리는 목조 건축물을 본뜬 대리석 건축물을 본뜬 석고 건축물을 본뜬 강철과 콘크리트 건축물을 만들고 있고요. 왜죠?"

학장은 호기심 어린 눈으로 로크를 응시했다. 로크의 말 자체가 아니라 말하는 태도가 그를 당혹스럽게 만들었다.

"원칙이오? 제 원칙은 이겁니다. 어떤 하나의 건축물로 만들어질 수 있는 건 다른 건축물로 만들어져선 안 된다는 겁니다. 세상에는 똑같은 재료도, 똑같은 터도, 똑같은 목적의 건물도 없으니까요. 목적과 터, 재료가 형태를 결정합니다. 하나의 주제에 따라 만들어지지 않은 건 절대로 합리적이거나 아름다울 수 없고, 주제가 모든 세부를 결정하죠. 건축물은 인간처럼 살아 있는 것입니다. 따라서 그것만의 유일한 진실과 주제, 그것만의 유일한 목적에 따르죠. 인간이 신체기관을 다른 데서 빌려오지 않듯 건축물도 영혼의 구성 요소들을 빌려오지 않습니다. 건축가가 건축물에 영혼을 부여하고 모든 벽과 창문, 계단이 그 영혼을 표현하죠."

"하지만 제대로 된 표현 형식은 오래전에 다 발견되었네."

"무슨 표현을 말씀하시는 겁니까? 파르테논의 건축 목적은 그 목조 조상의 목적과는 다릅니다. 공항은 파르테논과 같은 목적을 갖고 있지 않고요. 모든 형식이 저마다의 의미를 지니고 있습니다. 모든 인간이 저마다의 의미와 형식, 목적을 만들어내죠. 다른 사람들이 해놓은 것이 왜 그렇게 중요합니까? 단지 자신의 것이 아니라는 이유만으로 그토록 신성시되는 이유가 뭡니까? 왜 자신이 아닌 다른 사람들은 전부 옳은 겁니까? 왜 다른 사람들의 숫자가 진실의 자리를 차지하는 겁니까? 왜 진실이 산수의 문제에, 추가되는 것의 문제에 불과한 겁니까? 왜 모든 것이 아무 의미도 없이 억지로 다른 것들에 짜 맞춰져야만 하는 겁니까? 분명 무슨 이유가 있을 텐데 전 모르겠습니다. 도저히 모르겠어요. 알고 싶습니다."

"맙소사, 앉게. …… 그게 낫겠어. …… 미안하지만 그 자 좀 내려놓겠나?…… 고맙네. …… 내 말 잘 듣게. 건축에서 현대적인 기술의 중요성을 부인하는 사람은 없네. 우린 과거의 아름다움을 현대의 필요에 적용시키는 법을 배워야 하지. 과거의 목소리는 사람들의 목소리라네. 건축에선 어떤 한 사람에 의해 발명된 것이 없네. 모름지기 창조란 개개인이 다른 모든 사람과 힘을 합치고 다수의 기준들에 종속되어 이루는 느리고 점진적이고 익명적이고 집단적인 과정이지." 학장이 말했다.

로크가 조용히 응수했다. "하지만 학장님, 제가 60년을 산다고 치고 말씀드리겠습니다. 그 대부분의 시간을 저는 일하는 데 쓸 겁니다. 이미 전 하고 싶은 일을 선택했고요. 그런데 일에서 즐거움을 찾지 못한다면 제게 앞으로의 60년은 고통의 세월이 될 것입니다. 그리고 전 제게 가능한 최선의 방식으로 일해야만 즐거움을 얻을 수 있습니다. 최선이란 기준이 문제고, 전 저만의 기준을 세워놨습니다. 전 아무것도 물려받지 않습니다. 전 어느 전통의 줄에도 서지 않습니다. 어쩌면 새 전통을 시작할 수는 있겠죠."

"자네 몇 살인가?" 학장이 물었다.

"스물두 살입니다." 로크가 대답했다.

"그렇다면 이해가 되는군." 학장이 안도한 목소리로 말했다. "자네도 나이가 들면 생각이 바뀔 걸세." 학장은 미소를 보내며 말을 이었다. "옛 기준들은 수천 년의 역사를 지니고 있고 아무도 그것들을 개선할 수 없었네. 대관절 현대주의자들이 뭔가? 현대주의는 일시적인 유행일 뿐이고, 현대주의자들은 세상의 관심을 끌고자 하는 과시쟁이들에 불과하지. 자네, 그들이 결국 어떤 길을 갔는지 지켜봤나? 그들 중 영원한 업적을 남긴 인물을 하나라도 댈 수 있나? 헨리 캐머런을 보게. 20년 전, 그는 위대한 인물이자 최고의 건축가였지. 그런데 지금은 어떻게 됐나? 일 년에 차고 개조라도 한 건 맡으면 운이 좋은 거지. 술주정뱅이 부랑자에……"

"헨리 캐머런에 대해선 얘기하고 싶지 않습니다."

"응? 자네 친구라도 되나?"

"아닙니다. 하지만 그의 건물들을 봤습니다."

"자네, 그 건물들을 보고……"

1부 피터 키팅

"헨리 캐머런에 대한 이야기는 하고 싶지 않다고 말씀드렸습니다."

"알았네. 내가 지금 자네에게 아주 많은 …… 에, 자유를 허용하고 있다는 걸 알아두게. 사실 난 자네 같은 태도를 보이는 학생과 대화하는 것에 익숙하지가 않네. 하지만 자네 같은 재능 있는 젊은이가 스스로 앞길을 망치는 비극적인 사태를 가능하면 미리 막고 싶은 간절한 마음에서 이러는 것이네."

학장은 자신이 왜 저 학생의 구제를 위해 최선을 다해보겠다고 수학 교수에게 약속을 했을까 하는 생각이 들었다. 교수가 로크의 과제물을 가리키며 "이 학생은 대단한 인물입니다."라고 말했다는 이유만으로 그런 약속을 하다니. 학장은 로크가 대단한 인물이거나, 아니면 범죄자일 거라고 생각하며 움찔했다. 그는 둘 다 인정할 수가 없었다.

학장은 로크의 과거에 대해 몇 가지 사실을 알고 있었다. 로크의 부친은 오하이오 어딘가에서 연철공으로 일하다가 오래전에 세상을 떠났다. 로크의 입학 서류에는 가까운 친척에 대한 기록이 전혀 없었다. 로크는 그것에 대한 질문을 받고 무관심한 태도로 이렇게 대답했다. "전 친척이 아무도 없다고 생각합니다. 어쩌면 있는지도 모르죠. 모르겠습니다." 그는 그런 질문을 받은 것 자체에 대해 놀라는 듯했다. 로크는 캠퍼스에서 친구를 한 명도 사귀지 않았다. 교내 사교클럽 같은 데도 들지 않았다. 그는 고등학교와 대학 3년을 고학으로 마쳤다. 그는 어렸을 때부터 건축 현장에서 잡역부로 일했다. 미장, 배관, 철공 등 무슨 일이든 닥치는 대로 하면서 소도시들을 거쳐 동쪽으로, 대도시로 이동했다. 학장은 지난 여름방학 때 보스턴의 어느 고층 빌딩 건축 현장에서 대갈못(rivet: 강철판을 연결하는 쇠막대로 포개진 강철판 구멍에 가열한 대갈못을 꽂고 위에서 두들겨 고정시킨다―옮긴이)을 받고 있는 그를 본 적이 있었다. 기름때에 찌든 작업복을 걸친 로크의 긴 몸은 느긋하고 편안해 보였지만 눈은 작업에 몰두해 예리하게 번득였다. 그는 이따금 가볍고 능숙하게 오른팔을 앞으로 뻗어 뜨겁게 달구어진 대갈못이 크레인의 버킷을 벗어나 그의 얼굴에 맞기 직전에 그 날아오는 불덩어리를 잡아냈다.

학장이 부드럽게 말했다. "이보게, 로크. 자넨 고학으로 어렵게 공부해왔네. 그리고 이제 일 년만 있으면 졸업이네. 자네 같은 처지의 학생이라면 반드시 고려해야 할 게 건축가라는 직업의 **현실적인** 측면이라네. 건축가란 그 자체로 끝이 아닐세. 거대한 사회적 전체의 작은 일부분일 뿐이지. **협동**은 우리 현대 사회, 특히 건축업의 핵심어네. 자네, 고객에 대해 생각해본 적 있나?"

"예." 로크가 대답했다.

"**고객**. 무엇보다도 먼저 생각해야 할 대상이지. 고객은 자네가 지은 집에서 살 사람이니까. 자네의 유일한 목적은 고객을 위해 봉사하는 것이네. 자넨 고객의 뜻에 맞는 예술적 표현을 이룰 수 있기를 열망해야만 하네. 건축에 대해 우리가 할 말은 그 한마디면 족하지 않겠는가?"

"글쎄요, 전 고객에게 최고로 편안하고, 최고로 합리적이며, 최고로 아름다운 집을 지어주기를 열망해야 한다고 생각합니다. 고객에게 제가 지닌 최고의 것을 팔고 그 최고의 것에 대해 가르쳐줘야 하죠. 하지만 전 그렇게 하지 않을 겁니다. 전 누군가에게 봉사하기 위해 건축을 할 의사는 없으니까요. 전 건축을 하기 위해 고객을 가질 작정입니다."

"어떤 식으로 고객에게 자네의 생각을 강요할 작정인가?"

"전 강요하지도, 강요당하지도 않을 겁니다. 저를 원하는 사람이 스스로 찾아올 겁니다."

학장은 그제야 자신이 아까 로크의 태도에서 당혹감을 느낀 이유를 깨달았다.

"자네 말일세, 어떤 의견을 말할 때 상대가 그 의견에 동의하는지의 여부에 대해 신경을 써준다면 자네의 말은 훨씬 더 큰 설득력을 지니게 될 걸세."

"맞습니다. 전 학장님이 제 의견에 동의하든 안 하든 개의치 않습니다." 로크가 대답했다. 그의 말투는 너무도 단순해서 모욕적으로 들리지 않았고, 그저 그가 처음으로 의식하고 생각해본 하나의 사실에 대한 진술로만 들렸다.

"자넨 다른 사람들이 어떻게 생각하든 개의치 않는다, 그건 이해할 수 있는 일이야. 하지만 다른 사람들이 자네처럼 생각하도록 만들고 싶지도 않다?"

"예."

"하지만 그건 …… 그건 말도 안 돼."

"그렇습니까? 그럴 수도 있겠죠. 전 모르겠습니다."

"자네와 얘기해보길 잘했네." 학장이 별안간 지나치게 큰 소리로 선언했다. "양심의 가책을 덜게 됐으니까. 아침에 회의에서 나온 의견대로 자넨 건축업에 맞지 않네. 자넬 구제해보려고 애썼네만, 이제 나도 이사회의 결정에 동의하네. 자네 같은 친구는 기를 살려줘선 안 돼. 위험한 인물이니까."

"누구에게요?" 로크가 물었다.

하지만 학장은 이제 면담이 끝났다는 표시로 자리에서 일어났다.

로크는 학장실을 나섰다. 천천히 긴 복도를 지나 계단을 내려가 잔디밭으로 나갔다. 그는 학장 같은 사람들을 수없이 만나봤지만 도무지 그들을 이해할 수가 없었다. 그저 자신과 그들 사이에 어떤 중요한 차이가 존재한다는 사실만 알 수 있었다. 그는 그 문제에 대해 고민하지 않게 된 지 이미 오래였다. 하지만 그는 늘 건물에서 중심이 되는 주제를 찾듯 사람을 대할 때도 그 사람의 행동의 원동력을 찾으려고 했다. 그는 자신의 행동의 근원은 알지만 다른 사람들의 그것은 알 수 없었다. 물론 개의치 않았다. 그는 다른 사람들에 대해 생각하는 방법 자체를 배운 적이 없으니까. 그래도 이따금 다른 사람들이 왜 그럴까 궁금증이 일기는 했다. 그는 지금도 학장에 대해 생각하며 의구심을 가지고 있었다. 그 문제에는 분명 중요한 비밀이 숨어 있을 터였다. 그가 알지 못하는 원칙이 존재할 터였다.

하지만 그의 생각은 중단되었다. 캠퍼스 건물 벽돌 벽의 잿빛 석회석 돌림띠에 늦은 오후의 이울기 직전의 햇살이 비치고 있는 광경을 본 것이다. 그 순간 로크는 사람들에 대해, 학장에 대해, 학장의 행동 뒤에 숨겨진 원칙에 대해 까맣게 잊었다. 오로지 여린 햇살 속에서 그 돌이 얼마나 아름다운지, 그 돌로 무엇을 만들 수 있을지에 대해서만 생각했다.

로크는 커다란 종이를 떠올렸고, 그 종이 위로 하늘의 빛을 강의실 안으로 온전히 끌어들일 길쭉한 유리창들이 달린 잿빛 석회석 벽이 솟았다. 그리고 종이 귀퉁이에는 '하워드 로크'라는 날카롭고 각진 서명이 새겨졌다.

2

"…… 여러분, 건축이란 아름다움과 유용성이라는 두 가지 우주적 원칙에 기초한 위대한 예술입니다. 좀 더 넓은 의미에서 본다면 아름다움과 유용성은 세 가지 영원한 실체인 진실, 사랑, 아름다움의 일부일 뿐이지요. 진실이라 함은 우리의 건축이라는 예술의 전통에 진실한 것이고, 사랑이라 함은 우리가 봉사해야 할 대상인 인류를 사랑하는 것이며, 아름다움이라 함은 …… 아, 사실 아름다움은 모든 예술가가 주목하지 않을 수 없는 여신이지요. 그것이 아름다운 여인의 형상이든, 아니면 건축물의 형태를 하고 있든 말입니다. …… 흠 …… 그럼요. …… 결론적으로, 이제 건축가로서 첫발을 내딛게 된 여러분에게 내가 하고 싶은 말은, 여러분은 거룩한 유산의 수호자들이란 것입니다. …… 흠 …… 그럼요. …… 그러니 세 가지 영원한 실체들로 무장하고, 또 이 위대한 학교가 오랫동안 표방해온 기준들에 충실한 비전과 용기로 무장하고 세상으로 당당히 나가세요. 여러분 모두 자신의 임무를 충실히 수행하게 되기를 기원합니다. 과거의 노예가 되어서도, 독창성 그 자체를 위한 독창성을 설파하는 무지한 허영 덩어리 벼락출세가가 되어서도 안 됩니다. 여러분 모두 멋진 활약을 펼쳐 풍요로운 결실을 이루고 이 세상을 떠날 때 시간의 모래밭에 선명한 발자국을 남기게 되기를 기원합니다!"

가이 프랭컨은 과장된 동작으로 오른팔을 들어 인사를 대신했다. 격식에 얽매이지 않는, 가이 프랭컨이 언제든 스스로에게 허용할 수 있는 쾌활하고 으스대는 태도였다. 대강당이 박수갈채와 환호성으로 생기를 되찾았다.

저명한 프랭컨 앤드 헤이어 건축사무소의 대표이자 미국 건축가협회 부회장이고, 미국 예술문학아카데미 회원, 전국 미술위원회 위원, 뉴욕 미술공예연맹 사무국장, 미국 건축계몽협회 회장이며, 프랑스 레지옹도뇌르 훈장을 받은 기사이며, 영국과 벨기에, 모나코, 태국 정부로부터 훈장을 받았고, 스탠턴 대학의 가장 명예로운 졸업생이며, 뉴욕의 저 유명한 프릭크 내셔널 은행(25층 꼭대기에 유리와 최고급 제너럴 일렉트릭 전구들로 이루어진, 로마 하드리아누스 황제 무덤의 미니어처 형태를 한 바람에 날리는 횃불이 장식된 건물 말이다.) 설계자인 가이 프랭컨이 친히 뉴욕에서 납시어 스탠턴 공대 졸업식 초청연사로 연단에 서 있던 45분 동안, 강당을 가득 메운 젊은이들의 땀에 젖은 열성적인 얼굴은 엄숙히 연사를 우러르고 있었다.

가이 프랭컨은 자신의 타이밍과 동작들을 분명하게 의식하며 연단에서 내려왔다. 그는 중기에 유감스럽게도 뚱뚱해진 경향이 있기는 했지만 지나치게 육중하지는 않았다. 그는 아무도 쉰한 살이라는 그의 나이를 믿지 않는다는 사실을 알고 있었다. 그의 얼굴은 주름살이나 직선은 찾아볼 수 없는 구와 원, 호, 타원으로만 이루어진 예술적인 작품이었고, 밝은 색깔의 작은 눈이 총기 있게 반짝거렸다. 그의 옷은 예술가의 무한한 정성이 세세한 부분에까지 닿은 흔적이 역력했다. 그는 계단을 내려가면서 이 학교가 남녀공학이면 좋았으리라고 생각했다.

그는 이 강당이 비록 오늘은 사람들로 가득 차고 환기 문제를 소홀히 해서 좀 답답한 감은 있지만 멋지고 훌륭한 건축물의 표본이라고 생각했다. 초록색 대리석 징두리판벽과 금칠한 코린트식 주철 기둥들, 그리고 벽면의 화환 모양 금박 과일 장식들이 근사했고, 특히 파인애플 장식은 세월의 시련을 아주 잘 견뎌내고 있었다. 가이 프랭컨은 감격에 젖어서 생각했다. '20년 전에 이 별관과 바로 이 강당을 지은 사람이 나고, 여기 지금 이렇게 와 있다.'

강당 안에는 몸뚱이들과 얼굴들이 빽빽이 들어차서 한번 흘깃 봐서는 어떤 얼굴이 어떤 몸의 것인지 구분할 수가 없었다. 마치 팔들과 어깨들, 가슴들과 배들이 뒤섞인 흐늘흐늘 흔들리는 젤리 같았다. 그 무수한 얼굴들 중에서 검은 머리의 창백하고 아름다운 얼굴은 피터 키팅의 것이었다.

그는 앞줄에 앉아 연단에서 시선을 떼지 않으려고 애썼는데, 지금 많은 사람들이 자신을 지켜보고 있고 나중에도 지켜볼 것임을 알기 때문이었다. 그는 절대 뒤를 흘낏거리거나 하지는 않았지만 자신에게 사람들의 이목이 집중되어 있다는 의식에서 단 한순간도 벗어날 수 없었다. 그의 검은 눈은 기민하고 이지적이었다. 위를 향한 완벽한 모양의 작은 초승달처럼 생긴 입은 부드럽고 너그러워 보였으며, 살짝 미소가 어려 있어서 따뜻한 인상을 풍겼다. 그리고 머리에 대해 말하자면, 아름다운 두상과 우아하게 파인 관자놀이 주위의 자연스러운 검은 곱슬머리가 고전적인 완벽함을 느끼게 했다. 그는 자신의 아름다움을 당연시하는, 그러나 다른 이들은 그것을 당연시하지 않음을 아는 사람의 태도로 고개를 들고 있었다. 그는 스탠턴의 스타이자 학생회장이며 육상부 주장이고 가장 중요한 사교클럽 회원이자 교내 인기투표 1위의 주인공 피터 키팅이었다.

피터 키팅은 청중이 자신의 졸업식을 보러왔다고 생각하며 강당의 수용 인원이 몇 명쯤 될까 추정해보았다. 청중은 그의 우수한 성적을 알고 있었고, 오늘 그의 기록을 깰 적수는 없었다. 아, 물론 슐링커가 있었다. 슐링커는 그와 치열한 경쟁을 벌여왔지만 마지막 해인 올해 그에게 무릎을 꿇었다. 그는 슐링커를 이기고 싶어서 죽기 살기로 공부에 매달렸다. 오늘 그에게는 적수가 없었다. 그런데 …… 갑자기 목구멍 속의 무언가가 배로 떨어진 것 같은 느낌이 들었다. 무언가 차갑고 공허한 것이, 구멍 같은 것이 아래로 굴러떨어지며 그런 느낌을 남긴 것이었는데, 그건 자신이 과연 오늘 선포될 훌륭한 인물이 맞는지에 대한 어렴풋한 의문이었다. 그는 졸업생들 속에서 슐링커를 찾아보았다. 슐링커의 누런 얼굴과 금테 안경이 보였다. 그는 안도감과 확신, 그리고 고마움을 느끼며 슐링커를 따뜻하게 바라보았다. 슐링커는 외모와 능력에서 결코 그와 대적할 수가 없었다. 그 점에 대해서는 의심의 여지가 없었다. 그는 언제라도 슐링커를 이길 수 있었다. 세상의 모든 슐링커를 이길 수 있었다. 그가 성취할 수 없는 건 다른 누구도 성취하지 못할 터였다. 그는 모든 사람의 주목을 받을 것이며 그럴 만한 이유를 제공할 터였다. 그는 강장제와도 같은 주위의 뜨거운 숨결들과 기대를 느꼈다. 그리고 살아 있다는 건 참으로 멋진 일이라고 생각했다.

머리가 좀 어질어질해지기 시작했다. 그건 기분 좋은 느낌이었다. 그는 아무 생각 없이 순순히 그 느낌에 이끌려 모두의 시선이 집중된 연단으로 올라갔다. 그는 늘씬하고 탄탄한 몸으로 연단에 서서 쏟아지는 박수갈채와 환호성에 파묻혔다. 그는 그 요란한 소음을 통해 자신이 우등으로 졸업했고, 미국 건축가협회에서 수여하는 금메달과 건축계몽협회에서 주는 파리 미술학교 4년 장학금 프리 드 파리를 받았음을 알 수 있었다.

그다음 그는 악수를 하고, 둥글게 말린 양피지 끄트머리로 얼굴의 땀을 긁어내고, 고개를 끄덕이고, 미소를 짓고, 검은 졸업 가운 속에서 질식할 것 같은 기분을 느끼며 어머니가 자신을 끌어안고 흐느끼는 걸 사람들이 눈치 채지 못하기를 빌었다. 스탠턴 대학 총장이 그의 손을 잡고 흔들며 우렁찬 목소리로 말했다. "스탠턴은 자넬 자랑스러워하게 될 걸세." 학장도 그와 악수하며 같은 말을 되풀이했다. "…… 영광스러운 미래 …… 영광스러운 미래 …… 영광스러운 미래……." 피터킨 교수는 악수를 하면서 어깨를 토닥이며 말했다. "자넨 그것이 절대적으로 필요하다는 사실을 깨닫게 될 걸세. 내 경우에도 피바디 우체국을 지을 때 그걸 체험했는데……." 키팅은 그 뒤로는 귀담아듣지 않았다. 피바디 우체국 이야기는 이미 여러 번 들었기 때문이다. 피바디 우체국은 피터킨 교수가 후학 양성의 의무에 전념하기 위해 건축 일을 포기하기 전에 지은 것으로 알려진 유일한 건축물이었다. 키팅의 마지막 과제였던 미술 궁전에 대한 이야기들도 많이 했다. 하지만 키팅은 그 순간 그 과제에 대해 아무것도 기억나지 않았다.

그동안 내내 키팅의 눈은 가이 프랭컨이 자신과 악수하는 모습을, 귀는 "이미 말했다시피, 아직 문은 열려 있네. 물론 자넨 장학금을 받았으니 …… 결정을 내려야 하고 …… 젊은 이에게 파리 미술학교 졸업장은 매우 중요한 것이지만 ……

자네가 우리 회사에 와준다면 무척 기쁘겠고……."라고 말하는 프랭컨의 그윽한 목소리를 담고 있었다.

1922년 졸업 축하연은 길고 엄숙했다. 키팅은 연설들에 열심히 귀 기울였다. 그는 "미국 건축의 희망인 젊은이들"과 "황금의 문을 활짝 열고 기다리는 미래"에 대한 끝없는 이야기들을 들을 때 자신이 바로 희망이고 자신의 미래가 그런 미래임을 알았으며, 수많은 저명인사들의 입을 통해 그런 사실을 확인하는 게 즐거웠다. 그는 머리가 희끗희끗한 연사들을 바라보며 자신은 저들의 위치에 올랐을 때, 그리고 저들보다 높은 곳에 올랐을 때 저들보다 얼마나 젊은 나이일까 하고 생각했다.

그러다 문득 하워드 로크를 떠올렸다. 키팅은 퍼뜩 떠오른 그 이름이 날카롭고 짜릿한 기쁨을 주는 것에 놀라움을 느꼈다. 다음 순간, 그 기쁨의 이유가 생각났는데 아침에 하워드 로크가 퇴학을 당했기 때문이었다. 키팅은 조용히 자신을 질책하며 그 일에 대해 유감스러워하려는 결연한 노력을 기울였다. 하지만 로크의 퇴학에 대해 생각할 때마다 은밀한 만족감이 고개를 들었다. 그 사건은 로크를 위험한 적수로 여긴 자신이 바보였음을 확실하게 입증했다. 로크는 그보다 나이가 두 살이나 어리고 한 학년 낮은데도 한때 그는 슐링커보다 로크에 대해 더 걱정했었다. 키팅은 설령 자신이 그 두 사람의 재능에 대해 걱정한 적이 있다 하더라도 오늘 그 모든 문제가 해결되었다고 생각했다. 그는 로크가 자신에게 아주 잘해주었다는 걸 상기했다. '문제에 부딪칠 때마다 도와주고……. 아니, 문제에 부딪친 게 아니라 그게 설계도든 뭐든 차분히 생각할 시간이 없었던 것뿐이다. 빌어먹을! 로크가 어떻게 엉킨 실타래 풀듯 실 하나를 쏙 잡아당겨 설계도를 풀 수 있단 말인가. …… 또, 그럴 수 있다 한들 무엇 하겠는가? 그래서 결국 어떻게 되었나? 이제 그는 끝났다.' 피터 키팅은 생각이 거기에 미치자 비로소 하워드 로크를 향한 흡족하고 강한 동정심을 느낄 수 있었다.

키팅은 연사로 호명되자 자신 있게 일어섰다. 그는 겁에 질린 걸 사람들에게 들킬 수는 없었다. 그는 건축에 대해 아무것도 할 말이 없었다. 하지만 다른 연사들과 동등한 입장에서 고개를 똑바로 들고, 이 자리에 참석한 저명인사들이 불쾌하지 않도록 살짝 머뭇거리며 연설을 시작했다. 그의 연설은 대략 이런 내용이었다. "건축은 위대한 예술이며 …… 눈은 미래를 향하고 가슴에는 과거에 대한 경의를 품고 …… 모든 기술 중에서 사회학적으로 가장 중요한 것은 …… 우리 모두에게 영감을 주는 존재인 그분께서 오늘 말씀하신 대로 세 가지 영원한 실체는 진실, 사랑, 아름다움이며……."

축하연이 끝난 후 작별인사를 나누느라 혼잡하고 소란스러운 복도에서 졸업생 하나가 키팅의 어깨에 팔을 두르며 속삭였다. "피터, 얼른 집에 달려가서 연미복 벗어놓고 와. 오늘 밤 우리 친구들만 보스턴에 가서 놀 거니까. 내가 한 시간 내로 태우러 갈게." 테드 슐링커였다. "피터, 물론 올 거지? 자네가 빠지면 재미없어. 그건 그렇고, 진심으로 축하해. 유감 같은 건 없어. 가장 뛰어난 자가 승리를 차지하는 거니까."

키팅은 슐링커의 어깨를 감싸 안았다. 슐링커가 그의 가장 소중한 친구라도 되는 것처럼 그의 눈은 따뜻하게 빛났는데, 사실 키팅의 눈은 그 누구를 볼 때도 그렇게 빛났다. 키팅이 말했다. "고마워, 테드. 사실 건축가협회 금메달 때문에 미안해서 죽을 지경이야. 그건 자네가 받아야 했는데. 그 고루한 노인네들이 무슨 생각에 사로잡혀 있는지 도무지 알 수가 없으니." 그리고 이제 키팅은 어둑해진 길을 걸어 집으로 돌아가며 오늘 밤 어머니에게서 어떻게 빠져나올까 궁리하고 있었다.

그의 어머니는 아들의 뒷바라지를 위해 많은 고생을 했다. 그녀 자신이 입버릇처럼 말하듯, 고등학교까지 졸업한 교양 있는 신분인데도 하숙까지 쳐가며 몸을 아끼지 않고 일했다. 그녀의 가문에서는 전례가 없는 일이었다.

키팅의 아버지는 스탠턴에서 문구점을 운영했다. 하지만 시대가 바뀌면서 문구점은 생명을 다했고, 피터 키팅 시니어 자신도 12년 전에 탈장으로 생을 마감하게 되었다. 루이자 키팅에게 남겨진 건 잘사는 동네 골목 끝에 있는 집과 신경 써서 꼬박꼬박 불입한 연금보험, 그리고 아들뿐이었다. 연금 액수는 얼마 안 되었지만 키팅 부인은 하숙비와 끈질긴 복적의식으로 근근이 버틸 수 있었다. 여름방학이면 아들이 호텔에서 일하거나 모자 광고 모델을 해서 생활비를 보탰다. 키팅 부인은 아들이 세상에서 정당한 지위를 차지하게 되리라 믿었고, 그 믿음에 거머리처럼 조용하면서도 악착같이 달라붙었. 키팅은 자신이 한때 화가를 꿈꾸었다는 사실을 기억하며 우습다고 생각했다. 그의 미술적 재능을 발휘할 더 나은 분야를 선택한 건 어머니였다. "건축은 무척이나 존경받는 직업이다. 게다가 거기서 최고의 인물들을 만날 수 있지." 어머니가 한 말이었다. 어머니는 아들을 건축가의 길로 밀어 넣었는데 언제, 어떻게 그렇게 했는지 키팅 자신도 몰랐다. 키팅은 몇 년 동안 어린 시절의 꿈을 까맣게 잊고 살아왔다는 사실이 우스웠다. 그리고 이제 그 기억을 떠올리자 마음이 아파지는 것도 우스웠다. '그래, 오늘 밤은 그걸 기억하는, 그리고 영원히 잊는 밤이다.'

건축가는 화려한 성공을 이룰 수 있다. 그리고 일단 정상에 오르면 다시 실패할 수 있을까? 문득 헨리 캐머런이 떠올랐다. 20년 전 마천루들을 지었지만 지금은 어느 부둣가의 초라한 사무실에서 술에 빠져 사는 늙은이. 키팅은 몸서리를 치고는 걸음을 재촉했다.

키팅은 골목을 걸으며 혹시 사람들이 자신을 보고 있을까 궁금증을 느꼈다. 그는 불 켜진 직사각형 창들을 바라보다가 누군가 커튼을 젖히고 고개를 내밀면 혹시 자신이 지나가는 걸 구경하는 것은 아닌지 생각했다. 만일 그렇지 않다면 언젠가는 그렇게 될 거라고, 언젠가는 골목의 모든 사람이 자신을 구경하게 될 거라고 생각했다.

집에 가까이 가자 포치 계단에 하워드 로크가 앉아 있는 게 보였다. 로크는 뒤로 비스듬히 기대어 양 팔꿈치로 몸을 받치고 긴 다리를 쭉 뻗고서 앉아 있었다. 포치 기둥들을 타고 뻗어 올라간 나팔꽃 덩굴이 집과 길모퉁이 가로등 불빛 사이의 커튼처럼 보였다.

봄날 밤에 공중에 매달린 전구를 보는 기분이 묘했다. 어둠 속에 난 빛의 구멍처럼 홀로 매달린 전구는 골목을 더 어둡고 조용하게 만들었고, 잎사귀들이 무성한 나뭇가지들만 보이게 했다. 그 작은 암시가 엄청난 효과를 발휘하여 마치 어둠 속에 잎사귀들만 가득 차 있는 것 같은 느낌을 주었다. 그 기계적인 유리 구체가 잎사귀들을 더욱 생기 넘치게 만들었는데, 잎사귀들의 본래 색깔을 빼앗아 햇빛에 보면 그 어느 때보다 밝고 선명한 초록빛을 띨 것만 같은 착각을 불러일으킨 것이다. 또한 인간의 시각을 앗아가는 대신 냄새도 감촉도 아니지만 그 두 가지 다인, 봄과 공간의 느낌을 새로이 부여했다.

키팅은 포치의 어둠 속에서 파격적인 오렌지색 머리칼을 발견하고 걸음을 멈추었다. 오늘 밤 그가 꼭 만나고 싶은 사람이었다. 키팅은 혼자 있는 로크를 만난 게 기쁘면서도 한편으로는 조금 두렵기도 했다.

"축하해, 피터." 로크가 말했다.

"아…… 아, 고마워……." 키팅은 그게 오늘 받은 그 어떤 축하인사보다 기쁜 것이 놀라웠다. 그는 로크에게 인정받은 것에 소심한 기쁨을 느끼며 속으로 그런 자신을 바보라고 불렀다. "내 말은…… 어떻게 알았는지……." 그러고는 날카롭게 물었다. "우리 어머니에게 들은 거야?"

"그렇지."

"어머니가 실수하셨군."

"왜?"

"이봐, 하워드, 자네 일 말이야, 뭐라고 위로를 해야 할지……."

로크가 고개를 홱 젖히고 그를 올려다봤다.

"신경 쓸 것 없어." 로크가 말했다.

"저어…… 하워드, 자네와 얘기 좀 하고 싶은데. 자네에게 조언을 구하고 싶어. 앉아도 될까?"

"뭔데?"

키팅은 로크 옆에 앉았다. 그는 로크에게는 연기를 할 필요가 없었다. 게다가 지금은 연기 같은 걸 하고 싶지도 않았다. 나뭇잎이 바스락거리며 땅에 떨어지는 소리가 들렸다. 가냘픈 봄의 소리였다.

키팅은 그 순간 로크에게 애정을 느끼고 있었다. 고통과 놀라움, 무력감이 깃든 애정이었다.

키팅이 진심에서 우러난 부드러운 목소리로 말했다. "지금 자네에게 앞으로의 내 진로에 대한 조언을 구하는 게 지독히 이기적인 태도라고 생각하진 않겠지? 그런 일을 당한 사람에게……."

"그 문젠 신경 쓸 것 없다고 했잖아. 하고 싶은 말이 뭔데?"

키팅은 자신도 모르게 불쑥 솔직한 마음을 꺼내 보였다. "사실 난 종종 자네가 미쳤다고 생각했네. 하지만 난 자네가 많은 걸 알고 있다는 걸, 건축에 대해서 말이야, 알지. 자넨 저 멍청이들이 죽었다 깨나도 모르는 것들을 알고 있어. 그리고 자넨 건축에 대해 저들은 결코 가질 수 없는 뜨거운 애정을 품고 있지."

"그런데?"

"글쎄, 내가 자네한테 왜 이런 얘길 하게 됐는지 모르겠지만, 하워드, 사실 이런 말은 한 번도 한 적이 없지만 난 학장님보다는 자네의 의견을 듣고 싶어. 결국 학장님 의견에 따르겠지만 내겐 자네 의견이 더 큰 의미가 있어. 그 이유는 나도 모르겠지만 말이야. 자네한테 왜 이런 소릴 하고 있는지도 모르겠고."

로크는 키팅을 향해 돌아앉아 그를 바라보며 웃었다. 그건 젊고 친절하며 다정한 웃음이었다. 로크에게서는 여간해서 들을 수 없는 것이라 키팅은 누군가가 자신의 손을 잡고 격려해주는 것 같은 기분을 느꼈고, 보스턴에서 파티가 기다리고 있다는 사실도 까맣게 잊었다.

"얼른 얘기해. 설마 내가 두려운 건 아니겠지, 안 그래? 나한테 묻고 싶은 게 뭔데?" 로크가 말했다.

"장학금 문제야. 내가 받은 파리 장학금."

"그런데?"

"4년 장학금이야. 그런데 얼마 전에 가이 프랭컨이 스카우트 제의를 해왔어. 오늘 만났는데, 아직 문은 열려 있다고 하더군. 둘 중에서 어떤 걸 택해야 할지 모르겠어."

로크는 그를 바라보며 손가락으로 천천히 계단을 두드렸다. 이윽고 그가 입을 열었다. "피터, 내 조언을 원한다면 말해주지. 나한테 물은 것 자체가 실수야. 그런 건 다른 사람에게 물어선 안 되지. 자신의 일에 관한 문제니까. 자신이 뭘 원하는지 모르는 거야? 그것도 모르고 어떻게 살 수 있지?"

"하워드, 자네가 감탄스러운 게 바로 그거야. 항상 알고 있다는 거."

"칭찬 그만해."

"하지만 진심인걸. 자네는 어떻게 항상 결단을 내릴 수 있는 거지?"

"자신의 일인데 어떻게 다른 사람들에게 결정을 맡길 수 있지?"

"하지만 하워드, 확신이 없어서 그래. 난 확신을 가진 적이 없어. 나 자신이 다른 사람들이 인정하는 것처럼 그렇게 훌륭한 인물인지도 모르겠어. 이건 자네한테만 하는 고백이지. 자네가 늘 너무도 확신에 차 있어서……."

"피터!" 뒤에서 키팅 부인이 요란한 소리로 불렀다. "내 아들, 피터! **대체** 여기서 뭐하고 있는 거니?"

키팅 부인은 자신의 가장 좋은 옷인 진홍색 호박단 드레스 차림으로 행복하면서도 화난 얼굴로 문간에 서 있었다.

"엄마가 집에서 혼자 목이 빠지게 기다리고 있는데! 연미복을 입고 더러운 계단에 앉아 도대체 뭘 하고 있는 거야? 당장 일어나! 둘 다 얼른 들어와. 따끈한 코코아와 쿠키를 준비해놨으니까."

"어머니, 하워드와 중요한 얘기가 있어서요." 키팅은 그러면서도 몸을 일으켰다.

키팅 부인은 아들의 말이 들리지도 않는 것처럼 안으로 들어가 버렸다. 키팅이 어머니를 따라갔다.

로크는 그들의 뒷모습을 바라보며 어깨를 으쓱하고는 일어나서 따라 들어갔다.

키팅 부인은 빳빳한 치맛자락이 서걱거리는 소리를 내며 안락의자에 앉았다.

"그래, 둘이 밖에서 무슨 얘기를 하고 있었던 거니?" 키팅 부인이 물었다.

키팅은 재떨이를 만지작거리다가 성냥갑을 들었다 내려놓

고는 어머니의 질문을 무시하고 로크에게 고개를 돌렸다.

"이봐, 하워드, 으스대지 말고 말해봐." 키팅이 목소리를 높여 말했다. "장학금을 포기하고 일을 시작할까, 아니면 프랭컨을 기다리게 하고 파리 미술학교를 선택해서 촌놈들을 감탄시킬까? 어떻게 생각해?"

뭔가 빠져 있었다. 기회를 놓쳐버린 것이다.

"잠깐, 피터, 내가 확실히 짚어주마……." 키팅 부인이 끼어들었다.

"아, 잠깐만요, 어머니! …… 하워드, 난 신중하게 저울질을 해야만 돼. 그런 장학금은 아무나 받는 게 아니니까. 아주 뛰어난 학생에게만 주어지는 거니까. 파리 미술학교 과정 …… 그게 얼마나 중요한지 자네도 알 거야."

"몰라." 로크가 대꾸했다.

"아, 젠장, 자네의 미친 이상들은 나도 알아. 하지만 난 지금 내 상황에 대한 실제적인 얘기를 하고 있는 거야. 이상은 잠시 접어두고……."

"내 조언을 원치 않는군." 로크가 말했다.

"아니, 원해! 그러니까 지금 묻고 있잖아!"

하지만 키팅은 관객이 하나라도 있는 한 로크와 단둘일 때와 같을 수가 없었다. 그 관객이 그의 어머니라도 마찬가지였다. 뭔가 빠져 있었다. 키팅은 그게 뭔지 몰랐지만 로크는 아는 게 분명했다. 그는 로크의 눈빛이 불편했고 그것 때문에 화가 났다.

키팅이 쏘아붙였다. "난 건축 **일을** 하고 싶은 거야. 그것에 대해 떠들고 싶은 게 아니고! 파리 미술학교는 커다란 명예를 주지. 자기들이 건축을 할 수 있다고 생각하는 배관공 출신 어중이떠중이들 위에 설 수 있게 해주고. 그런데 한편으론 프랭컨과 함께 일할 기회가 주어졌어. 가이 프랭컨 자신이 스카우트를 제안했지!"

로크는 고개를 돌려버렸다.

키팅은 아랑곳하지 않고 말을 이었다. "그런 기회를 얻을 수 있는 친구들이 몇이나 되겠어? 일 년 후면 그 친구들은 스미스나 존스에서 일하고 있다고 자랑하겠지. 그런 데라도 취직이 된다면 말이야. 하지만 난 프랭컨 앤드 헤이어에서 일하고 있을 거라고!"

"피터, 네 말이 맞다." 키팅 부인이 일어서며 말했다. "그런 문제라면 이 엄마와 의논하고 싶지 않겠지. 너무 중요한 일이니까. 그럼 로크 군과 의논해서 결정하렴."

키팅은 어머니를 바라보았다. 그는 어머니의 의견을 듣고 싶지 않았다. 그는 어머니 의견을 듣기 전에 결정을 해야 스스로의 판단에 따른 결단을 내릴 수 있다는 걸 알고 있었다. 키팅 부인은 돌아서서 나가기 전에 마지막으로 아들을 바라보고 있었다. 키팅은 어머니가 나가려는 시늉만 하는 게 아니라 붙잡지 않으면 정말 나갈 것임을 알았고, 어머니가 나가기를 원했다. 간절히 원했다. 그가 말했다.

"아니, 어머니, 어떻게 그런 말씀을 하실 수 있어요? 저야 당연히 어머니 의견을 듣고 싶죠. 어떻게 …… 어떻게 생각하세요?"

키팅 부인은 아들의 목소리에 노골적인 짜증이 묻어 있는 걸 모른 체하고 미소를 머금었다.

"피터, 난 아무 생각도 없다. 네가 결정할 일이지. 지금까지 늘 그래왔듯이 말이다."

"저어……." 키팅은 어머니를 지켜보며 머뭇머뭇 말을 꺼냈다. "제가 만약 미술학교에 간다면……."

"좋아. 미술학교에 가거라. 거긴 멋진 곳이지. 바다 건너에 있지만 말이다. 물론 네가 파리로 떠나면 프랭컨 씨는 다른 사람을 뽑겠지. 다들 그것에 대해 얘기할 거고. 프랭컨 씨가 해마다 스탠턴에서 가장 우수한 학생을 뽑아간다는 건 누구나 아는 사실이니까. 너 말고 다른 학생이 뽑히면 모양새가 어떨까? 하기야 그건 중요한 문제가 아니지."

"사람들이 뭐라고 …… 뭐라고 말할까요?"

"별 얘기야 하겠니. 프랭컨 씨에게 뽑힌 학생이 가장 우수한 학생이었다고 하겠지. 아마 슐링커가 뽑힐 거야."

"아뇨!" 그는 요란하게 침을 삼켰다. "슐링커는 아녜요!"

"맞아, 슐링커야." 키팅 부인이 다정하게 말했다.

"하지만……."

"사람들이 뭐라고 하든 신경 쓸 것 없어. 스스로 만족스러우면 되는 거야."

"그럼 어머니 생각에는 프랭컨이……."

"내가 왜 프랭컨 씨에 대한 생각을 하니? 나하고 아무 상관도 없는데."

"어머니, 제가 프랭컨의 스카우트 제안을 받아들이길 원하세요?"

"피터, 난 아무것도 원하는 게 없다. 네 마음대로 하렴."

키팅은 자신이 진짜로 어머니를 좋아하는지 알 수가 없었다. 하지만 그녀는 그의 어머니였고 그 사실은 모든 이에게 자동적으로 그가 그녀를 사랑한다는 의미로 받아들여졌기에 자신이 어머니에게 느끼는 감정은 당연히 사랑이리라 생각했다. 그는 어머니의 판단을 존중해야 하는 이유가 있는지에 대해서도 확신이 없었다. 어머니라는 사실이 이유들을 대신하는 듯했다.

"예, 물론 그렇죠, 어머니……. 하지만 …… 예, 그건 저도 알지만 …… 하워드?"

그건 도와달라는 애원이었다. 로크는 구석에 있는 침대 겸용 소파에 새끼 고양이처럼 축 늘어진 자세로 반쯤 누워 있었다. 키팅은 종종 로크가 고양이 같은 긴장감과 통제력, 정확성을 보이며 소리 없이 움직이거나 몸에 뼈가 하나도 없는 것처럼 늘어져서 휴식을 취하는 모습을 보고 놀라곤 했다. 로크가 흘낏 올려다보더니 말했다.

"피터, 그 두 가지 기회에 대해 내가 어떻게 생각하는지 알 잖아. 덜 나쁜 쪽을 선택해. 파리 미술학교에 가서 뭘 배우겠어? 르네상스 궁전이나 오페레타의 배경들에 대해서나 더 배우겠지. 그런 것들은 이미 자네가 갖고 있을지도 모르는 모든 걸 죽여버릴 거야. 자넨 이따금 제법 일을 잘해. 정말로 배우고 싶으면 일을 선택해. 프랭컨은 개자식에다 멍청이지만 그래도 거기 가면 건축을 할 수 있으니까. 그럼 그만큼 빨리 독립적으로 일할 준비를 할 수 있을 거야."

"로크 군도 가끔 옳은 소리를 하는구나. 말하는 건 무식한 트럭 운전수 같아도." 키팅 부인이 말했다.

"정말로 내가 일을 잘한다고 생각해?" 키팅은 오로지 그 한마디만 중요하고 나머지는 신경도 안 쓰는 것처럼 로크를 바라보며 물었다.

"가끔. 자주는 아니고." 로크가 대답했다.

"자, 그럼 결정 났으니까……." 키팅 부인이 끼어들었다.

"어머니, 전 …… 생각을 좀 해봐야 해요."

"자, 그럼 결정 났으니까, 따끈한 코코아 어때? 금방 만들어다 주마!"

키팅 부인은 아들을 향해 순종과 고마움을 담은 순진한 미소를 보내고는 바스락거리며 부엌으로 갔다.

키팅은 초조하게 서성이다가 멈춰서 담뱃불을 붙여 물고

거칠게 토막토막 연기를 내뱉었다. 그러고는 로크를 보며 물었다.

"하워드, 자넨 이제 어쩔 작정이야?"

"나?"

"내가 너무 생각 없이 굴었어. 계속 내 문제만 갖고 요란을 떨었으니. 어머닌 날 위해 그러는 거지만 어머니 때문에 돌겠어. …… 그 얘긴 집어치우고, 이제부터 어쩔 작정이야?"

"뉴욕으로 갈 거야."

"오, 멋진데. 일자리 구하러?"

"일자리 구하러."

"건축 …… 건축 일?"

"건축 일이지, 피터."

"아주 좋아. 나도 기쁘다. 확실한 전망은 있고?"

"헨리 캐머런 밑에서 일할 거야."

"오, 안 돼, 하워드!"

로크는 입꼬리가 날카롭게 올라가며 천천히 미소만 지을 뿐 아무 말도 하지 않았다.

"오, 안 돼, 하워드!"

"돼."

"하지만 이제 그는 아무것도 아냐! 오, 물론 명성은 있지만 이미 끝난 사람이야! 오랫동안 중요한 건물은 하나도 맡지 못하고 있다고! 소문으로는 쓰레기장 같은 사무실을 쓰고 있다고 하더군. 그런 사람 밑에서 어떤 미래를 보장받겠어? 뭘 배우겠어?"

"별로 배울 건 없겠지. 건축 말고는."

"제발, 그런 식으로 엇나가지 마. 스스로 인생을 망치지 말라고! 사실 난 …… 난, 그래, 난 오늘 자네가 뭔가 배운 게 있으리라 생각했어."

"배웠지."

"이봐, 하워드, 자넬 받아줄 사람이 아무도 없을 것 같아서 그러는 거라면, 그렇다면 내가 도와줄게. 프랭컨 씨와 일하게 되면 연줄이……."

"피터, 고맙지만 그럴 필요 없어. 이미 결정 났으니까."

"그 사람은 뭐라는데?"

"누구?"

"캐머런."

"아직 못 만나봤어."

그때 밖에서 자동차 경적이 울렸다. 키팅은 친구들과의 약속이 떠올라 황급히 옷을 갈아입으러 가다가 문간에서 어머니와 부딪쳐 쟁반의 컵 하나를 쓰러뜨리고 말았다.

"피터!"

"괜찮아요, 어머니!" 키팅이 어머니의 양 팔꿈치를 잡으며 말했다. "저 빨리 나가야 돼요. 친구들과 조촐한 파티가 있어요. 아아, 아무 말 하지 마세요. 늦지 않게 돌아올게요. 어머니, 프랭컨 앤드 헤이어에 가게 됐으니 친구들의 축하를 받아야죠!"

키팅은 이따금 그를 그지없이 매력적인 존재로 만드는 쾌활하고 원기 왕성한 태도로 어머니에게 충동적으로 키스하고는 나는 듯 달려가 계단을 올라갔다. 키팅 부인은 허둥거리며 나무라는 듯하면서도 행복한 표정으로 고개를 저었다.

자기 방에서 옷을 벗어 아무렇게나 내던지던 키팅은 문득 뉴욕으로 전보를 보내야겠다고 생각했다. 종일 한 번도 떠오르지 않던 생각이었지만 갑자기 절박하고 다급해져서 지금 당장 전보를 보내고 싶었다. 그는 쪽지에 전보 내용을 휘갈겨 썼다.

사랑하는 케이티에게 프랭컨 뉴욕 일 하러 감
언제나 사랑하는 '피터'

그날 밤 키팅은 두 친구 사이에 끼어 앉아 보스턴으로 달렸고 바람과 도로가 그를 쌩쌩 지나쳐 질주했다. 그는 위아래로 흔들리며 내닫는 전조등 앞에서 어둠이 물러가듯 이제 자신에게 세상의 문이 열리고 있다고 생각했다. 그는 자유로웠다. 그리고 준비가 되어 있었다. 앞으로 몇 년 안으로 (그렇게 빨리, 왜냐하면 그가 탄 차의 속도 속에는 시간이 존재하지 않으니까) 그의 이름이 경적처럼 울려 사람들을 잠에서 깨울 터였다.

그는 위대하고 화려하며 타의 추종을 불허하는 업적들을 남길 준비가 되어 있었다. 아 …… 아 …… 이 빌어먹을 건축 분야에서!

3

 피터 키팅은 뉴욕의 거리를 바라보았다. 뉴욕 사람들은 아주 근사하게 잘 차려입고 있었다.

 그는 프랭컨 앤드 헤이어 사무실과 출근 첫날이 기다리고 있는 5번가의 건물 앞에서 잠시 걸음을 멈췄다. 그는 바삐 지나가는 남자들을 보며 생각했다. '멋쟁이들이군. 정말 멋쟁이들이야.' 그는 유감스러운 눈길로 자신의 옷을 흘낏 보았다. 그는 뉴욕에서 배울 게 많았다.

 이윽고 더는 지체할 수 없게 되자 건물의 정문을 향해 돌아섰다. 현관은 도리아식 주랑현관의 축소판으로 우아한 그리스 튜닉 차림의 예술가들이 정한 비율에 따라 세세한 부분까지 정확히 줄여놓은 것이었다. 대리석으로 마무리한 기둥들 사이의 회전문은 번쩍거리는 니켈로 도금되어 도로를 달리는 자동차 행렬이 거기에 비쳤다. 키팅은 회전문을 통과해 반질반질한 대리석 로비를 지나 금칠과 붉은 래커 칠을 한 엘리베이터를 타고 30층으로 올라가서는 마호가니 문 앞에 섰다. 문에 붙은 가느다란 황동 명패에 섬세한 글씨로 이렇게 씌어 있었다.

'프랭컨 앤드 헤이어 건축사무소'

프랭컨 앤드 헤이어 건축사무소의 응접실은 멋지고 분위기 있는 식민지풍 저택의 무도실 같았다. 은백색 벽면에는 세로 홈 무늬와 이오니아식 달팽이 기둥머리 장식이 있는 납작한 붙임기둥들이 있었다. 그 붙임기둥들은 작은 박공장식을 이고 있었으며, 박공장식은 반쪽짜리 그리스 항아리가 자리하도록 가운데가 터져 있었다. 장식판자의 그리스 신전 동판화는 식별이 어려울 정도로 작았지만 기둥들과 박공들, 무너져가는 석조물들이 분명히 보였다.

그곳에 전혀 어울리지 않게도, 키팅은 문지방을 넘는 순간 발밑에 컨베이어벨트가 있는 것 같은 기분이 들었다. 그는 컨베이어벨트에 실려 가듯 피렌체식 발코니의 흰 난간 뒤의 전화교환대에 앉은 안내 직원에게로 갔다. 그리고 그다음에는 넓은 제도실 앞으로 갔다. 길쭉한 탁자들과 천장에서 꼬인 전선을 타고 내려와 허공에 매달린 수많은 초록 갓 전등들, 거대한 청사진 철들, 높이 솟은 노란 서랍장들, 종이들, 양철통들, 견본용 벽돌들, 풀통들이 보였다. 건설사들에서 나온 달력들도 있었는데, 거의 다 여자 나체 사진이 들어 있었다. 제도실장이 키팅에게 눈길도 제대로 주지 않으며 손가락을 딱 튕겼다. 그는 따분한 듯하면서도 목적의식으로 가득 차 있었다. 제도실장은 엄지손가락을 홱 젖혀 라커룸을 가리킨 다음 턱짓으로 라커 하나를 가리켰다. 그러고는 키팅이 뻣뻣한 몸에 머뭇거리며 진주색 작업 가운을 걸치는 동안 발가락과 발꿈치에 번갈아 체중을 실으며 기다렸다. 프랭컨은 사무실에서 꼭 작업 가운을 입게 했다. 컨베이어벨트는 제도실 구석에 있는 탁자 앞에 멈추었고 거기에는 세부를 완성할 도면들이 기다리고 있었다. 제도실장의 구부정한 등이 이미 키팅의 존재를 까맣게 잊은 듯 그에게서 멀어져갔다.

키팅은 즉시 탁자 위로 몸을 구부리고 눈과 목에 힘을 주며 작업에 돌입했다. 그는 앞에 있는 진줏빛 광채를 발하는 종이만 응시했다. 종이 위로 손을 1센티미터 정도 앞뒤로 홱홱 움직였을 뿐인데 자신이 선들을 똑바로 그어놓은 것이 놀라웠다. 그는 도면 위의 선들이 어디로, 왜 이어지는지도 모르는 채 그 선들을 따라 그렸다. 그는 그 설계도가 자신으로서는 의문을 던질 수도, 감히 대적할 수도 없는 누군가의 대단한 작품이라는 건 알 수 있었다. 그 설계도를 보자 왜 자신이 건축가의 소질을 지녔다고 생각했나 싶었다.

키팅은 한참 후에야 옆 탁자에 있는 남자의 어깨뼈에 달라붙은 주름진 회색 작업 가운이 눈에 들어왔다. 그는 휙 주위를 둘러보았다. 처음에는 조심스런 눈길이었지만 그다음에는 호기심을, 그다음에는 기쁨을, 그리고 마지막으로는 경멸을 느끼게 되었고, 그 마지막 감정에 이르자 다시금 자신감을 되찾고 인류에 대한 사랑을 느낄 수 있었다. 누렇게 뜬 뺨과 이상하게 생긴 코, 움푹 들어간 턱에 난 사마귀, 탁자 모서리에 짓눌린 배가 보였다. 키팅은 그런 모습들이 좋았다. 그런 사람들이 할 수 있는 것이라면 그는 더 잘 해낼 수 있었다. 그는 미소를 머금었다. 피터 키팅에게는 동료가 필요했다.

다시 도면을 흘낏 본 키팅은 대작 속에서 그를 노려보는 결점들을 발견했다. 개인주택의 바닥 도면이었는데 뒤틀린 복도들이 뚜렷한 이유도 없이 공간을 뭉텅뭉텅 잘라놓아 길쭉한 직사각형 소시지 모양의 방들은 어두울 수밖에 없었다. 이크, 이것 때문에 초장부터 낙제점수를 받을 뻔했군, 하는 생각이 들었다. 하지만 그 후로는 쉽고, 신속하고, 능숙하게 …… 그리고 행복하게 작업을 진행할 수 있었다.

점심시간 전에 키팅은 제도실에서 친구들을 만들었다. 아니, 실제로 친구들을 사귀었다기보다는 우정의 싹을 틔울 토양을 마련해놓았다는 표현이 정확할 것이다. 그는 주위의 동료들에게 아무것도 아닌 일로 미소와 공감의 윙크를 보냈다. 물 마시러 갈 때마다 지나치는 동료들을 부드럽고 격려 어린 눈빛으로 어루만져주었다. 그의 경이로운 눈빛은 제도실에서, 아니 우주에서 차례로 한 사람씩을 선택해서 가장 중요한 인간의 표본으로, 키팅의 가장 소중한 친구로 만드는 듯했다. 키팅은 그런 식으로 사람들에게 똑똑하고 인간성까지 좋은 친구라는 인상을 남겼다.

키팅은 옆 탁자의 키 큰 금발 청년이 사무용 건물의 입면도 작업을 하고 있는 걸 보았다. 그는 붙임성 있게 청년의 어깨에 지그시 기대며 3층 높이의 세로 홈 무늬 기둥들을 감고 있는 월계관 장식들을 바라보았다.

"노인네 것 치고는 꽤 괜찮군요." 키팅이 감탄하며 말했다.

"누구요?" 청년이 물었다.

"그야 프랭컨이죠." 키팅이 말했다.

"프랭컨은 무슨." 청년이 차분하게 말했다. "8년 동안 개집 하나 설계한 적 없는데." 그러고는 엄지손가락을 들어 어깨 너머 유리문을 가리켰다. "저분이에요."

"뭐라고요?" 키팅이 돌아보며 물었다.

"저분이라고요. 스텐겔. 저분이 다 한 거예요."

키팅은 유리문 너머 책상 위의 앙상한 어깨와 일에 열중하여 아래로 숙인 세모난 작은 머리, 둥근 안경테 속 빛의 웅덩이를 바라보았다.

오후 늦게야 닫힌 문 밖에서 사람이 지나가는 기척이 들렸고, 키팅은 주위의 동료들이 가이 프랭컨이 들어와서 위층 자기 방으로 올라갔다고 속닥거리는 소리를 들었다. 삼십 분쯤 지나서 유리문이 열리더니 스텐겔이 커다란 판지를 들고 나왔다.

"어이, 자네." 스텐겔의 안경이 키팅의 얼굴을 향하고 있었다. "자네가 이거 도면 작업을 하고 있지?" 그는 판지를 쑥 내밀었다. "이거 사장님한테 들고 가. 사장님 말씀 열심히 듣고 똑똑한 인상을 주도록 애써봐. 그렇게 안 해도 별로 상관은 없지만."

그는 키는 작고 팔은 어찌나 긴지 발목까지 내려오는 것 같았다. 긴 소매 속에서 밧줄처럼 흔들리는 팔에는 크고 효율적인 손이 달려 있었다. 순간적으로 차갑게 얼어붙으며 짙어진 키팅의 눈이 스텐겔의 빈 안경알을 날카롭게 응시했다. 그러더니 미소 지으며 유쾌하게 말했다.

"예, 알겠습니다."

키팅은 열 손가락 끝으로 판지를 들고 진홍색 플러시 천이 깔린 계단을 올라가 가이 프랭컨의 방으로 갔다. 판지에는 3단 지붕창, 발코니 다섯 개, 기둥 열두 개, 깃대와 사자 두 마리가 있는 현관으로 이루어진 4베이 구조의 회색 화강암 저택 투시도가 수채화로 그려져 있었다. 그리고 귀퉁이에 반듯한 인쇄체로 '제임스 S. 와틀스 저택. 프랭컨 앤드 헤이어 건축사무소'라고 씌어 있었다. 키팅은 조그맣게 휘파람을 불었다. 제임스 S. 와틀스라면 셰이브 로션 제조업자로, 어마어마한 갑부였다.

가이 프랭컨의 방은 반짝반짝 광을 낸 것 같았다. 아니, 광을 낸 게 아니라 니스 칠을 해놓은 것 같았다. 아니, 니스 칠이 아니라 거울을 녹여 들이부은 것 같았다. 키팅은 방 안을 걸어가며 치펀데일식(Chippendale: 18세기 영국의 가구 제작자 토머스 치펀데일의 이름을 딴 가구 양식으로 고딕과 로코코, 중국의 영향을 받았으며, 영국 최고의 가구 양식으로 꼽힌다—옮긴이) 캐비닛과 자코비안(Jacobean: 영국 제임스 1세 시대의 양식—옮긴이) 의자들, 루이 15세식 벽난로에 비친 자신의 영상들이 나비 떼처럼 퍼덕이는 걸 보았다. 구석에 있는 진짜 로마시대 조각상이, 그리고 파르테논과 랭스 대성당과 베르사유 궁전과 영원한 횃불을 지닌 프랭크 내셔널 은행 빌딩의 세피아 색 사진들이 눈에 들어왔다.

키팅은 육중한 마호가니 책상 옆면에 비친 자신의 다리가 가까워지는 걸 보았다. 가이 프랭컨은 책상에 앉아 있었다. 프랭컨의 얼굴은 누렇고 뺨이 늘어져 있었다. 그는 키팅을 처음 보는 것 같은 눈으로 쳐다보다가 이내 기억해내고 활짝 미소를 지었다.

"그래, 그래, 그래, 키트리지, 이 친구, 왔구먼. 완전히 자리를 잡았군! 정말 반갑네. 앉게, 어서 앉아. 뭘 들고 왔나? 아, 급할 거 없어. 전혀 급할 거 없어. 앉게. 그래, 여기가 마음에 드나?"

"너무 행복한 게 아닌가 좀 걱정스럽습니다." 키팅이 어린애 같은 무력감을 솔직하게 내보이며 말했다. "첫 직장이지만 사무적인 태도로 임할 수 있을 줄 알았는데 이런 곳에서 시작하다 보니 …… 좀 얼이 빠진 것 같습니다. …… 하지만 극복하겠습니다." 그가 다짐하듯 말했다.

"물론 아직 어린 청년이니 좀 위압감을 느낄 수도 있겠지. 하지만 걱정 말게. 자넨 분명 잘 해낼 테니까."

"최선을 다하겠습니다."

"물론이지. 뭘 갖고 온 건가?" 프랭컨은 도면을 향해 손을 내밀었으나 결국 그 손으로 힘없이 이마를 짚었다. "정말 고약한 두통이야. …… 아니, 아니, 심각한 건 아니네." 키팅이 바로 우려를 나타내자 그는 미소를 지어보였다. "말 드 테트(Mal de tête: 프랑스어로 두통—옮긴이)가 좀 있어서. 일을 너무 많이 해서 그래."

"제가 뭐라도 좀 가져다드릴까요?"

"아니, 아닐세. 자네가 뭘 가져다줘서 될 일이 아냐. 뭘 가져가줄 수 있다면 모를까." 프랭컨은 그러면서 눈을 찡긋했다. "샴페인 탓이야. 앙트르 누(Entre nous: 프랑스어로 '우리끼리 얘기지만'—옮긴이), 어젯밤 그 집 샴페인이 형편없었어. 사실 난 원래 샴페인은 안 좋아하지. 이보게, 키트리지, 와인에 대한 지식은 아주 중요하다네. 고객에게 저녁을 대접할 때 제대로 된 주문을 할 수가 있으니까. 내가 전문가의 비결을 가르쳐주지. 예를 들어, 메추라기 고기를 먹는다면 대부분의 사람들은 버건디 포도주를 주문하지. 자넨 어떻게 해야 할까? 클로 부조 1904년산을 주문하는 거야. 알겠나? 그런 감각이 필요해. 적절하면서도 독창적이어야 한다네. 사람은 늘 독창적이어야 하지. …… 그건 그렇고, 누가 자넬 올려 보냈나?"

"스텐겔 씨요."

"오, 스텐겔." 그 이름을 말하는 프랭컨의 어조가 키팅의 마음속 사진기에 찰칵 찍혀 나중에 써먹을 수 있도록 저장되었다. "잘난 분이라 직접 들고 올라올 수 없다, 이거지? 사실 스텐겔은 뛰어난 설계사고 뉴욕 시에서 최고 실력자지. 그런데 요새 좀 지나칠 정도로 거만해졌어. 종일 작업에 매달려 있다고 여기 일은 자기 혼자 다 하는 줄 안다니까. 이보게, 자네도 이 업계에 더 오래 몸담아보면 진짜 일은 사무실 밖에서 이루어진다는 사실을 깨닫게 될 걸세. 어젯밤 일만 해도 그렇지. 어젯밤에 클라리온 부동산협회 만찬이 있었네. 손님이 이백 명이나 되었고 저녁식사와 샴페인이 나왔지. 오, 그래, 샴페인!" 프랭컨은 자조적으로 콧등을 찌푸렸다. "그런 만찬에선 식사가 끝난 후 가벼운 연설을 하게 되지만 노골적이고 저속한 장사 얘긴 쏙 빼고 부동산업자의 사회적인 의무라든가 유능하고 인정받는 건축가를 선택하는 것의 중요성에 관한 엄선된 의견 몇 가지만을 얘기하지. 마음에 남는 멋진 슬로건 같은 것들 말일세."

"예, 사장님, '집 지을 사람을 고를 때는 그 집에 살게 될 신붓감을 고르듯 신중하라.' 같은 것 말씀이시죠."

"나쁘지 않아. 전혀, 나쁘지 않아, 키트리지. 내가 적어도 되겠나?"

"제 이름은 키팅입니다." 키팅이 단호하게 말했다. "원하신다면 적으셔도 됩니다. 마음에 드신다면 저로선 영광입니다."

"아, 그래, 키팅! 그래, 맞아, 키팅." 프랭컨이 상대방의 마음을 누그러뜨리는 미소를 지으며 말했다. "내 정신 좀 보게. 사람을 너무 많이 만나다 보니. 아까 뭐라고 했지? 집 지을 사람을 고를 때는 …… 아주 멋진 말이야."

프랭컨은 키팅에게 그 슬로건을 다시 말하게 한 다음 앞에 놓인 여러 색깔의 새 연필들 중 하나를 골라 메모지에 적었다. 바늘처럼 날카롭게 깎인 그 연필들은 전혀 사용하지 않은 상태로 준비되어 있었다.

프랭컨이 메모지를 옆으로 밀어놓고 한숨짓더니 매끄러운 곱슬머리를 어루만지며 지친 목소리로 말했다.

"그래, 좋아, 그걸 봐줘야겠지."

키팅은 공손히 도면을 내밀었다. 프랭컨은 뒤로 상체를 젖히고 도면을 든 팔을 쭉 뻗어 그걸 들여다보았다. 그는 왼쪽 눈을 감았다가 다시 오른쪽 눈을 감고 보더니 도면을 조금 더 멀리 들었다. 키팅은 그가 거꾸로 든 도면을 똑바로 돌리기를 간절히 고대했다. 하지만 프랭컨은 도면을 그대로 들고 있었고, 키팅은 그가 아까부터 도면을 보고 있지 않았음을 퍼뜩 깨달았다. 키팅의 눈을 의식해서 보는 체하고 있는 거였다. 그 순간 키팅은 공기처럼 가벼워진 기분을 느꼈고 앞길이 훤히 트이는 게 보였다.

"흠 …… 그래." 프랭컨이 부드러운 두 손가락 끝으로 턱을 문지르며 말했다. "흠 …… 그래……."

그가 키팅에게 고개를 돌렸다.

"나쁘지 않아. 전혀 나쁘지 않아. 글쎄 …… 어쩌면 …… 더 뛰어난 작품이 나왔을 수도 있지만 …… 그래도 깔끔하게 나왔어. …… 키팅, 자넨 어떻게 생각하나?"

키팅은 창문 네 개가 거대한 화강암 기둥들에 면해 있는 게 마음에 걸렸다. 하지만 연보랏빛 넥타이를 만지작거리고 있는 프랭컨의 손을 보며 그것에 대해 언급하지 않기로 결정했다. 대신 이렇게 말했다.

"제 의견을 말씀드려도 된다면, 4층과 5층 사이의 카르투슈(cartouche: 두루마리 모양의 테두리 장식—옮긴이)들이 이런 인상적인 건물에는 너무 소박한 감이 있는 것 같습니다. 돌림띠 장식이 훨씬 더 어울릴 듯합니다."

"바로 그거야. 나도 그 점을 지적하고 싶었어. 돌림띠 장식 …… 하지만 …… 하지만, 이보게, 그럼 창호가 축소된다는 뜻인데, 안 그런가?"

"맞습니다." 그는 학교에서 친구들과 토론을 벌일 때 쓰던 어조에 망설임을 살짝 넣어서 말했다. "하지만 창문은 건물 정면의 위엄보단 덜 중요하죠."

"맞아. 위엄. 우리가 고객들에게 제공해야 할 건 무엇보다도 위엄이지. 그래, 확실히 돌림띠가 답이야. 다만 …… 내가 이미 시안을 승인해서 스텐겔이 깔끔하게 마무리 작업을 한 건데."

"사장님이 말씀하시면 스텐겔 씨는 기꺼이 수정 작업을 할 겁니다."

프랭컨은 잠시 키팅의 눈을 똑바로 보다가 시선을 내리깔고 소매의 보풀을 뜯어냈다.

"물론이지, 물론이야······." 프랭컨이 모호하게 말했다. "하지만 ······ 자네는 정말로 돌림띠가 그렇게 중요하다고 생각하나?"

키팅이 천천히 대답했다. "전, 꼭 필요한 수정을 하는 것이 스텐겔 씨가 설계한 대로 무조건 통과시키는 것보다 중요하다고 생각합니다."

키팅은 프랭컨이 말없이 자신을 똑바로 응시하는 걸 보고, 그의 눈동자에는 초점이 있는데 두 손은 힘없이 늘어져 있는 걸 보고, 자신이 끔찍한 모험을 걸었고 결국 승리했음을 알 수 있었다. 그는 자신의 승리를 깨달은 후에야 그런 모험을 건 것에 간이 오그라들었다.

두 사람은 책상을 사이에 두고 조용히 서로를 응시하며 마음이 통하는 상대를 만났음을 직감했다.

이윽고 프랭컨이 침착하고 권위 있게 말했다. "좋아, 돌림띠로 하겠네. 이건 두고 가게. 그리고 스텐겔에게 내가 보잔다고 전하게."

키팅이 나가려고 돌아서는데 프랭컨이 불러 세웠다. 그러고는 쾌활하고 따스한 목소리로 말했다.

"아, 키팅, 그런데 말일세, 내가 제안 하나 해도 될까? 우리끼리 얘기고 악의 없이 하는 말인데, 그 회색 작업 가운에는 푸른색보다 진홍색 넥타이가 훨씬 잘 어울릴 것 같은데, 자넨 그렇게 생각하지 않나?"

"맞습니다." 키팅이 선선히 받아들였다. "감사합니다. 내일은 진홍색 넥타이를 보시게 될 겁니다."

키팅은 방에서 나가 살며시 문을 닫았다.

그는 응접실을 지나다가 기품 있는 은발 신사가 부인 한 명을 문까지 배웅하는 걸 보았다. 그 신사는 모자를 쓰지 않은 것으로 보아 이 사무실에서 일하는 게 분명했고, 밍크 망토를 두른 부인은 고객인 듯했다.

신사는 머리가 땅에 닿도록 절을 하지도, 부인의 발아래 카펫을 깔지도, 그녀의 머리 위로 부채질을 해주지도 않았고, 그저 문만 열어주었다. 그런데도 키팅이 보기에는 그 모든 걸 하고 있는 듯했다.

프링크 내셔널 은행 빌딩은 맨해튼 남부에 우뚝 솟아 있었는데, 하늘에 있는 해의 이동에 따라 그 긴 그림자가 마치 거대한 시곗바늘처럼 지저분한 공동주택들을 가로질러 아쿠아리움에서 맨해튼 다리까지 움직였다. 그리고 해가 지면 하드리아누스 황제 무덤의 횃불이 환히 밝혀져 반경 몇 킬로미터

내의 고층 빌딩 유리창들에 타오르는 붉은 얼룩을 만들었다. 프링크 내셔널 은행 빌딩은 정선된 견본들을 통해 로마 예술의 전체 역사를 보여주고 있었다. 이 빌딩은 오랫동안 뉴욕 최고의 건물로 인정받아왔는데, 그건 다른 어느 건축물도 프링크 내셔널 은행 빌딩이 갖추지 못한 고전적인 요소를 뽐낼 수 없었기 때문이다. 이 빌딩은 너무도 많은 기둥과 박공, 프리즈(frieze: 벽면 맨 위의 띠 모양 장식—옮긴이), 삼각대, 검투사, 항아리, 벌류트(volute: 소용돌이형 기둥머리 장식—옮긴이)를 갖고 있어서 흰 대리석으로 지은 게 아니라 빵집에서 쓰는 패스트리 튜브를 짜서 만든 것 같았다. 하지만 이 빌딩은 흰 대리석으로 지은 것이었다. 그리고 그 사실을 아는 이는 건축비를 낸 주인뿐이었다. 그 흰 대리석은 이제 기다란 줄무늬나 반점 형태의 얼룩투성이에다 갈색도 초록색도 아닌 그 둘을 합친 최악의 색조로 변색되어 있었다. 그것은 시골의 깨끗한 공기에 적합한 섬세한 돌에 배기가스와 산성 물질이 침투하여 서서히 부식되어가는 색, 매연의 색이었다. 하지만 프링크 내셔널 은행 빌딩은 대단한 성공작이었다. 너무도 대단한 성공작이라 그 명성만 우려먹어도 설계 같은 건 안 하고도 살 수 있었기에 가이 프랭컨의 마지막 작품이 된 건물이었다.

프링크 내셔널 은행 빌딩에서 동쪽으로 세 블록 떨어진 곳에 다나 빌딩이 서 있었다. 이 빌딩은 프링크 내셔널 은행 빌딩보다 몇 층 낮았으며 아무런 명성도 없었다. 이 빌딩은 완벽한 골격 구조를 드러낸 몸처럼 멋진 조화를 이룬 내부 철골조를 그대로 드러내어 강조한 딱딱하고 단순한 선들로 이루어져 있었다. 정확성이 돋보이는 날카로운 각도들과 본보기가 될 만한 평면 구성, 지붕에서부터 바닥까지 빙하가 흘러내리는 것 같은 긴 줄무늬를 이룬 창문들 외에 다른 장식은 없었다. 뉴욕 사람들은 다나 빌딩에 거의 눈길을 주지 않았다. 이따금 시골에서 온 방문객이 달빛 속에서 예기치 않게 그 건물을 보고서 발길을 멈추어 도대체 어떤 꿈에서 저런 모습이 나왔을까 의아해할 뿐이었다. 하지만 그런 방문객들은 드물었다. 다나 빌딩 입주자들은 이 건물을 지상의 어느 건물과도 바꾸지 않겠노라고 말했다. 그들은 이 건물의 채광과 환기, 복도와 사무실의 배치가 완벽하다는 걸 인정했다. 하지만 다나 빌딩 입주자들은 그리 많지 않았고, 저명인사는 '창고처럼 생긴' 건물에 사무실을 두려고 하지 않았다.

다나 빌딩은 헨리 캐머런이 설계한 작품이었다.

1880년대에 뉴욕 건축가들은 업계 이인자 자리를 두고 다투었다. 일인자 자리를 탐내는 사람은 아무도 없었다. 일인자 자리는 헨리 캐머런의 것이었다. 당시 헨리 캐머런은 일을 맡기기도 어려운 존재로 대기자 명단에 이름을 올리고 2년은 기다려야 했다. 그는 자신의 사무실에 맡겨진 모든 건축물을 몸소 설계했다. 그리고 자기가 짓고 싶은 걸 선택했다. 일단 그에게 건축을 맡기면 고객은 입을 다물고 있어야 했다. 그는 모든 사람에게 복종을 요구했지만 자신은 그 누구에게도 복종하지 않았다. 그는 최고의 명성을 누리던 시기에 아무도 짐작할 수 없는 목표를 향해 날아가는 발사체처럼 행동했다. 사람들은 그가 미쳤다고 했다. 하지만 그가 지어준 건물을 이해하든 이해하지 못하든 순순히 받아들였는데, 그것은 단지 '헨리 캐머런'의 작품이기 때문이었다.

그의 건물들은 처음에는 그저 조금 달랐을 뿐 사람들을 기겁하게 하지는 않았다. 이따금 깜짝 놀랄 만한 실험을 시도하기는 했지만 사람들은 이미 그 정도는 예상하고 있었고 헨리 캐머런과 입씨름을 벌일 생각은 하지 않았다. 새 건물을 지을 때마다 그의 마음속에서는 무언가가 자랐다. 그것은 용틀임 속에서 형체를 갖추어가며 폭발할 지경에 이르기까지 위태롭게 커져갔다. 폭발은 마천루의 탄생과 함께 왔다. 건축물들이 천천히 한 층씩 쌓아 올리는 방식을 벗어나 쇠로 된 화살처럼 부담도 한계도 없이 쑥쑥 솟는 형태로 지어지기 시작했을 때, 헨리 캐머런은 그 새로운 기적을 이해하고 그것을 구현시킨 선구자들의 대열에 속해 있었다. 그는 높은 건물은 높게 보여야만 한다는 진실을 받아들인 몇 안 되는 선구자들 가운데 하나였다. 다른 건축가들이 20층짜리 건물을 옛날 벽돌 저택처럼 보이게 만들 방법을 궁리하며 욕지거리를 해대는 동안, 그들이 수평적 장치를 총동원하여 건물의 키를 속이고, 전통에 맞게 줄이며, 치욕스런 철골을 숨기고, 작으면서 안전하고 고풍스런 모습으로 만드는 동안, 헨리 캐머런은 철골과 키를 과시하는 곧고 수직적인 선들을 지닌 마천루를 설계했다. 다른 건축가들이 프리즈와 박공을 그리는 동안, 헨리 캐머런은 고층 빌딩은 그리스식 건축 방식을 본뜨면 안 된다는 결론을 내렸다. 그는 그 어떤 건물도 다른 건물을 흉내내서는 안 된다고 생각했다.

당시 서른아홉 살이었던 그는 땅딸막하고 꾀죄죄한 외모를 지니고 있었으며, 잠도 끼니도 거르고 미친 듯 일에 매달렸다. 술은 거의 안 마셨지만 마셨다 하면 폭음을 했고, 고객들에게 상스러운 욕을 해댔으며, 상대가 앙심을 품으면 그걸 비웃고 일부러 부채질하기까지 했다. 그는 봉건영주이자 부두 노동자처럼 행동했으며, 어느 방에 들어가든 거기 있는 사람들의 기분을 상하게 만드는 격정적인 긴장 상태에서, 그 자신이나 다른 사람들이나 오래 견디기는 힘든 불길 속에서 살았다. 그것이 1892년이었다.

그리고 1893년에 시카고 콜럼버스 박람회가 열렸다.

이천 년 전의 로마가 미시간 호 연안에 들어섰다. 프랑스와 스페인, 아테네를 비롯한 로마 이후의 모든 양식이 가미되어 개선된 로마였다. 그곳은 기둥들과 개선문들, 푸른 석호들, 수정 분수들, 그리고 팝콘으로 이루어진 '꿈의 도시'였다. 그곳의 건축가들은 누가 가장 많은 자료들에서 최고의 것을 훔쳐올 수 있는지를 겨루었다. 미국이라는 신생국의 눈앞에 이미 다른 모든 오래된 나라들에서 저질러진 모든 구조적 범죄가 펼쳐졌다. 그것은 역병처럼 격렬했고, 그만큼이나 빨리 퍼졌다.

사람들은 박람회에 구경 와서 큰 충격을 받았으며 그들이 본 것의 씨앗들을 미국 전역의 도시들에 퍼뜨렸다. 그 씨앗들은 싹이 터 잡초가 되었다. 널빤지 지붕에 도리아식 주랑현관을 가진 우체국, 철제 박공이 있는 벽돌 저택, 열두 개의 파르테논 신전 기둥들을 쌓아 올려 만든 고미다락. 그 잡초들은 무성하게 자라 다른 것들의 자리까지 모두 차지해버렸다.

헨리 캐머런은 콜럼버스 박람회장 건설에 참여하기를 거부했으며 그 박람회에 대해 인쇄 불가능한, 하지만 숙녀들과 함께 있는 자리가 아니라면 입으로는 옮길 수 있는 욕들을 해댔다. 그의 욕들은 입에서 입으로 옮겨졌다. 어느 저명한 은행가가 철도역을 에페소스에 있는 다이아나 신전 모양으로 설계해달라고 하자 그가 은행가의 얼굴에 잉크병을 던졌다는 소문도 돌았다. 그 은행가는 다시는 그를 찾아가지 않았다. 그리고 다른 사람들도 다시는 그를 찾아가지 않았다.

그가 오랜 세월 고군분투하며 달려와 드디어 목표에 다다른 순간, 이제야 비로소 그가 추구해온 진실을 구현하려는 순간, 마지막 장벽이 갑자기 그의 앞을 막아선 것이었다. 신생국 미국은 그가 가는 길을 지켜보며 의아해하다가 마침내 그의 작품이 지닌 새로운 장엄함을 받아들이기 시작했다. 하지만 고전주의에 탐닉하여 별안간 이천 년 전으로 돌아가 버린 나라에서는 그가 설 자리가 없었다. 그는 무용지물이었다.

이제 더는 건물을 설계할 필요가 없었고 사진 찍듯 그대로 베끼기만 하면 되었다. 가장 방대한 자료를 가진 건축가가 최고의 건축가였다. 모방자들이 모조품들을 그대로 베꼈다. 그것을 허가하기 위해 문화가 생겨났다. 지나간 스무 개의 세기들이 폐허 속에서 되살아나고, 대대적인 박람회가 열리고, 집집마다 사진첩에 유럽 엽서가 꽂혔다.

이에 대항해 헨리 캐머런이 제시할 수 있는 건 자신의 신념밖에 없었다. 인용할 사람도, 거창하게 할 말도 없었다. 그는 단지 건물의 형태는 그 기능에 따라야 한다고, 건물의 구조가 아름다움의 열쇠라고, 새로운 건축 방식은 새로운 형태를 요구한다고, 자신은 스스로가 원하는 대로 건물을 짓겠노라고만 말했다. 하지만 사람들은 비트루비우스(Vitruvius: 로마 건축가—옮긴이), 미켈란젤로, 크리스토퍼 렌(Christopher Wren: 17세기를 대표하는 영국 건축가—옮긴이)에 대해 토론하느라 그의 말에 귀 기울이지 않았다.

사람들은 열정을 싫어한다. 그것이 아무리 위대한 열정이라 해도 마찬가지다. 헨리 캐머런의 실수는 자신의 일을 사랑한 것이었다. 그는 그것 때문에 싸웠고, 결국 그것 때문에 패배했다.

사람들은 그가 자신의 패배를 모른다고 말했다. 혹시 알고 있었더라도 그는 그것을 절대 내색하지 않았다. 고객이 뜸해질수록 그는 고객에게 더욱 고압적으로 굴었다. 자신의 명망이 떨어질수록 더욱 오만한 목소리로 자신의 이름을 말했다. 그는 영리한 사무장을 두고 있었는데, 작고 온화하고 겸손하면서도 철인처럼 강한 그 남자는 캐머런의 전성기에 그의 불같은 성질을 조용히 받아내며 고객을 영입했다. 캐머런이 고객들에게 모욕을 주면 그 작은 남자가 고객들을 달래서 다시 찾아오게 만들었다. 하지만 그 사무장은 세상을 떠났다.

캐머런은 사람들을 대할 줄 몰랐다. 그는 사람들에게 아예 관심조차 없었다. 원래 건축 외에는 그 어느 것에도, 자신의 인생에도 관심이 없는 인물이니까. 그는 설명이란 걸 할 줄 몰랐고 명령만 내릴 줄 알았다. 그는 사람들의 호감을 산 적이 없었으며 그저 두려움의 대상이었다. 하지만 이제는 그를 두려워하는 사람도 없었다.

그는 살아남았다. 살아남아서 자신이 일찍이 새로 변신시키기를 꿈꿔왔던 도시의 거리를 증오했다. 살아남아서 빈 사무실 책상에 하는 일 없이 앉아서 기다림의 시간을 보냈다. 살아남아서 신문에 실린 '고(古) 헨리 캐머런'에 관한 호의적인 기사를 읽었다. 살아남아서 며칠 밤낮을 쉬지 않고 조용히 지독하게 술을 마시기 시작했고, 설계 발주를 위해 그의 이름이 거론될 때 그를 몰락시킨 인간들이 이렇게 말하는 걸 들었다. "캐머런? 그 사람은 안 돼. 그 사람 술고래야. 그래서 일거리가 없는 거야." 살아남아서 유명 건물의 세 개 층을 쓰다가 그 보다 덜 비싼 동네 건물의 한 개 층으로 줄이고, 그 다음에는 훨씬 저렴한 동네에 있는 건물의 한 층 전체가 아닌 일부로 줄이고, 종내는 배터리 공원 근처에 있는 방 세 개짜리 사무실에 자리를 잡았다. 창들이 벽돌 벽과 환기통에 가로막혀 어둡고 답답한 그 사무실을 선택한 건 창문에 코를 박고 보면 벽돌 벽 너머로 다나 빌딩 꼭대기가 보이기 때문이었다.

하워드 로크는 계단을 오르며 층계참마다 멈춰 서서 창문 너머로 다나 빌딩을 바라보았다. 엘리베이터가 고장 나서 그는 헨리 캐머런의 사무실이 있는 6층까지 걸어 올라가야 했다. 계단에는 오래전에 칠한 칙칙한 녹색 페인트가 드문드문 남아 발바닥 아래서 바스러지는 소리를 냈다. 로크는 자신의 설계도 철을 옆구리에 끼고 눈은 다나 빌딩을 향한 채 약속이라도 있는 것처럼 빠르게 올라갔다. 그러다 계단을 내려오는 사람과 부딪쳤는데, 그건 지난 이틀 동안 그가 자주 겪은 일이었다. 뉴욕에 올라와서 이틀 동안 고개를 뒤로 젖히고 건물들만 보면서 거리를 헤매고 다녔던 것이다.

좁고 어두운 대기실에 전화와 타자기가 있는 책상이 놓여 있었다. 반백의 해골 같은 남자가 책상을 지키고 있었는데 셔츠바람이었고 축 늘어진 멜빵이 어깨에 걸려 있었다. 그는 골똘히 시방서(示方書)를 타이핑하고 있었는데 두 손가락이 믿을 수 없을 정도로 빠르게 움직였다. 축축한 셔츠가 달라붙은 등짝이 희미한 전구에서 나온 불빛을 받아 노란 빛의 웅덩이처럼 보였다.

로크가 들어가자 그는 천천히 고개를 들었다. 그는 아무런 호기심도 없는 늙고 지친 눈으로 로크를 바라보며 잠자코 기다렸다.

"캐머런 씨를 만나고 싶습니다." 로크가 말했다.

"그래요?" 노인이 도전도, 악의도, 의미도 없는 목소리로 말했다. "무슨 일로요?"

"일자리 문제로요."

"무슨 일자리?"

"설계요."

노인은 멍하니 쳐다보고만 있었다. 실로 오랜만의 일이기 때문이었다. 이윽고 그가 말없이 일어서더니 발을 질질 끌고 자신의 뒤쪽에 있는 문을 열고 들어갔다.

그가 문을 반쯤 열어두어서 로크는 그가 느릿느릿 말하는 소리를 들을 수 있었다.

"캐머런 씨, 밖에 일자리를 구하러 온 친구가 있습니다."

그러자 전혀 나이 들지 않은 강하고 또렷한 목소리가 날아왔다.

"뭐야, 순 얼간이 같으니라고! 내쫓아버려. …… 잠깐! 들여보내!"

노인이 밖으로 나오더니 열린 문을 잡고서 말없이 들어가라는 고갯짓을 했다. 로크는 안으로 들어갔고, 뒤에서 문이 닫혔다.

헨리 캐머런은 길쭉하고 휑한 방의 끄트머리에 있는 책상에 앉아 있었다. 그는 앞으로 몸을 기울인 채 책상 위에 팔을 올리고서 두 손을 깍지 끼고 있었다. 머리카락과 턱수염은 새까맸고 새치가 드문드문 보였다. 짧고 굵은 목의 근육은 밧줄처럼 울퉁불퉁했다. 흰 셔츠 소매를 팔꿈치 위까지 걷어 올렸는데 드러난 팔이 단단하고 육중하며 갈색을 띠고 있었다. 커다란 얼굴의 살은 나이가 들면서 압축의 과정을 거치기라도 한 것처럼 단단했다. 그리고 검은 눈동자는 젊음과 생기가 넘쳤다.

로크는 문지방에 멈춰 섰고, 두 사람은 긴 방을 사이에 두고 서로를 응시했다.

바깥의 벽돌 벽에 가로막힌 창문으로 들어오는 빛은 잿빛이었고 제도용 탁자와 몇 개 안 되는 초록색 서류철 위에 앉은 먼지가 흐릿한 수정 입자들이 쌓여 있는 것처럼 보였다. 로크는 창문들 사이의 벽에서 그림 한 점을 보았다. 그 방에 있는 유일한 그림으로, 지상에 세워진 적이 없는 고층 빌딩이 담겨 있었다.

로크의 눈이 먼저 움직여 그림으로 날아갔다. 그다음에는 발이 움직여 방을 가로질러 그림 앞으로 갔다. 그는 멈춰 서서 그림을 바라보았다. 캐머런의 시선이 그를 따라갔는데 마치 한쪽 끝이 단단히 고정된 길고 가느다란 바늘이 천천히 원을 그리며 나아가 로크의 몸을 찔러 단단히 고정시키기라도 하는 것 같은 묵직한 눈길이었다. 캐머런은 오렌지색 머리칼과 옆으로 늘어뜨린 손을 바라보았다. 그림을 향해 펼쳐진 손바닥의 손가락들이 살짝 구부러져 있었는데 어떤 동작을 하다가 깜빡 잊은 게 아니라 무언가를 묻거나 잡으려는 동작 직전인 듯했다.

"아니, 나를 보러 온 건가, 아니면 그림을 보러 왔나?" 이윽고 캐머런이 물었다.

로크가 그를 향해 돌아섰다.

"둘 다입니다." 로크가 말했다.

그는 책상으로 걸어갔다. 다른 사람들은 로크 앞에서 존재감을 잃었지만 캐머런은 지금 자신을 바라보고 있는 눈길 속에서 자신이 그 어느 때보다 생생하게 존재한다는 느낌을 받았다.

"원하는 게 뭔가?" 캐머런이 무뚝뚝하게 물었다.

"선생님 밑에서 일하고 싶습니다." 로크가 조용히 말했다. "선생님 밑에서 일하겠습니다."라고 말하는 듯한 어투였다.

"그래?" 캐머런은 자신이 귀가 아닌 마음으로 들은 말에 대답하고 있음을 깨닫지 못하고 있었다. "문제가 뭔데? 더 크고 훌륭한 데선 자넬 안 받아주나?"

"다른 데에는 지원한 적이 없습니다."

"왜지? 여기가 시작하기 제일 쉬운 곳이라고 생각하나? 여긴 아무나 다 받아준다고 생각해? 자네 내가 누군지 알아?"

"예. 그래서 온 겁니다."

"누가 보냈나?"

"그런 사람 없습니다."

"도대체 왜 날 택한 건가?"

"그건 선생님께서도 아시리라 생각합니다."

"도대체 얼마나 뻔뻔하고 건방지기에 내가 받아줄 거라고 생각한 거야? 내가 사람이 궁해서 아무 놈이나 찾아와주기만 하면 황송해서 어서 옵쇼 할 줄 알았어? 속으로 이렇게 생각했겠지. '늙은 캐머런은 한물간 술주정뱅이다…….' 이봐, 그랬잖아! …… '특별할 것 없는 술주정뱅이 실패자다…….' 맞지?…… 얼른 대답해! 빌어먹을, 대답하라니까! 뭘 쳐다봐? 그래서 온 거야? 얼른! 아니라고 말해봐!"

"그럴 필요 없습니다."

"전에 어디서 일했나?"

"처음 시작하는 겁니다."

"그럼 뭘 했나?"

"스탠턴에서 3학년까지 다녔습니다."

"응? 게을러서 졸업장도 못 따신 분이신가?"

"퇴학당했습니다."

"대단해!" 캐머런은 주먹으로 책상을 쾅 치면서 호탕하게 웃었다. "아주 훌륭해! 그 거지같은 스탠턴에서도 쫓겨났는데 헨리 캐머런 밑에서 일하겠다니! 여길 도피처로 생각했군! 그래, 쫓겨난 이유는 뭔가? 술? 여자? 뭐야?"

"이것들입니다." 로크가 자신의 설계도들을 내밀었다.

캐머런은 맨 위의 걸 보더니 그다음 것, 그다음 것, 그렇게 맨 밑에 있는 것까지 다 보았다. 로크는 캐머런이 도면을 보고 나서 맨 뒷장으로 끼워 넣을 때 내는 바스락거리는 소리를 듣고 있었다. 이윽고 캐머런이 고개를 들었다.

"앉게."

로크는 시키는 대로 했다. 캐머런이 굵은 손가락들로 설계도 뭉치를 두드리며 그를 바라보았다.

"자넨 이것들이 훌륭하다고 생각하나? 사실 이것들은 끔찍하네. 입에 담을 수도 없을 정도지. 죄악이야. 이보게." 그는 도면 하나를 로크의 얼굴에 들이댔다. "이걸 좀 봐. 도대체 무슨 생각으로 그린 건가? 뭐에 씌어서 이런 설계를 한 거야? 그냥 예쁘게 그리고 싶었던 건가? 대충 뭔가 짜 맞춰놔야 해서? 자넨 자신이 누구라고 생각하나? 가이 프랭컨? 어이쿠! …… 이 건물을 봐, 이 멍청한 사람아! 자넨 이런 아이디어를 가지고도 그걸 표현하는 방법을 모르고 있어! 우연히 근사한 걸 발견해도 그걸 망칠 수밖에 없어! 자네 얼마나 배울 게 많은지 아나?"

"예. 그래서 온 겁니다."

"이번엔 이걸 보게! 나도 자네 나이 때 이런 걸 해냈다면 좋았을 텐데! 그런데 자넨 이걸 망쳐놔야만 했나? 나라면 어떻게 했을지 아나? 봐, 계단이고 보일러실이고 신경 쓸 거 없어. 토대를 놓을 때는……."

그는 한참 동안 열변을 토했다. 욕지거리도 해댔다. 로크의 설계도들을 어느 것 하나 마음에 들어 하지 않았다. 하지만 로크는 그가 자신의 설계도들을 건축 중인 건물들로 여기며 비판하고 있음을 깨달았다.

캐머런이 갑자기 말을 뚝 끊더니 설계도들을 옆으로 밀어놓고 그 위에 주먹을 얹으며 물었다.

"건축가가 되기로 결심한 게 언젠가?"

"열 살 때입니다."

"그렇게 어린 나이엔 자신이 뭘 원하는지 알 수 없어. 자넨 거짓말을 하고 있어."

"제가요?"

"그런 눈으로 보지 마! 다른 데 좀 볼 수 없나? 왜 건축가가 되기로 결심했나?"

"그땐 몰랐지만, 신을 믿은 적이 없기 때문입니다."

"이봐, 말이 되는 소릴 해."

"이 세상을 사랑하기 때문입니다. 제가 사랑하는 건 그것뿐입니다. 전 지금 이 세상의 모습을 좋아하지 않습니다. 그래서 바꿔놓고 싶습니다."

"누구를 위해서?"

"저를 위해서요."

"자네 몇 살인가?"

"스물둘입니다."

"그런 소리는 언제 들은 건가?"

"들은 게 아닙니다."

"스물두 살에 그런 소리를 하는 사람은 없어. 자넨 비정상이야."

"그럴 겁니다."

"칭찬으로 한 말이 아니네."

"알고 있습니다."

"가족은 있나?"

"없습니다."

"고학으로 학교에 다녔나?"

"예."

"무슨 일을 했는데?"

"건축 일을 했습니다."

"돈은 얼마나 갖고 있나?"

"17달러 30센트요."

"뉴욕엔 언제 왔나?"

"어제 왔습니다."

캐머런은 자신의 주먹 밑의 흰 종이 뭉치를 보았다.

"빌어먹을 자식." 그가 조용히 말했다. "빌어먹을 자식!" 그러고는 갑자기 호통을 치며 책상 위로 몸을 기울였다. "난 자네한테 와달라고 하지 않았어! 난 조수 같은 건 필요 없어! 어차피 일거리도 없으니까! 나나 직원들이나 바우어리 선교단의 무료 급식 신세를 면하게 해줄 만큼의 일거리도 없다고! 여기서 멍청한 몽상가들이 굶주리는 꼴도 보기 싫어! 난 책임지고 싶지 않아. 내가 청한 게 아냐. 난 그 꼴을 다시 보게 될 줄은 몰랐어. 그것과는 끝났으니까. 이미 오래전에 끝났으니까. 난 지금 데리고 있는 얼간이들이 아주 마음에 들어. 뭔가를 가진 적도 없고 앞으로 가질 수도 없으며 나중에 어떻게 되든 아무 상관도 없는 인간들이니까. 난 그거면 돼. 그런데 왜 찾아온 거지? 자넨 스스로를 망치는 길로 뛰어들었어, 자네도 그걸 알지, 안 그래? 그리고 난 그걸 도울 거야. 난 자넬 보고 싶지 않아. 자네가 싫어. 자네 면상이 싫어. 자넨 지독한 자기중심주의자처럼 생겼어. 아주 건방지고. 지나치게 자신만만해. 20년 전이었다면 아주 기쁜 마음으로 자네 면상에 주먹을 날렸을 거야. 내일 9시 정각까지 출근해."

"예." 로크가 일어서며 대답했다.

"주급은 15달러야. 그것밖에 못 줘."

"예."

"자넨 바보 천치야. 다른 사람을 찾아가야 했어. 이젠 다른 데로 가면 죽여버릴 거야. 이름이 뭔가?"

"하워드 로크입니다."
"지각하면 바로 해고야."
"예."
로크가 자신의 설계도 뭉치를 집으려고 손을 내밀었다.
"그냥 둬!" 캐머런이 호통을 쳤다. "이제 나가!"

4

"투히." 가이 프랭컨이 말했다. "엘즈워스 투히. 참 괜찮은 친구야, 안 그런가? 이걸 읽어보게, 피터."

프랭컨은 유쾌하게 책상 위로 몸을 기울여 키팅에게 〈뉴 프런티어스〉 8월호를 건네었다. 〈뉴 프런티어스〉의 흰 표지에는 팔레트와 수금(竪琴), 망치, 드라이버, 떠오르는 태양으로 이루어진 검정 엠블렘(상징표)이 박혀 있었다. 발행 부수가 3만 부인 이 잡지는 미국 지성의 선봉을 자처하는 독자층을 거느리고 있었고, 그런 사실에 이의를 제기하는 사람은 아무도 없었다. 키팅은 엘즈워스 M. 투히가 쓴 '대리석과 모르타르'라는 기사를 읽었다.

> 이제 우리는 대도시의 스카이라인을 장식할 또 하나의 주목할 만한 작품을 만나게 되었다. 나는 안목 높은 독자들에게 프랭컨 앤드 헤이어가 지은 멜턴 빌딩에 주목할 것을 권한다. 멜턴 빌딩은 고전적인 순수성과 상식의 승리를

웅변하는 증인으로서 새하얀 고요함을 지니고 우뚝 서 있다. 멜턴 빌딩이 모든 사람의 가슴에 단순하고 명쾌하게 와 닿는 아름다운 구조로 태어날 수 있었던 것은 불멸의 전통의 규율이 제공한 응집력 덕택이었다. 이 작품에서는 별난 과시주의도, 참신함을 표방한 변태적인 노력도, 고삐 풀린 자기중심주의에의 탐닉도 찾아볼 수 없다. 멜턴 빌딩의 설계자 가이 프랭컨은 이미 과거 세대의 장인들이 그 가치를 입증한 강제적인 규칙들에 복종하는 법을 아는 동시에 그가 진정한 예술가의 겸허함으로 기꺼이 받아들인, 고전적인 도그마인데도 바로 그것 때문에 자신의 창조적 독창성을 발휘하는 법을 아는 인물로 정평이 나 있다. 말이 나온 김에 덧붙이면, 도그마적 규율만이 진정한 독창성을 가능하게 만들어주며 …… 하지만 더욱 중요한 건, 이런 건물이 우리의 거대한 도시에 세워지는 것의 상징적 중요성이다. 멜턴 빌딩의 남쪽 정면 앞에 서면 3층부터 18층까지 의도적이고 우아한 단조로움을 보이며 반복된 돌림띠 장식이, 그 길고 곧고 수평적인 선들이 완화적이고 평준화적인 원칙에 따른 평등의 선임을 깨닫고 충격에 빠지게 된다. 그 선들은 높이 솟은 구조물을 관찰자의 겸허한 수준까지 낮춰주는 듯하다. 그것들은 땅의, 사람들의, 위대한 대중의 선이다. 그것들은 지상의 그 어느 것도 평범한 인간의 수준이라는 한계를 넘어 지나치게 높이 솟을 수

없음을 말해주는 듯하다. 멜턴 빌딩 같은 당당한 건물도
인류애의 상징인 돌림띠 장식으로…….

기사는 그렇게 이어졌다. 키팅은 기사를 다 읽고 나서 고개를 들었다. "와!" 그가 경외감에 차서 말했다.

프랭컨은 행복한 미소를 지었다.

"아주 훌륭하지, 응? 다른 사람도 아닌 **투히**의 찬사를 받다니. 아직 많은 사람들에게 알려진 인물은 아니지만 언젠가는 유명인사가 될 거야. 내 말 명심해. 유명인사가 될 거라고. 나는 그런 조짐들을 알 수 있지. …… 그러니까, 투히는 내가 그리 형편없진 않다고 생각하는 거지? 그는 얼음송곳 같은 혀를 갖고 있고 그걸 거침없이 휘두르지. 그가 다른 사람들에 대해 뭐라고 하는지 자네도 들어봐야 하는데. 자네, 더킨의 최신 쥐덫에 대해 아나? 나도 그때 그 파티에 있었는데 투히가 이러는 거야." 프랭컨은 쿡쿡 웃고는 말을 이었다. "투히가 뭐라고 했냐 하면, '만일 더킨 씨가 자신이 건축가라는 망상에 빠져 있다면 숙련된 배관공이 부족해서 일자리가 많다는 걸 그에게 귀띔해주는 게 도리죠.' 그렇게 말했다니까. 상상해봐. 사람들 다 듣는 데서 말이야!"

"때가 오면 그가 **저에** 대해선 뭐라고 말할지 궁금하군요." 키팅이 생각에 잠겨서 말했다.

"그런데 도대체 그가 무슨 뜻으로 상징적 중요성이니 인류

애를 상징하는 돌림띠니 하는 얘길 했을까? …… 오, 그가 그런 것들 때문에 우리를 칭찬한 거라면 걱정스런 일이야!"

"사장님, 예술가를 해석하는 게 비평가의 일입니다. 예술가 자신도 그 해석을 통해 자신에 대해 몰랐던 사실을 깨달을 수 있고요. 투히 씨는 사장님의 잠재의식 속에 숨어 있는 의미에 대해 얘기한 것일 뿐입니다."

"오." 프랭컨이 모호하게 말했다. "오, 그렇게 생각하나?" 그가 밝은 목소리로 덧붙였다. "그럴 거야. …… 그래, 그럴 거야. …… 피터, 자넨 똑똑한 친구야."

"감사합니다." 키팅이 일어서려는 움직임을 보였다.

"잠깐. 가지 말게. 담배 한 대 더 피우고 지겨운 일상으로 돌아가자고."

프랭컨은 미소 가득한 얼굴로 기사를 다시 읽었다. 키팅은 그가 그렇게 기뻐하는 모습을 본 적이 없었다. 그 어떤 설계도나 완성된 작품도 사람들이 읽을 수 있게 종이에 인쇄된 이 글만큼 그를 행복하게 만들어준 적이 없었다.

키팅은 푹신한 의자에 편안하게 앉아 있었다. 이곳에서의 첫 달은 성공적이었다. 그 자신은 말로나 행동으로나 아무런 암시도 한 적이 없는데도 가이 프랭컨이 무슨 일이든 키팅을 올려 보내는 걸 좋아한다는 인식이 사무실 전체에 퍼졌다. 그리하여 키팅은 거의 하루도 빠짐없이 가이 프랭컨과 마주 앉아 즐거운 막간의 휴식을 취하게 되었다. 면담 분위기는 정중하면서도 나날이 친밀감이 돈독해져갔고, 자신을 이해하는 사람들이 주위에 있었으면 좋겠다는 프랭컨의 한탄에 키팅은 열심히 귀 기울였다.

키팅은 동료 제도사들을 통해 가이 프랭컨에 대한 모든 정보를 입수했다. 가이 프랭컨은 소식가에 입맛이 까다롭고, 미식가로 불리는 것에 자부심을 갖고 있으며, 파리 미술학교를 우수한 성적으로 졸업했고, 돈을 보고 결혼해서 그 결혼 생활은 행복하지 못했으며, 양말과 손수건 색깔을 세심하게 맞추지만 넥타이 색은 맞추지 않는다고 했다. 회색 화강암으로 건물을 짓는 걸 유난히 좋아해서 코네티컷 주에 회색 화강암 채석장까지 갖고 있는데 채석장 사업이 아주 잘 되고 있으며, 자두색 루이 15세 스타일로 장식된 최고급 독신자 아파트에서 살고 있고, 명문가 출신의 아내는 외동딸에게 재산을 남기고 죽었고, 지금 열아홉 살인 그 딸은 대학에 다니느라 집을 떠나 있다는 것이었다.

키팅은 특히 프랭컨의 딸에 관한 정보에 관심이 끌렸다. 그는 지나가는 말로 슬쩍 그의 딸 이야기를 꺼내보았다. "오, 그래…… 그래, 맞아……." 프랭컨은 힘없이 그렇게만 말했다. 키팅은 당분간 그 문제에 대해서는 더 캐고 들지 않기로 했다. 프랭컨의 표정을 보니 무슨 이유에선지는 몰라도 딸 생각만 하면 괴로운 것이 분명해 보였기 때문이다.

키팅은 프랭컨의 동업자 루서스 N. 헤이어를 만나보았고 3

주 동안 그가 두 번 출근한 걸 봤지만 그가 무슨 일을 하는지는 알 수 없었다. 헤이어는 혈우병 환자는 아닌데도 꼭 혈우병이 있는 것처럼 보였다. 그는 길고 가느다란 목과 툭 불거진 엷은 색 눈을 가진 쇠락한 귀족으로, 누구에게나 겁먹은 듯한 정중한 태도를 보였다. 그는 유서 깊은 귀족가문의 유물이었고, 프랭컨이 그를 동업자로 끌어들인 건 그의 인맥을 이용하려는 심산이었던 것으로 여겨졌다. 사람들은 가련한 루셔스에게 연민을 느꼈고, 어떻게든 일을 해보려는 그의 노력에 감탄했으며, 그에게 자신의 집 건축을 맡기는 걸 기분 좋게 생각했다. 일단 계약이 성사되면 프랭컨은 헤이어에게 더는 아무것도 요구하지 않고 자신이 모든 걸 진행했다. 그것이 모두를 만족시켰다.

제도실 사람들은 피터 키팅을 좋아했다. 키팅은 그들에게 마치 거기 오랫동안 근무했던 것 같은 느낌을 주었다. 그는 어느 집단에 들어가든 자연스럽게 적응하는 법을 알았다. 부드럽고 밝은 태도로 마치 스펀지가 물을 빨아들이듯 그곳 분위기에 쉽게 젖어들었다. 그의 따스한 미소와 쾌활한 목소리, 소탈하게 어깨를 으쓱 올리는 태도는 그가 아무 고민도 없고 누구를 비난하거나 무언가를 요구하거나 탓할 사람이 아니라고 말해주는 듯했다.

프랭컨은 기사를 읽다가 문득 고개를 들고 앞에 앉아서 자신을 지켜보고 있는 키팅을 흘깃 보았다. 그를 바라보는 키팅의 두 눈에는 존경심이 가득했지만 양쪽 입꼬리에는 마치 귀로 들리기 직전에 눈으로 먼저 보이는 웃음의 음표와도 같은 밝은 경멸의 표정이 어려 있었다. 프랭컨은 가슴 가득 밀려드는 안도감을 느꼈다. 그 안도감은 키팅의 경멸에서 온 것이었다. 그 현명한 냉소를 동반한 존경은 프랭컨에게 거저 위엄을 제공해주었다. 맹목적인 존경은 위태로운 것이고, 받아 마땅한 존경에는 책임감이 따르지만, 받을 자격이 없는 존경은 소중한 것이었다.

"피터, 나갈 때 이걸 제퍼스 양에게 주게. 내 스크랩북에 정리해두라고 해."

키팅은 계단을 내려가면서 잡지를 공중으로 높이 던졌다가 멋지게 받으며 입술을 오므리고 소리 없는 휘파람을 불었다.

제도실로 들어서니 그의 단짝인 팀 데이비스가 도면을 앞에 놓고 낙담해서 어깨를 축 늘어뜨리고 있었다. 키팅은 옆 탁자의 키 큰 금발 청년 팀 데이비스가 이 사무실의 촉망 받는 일꾼임을 진작부터 알고 있었다. 그런 방면으로는 눈치가 빤한 키팅은 분명한 증거가 없이도 그걸 확신할 수 있었다. 그래서 그는 되도록이면 데이비스가 맡은 프로젝트에 참여하려고 애썼다. 곧 두 사람은 점심도 함께 먹으러 다니고 퇴근 후 작고 조용한 술집에서 술잔도 기울였다. 키팅은 데이비스와 애인 일레인 더피의 연애담을 숨도 안 쉬고 열심히 들어주었지만 나중에 헤어지고 나면 한 마디도 기억나지 않았다.

데이비스가 몹시 침울해서는 입에 문 담배와 연필을 동시에 질경질경 씹어대고 있었다. 키팅은 그에게 무슨 일인지 물어볼 필요도 없이 데이비스의 어깨너머로 다정한 얼굴을 기울였다. 데이비스가 연필을 뱉어내고 분통을 터뜨렸다. 방금 오늘 밤에 야근을 하라는 지시를 받았다는 것이다. 이번 주 들어 벌써 세 번째라고 했다.

"또 야근이야. 몇 시에 끝날지도 몰라! 오늘 밤 안으로 이 염병할 걸 다 끝내야 해!" 그는 앞에 펼쳐진 종이를 쾅 쳤다. "이걸 봐! 다 끝내려면 몇 시간을 매달려야 하는지 모른다고! 어쩌지?"

"팀, 자네가 여기서 최고로 일을 잘하니까 그런 거야. 회사에선 자네가 필요해."

"알 게 뭐야! 오늘 밤 일레인과 데이트 약속이 있단 말이야! 그 약속을 어떻게 깨지? 벌써 세 번째야! 일레인은 내 말을 안 믿어줄 거야! 지난번에 일레인이 그랬어! 더는 못 참는다고! 전능하신 가이 님께 올라가서 자기 일이니까 알아서 처리하라고 할 거야! 난 끝났다고!"

"잠깐." 키팅이 그에게 가까이 몸을 기울이며 말했다. "잠깐! 다른 방법이 있어. 내가 대신 마무리해줄게."

"응?"

"내가 야근을 하겠다고. 내가 대신 해주겠다고. 걱정 마. 아무도 모를 테니까."

"피터! 그래주겠나?"

"그럼. 어차피 오늘 밤 할 일도 없으니까. 다들 퇴근할 때까지만 기다렸다가 몰래 빠져나가."

"오, 이런, 피터!" 데이비스가 혹해서 한숨지었다. "하지만 그랬다가 들통 나면 난 해고야. 자넨 아직 신입이라 이런 일을 못해."

"아무도 모를 거라니까."

"피터, 난 쫓겨나면 안 돼. 안 된다고. 곧 일레인과 결혼할 텐데 무슨 일이라도 생기면……."

"아무 일 없을 거야."

6시가 조금 지나서 데이비스는 몰래 빠져나가고 빈 제도실에 키팅만 남았다.

키팅은 홀로 밝혀진 초록 갓 전등 밑에 엎드려 있었다. 그는 분주한 근무시간이 끝난 뒤 이상할 정도로 고요하기만 한 텅 빈 세 개의 빈 방들을 바라보며 자신이 그 방들의 주인이 된 듯한, 앞으로 그렇게 될 듯한 기분을 느꼈다. 그 예감은 그의 손에서 움직이는 연필처럼 확고한 것이었다.

9시 30분에 그는 작업을 끝내 데이비스의 탁자에 똑바로 올려놓고 사무실을 나섰다. 그는 배부르게 잘 먹은 후처럼 편안하고 품위 없는 만족감에 젖어 거리를 내려갔다. 그러다 문득 외로움이 고개를 드는 걸 느꼈다. 오늘 밤 그는 누군가와 함께 있고 싶었다. 하지만 아무도 없었다. 어머니가 뉴욕에서 함께 살았으면 좋겠다는 생각이 처음으로 들었다. 하지만 어머니는 아들이 출세하여 모시러 올 날을 기다리며 스탠턴에 남아 있었다. 키팅은 오늘 밤 서부 28번가의 아담한 고급 하숙집 3층에 있는 깨끗하고 답답한 작은 방밖에 갈 곳이 없었다. 그는 뉴욕에서 많은 사람들을 만났다. 여자들도 많이 만났고 그중 하나와는 즐거운 밤을 보내기도 했지만 그 여자의 성도 기억이 안 났고 그 사람들은 별로 만나고 싶지 않았다. 바로 그때 캐서린 홀시가 떠올랐다.

그는 졸업식 날 밤 그녀에게 전보를 보낸 후 그녀에 대해 까맣게 잊고 지냈다. 그런데 지금 그녀를 만나고 싶었다. 일단 그녀가 기억에 떠오르자 당장 그녀를 만나고 싶은 강렬한 욕망이 일었다. 그는 먼 그리니치빌리지로 달려가려고 버스를 잡아탔다. 텅 빈 버스에 올라 앞좌석에 홀로 앉아서는 신호등이 빨간 불로 바뀔 때마다 욕지거리를 해댔다. 그는 캐서린에 대해서는 늘 이런 식이었고, 자기가 도대체 왜 이러나 싶은 희미한 의문이 고개를 들었다.

키팅은 일 년 전 보스턴에서 캐서린을 만났다. 캐서린은 홀어머니와 함께 그곳에서 살고 있었다. 첫 만남에서 캐서린은 못생기고 따분한 여자라는 인상을 주었다. 딱 하나, 사랑스런 미소는 마음에 들었지만 다시 만나고 싶을 정도는 아니었다. 그런데 바로 다음 날 저녁 키팅은 그녀에게 전화를 걸었다. 그가 학창 시절에 만난 숱한 여자들 중에 키스 몇 번 이상은 진도가 안 나간 여자는 그녀뿐이었다. 그는 만나는 여자마다 다 가질 수 있었고 자신도 그걸 알았다. 그는 캐서린을 가질 수 있다는 걸 알았고 실제로 그녀를 원하기도 했다. 그녀 쪽에서도 두려움도, 수줍음도 없이 단순 솔직하게 사랑을 고백했고 그에게 아무것도 바라지도, 기대하지도 않았지만 무슨 이유에선지 그는 그걸 이용해서 그녀를 갖지 않았다. 당시 그는 가장 아름답고 가장 인기 있고 가장 옷 잘 입는 여자들을 사귀며 친구들의 질시 어린 시선을 받는 걸 즐겼다. 그래서 그는 캐서린이 외모에 전혀 신경을 안 쓰는 것이, 다른 남자라면 그녀에게 눈길조차 안 줄 거라는 사실이 수치스러웠다. 하지만 클럽 댄스파티에 그녀를 파트너로 데려갔을 때처럼 행복했던 적이 없었다. 그는 이 여자 없이는 못 살 것 같은 생각이 드는 뜨거운 연애도 많이 해본 사람이었다. 그런데 캐서린의 경우에는 몇 주씩 까맣게 잊고 지낼 때가 많았고 그녀 쪽에서 먼저 연락해오는 법도 없었다. 그러다가도 오늘 밤처럼 갑자기, 뚜렷한 이유도 없이 그녀에게 돌아가게 되었다.

캐서린의 어머니는 작달막하고 온화한 여인으로 교사로 재직하다가 작년 겨울에 세상을 떠났다. 그래서 캐서린은 뉴욕에 있는 삼촌 집에서 살게 되었다. 키팅은 캐서린이 보내온 편지에 즉시 답장을 보내주기도 하고, 몇 달씩 침묵을 지키기도 했다. 캐서린은 늘 그의 편지에 바로 답장을 보냈고, 그가 긴 침묵을 지킬 때는 편지를 보내지 않고 진득하게 기다려주었다. 키팅은 이 세상에 그녀를 대신할 만한 존재는 없을 것 같다고 느꼈다. 그런데 막상 뉴욕에 와서 버스를 타고 달려가 쉽게 만날 수도, 전화를 걸 수도 있게 되었는데 한 달 동안 그녀를 까맣게 잊고 지낸 것이었다.

키팅은 캐서린을 향해 달려가며 그녀에게 간다고 미리 연락할 걸 그랬다는 생각은 하지도 않았다. 그는 그녀가 집에 없을까 봐 걱정한 적이 없었다. 그는 늘 이런 식으로 달려갔고, 그때마다 그녀는 항상 집에 있었다. 오늘 밤도 마찬가지였다.

캐서린이 초라하고 천박한 갈색사암 주택 꼭대기 층 문을 열었다. "안녕, 피터." 어제 만난 사이 같은 인사였다.

그녀는 옷에 비해 너무 작고 야윈 몸으로 키팅 앞에 서 있었다. 짧은 검정 치마는 가느다란 허리 밴드에서부터 나팔 모양으로 퍼졌고, 남자 옷 같은 셔츠는 축 늘어진 칼라가 한쪽으로 당겨져서 가느다란 쇄골의 동그란 뼈가 드러나 보이고 지나치게 긴 소매가 가녀린 손을 덮고 있었다. 그녀는 고개를 옆으로 기울이고 키팅을 바라보았는데, 밤색 머리칼은 목덜미 부분에서 대충 묶여 있었지만 단발로 잘라놓은 것처럼 보였고 밝고 곱슬곱슬해서 마치 얼굴을 비추는 볼품없는 후광 같았다. 그녀의 커다란 회색 눈은 근시였고, 반짝이는 입술은 천천히 미묘하고 매혹적인 미소를 지었다.

"안녕, 케이티." 키팅이 말했다.

그는 평온함을 느꼈다. 이 집에서는, 아니 바깥 어디에서든 두려울 게 없는 듯한 기분이 들었다. 그는 뉴욕 생활이 얼마나 바빴는지 설명할 준비를 하고 왔지만 그런 설명 같은 건 필요가 없는 듯했다.

"모자 이리 줘요. 그 의자 조심하고. 그리 튼튼하지 못하거든요. 거실에 더 좋은 의자들이 있어요. 들어와요." 캐서린이 말했다.

거실은 수수하면서도 어딘지 모르게 기품이 있고 놀라울 만큼 세련된 취향으로 꾸며져 있었다. 천장 높이의 싸구려 책꽂이에는 귀중한 장서들이 가득했고, 전시용이 아니라 실제로 읽는 듯 아무렇게나 쌓여 있었다. 깔끔하고 초라한 책상 너머에 렘브란트 동판화가 걸려 있었는데, 녹이 슬고 누렇게 변한 것이 감정 전문가의 눈을 가진 이가 어느 고물상에서 우연히 발견하여 생활에 큰 도움이 될 고가에 팔 수 있음에도 소중히 간직하고 있는 것 같은 인상을 주었다. 키팅은 캐서린의 삼촌이 무슨 일을 하는지 궁금해졌다. 그는 그녀에게 그것에 대해 물은 적이 없었던 것이다.

키팅은 막연히 실내를 둘러보며 서 있었다. 그는 뒤에 있는 캐서린의 존재를 느꼈고, 평소에는 여간해서는 갖지 못하는 확신을 즐기고 있었다. 그는 돌아서서 캐서린을 안고 키스했다. 그녀의 입술이 부드럽게, 열성적으로 마주 키스해왔다. 그녀는 겁먹지도 흥분하지도 않은 상태였고, 무척이나 행복해서 그걸 당연시하는 것밖에는 달리 받아들일 방법이 없는 듯했다.

"아, 네가 정말 그리웠어!" 키팅은 그게 사실임을 알았다. 그녀를 마지막으로 본 날 이후로 날마다, 어쩌면 그녀 생각을 전혀 하지 않았던 날들에 특히 그랬다.

"당신은 별로 안 변했네요. 좀 마른 것 같지만 그게 더 잘 어울려요. 피터, 당신은 쉰 살이 되면 정말 매력적일 거예요." 캐서린이 말했다.

"그건 칭찬이 아닌 것 같은데. 암시적으로."

"왜요? 오, 내가 지금의 당신은 매력적이지 않다고 생각한다는 거예요? 오, 당신은 매력적이에요."

"내 앞에서 대놓고 그렇게 말하면 안 되지."

"왜요? 당신이 매력적이라는 건 당신 자신도 잘 알잖아요. 난 당신이 쉰 살이 되면 어떤 모습일까 생각하고 있었어요. 관자놀이가 희끗희끗하고 회색 양복을 입겠죠. 지난주에 쇼윈도에서 회색 양복을 봤는데 당신이 나중에 입으면 잘 어울릴 거라고 생각했죠. 그리고 당신은 아주 위대한 건축가가 될 거예요."

"정말 그렇게 생각해?"

"그럼요." 그녀는 아첨을 하고 있는 게 아니었다. 그게 아첨일 수 있다는 의식조차 없는 듯했다. 그녀는 단지 사실을 말하고 있을 뿐이었다. 굳이 강조할 필요조차 없는 분명한 사실.

키팅은 피할 수 없는 질문들을 기다렸다. 하지만 그들은 갑자기 스탠턴 시절의 추억담으로 넘어갔다. 키팅은 무릎에 캐서린을 앉히고 유쾌하게 웃었고 캐서린은 자신의 몸을 감싼 그의 팔에 가녀린 어깨를 맡긴 채 부드럽고 만족스런 눈을 하고 있었다. 키팅은 낡은 수영복 이야기, 그녀의 스타킹 올이 나갔던 이야기, 두 사람이 무수한 여름밤을 함께 보냈던 스탠턴의 단골 아이스크림 가게 이야기를 늘어놓으면서도 한편으로는 참 어처구니가 없다는 생각이 들었다. 지금 그녀에게 말해주고 물어야 할 이야기들은 따로 있었다. 몇 개월 만에 만난 사람들은 그런 추억담이나 나누고 있지는 않는다. 하지만 캐서린에게는 그게 아주 정상적으로 느껴지는 듯했고, 그녀는 그동안 두 사람이 헤어져 있었다는 걸 의식하지도 못하는 듯했다.

이윽고 키팅이 먼저 물었다.

"내 전보 받았어?"

"오, 그래요. 고마워요."

"내가 이 도시에서 어떻게 지내고 있는지 알고 싶지 않아?"

"당연히 알고 싶죠. 어떻게 지내고 있어요?"

"이봐, 넌 별로 관심도 없어."

"오, 아녜요! 난 당신에 관한 모든 걸 알고 싶어요."

"그런데 왜 안 묻는 거야?"

"당신이 말하고 싶을 때 말해줄 테니까요."

"너한텐 별로 중요하지도 않은 거지, 그렇지?"

"뭐가요?"

"내가 하고 있는 일."

"오…… 피터, 물론 중요하죠. 하지만 대단히 중요한 건 아니에요."

"고맙기도 하군!"

"피터, 진짜로 중요한 건 당신의 일이 아녜요. 당신이지."

"나의 뭐?"

"그냥 여기 있는 당신. 아니면, 뉴욕에 있는 당신. 아니면, 세상 어딘가에 있는 당신. 뭐라고 말해야 할지 모르겠지만 아무튼 당신."

"케이티, 넌 바보야. 테크닉이 형편없어."

"뭐요?"

"테크닉. 여자가 남자한테 그렇게 노골적으로 사랑을 고백하는 말을 하는 게 아냐."

"하지만 사실인 걸요."

"그래도 그렇게 말하면 안 돼. 그럼 남자들이 안 좋아해."

"난 남자들이 좋아해주는 거 안 바라는데."

"내가 좋아해주는 건 바라잖아, 안 그래?"

"하지만 당신은 날 좋아하잖아요, 안 그래요?"

"그렇지." 키팅은 그녀를 더 꼭 껴안으며 말했다. "지독하게. 난 너보다 더 바보야."

"그럼 아무 문제도 없는 거네요, 안 그래요?" 캐서린이 그의 머리칼을 어루만지며 말했다.

"늘 아무 문제도 없었고 사실 그게 제일 이상하지. …… 아무튼, 그동안 있었던 일을 너한테 얘기해주고 싶어. 중요한 거니까."

"피터, 나 정말 듣고 싶어요."

"알다시피 난 프랭컨 앤드 헤이어에서 일하는데……. 참, 넌 그게 어떤 의미를 지니는지조차 모르지!"

"아니, 알아요. 건축가 인명사전에서 찾아봤어요. 훌륭한 사람들이라고 나와 있던 걸요. 우리 삼촌한테도 물어봤어요. 그랬더니 업계 최고라고 하던데요."

"그건 그렇지. 프랭컨, 그는 뉴욕, 아니 미국, 아니 어쩌면 세계 최고의 건축가라고 할 수 있지. 고층 빌딩 열일곱 개, 대성당 여덟 개, 철도 터미널 여섯 개를 비롯한 많은 작품들을 남겼고 …… 물론 그는 늙은 바보에다 거만한 사기꾼이고 뇌물이나 쓰고……."

키팅은 말을 뚝 끊고 입을 벌린 채 캐서린을 바라보았다. 그런 말까지 할 의도는 없었기 때문이다. 사실 그런 생각을 품는 것조차 스스로에게 허용한 적이 없었다.

캐서린이 차분히 그를 응시하고 있었다.

"그래요? 그리고요……?" 그녀가 물었다.

"음 …… 그리고……." 키팅은 당황해서 더듬거리면서도 캐서린에게는 솔직하게 말할 수밖에 없다는 사실을 알았다.

"그게 프랭컨에 대한 내 솔직한 의견이야. 난 그에게 존경심도 전혀 없어. 그런데도 프랭컨 밑에서 일하는 걸 기뻐하고 있어. 알겠어?"

"그럼요." 캐서린이 조용히 말했다. "피터, 당신은 야심이 큰 사람이에요."

"그런 내가 경멸스럽지 않아?"

"아뇨. 당신이 원했던 거잖아요."

"그래, 내가 원했던 거지. 사실 그리 나쁘지도 않아. 뉴욕 최고의 굉장한 회사니까. 나는 일을 잘 해내고 있고 프랭컨도 날 무척 마음에 들어 하고 있어. 난 선두로 나아가고 있어. 결국에는 거기서 내가 원하는 자리에 오를 수 있을 거야. …… 사실 오늘만 해도 어떤 친구 일을 대신 해줬는데 그는 자신이 곧 쓸모없는 존재가 되리란 것도 모르고……. 케이티! 내가 무슨 얘기를 하고 있는 거지?"

"괜찮아요. 난 이해해요."

"그럼 날 욕하고 말려줘."

"아뇨, 피터. 난 당신을 바꿔놓고 싶지 않아요. 사랑해요, 피터."

"한심하기는!"

"알아요."

"**그걸** 안다고? 그걸 안다는 말을 '안녕하세요, 아름다운 저녁이네요.' 같은 투로 해?"

"그게 뭐 어때서요? 걱정할 게 뭐가 있어요? 난 당신을 사랑해요."

"그래, 걱정할 것 없어! 절대 걱정하지 말라고! 케이티 ······ 난 다른 여잔 절대 사랑하지 않을 거니까······."

"그것도 알아요."

키팅은 캐서린의 작고 가벼운 몸이 사라져버릴 것만 같은 두려움에 그녀를 꽉 안았다. 그는 자신의 마음속에서조차 털어놓지 않았던 것들을 왜 그녀에게 모두 고백하게 되었는지 알지 못했다. 그녀와 함께 나누려고 했던 승리감이 왜 빛을 잃게 되었는지도 몰랐다. 하지만 상관없었다. 그는 날아갈 것 같은 자유를 느끼고 있었다. 캐서린과 함께 있으면 늘 그를 무겁게 짓누르던 정체 모를 압박감에서 벗어나 비로소 홀가분한 본연의 자신으로 돌아갈 수 있었다. 지금 그에게 중요한 건 손목에 닿는 그녀의 거친 면 블라우스의 감촉뿐이었다.

그제야 키팅은 캐서린의 뉴욕 생활에 대해 물었고 캐서린이 행복하게 삼촌 이야기를 했다.

"피터, 우리 삼촌은 멋진 분이에요. 정말 멋져요. 삼촌도 가난한 형편이면서 날 거둬주었고 나한테 서재를 내주고 여기 거실에서 일하고 있어요. 피터, 당신도 우리 삼촌을 만나봐야 하는데. 지금 삼촌은 순회 강의를 떠났지만 뉴욕에 돌아오면 그때 꼭 만나요."

"물론, 기꺼이 만나뵈어야지."

"알다시피 난 일을 갖고 독립해서 혼자 살고 싶지만 삼촌이 허락을 안 하세요. '애야, 넌 이제 겨우 열일곱 살이야. 이 삼촌을 죄책감 속에서 살게 만들고 싶은 건 아니지, 그렇지? 난 아동의 노동에 반대한다.' 그러면서. 좀 별난 생각이죠, 안 그래요? 삼촌은 별난 생각들을 정말 많이 갖고 있는데, 난 그것들을 다 이해할 순 없어도 아무튼 사람들 말이 우리 삼촌은 뛰어난 인물이래요. 삼촌은 그런 식으로 내가 삼촌을 위해 여기 들어와 사는 걸로 만들었어요. 정말 좋은 분이에요."

"하루 종일 뭐하고 지내는데?"

"별로 하는 일도 없어요. 책을 읽어요. 건축에 관한 책들. 삼촌은 건축에 관한 책들이 엄청나게 많아요. 하지만 삼촌이 여기 있을 땐 삼촌의 강의 원고를 타이핑하죠. 삼촌은 그걸 내가 아닌 타이피스트에게 시키는 걸 더 좋아하지만 내가 하고 싶다고 하니까 그냥 시켜줘요. 타이피스트 월급을 나한테 주고요. 난 안 받으려고 했는데 삼촌이 억지로 줬어요."

"삼촌 직업이 뭔데?"

"오, 아주 많은 일들을 해요. 너무 많아서 나도 다는 몰라요. 그중 한 가지가 예술사를 가르치는 거예요. 삼촌은 교수라고 할 수 있어요."

"그런데 넌 대학에 언제 갈 생각이야?"

"오 …… 글쎄요, …… 글쎄요, 삼촌이 별로 좋아하지 않을 거예요. 삼촌한테 대학에 갈 거라고, 내 힘으로 돈을 벌어 공부하겠다고 말은 했어요. 하지만 삼촌은 대학에 가는 게 내 길이 아니라고 생각하는 것 같아요. 삼촌은 그냥 이렇게만 대답했어요. '애초에 하느님께선 코끼리는 느릿느릿 걸어가고 모기는 쌩쌩 날아다니도록 만드셨고 대체적으로 자연의 법칙을 시험하는 건 권장할 일이 못 된단다. 하지만 네가 정 원한다면······.' 하지만 내가 대학에 가는 걸 반대하는 건 아니고 결정은 나한테 달렸는데, 다만······."

"삼촌 때문에 뜻을 꺾어선 안 돼."

"오, 삼촌은 내 뜻을 꺾으려고 하진 않을 거예요. 다만, 사실 난 고등학교 때 그리 성적이 뛰어난 편이 못 됐고, 특히 수학은 진짜로 완전히 바닥이었어요. 그래서 아무래도 ······ 어쨌든 서두를 건 없어요. 생각할 시간은 충분하니까."

"이봐, 케이티, 그러지 마. 넌 원래 대학에 가고 싶었잖아. 만일 그 삼촌이란 사람이 반대한다면······."

"그런 식으로 말하면 안 돼요. 우리 삼촌에 대해 알지도 못하면서. 삼촌은 세상에서 제일 훌륭한 분이에요. 난 지금까지 우리 삼촌만 한 사람을 본 적이 없어요. 삼촌은 아주 다정하고 이해심이 깊은 분이에요. 그리고 얼마나 재미있는지 몰라요. 유머 감각이 뛰어나서 늘 농담을 하죠. 삼촌하고 있으면 심각한 문제들도 전혀 심각하게 느껴지질 않아요. 삼촌은 그러면서도 무척 진지한 분이기도 해요. 내가 멍청해서 못 알아들어도 절대 피곤해하거나 지겨워하지 않고 몇 시간씩 파업, 슬럼가의 생활상, 불쌍한 저임금 노동자들에 대한 얘기를 해줘요. 삼촌은 늘 다른 사람들 얘기만 해요. 자신에 대한 얘기는 안 하고요. 삼촌 친구분이 그러는데 삼촌은 똑똑해서 마음만 먹으면 큰 부자가 될 수도 있대요. 하지만 삼촌은 돈에는 관심이 없어요."

"인간적인 모습은 아니군."

"일단 만나보면 알아요. 오, 삼촌도 당신을 만나고 싶다고 하세요. 내가 당신 얘기를 했거든요. 삼촌은 당신을 'T자(T-square: 건축 설계 때 쓰는 T 모양의 긴 자—옮긴이) 로미오'라고 불러요."

"오, 그래? 그렇단 말이지?"

"오해하지 말아요. 좋은 뜻이니까. 삼촌은 원래 말을 그런 식으로 해요. 당신과 통하는 점이 많을 거예요. 어쩌면 삼촌이 당신을 도와줄 수도 있어요. 건축에 대해 좀 아시니까. 당신도 엘즈워스 삼촌을 좋아하게 될 거예요."

"**누구**?" 키팅이 물었다.

"우리 삼촌요."

"그래, 삼촌 이름이 뭐라고?" 키팅이 약간 허스키한 목소리로 물었다.

"엘즈워스 투히요. 왜요?"

키팅은 손에 힘이 쭉 빠졌다. 그는 캐서린을 빤히 보았다.

"피터, 왜 그래요?"

키팅은 마른침을 꿀꺽 삼켰다. 캐서린은 그의 목젖이 꿈틀거리는 걸 보았다. 이윽고 그가 따따한 목소리로 말했다.

"잘 들어, 케이티, 난 네 삼촌을 만나고 싶지 않아."

"왜요?"

"그를 만나고 싶지 않아. 널 통해서는……. 케이티, 넌 나라는 인간을 몰라. 난 사람들을 이용해먹는 인간이야. 난 너까지 이용하긴 싫어. 절대로. 그렇게 하지 마. 너만은."

"날 어떻게 이용해요? 무슨 일인데요? 왜 그래요?"

"난 엘즈워스 투히를 만나기 위해서라면 무슨 짓이든 할 수 있다는 거야." 키팅이 거칠게 웃었다. "삼촌이 건축에 대해 좀 안다고? 이 바보! 그는 건축계에서 가장 중요한 인물이야. 아직은 아닐지도 모르지만 조만간 그렇게 될 거야. 프랭컨에게 물어봐. 그 늙은 족제비는 알고 있으니까. 너의 엘즈워스 삼촌은 건축 비평의 나폴레옹으로 등극하게 될 테니 잘 지켜봐. 우선, 건축에 대한 평을 쓰고자 하는 사람 자체가 많지 않으니 그는 똑똑하게 시장 선택을 잘한 거고, 곧 시장 전체를 장악하게 될 거야. 우리 사무실 건물들이 그의 기사를 쉼표 하나도 빠뜨리지 않고 열심히 읽는 걸 네가 봐야 하는데! 어쩌면 삼촌이 나를 도와줄 수도 있을 거라고? 그는 나를 새로 만들 수도 있고 그렇게 하게 될 거야. 언젠가는 그를 만날 거야. 준비가 되면. 프랭컨을 만난 것처럼. 하지만 여기선 아냐. 널 통해선 아냐. 알겠어? 널 이용해선 아니라고!"

"하지만 피터, 왜요?"

"그렇게 하기 싫으니까! 내 일, 내 직업, 나의 출세 방식은 추하고 혐오스러우니까! 너에겐 그 더러운 때를 묻히고 싶지 않으니까! 내가 진정으로 가진 건 너뿐이야. 케이티, 넌 개입하지 마!"

"무엇에 개입하지 말라는 거예요?"

"나도 몰라!"

캐서린은 그의 품에 안긴 채 일어서서 그의 머리칼을 어루만졌다.

"좋아요, 피터. 무슨 말인지 알 것 같아요. 삼촌은 당신이 만나고 싶을 때 만나도 돼요. 삼촌을 만나고 싶으면 아무 때나 나한테 말만 해요. 필요하다면 날 이용해도 돼요. 괜찮아요. 그런다고 달라질 건 아무것도 없으니까."

키팅이 고개를 들고 보니 그녀는 조용히 웃고 있었다.

"피터, 당신은 너무 일을 많이 하고 있어요. 신경이 좀 날카로워진 것 같아요. 차 한 잔 줄까요?"

"아, 저녁도 안 먹었는데 깜빡 잊고 있었군. 저녁 먹을 시간이 없었어."

"세상에! 어떻게 그럴 수가! 당장 부엌으로 와요. 먹을 걸 만들어줄게요!"

두 시간 후 키팅은 가볍고 깨끗하고 행복한 기분으로 캐서린의 집을 나섰다. 두려움도 모두 잊었고 투히와 프랭컨도 잊고 있었다. 내일 다시 오겠다고 약속했는데 그때까지 기나긴 하루를 어떻게 기다리나 싶은 생각뿐이었다. 한편 캐서린은 키팅이 떠난 후 그가 만졌던 손잡이를 잡고 문간에 서 있었다. 그녀는 키팅이 내일 올 수도, 석 달 후에 올 수도 있다고 생각했다.

"오늘 일 끝나면 내 방으로 와." 헨리 캐머런이 말했다.
"예." 로크가 대답했다.
캐머런은 휙 돌아서서 제도실을 나갔다. 그게 한 달 동안 그가 로크에게 건넨 가장 긴 말이었다.
로크는 매일 아침 제도실로 출근해서 자신에게 맡겨진 일을 했지만 캐머런은 그의 작품에 대해 아무런 평이 없었다. 그저 제도실로 들어와 로크 뒤에 서서 어깨너머로 한참 동안 쳐다보기만 했다. 마치 로크의 흔들림 없는 손이 삐끗해서 실수를 저지르도록 눈으로 주문이라도 걸고 있는 듯했다. 다른 두 제도사들은 뒤에 그런 존재가 서 있다는 생각만 해도 작업을 망쳐버렸다. 하지만 로크는 캐머런의 시선을 느끼지도 못하는 듯했다. 그는 서두름 없이 손을 움직였고 태연히 뭉툭해진 연필을 새 연필로 바꾸기도 했다. 그러면 캐머런이 갑자기 "끙." 하고 앓는 소리를 냈다. 로크는 그제야 고개를 돌리고 정중하게 물었다. "왜 그러십니까?" 캐머런은 대꾸할 가치조차 없다는 듯 가늘게 뜬 눈으로 노려본 후 휙 돌아서서 제도실을 나갔다. 그러면 로크는 다시 작업에 열중했다.

"심상치가 않아요." 젊은 제도사 루미스가 늙은 동료 심슨에게 속마음을 털어놓았다. "노인네가 저 친구를 마음에 안 들어 하는 것 같아요. 하긴 그럴 만도 하죠. 저 친구, 오래 못 가겠어요."

심슨은 늙고 무력했다. 그는 캐머런이 세 층짜리 사무실을 갖고 있을 때부터 버텨온 인물로 도무지 건축을 이해할 줄 몰랐다. 시골뜨기처럼 생긴 젊은 루미스는 여러 군데서 쫓겨나 결국 이곳까지 와 있었다.

그 두 사람은 로크를 싫어했다. 로크는 원래 가는 곳마다 처음부터 좋은 인상을 못 주었다. 그의 얼굴은 금고 문처럼 닫혀 있었다. 금고 속에는 귀중품이 들어 있게 마련이지만 사람들은 그렇게 생각하려 하지 않았다. 그는 차갑고 불안감을 조성하는 존재였으며, 이상하게도 사람들은 그와 함께 있으면 그가 거기 없거나, 아니면 그는 있는데 자신은 없는 것 같은 기분을 느꼈다.

퇴근하면 그는 이스트 강 근처에 있는 셋방까지 먼 길을 걸어갔다. 로크가 이 셋방을 선택한 것은 주당 2달러 50센트에 꼭대기 층 전체를 차지한 큰 방을 얻을 수 있었기 때문이다. 원래 창고로 썼던 이 방에는 천장이 없고 드러난 지붕 들보들 사이로 물이 샜다. 하지만 두 벽에 창들이 줄지어 길게 나 있었다. 유리 대신 판지로 막아놓은 창들도 있었지만 한쪽 창들은 강을, 다른 쪽 창들은 시내를 높은 곳에서 내려다볼 수 있었다.

일주일 전에 캐머런이 제도실로 들어오더니 로크의 탁자에 대충 그려진 시골 저택의 스케치를 던졌다. "이걸로 집을 만들어봐!" 그 말만 하고 더는 설명도 해주지 않았다. 그리고 며칠 동안 로크의 탁자 근처에는 얼씬도 하지 않았다. 로크는 어젯밤에 설계도를 완성해서 캐머런의 책상에 갖다놓았다. 오늘 아침, 캐머런이 들어와 철강 접합부 스케치 몇 장을 던져주며 나중에 자기 방으로 오라고 한 다음 그날은 제도실에 다시 들어오지 않았다.

다른 직원들이 퇴근한 후 로크는 자신의 탁자에 낡은 방수포를 덮고 캐머런의 방으로 갔다. 책상에 그가 그린 시골 저택 도면들이 펼쳐져 있었다. 전등 불빛이 캐머런의 뺨과 턱수염, 반짝이는 새치, 주먹, 마치 돋을새김으로 인쇄된 듯 선명한 검은 선들이 그려진 도면 귀퉁이를 비추고 있었다.

"자넨 해고야." 캐머런이 말했다.

로크는 긴 방 중간쯤에서 한쪽 다리에 체중을 싣고 두 팔은 아래로 늘어뜨리고 한쪽 어깨를 올린 채 서 있었다.

"제가요?" 그가 움직이지 않고 조용히 물었다.

"이리와 앉게." 캐머런이 말했다.

로크는 시키는 대로 했다.

"자네는 너무 아까운 사람이야. 자네가 원하는 길을 가기에는 너무 아깝다고. 로크, 소용없는 짓이네. 빨리 포기하는 게 좋아."

"무슨 말씀입니까?"

"어차피 이루지도 못할 이상을 위해 자네의 재능을 낭비하는 건 쓸모없는 짓이네. 사람들은 자네가 그 이상을 이루는 걸 절대 허용하지 않을 걸세. 그 놀라운 재능으로 스스로를 고문하는 형틀을 만들어봐야 다 소용없는 짓이야. 로크, 자네 재능을 팔게. 지금 당장. 좀 늦긴 했지만 자넨 충분한 재능이 있어. 자네가 가진 재능이면 다른 데서 좋은 조건으로 데려갈 걸세. 그 재능을 그 사람들의 방식으로 사용한다면 말일세. 로크, 그들을 받아들이게. 타협해. 어차피 타협하게 될 거 지금 하라고. 공연히 버텨봐야 나중에 후회할 일들만 겪을 걸세. 자넨 몰라. 난 알지. 쓸데없는 고생 마. 나한테서 떠나. 다른 사람한테 가."

"선생님은 그러셨나요?"

"이런 건방진 놈이 있나! 칭찬 좀 해줬더니 기고만장해서는…… 어디서 감히 나와 비교를……." 캐머런은 로크가 미소 짓고 있는 걸 보고 말을 끊었다.

그는 로크를 보며 갑자기 마주 미소를 지었는데 로크는 일찍이 그렇게 고통스러운 미소를 본 적이 없었다.

캐머런이 조용히 말했다. "내 말이 안 먹힌다 이거지? 안 먹혀. …… 그래, 자네가 옳아. 자넨 본인이 생각하는 것만큼 잘

났어. 하지만 난 자넬 설득하고 싶네. 그런데 어떤 식으로 얘기해야 하는지 모르겠어. 자네 같은 사람하고 얘기하는 법을 잊어먹었어. 잊어먹었다고? 어쩌면 아예 몰랐는지도 모르지. 그래서 지금 이렇게 겁이 나는 건지도 몰라. 내 말을 이해할 수 있겠나?"

"이해합니다. 전 선생님이 지금 시간을 낭비하고 있다고 생각합니다."

"무례하게 굴지 마. 난 지금 자네에게 무례하게 굴 수 없으니까. 난 자네가 내 말을 귀담아 들어주길 바라네. 말대답하지 말고 잠자코 들어주겠나?"

"예. 죄송합니다. 무례하게 굴 작정은 아니었습니다."

"이보게, 자넨 절대 날 찾아와선 안 되는 거였어. 내가 자넬 여기 붙잡아두는 건 죄악이야. 누군가 자네에게 여길 떠나라고 경고해야만 해. 난 자네에게 전혀 도움이 안 될 거야. 자네의 이상을 꺾지 않을 거야. 자네에게 상식을 가르쳐주지 않을 거야. 오히려 자네 등을 떠밀 거야. 자네가 지금 가고 있는 길로 더 몰아붙일 거라고. 난 자네가 지금의 모습 그대로 남아 있도록, 아니 더 심각해지도록 만들 거야. …… 모르겠어? 한 달만 더 지나면 난 자넬 보내줄 수 없을 거야. 지금도 그럴 수 있다는 확신이 없어. 그러니 여러 말 말고 나가. 갈 수 있을 때 가란 말이야."

"제가 갈 수 있을까요? 우리 둘 다에게 이미 너무 늦었다고 생각하지 않으세요? 제게는 이미 12년 전부터 너무 늦은 일입니다."

"로크, 노력해보게. 한 번만이라도 이성적으로 행동해봐. 내가 소개하면 자네가 퇴학을 당했든 어쨌든 자넬 받아줄 거물들이 많아. 그들은 오찬 연설에서는 나를 비웃을지 몰라도 나한테서 훔칠 건 다 훔치고 있고 내가 사람 보는 눈이 있다는 것도 알고 있어. 가이 프랭컨에게 소개장을 써주겠네. 오래전에 내 밑에서 일했던 친구지. 내가 해고한 것 같긴 한데 상관없어. 프랭컨에게 가게. 처음엔 마음에 안 들겠지만 차차 적응이 될 거야. 그리고 세월이 지나면 내가 그리로 보내준 걸 고마워하게 될 걸세."

"왜 그런 말씀을 하시는 겁니까? 선생님이 하시고 싶은 말씀은 그게 아니잖아요. 선생님은 그렇게 안 하셨잖아요."

"바로 그래서 그런 말을 하는 거야! 내가 그렇게 안 했으니까!…… 이보게, 로크, 자네에겐 걱정되는 점이 한 가지 있네. 그건 자네가 일하는 방식이 아냐. 난 자네가 사람들의 이목을 끌기 위해 곡예사처럼 얕은 재주를 부리는 과시주의자라도 상관없네. 혼자만 튀어서 대중을 즐겁게 해주고 곁다리 공연 입장료를 챙기는 건 똑똑한 장사지. 만일 자네가 그런다면 난 걱정하지 않을 걸세. 그런데 그게 아냐. 자넨 자신의 일을 사랑해. 맙소사, 일을 사랑한다고! 그건 저주야. 모든 사람이 볼 수 있는 이마에 찍힌 낙인이란 말일세. 자넨 일을 사랑하고,

사람들은 그걸 아네. 그리고 사람들은 자네가 자신들의 손아귀에 있다는 것도 알지. 자네 길거리의 사람들을 눈여겨본 적 있나? 그들이 두렵지 않나? 난 두렵네. 그들은 모자를 쓰고 가방을 들고서 자넬 지나쳐 걸어가지. 하지만 그건 그들의 실체가 아냐. 그들의 실체는 자기 일을 사랑하는 사람에 대한 증오야. 그게 그들이 유일하게 두려워하는 인간형이니까. 그 이유는 나도 몰라. 로크, 자넨 그 모든 사람에게 자네의 존재를 드러내고 있는 것이네."

"하지만 전 길거리의 사람들을 눈여겨본 적이 없습니다."

"그들이 나한테 어떻게 했는지 아나?"

"전 선생님이 그들을 두려워하지 않았다는 사실만 알고 있습니다. 그런데 왜 제겐 그들을 두려워하라고 하십니까?"

"내가 겪었으니까 그러는 거야!" 캐머런은 앞으로 몸을 기울이며 책상 위의 양손을 말아 쥐었다. "로크, 내 입으로 꼭 말해야겠나? 자네 참 잔인하군, 안 그런가? 좋아, 말하지. 자네, 결국 이런 꼴이 되고 싶나? 지금의 내 꼴이 되고 싶어?"

로크는 벌떡 일어나 책상 위로 떨어지는 빛의 가두리를 등지고 섰다. "만일 제가 말년에 지금의 선생님처럼 된다면 전 과분한 영광으로 생각할 겁니다."

"앉아!" 캐머런이 호통을 쳤다. "난 시위는 싫어하니까!"

로크는 자신이 서 있는 걸 보고 놀라며 말했다. "죄송합니다. 제가 일어선 줄 몰랐습니다."

"자, 앉게. 그리고 잘 들어. 자네 말 이해하네. 참으로 고마운 말이지. 하지만 자넨 몰라. 여기서 며칠 근무하다 보면 그 영웅 숭배에서 벗어날 거라고 생각했는데 그게 아니로군. 지금 자넨 고귀한 투사이고 가망 없는 이상의 순교자인 위대한 늙은이 캐머런을 찬양하며 평생 싸구려 식당차에서 끼니를 때워도 기꺼이 나와 함께 투쟁하다가 죽겠다고 다짐하고 있어. 그래, 대단히도 많은 스물두 살이란 나이엔 그게 순수하고 아름답게 보인다는 거 나도 알아. 하지만 그게 뭘 의미하는지 아나? 가망 없는 이상을 붙잡고 30년을 사는 것, 그게 아름다워 보이지, 그렇지? 자네 30년이 얼마나 긴 세월인지 아나? 그 세월 동안 무슨 일이 일어나는지 알아? 로크! 그 세월 동안 무슨 일이 일어나는지 알아?"

"그 얘긴 하고 싶지 않으실 겁니다."

"그래! 하고 싶지 않아! 하지만 해야겠어. 자네가 들어야 하니까. 자네 앞날이 어떨지 알아야 하니까. 자넨 자신의 손을 보며 박살을 내고 싶은 충동을 느끼게 될 거야. 자네가 기회만 주었다면 그 손이 해낼 수 있었던 일들이 많았는데 이제 그런 기회는 다 물 건너간 것에 대해 그 손이 비웃는 것 같아서 말이야. 자넨 그 손을 엉뚱한 데 낭비한 자신의 살아 있는 몸뚱이를 견딜 수가 없을 거야. 버스에 올라탔는데 운전기사가 딱딱거리면 사실 차비를 내라는 소리인데도 그렇게 들리지 않고 '넌' 아무것도 아니라고, '네' 이마에 사람들이 증오하는 낙인이 찍혀 있다고 비웃는 소리로 들리게 될 거야. 어느 강당 구석에 서서 언단 위의 인간이 건물들에 대해, 자네가 사랑하는 건축에 대해 떠드는 걸 듣고 있게 될 거야. 그 인간이 떠드는 얘길 들으며 누군가 벌떡 일어나 그 인간의 정체를 폭로하길 기다리고 있는데 오히려 강당을 뒤흔드는 박수갈채를 듣게 될 거야. 자넨 비명을 지르고 싶어질 거야. 그들이 진짜인지 자네가 진짜인지를 알 수가 없어서, 자네가 텅 빈 해골들이 가득한 공간에 있는 것인지, 아니면 자네 뇌가 텅 비어버린 것인지 구분이 안 가서. 자넨 거기서 아무 말도 할 수 없을 거야. 거기서 자네의 말은 더는 언어가 아니니까. 자네가 무슨 말을 하고자 해도 들어줄 사람도 없어. 자넨 그들에게 건축에 대해 할 말이 없는 사람이니까! 자네, 그런 꼴이 되고 싶나?"

로크는 얼굴에 날카로운 그림자들을 드리운 채 조용히 앉아 있었다. 움푹한 뺨에는 검은 쐐기 모양의 그림자가, 턱에는 긴 삼각형 그림자가 져 있었다. 눈은 캐머런을 향하고 있었다.

"그걸로는 부족한가?" 캐머런이 물었다. "좋아. 어느 날 자넨 정말이지 멋진 설계도를 그려내게 될 거야. 그 앞에서 무릎이라도 꿇고 싶을 정도로, 자신이 그런 설계도를 그려냈다는 사실이 믿기지 않을 정도로 근사한 설계도. 자넨 분명 그걸 해낼 거야. 그 순간 자넨 세상이 몹시도 아름답다고, 공기에서 봄 냄새가 난다고, 세상에 악이란 존재하지 않고 모든 인류를 사랑한다고 생각하겠지. 자넨 그 건물을 세우기 위해 집을 나

설 거야. 누구든 그 설계도를 보자마자 돈을 대겠다고 달려들 것이라고 굳게 믿고서 말이야. 하지만 자넨 집에서 벗어날 수조차 없을 거야. 문간에서 가스를 끊으러 온 기사와 마주칠 테니까. 자넨 설계도를 완성하느라 든 비용 때문에 거의 굶주리며 살았지만 그래도 가끔 요리는 해먹었는데 가스비를 못 냈던 거지. …… 좋아, 그런 것쯤은 아무것도 아니지. 얼마든 무시해버릴 수 있어. 하지만 마침내 설계도를 들고 건축주 사무실로 찾아가 그의 사무실 공간을 너무 많이 차지하고 있는 자신의 몸뚱이를 저주하며, 쥐구멍이라도 있으면 숨고 싶은 기분을 느끼며 그에게 간청하고 애원하고 알랑거리는 자신의 목소리를 듣게 될 거야. 그런 자신이 지독히 혐오스럽지만 그 건물을 지을 수만 있다면 아무 상관이 없다고 생각할 거야. 건축주가 자네의 진심을 알면 그 건물을 짓게 해줄 것이기에 배를 갈라 속을 보여주고 싶은 간절한 마음까지 들 거야. 하지만 건축주는 이렇게 대답할 거야. 정말 유감이지만 방금 가이 프랭컨에게 건축을 맡겼다고. 자넨 집으로 돌아갈 거고 집에서 뭘 하게 될지 알아? 엉엉 울 거야. 여자처럼, 술주정뱅이처럼, 짐승처럼. 하워드 로크, 그게 자네 미랠세. 그래도 그 길을 원하나?"

"예." 로크가 대답했다.

캐머런은 시선을 떨어뜨리고 고개를 살짝 숙이더니 잠시 후 조금 더 숙였다. 그는 계속 천천히 고개를 떨어뜨리다가 멈추었다. 그러고는 어깨를 웅크리고 축 늘어진 팔을 무릎에 올린 채 꼼짝도 않고 앉아 있었다.

"하워드, 이런 말은 누구한테도 한 적이 없어……." 캐머런이 속삭이듯 말했다.

"감사합니다……." 로크가 대답했다.

긴 시간이 흐른 후 캐머런이 고개를 들고 단조로운 목소리로 말했다.

"집으로 돌아가게. 요새 일을 너무 많이 했어. 힘든 하루가 기다리고 있고." 캐머런은 시골 저택 설계도를 가리키며 말을 이었다. "실력 좀 보려고 시킨 건데 아주 훌륭해. 하지만 당장 공사를 시작할 수 있을 정도로 훌륭하진 못해. 다시 그려야 해. 내일 내 의견을 말해주지."

5

 키팅은 프랭컨 앤드 헤이어에 몸담은 지 일 년 만에 가이 프랭컨의 황태자라는 쑥덕거림을 듣게 되었다. 그는 일개 제도사에 불과했지만 프랭컨의 절대적인 총애를 받았다. 프랭컨은 그에게 점심을 사주기도 했는데 그건 직원들에게는 전례가 없던 영광이었다. 프랭컨은 고객들과의 면담 자리에도 키팅을 불렀다. 고객들이 건축사무소에서 그런 멋진 청년을 보는 걸 좋아하기 때문인 듯했다.

 루셔스 N. 헤이어는 뜬금없이 프랭컨에게 입사 3년 차 직원을 가리키며 "저 신입사원은 언제 들어왔어요?" 하고 묻는 짜증나는 습관을 갖고 있었다. 하지만 키팅의 이름은 잊지 않고 만날 때마다 반가운 미소를 지으며 인사를 건네어 모두를 놀라게 만들었다. 키팅은 어느 음울한 11월 오후에 그와 골동품 도자기에 대한 긴 토론을 벌였던 것이다. 헤이어는 도자기 취미가 있어서 열성적으로 수집한 유명한 도자기들을 갖고 있었다. 키팅은 사실 골동품 도자기에 대해서는 문외한이었지만 전날 도서관에 가서 밤새 자료를 찾아보고 공부해서 도자기에 대한 지식을 진지하게 펼쳐 보일 수 있었다. 헤이어는 무척이나 기뻐했다. 사무실에서는 그의 취미에 대해 관심을 가져주는 사람이 없었고, 그의 존재 자체를 알아주는 이도 드물었기 때문이다. 헤이어는 프랭컨에게 이렇게 말했다. "가이, 당신은 확실히 사람 보는 눈이 뛰어나요. 우리 사무실에 절대 잃고 싶지 않은 인재가 있어요. 이름이 뭐냐고요? 키팅." 그러자 프랭컨은 미소 지으며 대답했다. "예, 그럼요. 예, 맞아요."

키팅은 제도실에서는 팀 데이비스에게 집중했다. 도면 작업은 어쩔 수 없이 해야 하는 껍데기에 불과했고 그의 건축가 경력의 첫 단계를 이루는 알맹이는 팀 데이비스였다.

데이비스는 자신의 일을 거의 전부 키팅에게 맡겼다. 처음에는 밤일만 은밀히 맡기다가 나중에는 낮일까지 공공연히 맡겼다. 물론 데이비스는 그런 사실이 알려지는 걸 원치 않았다. 키팅은, 자신은 팀의 연필이나 T자 같은 도구에 지나지 않기에 자신의 도움이 팀의 중요성을 약화시키기는커녕 오히려 더 강화시키며 그걸 숨길 필요가 없다는 순진한 믿음을 갖고 있는 척하며 은근슬쩍 그걸 알렸다.

처음에는 데이비스가 일을 맡아 와서 키팅에게 지시 사항을 전달했으나, 나중에는 제도실장이 데이비스의 일을 아예 키팅에게 직접 가져왔다. 키팅은 늘 준비된 자세로 미소 지으며 말했다. "제가 하겠습니다. 그런 자질구레한 일로 팀을 성가시게 하지 마세요. 제가 알아서 처리할 테니까요." 데이비스는 안심하고 상황이 흘러가는 대로 자신을 맡겼다. 그는 줄담배를 피우며 빈둥거렸다. 다리를 느슨하게 꼬고 의자에 앉아 눈을 감고 일레인 생각을 하다가 이따금 눈을 뜨고 물었다. "피터, 끝났나?"

데이비스는 그해 봄에 일레인과 결혼한 후 지각이 잦아졌다. 그는 키팅에게 이렇게 속삭였다. "피터, 자네 노인네랑 친하니까 가끔 내 말 좀 잘해줘, 응? 그래야 내가 실수를 좀 해도 눈감아줄 거 아냐. 젠장, 지금 같은 때 일이나 하고 있어야 하다니, 정말 싫다!"

키팅은 프랭컨에게 이렇게 말하곤 했다. "사장님, 머레이 건 지하 2층 설계도가 너무 늦어져서 죄송합니다. 팀 데이비스가 어젯밤에 부부싸움을 해서요. 신혼이 어떤지 아시잖습니까. 그러니 너무 심하게 야단치지 말아주십시오." 아니면 이렇게도 말했다. "사장님, 또 팀 데이비스가 말썽이네요. 하지만 용서해주십시오. 그도 어쩔 수가 없습니다. 지금 정신이 온통 딴 데 팔려 있어서요!"

프랭컨은 직원들 급여 명세서를 훑어보다가 가장 돈을 많이 받아가는 제도사가 회사에 가장 불필요한 존재임을 발견했다.

팀 데이비스가 직장을 잃게 되었을 때 제도실에서 그걸 놀라워한 사람은 팀 데이비스 자신뿐이었다. 그는 자신이 왜 해고를 당했는지 납득하지 못했다. 그는 앞으로 영원히 증오하게 될 세상을 향한 원망에 입을 앙다물었다. 세상천지에 친구라고는 피터 키팅 하나뿐인 듯했다.

키팅은 그를 위로하며 프랭컨을, 인류의 부당성을 욕했다. 싸구려 술집에서 6달러를 쓰며 자신과 안면이 있는 무명 건축가의 비서를 접대하여 팀 데이비스에게 새 일자리를 구해주었다.

그 후로 키팅은 데이비스 생각이 날 때마다 훈훈한 쾌감을 느꼈다. 그는 한 인간의 인생행로에 영향을 미쳤다. 한 길에서 다른 길로 억지로 밀어냈다. 이제 그에게 팀 데이비스는 그저 한 인간, 하나의 살아 있는 육체와 정신, 하나의 의식적인 정신에 지나지 않았다. 그는 왜 지금껏 다른 사람들의 안에 있는 의식이란 신비스런 실체를 두려워해왔는지 이해가 되지 않다. 그는 자기 뜻대로 한 인간의 육체와 정신을 비틀어놓았다. 프랭컨과 헤이어, 제도실장은 만장일치로 팀의 탁자와 직위, 그리고 봉급을 피터 키팅에게 물려주기로 결정했다. 하지만 그로 인한 기쁨은 키팅이 느끼는 만족감의 일부에 지나지 않았다. 그보다 더 따뜻하고 덜 현실적이며 더 위험한 기분이 그의 만족감의 나머지 부분을 채우고 있었다. 그는 밝은 목소리로 종종 이렇게 말했다. "팀 데이비스? 아, 그래요, **내가** 그에게 지금의 직장을 구해줬죠."

키팅은 어머니에게 보내는 편지에도 그 이야기를 썼다. 키팅 부인은 친구들에게 이렇게 자랑하고는 했다. "피터는 정말이지 이기심이라곤 없다니까요."

키팅은 어머니에게 의무적으로 매주 한 통씩 편지를 썼는데 그의 편지는 짤막하고 공손했다. 반면 키팅 부인이 아들에게 보내는 편지는 길고 자세하며 조언이 가득해서 아들이 끝까지 읽는 경우가 드물었다.

키팅은 가끔 캐서린 홀시를 만났다. 그는 약속대로 바로 다음 날 그녀를 찾아가지는 않았다. 다음 날 아침에 잠에서 깨어 그녀에게 했던 말들을 떠올리자 그런 소리를 지껄이게 만든 그녀가 미워졌다. 하지만 그는 일주일 후 그녀를 다시 찾아갔다. 그녀는 그런 그를 나무라지 않았고 두 사람은 그녀의 삼촌에 대한 이야기는 하지 않았다. 그 후로 키팅은 한두 달에 한 번 꼴로 캐서린을 만났으며 그녀와 함께 있는 것이 행복했다. 하지만 자신의 일에 대한 이야기는 절대로 하지 않았다.

키팅은 하워드 로크에게는 일 이야기를 하려고 했지만 뜻대로 되지 않았다. 그는 로크를 두 번 찾아갔다. 5층까지 걸어 올라가느라 화가 나서 씩씩거리며 계단을 올라 로크의 방으로 갔다. 그는 로크에게 반갑게 인사한 뒤 안도감이 들기를 기다렸다. 자신이 어떤 종류의 안도감을 원하는지, 그게 왜 꼭 로크에게서만 나와야 하는지는 몰랐다. 그는 로크에게 자신의 일 이야기를 한 다음 진지한 우려를 담은 목소리로 캐머런의 사무실에 대해 물었다. 로크는 그의 말에 귀 기울여주고 그의 모든 질문에 기꺼이 대답해주었다. 하지만 키팅은 로크의 흔들림 없는 눈동자를 보며 마치 철판에 대고 노크를 하고 있는 듯한, 둘이 서로 딴 이야기를 하고 있는 듯한 기분을 느꼈다. 헤어지기 전에 키팅은 닳아서 너덜너덜해진 로크의 소매와 구두, 바지 무릎의 기운 자국을 발견하고 만족감에 젖었다. 그는 쿡쿡 웃으며 로크의 집을 나섰지만 비참할 만큼 꺼림칙했다. 그는 도무지 그 까닭을 알 수 없었고 다시는 로크를 찾아오지 않겠노라고 다짐했다. 하지만 그러면서도 다시 찾아오게 될 것이라는 예감이 드는 것은 어쩔 수가 없었.

"던롭 부인과의 점심식사 자리는 못 마련했지만 모레 모슨 전시회에 함께 가기로 했어요. 이제 어쩌죠?" 키팅이 말했다.

그는 바닥에 다리를 쭉 뻗고 앉아 소파 가장자리에 머리를 얹고 있었다. 맨발이었고 가이 프랭컨의 헐렁한 연두색 파자마를 걸치고 있었다.

화장실의 열린 문틈으로 프랭컨이 반들거리는 세면대에 붙어 서서 이를 닦고 있는 모습이 보였다.

"아주 좋아." 프랭컨이 입에 치약 거품을 가득 물고 웅얼거렸다. "잘 될 거야. 안 그래?"

"모르겠어요."

"이런, 피터, 어제 회사에서 출발하기 전에 설명해줬잖아.

던롭 부인 남편이 그녀를 위해 집을 지어주려 하고 있다고."

"아, 예." 키팅은 얼굴로 흘러내린 헝클어진 검은 고수머리를 쓸어 올리며 힘없이 말했다. "아, 예 …… 이제 기억이 나네요. …… 맙소사, 가이, 제게 머리가 붙어 있었군요!"

키팅은 지난밤 프랭컨이 데리고 간 파티가 희미하게 기억났다. 우묵한 얼음그릇 속에 든 캐비아와 검은 망사로 된 이브닝드레스, 던롭 부인의 아름다운 얼굴이 떠올랐다. 하지만 어떻게 프랭컨의 아파트에서 자게 되었는지는 도무지 기억이 나지 않았다. 그는 어깨를 으쓱했다. 지난 일 년간 프랭컨을 따라 여러 파티에 참석했고 이렇게 프랭컨의 아파트에서 잔 경우도 종종 있었기 때문이다.

"대단히 큰 저택은 아냐." 프랭컨이 칫솔을 문 채 말했다. 그의 한쪽 뺨이 불룩했고 칫솔의 초록색 손잡이가 입 밖으로 튀어나와 있었다. "5만 달러 정도짜리일 거야. 사실 던롭 부부는 피라미에 불과하지. 하지만 던롭 부인의 형부 큄비가 알다시피 거물급 부동산 업자야. 그러니 그 집안과 인연을 맺어놓아서 해될 건 없어. 피터, 그 피라미를 잡으면 대어를 낚을 수 있네. 자넬 믿어도 되겠나?"

"물론이죠." 키팅이 고개를 숙이며 말했다. "가이, 언제나 절 믿으셔도 됩니다……."

키팅은 꼼짝도 않고 앉아서 자신의 맨발을 내려다보며 프랭컨의 설계사 스텐겔에 대해 생각했다. 그는 의식적으로는 원치 않아도 늘 자신도 모르게 스텐겔 생각을 하게 되었는데, 그긴 스덴겔이 그의 다음 단계를 상징히기 때문이었다.

스텐겔은 사귀기가 불가능한 인물이었다. 지난 2년간 키팅은 그와 친해지려고 무던히 애를 썼지만 번번이 그의 얼음 같은 안경에 부딪혀 좌절했다. 키팅에 대한 스텐겔의 평은 제도실 내에서 쑥덕거림으로만 돌았고, 스텐겔의 말을 인용할 때를 제외하고는 그런 사실을 감히 입에 올리는 사람은 거의 없었다. 오로지 스텐겔만 그걸 당당히 말했다. 스텐겔은 프랭컨의 결재를 받고 내려온 자신의 도면에 표시된 수정 사항이 키팅의 머리에서 나온 것임을 알면서도 절대 기죽지 않았다. 하지만 스텐겔에게도 약점이 하나 있었다. 그는 프랭컨에게서 독립하여 자기 사무실을 낼 계획을 세우고 있었던 것이다. 스텐겔은 재능은 없지만 물려받은 재산이 많은 젊은 건축가를 동업자로 정해놓고 기회만 엿보고 있었다. 키팅은 그것에 대해 생각하고 또 생각했다. 다른 생각은 비집고 들어올 틈도 없었다. 그는 프랭컨의 침실 바닥에 앉아서도 그 생각을 하고 있었다.

이틀 후 키팅은 프레더릭 모슨이라는 작가의 그림 전시회장에서 던롭 부인을 에스코트하고 있었는데 그때쯤에는 이미 행동 방침이 세워져 있었다. 그는 이따금 던롭 부인의 팔꿈치를 잡아주며 한산한 전시회장을 돌면서 그림보다 그녀의 젊은 얼굴로 자꾸만 가는 시선을 일부러 그녀에게 들켰다.

자동차 쓰레기장의 풍경을 담은 그림을 바라보며 억지로 감탄 어린 표정을 지으려고 애쓰고 있는 던롭 부인에게 그가 말했다. "예, 아주 걸작이죠. 던롭 부인, 저 색채를 보십시오. …… 이 모슨이란 화가는 고난의 인생을 살았다고 합니다. 흔한 얘깁니다만, 세상 사람들의 인정을 받지 못해서요. 흔하지만 가슴 아픈 일이죠. 모든 예술 분야가 다 마찬가집니다. 제 직업도 포함해서요."

"어머, 그런가요?" 던롭 부인이 말했다. 그녀는 지금 이 순간만큼은 건축에 더 마음이 끌리는 듯했다.

"이걸 보십시오." 도로변에 앉아 양말도 신지 않은 발가락을 쑤시고 있는 노파의 모습이 담긴 그림 앞에 멈추며 키팅이 말했다. "이건 사회적 기록으로서의 예술이죠. 이런 예술을 이해하려면 용기가 필요하죠."

"정말 멋진 작품이에요." 던롭 부인이 말했다.

"아, 그럼요, 용기가 필요하죠. 그런 용기는 아무나 가질 수 없는 귀한 것이고요. …… 모슨은 스타이브샌트 부인에게 발견되었을 당시 다락방에서 굶어 죽어가고 있었다고 합니다. 재능 있는 젊은이를 도와줄 수 있는 건 영광스런 일이죠."

"정말 멋진 일이죠." 던롭 부인도 동의했다.

키팅이 안타까운 목소리로 말했다. "제가 부자라면 그런 일을 취미로 삼을 겁니다. 젊은 화가에게 전시회를 열어주고, 젊은 피아니스트에게 연주회 비용을 마련해주고, 젊은 건축가에게 집을 짓게 해주고……."

"키팅 씨, 혹시 아세요? 우리 부부가 롱아일랜드에 작은 집을 지을 계획을 갖고 있는데."

"아, 그러신가요? 던롭 부인, 제게 그런 걸 귀띔해주시다니 정말 매력적이십니다. 이런 말씀 드려도 용서가 된다면, 부인께선 정말 젊으십니다. 제가 부인을 저희 회사 고객으로 유치하기 위해 성가시게 해드릴 위험이 있다는 걸 모르십니까? 아니면 이미 건축가 선정을 마친 안전한 상태이신가요?"

"아뇨, 전혀 안전하지 않아요." 던롭 부인이 예쁘게 말했다. "그리고 그런 위험이라면 얼마든지 괜찮아요. 요 며칠 동안 프랭컨 앤드 헤이어란 회사에 대해 많이 생각했어요. 프랭컨 앤드 헤이어가 정말 좋은 회사란 얘기도 들었고요."

"아, 감사합니다, 던롭 부인."

"프랭컨 씨는 훌륭한 건축가죠."

"아, 예."

"왜 그러세요?"

"아닙니다. 아무것도 아닙니다."

"아뇨, 뭔가 있어요."

"정말 아시고 싶으십니까?"

"그럼요."

"사실, 아시다시피, 가이 프랭컨은 …… 이름뿐입니다. 그는 부인의 집 설계에 아무 관여도 하지 않을 겁니다. 이건 함부로 누설해서는 안 되는 직업상의 비밀인데 무슨 이유에선지는 몰라도 부인께는 정직하고 싶어지네요. 우리 회사의 뛰어난 건축물들은 모두 스텐겔 씨 작품입니다."

"누구요?"

"클로드 스텐겔요. 부인께선 그 이름을 들어보신 적이 없겠지만 누군가 그를 발굴할 용기를 낸다면 들으시게 될 겁니다. 사실 일은 그가 다 하죠. 무대 뒤의 진짜 천재라고나 할까요. 하지만 서명은 프랭컨이 하고 공도 그가 다 챙기죠. 어디서든 그런 식입니다."

"하지만 왜 스텐겔 씨는 그걸 참고만 있는 거죠?"

"그가 뭘 어쩌겠습니까? 아무도 그에게 기회를 주지 않는데. 세상 사람들이 어떤지 아십니까? 다져진 길로만 다니려고 하죠. 같은 물건이라도 상표 하나만 보고 세 배는 비싼 값을 치르죠. 용기. 던롭 부인, 그들은 용기가 없기 때문입니다. 스텐겔은 뛰어난 예술가인데 그걸 알아보는 사람들이 거의 없습니다. 모슨을 발굴한 스타이브샌트 부인 같은 훌륭한 분이 나타나 손을 내밀어준다면 그는 언제라도 독립할 준비가 되어 있습니다."

"그래요? 참으로 흥미롭군요! 그 얘기 좀 더해주세요."

키팅은 그녀에게 스텐겔에 관한 자세한 이야기를 들려주었다. 이윽고 프레더릭 모슨의 작품들을 모두 둘러본 후, 던롭 부인은 키팅과 악수를 나누며 이렇게 말했다.

"당신은 정말이지 무척이나, 보기 드물 정도로 친절한 사람이에요. 당신이 나와 스텐겔 씨의 만남을 주선해줘도 회사에서 곤란한 입장이 되지 않는 게 확실한가요? 너무 무리한 부탁이라 입을 떼기도 어려웠는데 화도 안 내고 선뜻 응해줘서 정말 고마워요. 당신은 이기심이라곤 없는 사람이에요. 당신의 입장에선 그 누구도 할 수 없는 일이에요."

키팅이 스텐겔에게 가서 던롭 부인과의 점심 약속 이야기를 꺼내자 스텐겔은 말없이 듣고 있다가 고개를 홱 들고 쏘아붙였다.

"자네한테 돌아오는 게 뭔데?"

그는 키팅이 뭐라고 대답할 사이도 없이 고개를 뒤로 젖히며 말했다.

"오, 알겠어."

그러고는 경멸감에 입을 꾹 다물고 앞으로 몸을 기울였다.

"좋아, 그 점심식사 자리에 가지."

스텐겔이 프랭컨 앤드 헤이어를 떠나 자기 사무실을 열고 처음으로 따낸 일이 던롭의 집임을 알게 된 가이 프랭컨은 책상에 자를 집어던지며 소리를 질러댔다.

"개자식! 망할 놈! 은혜도 모르는 놈."

"뭘 바라셨어요?" 키팅이 프랭컨의 책상 앞에 놓인 낮은 안락의자에 널브러져 앉아서 말했다. "그게 인생이죠."

"그런데 그 스컹크 같은 놈이 그 정보를 어디서 캐낸 거지?

그걸 우리 코앞에서 가로채다니!"

키팅은 어깨를 으쓱하며 말했다. "어차피 전 처음부터 그에게 믿음이 안 갔어요. 인간의 본성이란……."

그 씁쓸한 목소리는 진심에서 우러난 것이었다. 그는 스텐겔에게서 아무런 감사 인사도 받지 못했던 것이다. 스텐겔은 떠나면서 이렇게만 말했다. "자넨 내가 생각했던 것보다 더 악질이야. 행운을 비네. 언젠가 위대한 건축가가 될 거야."

그렇게 해서 키팅은 프랭컨 앤드 헤이어의 수석설계사 자리를 꿰차게 되었다.

프랭컨은 조용하고 비싼 레스토랑에서 조촐한 축하연을 열어주며 계속 같은 말을 되풀이했다. "앞으로 몇 년 안에, 몇 년 안에 결실이 있을 거야, 피터. …… 자넨 착한 청년이고 난 자네가 좋아. …… 자넬 확실하게 밀어줄 거야. …… 이미 밀어주고 있지 않나? …… 자넨 성공할 거야, 피터. …… 몇 년 안에……."

키팅은 냉담하게 대꾸했다. "가이, 넥타이가 비뚤어졌어요. 그리고 조끼에 브랜디를 다 흘리고 있잖아요……."

키팅은 첫 설계 임무를 맡자 그 자리에 오르기까지 자신이 물리친 팀 데이비스와 스텐겔을 비롯한 수많은 경쟁자들이 떠올랐다. 그는 승리감을 맛보았고 자신의 위대성을 분명하게 확인한 기분을 느꼈다. 하지만 다음 순간, 그는 유리벽으로 둘러싸인 사무실에서 홀로 빈 종이를 내려다보고 있는 자신을 발견했다. 목구멍에서 차갑고 공허한 것이 배로 굴러떨어졌다. 예의 그 구멍이었다. 그는 탁자에 기대서서 눈을 감았다. 종이를 채워야 한다는 사실이, 종이 위에 무언가를 창조해 내야 한다는 엄연한 현실이 이제야 비로소 실감이 났다.

그건 작은 집일 뿐이었다. 하지만 키팅은 집이 땅 위에 우뚝 서는 모습이 아니라 땅 아래로 꺼지는 모습만 떠올랐다. 그 것이 땅속 구덩이로, 자신의 마음속 구덩이로, 쓸데없이 데이비스와 스텐겔만 달그락거리고 있는 빈 공간으로 보였다. 프랭컨은 일을 맡기며 이렇게 말했다. "품위가 있어야 하네, 품위. …… 괴상한 건 안 되고 …… 우아한 건축물 …… 예산을 초과하면 안 돼." 그게 프랭컨이 설계사에게 아이디어를 주고 그걸 실행에 옮기도록 지시하는 방식이었다. 키팅은 차가운 무감각 상태에서 자신을 면전에서 비웃는 고객들을 생각했다. 엘즈워스 투히가 가늘고 전능한 목소리로 배관 분야에 일자리가 많다고 알려주는 소리가 들렸다. 키팅은 지상에 있는 모든 돌이 싫었다. 건축가라는 직업을 선택한 자신이 싫었다.

키팅은 도면을 그리며 자신이 하고 있는 일에 대해서는 생각하지 않으려고 애썼다. 프랭컨도 해냈고 스텐겔도, 하다못해 헤이어까지도, 그리고 다른 모든 사람도 해냈으니 자신도 할 수 있다는 생각만 했다.

그는 시안 작업에 여러 날을 매달렸다. 프랭컨 앤드 헤이어 도서실에서 오랜 시간을 보내며 고전 건축물 사진들에서 그가 지을 집의 외양을 선택했다. 마음속 긴장이 풀리기 시작했다. 그의 손에서 형체를 갖춰가는 집은 올바르고 훌륭했다. 과거에 그런 건축물들을 만든 장인들이 아직도 세상 사람들의 숭배를 받고 있으니까. 이미 다 되어 있는 일이니 의문이나 두려움을 품을 이유도, 모험을 걸 필요도 없었다.

키팅은 작업이 끝나자 불안한 눈빛으로 도면들을 바라보았다. 이건 세상에서 가장 멋진 집이라는 평을 받을까, 아니면 그 반대일까? 그 두 가지 평이 다 맞는 듯했다. 그는 확신이 없었다. 확신을 얻어야 했다. 그는 스탠턴에서 과제를 할 때 무엇에 의존했는지를 떠올렸다. 그는 캐머런의 사무실에 전화를 걸어 하워드 로크를 바꿔달라고 했다.

그날 밤 로크의 집으로 찾아간 키팅은 첫 작품의 평면도들과 입면도들, 투시도를 펼쳐놓았다. 로크는 양팔을 넓게 벌려 탁자 양쪽 가장자리를 꽉 잡고 서서 말없이 한참이나 그것들을 바라보았다.

키팅은 초조하게 기다리고 있었다. 시간이 흐를수록 초조감과 함께 분노도 커져갔는데 자신이 이토록 초조해할 이유를 알 수 없어서였다. 이윽고 더는 참을 수 없게 되자 그가 먼저 입을 열었다.

"하워드, 알다시피 스텐겔은 뉴욕 최고의 설계사로 인정받고 있고 아직은 회사를 떠날 준비가 안 된 상태였는데 내가 그를 내보내고 그의 자리를 차지했어. 난 이번 일을 멋지게 해내야……."

키팅은 말을 멈추었다. 다른 데서라면 밝고 당당하게 울렸을 자신의 목소리가 애원하는 소리처럼 들렸던 것이다.

로크가 고개를 돌려 쳐다봤다. 평소보다 조금 더 커진 로크의 눈은 경멸에 차 있지는 않았다. 그저 주의 깊고 곤혹스러운 눈빛일 뿐이었다. 그는 말없이 다시 도면으로 시선을 돌렸다.

키팅은 벌거숭이가 된 기분이었다. 데이비스, 스텐겔, 프랭컨은 여기서 아무 의미도 없었다. 그에게는 늘 사람이 사람에 대한 보호막 역할을 해왔다. 하지만 로크는 사람을 의식하지 않았다. 키팅은 다른 사람들을 통해 자신의 가치를 느끼는 인물이었다. 하지만 로크에게서는 그런 걸 얻을 수 없었다. 키팅은 도면들을 들고 여기서 도망쳐야 한다고 생각했다. 위험한 건 로크가 아니었다. 여기 남아 있는 자신이었다.

로크가 그에게 돌아섰다.

"피터, 이 일이 즐거워?" 그가 물었다.

"그래, 알아." 키팅이 새된 목소리로 대꾸했다. "자네 마음에 안 든다는 거 안다고. 하지만 이건 일이야. 난 **현실적인** 의견을 듣고 싶어. 철학적인 의견이 아니라……."

"나도 설교할 생각은 없어. 그냥 궁금해서 물은 것뿐이야."

"하워드, 날 좀 도와주면 좋겠어. 조금만. 내 첫 작품이고 회사에서의 내 위상에 큰 영향을 미칠 텐데 확신이 없어. 어떻게 생각해? 하워드, 날 좀 도와주겠나?"

"좋아."

로크는 세로 홈 무늬가 있는 벽기둥들과 가운데가 터진 박공들이 있고 창문 위는 파스케스(fasces: 고대 로마에서 권력의 상징이었던 나무다발에 싸인 도끼-옮긴이)로, 현관 양 옆은 독수리로 장식한 우아한 정면 스케치를 옆으로 던져버렸다. 그리고 평면도 위에 트레이싱페이퍼를 덮고 그리기 시작했다. 키팅은 옆에 서서 로크의 손에 들린 연필의 움직임을 지켜보았다. 그는 자신이 그려놓은 위풍당당한 현관과 구불구불한 복도들, 빛이 안 드는 구석들이 사라지는 걸 보았다. 자신이 너무 좁다고 생각했던 공간에 운동장만 한 거실이 생겨나고 정원이 내다보이는 커다란 유리창들이 달린 벽과 널찍한 부엌이 만들어지는 것도 보았다. 그는 그렇게 한참이나 지켜보았다.

"정면은?" 이윽고 로크가 연필을 던지자 그가 물었다.

"그건 못 도와주겠어. 꼭 고전 양식을 도입하고 싶다면 제대로 도입해봐. 벽기둥은 세 개까지 필요 없고 하나면 돼. 그리고 문 옆의 오리들도 없애. 불필요한 장식이니까."

키팅은 도면 뭉치를 옆구리에 끼고 그곳을 나서며 로크에게 고마움의 미소를 보냈다. 하지만 계단을 내려갈 때는 상처받고 화난 기분이 들었다. 그는 사흘을 매달려 로크의 스케치를 토대로 한 새 평면도들과 훨씬 단순해진 입면도를 그려냈다. 그러고는 프랭컨에게 가서 당당하고 과장된 몸짓으로 자신의 첫 작품을 내놓았다.

프랭컨이 도면을 자세히 들여다본 후 말했다. "이거, 놀랐는걸! 피터, 대단한 상상력이야. …… 내 생각엔 …… 약간 대담한 감은 있지만 그래도……." 그는 헛기침을 한 후에 덧붙였다. "내가 머리에 그리고 있던 그 모습이야."

"당연하죠. 전 늘 사장님의 건축물들을 연구하고 사장님이라면 어떻게 표현하셨을지 궁리하니까요. 이 설계가 훌륭하다면 제가 사장님의 뜻을 읽을 줄 알기 때문이겠죠." 키팅이 대답했다.

프랭컨이 빙긋 웃었다. 그 순간 키팅은 프랭컨이 그 말을 믿지 않는다는 걸 깨달았다. 프랭컨은 그가 거짓말을 하고 있다는 걸 알고 있었다. 하지만 두 사람은 같은 방식과 같은 죄로 더 단단히 묶인 것에 만족했다.

캐머런의 책상 위에 편지 한 통이 놓여 있었다. "안전신탁공사 이사회는 아스토리아 지사 건물 신축 설계 발주 건에 대한 진지한 검토 결과 굴드 앤드 페팅길에 건축을 맡기기로 했으며 귀사의 설계안을 받아들일 수 없게 된 것을 유감으로 생각한다"는 내용이었다. 편지에는 사전에 약속된 시안 작업비로 수표 한 장이 동봉되어 있었는데 실제 든 비용보다 적은 액수였다.

편지는 책상 위에 펼쳐져 있었다. 그리고 캐머런은 그 앞에 앉아 몸을 뒤로 빼고 손은 책상에 닿지 않게 잔뜩 힘을 준 채 무릎 위에 포개놓고 있었다. 그 편지는 종이 한 장에 불과한데도, 그는 초자연적인 물건이라도 대하듯 잔뜩 웅크린 채 꼼짝도 않고 앉아 있었다. 그 편지가 마치 라듐처럼 인체에 해로운 광선이라도 방출하는 줄 아는 듯했다.

캐머런은 석 달 동안 안전신탁공사 수주를 기다렸다. 지난 2년 동안 드문드문 찾아온 기회들이 하나같이 막연한 기대로 다가왔다가 단호한 거절로 사라져갔다. 그는 오래전에 제도사 한 명을 내보내야 했다. 건물 주인도 처음에는 정중하게 사정을 묻다가 그다음에는 냉담해졌고, 그다음에는 무례하고 노골적인 태도로 변했다. 하지만 캐머런의 사무실에서는 아무도 그런 것이나 일상적인 임금 체불에 신경 쓰지 않았는데 안전신탁공사 수주를 딸 수 있으리라는 희망 때문이었다. 그곳 부사장이 캐머런에게 설계도를 제출해보라며 이렇게 말했던 것이다. "물론 일부 이사들은 나와 견해가 다를 겁니다. 하지만 해보세요, 캐머런 씨. 나와 함께 모험을 걸어봅시다. 내가 당신을 위해 싸워줄 테니."

캐머런은 모험을 걸었다. 그는 기한에 맞추어, 아니 기한 전에, 굴드 앤드 페팅길에 선수를 빼앗기기 전에 설계 작업을 마치려고 로크와 함께 무섭게 일에 매달렸다. 페팅길은 은행장 부인과 사촌지간이었고 폼페이 유적에 관한 저명한 권위자이기도 했다. 그리고 은행장으로 말할 것 같으면 율리우스카이사르의 열렬한 숭배자로 로마에서 한 시간 15분 동안 콜로세움을 경건히 시찰한 적도 있었다.

캐머런과 로크는 블랙커피를 마시며 무수한 밤들을 지새웠다. 캐머런은 자신도 모르게 전기세 생각이 났지만 애써 잊었다. 그가 로크에게 샌드위치 심부름을 보낸 이른 아침에도 제도실 불은 아직 밝혀져 있었다. 로크는 거리에서 잿빛 아침을 맞고 있었지만 창문들이 높은 벽돌 벽에 면해 있는 사무실 안은 아직 밤이었다. 마지막 날에는 자정이 지난 후 로크가 그를 억지로 퇴근시켰다. 그의 손이 경련을 일으키고 무릎이 자꾸만 제도용 의자에 느리고 조심스럽게 의지하는 걸 보았던 것이다. 로크가 그를 데리고 내려가 택시에 태웠고, 캐머런은 가로등 불빛 속에서 로크의 야윈 얼굴과 부자연스러울 정도로 크게 뜬 눈, 마른 입술을 보았다. 이튿날 아침에 출근해서 제도실로 가보니 커피 주전자가 쓰러져 검은 웅덩이를 이루고 있고 그 웅덩이 속에 반쯤 주먹 쥔 로크의 손이 놓여 있었다. 로크는 바닥에 대자로 누워 고개를 뒤로 젖히고 곤히 잠들어 있었다. 그리고 제도 탁자에는 완성된 도면들이…….

캐머런은 책상 위의 편지를 바라보며 앉아 있었다. 치욕적인 건, 그동안 지샌 밤들이나 아스토리아에 세워졌어야 하는 자신의 건축물, 그 자리를 차지해버린 다른 사람의 건축물에 대한 생각은 비집고 들어올 틈도 없이 연체된 전기세 걱정만 머리에 가득하다는 것이었다.

지난 2년 동안 캐머런은 가끔 몇 주씩 사무실에 나타나지 않고는 했다. 그때마다 로크는 캐머런의 집에 가보았지만 그를 찾을 수가 없었고 그의 행방조차 모르는 채 무사히 돌아오기만을 빌며 기다려야 했다. 그러더니 언제부턴가 캐머런은 자신의 고통을 부끄럽고 수치스러워하지도 않게 되었다. 그는 인사불성으로 취해서 비틀거리며 사무실로 들어와 지상에서 그가 소중히 여겨온 유일한 장소에서 그 고통을 자랑스럽게 과시했다.

로크는 집주인에게 이번 주 집세도 못 내겠다고 조용히 말하는 방법을 터득했고, 그를 두려워하는 집주인은 집세를 달라고 조르지 못했다. 키팅이 용케 그 소식을 듣게 되었는데, 사실 그는 궁금한 소식은 어떻게 해서든 알아내는 재주가 있었다.

어느 날 저녁, 키팅은 난방도 안 되는 로크의 방에 찾아와 코트를 입은 채 의자에 앉았다. 그는 지갑에서 10달러짜리 지폐 다섯 장을 꺼내 로크에게 건넸다. "하워드, 자넨 돈이 필요해. 다 알고 왔어. 거절하지 말게. 언제든 갚으면 되잖아."

로크가 놀라서 빤히 쳐다보며 돈을 받았다. "그래, 난 돈이 필요해. 고맙네, 피터."

그러자 키팅이 말했다. "자네 도대체 뭐하고 있나? 캐머런 밑에서 헛고생만 하면서. 뭘 위해 이렇게 사는 건가? 하워드, 그만두고 우리한테 와. 내가 자네에게 해줄 말은 그것뿐이야.

프랭컨도 자네가 오면 좋아할 거야. 초봉으로 주급 60달러를 주지."

로크가 주머니에서 돈을 꺼내 도로 내밀었다.

"하워드, 제발 이러지 마! 난 …… 난 자네 기분을 상하게 하려는 게 아니야."

"나도 마찬가지야."

"하워드, 제발, 그냥 넣어둬."

"잘 가게, 피터."

로크가 그 생각을 하고 있는데 캐머런이 안전신탁공사에서 온 편지를 들고 제도실로 들어왔다. 캐머런은 로크에게 편지를 준 뒤 말없이 돌아서서 자기 사무실로 갔다. 로크는 편지를 읽고 그를 따라갔다. 캐머런이 수주에 실패할 때마다 자신과 대화를 나누고 싶어 한다는 걸 로크는 알고 있었던 것이다. 캐머런이 자신과의 대화를 원하는 건 실패한 수주에 대해 이야기하고 싶어서가 아니라 그저 자신을 바라보며 잡담을 나누고, 자신의 존재 자체가 주는 안도감에 기대고 싶어서라는 것도 잘 알았다.

로크는 캐머런의 책상에 뉴욕 〈배너〉 한 부가 놓여 있는 걸 보았다.

〈배너〉는 거대한 와이낸드 언론그룹의 대표신문으로 일반 가정의 부엌이나 이발소, 삼류 응접실, 지하철 등 어디서나 볼 수 있었지만 캐머런의 사무실에서만큼은 이외의 물건이었다.

캐머런은 로크가 그 신문을 쳐다보는 걸 보고 픽 웃었다.

"아침에 출근하는 길에 사왔지. 우습지, 안 그런가? 사실 오늘 그 편지를 받게 될 줄은 …… 몰랐거든. 그런데도 이 신문과 그 편지가 잘 어울리는 것 같으니. 내가 이걸 왜 샀는지 모르겠어. 상징적인 느낌 때문이었겠지. 하워드, 이걸 보게. 재미있어."

로크는 신문을 쓱 훑어봤다. 1면에 애인을 총으로 쏜 도톰하고 반짝이는 입술을 가진 미혼모 사진이 실려 있었고 사진 밑에는 그녀의 자서전 연재 첫 회 분과 자세한 재판 기록이 있었다. 나머지 면들은 공기업 개혁운동, 오늘의 운세, 교회 설교 발췌문들, 젊은 신부를 위한 요리법, 아름다운 다리를 가진 여자들 사진, 남편을 지키는 방법에 대한 조언, 우량아 선발대회, 설거지가 교향악을 작곡하는 것보다 더 고귀하다고 주장하는 시, 여자는 아기를 낳으면 자동적으로 성자가 된다는 사실을 증명하는 기사 따위로 채워져 있었다.

"하워드, 이게 우리의 답이네. 자네와 나에게 주어진 답이라고. 이 신문이. 이것이 존재하고 인기를 끈다는 사실이. 그것과 맞서 싸울 수 있겠나? 그것에 대항해서 할 말이라도 있어? 안전신탁공사에선 우리에게 편지를 보낼 필요가 없었어. 와이낸드의 〈배너〉를 보내야 했다고. 그 편이 더 간단하고 분명하니까. 앞으로 몇 년 내로 저 말도 안 되는 개자식 게일 와이낸드가 세상을 지배하게 되리란 걸 알고 있나? 아주 아름다운 세상이 될 거야. 그리고 어쩌면 그가 옳을지도 몰라."

캐머런은 신문을 든 팔을 쭉 뻗어 손으로 신문의 무게를 가늠하고 있었다.

"사람들이 원하는 걸 제공하고 그 대가로, 그들의 발을 핥아준 대가로 그들의 숭배를 받을 것인가, 아니면 …… 아니면 뭐? 그런 게 무슨 소용이 있겠나? …… 그런 건 이제 상관없어. 아무것도, 그게 이제는 내게 아무 상관도 없다는 사실조차도……."

캐머런은 그러더니 로크를 보면서 덧붙였다.

"하워드, 자네를 독립시켜줄 때까지 버틸 수 있다면 좋겠는데……."

"그런 말씀 마세요."

"아니, 하고 싶어. …… 우습지, 하워드. 내년 봄이면 자네가 여기 온 지 3년이 돼. 훨씬 더 길게 느껴지지, 안 그래? 내가 자네한테 뭘 가르치긴 했나? 그래, 난 자네에게 많은 걸 가르친 동시에 아무것도 못 가르쳤지. 그 누구도 자네에게 알맹이는, 근원이 되는 건 가르쳐줄 수가 없으니까. 자네가 하고 있는 일은 자네 것이지 내 것이 아니네. 난 그저 자네가 그걸 더 잘 하도록 가르쳐줄 수 있을 뿐이지. 내가 자네에게 줄 수 있는 건 수단뿐이고 목표는, 목표는 자네 자신의 것이네. 자넨 초기 자코비안이나 후기 캐머런 양식의 빈약한 건물들이나 짓는 하찮은 신봉자가 될 사람이 아냐. 장차 자넨 …… 내가 그때까지 살아서 그 모습을 볼 수만 있다면!"

"꼭 보시게 될 겁니다. 선생님도 그걸 알고 계시고요."

캐머런은 의자에서 일어나 사무실의 맨 벽과 책상 위에 쌓인 흰 청구서 더미들, 유리창을 타고 천천히 흘러내리는 거무스름한 빗물을 바라보았다.

"하워드, 난 세상 사람들에게 줄 답이 없네. 자네가 대신 나서보게. 자네가 그들에게 답해보게. 그들 모두에게. 와이낸드의 신문들, 그 신문들의 성공을 가능하게 해주는 것, 그 배후에 숨어 있는 것. 자네에게 이상한 임무를 맡기는군. 난 우리의 답이 무엇이어야 하는지 모르네. 내가 아는 건, 분명 답이 있고 그걸 자네가 쥐고 있으며 자네가 바로 그 답이라는 것, 언젠가는 자네가 그걸 표현할 말을 찾게 되리란 것뿐이지."

6

엘즈워스 M. 투히는 1925년 1월에 《돌의 교훈(Sermons in Stone)》을 출간했다.

세심하게 디자인한 표지는 암청색 바탕에 단순한 은색 글씨로 되어 있었고 한쪽 귀퉁이에 은색 피라미드가 들어가 있었다. 부제는 '만인을 위한 건축'이었다. 선풍적인 인기를 끌게 된 이 책은 흙집에서부터 마천루에 이르기까지 건축의 전 역사를 담고 있었는데, 보통 사람들의 쉬운 언어로 씌어졌지만 그 언어가 사뭇 과학적인 느낌을 주었다. 저자는 서문에서 "건축을 원래의 자리인 대중 속으로 옮겨놓기 위해" 이 글을 썼노라고 밝혔다. 또한 그는 보통 사람들이 "마치 야구 얘기를 하듯 건축에 대해 쉽게 생각하고 말할 수 있게 되기를" 소망한다고 했다. 그는 건축의 다섯 가지 원칙이니, 가구식(架構式) 구조니, 버팀도리니, 철근 콘크리트니 하는 전문적인 용어들로 독자들을 지루하게 만들지 않았다. 대신 이집트 주부, 로마 구두 수선공, 루이 16세의 정부(情婦)의 일상, 그들이 뭘 먹고 어떻게 몸을 씻고 어디서 물건을 샀는지, 그 시대의 건축물들이 그들의 삶에 어떤 영향을 미쳤는지에 관한 편안한 이야기로 책을 채웠다. 하지만 그러면서도 독자들이 건축의 다섯 가지 원칙과 철근 콘크리트에 대해 알아야 할 건 모두 배우고 있다는 기분을 느낄 수 있게 해주었다. 그는 독자들에게 현재에도 그러하듯 과거에도 이름 없는 대중의 평범한 일상을 초월한 문제나 성취, 사고의 범위란 존재하지 않으며, 과학 또한 이러한 일상에 대한 영향력을 넘어서는 목표와 표현이 있을 수 없다고 주장했다. 그리하여 독자들은 그저 자신에게 주어진 미천한 삶을 살아가는 것만으로도 모든 문명의 최고의 목표들을 나타내고 또 이루어가고 있는 것이란 인상을 받았다. 그의 과학적 정확성은 흠잡을 데가 없었고 박식함은 가히 놀라웠기에 어느 누구도 바빌로니아의 조리 도구나 비잔티움의 현관 매트에 대해 반박할 수 없었다. 그는 직접 지켜본 사람처럼 생생하고 실감나게 글을 썼다. 그는 무거운 걸음으로 터벅터벅 역사의 길을 헤치고 나아가지 않았다. 비평가들의 표현을 빌리면, 어릿광대처럼, 친구처럼, 예언자처럼 역사의 길에서 춤추며 노닐었다.

그는 건축은 진실로 모든 예술 가운데 가장 위대하며 그건 모든 위대함이 그러하듯 익명성 때문이라고 주장했다. 세상에는 유명한 건물들은 많지만 이름 난 건축가들은 별로 없는데 건축에서는(물론 다른 분야도 모두 마찬가지지만) 한 사람의 손으로 중요한 것이 창조된 적이 없으므로 매우 당연한 일이라고 했다. 극소수 이름을 남긴 이들은 다른 사람들의 영광을 훔친 사기꾼들에 불과하다는 것이었다. "장엄한 고대 유적을 바라보며 그걸 한 사람의 공으로 돌리는 건 정신적 횡령죄를 범하는 것이다. 그건 세상에 알려지지도, 칭송되지도 않았지만 역사의 어둠 속에서 그 한 사람보다 우선하는, 겸허히(모든 영웅은 겸허하니까) 땀 흘리며 당대의 공동의 보물을 만들어내는 데 각자의 작은 몫을 보탠 무수한 일꾼들을 잊는 것이기 때문이다. 하나의 위대한 건축물은 어느 천재의 개인적인 발명품이 아니다. 그것은 대중의 정신이 응축된 결과물이다."

그는 건축의 데카당스는 중세의 공동체 정신이 쇠퇴하고 사유재산이 생겨나면서 시작되었다고, 개인 소유주들이 자신의 나쁜 취향을('개인적인 취향은 모두 나쁘니까') 만족시키기 위한 이기적인 목적으로 도시의 계획적 효과를 망쳐놓았다고 설명했다. 그는 애초에 인간의 창조적 충동은, 다른 모든 것이 그러하듯, 그 시대의 경제 구조에 의해 결정되므로 자유의지 같은 것은 존재하지 않는다고 주장했다. 그는 모든 위대한 역사적 건축 양식들에 감탄을 표했지만 그 양식들을 마구잡이로 섞어놓는 걸 경계했다. 그는 현대 건축에 대해서는 이렇게 일축했다. "지금까지 현대 건축은 고립된 개인들의 변덕 이상의 것을 나타내지 못했으며 그 어떤 위대하고 자발적인 대중 운동과도 관련이 없으므로 아무런 중요성도 지닐 수 없다."

그는 더 나은 세상의 도래를 예언하며 그 세상에서는 "민주주의의 어머니" 그리스의 위대한 전통에 따라 모두가 형제가 될 것이고, 모든 건축물이 조화롭고 똑같아지게 될 거라고 했다. 그는 이 부분을 쓰면서 전체적인 초연한 문체에서 눈에 띄게 벗어나지는 않으면서도 책에는 반듯하게 인쇄된 글씨들이 원고에서는 격한 감정에 손이 떨려 비뚤비뚤해졌을 것이라는 느낌을 용케도 전달했다. 그는 건축가들에게 개인적인 영광을 추구하는 이기적인 행위를 중단하고 대중 정신의 구현에 헌신하라고 촉구했다. "건축가는 종이지 지도자가 아니다. 건축가는 자신의 작은 자아를 주장할 것이 아니라 국가의 영혼과 시대의 리듬을 표현해야 한다. 개인적인 기호라는 망상을 좇을 게 아니라 대중의 가슴에 다가갈 수 있는 공통분모를 찾으려는 노력을 기울여야 한다. 건축가들, 아, 나의 친구들, 그들은 이러쿵저러쿵 따질 권리가 없다. 그들은 명령을 내리는 입장이 아니다. 명령을 받는 입장이다."

《돌의 교훈》 광고에는 다음과 같은 비평가들의 평이 실렸다. "굉장하다!" "걸작!" "예술사 분야에서 독보적인 작품!" "매력적인 남자이며 심오한 사상가를 알게 될 기회!" "지식인의 타이틀을 갈망한다면 꼭 읽어야 할 필독서."

지식인의 타이틀을 갈망하는 이들이 엄청나게 많은 듯했다. 독자들은 공부하지 않고 박식해졌고, 거저 권위자가 되었으며, 노력 없이 판단을 내릴 수 있게 되었다. 건축물들을 보면서 439쪽에 대한 기억만 갖고 전문가의 태도로 비판할 수 있는 건 즐거운 일이었다. 예술적인 토론을 벌이며 같은 구절에 있는 같은 문장에 대해 이야기하는 것도 즐거웠다. 곧 명문가 응접실들에서도 이런 말이 들렸다. "건축요? 아, 그래요, 엘즈워스 투히."

엘즈워스 M. 투히는 스스로 정한 원칙에 따라 책의 본문에는 어느 건축가의 이름도 싣지 않았다. "나는 신화적이고 영웅 숭배적인 역사 연구 방식에 늘 불쾌감을 느꼈다." 이름들은 각주에만 있었다. 가이 프랭컨의 이름은 각주에 몇 번 등장했는데 "장식이 지나친 경향이 있으나 엄격한 고전주의 전통에 충실한 점은 칭찬받아 마땅하다."고 되어 있었다. 헨리 캐머런에 대한 각주도 하나 있었는데 "이른바 현대 건축의 창시자 중 한 사람으로 한때 명성을 떨쳤으나 이후 당연한 망각 속으로 사라져갔다. 박스 파퓰라이 박스 디아이(Vox populi vox dei 민중의 소리는 하늘의 소리다)."

1925년 2월, 헨리 캐머런은 실무에서 은퇴했다.

그는 일 년 전부터 이날이 올 것임을 알았다. 그는 로크에게 그런 이야기는 하지 않았지만 로크도 알고 있었고 두 사람은 버틸 수 있을 때까지 버티자는 생각으로 묵묵히 시간을 보내고 있었다. 지난해에는 시골의 작은 별장과 차고, 낡은 건물을 개조하는 일거리들이 찔끔찔끔 들어왔다. 그들은 무슨 일이든 했다. 하지만 잠긴 수도꼭지에서 떨어지는 물방울처럼 간간이 들어오던 일이 완전히 끊기고 말았다. 수도관 자체가 말라버린 것이다. 사회에 물어야 하는 요금을 한 번도 낸 적이 없는 캐머런에게 사회가 아예 물을 끊어버린 것이다. 심슨과 대기실 노인은 내보낸 지 오래였다. 로크 혼자 남아 하는 일도 없이 앉아서 캐머런만 바라보며 겨울 저녁들을 보내야 했다. 캐머런은 책상 위로 팔을 뻗어 그 위에 머리를 올려놓고 엎드려 있었고, 술병이 불빛 아래 반짝거렸다.

그러던 2월의 어느 날, 캐머런은 몇 주 동안 술은 입에도 안 댔는데 책꽂이에서 책을 빼려고 손을 내밀다 로크의 발치에 고꾸라졌다. 갑작스러우면서도 간단하게 마지막이 찾아온 것이다. 로크는 캐머런을 집으로 옮겼고 의사가 와서 말하기를 침대를 벗어나는 것은 사형선고나 마찬가지라고 했다. 캐머런도 그걸 알았다. 그는 얌전히 베개를 베고 양팔을 늘어뜨리고 누워 깜짝거리지도 않는 공허한 눈으로 로크에게 말했다.

"하워드, 자네가 사무실을 닫아줘야겠네, 그래주겠나?"

"예." 로크가 대답했다

캐머런은 눈을 감고 더는 아무 말도 하지 않았다. 로크는 밤새 그의 병상을 지켰지만 노인이 자고 있는지 아닌지도 알 수 없었다.

캐머런의 누이가 뉴저지 어딘가에서 찾아왔다. 그녀는 백발과 떨리는 손, 절대 기억에 남지 않는 얼굴을 가진 작은 체구의 순하고 조용한 여인으로 체념과 절망에 젖어 있었다. 그녀에게는 얼마 안 되는 수입이 있었으며 캐머런을 뉴저지에 있는 자신의 집으로 데려가겠다고 했다. 그녀는 결혼한 적이 없어서 피붙이라고는 캐머런뿐이었고, 캐머런을 떠맡게 된 걸 기뻐하지도 싫어하지도 않았다. 이미 오래전에 감정이 모두 말라붙어버린 것이다.

뉴저지로 떠나는 날 캐머런은 로크에게 간밤에 쓴 편지 한 장을 건넸다. 베개로 등을 받치고 앉아 무릎 위에 낡은 제도판을 올려놓고 힘들게 쓴 그 편지는 로크의 일자리를 구해주기 위해 어느 저명한 건축가에게 쓴 소개장이었다. 로크는 그걸 읽고는 캐머런의 얼굴을 응시하며 반으로 찢은 후 그걸 포개서 다시 찢었다.

"아닙니다. 그들에게 아무 부탁도 하지 마세요. 제 걱정은 마세요." 로크가 말했다.

캐머런은 고개를 끄덕이고는 한참 동안 침묵을 지켰다.

그러더니 말했다.

"하워드, 사무실을 닫아주게. 가구는 밀린 임대료 대신 가져가라고 해. 하지만 내 방 벽에 걸린 그림은 나한테 보내주게. 그것만 보내. 나머진 다 태워버리고. 서류, 도면, 계약서, 다 태워버려."

"예." 로크가 말했다.

캐머런의 누이가 들것과 병원 잡역부들을 데려왔고 모두 앰뷸런스를 타고 선착장으로 갔다. 선착장 입구에서 캐머런이 로크에게 말했다.

"이제 가보게. 하워드, 날 보러 오게. …… 너무 자주는 말고……."

캐머런이 선착장 안으로 들어가는 동안 로크는 돌아서서 그곳을 떠났다. 쌀쌀한 잿빛 아침이었고 바다의 썩은 내가 풍겼다. 바람에 날리는 신문지 같은 잿빛 갈매기 한 마리가 거리의 줄무늬 진 축축한 돌 위로 급강하했다.

그날 저녁, 로크는 캐머런의 닫힌 사무실로 갔다. 그는 불을 켜지 않았다. 캐머런의 방에 있는 프랭클린 난로에 불을 지피고 서랍을 하나씩 비워 내용물들을 보지도 않고 불에 태웠다. 종이들이 정적 속에서 바스락댔다. 어두운 방에 희미한 곰팡이 냄새가 피어오르고, 불길은 연신 혀를 날름거리며 쉭쉭, 탁탁 타올랐다. 이따금 가장자리가 까맣게 탄 흰 종잇조각이 불길 속에서 날아올랐다. 로크는 쇠자 끝으로 그걸 도로 불에 밀어 넣었다.

캐머런의 유명한 건물들과 지어지지 않은 건물들의 도면들, 어딘가에 아직도 서 있을 대들보들이 가느다란 흰 선으로 표시된 청사진들, 유명한 서명들이 든 계약서들이 있었다. 그리고 이따금 시뻘건 불길 속에서 누렇게 변한 종이 위 일곱 자리 숫자의 금액이 환하게 비쳤다가 가녀린 불똥들을 분출하며 사라져갔다.

낡은 서류철 속에 보관된 편지들 사이에서 신문 스크랩 하나가 펄럭이며 바닥에 떨어졌다. 로크는 그걸 집어 올렸다. 오래되어서 누렇게 변색되고 바싹 말라 있었다. 그의 손이 닿자 접힌 부분이 갈라졌다. 1892년 5월 7일자 헨리 캐머런의 인터뷰 기사였는데, 이런 내용이었다. "건축은 사업도, 직업도 아닙니다. 세상의 존재를 정당화하는 기쁨을 위한 성전(聖戰)이며 헌신입니다." 로크는 그걸 불에 던지고 다른 서류철을 향해 손을 뻗었다.

캐머런의 책상 위에 있는 몽당연필들도 전부 모아서 불에 넣었다.

로크는 난로 옆에 서 있었다. 그는 몸을 움직이지도, 불을 내려다보지도 않았다. 시야 가장자리에서 불길이 가늘게 몸서리치며 움직이는 것을 느끼고만 있었다. 그는 정면의 벽에 걸려 있는, 지상에 세워진 적이 없는 마천루의 도면을 바라보았다.

피터 키팅은 프랭컨 앤드 헤이어에서 3년째 몸담고 있었다. 그는 고개를 당당히 들고 세심하게 계산된 꼿꼿한 자세로 다녔고, 그 모습이 고급 면도기나 중형차 광고에 나오는 성공적인 젊은이를 연상시켰다.

그는 옷을 잘 입었으며 사람들이 그걸 알아보는 걸 즐겼다. 파크 애비뉴 근처에 아담하면서도 고급스러운 아파트를 마련한 다음 귀한 동판화도 세 점 사고 고전 작품도 초판으로 한

권 샀다(비록 읽기는커녕 표지를 들추어본 적도 없지만 말이다). 이따금 고객을 모시고 메트로폴리탄 오페라 극장에도 갔다. 한번은 가장무도회에 중세 석공들이 입던 진홍색 벨벳 옷과 타이츠를 입고 나타나 선풍적인 인기를 끌기도 했다. 신문 사교계란에 그 행사에 대한 기사가 나면서 그의 이름이 언급되었고, 키팅은 머리털 나고 처음 신문에 이름이 실린 것이라 그 기사를 스크랩했다.

그는 자신의 첫 건물에 대해, 그것의 탄생 과정의 두려움과 의심에 대해 까맣게 잊고 있었다. 설계라는 게 아주 간단한 일임을 터득한 것이다. 그의 고객들은 집에 찾아오는 손님들을 깜짝 놀라게 만들 으리으리한 정면과 웅장한 입구, 화려한 응접실만 제공하면 다른 건 문제 삼지 않았다. 키팅은 고객들만 감동시키면 그만이고 고객들은 집에 오는 손님들만 감동시키면 그만이고 손님들은 아무래도 상관없었기에 모두가 만족스러운 구조였다.

키팅 부인은 스탠턴에 있는 집을 세놓고 뉴욕에 있는 아들의 아파트로 왔다. 키팅은 어머니와 같이 살고 싶지는 않았지만 어쩔 수가 없었다. 아들로서 어머니를 모시고 사는 게 당연한 도리이기 때문이었다. 키팅은 조금은 반갑게 어머니를 맞이했는데 아들의 출세를 보고 감동하는 어머니를 볼 수 있을 것이기 때문이었다. 하지만 키팅 부인은 감동한 모습을 보이지 않았다. 아들의 아파트와 옷들, 예금통장들을 확인하고는 이렇게만 말했다. "피터, 이 정도면 되겠구나. 당분간은."

키팅 부인은 아들의 사무실을 딱 한 번, 30분 동안 방문했다. 그날 저녁, 키팅은 장장 한 시간 반을 어머니 앞에서 손을 쥐어짜고 손가락 관절을 툭툭 꺾으며 조용히 앉아서 어머니의 충고를 들어야 했다. "피터, 위더스라는 사람이 너보다 훨씬 비싼 옷을 입고 있더구나. 그건 안 되지. 그 사람들 앞에서 위신을 지켜야지. 청사진을 들고 들어왔던 그 키 작은 사람은 …… 너한테 말투가 그게 뭐냐. …… 오, 아니다, 아냐. 단지 좀 지켜봐야겠단 얘기야. …… 그 코 긴 사람은 친구로 삼으면 안 되고……. 신경 쓸 것 없다, 내 육감이니까. …… 베넷이라는 사람은 조심해야겠어. 나 같으면 그런 사람은 곁에 안 둬. 야망이 보통이 아닌 것 같더구나. 난 다 알 수 있지……."

그러고는 이렇게 물었다.

"가이 프랭컨 …… 그 사람, 자식은 있니?"

"딸이 하나 있어요."

"오 …… 어떤데?" 키팅 부인이 물었다.

"아직 못 만나봤어요."

"이런, 피터, 네가 프랭컨 씨 가족을 만나볼 생각을 안 하는 건 그분에게 큰 무례를 범하는 거야."

"대학에 다니느라 집을 떠나 있어요. 언젠간 만날 거예요. 어머니, 시간이 많이 늦었네요. 전 내일 할 일이 산더미 같아서……."

하지만 키팅은 그날 밤, 그리고 이튿날까지 프랭컨의 딸에 대한 생각을 떨쳐낼 수가 없었다. 물론 전에도 그 생각을 자주 했었다. 그는 프랭컨의 딸이 오래전에 대학을 졸업하고 〈배너〉 신문에서 실내장식에 관한 사소한 칼럼을 쓰고 있다는 사실을 알고 있었다. 하지만 프랭컨 앤드 헤이어 사람들은 아무도 그녀에 대해 모르는 듯했다. 프랭컨은 딸 이야기는 전혀 안 했다.

이튿날 점심식사 시간에 키팅은 그 문제에 부딪혀보기로 결심했다.

"따님에 대한 좋은 얘기들이 들리더군요." 그가 프랭컨에게 말했다.

"도대체 **어디서** 내 딸에 대한 좋은 얘기를 들었나?" 프랭컨이 험악하게 물었다.

"아, 그거야, 뭐, 아시다시피, 여기저기서 들었죠. 따님이 글을 아주 잘 쓴다고 들었습니다."

"그래, 아주 잘 쓰지." 프랭컨은 그렇게 대꾸하고 입을 꾹 다물었다.

"정말이지, 가이, 따님을 꼭 만나보고 싶어요."

프랭컨은 그를 바라보며 지친 듯 한숨을 쉬었다.

"알다시피 그 앤 나와 같이 살지 않네. 제 아파트가 따로 있지. 주소도 기억이 가물가물해. …… 그래, 자네도 언젠간 그 앨 만나게 되겠지. 피터, 자넨 그 앨 좋아하지 않을 거야."

"아니, 왜 그런 말씀을 하세요?"

"어쩔 수 없는 일이지. 난 아버지로선 완전히 실패한 것 같아. …… 참, 피터, 매너링 부인이 새 계단 배치에 대해 뭐라고 했지?"

키팅은 화가 나고 실망스러우면서도 한편으로는 안도감이 밀려들었다. 그는 프랭컨의 땅딸막한 모습을 바라보며 딸이 아버지 외모를 얼마나 닮았기에 아버지가 저토록 못마땅해하나 궁금증을 느꼈다. 대부분의 부잣집 딸들처럼 끔찍한 추녀인 모양이었다. 키팅은 그래도 언젠가는 그녀를 만나야 한다고 생각했고, 그날이 미루어진 게 다행스러웠다. 그러자 오늘 밤 캐서린을 만나러 가고픈 충동이 일었다.

키팅 부인은 스탠턴에서 캐서린을 만난 적이 있었고 아들이 캐서린을 잊기를 바랐다. 그런데 아들은 아직도 캐서린을 잊지 못한 모양이었다. 아들이 캐서린 이야기를 거의 안 하고 집에 데려온 적도 없었지만 키팅 부인은 둘이 아직 만나고 있음을 알 수 있었다. 키팅 부인은 결코 캐서린의 이름을 입에 올리지 않았다. 다만, 가난한 여자가 똑똑한 청년의 발목을 잡은 이야기, 장래가 촉망되는 청년이 어울리지 않는 여자와 결혼해서 인생을 망친 이야기를 늘어놓고, 유명인사가 도저히 수준이 안 맞는 서민적인 아내와 결국 이혼한 기사 같은 게 신문에 실리면 빠짐없이 읽어주었다.

그날 밤 키팅은 캐서린의 집을 향해 걸어가면서 그동안 캐서린과 가진 몇 번의 만남은 특별할 것이라고는 전혀 없었지만 그래도 뉴욕 생활을 통틀어 기억에 남는 건 그날들뿐이라고 생각했다.

캐서린의 집에 가보니 거실 카펫에 편지들과 휴대용 타자기, 신문들, 가위들, 상자들, 풀통이 잔뜩 어질러져 있었다.

"어머! 어떡해!" 캐서린은 복잡한 거실 한가운데에 털썩 무릎을 꿇고 앉으며 말했다.

그녀는 키팅을 올려다보며 천진하게 웃으면서 바스락거리는 흰 종이 뭉치들을 양손으로 덮었다. 이제 그녀는 스무 살이 되었는데도 열일곱 살 때 모습 그대로였다.

"피터, 앉아요. 당신이 오기 전에 끝낼 수 있을 줄 알았는데. 삼촌에게 온 팬레터와 기사 스크랩이에요. 이것들을 추려서 정리해놓고 답장도 쓰고 해야 돼요. …… 오, 당신도 삼촌에게 온 팬레터들을 읽어봐야 하는데! 정말 대단해요. 거기 그렇게 서 있지 말고 앉아요, 예? 금방 끝날 거예요."

"지금 끝내." 키팅은 캐서린을 안아 올려 의자로 데려갔다.

그가 껴안고 키스하자 캐서린은 그의 어깨에 머리를 기대며 행복하게 웃었다. 키팅이 말했다.

"케이티, 너는 못 말리는 작은 바보이고 머리 냄새가 아주 좋아!"

캐서린이 말했다. "피터, 움직이지 말아요. 나 편해요."

"케이티, 해줄 말이 있어. 나 오늘 멋진 하루를 보냈어. 오늘 오후에 보드맨 빌딩이 정식으로 문을 열었거든. 브로드웨이에 있는 빌딩인데 22층에다 고딕식 첨탑이 있어. 프랭컨이 소화불량에 걸려서 내가 대신 갔지. 어차피 내가 설계한 거니까. …… 참, 넌 그것에 대해 전혀 모르지."

"알아요, 피터. 당신 건물들은 다 본 걸요. 사진으로 다 갖고 있어요. 신문에서 오렸어요. 삼촌 것처럼 당신 스크랩북도 만들었어요. 오, 피터, 정말 멋져요!"

"뭐가?"

"삼촌 스크랩북들요. 팬레터들도 …… 전부요……." 그녀는 바닥에 쌓인 종이들을 포옹이라도 하고 싶은 듯 팔을 뻗었다. "생각해봐요, 전국에서 온 편지들이에요. 전혀 모르는 사람들인데도 삼촌이 그들에게 무척이나 중요한 존재가 된 거예요. 그리고 지금 난 여기서 삼촌을 돕고 있어요. 보잘것없는 존재인 내가 이런 중요한 책임을 맡다니! 우리 일상의 사소한 일들이 나라 전체와 관련되면 놀라운 의미를 지니게 된다는 건 …… 아주 감동적이고 대단한 일이에요!"

"그래? 삼촌이 그렇게 말했어?"

"삼촌은 아무 말도 안 했어요. 하지만 삼촌과 몇 년을 함께 살게 되면 그걸 조금은 배우게 돼요. …… 삼촌의 놀라운 이타심을."

키팅은 화를 내고 싶었지만 캐서린의 빛나는 미소와 새로운 열정을 보자 마주 웃어주지 않을 수 없었다.

"그래, 케이티, 너한테 어울려. 끝내주게 잘 어울려. 그런데 말이야, 넌 옷 입는 법만 좀 배우면 아주 매력적일 거야. 언제 한번 내가 고급 양장점에 데려가줄게. 그리고 언젠가 가이 프랭컨도 만나게 해줄게. 너도 그를 좋아하게 될 거야."

"응? 지난번에는 내가 그를 좋아하지 않을 거라고 하지 않았어요?"

"내가 그랬나? 그거야 그의 진면목을 알지 못했을 때 얘기고. 그는 훌륭한 사람이야. 난 널 모든 사람에게 소개해주고 싶어. 넌 …… 케이티, 어디 가려고?" 캐서린이 그의 손목시계를 보고는 그에게서 살그머니 빠져나가려고 했던 것이다.

"저 …… 9시가 다 됐어요, 피터. 엘즈워스 삼촌이 들어오기 전에 이 일을 끝내야 해요. 삼촌은 11시까지는 들어올 거예요. 오늘 밤 노동자 집회에서 연설이 있거든요. 당신과 얘기하면서 일할 수 있는데, 괜찮죠?"

"절대 안 괜찮아! 너의 삼촌의 팬들 따위 알 게 뭐야! 그런 건 너의 삼촌이 직접 알아서 해결하라고 해. 그대로 있어."

캐서린은 한숨지으면서도 순순히 도로 그의 어깨에 기댔다. "엘즈워스 삼촌에 대해 그런 식으로 말하면 안 돼요. 당신은 삼촌을 몰라요. 우리 삼촌 책 읽어봤어요?"

"그래! 읽어봤어. 훌륭하고 대단한 책이야. 하지만 요샌 가는 데마다 그 망할 책 얘기밖에 안 해서 신물이 나니까 화제를 좀 돌릴 수 없을까?"

"아직도 엘즈워스 삼촌을 만나고 싶지 않아요?"

"왜 그런 말을 하지? 난 기꺼이 당신 삼촌을 만나고 싶어."

"오……."

"왜 그래?"

"지난번에 당신이 그랬잖아요. 나를 통해서는 삼촌을 만나고 싶지 않다고."

"내가 그랬나? 내가 지껄인 헛소리를 모조리 기억하고 있다니!"

"피터, 난 당신이 삼촌을 만나는 걸 원치 않아요."

"왜지?"

"모르겠어요. 바보 같은 말이지만, 지금은 그래요. 이유는 나도 모르겠어요."

"그래, 그럼 그만둬. 때가 되면 만나도록 하지. 케이티, 들어봐, 어제 내 방 창가에 서서 네 생각을 하고 있는데 네가 몹시 보고 싶은 거야. 네게 전화를 걸 뻔했지만 너무 늦은 시각이라 참았지. 네가 무척이나 그리워서……."

캐서린은 그의 목에 팔을 두르고 조용히 듣고 있었다. 그러다 그녀가 갑자기 그의 뒤쪽을 보더니 화들짝 놀라 입이 벌어졌다. 그녀는 벌떡 일어나 그쪽으로 달려가더니 책상 밑으로 기어 들어가 연보라색 봉투를 꺼냈다.

"이번엔 도대체 뭐야?" 키팅이 화가 나서 따졌다.

"아주 중요한 편지예요." 캐서린이 무릎을 꿇은 채로 조그만 주먹에 봉투를 꼭 쥐고 말했다. "아주 중요한 편지인데 여기 있었어요. 쓰레기통에 버린 거나 마찬가지예요. 내가 못 보고 비로 쓸어버렸나 봐요. 아이가 다섯인 어느 가난한 과부가 보낸 편지인데 맏아들이 건축가가 되고 싶다고 해서 엘즈워스 삼촌이 장학금을 주선해주려고 하고 있어요."

키팅이 일어서며 말했다. "이제 더는 못 참겠군. 케이티, 밖으로 나가자. 산책이나 하자. 아름다운 밤이야. 이 안에선 네가 정신이 딴 데 가 있는 것 같아."

"오, 좋아요! 우리 산책 가요."

밖에는 안개 같은 눈이 내리고 있었다. 건조하고 작고 가벼운 눈발이 공중에서 떠돌며 좁은 거리들을 가득 메우고 있었다. 두 사람은 꼭 붙어서 흰 보도에 기다란 갈색 얼룩을 남기며 걸었다.

그들은 워싱턴 광장에 있는 벤치에 앉았다. 광장을 에워싼 눈이 광장 너머의 집들과 거리들로부터 그들을 고립시켰다. 아치 그림자 사이로 강철색, 초록색, 붉은색 빛의 반점들이 굴러와 그들을 지나쳐갔다.

캐서린은 잔뜩 웅크린 채 키팅에게 붙어 있었다. 키팅은 도시를 바라보고 있었다. 그는 늘 이 도시가 두려웠고 지금도 마찬가지였다. 하지만 지금 그에게는 약한 보호물 두 가지가 있었다. 눈과 옆에 앉은 여자.

"케이티." 그가 속삭였다. "케이티······."

"피터, 사랑해요……."

"케이디, 우리 약혼힌 거지, 그렇지?" 키팅은 망설이지도, 힘주어 강조하지도 않고 말했다. 그의 말이 지닌 확실성이 동요 자체를 허락하지 않았던 것이다.

그는 캐서린의 턱이 희미하게 위, 아래로 움직여 단어 하나를 만들어내는 걸 보았다.

"예." 캐서린이 침착하게 대답했다. 그녀의 목소리가 무척이나 엄숙해서 마치 무관심한 것처럼 들렸다.

캐서린은 미래에 대한 의문을 던지는 걸 스스로에게 허용한 적이 없었다. 의문을 던지는 건 의심을 자인하는 것이기 때문이었다. 하지만 그녀는 "예."라고 대답할 때 자신이 이 순간을 기다려왔음을 알고 있었고 너무 행복해하면 행복이 산산이 부서질 것만 같은 기분을 느꼈다.

키팅이 그녀의 손을 꼭 잡고 말했다. "일이 년 안에 우린 결혼할 거야. 내가 독립해서 자리를 잡는 대로 바로. 어머닐 모셔야 하지만 일 년만 더 있으면 해결될 거야." 그는 자신의 경이로운 감정을 망치지 않으려고 최대한 냉정하고 실제적으로 말했다.

"피터, 기다릴게요. 그러니 서두를 거 없어요." 캐서린이 속삭였다.

"우리 아무한테도 얘기하지 말자, 케이티. …… 우리 둘만의 비밀이야……." 다음 순간 갑자기 한 가지 생각이 떠올랐고, 키팅은 전에는 결코 단 한 번도 그 생각이 떠오른 적이 없음을 캐서린에게 증명할 방법이 없다는 사실을 깨닫고 경악했다. 하지만 그는 하늘에 맹세코 단 한 번도 그 생각을 해본 적이 없었다. 스스로에게도 놀라운 일이지만 그건 분명한 사실이었다. 그는 캐서린을 밀쳐내고 화난 목소리로 말했다.
"케이티! 내가 이러는 게 너의 그 위대하고 가증스런 삼촌 때문이라고 생각하는 건 아니겠지?"

캐서린이 웃음을 터뜨렸다. 키팅은 그 가볍고 태평한 웃음소리를 들으며 자신이 정당성을 입증하고 누명을 벗었음을 깨달았다.

"어머, 아녜요, 피터! 물론 삼촌은 좋아하지 않겠지만 신경 쓸 필요 없어요."

"삼촌이 좋아하지 않을 거라고? 왜지?"

"오, 삼촌은 결혼이라는 제도 자체를 찬성하는 것 같지 않아요. 삼촌은 부도덕한 걸 가르치진 않는 분이지만, 늘 내게 결혼은 구식이고 사유재산 제도를 영속시키기 위한 경제적 장치고 하여튼 뭐 그런 거라서 자신은 결혼을 좋아하지 않는다고 말했어요."

"그것 참 잘 됐군! 우리가 직접 보여주자."

키팅은 캐서린과의 결혼이 진실로 기뻤다. 결혼을 결정함으로써 캐서린을 향한 그의 감정에 다른 사람(이를테면 프랭컨의 딸)을 대할 때와 같은 계산이 들어 있을지도 모른다는 의구심이 스스로 순수하다고 여기는 자신의 마음뿐 아니라 다른 사람들의 마음에서도 깨끗이 사라졌기 때문이다. 키팅은 그게 그토록 중요한 것이, 자신이 캐서린을 향한 감정만큼은 다른 모든 사람과의 관계로부터 자유롭기를 아주 간절히 소망하는 것이 이상하다는 생각이 들었다.

키팅은 고개를 뒤로 젖히고 입술에 눈송이가 내려앉는 걸 느꼈다. 그는 고개를 돌려 캐서린에게 키스했다. 그녀의 입술이 부드럽고 눈 때문에 차가웠다.

캐서린은 모자가 한옆으로 미끄러져 내려갔고, 입술은 반쯤 벌어져 있었다. 동그란 눈은 무력해 보였고, 속눈썹은 반짝거렸다. 키팅은 그녀의 손을 잡고 손바닥을 위로 돌려 바라보았다. 그녀는 검은 털장갑을 끼고 있었는데 어린애처럼 어설프게 손을 펴고 있었다. 장갑의 솜털 속에 녹은 눈이 방울방울 맺혀 있었고, 자동차 한 대가 빠르게 지나가자 그 불빛에 물방울들이 반짝하고 빛났다.

7

 미국 건축가협회 회보 토막소식란에 헨리 캐머런의 은퇴에 관한 기사가 짤막하게 실렸다. 캐머런이 건축계에서 이룬 업적이 여섯 줄로 요약되어 있었는데 그의 대표 건축물 두 개의 이름 철자가 잘못되어 있었다.

 피터 키팅이 프랭컨의 사무실에 불쑥 들어가는 바람에 퐁파두르 부인의 소유였던 코담뱃갑을 놓고 프랭컨과 골동품상 사이에서 한창 무르익어가던 흥정이 중단되고 말았다. 프랭컨은 원래 생각했던 금액보다 9달러 25센트나 더 주고 급히 흥정을 마무리 지었다. 골동품상이 나가자 프랭컨은 키팅을 돌아보며 퉁명스럽게 물었다.

 "그래, 무슨 일인가, 피터? 무슨 일이야?"

 키팅은 프랭컨의 책상 위에 건축가협회 회보를 던지고 엄지손톱으로 캐머런에 관한 기사에 밑줄을 그었다.

 "그를 데려와야겠어요." 키팅이 말했다.

 "그러니?"

"하워드 로크요."

"도대체 하워드 로크가 누군데?" 프랭컨이 물었다.

"전에 말씀드렸잖아요. 헨리 캐머런 밑에서 일하는 설계사라고요."

"오 …… 오, 그래, 들은 것 같군. 그럼 가서 데려와."

"그의 채용 문제에 대해 제게 재량권을 주시겠습니까?"

"도대체 뭐야? 제도사 하나 뽑는 거 갖고 왜 이리 난리야? 그런데, **그것** 때문에 그렇게 홍정을 방해해야만 했어?"

"까다롭게 굴지도 모릅니다. 다른 데로 결정하기 전에 데려오고 싶기도 하고요."

"그래? 까다롭게 굴지도 모른다고? 캐머런 밑에 있던 사람한테 **여기로** 와달라고 애걸할 작정인가? 캐머런 밑에 있었던 게 뭐 대단한 경력이라고."

"가이, 그건 아니잖아요."

"그거야 …… 그래, 미적 측면이 아닌 구조적 측면에서 말하면 캐머런 밑에서 탄탄한 기초를 쌓았을 거고 또……. 물론 캐머런은 당대에 매우 중요한 인물이었지. 사실 나 자신도 오래전에 그가 거느린 최고의 제도사들 중 하나였고. 캐머런에게도 칭찬할 점은 있지. 그래, 그 로크라는 사람이 필요하면 가서 데려오게."

"정말 필요해서가 아닙니다. 저의 옛 친구고 실직한 처지라 도와주고 싶어서요."

"아무튼 자네 좋을 대로 하게. 단, 그 일로 날 성가시게 하진 말게. …… 참, 피터, 이렇게 아름다운 코담뱃갑은 처음 보지 않나?"

그날 밤, 키팅은 예고도 없이 로크를 찾아가 급하게 문을 노크하고는 쾌활하게 안으로 들어섰다. 로크는 창턱에 앉아 담배를 피우고 있었다.

"지나는 길에 들렀네. 달리 할 일도 없고, 하워드 자네가 여기 사는 게 문득 생각나서. 오랫동안 못 만났으니 얼굴이나 봐야겠다고 생각했지." 키팅이 말했다.

"자네가 뭘 원하는지 알아. 좋아. 얼만가?" 로크가 물었다.

"하워드, 그게 무슨 소린가?"

"무슨 소린지 자네도 알 텐데."

"주급 65달러." 키팅이 불쑥 말했다. 그가 미리 준비한 정교한 접근 방식은 아니었지만 로크가 다 알고 있는 이상 그런 접근 방식 자체가 불필요했다. "주급 65달러부터 시작하지. 그게 적다면 다시 생각을……."

"65달러면 되네."

"자네 …… 자네 우리한테 오는 건가?"

"언제부터 출근하면 되지?"

"그거야 …… 빠를수록 좋지! 월요일?"

"좋아."

"고맙네, 하워드!"

"한 가지 조건이 있어. 난 설계는 안 할 거야. 절대로. 세부 작업도. 루이 15세식 마천루 같은 건 안 그릴 거야. 나를 잡아 두고 싶다면 미적인 일은 시키지 말아주게. 나를 시공부서에 넣어주게. 현장 감리 업무를 주게. 그래도 날 원하나?"

"물론. 자네 요구는 다 들어주지. 자네도 우리 회사가 마음에 들 거야. 프랭컨도 좋아하게 될 거고. 프랭컨 자신도 캐머런 밑에서 배운 사람이야."

"프랭컨은 그걸 자랑해선 안 되지."

"저기……."

"아니. 걱정 말게. 그의 면전에 대고 그런 말을 하진 않을 테니까. 아무한테도 아무 말도 안 하겠네. 자네가 알고 싶은 게 그건가?"

"무슨 소리, 아냐, 걱정 안 했어. 그런 생각조차 안 했는걸."

"그럼 됐군. 잘 가게. 월요일에 보지."

"아, 그래 …… 난 급한 일 없어. 사실은 자네 얼굴도 보고……."

"피터, 왜 그러나? 마음에 걸리는 거라도 있나?"

"아니 …… 난……."

"내가 왜 자네 회사에 들어가려고 하는지 알고 싶나?" 로크는 분노도, 관심도 없이 미소 지었다. "그런 건가? 알고 싶다면 말해주지. 난 어디서 일하든 아무 관심 없네. 어차피 뉴욕엔 함께 일하고 싶은 건축가가 없으니까. 하지만 어디서든 일은 해야 하고, 내 요구 조건만 들어준다면 자네의 프랭컨이 좋겠다고 생각한 거지. 난 자신을 파는 거고, 그런 식으로 살 작정이네. 당분간은."

"이봐, 하워드, 그렇게 생각할 필요 없어. 자네도 일단 적응하면 우리와 오래도록 함께 일할 수 있어. 이제 자넨 진짜 사무실이 어떻게 생겼는지 보게 될 걸세. 캐머런의 쓰레기장 같은 사무실에서 일하다가……."

"피터, 그만 닥치는 게 좋겠어. 지금 당장."

"흠 잡으려고 한 말은 아니었네. …… 아무 뜻 없이 한 말이었어." 키팅은 무슨 말을 해야 할지, 어떤 기분을 느껴야 할지 알 수가 없었다. 분명 그는 승리를 거두었지만 공허한 기분이 들었다. 하지만 승리를 거둔 건 분명했고 로크에게 애정을 느끼고 싶었.

"하워드, 나가서 한잔하지. 축하하는 뜻에서."

"미안하네, 피터. 그건 일이 아니니까."

키팅은 애초에 능력이 닿는 데까지 조심성과 재치를 발휘할 요량으로 이곳에 왔다. 그런데 기대하지 못했던 목적을 달성했다. 그러니 공연히 긁어 부스럼 만들지 말고 조용히 나가는 것이 상책임을 그 자신도 알고 있었다. 그런데도 그런 모든 현실적인 계산을 초월한 설명할 수 없는 무언가가 그를 충동질해댔다. 그가 조심성 없이 말했다.

"자네, 평생 단 한 번이라도 인간적일 수 없나?"

"뭐?"

"인간적인 모습이 되어보라고! 단순하고 자연스러워봬."

"난 단순하고 자연스러운데."

"자네, 긴장 좀 풀 수 없어?"

로크는 창턱에 앉은 채 미소를 지었다. 그는 지금 긴 다리를 아무렇게나 늘어뜨리고 축 늘어진 손가락 사이에 담배를 끼우고서 세상에서 제일 편한 자세로 벽에 기대어 앉아 있었기 때문이다.

"그런 뜻으로 한 말이 아냐! 왜 나랑 술 한잔하러 못 나가는 거지?"

"뭐하러?"

"자넨 항상 목적이 있어야 하나? 항상 그렇게 심각해야만 돼? 다른 사람들처럼 이유 없이 행동할 순 없는 거야? 자넨 너무 심각하고, 너무 겉늙었어. 자네한텐 만사가 중요하지. 만사가 대단하고 의미를 갖고 있지. 매 순간, 자네가 아무것도 안 하고 가만히 있을 때조차. 자네, 좀 편안해질 수 없나? 가벼워질 수 없어?"

"응."

"그렇게 영웅처럼 구는 거, 질리지도 않아?"

"내가 영웅처럼 군 게 뭔데?"

"그런 거 없어. 전부 다 그렇기도 하고. 모르겠어. 자네의 행동이 그렇다는 게 아냐. 자네가 주위 사람들에게 주는 느낌이 그렇단 거지."

"무슨 느낌?"

"비정상적인 느낌. 긴장감. 난 자네와 함께 있으면 …… 선택을 해야만 할 것 같은 기분이 들어. 자네와 나머지 세상 중 하나를 선택해야만 할 것 같다고. 난 그런 식의 선택이 싫어. 난 아웃사이더가 되고 싶지 않아. 난 내부에 속해 있고 싶다고. 세상엔 단순하고 즐거운 것들이 아주 많아. 투쟁과 포기만 있는 게 아니라고. 하지만 자네에겐 투쟁과 포기뿐이지."

"내가 뭘 포기했는데?"

"오, 자넨 아무것도 포기하지 않겠지! 자네가 원하는 것을 위해 시체들을 밟고 갈 뿐이겠지. 하지만 원치 않는 게 바로 포기하는 거야."

"두 가지를 다 원할 순 없으니까."

"두 가지라니?"

"이봐, 피터. 난 자네에게 그런 얘기를 한 적이 없어. 그런데 자네가 어떻게 그런 걸 알지? 난 자네에게 나와 나머지 세상 중 하나를 선택하라고 한 적도 없어. 그런데 자넨 왜 선택을 해야 한다고 느끼는 거지? 그리고 왜 그때마다 마음이 불편한 거지? 내가 틀렸다는 걸 확신하기 때문인가?"

"나 …… 난 모르겠어. 난 자네가 무슨 얘길 하고 있는 건지 모르겠어."

그러더니 키팅이 갑자기 물었다.

"하워드, 왜 날 미워하나?"

"난 자넬 미워하지 않아."

"바로 그거야! 왜 자넨 날 미워하지도 않는 거지?"

"내가 왜 그래야 하는데?"

"내게 뭐라도 줘야 하니까. 난 자네가 날 좋아할 수 없다는 걸 알아. 자넨 아무도 좋아할 수 없지. 그러니 차라리 미워해서 상대의 존재를 인정해주는 게 더 친절한 일이 될 수 있지."

"피터, 난 친절한 사람이 아냐."

말문이 막힌 키팅을 보고 로크가 덧붙였다.

"피터, 그만 돌아가. 자네가 원하는 걸 얻었으니 이쯤에서 끝내게. 월요일에 보자고."

로크는 프랭컨 앤드 헤이어의 제도실 탁자 앞에 서 있었다. 손에는 연필을 쥐고 있었고, 오렌지색 머리칼 한 가닥이 이마로 흘러 내려와 있었다. 프랭컨 앤드 헤이어의 진주색 작업복이 마치 죄수복처럼 보였다.

그는 새로운 일을 받아들이는 법을 터득했다. 그가 긋는 선들은 날렵한 강철 들보들이 될 터였지만 그는 그 들보들이 지지하게 될 것에 대해서는 생각하지 않으려고 애썼다. 가끔은 그게 힘들었다. 작업 중인 도면 위로 그가 생각하는 이상적인 도면이 자꾸 어른거렸다. 그는 자신이라면 어떤 설계도를 그려낼 수 있는지, 자신이 긋고 있는 선들을 어떻게 수정해야 하는지, 선들을 어떻게 이어야 근사한 작품이 탄생할 수 있는지 알고 있었다. 하지만 그런 앎을 억눌러야만 했다. 마음의 눈에 보이는 것을 죽여야 했다. 그는 명령에 복종하고 지시대로 선을 그어야 했다. 그는 그게 너무 괴로워서 냉정한 분노 속에서 어깨를 으쓱하며 자신에게 말했다. '힘들다고? 견디는 법을 배워.'

그래도 고통은 남았다. 그리고 무력한 놀라움도 남았다. 그의 마음의 눈에 보이는 것이 종이와 사무실, 수주로 이루어진 현실보다 훨씬 더 사실적이었다. 그는 다른 사람들은 왜 그걸 못 보는지, 어떻게 그런 무관심이 가능한지 이해할 수가 없었다. 그는 앞에 놓인 종이를 바라보며 왜 부조리가 존재하고 발언권을 가져야만 하는 것인지 의아해했다. 그로서는 도무지 이해할 수가 없었다. 그리고 그걸 허용하는 현실이 도무지 현실로 다가오지를 않았다.

하지만 로크는 그런 현실이 오래가지는 않을 것임을 알았다. 그는 기다려야만 했다. 기다리는 것이 그의 유일한 과제였다. 그의 기분 같은 것은 중요하지 않았다. 그는 기다려야만 했다.

"로크, 미국 라디오 방송공사 건물에 설치할 고딕식 랜턴에 씌울 철장 준비됐나?"

로크는 제도실에서 친구가 없었다. 그는 가구처럼 유용하고 비인격적이며 조용한 존재였다. 그가 속한 시공부서 팀장만이 첫 2주가 지난 후 키팅에게 이렇게 말했다. "키팅, 당신은 내가 생각했던 것보다 훨씬 지각 있는 사람이오. 고맙소."

"뭐가요?" 키팅이 물었다.

"당신이 의도했던 건 아닐 거요." 팀장이 대꾸했다.

이따금 키팅은 로크의 탁자로 찾아와 부드럽게 말했다. "하워드, 오늘 일 끝나면 내 방에 잠깐 들러주겠나? 중요한 일은 아니고."

로크가 오면 키팅은 이렇게 말문을 열었다. "하워드, 그래, 여기서 지내기가 어떤가? 뭐든 원하는 게 있으면 말만 하게. 그럼 내가……."

그러면 로크가 말허리를 잘랐다. "이번엔 어떤 건가?"

키팅은 서랍에서 스케치들을 꺼내놓으며 말했다. "이대로도 아무 문제 없다는 건 아는데 자네 의견을 들어보고 싶어서. 대체적으로 어떤 것 같나?"

로크는 그 스케치들을 보며 그것들을 키팅의 얼굴에 던져버리고 당장 그만두고 싶은 충동을 느꼈지만 한 가지 생각 때문에 꾹 참았다. 그 건물을 구해야 한다는 생각. 물에 빠져 허우적거리는 사람을 보고 그냥 지나칠 수는 없는 법이니까.

그는 몇 시간씩, 어떤 때는 밤을 꼴딱 새워 그것들을 다시 그렸다. 키팅이 옆에 앉아 지켜보고 있었지만 그는 키팅의 존재조차 잊었다. 그에게는 오직 건물만 보였다. 건물에 어떻게 형태를 부여할 것인지만 보였다. 그는 자신이 그린 것이 다시 바뀌고 찢기고 뒤틀릴 것임을 알았다. 그래도 얼마간의 질서와 이성은 남게 될 터였다. 키팅이 처음 그린 대로 짓는 것보다 훨씬 나은 건물이 탄생할 터였다.

이따금 키팅이 제법 단순하고 깔끔하고 정직한 스케치를 가져오면 로크는 이렇게 말했다. "피터, 그리 나쁘지 않군. 자네, 나아지고 있어." 그러면 키팅은 기이한 작은 충격을 느끼고는 했는데 그 조용하고 은밀하며 소중한 감정은 가이 프랭컨이나 고객들, 다른 모든 사람의 칭찬을 통해서는 느낄 수 없는 것이었다. 그러나 시간이 지나면 그걸 잊었고 어느 부유한 귀부인이 그의 건물들을 본 적도 없으면서 찻잔 너머로 "키팅 씨, 당신은 미국의 떠오르는 건축가예요." 하고 속삭이면 그보다 훨씬 더 실제적인 기쁨을 느꼈다.

키팅은 로크에게 굴복한 걸 되갚을 방법을 찾아냈다. 그는 아침에 제도실로 들어가 말단 조수에게나 시킬 일을 로크에게 던져주며 이렇게 말했다. "하워드, 이것 좀 해주겠나? 빨리 해줘." 그리고 한낮에 로크에게 사환을 보내 큰 소리로 이렇게 전하게 했다. "키팅 씨가 지금 당장 오래요." 그리고 자기 방에서 나와 로크 쪽으로 걸어가며 제도실 전체에 대고 이렇게 말하기도 했다. "도대체 12번가 배관 시방서는 어디 있는 거야? 오, 하워드, 자네가 서류철 좀 뒤져서 찾아다주겠나?"

키팅은 처음에는 로크의 반응이 두려웠다. 하지만 로크가 별다른 반응 없이 묵묵히 복종하자 더는 자제할 수가 없었다.

그는 로크에게 명령을 내리는 것에서 관능적인 쾌감을 맛보았고 한편으로는 로크의 수동적인 순종에 분노를 느꼈다. 그는 로크가 분노를 나타내지 않는 한 그 짓을 계속할 수 있다는 걸 알면서도 로크가 더는 참지 못하고 폭발해주기를 간절히 원했다. 하지만 폭발은 없었다.

로크는 공사 현장에 감리를 나가는 날이 제일 좋았다. 그는 보도 위에서 걷는 것보다 더 자연스럽게 건물의 철 구조물 사이를 누비고 다녔다. 일꾼들은 그가 허공의 강철 들보나 좁은 판자 위를 공사 현장에서 잔뼈가 굵은 노련한 일꾼처럼 쉽게 걸어 다니는 걸 호기심 어린 눈으로 구경했.

3월의 어느 날이었다. 하늘은 봄의 첫 암시를 담은 연초록 빛을 띠고 있었다. 150미터 아래에 있는 센트럴 파크에서는 갈색 대지가 하늘의 빛깔을 닮아 초록을 기약하고 있었고, 호수들은 거미줄 같은 헐벗은 나뭇가지들 아래서 마치 유리 파편처럼 보였다. 로크는 거대한 아파트식 호텔이 될 건물 뼈대 사이를 걸어 다니다가 작업 중인 전기기사 앞에 멈추어 섰다.

전기기사는 부지런히 들보에 전선관을 감고 있었다. 예측 불허의 위험들이 도사리고 있는 허공에서 몇 시간 동안 긴장을 풀지 않고 끈기 있게 매달려야 하는 힘든 작업이었다. 로크는 주머니에 손을 찌르고 서서 전기기사의 느리고 힘겨운 작업을 지켜보았다.

전기기사가 갑자기 고개를 들고 로크를 쳐다봤다. 그는 머리가 크고 얼굴은 너무 추해서 오히려 매혹적일 정도였다. 늙거나 늘어진 얼굴은 아닌데도 주름살이 깊게 패어 있었고 겹겹의 층을 이룬 힘찬 턱이 불도그를 연상시켰다. 그리고 커다란 푸른 눈은 깜짝 놀랄 만큼 강렬했다.

"뭐지?" 전기기사가 화난 목소리로 물었다. "무슨 일인가, 벽돌머리?"

"시간 낭비를 하고 있군요." 로크가 말했다.

"그래?"

"그래요."

"아, 그래!"

"그 전선관을 들보에 다 감으려면 몇 시간은 걸려요."

"더 좋은 방법이라도 있나?"

"그럼요."

"그만 가보게, 애송이. 우린 대학 물 먹은 건방진 인간들이 여기서 얼쩡거리는 걸 좋아하지 않으니까."

"들보에 구멍을 뚫어서 거기로 전선관을 넣어요."

"뭐라고?"

"들보에 구멍을 뚫으라고요."

"절대로 안 해!"

"해야 돼요."

"그런 식으론 안 돼."

"내가 해봤어요."

"자네가?"

"다른 데선 다 그렇게 해요."

"여기선 안 돼. 난 그렇게 안 한다고."

"그럼 내가 대신 해주죠."

전기기사가 호통을 쳤다. "거참 놀랄 일이군! 책상물림이 언제 사나이 일을 배웠지?"

"그 토치램프 주세요."

"조심하게! 예쁜 분홍 발가락을 델지도 모르니까!"

로크는 전기기사의 장갑과 보안경, 아세틸렌 토치램프를 받아들고 무릎을 꿇고 앉아 가느다란 파란 불길을 들보 중앙에 댔다. 전기기사는 서서 지켜보고 있었다. 쉭쉭거리며 타오르는 화염 줄기의 고삐를 단단히 틀어쥔 로크의 팔이 불길의 거센 힘을 이기지 못해 가늘게 떨렸지만 목표를 정확히 조준하고 있었다. 그 팔을 제외하고는 몸 전체가 아무런 긴장감도 없이 편안하고 느긋한 자세를 취하고 있었다. 천천히 쇠를 먹어 들어가는 파란 장력이 불길이 아니라 그걸 쥐고 있는 로크의 손에서 나오는 것처럼 보였다.

로크가 작업을 마치고는 토치램프를 내려놓고 일어섰다.

"세상에! 토치램프를 다룰 줄 아는군!" 전기기사가 말했다.

"이렇게 하면 되죠, 안 그래요?" 로크가 장갑과 보안경을 벗어 전기기사에게 건네며 말했다. "앞으로 이렇게 하세요. 감독한테 내가 그러라고 했다고 말하고요."

전기기사는 들보에 깔끔하게 뚫린 구멍을 경건하게 바라보며 웅얼거렸다. "빨강머리, 이런 건 어디서 배웠나?"

로크는 즐거운 미소로 그 찬사를 받아들였다. "아, 난 전기기사에, 배관공에, 대갈못 잡는 인부에 안 해본 게 없어요."

"그러면서 학교도 다녔고?"

"그렇다고 할 수 있죠."

"건축가가 되려고?"

"예."

"그럼 자넨 예쁜 그림과 다과 파티 말고도 아는 게 있는 최초의 건축가가 되겠군. 사무실에서 현장에 내보내는 범생이들을 자네도 봐야 하는데."

"사과하는 거라면 그럴 필요 없어요. 나도 그 사람들 안 좋아해요. 그럼, 일 계속하세요. 갑니다."

"잘 가게, 빨강머리."

다음에 로크가 현장에 나타나자 그 푸른 눈의 전기기사가 멀리서 손을 흔들며 반갑게 불렀다. 그는 필요하지도 않은 조언을 구하며 자기 이름은 마이크고 며칠 동안 기다렸다고 말했다. 그다음에 갔을 때는 낮 교대조가 일을 마치고 집으로 돌아가고 있었는데 마이크는 밖에서 로크가 감리 작업을 마칠 때까지 기다렸다. "빨강머리, 맥주 한잔 어떤가?" 로크가 나오자 그가 청했다.

"좋죠. 고맙습니다." 로크가 말했다.

두 사람은 지하 술집 구석 탁자에 앉아 맥주잔을 기울였다. 마이크는 공사장에서 비계가 무너지는 바람에 5층 높이에서 떨어져 갈비뼈가 석 대나 나갔지만 이렇게 살아남았다는 이야기를 들려주었는데 사실 그건 그가 가장 좋아하는 이야기였다. 로크는 건축 업계에서 경험한 일들을 이야기했다. 마이크의 진짜 이름은 션 이그재비어 도니건이었는데 다들 그 이름은 잊은 지 오래였다. 그는 낡은 포드에 연장을 싣고 대규모 공사 현장을 찾아 전국을 떠돌며 살고 있었다. 마이크에게 인간들 자체는 거의 의미가 없었지만 인간들이 이룬 성과는 대단히 큰 의미를 지녔다. 그는 분야에 관계없이 전문성을 숭배했다. 그는 자신의 일을 열정적으로 사랑했고, 어느 한 분야에 매진하고 헌신하는 사람에게만 너그러웠다. 그는 자기 분야의 대가였고, 어느 분야에서든 대가가 된 사람에게만 공감했다. 그는 세상을 보는 눈이 단순했다. 세상은 유능한 자들과 무능한 자들로 나누어진다는 것이었다. 그리고 그는 후자에 대해 철저히 무관심했다. 그는 건축물들을 사랑했다. 하지만 건축가들은 전부 경멸했다.

"빨강머리, 예외가 하나 있긴 했지." 그가 다섯 번째 맥주잔을 들고 열띠게 말했다. "딱 한 사람 있었는데, 자넨 어려서 모를 거야. 하지만 건축을 아는 사람은 그뿐이었지. 내가 자네 나이였을 때 그 사람 밑에서 일한 적이 있어."

"그 사람이 누군데요?"

"이름은 헨리 캐머런. 아마 죽었을 거야. 오랜 세월이 흘렀으니까."

로크가 한참 동안 그를 응시하다가 말했다. "마이크, 그분은 죽지 않았어요. 나도 그분 밑에서 일했어요."

"자네가?"

"거의 3년 동안."

그들은 조용히 서로를 바라보았고 그것이 두 사람의 우정의 마지막 봉인이 되었다.

몇 주 후 마이크가 로크를 불러 세우더니 못생긴 얼굴에 당황한 표정을 담고 물었다.

"이봐, 빨강머리, 감독이 건설사 사람한테 하는 말을 들었는데, 자네처럼 건방지고 고집불통인 개자식은 처음 봤다던데. 자네 감독한테 무슨 짓을 한 건가?"

"아무 짓도요."

"그럼 도대체 그게 무슨 소리지?"

"모르겠네요." 로크가 대꾸했다. "당신은 알겠어요?"

마이크는 어깨를 으쓱하며 씩 웃었다.

"몰라." 그가 대답했다.

8

 5월 초에 피터 키팅은 워싱턴으로 출장을 떠났다. 어느 거물급 자선가가 양심을 달래려고 시에 기부한 박물관의 건축을 감독하기 위해서였다. 키팅은 그 박물관 건물은 종래의 것들과는 확연히 다르다고, 파르테논의 복사물이 아니라 프랑스 님에 있는 메종카레 신전을 구현한 작품이라고 자랑스럽게 선언했다.

 키팅이 출장을 떠난 얼마 후에 사환이 로크에게 와서 사장님이 찾으신다고 전했다. 로크가 성역과도 같은 사장실에 들어서자 프랭컨이 책상 너머에서 미소를 보내며 쾌활하게 말했다. "앉게, 이 친구. 앉아……." 하지만 가까이에서는 처음 보는 로크의 눈빛에 저절로 목소리에 힘이 빠지고 말이 끊겼다. 잠시 후 캐머런은 냉담하게 말했다. "앉게."

 로크는 시키는 대로 했다. 프랭컨은 잠시 그를 자세히 살펴보았으나 아주 불쾌한 인상이지만 예의에 어긋나지 않는 정중한 모습이라는 것 이상의 결론은 내리지 못했다.

"자네가 캐머런 밑에서 일했던 친구지, 그렇지?" 프랭컨이 물었다.

"예." 로크가 대답했다.

"키팅이 자네에 대한 칭찬을 많이 하더군." 프랭컨은 애써 유쾌한 태도를 보이다가 쓸데없는 친절 같아서 그만두었다. 로크가 조용히 앉아 본론으로 들어가기를 기다리고 있었던 것이다.

"이봐 …… 이름이 뭐지?"

"로크입니다."

"이보게, 로크. 우리 고객 중에 좀 …… 별난 사람이 하나 있는데 중요한 고객이라, **아주** 중요한 고객이라 원하는 대로 맞춰줘야 해. 그 고객이 우리한테 800만 달러짜리 사무용 건물 수주를 맡겼어. 그런데 문제는, 그가 원하는 건물이 분명하게 정해져 있다는 거야. 그는 이런 건물을 원해." 프랭컨은 고객의 터무니없는 요구가 자신의 탓은 아니지 않느냐는 듯한 태도로 어깨를 으쓱했다. "**이런** 건물을 원한다고." 그가 로크에게 사진 한 장을 건넸다. 다나 빌딩 사진이었다.

로크는 사진을 들고 미동도 않고 앉아 있었다.

"그 건물을 아나?" 프랭컨이 물었다.

"예."

"그렇게 지어달래. 키팅은 출장 중이고, 베넷과 쿠퍼, 윌리엄스에게 스케치를 시켜봤는데 다 퇴짜 맞았어. 그래서 자네한테 기회를 줘봐야겠다고 생각한 거지."

프랭컨은 자신의 너그러운 제안에 스스로 감동하여 로크를 바라보았다. 그런데 반응이 없었다. 로크는 여전히 머리를 호되게 얻어맞은 것 같은 표정으로 앉아 있었다.

"물론 자네한텐 너무 파격적인 제안이고 무리한 과제겠지만 그래도 한번 맡겨보기로 했네. 겁낼 거 없어. 나중에 키팅하고 내가 감수를 해줄 테니까. 그냥 평면도들을 그리고 깔끔하게 스케치 한 장 뽑아봐. 그 고객이 뭘 원하는지 자넨 알 거야. 자넨 캐머런의 요령들을 아니까. 하지만 물론 우리 회사에서 이런 조잡한 걸 내놓을 순 없어. 고객을 만족시키는 것도 중요하지만 우리의 명성은 지켜야 하고 다른 고객들이 놀라서 도망치도록 만들 순 없으니까. 요는, 단순하게 하고 전체적으로 다나 빌딩의 느낌을 가져가면서도 예술적이어야 한다는 거야. 그러니까 더 간소한 그리스식이 되어야 하는 거지. 이오니아식으로 할 필요 없고 도리아식으로 해. 소박한 박공들과 단순한 몰딩들, 뭐 그런 거 말이야. 알겠어? 자, 이걸 가져가서 실력 발휘를 해봐. 자세한 내용은 베넷이 알려줄 테니까. ······ 대체 무슨······."

프랭컨의 목소리가 저절로 끊겼다.

"사장님, 다나 빌딩과 같은 방식으로 설계할 수 있게 해주십시오."

"응?"

1부 피터 키팅

"허락해주십시오. 다나 빌딩을 베끼는 건 아니고 헨리 캐머런이 맡았다면 그가 원했을 방식으로 설계하겠습니다."

"현대적인 방식을 말하는 건가?"

"아 …… 글쎄요, 그렇게 부를 수도 있겠죠."

"자네 미쳤나?"

"사장님, 제발 제 말을 들어주십시오." 로크는 외줄 타는 사람이 까마득한 절벽 위에 매놓은 줄 위에서 단 하나의 착지점을 더듬어 찾아가며 느리고 긴장되고 정확한 걸음을 내딛듯 말을 이었다. "전 사장님이 지금 하고 있는 일들을 비난하고 싶지 않습니다. 전 사장님 밑에서 사장님의 돈을 받고 있으니 반대 의사를 표할 권리가 없죠. 하지만 이번엔 …… 이번엔 고객이 그걸 요구하고 있습니다. 사장님껜 아무런 위험부담이 없습니다. 고객이 그걸 원하니까요. 생각해보십시오. 그걸 보고 이해하고 원하며 그걸 지을 능력이 되는 사람이, 단 한 사람이 있습니다. 사장님, 난생처음으로 고객과 싸우실 작정이십니까? 뭘 위해 싸우실 건가요? 그를 속여서 또 그 구식 쓰레기를 지어주기 위해서요? 그런 구식 쓰레기를 원하는 사람들이 이미 차고 넘치는데도요? 한 사람, 단 한 사람만이 그걸 요구하고 있는데도요?"

"자네 지금 제정신인가?" 프랭컨이 냉정하게 물었다.

"어차피 사장님껜 아무 상관도 없지 않습니까? 제 방식으로 설계해서 고객에게 보여주게 해주십시오. 보여주기만 하면 됩니다. 어차피 벌써 세 번 퇴짜 맞았는데 한 번 더 퇴짜 맞는다고 달라질 게 있겠습니까? 하지만 만약 그가 퇴짜를 놓지 않는다면 …… 그가 퇴짜를 놓지 않는다면……."

로크는 간청하는 법을 배운 적이 없었기에 제대로 간청할 줄을 몰랐다. 그의 목소리는 딱딱하고 단조롭고 부자연스럽기 짝이 없었다. 그래서 간청이랍시고 하면서도 오히려 상대에게 모욕감만 주었다. 키팅이라면 그런 로크의 모습을 보고 무엇이든 아끼지 않고 내놓았겠지만, 프랭컨은 자신이 이 세상에서 로크의 간청을 받은 최초의 인물임을 알지 못했다. 그는 그저 모욕감만 느꼈다.

"지금 자네가 날 비판하고 건축에 대해 가르치고 있는 것 같다는 생각이 드는데, 맞나?" 프랭컨이 물었다.

"저는 애원하고 있는 겁니다." 로크가 눈을 감으며 말했다.

"자네가 키팅이 추천해서 들어온 사람이 아니라면, 난 이 문제에 대해 더 길게 얘기하지도 않을 거야. 자네가 워낙 순진하고 경험이 없는 것 같아서 말해주네만, 난 밑에서 일하는 제도사에게 미적인 의견 따윈 묻지 않네. 그러니 잔말 말고 사진 들고 나가게. 캐머런이 원했을 그런 방식은 안 돼. 우리 회사의 방식에 맞게. 정면을 고전주의적 방식으로 처리하는 문제는 내 지시에 따르도록 하고."

"전 그럴 수 없습니다." 로크가 아주 조용하게 말했다.

"뭐라고? 지금 나한테 하는 말인가? 자네 지금 나한테 '죄송하지만, 전 그럴 수 없습니다.'라고 말한 건가?"

"사장님, '죄송하지만'이란 말은 안 했습니다."

"그럼 뭐라고 했지?"

"그럴 수 없다고만 했습니다."

"왜?"

"사장님은 그 이유를 알고자 하지 않습니다. 제게 설계는 맡기지 마십시오. 다른 일이라면 뭐든지 다 하겠습니다. 하지만 그건 안 합니다. 캐머런의 작품에 따르지 않는 것도요."

"설계를 안 하겠다니, 그게 무슨 뜻이야? 자네 나중에 건축가가 되려는 게 아닌가?"

"이런 식으로는 아닙니다."

"오······ 알겠어. 그래서 못 하겠다고? 안 하겠다 이거지?"

"좋을 대로 생각하십시오."

"이봐, 이 건방진 바보 같으니, 이건 있을 수 없는 일이야!"

로크가 일어섰다.

"사장님, 나가봐도 되겠습니까?"

"내 평생 이런 꼴은 처음 당했어! 어디서 감히 나한테 뭐는 하고 뭐는 안 하겠다고 지껄여? 어디서 감히 나한테 훈계를 하고 내 취향을 비판하고 평가해?" 프랭컨이 으르렁거렸다.

"전 아무것도 비판하지 않았습니다. 평가도 안 했고요. 다만 제가 할 수 없는 일들이 있을 뿐입니다. 그 얘긴 그만하는 게 좋겠습니다. 이제 나가봐도 되겠습니까?" 로크가 조용히 말했다.

"지금 당장 이 방에서, 이 회사에서 나가! 바로 꺼져버려! 가서 다른 일자리나 찾아봐! 잘해보라고! 남은 봉급을 챙겨서 나가!"

"예, 사장님."

그날 저녁 로크는 퇴근 후에 늘 마이크를 만날 수 있는 지하 술집으로 갔다. 이제 마이크는 프랭컨 앤드 헤이어에서 설계한 공장의 시공 현장에서 일하고 있었다. 프랭컨 앤드 헤이어의 큰 공사들은 거의 모두 따내는 예전의 그 건설사가 그 공사도 맡게 되었고, 다시 그를 고용한 것이었다. 오후에 로크가 현장에 감리 작업을 하러 나올 줄 알고 기다렸던 마이크는 로크를 보자 핀잔부터 주었다.

"빨강머리, 어떻게 된 건가? 농땡이 친 거야?"

그는 로크에게 소식을 듣자 이빨을 드러낸 불도그 같은 모습으로 가만히 앉아 있었다. 그러더니 욕설을 퍼부어댔다.

"개새끼들." 갈수록 심해지는 욕설 사이사이에 술을 벌컥벌컥 들이켰다. "개새끼들······."

"마이크, 그만하세요."

"그래 ······ 이제 어쩔 건가, 빨강머리?"

"같은 부류의 다른 사람 밑으로 가서 일해야죠. 거기서 똑같은 일로 쫓겨날 때까지."

키팅은 워싱턴에서 돌아오자 곧장 프랭컨의 방으로 올라갔다. 그는 제도실에 들르지 않았기에 아무 소식도 듣지 못했다. 프랭컨이 활달하게 그를 맞이했다.

"어이쿠, 이거 반갑구먼! 뭐 마시겠나? 위스키소다? 아니면 브랜디 조금?"

"아닙니다. 담배나 한 개비 주세요."

"여기 있네. …… 아, 좋아 보이는데! 전보다 나아졌어. 이 운 좋은 친구, 어떻게 그럴 수가 있지? 자네한테 해줄 얘기가 아주 많아! 워싱턴 일은 어떻게 됐나? 다 잘 돌아가고 있지?" 그는 키팅이 대답할 사이도 없이 이야기를 쏟아냈다. "난 끔찍한 일을 겪었다네. 이만저만 실망스러운 게 아냐. 자네, 릴리 랜도 기억하나? 그녀가 내게 완전히 넘어온 줄 알고 있었는데 지난번에 만났을 때 얼마나 쌀쌀맞게 굴던지! 누가 그녀를 가로챘는지 아나? 자네도 깜짝 놀랄걸. 바로 게일 와이낸드야! 릴리는 요새 아주 잘나가고 있지. 신문에 그녀 사진과 다리가 도배된 걸 자네도 봐야 하는데. 그게 그녀의 쇼에 도움이 될까, 안 될까? 난 그녀에게 뭘 줘야 하는 거지? 와이낸드가 어떻게 했는지 아나? 릴리가 입버릇처럼 하던 말 기억해? 자기가 제일 간절하게 원하는 건 아무도 줄 수가 없을 거라고, 그건 자기가 태어나고 자란 고향, 작고 아름다운 오스트리아의 마을이라고. 그런데 와이낸드가 그걸 산 거야. 오래전에. 그 빌어먹을 마을을 통째로 사서 이리로 실어왔지. 전부 다!

그래서 허드슨 강변에 다시 조립해놨지. 자갈길, 교회, 사과나무, 돼지우리까지 전부! 그리고 2주 전에 릴리한테 깜짝 선물을 한 거지. 뻔한 거 아냐? 바빌로니아 왕이 향수병에 걸린 왕비를 위해 공중정원을 만들 수 있었다면 게일 와이낸드라고 왜 못 하겠느냐 이거지. 릴리는 환한 미소를 지으며 고맙다고 했지만 사실 그 가엾은 여자는 기분이 비참했지. 밍크코트를 사줬으면 훨씬 더 좋아했을 거야. 그 여잔 그 빌어먹을 마을을 원한 적이 없었거든. 와이낸드도 그걸 알고 있었지. 하지만 그 마을은 허드슨 강변에 세워져 있어. 지난주에 와이낸드는 바로 그 마을에서 릴리를 위한 파티를 열었지. 분장파티였는데 와이낸드 자신은 체사레 보르자(Cesare Borgia: 르네상스 시대 이탈리아 군주로 영웅적인 면과 악마적인 면을 함께 갖춘 인물. 마키아벨리가 쓴 《군주론》의 모델이기도 하다—옮긴이) 분장을 했지. 왜 안 그랬겠어? 파티도 근사했지! 들리는 소문에 따르면, 소문이란 게 원래 다 그렇지만, 와이낸드에 대해선 아무것도 증명할 수가 없대. 다음 날 그는 오스트리아 마을을 처음 구경하는 어린 학생들과 거기서 사진을 찍었지. 자선가로서! 그리고 그 마을의 교육적인 가치에 대한 눈물샘을 자극하는 기사와 함께 그 사진을 자기 신문들에 도배를 해서 여성 단체들로부터 감상적인 편지들을 받았지! 나중에 릴리를 차버리면 그 마을은 어떻게 할 건지 궁금하다니까! 둘이 분명 헤어지게 될 거야. 와이낸드는 여자랑 오래간 적이 없으니까. 그럼 나한테 다시 기회가 올까?"

"그럼요. 물론이죠. 회사는 잘 돌아가고 있나요?"

"오, 그래. 여전하지. 루셔스가 감기에 걸렸다고 내 바사르마냐(Bas Armagnac: 프랑스 최고급 브랜디—옮긴이)을 다 마셔버렸어. 그의 심장에도 해롭고 한 병에 100달러나 하는 술인데! …… 게다가 루셔스는 골치 아픈 일에 말려들기도 했지. 그 망할 놈의 도자기 때문에. 찻주전자 하나를 뒷거래로 몰래 사들인 모양이야. 장물이란 걸 알고서. 우리 회사에까지 불똥이 튀지 않게 하느라 내가 애를 좀 썼지. …… 참, 그리고 자네 친구 말이야, 이름이 뭐였지? 아, 로크. 그 친구는 내가 해고시켰어."

"아." 키팅은 잠시 뜸을 들인 후에야 물었다. "왜요?"

"건방진 자식! 도대체 그런 놈을 어디서 데려온 거야?"

"무슨 일이 있었나요?"

"내 딴엔 잘해주려고, 진짜 기회를 줘보려고 파렐 빌딩 설계를 맡겼지. 결국 브렌트가 단순화된 도리아식으로 설계해서 파렐의 승인을 받은 그 건 말이야. 그런데 자네 친구가 그걸 안 하겠다고 거부하는 거야. 이상인가 뭔가 하는 걸 갖고 있는 모양이더군. 그래서 내가 내보냈지. …… 왜 그래? 왜 웃는 거야?"

"아무것도 아닙니다. 안 봐도 훤해서요."

"그놈을 다시 데려오게 해달라고 조르진 않겠지?"

"물론이죠."

며칠 동안 키팅은 로크를 찾아가야 한다고 생각했다. 만나서 무슨 말을 해야 할지는 몰랐지만 무슨 말인가 해야만 한다는 막연한 의무감을 느꼈다. 하지만 자꾸 미루게 되었다. 그는 일에 대한 자신감을 얻어가고 있었다. 이제는 어차피 로크가 필요하지 않았다. 그렇게 날짜가 흘렀고, 키팅은 로크를 찾아가지 않았다. 그리고 로크를 잊을 수 있게 된 것에 안도감을 느꼈다.

로크는 방 창문 너머로 지붕들과 물탱크들, 굴뚝들, 그리고 질주하는 자동차들을 보았다. 그의 방의 정적, 비어 있는 날들, 힘없이 늘어뜨린 그의 두 손에는 어떤 위기감이 감돌고 있었다. 그는 저 아래 도시에서 솟아 올라오는 또 하나의 위기감을 느꼈다. 도시의 모든 창문이, 모든 도로가 무언의 저항 속에서 굳게 닫혀버릴 것만 같은 위기감. 하지만 그는 동요하지 않았다. 이미 오래전부터 알고 받아들인 것이기 때문이었다.

로크는 자신을 분개하게 만드는 사악한 건축가들 중에서 가장 그 정도가 덜한 사람들의 명단을 만든 다음, 아무런 분노도 희망도 없이 냉정하고 체계적으로 구직에 나섰다. 그는 이 나날들이 자신에게 상처를 주는지에 대해서는 알지 못했고, 다만 자신이 꼭 해야만 하는 일이라는 것만 알고 있었다.

그가 만난 건축가들은 모두 달랐다. 어떤 건축가들은 책상 너머로 친절하고 모호한 눈길을 보냈는데 건축가가 되고자 하는 그의 야망이 감동적이라고, 젊은이의 모든 환상이 그러하듯 감동적이고 기특하고 기이하고 슬프다고 말하는 것 같은 태도였다. 어떤 이들은 얇은 입술에 일그러진 미소를 머금고 로크가 와 있는 것 자체를 즐기는 듯했다. 구직자가 찾아왔다는 것 자체가 자신의 성공을 말해주는 것이기 때문일 터였다. 또 어떤 이들은 로크의 야망에 개인적인 모욕이라도 받은 듯 냉랭했다. 어떤 이들은 퉁명스럽게 굴었는데 그들의 날카로운 목소리는 물론 자신의 사무실에는 훌륭한 제도사가 필요하다고, 늘 훌륭한 제도사를 찾고 있다고, 하지만 당신은 자격이 안 된다고, 그걸 더 노골적으로 표현하게 하는 무례한 짓은 제발 자제해달라고 말하는 듯했다.

그건 악의가 아니었다. 그의 장점에 대한 평가도 아니었다. 그들은 로크가 무가치하다고 생각하지 않았다. 그가 괜찮은지 아닌지 알아보고 싶은 생각조차 없을 뿐이었다. 이따금 스케치를 보여달라는 건축가들도 있었다. 그때마다 로크는 스케치를 내밀며 수치심에 손의 근육이 오그라드는 듯한 기분을 느꼈다. 그건 사람들 앞에서 옷을 벗는 것 같은 기분이었는데, 수치스러운 건 알몸이 드러나는 것 자체가 아니라 무관심한 눈앞에서 그걸 보여준다는 사실이었다.

로크는 이따금 캐머런을 보러 뉴저지에 갔다. 두 사람은 언덕 위에 있는 집 포치에 나란히 앉곤 했는데 캐머런은 휠체어에 앉아 무릎에 덮은 낡은 담요에 손을 얹고 있었다.

"하워드, 어떻게 사나? 많이 힘들지?"

"아닙니다."

"내가 그 개자식들 중 하나에게 소개장을 써줄까?"

"아닙니다."

캐머런은 더는 그 이야기를 하지 않았고 하고 싶지도 않았다. 그는 로크가 그들의 도시에서 거부당하고 있다는 생각이 현실이 되는 걸 원치 않았다. 캐머런은 로크가 찾아오면 건축이 사적인 소유물인 것처럼 자신 있게 이야기했다. 그들은 나란히 앉아 저 멀리 강 건너 지평선에 있는 도시를 바라보았다. 하늘은 어두워지면서 청록색 유리처럼 빛났고, 건물들은 그 유리 위에 응결된 구름들처럼 보였다. 순간적으로 직각과 세로축의 형태를 이룬 청회색 구름들. 건물 첨탑들에 황혼의 햇살이 비쳤고…….

여름이 지나가고 명단에 든 건축가들을 다 만나본 로크는 한 번 거절당한 곳들을 다시 찾아다니게 되었다. 그러면서 그는 업계에 자신의 신상 정보 몇 가지가 알려져 있음을 깨닫게 되었다. 어딜 가나 그가 듣는 이야기는 똑같았다. (비록 말투는 사람에 따라 달라서 퉁명스럽기도, 소심하기도, 분노에 차 있기도, 미안함이 담겨 있기도 했지만 말이다.) "당신은 스탠턴에서 퇴학당했고 프랭컨의 회사에서도 쫓겨났소." 그 말을 하는 목소리는 다 달랐지만 한 가지 공통점이 있었으니, 그건 바로 이미 결론이 나 있는 문제라 고민할 필요가 없다는 안도감을 풍기는 어조였다.

로크는 저녁에 창턱에 앉아 담배를 피우며 손을 쫙 펴서 유리창에 댔다. 손가락들 아래로 도시가 보였고, 살갗에 닿는 유리의 느낌이 차가웠다.

9월에 그는 〈아키텍추럴 트리뷴〉지에 실린 미국 건축가협회 소속 고든 L. 프레스콧의 '내일에 길을 내줘라' 라는 기사를 읽었다. 기사 내용은 이러했다. "건축업의 비극은 재능 있는 신예들 앞에 가로놓인 고난들이고, 훌륭한 재능들이 그런 고난 속에서 사장되고 있다. 건축은 젊은 피와 새로운 사고의 결핍으로, 독창성과 비전과 용기의 부족으로 무너져가고 있다. 필자는 전도유망한 신예들을 발굴하여 그들에게 용기를 주어 키워주고 그들이 마땅히 가져야 할 기회를 주는 것을 목표로 삼고 있다." 로크는 고든 L. 프레스콧이란 이름은 처음 들어봤지만 그 기사에 정직한 신념이 들어 있다고 생각했다. 그래서 한 가닥 희망을 안고 프레스콧을 찾아가 보기로 했다.

고든 L. 프레스콧의 사무실 대기실은 회색과 검정, 진홍색으로 꾸며져 있었는데 올바르고 절제되어 있으면서도 동시에 대담한 인상을 풍겼다. 무척이나 아름답고 젊은 비서가 프레스콧 씨는 약속 없이는 아무도 안 만난다고, 하지만 원하신다면 기꺼이 다음 수요일 2시 15분으로 약속을 잡아드리겠다고 말했다. 그리고 수요일 2시 15분에 로크가 찾아가자 미소로 맞이하며 잠시만 앉아서 기다려달라고 했다. 로크가 고든 L.

프레스콧의 방으로 들어간 것은 4시 45분이었다.

고든 L. 프레스콧은 갈색 체크무늬 트위드 재킷 속에 휘 터틀넥 앙고라 스웨터를 받쳐 입고 있었다. 그는 키가 크고 운동선수 같은 몸을 갖고 있었다. 나이는 서른다섯이었는데, 세파에 단련된 단호한 인상을 주면서도 한편으로는 부드러운 살결과 납작한 코, 작고 도톰한 입술이 대학생 같은 느낌을 풍겼다. 얼굴은 햇빛에 그을려 있었고 금발은 군인처럼 짧게 친 모습이었다. 그는 솔직하게 남성적이고, 솔직하게 우아함에 무관심했으며, 솔직하게 그 효과를 의식하고 있었다.

그는 로크의 말에 조용히 귀 기울였는데 두 눈이 마치 스톱워치처럼 로크의 말 한 마디 한 마디가 소비하는 일 초 일 초를 재고 있는 것 같았다. 그는 첫 문장은 잠자코 듣더니 두 번째 문장은 중간에서 뚝 자르며 무뚝뚝하게 말했다. "도면이나 보세." 로크가 무슨 말을 할지 이미 다 알고 있다는 투였다.

그는 그을린 손에 로크의 도면을 들고 말했다. "아, 그래, 내게 조언을 들으러 오는 젊은이들이 아주 많지. 아주 많아." 그는 첫 도면에 눈길을 주는 듯하다가 자세히 보지도 않고 고개를 들었다. "초보들은 여간해서는 할 수 없는 실용적인 것과 초월적인 것의 결합이로군." 그는 첫 도면을 맨 끝장 뒤로 밀어 넣었다. "건축은 본래 공리적 개념이고, 문제는 실용주의적 원칙을 미적 추상의 영역으로 끌어올리는 것이지. 그 외의 건 아무 의미도 없고." 그는 도면 두 개를 보고 맨 뒤로 넣었다. "난 건축 그 자체를 위한 건축을 신성한 운동으로 여기는 몽상가들을 참을 수가 없어. 위대한 역동성의 원칙은 인간 방정식의 기본이니까." 그는 다음 도면을 흘낏 보고 맨 뒤로 넣었다. "대중의 취향과 대중의 감성이 예술가에 대한 최종적인 평가 기준이지. 천재란 일반적인 것을 표현하는 방법을 아는 사람을 일컫는 말이고. 예외는 예외가 아닌 것을 끌어내기 위한 것이고." 그는 손에 든 도면 뭉치의 무게를 가늠해보고는 반 정도를 봤다는 걸 깨닫고 책상 위에 내려놓았다.

"아, 그래. 자네 작품은 매우 흥미로워. 하지만 실용적이지 못해. 성숙하지도 못하고. 초점도 없고 미숙해. 사춘기적이고. 독창성 그 자체를 위한 독창성이고. 오늘날의 정신을 전혀 담고 있지 않아. 이 시대가 절실히 요구하는 작품이 어떤 것인지 알고 싶다면, 여기, 이걸 보게." 그는 서랍에서 도면 한 장을 꺼냈다. "한 젊은이가 소개장 하나 없이 찾아왔지. 실무 경험이라곤 전혀 없는 초보였어. 이런 도면을 그려낼 수 있다면 일자리를 찾아다닐 필요도 없지. 난 이걸 보고 그 자리에서 그를 채용했네. 초봉으로 주급 25달러를 주고. 그가 천재가 될 가능성을 지녔다는 데는 의문의 여지가 없지." 그가 로크에게 도면을 내밀었다. 거기에는 단순화되고 약화된 파르테논의 형태를 절묘하게 결합시킨 곡식창고 모양의 집이 들어 있었다.

고든 L. 프레스콧이 말했다. "그런 게 바로 독창성이고 영원 속의 새로움이지. 그런 걸 그려보도록 하게. 사실 난 자네의 미래에 대해 많은 걸 예언할 순 없네. 우린 솔직해야 하고, 난 내 권위를 이용해서 자네에게 환상을 심어주고 싶지 않아. 자넨 배울 게 많네. 난 자네가 어떤 재능을 가졌고 앞으로 어떻게 발전할 것인지 감히 예측할 순 없네. 하지만 열심히 노력한다면, 어쩌면……. 그러나 건축은 어려운 직업이지. 알다시피 경쟁도 너무 심하고……. 자, 그럼, 미안하지만 내 비서가 다른 약속을 잡아놔서……."

10월의 어느 늦은 저녁, 로크는 집으로 돌아가고 있었다. 지난 몇 달 동안 이어져온 많은 날들과 같은 하루였고 오늘 무슨 일들이 있었는지, 누구를 만났고 어떤 거절의 말을 들었는지 기억도 나지 않았다. 그는 면접을 볼 때면 다른 건 다 잊고 오직 그 순간에만 철저히 집중했지만 일단 면접이 끝나고 나오면 안에서 있었던 일은 깨끗이 잊었다. 그는 꼭 해야만 하는 일을 한 것이고 결과에 연연하지 않았다. 그는 오늘도 자유로운 기분으로 집에 돌아가고 있었다.

그의 앞에 긴 거리가 펼쳐져 있었고, 거리 양쪽의 높은 제방이 점점 좁아져 보여서 양팔을 뻗어 끝을 잡고 멀리 떼어놓을 수도 있을 듯했다. 그는 보도가 도약판이라도 되는 것처럼 가벼운 걸음으로 빠르게 걸었다.

로크는 땅에서 수십 미터 떨어진 허공에 불빛이 밝혀진 삼각형 콘크리트 덩어리가 떠 있는 걸 보았다. 그걸 받치고 있는 것은 보이지 않았기에 그의 마음대로 상상해볼 수 있었다. 그러다 문득, 지금 이 순간 이 도시는 그가 건축이란 걸 시작도 해보기 전에 영원히 포기해야만 한다고 말하고 있음을 느꼈다. 그의 확고한 신념을 제외한 세상의 모든 것이 그렇게 말하고 있었다. 로크는 어깨를 으쓱했다. 그가 낯선 이들의 사무실에서 겪은 일들은 그것들이 범접할 수 없는 본질로 가는 길에 놓인 일종의 하위 현실이며 비본질적인 사건들에 지나지 않았다.

  로크는 이스트 강으로 이어지는 샛길로 들어섰다. 저 앞에 외로이 켜져 있는 신호등 불빛이 황량한 어둠 속의 붉은 점으로 보였다. 낡은 집들이 하늘의 무게에 짓눌린 듯 땅에 낮게 엎드려 있었다. 텅 빈 거리에서 그의 발걸음 소리가 메아리쳤다. 그는 옷깃을 올리고 주머니에 손을 찌른 채 계속 걸었다. 그가 빛 속을 지날 때 발꿈치에서 솟은 그림자가 마치 자동차 와이퍼처럼 벽에 기다란 검은 호를 그렸다.

9

 존 에릭 스나이트는 로크의 스케치들을 보면서 석 장을 따로 빼낸 후 나머지는 반듯하게 쌓아놓았다. 그는 그 석 장을 다시 훑어본 후 다른 스케치 뭉치 위에 하나씩 탁, 탁, 탁 던졌다. 그리고 말했다.

 "아주 훌륭해. 과격하긴 하지만 그래도 아주 훌륭해. 오늘 밤 뭐하나?"

 "왜요?" 로크가 멍한 얼굴로 물었다.

 "시간 있나? 당장 일을 시작할 수 있겠나? 코트 벗고 제도실로 가게. 다른 사람의 도구를 빌려서 백화점 리모델링 도면 좀 그려주게. 대략적인 느낌만 담은 간단한 스케치 정도면 충분한데 내일까지 그려줘야 해. 오늘 밤 야근할 수 있겠나? 난방도 들어오고 저녁은 조에게 사오라고 하겠네. 블랙커피 마시겠나? 아니면 스카치? 아니면? 조에게 말만 하게. 여기서 일하겠나?"

 "예." 로크가 믿어지지 않는 듯한 목소리로 대답했다. "밤

샘도 할 수 있습니다."

"좋아! 훌륭해! 내가 원하던 거야. 캐머런 스타일. 다른 종류는 다 있지. 아, 참, 프랭컨에선 얼마 받았나?"

"65달러요."

"흠, 난 미식가 가이처럼 돈을 물 쓰듯 할 순 없네. 50달러가 최고야. 괜찮나? 좋아. 당장 시작하게. 빌링스가 자네에게 백화점에 대해 설명해줄 거야. 난 현대적인 걸 원하네. 알겠나? 현대적이고, 격렬하고, 미친 것. 사람들 눈이 튀어나오게 하는 것. 자제하지 말게. 극단까지 가. 생각나는 묘기는 다 부려. 괴상할수록 좋아. 가세!"

존 에릭 스나이트는 벌떡 일어나 넓은 제도실 문을 활짝 열어젖히고 나는 듯 달려 들어가 제도 탁자 앞까지 미끄러져 가서 험상궂은 둥근 얼굴을 지닌 땅딸막한 사내에게 말했다. "빌링스, 이쪽은 로크. 우리의 현대주의자네. 벤턴 백화점 일을 맡기게. 도구 좀 챙겨주고. 자네 열쇠를 주고 사무실 문 잠그는 법을 알려주게. 오늘 아침부터 출근한 거로 하게. 50. 내가 돌슨과 몇 시에 만나기로 했지? 벌써 늦었군. 그럼 이만, 나 오늘은 안 들어와."

그는 미끄럼을 타고 달려 나가서 문을 쾅 닫았다. 빌링스는 전혀 놀라는 기색이 아니었다. 그는 로크가 오래전부터 거기서 근무했던 것처럼 로크를 바라보았다. 그는 느리고 답답한 말투로 무표정하게 말했다. 20분도 지나지 않아 로크는 종이와 연필, 설계도구, 백화점 평면도들과 사진들, 도표들, 줄줄이 적힌 지시 사항을 받고 홀로 남겨졌다.

로크는 앞에 놓인 깨끗한 흰 종이를 바라보았다. 그의 손은 가느다란 연필을 꽉 쥐고 있었다. 그는 연필을 내려놓았다가 다시 집어 엄지손가락으로 매끄러운 연필 자루를 부드럽게 위아래로 쓰다듬었다. 연필이 떨리는 게 보였다. 그는 얼른 연필을 내려놓았다. 이 일에 그토록 큰 의미를 부여하도록 허락한 자신의 나약함에, 몇 달 동안의 실직이 무엇을 의미했는지에 대한 갑작스런 깨달음에 부아가 치밀었다. 그의 손가락들은 전기가 흐르는 물체에 감전되어 달라붙은 것처럼 종이에 단단히 붙어 있었다. 그는 억지로 손가락들을 떼어냈다. 그리고 작업을 시작했다……

존 에릭 스나이트는 쉰 살이었다. 그는 사람을 만날 때마다 둘만이 아는 음탕한 비밀이라도 있는 듯한 불건전하고 짓궂은 표정을 지었다. 그는 뛰어난 건축가였고 표정 하나 변하지 않고 자기 입으로 그런 사실을 말했다. 그는 가이 프랭컨을 비실용적인 이상주의자로 여겼다. 그 자신은 고전주의 도그마에 얽매이지 않으며, 프랭컨보다 훨씬 대범하고 기술도 뛰어나다고 생각했다. 그는 아무거나 다 지었다. 그는 현대적인 건축에 반감이 없었고 드물게 고객이 상자에 판판한 지붕을 얹은 듯한 건물을 원하면 그걸 진보적이라고 부르며 즐겁게 지어주었다. 로마식 저택은 엄격하다고 부르며 지어주고, 고딕식 교회는 영적이라고 부르며 지어주었다. 그는 그것들이 다르다고 보지 않았다. 그는 누가 절충주의자라고 부를 때를 제외하고는 화를 내는 법이 없었다.

그에게는 자신만의 방식이 있었다. 그는 다섯 종류의 설계사들을 두고 일이 들어올 때마다 그 다섯 명에게 경쟁을 시켰다. 그리고 그중에서 하나를 선정한 뒤에도 나머지 네 개 안에서 장점들을 취하여 선정된 안을 개선시켰다. "머리 여섯 개를 모아놓은 게 하나보단 나으니까." 그의 주장이었다.

로크는 벤턴 백화점 최종안을 보자 스나이트가 왜 서슴없이 자신을 고용했는지 이해가 되었다. 그의 머리에서 나온 공간 배치와 창문, 환기 장치에 코린트식 기둥머리, 고딕식 둥근 천장, 식민지 시대풍 샹들리에, 무어식 느낌을 살짝 풍기는 놀라운 몰딩이 결합되어 있었다. 수채화로 신기할 만큼 섬세하게 그린 최종 도면은 판지에 붙이고 박엽지로 덮었다. 제도실 사람들은 안전한 거리를 두고 멀찍이 떨어져서만 그것을 볼 수 있었다. 그것도 모자라 손을 깨끗이 씻고 담배도 들고 있지 않아야 했다. 존 에릭 스나이트는 고객에게 제출하는 도면의 모양새를 무척이나 중요하게 여겼고, 건축 공부를 하고 있는 중국인 학생을 따로 고용해서 걸작품을 그려내게 했다.

로크는 자신의 일에 대해 어디까지 기대해야 하는지 알았다. 그의 작품은 전체가 아닌 부분들의 형태로 세워질 것이고 그건 차라리 안 보는 게 나았다. 하지만 자신이 원하는 대로 마음껏 설계를 하면서 실무 경험을 쌓을 수는 있었다. 그가 원하던 것에는 못 미쳤지만 기대한 것 이상이었다. 그는 현실을 묵묵히 받아들였다. 그는 자신과 경쟁을 벌이는 다른 네 명의 설계사들을 만났고, 제도실에서 그들이 비공식적으로 '고전', '고딕', '르네상스', '기타'라는 별명으로 불린다는 사실을 알게 되었다. 그리고 그들이 자신을 "어이, 현대."라고 부르자 조금 움찔했다.

가이 프랭컨은 건설노조 동맹파업에 격분했다. 파업은 노이스-벨몬트 호텔 시공 현장에서 시작되어 뉴욕의 모든 공사장으로 퍼져갔다. 노이스-벨몬트 호텔의 건축회사가 프랭컨 앤드 헤이어라는 사실이 언론에 보도되었다. 대부분의 언론은 건설사들 편을 들며 노조에 굴복하지 말고 계속 싸우라고 독려했다. 그중에서도 파업에 반대하는 목소리를 가장 높인 것은 와이낸드 언론그룹의 유력지들이었다.

와이낸드 신문들은 이렇게 주장했다. "우리는 늘 특권층에 대항하여 보통 사람의 권리를 옹호해왔지만, 법과 질서의 파괴만큼은 지지할 수 없다." 와이낸드 신문들이 대중을 이끄는지, 아니면 대중이 와이낸드 신문들을 이끄는 것인지는 밝혀지지 않았지만, 그 둘이 놀랍도록 보조가 잘 맞는 것은 사실이었다. 하지만 노이스-벨몬트 호텔을 소유한 회사가 게일 와이낸드라는 사실을 아는 사람은 가이 프랭컨을 비롯한 소수에 지나지 않았다.

프랭컨은 그래서 더 마음이 불편했다. 게일 와이낸드의 부동산 사업이 그의 언론제국보다 더 거대하다는 소문이 있었다. 노이스-벨몬트 호텔은 프랭컨이 처음 맡은 와이낸드 일이었고, 그는 첫 인연이 앞으로 무궁무진한 가능성들을 낳을 수도 있다는 계산으로 이 기회에 탐욕스럽게 매달렸다. 그는 키팅과 함께 열과 성을 다해 하루 숙박료로 25달러를 선뜻 지불할 수 있는 부자 고객들을 위한 (석고 꽃과 대리석 큐피드 상, 레이스 무늬의 청동 문이 달린 개방형 엘리베이터가 있는) 세상에서 가장 화려한 로코코 궁전을 설계했다. 그런데 파업이 앞으로의 무궁무진한 가능성들을 박살낸 것이다. 물론 그것은 프랭컨의 책임이 아니었지만 게일 와이낸드가 누구에게 어떤 식으로 책임을 돌릴지는 아무도 알 수 없었다. 와이낸드의 변덕은 예측도 설명도 불가능하기로 유명했고, 한 번 쓴 건축가를 다시 쓰는 경우도 극히 드물었다.

프랭컨은 심기가 잔뜩 뒤틀려서는 지금까지 늘 특별대우를 해주던 피터 키팅에게까지 전에 없이 아무것도 아닌 일로 호통을 쳤다. 키팅은 어깨를 으쓱하고는 오만한 태도로 등을 돌렸다. 그리고는 공연히 복도를 돌아다니면서 가만히 있는 제도사들에게 딱딱거리며 잔소리를 해댔다. 그러다 문간에서 루셔스 N. 헤이어와 부딪치자 날카롭게 쏘아붙였다. "똑바로 좀 보고 다니세요!" 헤이어는 어리둥절해서 눈을 껌벅거리며 쳐다봤다.

키팅은 사무실에서 별로 할 일이 없었다. 할 말도 없었고 다들 그를 슬금슬금 피했다. 그래서 일찍 퇴근하여 쌀쌀한 12월의 황혼 속에서 집으로 걸어갔다.

집에서도 과열된 라디에이터에서 페인트 냄새가 지독하게 풍긴다고 욕지거리를 해댔다. 그래서 어머니가 창문을 열자 춥다고 화를 냈다. 그는 갑작스런 소강상태로 인해 혼자가 된 걸 제외하고는 이렇게 불안감에 시달리는 이유를 설명할 길이 없었다. 그는 혼자 남겨지는 걸 견딜 수가 없었다.

키팅은 거칠게 수화기를 들고 캐서린 홀시에게 전화를 걸었다. 캐서린의 맑은 목소리는 열에 들뜬 이마를 어루만져주는 손길 같았다. 키팅이 말했다. "뭐, 중요한 용건이 있는 건 아니고, 오늘 밤 네가 집에 있을 건지 궁금해서. 저녁 먹고 잠깐 들르려고."

"물론이죠, 피터. 집에 있을 거예요."

"좋아, 8시 30분쯤 어때?"

"그래요······. 참, 피터, 엘즈워스 삼촌에 관한 이야기는 들었어요?"

"그래, 빌어먹을, 네 삼촌에 관한 얘기 들었어! ······ 미안, 케이티. 용서해줘. 무례하게 굴 뜻은 없었는데 종일 네 삼촌 얘기를 지겹게 들어서. 그래, 멋진 일이라는 거 나도 알아. 그런데 말이야, 우리 오늘은 그 얘기 하지 말자!"

"그래요, 물론이에요. 미안해요. 이해해요. 기다릴게요."
"안녕, 케이티."

키팅은 엘즈워스 투히에 관한 최근 소식을 알고 있었지만 그것에 대해 생각하면 짜증나는 파업 문제가 떠올라 그냥 기억 속에 묻어두고 싶었다. 6개월 전, 엘즈워스 투히는 《돌의 교훈》의 성공에 힘입어 와이낸드의 신문 〈배너〉에 '하나의 작은 목소리'라는 제목의 일일 칼럼을 싣기로 계약을 맺었다. 〈배너〉에 실린 그의 칼럼은 예술비평으로 출발했으나 엘즈워스 M. 투히가 예술과 문학, 뉴욕의 레스토랑들, 국제적 위기들, 사회학, 그중에서도 주로 사회학에 관한 의견을 내는 비공식적인 논단으로 발전했다. 그리고 엄청난 인기를 끌고 있었다. 하지만 건설노조 파업으로 엘즈워스 M. 투히는 곤란한 입장에 처하게 되었다. 그는 파업 노동자들에 대한 지지를 숨기지 않으면서도 칼럼에서는 그 문제에 대해 한 마디도 언급하지 않았다. 게일 와이낸드의 신문에 자기가 하고 싶은 말을 다할 수 있는 사람은 게일 와이낸드 자신밖에 없었기 때문이다. 그런데 오늘 저녁 파업 동조자들이 대대적인 집회를 열게 되었다. 많은 유명인들이 연사로 초빙되었는데 엘즈워스 투히도 그중 하나였다. 그의 참가 여부는 알 수 없었지만 그의 이름이 연사로 발표된 것은 사실이었다.

과연 투히가 용감하게 집회에 나타날 것인지에 대해 온갖 억측이 난무했고 내기까지 거는 이들도 있었다. 키팅은 프랭컨 앤드 헤이어의 제도사 하나가 열띠게 말하는 소리를 들었다. "그는 집회에 나타날 거야. 그는 자신을 희생할 거야. 그런 사람이니까. 세상에 이름이 널리 알려진 인물들 중에서 유일하게 정직한 사람이니까."

그러자 다른 제도사가 반박했다. "안 나타날 거야. 와이낸드를 상대로 그런 허세를 부리는 게 얼마나 위험한 짓인지 몰라서 그래? 와이낸드는 앙심을 품으면 지옥의 불처럼 끝을 보는 인물이라고. 그가 언제, 어떤 식으로 복수할지 아무도 모르지만 반드시 복수는 이루어지고, 와이낸드가 하는 일에 대해선 아무도 증거를 잡을 수 없지. 와이낸드한테 찍히면 끝장나는 거야."

키팅은 어느 편도 아니었으며 파업 자체가 짜증스러울 뿐이었다.

키팅은 험악한 침묵 속에서 저녁을 먹었고, 키팅 부인이 "오, 그런데 말이야……." 하고 어디로 향할지 뻔한 대화를 시작하려고 하자 무뚝뚝하게 말했다. "캐서린에 대한 얘긴 하지 마세요. 가만히 계시라고요." 그 후로 키팅 부인은 말없이 아들의 접시에 억지로 음식을 더 담아주는 일에 전념했다.

키팅은 택시를 타고 그리니치빌리지로 갔다. 집에 도착하자 황급히 계단을 달려 올라가 초인종을 눌렀다. 안에선 아무 대꾸도 없었다. 그는 벽에 기대서서 한참이나 초인종을 눌렀다. 캐서린은 그가 올 걸 알면서도 집을 비울 여자가 아니었다. 그럴 수 있는 여자가 아니었다. 그는 도저히 믿을 수 없어서 계단을 내려가 길에 서서 그녀의 집 창문을 올려다보았다. 불이 모두 꺼져 있었다.

키팅은 지독한 배신이라도 당한 듯 망연히 창문을 올려다보고 있었다. 이 거대한 도시에서 갈 곳 없는 신세가 된 것 같은 뼈저린 고독감이 밀려들었다. 그 순간 그는 자신의 집 주소도, 집의 존재 자체도 잊고 있었다. 그러다가 그는 집회를 떠올렸다. 캐서린의 삼촌이 대중 앞에서 스스로 순교자가 될 그 대규모 집회. 거기 갔구나. 이런 바보 멍청이 같으니라고! 그는 화를 참지 못하고 소리 내어 말했다. "알 게 뭐야!" 하지만 그는 집회장을 향해 급히 걷고 있었다.

집회장 입구의 네모난 문틀 위에 걸린 알전구에서 작고 푸른 불꽃이 너무도 차갑고 너무도 환한 빛을 발하며 불길하게 타오르고 있었다. 그 불빛이 처마 끝에서 떨어지는 가느다란 빗줄기 하나를 비춰 어둠 속에서 빗줄기가 마치 유리 바늘처럼 반짝였고, 그것이 너무 가늘고 매끄럽게 보여서 키팅은 뜬금없이 사람들이 고드름에 찔려 죽는 이야기가 떠올랐다. 입구 근처에는 구경 온 부랑자 몇몇이 비를 맞으며 무관심하게 서 있었고 경찰도 몇 명 보였다. 집회장의 문은 열려 있었다. 어둑한 로비에는 이미 꽉 들어찬 강당 안으로 못 들어간 사람들이 북적거리며 확성기 소리에 귀 기울이고 있었다. 문간에서 희미한 형체 셋이 행인들에게 유인물을 나눠주고 있었다.

하나는 긴 목을 드러낸 결핵 환자 같은 청년으로 면도를 안 해서 수염이 텁수룩했고, 다른 하나는 밍크 칼라가 달린 비싼 코트를 입은 깔끔한 청년이었으며, 마지막 하나는 캐서린 홀시였다.

캐서린은 빗속에서 어깨를 웅크리고 배는 지쳐서 앞으로 내밀고 서 있었다. 코가 반들거렸고, 두 눈은 흥분으로 반짝였다. 키팅은 그녀를 바라보며 멈추어 섰다.

캐서린이 그에게 기계적으로 유인물을 내밀더니 시선을 들고 그를 봤다. 그녀는 놀라는 기색 없이 미소 지으며 행복하게 말했다.

"어머, 피터! 이렇게 와주다니 정말 고마워요!"

"케이티……." 키팅은 살짝 목이 멨다. "도대체……."

"피터, 어쩔 수 없었어요." 캐서린의 목소리에는 미안해하는 기색이 전혀 없었다. "당신은 이해 못하겠지만 난……."

"비 맞지 말고 안으로 들어가."

"안 돼요! 난……."

"그럼 비라도 맞지 마, 이 바보야!" 키팅은 캐서린을 로비 구석으로 거칠게 떠밀었다.

"피터, 당신 화난 거 아니죠, 그렇죠? 어떻게 된 건지 얘기할게요. 난 삼촌이 오늘 밤 여기 못 오게 할 줄 알았어요. 그런데 마지막 순간에 삼촌이 오고 싶으면 오라고, 유인물 나눠주는 거나 도와주라고 했어요. 난 당신이 이해해줄 걸 알았어요.

그래서 거실 탁자에 쪽지를 남겨놨는데……."

"나한테 쪽지를 남겼다고? **안에?**"

"그래요. 아 …… 참, 그 생각을 못 했네. 문을 열어주지 않으면 당신이 집에 들어갈 수 없다는 걸. 난 참 바보예요. 급하게 서두르다 보니 그만! 당신, 화내면 안 돼요. 이게 삼촌한테 어떤 의미인지 모르겠어요? 삼촌이 여기 오면 어떤 희생을 치러야 하는지 몰라요? 난 삼촌이 여기 오리란 걸 알았어요. 삼촌이 절대 안 올 거라고, 오면 끝장나는 거라고 말하는 사람들에게 난 삼촌이 올 거라고 말했어요. 여기 오면 끝장이 난다고 해도 삼촌은 상관 안 해요. 원래 그런 분이니까요. 난 삼촌이 지금까지 해온 일 때문에 두렵기도 하지만 한편으론 말할 수 없이 행복해요. 덕분에 인간들을 믿게 됐으니까요. 하지만 정말 두려워요. 당신도 알다시피 와이낸드는……."

"그만! 나도 다 알아. 아주 신물이 나. 네 삼촌이나 와이낸드나 빌어먹을 파업에 대한 얘긴 더 듣고 싶지 않아. 여기서 나가자."

"오, 안 돼요, 피터! 그럴 수 없어요! 삼촌의 연설을 들어야……."

"거기, 조용히 좀 해요!" 군중 속에서 한 남자가 주의를 주었다.

"오스틴 헬러가 연설 중인데 못 듣고 있었네요. 오스틴 헬러의 연설, 듣고 싶지 않아요?" 캐서린이 속삭였다.

키팅은 유명인이라면 누구에게나 느끼는 얼마간의 존경심을 갖고 확성기를 올려다보았다. 그는 오스틴 헬러의 글을 많이 읽지는 않았지만 헬러에 대한 몇 가지 사실들을 알고 있었다. 헬러는 와이낸드의 신문들과 최대의 라이벌 관계이며 독립적으로 운영되는 훌륭한 신문 〈크로니클〉의 스타 칼럼니스트였다. 그는 오랜 전통을 지닌 명문가에서 태어나 옥스퍼드 대학을 졸업하고, 문학비평가로 출발하여 모든 형태의(사적인 것이든 공적인 것이든, 천상의 것이든 지상의 것이든) 강압을 없애는 일에 헌신하는 조용한 악마가 되었다. 그는 설교자들과 은행가들, 사교계 여성들, 노조 조직책들의 원성을 사고 있었다. 그는 자신이 항상 조롱하는 사교계 엘리트들보다 더 예절 바르고 자신이 늘 옹호하는 노동자들보다 더 억셌다. 그는 브로드웨이 무대에 오른 최신 연극과 중세 시와 국제 금융에 대해 토론할 수 있었다. 또 기부라는 걸 한 적이 없었지만 정치범들을 돕는 일이라면 빚을 얻어서라도 아낌없이 돈을 썼다.

확성기에서 흘러나오는 목소리는 냉담하고 정확하며 영국식 억양이 약간 섞여 있었다.

오스틴 헬러가 감정을 드러내지 않고 말했다. "…… 또한 우리는 불행히도 함께 살 수밖에 없는 존재들이기에, 우리가 기억해야 할 가장 중요한 사실은 우리가 법이란 걸 가질 수 있는 유일한 길은 그것을 최대한 적게 갖는 것이란 점입니다. 나는 한 나라의 전체적인 비윤리성을 재단할 수 있는 윤리적 기준을 알지 못합니다. 그래서 나는 사회가 모든 구성원에게 강요하는 시간, 사고, 돈, 노력, 복종의 양으로 그것을 재단합니다. 한 사회가 지닌 가치와 문명은 그런 강요에 반비례합니다. 우리가 스스로 정한 것 이외의 조건들에 따라 일하도록 강요할 수 있는 법이란 있을 수 없습니다. 우리가 스스로 그 조건들을 정하지 못하도록 만드는 법도 있을 수 없습니다. 우리의 고용주에게 그것들을 받아들이도록 강요하는 법이 존재하지 않듯 말입니다. 동의하거나 동의하지 않을 자유는 우리 사회의 기반이며 파업을 일으킬 자유는 그것의 일부입니다. 내가 이런 말을 하는 것은 이 파업이 법과 질서의 파괴를 의미한다고 시끄럽게 떠들어대고 있는 대단한 잡놈, 헬스 키친(Hell's Kitchen: 뉴욕 맨해튼 서부 빈민가를 일컫는 말―옮긴이)에서 온 페트로니우스에 대한 경고입니다."

확성기가 날카롭고 새된 환호성과 박수갈채를 뱉어냈다. 로비에 모인 사람들이 헐떡거렸다. 캐서린이 키팅의 팔을 움켜쥐며 속삭였다. "오, 피터! 와이낸드를 말하는 거예요! 와이낸드는 헬스 키친에서 태어났거든요. 오스틴 헬러는 그런 말을 해도 되지만, 와이낸드는 엘즈워스 삼촌에게 분풀이를 할 거예요!"

키팅은 연설의 나머지 부분을 들을 수가 없었다. 극심한 두통으로 머리가 어질어질했고 소음 때문에 눈이 아파서 눈을 꽉 감고 있어야 했다. 그는 벽에 기댔다.

그는 이상하게 조용해진 걸 느끼고 눈을 번쩍 떴다. 오스틴 헬러의 연설이 끝난 걸 모르고 있었던 것이다. 로비에 모인 사람들이 엄숙하고 긴장된 기대감 속에 서 있었고, 확성기의 삑삑거리는 잡음이 모든 이의 시선을 그 검은 깔때기 쪽으로 끌어당겼다. 이윽고 목소리 하나가 정적을 깨고 요란하게, 천천히 울렸다.

"신사숙녀 여러분, 이제 엘즈워스 몽크턴 투히를 소개하겠습니다!"

'베넷이 내기에서 75센트를 땄군.' 키팅은 그렇게 생각했다. 잠시 침묵이 흘렀다. 그다음에 벌어진 일이 키팅의 뒤통수를 강타했는데, 그건 소리도 주먹도 아니었다. 시간을 찢어발기는 것, 정상적인 시간의 흐름 속에서 그 순간만 떼어내는 것이었다. 키팅은 처음에는 충격만 느꼈다가 잠시 뒤에야 그것의 정체를, 그것이 박수갈채임을 깨달았다. 그 무시무시한 굉음에 확성기가 폭발할 것만 같았다. 그칠 줄 모르는 요란한 박수갈채가 로비의 벽들을 밀어내서 벽들이 거리 쪽으로 휘어지는 게 느껴질 정도였다. 그의 주위에 있는 사람들이 환호하고 있었다. 캐서린은 입을 벌린 채 서 있었는데, 키팅은 그녀가 숨을 쉬지 않고 있다는 걸 확신할 수 있었다.

한참 후에 갑작스런 정적이 찾아왔다. 환호성처럼 갑작스럽고 충격적인 정적이었다. 확성기가 고음에서 목이 콱 막힌 것처럼 조용해졌다. 로비 사람들은 꼼짝도 않고 서 있었다. 이윽고 목소리가 들려왔다.

"나의 친구들이여." 단순하고 엄숙한 어조였다. "나의 형제들이여." 이번에는 부드럽고 무의식적으로 나온 말 같았다. 감격에 차 있으면서도 그 감격에 대해 겸연쩍게 미소 짓는 목소리였다. "여러분의 열렬한 환영에 제가 지나치게 감동을 받은 모양입니다. 우리 모두의 마음속에 있는 허영심 강한 아이의 모습을 보인 것에 대해 용서받을 수 있기를 바랍니다. 하지만 저는 여러분의 찬사가 저 개인에게 보내지는 것이 아니라 오늘 밤 제가 겸허한 마음으로 밝혀드리게 된 원칙을 향한 것임을 알고 있습니다."

그것은 목소리가 아니었다. 하나의 기적이었다. 그것은 마치 벨벳 현수막처럼 펼쳐졌다. 그것은 영어였지만 낭랑하게 울리는 음절 하나하나가 마치 처음 들어보는 새로운 언어 같았다. 그것은 거인의 목소리였다.

키팅은 입을 벌린 채 서 있었다. 그는 그 목소리가 말하는 것을 듣고 있지 않았다. 의미 없는 소리의 아름다움을 듣고 있었다. 굳이 그 의미를 알 필요가 없었다. 그 목소리가 하는 말은 무엇이든 받아들일 수 있었고, 그 목소리가 이끄는 곳이라면 어디든 갈 수 있었다.

목소리가 계속 말했다. "나의 친구들이여, 우리의 비극적인 투쟁에서 얻을 교훈은 단결입니다. 우리는 뭉쳐야 합니다. 흩어지면 패배합니다. 물려받은 것 없고 잊히고 억압받는 자들의 의지인 우리의 의지는 우리를 결합시켜 공동의 믿음과 공동의 목표를 지닌 하나의 단단한 보루로 만들어줄 것입니다. 이제 모두가 자신만의 작고 사소한 문제들과 이익, 평안, 자기만족을 버려야 할 때입니다. 우리 모두가 거대한 물결에 자신을 던져야 할 때입니다. 우리가 원하든 원하지 않든 우리 모두를 휩쓸고 미래로 흘러갈 저 밀려오는 물결에 뛰어들어야 할 때입니다. 나의 친구들이여, 역사는 질문도, 묵종도 요구하지 않습니다. 역사는, 그것을 결정짓는 대중의 목소리처럼 돌이킬 수 없는 것입니다. 우리 모두 그 목소리에 귀 기울입시다. 형제들이여, 우리 모두 단결합시다. 단결합시다. 단결합시다. 단결합시다."

키팅은 캐서린을 보았다. 거기 캐서린은 없었다. 확성기에서 흘러나오는 소리에 녹아 사라져가는 창백한 얼굴이 있을 뿐이었다. 그녀는 삼촌의 연설을 듣고 있는 게 아니었다. 키팅은 그녀의 삼촌에 대한 질투를 느끼고 싶었지만 그럴 수가 없었다. 그녀가 삼촌에 대해 갖고 있는 건 애정이 아니었다. 그것은 그녀를 빈껍데기로 만드는 냉혹하고 비인간적인 것이었다. 그녀는 인간으로서의 의지를 모두 빼앗긴 채 그 이름 없는 것에 삼켜지고 있었다.

"여기서 나가자." 키팅이 속삭였다. 그의 목소리는 난폭했다. 그는 겁에 질려 있었다.

캐서린이 무의식에서 깨어나는 듯한 얼굴로 그를 바라봤

다. 그가 누구이며 어떤 의미를 지닌 존재인지 기억하려고 애쓰는 기색이 역력했다. 그녀가 속삭였다. "그래요. 나가요."

그들은 정처 없이 빗속을 걸었다. 날씨가 추웠지만 그들은 움직이기 위해, 움직임을 느끼기 위해, 자신의 근육이 움직이는 감각을 알기 위해 계속 걸었다.

"흠뻑 젖었군." 이윽고 키팅이 최대한 무뚝뚝하고 자연스럽게 말했다. 둘 사이에 흐르는 침묵에 겁이 났던 것이다. 그 침묵은 두 사람이 같은 걸 알고 있으며 그 일이 진짜로 일어났다는 걸 증명하니까. "뭐 좀 마실 곳 좀 찾아보자."

"그래요. 너무 추워서……. 나 참 어리석지 않아요? 그토록 듣고 싶었던 삼촌의 연설인데 중간에 나왔으니." 이제 괜찮았다. 캐서린이 그것에 대해 언급했으니까. 그녀는 아주 자연스럽게, 적절한 유감을 담아 그 말을 했다. 그 일은 지나간 것이다. "하지만 난 당신과 함께 있고 싶었어요, 피터. …… 당신과 언제나 함께 있고 싶어요." 그것으로 그 일은 마지막 숨을 거두었다. 그녀가 한 말의 의미가 아니라 그녀가 그렇게 말한 이유가 그걸 증명했다. 키팅은 미소 지으며 캐서린의 소매와 장갑 사이의 맨살을 만졌다. 그 살이 따뜻했고…….

여러 날 후, 키팅은 도시 전체에 떠도는 소문을 들었다. 집회가 열린 다음 날 게일 와이낸드가 엘즈워스 투히의 봉급을 올려주었다는 것이다. 투히는 격분해서 그걸 거절했다. "와이낸드 씨, 당신은 나를 뇌물로 매수할 수 없습니다."

그러자 와이낸드가 대꾸했다. "난 당신에게 뇌물을 먹이는 게 아니니 우쭐할 것 없소."

파업이 끝나자 중단되었던 도시 전체의 공사들이 의욕적으로 재개되었고 프랭컨 앤드 헤이어에도 새 일거리들이 쏟아져 들어와서 키팅은 밤낮으로 일에 매달려야 했다. 프랭컨은 모든 사람에게 행복한 미소를 보내며 파업 기간 동안 자신이 직원들에게 주었을지도 모르는 상처를 무마하기 위해 직원들에게 조촐한 파티까지 열어주었다. 키팅이 특별한 애정을 쏟았던 데일 에인즈워스 부부의 궁전 같은 저택이 마침내 완공되어 리버사이드 드라이브에 그 자태를 드러냈다. 데일 에인즈워스 부부는 집들이를 겸한 공식 파티를 열고 가이 프랭컨과 피터 키팅을 초대했다. 루셔스 N. 헤이어는 실수로 초대 명단에서 누락되었는데 근래 들어 늘 일어나는 일이었다. 프랭컨은 그 집을 장식한 화강암을 볼 때마다 그 모두가 코네티컷에 있는 자신의 채석장에서 엄청난 가격에 들여온 것이라는 사실이 떠올라 파티 내내 즐거웠다. 키팅 역시 기분이 좋았는데 기품 있는 에인즈워스 부인이 천진한 미소를 보내며 이렇게 말했던 것이다. "난 정말로 당신이 프랭컨 씨의 동업자인 줄 알았어요! 맞아, 회사 이름이 프랭컨 앤드 헤이어인데! 나도 참, 그렇게 무신경하다니! 어쨌거나 변명 같지만 당신은 그 회사 동업자가 될 **자격이** 충분해요!" 만사가 술술 풀리는 듯했고, 사무실 생활은 순조롭게 굴러갔다.

그래서 키팅은 에인즈워스 파티 직후의 어느 날 아침에 프랭컨이 신경이 잔뜩 곤두선 표정으로 출근하는 걸 보고 깜짝 놀랐다. "아, 아냐. 아무것도 아닐세." 프랭컨은 키팅에게 초조하게 손을 내저었다. 제도실에서는 제도사 셋이 머리를 맞대고 〈배너〉를 열심히 읽고 있었는데 죄책감을 느끼면서도 열렬한 관심을 억누르지 못하는 듯한 태도였고, 그중 하나는 기분 나쁘게 낄낄 웃기까지 했다. 그들은 키팅을 보자 얼른 신문을 치웠다. 하지만 키팅은 꼬치꼬치 캐고 들 시간이 없었다. 건설사에서 보낸 심부름꾼이 그의 방에서 기다리고 있었고 검토할 도면들과 우편물들이 산더미처럼 쌓여 있었다.

세 시간 후, 키팅은 정신없이 바쁘다 보니 그 사건에 대해 까맣게 잊어버렸다. 그는 기분이 가벼웠고, 머리도 맑고 힘이 솟았다. 그는 사내 도서관에 가서 새 도면을 최고의 원형들과 비교하기 위해 도면을 활기차게 흔들면서 휘파람을 불며 자신의 방을 나섰다.

키팅은 발걸음도 가볍게 응접실을 가로질러 가다가 중간에서 우뚝 멈추어 섰다. 그 바람에 앞으로 획 나아갔던 도면이 그의 무릎을 때렸다. 그는 그런 상황에서 그렇게 멈추는 건 온당치 못하다는 걸 잊고 있었다.

젊은 여자가 난간 앞에 서서 안내 직원과 이야기하고 있었다. 그녀의 늘씬한 몸은 정상적인 인간의 몸과 전혀 비례가 맞지 않는 듯했다. 몸의 선들이 너무도 길고 연약하고 과장되어 있어서 마치 정형화된 그림 같았고, 정상적인 인간의 몸이 그 옆에 있으면 무겁고 어색해 보일 것만 같았다. 그녀는 수수한 회색 정장을 입고 있었는데 그 재단된 엄격함과 그녀의 외모가 이루는 고의적으로 계산된 듯한 과도한 대비가 묘하게 우아한 느낌을 풍겼다. 그녀는 곧고 당당한 팔 끝에 달린 길쭉한 손을 난간 위에 올려놓고 있었다. 그녀의 회색 눈은 타원형이 아닌 긴 직사각형이었고 수평을 이룬 속눈썹이 가장자리를 장식하고 있었다. 그녀는 냉정하면서도 침착한 태도와 절묘하게 사악한 입을 갖고 있었다. 그녀의 얼굴과 옅은 금발, 그리고 옷은 색깔이 없고 색깔의 기미만 지닌 듯했으며, 왠지 색깔 자체를 저속해 보이게 만들었다. 키팅은 미동도 않고 서 있었다. 그는 예술가들이 말하는 아름다움이 어떤 것인지를 난생처음 이해하게 되었던 것이다.

그녀가 안내 직원에게 말했다. "난 지금 사장님을 만나야겠어요. 지금이 아니면 못 만나요. 사장님이 나한테 오라고 했고 난 지금밖에 시간이 없어요." 그것은 명령이 아니었다. 그녀는 굳이 명령하는 목소리를 낼 필요를 느끼지 못하는 것처럼 말했다.

"예, 그렇지만……." 삐 소리와 함께 전화 교환대에 불이 하나 들어왔고 안내 직원이 황급히 선을 연결했다. "예, 사장님……." 그녀는 지시를 듣고는 안도하는 표정으로 고개를 끄덕였다. "예, 사장님." 그녀가 방문객을 향해 말했다. "지금 즉시 들어오시랍니다."

젊은 여자는 돌아서서 키팅을 지나쳐 계단 쪽으로 갔다. 그녀의 시선이 키팅을 스치고 지나갔다. 그 순간 키팅의 멍한 감탄에서 무언가가 빠져나갔다. 그는 그녀의 눈을 볼 시간이 있었는데 지치고 약간 경멸적인 눈빛이었으며 차가운 잔혹성이 느껴졌다.

키팅은 계단을 올라가는 그녀의 발소리를 들었다. 그 느낌은 어느 사이인가 사라졌지만 감탄은 남아 있었다. 그는 열성적으로 안내 직원에게 다가갔다.

"누구예요?" 그가 물었다.

안내 직원은 어깨를 으쓱했다. "사장님 찾아온 분이에요."

"와, 사장님은 복도 많지! 저런 여자를 나한테 숨기고 있었다니." 키팅이 말했다.

"그게 아니에요." 안내 직원이 차갑게 말했다. "사장님 딸이에요. 도미니크 프랭컨."

"오." 키팅이 말했다. "오, 대단한데!"

"그래요?" 안내 직원이 조롱 어린 눈으로 쳐다봤다. "오늘 아침 〈배너〉 읽어보셨어요?"

"아니. 왜요?"

"읽어보세요."

전화 교환대에서 삐 소리가 나자 안내 직원은 그쪽으로 고개를 돌렸다.

키팅은 사환에게 〈배너〉를 사오게 해서 초조한 마음으로 도미니크 프랭컨의 칼럼 '당신의 집'을 찾아보았다. 그는 요즘 도미니크 프랭컨이 뉴욕 저명인사들의 집을 소개하는 글로 엄청난 인기를 끌고 있다는 걸 알고 있었다. 그녀의 분야는 실내장식에 국한되어 있었지만 이따금 건축비평까지 시도하기도 했다. 오늘 그녀가 소개한 집은 리버사이드 드라이브에 있는 데일 에인즈워스 부부의 새 저택이었다. 대략 이런 내용이었다.

금빛 대리석으로 장식된 웅장한 로비에 들어서면 시청이나 중앙 우체국에 온 듯한 기분을 느끼지만 그런 곳은 아니다. 하지만 이 저택은 모든 걸 갖추고 있다. 주랑이 있는 중2층, 갑상선종에 걸린 듯한 계단, 동그랗게 말린 가죽 벨트 같은 카르투슈. 다만 그건 가죽이 아니라 대리석이다. 식당에는 화려한 청동 문이 있는데 실수로 천장에 붙어 있어서 싱싱한 청동 포도가 달린 격자시렁처럼 보인다. 벽 장식판자들에는 당근, 페튜니아, 깍지콩 다발 속에 죽은 오리들과 토끼들이 매달려 있다. 실물이라면 그리 매력적이지는 않겠지만 조악한 석고 모조품이라 괜찮다. …… 침실 창문들은 그리 멋지지도 않은 벽돌담에 막혀 있지만 남의 집 침실에까지 신경 쓸 사람은 없고 …… 전면 창은

큼직해서 햇빛이 잘 들 뿐 아니라 밖에 있는 대리석 큐피드 상들의 발까지도 보인다. 이 큐피드 상들은 영양 상태가 매우 좋고 길에서 보면 화강암으로 된 딱딱한 느낌의 건물 정면을 배경으로 예쁜 그림을 선사한다. 밖에 비가 오나 내다볼 때마다 그 오목한 발바닥이 보이는 걸 견딜 수만 있다면 칭찬할 만한 장식이다. 큐피드 발바닥이 싫증 나면 3층 중앙 창문으로 현관문 위 박공장식에 앉아 있는 머큐리 신의 무쇠 엉덩이를 구경하면 된다. 현관도 참으로 아름답다. 내일은 스마이드-피커링 부부의 집을 찾아가도록 하겠다.

키팅이 설계한 집이었다. 하지만 그는 분노가 끓어오르면서도 프랭컨이 이것을 읽으며 어떤 기분을 느꼈을지, 프랭컨이 앞으로 데일 에인즈워스 부인을 어떻게 대할지 생각하자 쿡쿡 웃음이 나왔다. 그리고 그는 그 집과 그 기사에 대해 잊었다. 그것을 쓴 여자만 생각났다.

그는 도면 석 장을 집히는 대로 들고 필요하지도 않은 결재를 받으러 프랭컨의 방으로 향했다.

키팅은 프랭컨의 방 앞에 있는 층계참에 멈추어 섰다. 안에서 프랭컨의 목소리가 새어나왔는데 무언가에 실패했을 때 내는 분노와 무력감에 찬 커다란 목소리였다.

"그런 모욕을 당하다니! 그것도 딸한테! 네가 하는 짓은 전부 이골이 났다만 이건 너무하잖아. 이제 어쩌면 좋냐? 어떻게 설명하면 좋아? 너 내 입장을 조금이라도 생각해봤니?"

그 여자의 웃음소리가 들렸다. 그 웃음소리가 너무도 즐겁고 너무도 차가워서 키팅은 안 들어가는 게 상책이라는 생각이 들었다. 그는 아까 그녀의 눈빛을 봤을 때처럼 두려워져서 안에 들어가고 싶지 않은 것임을 알고 있었다.

키팅은 돌아서서 계단을 내려갔다. 아래층에 닿았을 때 그는 그녀를 만날 거라고, 곧 그녀를 만나게 될 거라고, 이제 프랭컨도 그것을 막을 수 없다고 생각했다. 그는 지난 몇 년 동안 자신이 상상해온 프랭컨의 딸의 모습을 떠올리며 안도감에 웃음을 터뜨렸다. 그리고 자신의 미래를 수정했다. 하지만 마음 한편에서는 다시는 그녀를 만나지 않는 게 나으리라는 어렴풋한 예감이 고개를 들었다.

10

 랠스턴 홀콤은 목이 안 보였지만 턱이 목을 대신하고 있었다. 그의 턱은 호를 그리며 가슴에 얹혀 있었다. 그의 분홍빛 뺨은 늙어서 탄력을 잃어 삶은 복숭아처럼 흐물흐물해 보였다. 앞이마에서부터 자란 숱 많은 백발은 중세시대 갈기 장식처럼 어깨를 덮고 있었다. 그리고 칼라 뒤쪽에 비듬이 새하얗게 쌓였다.

 그는 챙 넓은 모자와 검정 양복, 연초록색 새틴 와이셔츠, 흰 양단 조끼, 커다란 검정 나비넥타이 차림으로 뉴욕 거리를 활보했다. 그는 지팡이 대신 순금 손잡이가 달린 기다란 흑단 막대기를 짚고 다녔다. 그의 거대한 몸은 평범한 문명의 관습들과 시시한 옷들을 받아들였지만 타원형을 이룬 가슴과 배는 그의 내면에 있는 영혼의 깃발을 휘날리며 힘차게 나아가고 있는 듯했다.

 랠스턴 홀콤에게 그런 것들이 허용되는 건 그가 천재이기 때문이었다. 그는 미국 건축가협회 대표이기도 했다.

랠스턴 홀쿰은 협회 동료들의 견해들을 지지하지 않았다. 그는 일에 악착같이 매달리는 건축업자도, 사업가도 아니었다. 그는 자신이 '이상의 사나이'라고 단호히 주장했다.

그는 미국 건축계의 한심한 현실과 건축가들의 원칙 없는 절충주의를 개탄했다. 그는 역사의 어느 시대에든 건축가들은 그 시대의 정신에 따라야지 과거의 것들을 베껴서는 안 된다고, 현실 속에 예술의 뿌리를 심기를 요구하는 역사의 법칙을 존중해야만 역사에 진실할 수 있다고 주장했다. 그는 그리스식이나 고딕식, 로마네스크식 건축물들을 세우는 어리석음을 비난하며 제발 현대적이 되자고, 우리 시대에 맞는 양식으로 짓자고 애원했다. 그는 그 양식을 발견했는데 그건 르네상스 양식이었다.

홀쿰은 그 이유를 분명하게 댔다. 르네상스 이후로는 역사적으로 중요한 사건이 일어난 적이 없으므로 우리는 아직 그 시대에 살고 있는 것으로 간주해야만 하며, 우리의 외적 존재 형식 또한 16세기의 위대한 대가들의 본보기에 충실해야 한다는 것이었다.

그는 현대 건축을 자신과 완전히 다르게 정의하는 소수의 사람들을 참지 못했다. 그는 그들을 무시하며 과거의 **모든** 것과 단절되려는 인간들은 게으른 무식쟁이라고, 독창성을 아름다움 위에 둘 수는 없다고 했다. '아름다움'이라는 말을 할 때 그의 목소리는 경건하게 떨렸다.

그는 초대형 공사만 맡았다. 영원하고 기념비적인 건축물 전문이었고 엄청나게 많은 기념관들과 의사당들을 지었다. 국제박람회장들도 설계했다.

그는 신비한 힘에 이끌려 즉흥적으로 곡을 쓰는 작곡가처럼 건축을 했다. 그는 갑작스런 영감을 받아 완성된 건물의 평지붕에 거대한 돔을 얹거나, 아치형 천장이 있는 긴 복도에 금박 모자이크를 장식하거나, 건물 정면의 석회암을 떼어내고 대리석으로 교체했다. 그러면 고객들은 얼굴이 하얗게 질려 말을 더듬었지만 결국 돈을 지불했다. 그는 황제와도 같은 카리스마로 돈을 절약하려는 고객과의 대결에서 매번 승리했다. 그의 뒤에는 '예술가'라는 준엄하고 암묵적이며 압도적인 주장이 버티고 있었다. 그는 대단한 권위의 소유자였다.

그는 《사교계 명사 인명록》에 실린 명문가 출신이었다. 그는 《사교계 명사 인명록》에 올라 있지는 않으나 대신 추잉검 제국을 세워 막대한 부를 쌓은 갑부의 외동딸과 중년의 나이에 결혼했다.

랠스턴 홀큼은 예순다섯 살이었는데 친구들에게 멋진 몸매를 갖고 있다는 찬사를 듣기 위해 몇 살 더 높여서 말했다. 반면 마흔두 살인 랠스턴 홀큼 부인은 자신의 나이를 상당히 많이 줄여서 말했다.

랠스턴 홀큼 부인은 매주 일요일 오후에 집에서 비공식적인 사교 모임을 갖고 있었다. "건축계의 중요한 인물은 다 오지." 그녀가 친구들에게 말했다. "그러는 게 그들에게도 이롭고." 그녀가 그렇게 덧붙였다.

3월의 어느 일요일 오후, 키팅은 피렌체 팔라초(궁전)를 재현한 홀쿰 저택을 향해 충실하게, 그러나 약간은 내키지 않는 기분으로 차를 몰고 갔다. 사교계 인사들의 모임에 자주 참석하다 보니 만나는 사람들이 뻔해서 좀 싫증이 나기 시작한 것이다. 하지만 이번 모임은 랠스턴 홀쿰이 어느 주에 새로 지은 의사당의 완공을 기념하는 자리라서 꼭 참석해야만 할 것 같았다.

많은 손님이 궁정연회용으로 설계된 거대한 대리석 연회장에서 쓸쓸한 섬처럼 흩어져 있었다. 그들은 의식적으로 격식에 얽매이지 않는 편안한 태도를 취하면서도 멋지게 보이려고 애쓰고 있었다. 대리석을 밟는 발걸음 소리가 성당 지하실에서 울리는 소리 같았다. 긴 촛대의 촛불들이 밖에서 들어오는 어두운 햇빛과 쓸쓸한 부조화를 이루었다. 햇빛은 촛불들을 침침해 보이게 만들었고, 촛불들은 바깥에 황혼의 전조가 되었다. 연회장 한가운데에 새 의사당 축소 모형이 꼬마전구들로 이루어진 환한 조명을 받으며 전시되어 있었다.

랠스턴 홀쿰 부인이 차 탁자를 맡았다. 손님들은 투명하고 섬세한 도자기 찻잔을 받아들고 우아하게 두어 모금 마신 뒤 술 탁자 쪽으로 사라졌다. 위엄 있는 집사 둘이 여기저기 다니며 손님들이 놓고 간 찻잔들을 챙겼다.

랠스턴 홀콤 부인은 열렬한 여자 친구의 표현대로 '작지만 지적인' 여성이었다. 그녀는 작은 키가 남보르는 슬픔이었지만 그것을 극복하는 법을 배웠다. 그녀는 자신의 옷 사이즈와 주니어 매장에서 쇼핑한다는 사실을 스스럼없이 밝혔다. 여름에는 고등학생 옷을 입고 짧은 양말을 신어 푸른 정맥이 드러나는 앙상한 다리를 노출시켰다. 그녀는 명사들을 숭배했다. 그녀에게는 그것이 인생의 사명이었다. 그녀는 명사들을 무섭게 쫓아다녔고 경탄 어린 커다란 눈으로 그들을 바라보며 성공한 사람 앞에서 자신이 얼마나 하찮고 겸허한 존재인지에 대해 이야기했다. 그러다 사후 세계나 상대성 이론, 아스텍 건축, 산아제한, 영화에 관한 자신의 견해를 상대가 충분히 존중해주지 않는 것 같으면 어깨를 으쓱하고 입을 꼭 다물고서는 원한을 품은 표정이 되었다. 그녀는 가난한 친구들이 무척이나 많았고 그런 사실을 자랑스럽게 광고했다. 가난했던 친구가 형편이 좋아지면 그가 배신행위라도 한 듯 가차 없이 버렸다. 그녀는 부자들을 진심으로 증오했는데 그것은 그녀의 유일한 영예의 상징을 그들도 갖고 있기 때문이었다. 그녀는 건축을 자신의 사적인 영역으로 생각했다. 그녀의 세례명은 콘스턴스였지만 그녀가 서른이 넘은 후에 친구들에게 불러달라고 강요한 '키키'라는 별명으로 알려지는 걸 대단히 똑똑한 처사로 여겼다.

 키팅은 홀콤 부인과 함께 있을 때면 늘 불편했다. 그녀는 너무도 집요한 미소를 보내며 그가 무슨 말을 할 때마다 눈을 찡긋하면서 그는 그런 의도가 전혀 아니었는데도 "어머, 피터, 짓궂기도 해라!" 하고 핀잔을 주었던 것이다. 하지만 그는 오늘도 여느 때와 마찬가지로 그녀의 손등에 정중히 입을 맞추었고, 홀쿰 부인은 은 찻주전자 너머로 미소를 보냈다. 홀쿰 부인은 에메랄드색 벨벳으로 된 호화로운 드레스를 입고 단발머리에는 귀여운 진홍색 나비 리본을 묶고 있었다. 그녀는 그을리고 건조한 피부를 갖고 있었고 콧구멍 위로 넓은 모공들이 보였다. 그녀가 키팅에게 찻잔을 건넸는데 손가락에 낀 네모진 에메랄드 반지가 촛불에 반짝거렸다.

키팅은 의사당에 대해 찬사를 표한 뒤 모형을 구경하겠다는 핑계로 홀쿰 부인에게서 벗어났다. 그는 적절한 시간 동안 모형 앞에 서서 정향 냄새가 나는 뜨거운 차로 입술을 뎄다. 모형 쪽으로는 눈길도 주지 않으면서도 그 앞에 멈추어 서는 손님은 용케 다 보고 있던 홀쿰이 키팅의 어깨를 찰싹 때리며 르네상스 양식의 아름다움에 대해 배우는 젊은 친구들에 대한 적절한 말을 했다. 잠시 후 키팅은 연회장 안을 이리저리 돌아다니며 몇 사람과 건성으로 악수를 나누고 손목시계를 흘낏거리며 언제쯤 자리를 떠도 되는지 계산했다. 그러다 우뚝 멈추었다.

넓은 아치 너머에 있는 작은 도서실에 젊은 남자 셋과 함께 있는 도미니크 프랭컨을 발견한 것이다.

그녀는 손에 칵테일 잔을 들고 기둥에 기대서 있었다. 검정 벨벳 정장 차림이었는데 빛이 투과되지 않는 그 무거운 천이 그녀의 손과 목, 얼굴의 살 속으로 마구 흘러드는 빛을 막아서 그녀를 현실 속에 붙잡아두는 듯했다. 그녀의 잔에서 차가운 금속 십자가 모양의 흰 빛이 반짝이는 모습을 보니 유리잔이 그녀의 피부에서 발산되는 빛을 모으는 렌즈라도 되는 것 같았다.

키팅은 황급히 손님들의 무리에서 프랭컨을 찾았다.

"그래, 피터! 술 한 잔 가져다줄까? 너무 독하지 않은 걸로." 프랭컨이 밝게 말한 뒤 목소리를 낮추어 속삭였다. "맨해튼(위스키에 베르무트를 섞은 칵테일—옮긴이)도 그리 나쁘지는 않아."

"아닙니다." 키팅이 말했다.

"앙트르 누(우리끼리 얘기지만), 완전히 엉망이지, 안 그래?" 프랭컨이 의사당 모형을 향해 눈을 찡긋하며 말했다.

"예. 균형미라곤 찾아볼 수 없고 …… 저 돔은 지붕 위로 떠오른 해를 흉내 낸 홀쿰의 얼굴 같아요……." 키팅이 대답했다. 그들은 도서실이 잘 보이는 지점에 멈추어서 있었고 키팅은 검은 옷의 여자에게 줄곧 시선을 보내며 프랭컨이 그녀를 보도록 유도했다. 그는 프랭컨을 덫으로 유인하는 게 재미있었다.

"그리고 평면 구조를 봐! 평면 구조! 저 2층에 있는 ……

오." 프랭컨은 그제야 딸을 본 모양이었다.

그는 키팅을 보았다가 도서실을 보았다가 다시 키팅을 보았다. 그러고는 말했다. "좋아, 나중에 원망 말게. 자네가 자청한 일이니까. 가세."

그들은 도서실로 들어갔다. 키팅은 적절한 위치에 멈추어 섰지만 눈빛은 부적절할 정도로 강렬했다. 한편 프랭컨은 설득력 없는 쾌활한 태도로 환하게 웃으며 딸에게 말을 걸었다.

"내 딸, 도미니크! 소개하마. 이 친구는 내 오른팔 피터 키팅이다. 피터, 내 딸일세."

"처음 뵙겠습니다." 키팅이 부드러운 목소리로 인사했다.

도미니크가 엄숙하게 허리를 숙였다.

"프랭컨 양, 오래전부터 만나뵙고 싶었습니다."

"재밌겠는데요. 당신은 물론 나한테 잘해주고 싶겠지만 그러면 출세에 지장이 있을 테니까요." 도미니크가 말했다.

"프랭컨 양, 무슨 말씀이신지요?"

"아버진 당신이 나한테 고약하게 구는 걸 더 좋아할 테니까요. 아버지와 난 사이가 안 좋거든요."

"아, 프랭컨 양, 나는······."

"처음부터 알려드리는 게 도리일 것 같아서요. 그걸 알면 다른 결론을 내리게 될 수도 있으니까요."

키팅은 프랭컨을 찾아보았으나 이미 사라지고 없었다.

도미니크가 부드럽게 말했다. "아버진 이런 일에 서툴러요.

너무 뻔하다니까요. 당신이 나를 소개해달라고 부탁했겠지만 아버진 내가 그걸 눈치 채지 못하도록 신경을 써야 했어요. 하지만 상관없어요. 우리 둘 다 그걸 인정하니까. 앉으세요."

그녀가 의자에 미끄러지듯 앉았고, 키팅도 순순히 그녀 옆에 앉았다. 키팅에게는 초면인 세 남자는 잠시 더 얼쩡거리며 멍청한 미소를 머금고 대화에 끼려고 애쓰다가 슬그머니 자리를 떴다. 키팅은 도미니크가 무서운 여자는 아니라는 생각에 안도했다. 다만 그녀가 하는 말의 내용과 그런 말을 하는 솔직하고 순수한 태도 사이의 괴리가 불편했고 어느 걸 믿어야 할지 종잡을 수가 없었다.

"소개해달라고 부탁한 건 맞습니다. 당연한 일 아닌가요? 누군들 안 그러겠습니까? 하지만 내가 내릴 결론이 아버님과는 무관할 수도 있다는 생각은 안 드시나요?" 키팅이 말했다.

"내가 아름답고 우아하고 지금까지 만나본 여자들과는 다르다고, 아무래도 나를 사랑하게 될 것만 같은 두려운 예감이 든다고 말하진 마세요. 결국 당신은 그런 말을 하게 되겠지만 좀 미뤄두죠. 그것만 아니면 우린 아주 잘 지낼 수 있을 것 같네요."

"당신은 나를 무척이나 힘든 처지에 몰아넣으려고 하는군요, 안 그런가요?"

"그래요. 아버지가 당신에게 그 점을 미리 경고해줘야 했는데."

"하셨습니다."

"그럼 그 경고를 귀담아들었어야죠. 우리 아버지, 조심해야 돼요. 난 그동안 아버지 오른팔을 하도 많이 만나서 사실 좀 회의를 느끼고 있었어요. 하지만 당신은 처음으로 오래 버티고 있어요. 아버지도 당신을 버릴 것 같지 않고요. 당신 얘기 많이 들었어요. 축하해요."

"몇 년 동안 당신을 만나기를 고대해왔습니다. 당신 칼럼도 무척……." 키팅은 얼른 입을 다물었다. 꺼내서는 안 될 말이었다. 하지만 말을 꺼내놓고 중단한 것은 더 큰 실수였다.

"무척……?" 도미니크가 부드럽게 물었다.

"무척 기쁘게 읽었죠." 키팅은 그녀가 그냥 넘어가주기를 바라며 말을 맺었다.

"아, 그래요. 에인즈워스 저택. 당신이 설계했죠. 미안해요. 내가 어쩌다 한 번씩 정직해지는데 하필 당신이 그 희생양이 됐네요. 자주 있는 일은 아니에요. 어제 칼럼을 읽었다면 아시겠지만."

"읽었습니다. 그런데 …… 당신처럼 나도 솔직하게 말하겠습니다. 불평으로 받아들이진 마세요. 비평에 대해 불평하는 건 도리가 아니니까요. 하지만 사실 홀콤의 의사당은 당신이 에인즈워스 저택에 대해 공격한 모든 부분에 있어서 훨씬 지독합니다. 그런데 어제 칼럼에서 그에게 왜 그렇게 뜨거운 찬사를 보낸 거죠? 혹시 강압이라도 있었나요?"

"난 그렇게 중요한 인물이 아니에요. 물론 강압 같은 건 없었어요. 신문사에서 실내장식에 대한 칼럼 같은 것에 신경이나 쓰는 줄 아세요? 내가 칼럼에 뭐라고 쓰든 아무도 신경 안 써요. 게다가 난 의사당 같은 것에 관한 글을 쓸 입장도 아녜요. 실내장식에 싫증이 나서 써봤을 뿐이죠."

"그런데 왜 홀콤을 칭찬했나요?"

"그의 의사당이 너무 끔찍해서 혹평해봐야 별 재미가 없을 것 같아서요. 그래서 차라리 극찬을 하는 게 더 재미있을 거라고 생각했죠. 그 생각이 맞아떨어졌고요."

"그런 식으로 칼럼을 쓰나요?"

"그런 식으로 써요. 하지만 내 칼럼을 읽는 사람들은 자기 집을 꾸밀 형편이 안 되는 주부들뿐이니 상관없어요."

"그럼 건축에서 좋아하는 게 뭐죠?"

"건축에서 좋아하는 거 없어요."

"물론 내가 그 말을 믿지 않는다는 걸 아시겠죠. 하고 싶은 말이 없다면 왜 글을 쓰는 거죠?"

"일거리가 있어야 하니까요. 내가 할 수 있는 다른 많은 일들보다 더 구역질나는 일. 그리고 더 재미난 일."

"아니, 그건 훌륭한 이유가 아닌데요."

"난 훌륭한 이유를 가져본 적이 없어요."

"그래도 일을 즐기겠죠."

"그래요. 즐기는 게 보이지 않나요?"

"사실 난 당신을 부러워했습니다. 와이낸드 신문 같은 최고의 기업에서 일하고 있으니까요. 미국 최대 규모에, 최고의 글 재주가 있어야 들어갈 수 있는……."

"이봐요." 도미니크가 그에게 속 이야기라도 터놓듯 가까이 몸을 기울였다. "내가 한 수 가르쳐주죠. 만일 당신이 지금 우리 아버지를 만났고, 아버지가 와이낸드 신문에서 일하고 있다면, 바로 그런 식으로 말해야 돼요. 하지만 난 달라요. 난 당신이 그런 말을 할 걸 예상했지만, 사실 난 예상했던 말을 듣는 걸 좋아하지 않아요. 당신이 와이낸드 신문은 한심한 황색 저널리즘의 쓰레기장이고 거기서 글을 쓰는 인간들도 전부 무가치한 존재들이라고 말했다면 훨씬 더 재미있었을 거예요."

"진심으로 그렇게 생각하나요?"

"전혀요. 하지만 난 사람들이 내가 생각하는 대로만 말해주는 걸 좋아하지 않아요."

"고맙습니다. 한 수 배워야겠군요. 지금까지 만났던 사람들과는……. 오, 아녜요, 당신은 이런 말 안 좋아하죠. 하지만 와이낸드 신문에 대해 한 말은 진심이었어요. 게일 와이낸드는 내게 동경의 대상입니다. 그를 꼭 만나보고 싶은 소망을 품고 있어요. 그는 어떤 사람인가요?"

"오스틴 헬러가 말한 대로 대단한 잡놈이죠."

키팅은 움찔했다. 오스틴 헬러가 그 말을 했던 장소가 기억났기 때문이다. 의자 팔걸이에 놓인 가늘고 흰 손 앞에서 캐서린에 대한 기억은 무겁고 저속하게만 느껴졌다.

"직접 대해보면 어떤지 묻는 겁니다." 키팅이 말했다.

"모르죠. 만난 적이 없으니까요."

"만난 적이 **없다고요?**"

"그래요."

"오, 매우 흥미로운 인물이라고 들었어요!"

"분명히 그럴 거예요. 퇴폐적인 걸 원할 때 그를 만나게 되겠죠."

"투히를 아세요?"

"오." 그 순간 키팅은 전에 본 적이 있는 그녀의 눈빛을 다시 보았다. 그는 그녀의 달콤하고 명랑한 목소리가 마음에 들지 않았다. "오, 엘즈워스 투히. 물론 알아요. 놀라운 인물이죠. 난 언제든 그에 관해 얘기하는 걸 좋아하죠. 그는 너무도 완벽한 악한이에요."

"아니, 프랭컨 양! 그런 말을 한 사람은 당신이 처음……."

"충격을 주려고 하는 말이 아니에요. 진심이에요. 난 그에게 감탄하고 있어요. 그는 너무도 완벽한 사람이죠. 이 세상에서 완벽함을 만나는 건 그리 쉬운 일이 아녜요, 안 그래요? 그는 완벽함 그 자체죠. 나름의 방식으로 철저히 완벽하죠. 나머지 사람들은 미완성품이고, 잘 맞지도 않는 여러 개의 다른 조각들로 나눠져 있죠. 투히는 다른 사람들과는 달라요. 그는 단일체죠. 난 가끔 세상이 원망스러울 때면 괜찮다고, 복수할 날이 올 거라고, 엘즈워스 투히가 있기에 세상은 응보를 받게 될 거라고 생각하며 위안을 얻어요."

"무엇에 대한 복수를 하고 싶다는 건가요?"

도미니크가 그를 응시했다. 순간적으로 그녀의 눈꺼풀이 들렸고 그녀의 눈은 직사각형이 아니라 부드럽고 또렷한 타원형으로 보였다.

"아주 똑똑한 질문이에요. 당신이 처음으로 한 똑똑한 말이에요." 도미니크가 말했다.

"왜죠?"

"내가 한 쓸데없는 말들 중에서 뭘 골라야 할지 안 거니까요. 그러니 대답할 수밖에 없네요. 복수해야 할 것이 아무것도 없다는 사실에 대해 복수하고 싶어요. 이제 엘즈워스 투히에 대한 얘기를 계속하죠."

"내가 듣기론 모든 사람이 그에 대해 성자 같은 인물이고 순수한 이상주의자이며 절대 부패할 수 없는……"

"그건 맞아요. 차라리 사기꾼이 훨씬 덜 위험할 거예요. 투히는 사람들을 시험하는 시금석과도 같아요. 사람들이 그를 대하는 태도를 보고 그 사람들에 대해 알 수 있죠."

"왜요? 그게 무슨 뜻이죠?"

도미니크는 뒤로 기대앉아 양손을 무릎에 늘어뜨리고 팔목을 돌려 손바닥을 위로 향하게 한 다음 양손을 깍지 꼈다. 그러고는 소탈하게 웃었다.

"파티에서는 그런 진지한 토론을 하는 게 아니죠. 키키가 옳아요. 그녀는 나를 싫어하면서도 가끔 나를 초대하지 않을 수 없어요. 그녀가 나를 반가워하지 않는 게 너무 분명해서 난 안 올 수가 없고요. 사실 아까 랠스턴에게 의사당에 관한 솔직한 내 의견을 말해줬는데 그는 곧이듣지 않더군요. 그는 환히 웃으며 내게 참 착한 꼬마 아가씨라고 했어요."

"사실 아닌가요?"

"뭐가요?"

"당신이 참 착한 꼬마 아가씨인 거요."

"아뇨. 오늘은 아녜요. 당신을 너무나도 불편하게 만들었어요. 그에 대한 보상으로 내가 당신을 어떻게 생각하는지 말해주겠어요. 아무래도 당신이 그걸 걱정할 것 같으니까요. 난 당신이 똑똑하고, 안전하고, 노골적이고, 대단히 야심적이고, 잘 살아갈 거라고 생각해요. 그리고 당신이 마음에 들어요. 아버지께 오른팔이 아주 괜찮다고 말씀드릴 테니 사장 딸에 대해 두려워할 필요는 없어요. 아버진 내 의견을 반대로 받아들이니 차라리 아무 말 안 하는 게 당신에게 이롭겠지만요."

"내가 당신에 대해 생각하는 걸 한 가지만 말해도 될까요?"

"물론이죠. 얼마든지요."

"당신이 내게 마음에 든다는 말을 안 했더라면 더 좋았을 거라고 생각합니다. 그럼 당신이 진심으로 나를 마음에 들어하게 될 가능성이 더 많았을 테니까요."

도미니크는 웃음을 터뜨렸다.

"당신이 그걸 안다면 우린 아주 잘 지낼 수 있겠군요. 그럼 내가 진심으로 당신을 마음에 들어 하게 될 수도 있고요." 그녀가 말했다.

고든 L. 프레스콧이 술잔을 들고 연회장 아치에 나타났다. 그는 회색 양복과 은색 터틀넥 양모 스웨터 차림이었다. 대학생처럼 풋풋한 얼굴은 지금 막 세수를 하고 온 듯했고 늘 그렇듯 비누와 치약, 야외의 분위기를 풍겼다.

"어이, 도미니크!" 그가 술잔을 흔들며 외쳤다. "잘 있었소, 키팅." 키팅에게 건네는 인사는 무뚝뚝했다. "도미니크, 어디 숨어 있었던 거요? 왔다는 소리 듣고 얼마나 찾았는데!"

"안녕하세요, 고든." 도미니크가 인사했다. 전혀 모욕적이지 않은 조용하고 정중한 목소리였으나 고든 프레스콧의 열 띤 고음의 인사 뒤에 이어진 것이라 단조롭고 지독히 무관심하게 들렸다. 마치 두 목소리가 대위법을 이루며 합쳐져 그녀의 경멸이라는 멜로디를 만들어내는 듯했다.

하지만 프레스콧은 그걸 눈치 채지 못하고 말했다. "도미니크, 볼 때마다 더 예뻐지는걸. 그게 가능한 일이라고 생각하긴 어렵지만."

"일곱 번째예요." 도미니크가 말했다.

"뭐가요?"

"고든, 절 만날 때마다 그런 말을 한 게 일곱 번째라고요. 세고 있었어요."

"도미니크, 진지해지려는 건 아니겠지. 진지한 거 안 어울려요."

"아뇨, 고든, 전 지금 친구 피터 키팅과 아주 진지한 대화를 나누고 있는 걸요."

마침 한 부인이 프레스콧에게 손을 흔들자 그는 그 기회를 이용해서 민망한 꼴로 자리를 피했다. 키팅은 도미니크가 친구 피터 키팅과의 대화를 지속하기 위해 또 한 남자를 물리쳤다는 생각에 무척 기뻤다.

키팅이 도미니크에게 고개를 돌리자 그녀가 상냥하게 물었다. "키팅 씨, 우리가 무슨 얘기를 하고 있었죠?" 그러고는 저쪽에서 위스키 잔을 들고 기침을 해대는 주름이 쭈글쭈글한 키 작은 남자를 지나칠 정도로 유심히 바라보았다.

"아, 무슨 얘기를 하고 있었냐 하면……" 키팅이 말했다.

"어머, 저기 유진 페팅길이 있네요. 내가 제일 좋아하는 분이죠. 가서 인사드려야겠어요."

도미니크는 벌떡 일어나 몸을 뒤로 젖힌 자세로 손님들 중 가장 매력 없는 70대 노인에게로 걸어갔다.

키팅은 자신도 고든 L. 프레스콧 꼴이 된 건지, 아니면 그저 우연일 뿐인지 판단이 서지 않았다.

그는 마지못해 연회장으로 돌아갔다. 그리고 억지로 손님들 틈에 끼어 사교적인 대화를 나누었다. 그는 도미니크 프랭컨이 손님들 사이를 헤치고 걸어가거나 멈추어 서서 사람들과 대화하는 모습을 줄곧 지켜보았다. 하지만 그녀는 그에게 눈길조차 주지 않았다. 키팅은 그녀와의 만남이 성공적이었는지, 아니면 비참하게 실패했는지 알 수가 없었다.

키팅은 그녀가 떠날 때 용케 문간에 있었다.

도미니크가 걸음을 멈추고 매혹적인 미소를 보냈다. 그러고는 그가 입을 열기도 전에 말했다. "아뇨, 집에까지 바래다주지 않아도 돼요. 타고 갈 차가 있거든요. 어쨌든 고마워요."

그녀는 가버렸고, 키팅은 문간에 서서 자신이 얼굴을 붉혔다는 생각에 무력감과 분노를 느꼈다.

그때 누군가 부드러운 손길로 어깨를 짚어서 돌아보니 프랭컨이 옆에 서 있었다.

"피터, 집에 가나? 내가 태워다주지."

"7시까지 클럽에 가셔야 되잖아요."

"오, 괜찮아. 조금 늦어도 돼. 상관없어. 내가 집까지 태워다주겠네. 아무 문제 없어." 프랭컨의 얼굴에는 평소답지 않고 그와 전혀 어울리지도 않는 목적의식이 노골적으로 드러나 있었다.

키팅은 재미있어하며 조용히 프랭컨을 따라갔고 프랭컨의 황혼이 깃든 안락한 차에 둘만 남겨졌을 때도 잠자코 침묵을 지켰다.

"어땠나?" 프랭컨이 불길한 표정으로 물었다.

키팅은 미소 지으며 대답했다. "가이, 욕심 좀 버리세요. 자신이 가진 것에 감사할 줄 아셔야죠. 왜 진작 말씀 안 하셨어요? 따님은 지금까지 제가 본 여자 중에서 최고 미인이에요."

"오, 그래. 어쩌면 그게 문제인지도 모르지." 프랭컨이 암울하게 말했다.

"무슨 문제요? 도대체 뭐가 문젠데요?"

"피터, 그 아이에 대해 어떻게 생각하는지 솔직히 말해보게. 외모에 대해선 잊고. 어차피 외모에 대해선 금세 잊게 될 테니까. 어떻게 생각하나?"

"글쎄요, 제 생각엔 따님이 개성이 무척 강한 것 같아요."

"돌려서 말해줘서 고맙네."

프랭컨은 우울한 침묵을 지키다가 희망 비슷한 감정이 어색하게 어려 있는 목소리로 말했다. "피터, 사실 아까 난 좀 놀랐네. 쭉 지켜봤는데 그 아이와 꽤 오래 대화를 나누더군. 놀라웠어. 그 아이의 독설적인 농담 한 마디면 자네가 꽁무니를 뺄 줄 알았거든. 어쩌면 자넨 그 아이와 잘 지낼 수 있을지도 몰라. 물론 자넨 그 아이에 대한 진심을 말할 수 없겠지. 어쩌면...... 피터, 내가 자네에게 하고 싶은 얘긴, 아까 그 아이가 했던 말, 자네가 그 아이한테 고약하게 굴어야 내가 좋아할 거란 말, 곧이듣지 말란 걸세."

그 진심 어린 말이 무엇을 의미하는지 깨달은 키팅은 자기도 모르게 휘파람을 불려고 입술을 모았다가 얼른 자제했다. 프랭컨이 무겁게 덧붙였다. "난 자네가 그 아이에게 고약하게 구는 걸 절대 원하지 않네."

"가이, 아깐 왜 그렇게 도망치듯 사라지셨어요?" 키팅이 선심 쓰듯 나무랐다.

프랭컨이 한숨지으며 말했다. "난 그 아이와 대화하는 법을 모르겠어. 도대체 그 아이한테 무슨 문제가 있는 건지 모르겠지만, 문제가 있는 건 사실이야. 도대체 인간답게 행동하려고 들질 않아. 교양 학교(finishing school: 상류층 여학생들이 사교계 진출 준비를 위해 다니는 학교—옮긴이) 두 군데서 쫓겨났어. 대학은 어떻게 마쳤는지 상상이 안 가지만 지난 4년간 퇴학 통지서가 들어 있을까 봐 우편물 뜯어보기도 무서웠다니까. 대학을 졸업한 뒤로는 이제 독립했으니 걱정도 끝이겠다 싶었지만 전보다 더해졌어."

"뭐가 그렇게 걱정이신데요?"

"그런 거 없어. 걱정 안 하려고 해. 차라리 그 아이 생각을 안 하는 게 편해. 어쩔 수가 없어. 난 아버지 노릇이 맞지 않는 사람인가 봐. 그래도 가끔 결국 그게 내 책임이라는 생각이 들곤 해. 다른 사람은 대신 해줄 수 없는 아버지 노릇이 있는 거니까."

"가이, 따님에게 잔뜩 겁을 먹고 계신데 그러실 필요는 없어요."

"그렇게 생각하나?"

"예."

"어쩌면 자네가 그 아일 다룰 수 있을지도 몰라. 난 이제 자네에게 내 딸을 소개시켜준 걸 후회하지 않네. 사실 그동안은 자네가 그 아일 만나지 않았으면 했거든. 그래, 자넨 그 아이를 다룰 수 있을 거야. 자넨 …… 자넨 일단 마음만 먹으면 끝까지 밀고 나가는 성격 아닌가, 피터?"

"예, 전 겁을 잘 안 먹는 편이죠." 키팅은 대수롭지 않다는 듯 한 손을 올리며 말했다.

그러고는 피곤한 듯, 중요한 얘기를 듣지 않은 듯 뒤로 편안히 기대앉아 집에 도착할 때까지 침묵을 지켰다. 프랭컨도 말이 없었다.

존 에릭 스나이트가 말했다. "다들 이번 일에 최선을 다해주게. 올해 들어온 일 중에서 가장 중요한 거니까. 알다시피 큰돈은 안 되지만 명예, 연줄이 걸려 있지! 우리가 수주를 따내면 거물급 건축가 몇 명이 배가 좀 아플 거야! 오스틴 헬러가 솔직하게 말해주더군. 그가 접촉한 세 번째 회사가 우리라고. 우리에 앞서 거물급 건축가들이 제시한 안은 받아들이지 않겠다고. 자네들한테 달렸네. 뭔가 다르고 독특하면서도 감각이 뛰어난 것. **다른 것**. 자, 최선을 다해보게."

그의 다섯 명의 설계사들이 그의 앞에 반원형으로 둘러앉아 있었다. '고딕'은 지루한 표정, '기타'는 벌써부터 낙심한 듯했으며, '르네상스'는 천장에 붙은 파리의 움직임만 지켜보고 있었다. 로크가 물었다.

"그가 뭐라고 말했는지 듣고 싶습니다."

스나이트는 어깨를 으쓱하고는 자신과 로크가 그 새 고객에 대한 수치스런 비밀을 알고 있기라도 한 것처럼 짓궂은 눈길로 로크를 응시했다.

"우리끼리 얘기네만, 쓸 만한 말은 없었어. 그 사람, 글솜씨는 뛰어난데 말솜씨는 별로더군. 자기는 건축에 대해선 문외한이라고 솔직하게 인정하더군. 현대식으로 지으라는 건지, 전통 양식을 따르라는 건지 언급도 없었고. 요컨대 자기 집을 짓고는 싶었지만 세상의 집들이 자기 눈엔 다 똑같고 다 형편없게 보여서 오랫동안 망설여왔다는 거야. 자긴 그런 집들에 열렬한 애정을 쏟는 사람을 도무지 이해할 수 없대. 자기가 사랑할 수 있는 집을 짓고 싶대. '어떤 의미를 지닌 건축물'을 원한다면서 '그게 어떤 의미인지는 자기도 모르겠다'고 덧붙이더군. 그게 다야. 별 거 아냐. 건축주가 오스틴 헬러가 아니었다면 수주를 따내려고 덤벼들지도 않았을 거야. 하지만 별 거 아니라고 해도······. 로크, 무슨 일인가?"

"아닙니다." 로크가 말했다.

그것으로 오스틴 헬러의 저택에 관한 첫 회의는 끝이 났다.

그날 스나이트는 다섯 설계사들에게 헬러가 선정한 저택

부지를 보여주기 위해 그들을 기차에 태워 코네티컷으로 갔다. 그들은 초라한 소도시에서 5킬로미터 떨어진 어느 쓸쓸한 바위해변에 서 있었다. 그들은 샌드위치와 땅콩을 우적우적 씹어 먹으며 여러 층의 선반바위들로 이루어진 높은 절벽을 바라보았다. 절벽은 바다 쪽으로는 깎아지른 듯 직선을 그리며 뚝 떨어졌고 그 수직 축이 길고 창백한 수평선과 십자가 모양을 이루었다.

"저기, 저걸세." 스나이트가 손에 든 연필을 돌리며 말했다. "지독하지, 응?" 그가 한숨지었다. "좀 더 괜찮은 데를 권해봤지만 그가 좋아하지 않아서 입을 다물 수밖에 없었지." 스나이트는 계속해서 연필을 돌렸다. "저기다 집을 짓고 싶대. 저 바위 꼭대기에." 그는 연필 끝으로 코끝을 긁적였다. "해안에서 더 안쪽에 집을 짓고 저 빌어먹을 바위는 전망용으로 삼는 게 어떤지도 물어봤지만 그것도 안 먹히더군." 그는 연필 꽁무니의 지우개를 이로 깨물었다. "저 꼭대기에서 발파 작업이랑 땅 고르기를 어떻게 하냐고." 그는 연필심으로 손톱 밑을 파서 검은 자국을 남겼다. "하여튼 저기야. …… 경사도와 바위 질을 잘 살펴봐. 접근이 쉽지 않을 거야. …… 조사 자료와 사진들을 사무실에 다 준비해놨어. …… 그래. …… 누구 담배 가진 사람 없나? …… 이제 다 된 것 같은데. …… 언제든 내가 의견을 내주겠네. …… 그래. …… 돌아가는 기차 시간이 언제지?"

뉴욕에 돌아온 다섯 명의 설계사들은 임무에 착수했다. 네 사람은 즉시 설계도를 그리기 시작했다. 로크는 혼자 여러 차례 저택 부지에 다녀왔다.

로크에게 스나이트와 함께한 5개월은 공백과도 같았다. 그동안 무얼 느꼈는지 자문해보았더라면 아무것도 기억나지 않는다는 것 빼고는 대답할 게 없을 터였다. 그는 자신이 그린 설계도는 전부 기억할 수 있었다. 그리고 그 설계도들이 어떻게 되었는지도 기억하려면 기억할 수 있었지만 굳이 그렇게 하지 않았다.

하지만 오스틴 헬러의 저택만큼 강한 애착을 가졌던 건 없었다. 그는 제도실에서 종이를 앞에 놓고 바닷가 절벽에 대해 생각하며 많은 밤을 지새웠다. 그리고 설계도가 완성될 때까지 아무에게도 보이지 않았다.

이윽고 어느 늦은 밤에 설계도가 완성되었고, 그는 도면을 앞에 펼쳐놓은 채 여러 시간 동안 그대로 앉아 있었다. 한 손은 이마를 받치고 다른 손은 옆으로 늘어뜨리고 있었는데 손에 피가 쏠려 감각이 마비되었고, 창밖 거리는 진청색으로 어두워졌다가 어느덧 연회색이 되었다. 그는 도면을 보지 않았다. 마음이 공허했고 녹초가 된 기분이었다.

도면 위의 집은 로크가 아니라 절벽이 설계한 것이었다. 마치 절벽이 자라서 스스로 완성되어 그동안 기다려온 목적을 밝히는 듯했다. 절벽의 바위선반들에 맞추어 여러 층으로 이루어진 그 집은 절벽과 완전한 조화를 이루며 흐르듯 이어지는 면들과 완만한 경사의 덩어리들로 구성되어 있었다. 절벽과 같은 화강암으로 된 벽들은 절벽의 수직적인 선들을, 바다처럼 은빛인 넓은 콘크리트 테라스들은 파도의 수평적인 선들을 따르고 있었다.

로크는 다른 직원들이 출근할 때까지 그대로 앉아 있었다. 그리고 얼마 후 스나이트의 방으로 도면을 보냈다.

이틀 후, 오스틴 헬러에게 제출할 최종 시안이 준비되었다. 존 에릭 스나이트가 다섯 설계사들의 작품 가운데 하나를 선정해서 수정을 가한 뒤 중국인 건축학도에게 수채화 작업을 맡겨 완성한 시안은 박엽지에 덮인 채 탁자 위에 놓여 있었다. 그것은 로크의 작품이었다. 다른 경쟁자들은 탈락한 것이었다. 그것은 로크의 집이었지만 벽들이 화강암이 아닌 빨간 벽돌로 바뀌었고, 창문들은 평범한 크기로 잘리고 초록색 덧문이 추가되었으며, 돌출된 날개들 중 두 개가 생략되고, 바다 위로 뻗어나간 캔틸레버(cantilever: 한쪽 끝은 고정되고 다른 끝은 받쳐지지 않은 상태로 되어 있는 보—옮긴이) 테라스는 작은 연철 발코니로 바뀌어 있었다. 그리고 입구에는 가운데가 터진 박공을 인 이오니아식 기둥들이, 지붕에는 풍향계가 달린 작은 첨탑이 추가되어 있었다.

존 에릭 스나이트는 탁자 앞에 서서 도면의 섬세한 색깔들의 순결함을 더럽히지 않도록 두 손을 허공에 펼치고 있었다.

"헬러가 생각한 게 바로 이거야. 확실해. 아주 훌륭해. 그래, 아주 훌륭해……. 로크, 최종 도면 근처에서 담배 피우지 말라고 몇 번을 말해야 알겠나? 저리 비켜. 담뱃재 날리겠어." 스나이트가 말했다.

오스틴 헬러는 12시에 오기로 되어 있었다. 그런데 11시 30분에 시밍턴 부인이 예고도 없이 들이닥쳐서 당장 스나이트를 만나야겠다고 했다. 시밍턴 부인은 스나이트가 설계한 새 저택에 갓 입주한 귀족 미망인으로 그녀의 오빠가 아파트 설계를 맡길 수도 있었기에 결코 무시할 수 없는 고객이었다. 스나이트는 시밍턴 부인을 정중히 자신의 방으로 모셨고 그녀는 서재 천장에 금이 갔고 응접실 퇴창에 계속 습기가 낀다고 수다스럽게 불평을 해대기 시작했다. 스나이트는 시공팀장을 불러 둘이 함께 시밍턴 부인에게 자세한 설명과 사과를 하고 건설 업자를 욕했다. 스나이트의 책상에 있는 버저가 울리고 안내 직원의 목소리가 오스틴 헬러의 도착을 알릴 때까지도 시밍턴 부인은 화가 누그러진 기색을 보이지 않고 있었다.

시밍턴 부인을 나가라고 할 수도, 오스틴 헬러를 기다리게 할 수도 없는 노릇이었다. 스나이트는 시공팀장에게 시밍턴 부인을 달래도록 맡겨놓고 잠시 자리를 떴다. 그러고는 대기실로 가서 헬러와 악수를 나누며 이렇게 제안했다. "헬러 씨, 제도실로 가시겠습니까? 거기가 볕도 더 잘 들고 도면이 준비되어 있는데 옮기다 자칫 실수라도 하면 곤란하니까요."

헬러는 싫어하는 기색 없이 순순히 제도실로 따라 들어갔다. 그는 키가 크고 어깨가 넓었으며 영국식 트위드 양복을 입고 있었다. 머리칼은 모랫빛이었고, 네모진 얼굴은 신랄하고 차분한 눈 주위로 무수한 주름들을 이루며 일그러져 있었다.

도면은 중국인 학생의 탁자에 놓여 있었고, 헬러가 들어오자 중국인 학생은 공손하게 비켜났다. 그 옆은 로크의 탁자였다. 로크는 헬러를 등진 채 돌아보지도 않고 도면 작업을 계속했다. 스나이트가 제도실로 고객을 데리고 들어오면 직원들은 끼어들지 않도록 교육이 되어 있었다.

스나이트가 신부의 면사포라도 들듯 박엽지를 벗겼다. 그러고는 뒤로 물러나서 헬러의 얼굴을 살폈다. 헬러는 도면 위로 허리를 굽히고 웅크린 자세로 한참 동안을 말없이 내려다보았다.

이윽고 그가 입을 열었다. "스나이트 씨, 내 생각엔……." 그러고는 말을 멈췄다.

스나이트는 고객의 입에서 가로막고 싶지 않은 말이 나올 것을 감지하고 기쁜 마음으로 참을성 있게 기다렸다.

"이건." 헬러가 갑자기 소리치며 주먹으로 도면을 쾅 내려치는 바람에 스나이트는 움찔 놀랐다. "지금까지 본 것 중에서 내 생각에 가장 가까이 접근했어요!"

"헬러 씨, 마음에 들어 하실 줄 알았습니다." 스나이트가 말했다.

"아니오." 헬러가 대꾸했다.

스나이트는 눈을 깜짝이며 기다렸다.

헬러가 유감 어린 목소리로 말했다. "아주 가까이 접근하긴 했는데, 이건 아니오. 어디가 잘못된 건지는 모르겠지만 이건 아닙니다. 내 말이 막연하게 들린다면 미안하오만, 난 첫눈에 마음에 들고 안 들고를 결정하는 사람이오. 입구가 마음에 안 드는 건 확실해요. 멋지긴 하지만 너무 흔해서 눈에 띄지도 않을 거요."

"아, 헬러 씨, 몇 가지 고려해주실 점이 있습니다. 물론 현대적인 것도 좋지만 그래도 집다운 모습은 있어야 합니다. 장중함과 아늑함의 결합이라고 할까요. 이런 엄격한 느낌의 집에는 몇 가지 부드러운 요소들이 필요합니다. 그게 건축학적인 정답이죠."

"난 그런 건 모릅니다. 인생을 정답대로 살았던 적이 없어서요." 헬러가 말했다.

"이 설계안에 대한 제 설명을 들으시면 이해가……."

"압니다." 헬러가 지친 듯이 말했다. "알아요. 당신이 분명 옳을 거요. 다만……." 그의 목소리에는 그가 느끼고자 하는 열성이 들어 있었다. "다만 통일성이 아쉽다는 겁니다. 뭐랄까 …… 어떤 …… 중심이 되는 생각 …… 그게 있으면서도 없어요. …… 살아 있는 듯하면서도 …… 그렇지가 않아요. …… 뭔가 부족하면서도 지나친 것 같고 …… 좀 더 깨끗하고 명쾌하고 …… 또 무슨 표현이 있었지? 통합적이고…….."

로크가 고개를 돌렸다. 그는 딕자 져편에 있었다. 그가 도면을 잡더니 절대 손을 대서는 안 되는 수채화 위에 쓱쓱 검은 선들을 그었다. 그 선들이 이오니아식 기둥들과 박공, 첨탑, 덧창, 빨간 벽돌을 지워버리고 두 개의 석조 날개를 만들고 창문들을 넓히고 발코니 대신 테라스를 만들었다.

눈 깜짝할 사이에 벌어진 일이었다. 스나이트가 깜짝 놀라 달려들었으나 헬러가 그의 손목을 잡아 제지했다. 로크는 격렬히 연필을 움직여 벽들을 없애고, 쪼개고, 다시 세웠다.

로크는 딱 한 번 고개를 들어 탁자 건너편에 있는 헬러를 보았다. 그것이 두 사람의 인사이고 악수였다. 이윽고 로크가 연필을 내려놓았을 때 그 집은 그가 원래 설계했던 대로 다시 그려져 있었다. 5분도 안 걸려 이루어진 일이었다.

스나이트는 헬러의 눈치를 보다가 그가 아무 말도 하지 않자 마음 놓고 로크에게 달려들어 고함을 질렀다. "이 빌어먹을 놈, 넌 해고야! 당장 나가! 넌 해고야!"

"그럼 우리 둘 다 해고된 거군." 오스틴 헬러가 로크를 향해 눈을 찡긋하며 말했다. "갑시다. 점심식사 했소? 어디로 좀 갑시다. 얘기 좀 하고 싶소."

로크가 모자와 코트를 가지러 갔다. 그 놀라운 광경을 목격한 제도실 사람들이 모두 작업을 멈추고 구경했다. 오스틴 헬러는 도면을 집어서는 그 신성한 종이를 네 번이나 접어 주머니에 넣었다.

"하지만 헬러 씨 …… 제가 설명을 하겠습니다. …… 그걸 원하신다면 …… 좋습니다. 도면을 다시 그리죠. …… 제가 설명을……." 스나이트가 더듬거리며 말했다.

"지금은 아니오." 헬러는 그렇게 말하고 문간에서 덧붙였다. "수표를 보내주겠소."

그렇게 헬러는 로크를 데리고 나가버렸고 문 닫는 소리가 헬러의 칼럼의 마지막 단락 같았다.

로크는 내내 아무 말이 없었다.

로크와 헬러는 로크가 처음 가보는 최고급 레스토랑의 부드러운 조명이 밝혀진 칸막이 좌석에 크리스털과 은 식기가 놓인 탁자를 사이에 두고 앉아 있었다.

"그게 내가 원하는 집이니까, 내가 늘 원했던 집이니까. 당신이 그 집을 지어주겠소? 설계도를 그리고 공사를 감독해주겠소?" 헬러가 말했다.

"예." 로크가 대답했다.

"지금 당장 시작하면 얼마나 걸리겠소?"

"8개월쯤요."

"그럼 늦가을까진 되겠소?"

"예."

"저 그림과 똑같이."

"똑같이요."

"이봐요, 난 건축가와 어떤 계약을 맺는지 모르지만 당신은 알 테니 오늘 오후에 내 변호사가 서명할 수 있도록 당신이 계약서를 작성해줘요, 알겠소?"

"예."

헬러는 마주 앉은 남자를 찬찬히 살펴보았다. 그는 탁자 위에 놓인 손에 주목했다. 긴 손가락들과 윤곽이 뚜렷한 관절, 불거진 정맥이 눈에 띄었다. 그는 자신이 이 남자를 고용하는 게 아니라 스스로 굴복하는 것 같은 기분이 들었다.

"누군지는 모르지만, 몇 살이오?" 헬러가 물었다.

"스물여섯입니다. 보증인이 필요하십니까?"

"아, 아니오. 내 주머니에 있는 것으로 됐소. 이름이 뭐요?"

"하워드 로크입니다."

헬러는 수표책을 꺼내 탁자 위에 펼쳐놓은 뒤 만년필을 꺼냈다.

"계약금으로 500달러를 주겠소. 사무실을 구하고 필요한 걸 마련해서 일을 시작하시오." 그가 수표책에 서명하면서 말했다.

그는 수표를 뜯어 두 손가락 사이에 끼운 후 몸을 앞으로 기울이고 과장된 동작으로 팔목을 돌려 수표를 로크에게 건넸다. 그는 눈을 가늘게 뜨고 재미있다는 듯 로크를 응시하고 있었지만 몸짓은 정중한 인사를 하는 듯했다.

수표에는 '건축가, 하워드 로크'라고 쓰여 있었다.

11

하워드 로크는 자신의 사무실을 열었다.

낡은 건물 꼭대기 층에 있는 방 하나짜리 사무실로 지붕에 넓은 창이 나 있었다. 창가에서 먼 허드슨 강이 보였고 유리창에 손을 대면 손가락 밑으로 작은 배들이 지나갔다. 사무실에는 책상 하나와 의자 두 개, 커다란 제도 탁자가 있었다. 입구 유리문에는 '건축가, 하워드 로크'라고 씌어 있었다. 로크는 복도에 서서 한참 동안 그 글씨를 바라보았다. 그러고는 안으로 들어가서 문을 쾅 닫고 탁자 위의 T자를 들었다가 닻을 던지듯 다시 내던졌다.

존 에릭 스나이트는 그가 독립하는 걸 반대했다. 로크가 자신의 제도 도구를 챙기러 가자 스나이트가 대기실로 나와 반갑게 악수하며 말했다. "어이, 로크! 그래, 별일 없지? 들어오게, 들어와. 할 말이 있네!"

로크가 그의 방으로 따라 들어가 책상 앞에 앉자 스나이트는 큰 소리로 떠들기 시작했다.

"이 사람, 어제 내가 그런 소리를 했다고 나를 원망하는 건 아니겠지? 자네도 알잖나. 내가 좀 이성을 잃었어. 자네가 한 행동 때문이 아니었네. 자네야 그때 당연히 그걸, **그 도면을** 고쳐야 했지. 어쨌든 잊어버리게. 유감 같은 건 없는 거지?"

"전혀 없습니다." 로크가 대답했다.

"물론 자넨 해고가 아닐세. 그 말 진담으로 받아들인 건 아니지, 그렇지? 지금 당장 다시 일 시작하게."

"왜요?"

"왜요라니, 그게 무슨 소린가? 오, 자네 헬러의 집 때문에 그러나? 자네, 헬러의 말을 곧이들은 건 아니지, 그렇지? 그가 어떤 사람인지 자네도 봤잖은가. 일 분에 마음이 60번은 바뀌는 미친 사람이야. 그는 자네에게 그 일을 주지 않을 거야. 그게 그렇게 간단하지가 않아. 그런 식으로 되는 게 아니라고."

"어제 계약했습니다."

"오, 그래? 그것 참 잘 됐군! 이보게, 로크, 이제부터 우리가 어떻게 할지 말해주겠네. 그 일을 우리 사무실로 갖고 들어오게. 그럼 내 이름 옆에 자네 이름도 넣어주지. '존 에릭 스나이트 앤드 하워드 로크'라고. 수임료도 나누세. 봉급은 별도로 주겠네. 그러니 봉급이 인상되는 셈이지. 앞으로 자네가 따오는 일은 다 그런 식으로 하겠네. 그리고 …… 아니, 이 사람, 왜 웃는 건가?"

"실례했습니다. 죄송합니다."

"내 말을 못 알아듣는 모양이군." 스나이트가 당황한 얼굴로 말했다. "모르겠나? 자네에겐 보험과도 같은 거라네. 아직은 독립할 때가 아냐. 일이 이번처럼 쉽게 들어오는 게 아니라고. 일거리가 떨어지면 어쩔 셈인가? 내가 하자는 대로 하면 안정적인 직장도 유지하면서 한편으론 자네가 원하는 독립 준비도 해나갈 수 있네. 그리고 4, 5년 안에 준비를 마치게 될 거야. 다들 그런 식으로 한다네. 알겠나?"

"예."

"그럼 내 제안을 받아들이는 건가?"

"아닙니다."

"맙소사, 이 사람아, 자네 제정신이 아니군! **지금** 혼자 사무실을 차리겠다고? 경험도, 연줄도 또 …… 아무것도 없이! 이런 경우는 들어본 적도 없네. 업계 사람 아무한테나 물어보게. 다들 뭐라고 하나 보라고. 이건 터무니없는 짓일세!"

"아마 그럴 겁니다."

"이보게, 로크, 제발 내 말 좀 듣게."

"원하신다면 듣겠습니다. 하지만 무슨 말씀을 하시든 제 결심은 변하지 않는다는 걸 미리 알려드려야 할 것 같군요. 그래도 상관없으시다면 얼마든지 듣겠습니다."

스나이트는 오랫동안 설득했고 로크는 반박도, 설명도, 대꾸도 없이 잠자코 듣고만 있었다.

"정 그렇다면 할 수 없지. 나중에 길거리에 나앉으면 내가 다시 받아줄 거라는 기대는 하지 말게."

"알겠습니다."

"자네가 나한테 한 짓이 알려지면 업계에서 자넬 받아주는 곳은 단 한 군데도 없을 거야."

"그것도 알겠습니다."

스나이트는 며칠 동안 로크와 헬러를 상대로 소송을 낼까 생각했다. 하지만 그런 선례가 없었기에 그만두기로 마음먹었다. 헬러는 그의 노력에 대한 대가를 지불했고, 사실 그 집은 로크가 설계한 것이며, 지금까지 오스틴 헬러에게 소송을 건 사람은 아무도 없었다.

로크의 사무실에 처음 찾아온 손님은 피터 키팅이었다.

그는 어느 날 점심때쯤 예고도 없이 찾아와 밝게 웃으며 과장된 동작으로 양팔을 벌리고 로크의 책상에 앉았다.

"어이, 하워드! 이거 놀랐는걸!" 키팅이 말했다.

일 년 만의 만남이었다.

"잘 있었나, 피터." 로크가 말했다.

"자네 이름을 건 사무실을 내다니! 벌써! 세상에!"

"누구한테 들었나, 피터?"

"오, 다 듣게 돼 있지. 내가 자네를 관심 있게 지켜보지 않을 거라고 생각하는 건 아니겠지, 응? 내가 늘 자넬 어떻게 생각해왔는지 자네도 알 거야. 축하하고 행운을 빈다는 말, 굳이 안 해도 되겠지."

"그래, 안 해도 돼."

"사무실 잘 구했군. 빛도 잘 들고 널찍하고. 화려하진 않지만 처음부터 너무 많은 걸 기대할 순 없지. 전망도 불확실하고, 안 그런가, 하워드?"

"그렇지."

"지독한 모험을 걸었군."

"아마도."

"정말 이대로 끝까지 밀고 나갈 생각인가? 혼자서?"

"그럴 것 같네, 안 그런가?"

"아직 너무 늦은 건 아니네. 난 그 얘기를 들었을 때 자네가 분명 스나이트에게 그 일을 넘기고 그와 현명한 거래를 할 거라고 생각했네."

"그러지 않았지."

"정말로 그럴 생각 없나?"

"응."

키팅은 로크가 사무실을 낸 것에 대해 자신이 왜 구역질나는 분노를 느껴야 하는 건지 알 수가 없었다. 들리는 이야기와는 다르게 로크가 불안감에 떨며 포기하려 하는 모습을 두 눈으로 확인하고 싶어서 여기까지 찾아온 자신이 이해가 되지 않았다. 그는 로크에 관한 소식을 들은 후로 줄곧 분노에 시달렸고, 그 분노는 그 이유를 잊은 후에도 막연한 불쾌감으로 남았다. 이따금 이유 없이 분노의 파도가 밀려들면 그는 스스로에게 이렇게 물었다. "또 왜 이러지? 오늘 무슨 얘길 들었지?" 그러면 그 일이 기억났다. "오, 그래, 로크. 로크가 사무실을 열었지." 그는 짜증스럽게 자신을 다그쳤다. "그래서 뭐?" 하지만 그는 그 사실이 너무도 고통스럽고 모욕이라도 받은 것처럼 치욕스럽다는 걸 알고 있었다.

"하워드, 난 자네의 용기가 감탄스럽네. 사실, 알다시피, 난 자네보다 경험도 훨씬 더 많고 업계에서 명성도 더 높지만, 객관적인 사실을 말하고 있는 거니까 고깝게 듣진 말게, 어쨌든 나라면 감히 이런 모험을 걸진 않을 걸세."

"그래, 자넨 그럴 거야."

"그래, 자네가 먼저 도약을 했군. 이런. 이렇게 될 줄 누가 알았겠나?…… 세상의 행운을 다 거머쥐길 비네."

"고맙네, 피터."

"난 자네가 성공할 걸 알아. 확신하네."

"그래?"

"물론이지! 물론이야. 자넨 안 그런가?"

"생각해본 적 없네."

"생각해본 적이 없다고?"

"별로."

"하워드, 그럼 확신이 없는 건가? 그런 거야?"

"그걸 왜 그렇게 열성적으로 묻지?"

"뭐? 아니 …… 열성적이긴……. 그야 물론 걱정되니까 그렇지. 하워드, 지금 자네 입장에서 확신이 없는 건 바람직한 심리 상태가 아냐. 그럼, 미심쩍은 마음이 있다는 건가?"

"전혀."

"하지만 자네 입으로……."

"피터, 난 확신에 차 있네."

"자격증 따는 건 생각해봤나?"

"신청해놨어."

"자넨 대학 졸업장이 없어서 심사가 까다로울 거야."

"아마도."

"자격증을 못 따게 되면 어쩔 셈인가?"

"딸 거야."

"그럼 건축가협회에서 만나겠군. 자넨 정회원이고 나는 준회원이라고 너무 뻐기진 말게."

"난 건축가협회에 안 들 걸세."

"협회에 안 들어가다니, 그게 무슨 소리야? 자넨 이제 자격이 있어."

"그럴지도 모르지."

"협회에서 가입 권유가 올 거야."

"그럴 필요 없다고 전해주게."

"뭐?"

"피터, 우린 7년 전에도 이런 대화를 나눈 적이 있었지. 스탠턴에서 자네 클럽에 들라고 권하던 때. 그걸 되풀이하지 말아주게."

"기회를 얻었는데도 건축가협회에 안 들겠다고?"

"피터, 난 아무 데도 안 들어가. 언제라도 마찬가지야."

"그게 얼마나 도움이 되는지 모르나?"

"무엇에 도움이 되는데?"

"건축가가 되는 데."

"난 도움을 받아 건축가가 되고 싶진 않네."

"자넨 스스로 일을 더 어렵게 만들고 있어."

"그래."

"어려움이 아주 클 거야."

"알아."

"협회 가입을 거부하면 그 사람들을 적으로 만드는 거야."

"어차피 그들과 적이 될 테니 상관없어."

로크가 사무실을 연다는 소식을 제일 먼저 알린 사람은 헨리 캐머런이었다. 로크는 헬러와 계약을 한 다음 날 뉴저지로 갔다. 비 오는 날이었는데 캐머런은 정원에서 지팡이에 온몸을 의지하고 젖은 오솔길을 발을 끌며 천천히 걷고 있었다. 겨울 사이에 캐머런은 하루 몇 시간씩 걸을 수 있을 정도로 회복되었다. 그는 몸을 구부리고 힘겹게 걸었다. 그는 발아래 땅에 솟아난 파릇파릇한 새싹을 보았다. 이따금 잠시 지팡이를 들고 두 발로만 서서 지팡이 끝으로 오므려진 초록 꽃받침을 건드려 황혼 빛에 반짝이는 물방울이 쏟아지는 걸 지켜보았다.

캐머런은 로크가 언덕을 올라오는 걸 보고 얼굴을 찌푸렸다. 로크는 일주일 만에 다시 찾아온 것이고, 로크의 방문은 두 사람 다에게 무척이나 많은 걸 의미했기에 둘 다 지나치게 자주 만나는 건 바라지 않았다.

"왜 또 왔나?" 캐머런이 퉁명스럽게 물었다.

"말씀드릴 게 있어서요."

"나중에 말해도 되지."

"아닙니다."

"뭔데?"

"제 사무실을 열게 됐습니다. 지금 막 첫 번째 계약도 마쳤고요."

캐머런은 두 손을 포개서 지팡이 손잡이를 눌러 지팡이 끝을 땅에 박고 큰 원을 그리며 돌리고 있었다. 그는 지팡이를 돌리는 동작과 박자를 맞추어 천천히 고개를 끄덕이며 한참 동안 눈을 감고 있었다. 그러다 로크를 보며 말했다. "그렇게 자랑할 것 없어." 그러고는 이렇게 덧붙였다. "나 좀 앉게 도와주게."

캐머런의 입에서 그런 말이 나온 것은 이번이 처음이었다. 캐머런의 누이와 로크는 그가 다른 사람의 부축을 받는 걸 모욕으로 여기며 질색한다는 사실을 이미 오래전부터 알고 있었다.

로크는 그의 팔꿈치를 잡고 벤치로 이끌었다. 캐머런이 석

양을 똑바로 쳐다보며 거칠게 말했다.

"뭔데? 누구 건데? 얼마짜리야?"

그는 조용히 로크의 이야기를 들었다. 그리고 수채화 위에 연필 선이 죽죽 그려진 구겨진 도면을 한참 동안 바라보았다. 그러더니 돌, 철, 도로, 건설업자, 비용에 대해 많은 질문을 던졌다. 하지만 축하의 말은 없었고 아무 의견도 내지 않았다.

그러다 로크가 가려고 일어서자 갑자기 말했다.

"하워드, 사무실 열면 사진 몇 장 찍어서 보여주게."

그러더니 고개를 저으며 죄책감에 젖어 고개를 돌리고 욕지거리를 했다.

"내가 노망이 났나 보군. 못 들은 걸로 하게."

로크는 아무 말도 하지 않았다.

사흘 후 로크가 다시 왔다. "성가시게 왜 자꾸 와." 캐머런이 나무랐다. 로크는 잠자코 봉투 하나를 건넸다. 캐머런은 넓고 휑한 사무실과 커다란 창문과 출입문을 찍은 사진들을 하나씩 보았다. 그러고는 다른 사진들은 내려놓고 출입문 사진을 오랫동안 응시했다.

이윽고 그가 말했다. "그래, 살아서 이걸 보게 됐군."

캐머런은 그 사진을 내려놓았다.

"이런 꼴로 살아남아서 자네의 독립을 보게 되는 건 애초에 내가 원했던 것과는 좀 다르지만 말이야. 난 저승에서 이승의 그림자를 보고 있는 꼴이지. 앞으로도 그럴 거고. 적응해가고 있네."

캐머런은 그 사진을 다시 들었다.

"하워드, 이걸 보게."

그는 사진을 로크에게 보였다.

"간단히 '건축가, 하워드 로크'라고만 되어 있지. 하지만 이 명패는 사람들이 성문에 새기고 목숨을 바쳐 지키는 좌우명과도 같아. 이 명패는 너무도 엄청나고 암울한 것, 세상의 모든 고통, 자네, 세상에 얼마나 많은 고통이 있는지 아나? 자네가 직면하려는 일에서 오는 모든 고통에 대한 도전이지. 난 그것이 무엇인지, 그리고 왜 자네가 그걸 겪어야 하는지 알지 못하네. 다만 자네가 그걸 겪으리란 것만 알고 있지. 그리고 자네가 이 명패를 안고 끝까지 갈 수만 있다면 승리를 거두는 것이라는 사실도 알고 있네. 하워드, 그건 자네만의 승리가 아니라 꼭 이겨야만 하는 것, 세상을 움직이면서도 인정받지 못해온 것의 승리이기도 하지. 자네의 승리는 앞으로 자네가 겪게 될 고통을 견디지 못해 쓰러져간 수많은 사람들의 정당성을 입증해줄 것이네. 자네에게, 아니 누구든 혼자서 인간에게 가능한 최고, 최선의 것을 보게 될 이에게 신의 은총이 있길 비네. 하워드, 자넨 지옥으로 들어가고 있네."

로크는 헬러의 집 강철 구조물이 푸른 하늘을 배경으로 우뚝 솟아 있는 절벽 꼭대기로 걸어 올라갔다. 뼈대를 세우고 콘크리트를 붓는 작업이 이루어졌고, 일렁이는 은빛 수면 위로 거대한 테라스 골조가 뻗어 있었다. 배관공들과 전기기사들이 배관 공사를 진행 중이었다.

로크는 날렵한 대들보들과 기둥들이 만든 네모난 하늘들을, 그가 하늘에서 떼어낸 허공의 빈 정육면체들을 바라보았다. 그의 두 손이 무의식적으로 벽들을 그려 방들을 만들었다. 그의 발밑에서 돌멩이 하나가 덜거덕거리더니 절벽 아래로 굴러떨어졌고, 그 소리가 화창한 여름날의 청명한 공기 속에 메아리쳤다.

로크는 정상에서 두 다리를 넓게 벌리고 허공을 등지고 서 있었다. 그는 앞에 있는 자재들을, 강철 들보에 박힌 대갈못들과 석재 블록에서 이는 광채, 노란 새 판재들의 소용돌이무늬를 바라보았다.

그때 전선줄 사이에서 건장한 사나이의 모습이 보였다. 불도그 같은 얼굴이 옆으로 퍼지며 싱긋 웃음을 지었고 푸른 눈은 짓궂은 승리감에 빛나고 있었다.

"마이크!" 로크가 믿지 못하겠다는 듯 외쳤다.

마이크는 몇 개월 전에 필라델피아에 있는 큰 공사 현장으로 떠났고, 헬러가 스나이트의 사무실에 나타난 건 그보다 훨씬 후의 일이라 그 소식을 들었을 리가 없었다.

"잘 있었나, 빨강머리." 마이크는 아무렇지도 않게 인사를 던지고는 이렇게 덧붙였다. "아니, 소장님."

"마이크, 도대체 어떻게……?"

"형편없는 건축가군. 이런 식으로 일을 방치하다니. 벌써 사흘째 자네가 나타나길 기다리고 있었네."

"마이크, 어떻게 여길 온 거예요? 왜 이렇게까지 추락했죠?" 로크는 마이크가 개인주택 같은 작은 공사에는 관심조차 없다는 걸 알고 있었다.

"다 알면서 그러나. 내가 자네의 첫 작품을 놓칠 거라고 생각하진 않았겠지, 안 그런가? 이게 추락이라고 생각하나? 어쩌면 그럴지도 모르지. 그 반대일 수도 있고."

로크가 악수를 청하자 마이크는 더러운 손으로 우악스럽게 로크의 손을 잡았다. 그가 로크의 손에 남긴 얼룩들이 그가 하고 싶은 모든 말을 담고 있는 듯했다. 마이크는 자기 마음을 들켰을까 봐 두려워서 으르렁거리며 로크를 쫓아냈다.

"얼른 가시오, 소장님, 얼른. 일 방해하지 말고."

로크는 공사 중인 집 구석구석을 돌아다녔다. 그러다 보면 그곳이 집이 아니라 수학 문제인 것처럼 느껴질 때가 있었고, 그런 때면 정확하고 비인간적인 태도를 보이며 걸음을 멈추고 지시를 내렸다. 그 자신은 사라지고 파이프들과 대갈못들의 존재만 느껴지는 때도 있었다.

마음속에서 생각도 아니고 감정도 아닌 어떤 물리적인 힘이 거세게 솟구치는 걸 느낄 때도 있었다. 그런 때면 걸음을 멈추고 가슴을 활짝 펴고서 희미한 배경을 이루고 있는 강철 구조물 위에서 선명하게 부각된 자신의 존재를 만끽하고 싶은 충동이 일었다. 하지만 그는 멈추지 않았다. 침착하게 계속 걸었다. 그러나 그의 손은 그가 감추고자 하는 것을 드러냈다. 그의 손은 들보들과 이음매들을 천천히 쓰다듬어 내려가고 있었다. 작업 중이던 일꾼들이 그걸 보고 말했다. "저 사람은 이 집과 사랑에 빠져 있어. 집에서 손을 못 떼고 있어."

일꾼들은 그를 좋아했다. 하지만 건설업체 감독들은 그렇지 않았다. 로크는 집을 지을 건설업체를 찾느라 애를 먹었다. 형편이 좋은 업체들은 일을 맡으려 하지 않았다. "우린 그런 건 안 합니다." "아뇨, 골치 썩히고 싶지 않아요. 작은 공사치곤 너무 복잡해요." "도대체 누가 그런 집을 원하는 겁니까? 그런 괴짜한테는 나중에 공사비도 못 받기 십상이에요. 안 합니다." "그런 건 지어본 적이 없습니다. 어떻게 짓는지 몰라요. 건축다운 건축만 하겠습니다."

어떤 건설업자는 도면을 훑어보고는 옆으로 던지며 확고하게 선언했다. "이건 못 세워요."

"세웁니다." 로크가 대꾸했다.

그러자 건설업자가 무관심하게 천천히 말했다. "그래요? 당신이 뭔데 나한테 그런 말을 하는 거요?"

로크는 일이 필요한 작은 업체를 찾아 공사를 맡겼다. 그 업체는 특이한 경험 하나 쌓는 셈치고 공사는 해보겠지만 위험부담이 있다며 실제 드는 비용보다 더 많은 공사비를 청구했다. 공사가 시작되었고, 감독들은 자신의 예언이 맞아떨어져 집이 무너지기를 기다리고 있기라도 하듯 못마땅한 침묵을 지키며 뚱하니 지시에 따랐다.

로크는 낡은 포드를 한 대 사서 필요 이상으로 자주 현장에 드나들었다. 사무실 책상에 앉거나 제도 탁자 앞에 서서 억지로 현장을 잊는 것이 너무도 힘이 들었다. 그리고 현장에서는 사무실과 제도판을 잊어버리고 학생 때 아르바이트를 하던 것처럼 일꾼들의 연장을 빼앗아 자기 손으로 집을 짓고 싶은 마음이 간절할 때가 한두 번이 아니었다.

로크는 판재나 철사, 전선 더미를 가볍게 뛰어넘으며 공사 현장을 누비고 다니면서 메모를 하고 거친 목소리로 짤막한 명령을 내렸다. 그는 마이크 쪽은 보지 않으려고 했다. 하지만 마이크는 그를 주시하고 있다가 그가 옆으로 지나갈 때마다 이해한다는 눈짓을 보냈다. 한번은 이렇게 말하기도 했다.

"자제 좀 하게, 빨강머리. 속이 훤히 들여다보여. 그렇게 노골적으로 행복해하는 건 점잖지 못해!"

로크는 집 옆에 서서 시골 풍경을, 해안을 따라 구불구불 이어진 긴 회색 띠 같은 도로를 바라보았다. 오픈카 한 대가 지나갔다. 그 차에는 소풍 가는 사람들이 정원 초과가 될 정도로 가득 타고 있었다. 알록달록한 스웨터들과 바람에 날리는 스카프들이 보였고, 자동차 소음에 질세라 목청껏 질러대는 의미 없는 고함과 요란한 딸꾹질 같은 웃음소리가 들려왔다.

한 아가씨가 옆으로 비스듬히 앉아 자동차 밖으로 다리를 내밀고 있었는데 남자용 밀짚모자를 코까지 눌러쓰고 우쿨렐레(ukulele: 작은 기타처럼 생긴 4줄 현악기―옮긴이)를 거칠게 퉁기며 귀에 거슬리는 소리를 내며 "헤이!" 하고 외쳤다. 그들은 삶의 하루를 즐기고 있었다. 그들은 그동안의 일과 부담감에서 해방되어 하늘을 향해 환호성을 내지르고 있었다. 그들은 목표에 이르기 위해 부담감을 안고 일해왔으며, 해방감을 만끽하는 것이 그들의 목표였다.

로크는 질주하는 자동차를 바라보며 자신과 그들의 오늘에 대한 인식에는 차이가, 중요한 차이가 있다고 생각했다. 그는 그 차이가 무엇인지 파악해야겠다고 생각했지만 곧 잊어버렸다. 트럭 한 대가 반짝이는 화강암 석재를 산더미처럼 싣고 헐떡대며 언덕을 올라오고 있는 광경이 눈에 띄었던 것이다.

오스틴 헬러는 집을 보러 자주 찾아와서는 아직 놀라움이 가시지 않은 호기심 어린 눈길로 집이 올라가는 모습을 지켜보았다. 그는 로크와 집을 똑같이 꼼꼼하고 세심하게 살펴보며 그 둘을 따로 떼어놓을 수가 없음을 느꼈다.

강압에 맞서 싸우는 투사 헬러는 로크에게 당혹감을 느끼지 않을 수 없었다. 로크는 강압이 전혀 통하지 않기에 그 자신이 일종의 강압이 된 인물이었다. 헬러가 뭐라고 정의할 수 없는 것들에 대한 최후통첩이었다. 헬러는 일주일도 안 되어 최고의 친구를 발견했음을 알게 되었으며, 그 우정이 로크의 근본적인 무관심에서 나온다는 것도 깨달았다. 로크의 마음 깊은 곳에는 헬러에 대한 의식도, 필요도, 요구도 존재하지 않았다. 헬러는 자신이 손댈 수 없는 선이 그어져 있으며, 그 선 너머에서는 로크가 자신에게 아무것도 요구하지 않고 아무것도 허용하지 않는다는 걸 느꼈다. 하지만 로크가 찬성하는 눈으로 바라봐주거나 미소를 보내주거나 자신의 글을 칭찬해주면 뇌물도 자선도 아닌 참된 인정을 받은 것 같은 기이할 정도로 순수한 기쁨을 느꼈다.

두 사람은 서서히 어둠이 차오르고 마지막 햇살이 강철 기둥들 끝으로 후퇴하는 저녁 시간에 절벽 중간쯤에 있는 바위 선반에 앉아 이야기를 나누었다.

"하워드, 자네가 나를 위해 지어주고 있는 집이 이토록 마음에 드는 이유가 뭘까?"

"집도 사람처럼 정직할 수 있죠. 집이나 사람이나 정직한 경우가 드물긴 하지만요." 로크가 대답했다.

"어떻게?"

"보세요. 여기 있는 모든 게 이 집에 필요하기 때문에 존재하지, 다른 이유로 존재하는 것이 아닙니다. 집의 내부는 밖에서 보이는 그대로고요. 그리고 당신이 살게 될 방들이 집의 형태를 정했죠. 덩어리들의 관계는 내부 공간의 분배에 의해 결정되었고, 장식은 건축 방식에 의해 결정되었죠. 이 집의 건축

원칙에 대한 강조로서요. 모든 장식과 지지물이 그 원칙에 부합되죠. 이 집을 보면 눈으로 직접 구조 과정을 따라가며 각 단계가 어떤 이유로 어떻게 해서 생겨나게 되었는지를 알 수 있어요. 지금까지 당신은 아무것도 받치고 있지 않은 기둥과 무익한 처마 돌림띠장식, 벽기둥, 몰딩, 가짜 아치, 가짜 창문을 가진 건물들을 봐왔어요. 밖에서 보면 큰 홀 하나로 되어 있을 것 같은, 튼튼한 기둥들과 6층 높이의 하나뿐인 대형 창문이 있는 건물인데 안에 들어가 보면 여섯 층으로 되어 있는 걸 보기도 했고요. 반대로 큰 홀 하나로 되어 있으면서 정면은 바닥선, 띠몰딩, 층층의 창문으로 나뉘어 있는 경우도 있죠. 그 차이를 이해하시겠어요? 당신의 집은 그 자체의 필요에 따라 지어지고 있습니다. 다른 집들은 사람들의 이목을 끌기 위해 지어지고 있고요. 당신의 집의 결정적 모티브는 집에 있고, 다른 집들의 결정적 모티브는 구경하는 사람들에게 있죠."

"내가 벌써 그걸 느끼고 있다는 걸 아나? 난 이 집에 들어오면 새로운 삶을 살게 될 것 같네. 단순한 일과조차 정직성이랄까 품위 같은 걸 지니게 될 것 같아. 자네가 들으면 놀랄지도 모르겠지만, 이 집에 맞는 삶을 살아야만 할 것 같은 기분이 들어."

"제가 의도한 바죠." 로크가 말했다.

"말이 나온 김에 하는 말인데, 나의 편안함을 위한 모든 배려, 고맙게 생각하네. 난 생각조차 못 했던 것들인데, 자넨 마치 나의 요구들을 모두 알고 있었던 것처럼 설계를 해놨어. 예를 들어 자넨 내게 가장 필요한 공간인 서재에 큰 역점을 뒀이. 밖에서 봐도 자네가 어디에 역점을 뒀는지 알 수가 있지. 서재와 도서실의 연결, 거실을 멀리 떨어뜨려 놓은 것, 객실의 소음이 들리지 않도록 배치한 것, 그 모든 것에서 나에 대한 속 깊은 배려가 느껴져."

"사실 전 당신 생각은 한 적도 없습니다. 오로지 집만 생각했죠." 로크가 그렇게 말하고 덧붙였다. "어쩌면 그건 제가 당신을 배려하는 방법을 알았기 때문인지도 모르지만요."

헬러의 집은 1926년 11월에 완공되었다.

1927년 1월, 〈아키텍추럴 트리뷴〉은 지난 한 해 동안 세워진 미국 최고의 집들에 대한 조사 결과를 실었다. 편집자들이 가장 가치 있는 건축 작품으로 선정한 스물네 집의 사진들이 광택이 흐르는 고급 재질의 커다란 지면 12페이지를 장식했다. 하지만 헬러의 집은 거기 없었다.

뉴욕 신문들의 부동산 면에는 일요일마다 근방에 지어진 주목할 만한 집을 짤막하게 소개하는 난이 있었다. 하지만 헬러의 집에 대한 소개는 실리지 않았다.

미국 건축가협회 연감에는 미국 최고의 건축물들로 뽑힌 건물들이 '앞날을 내다보며' 라는 제목으로 근사하게 실렸는데 헬러의 집에 대한 언급은 없었다.

많은 연단에서 연사들이 말쑥한 청중을 상대로 미국 건축의 발전을 주제로 한 연설을 했지만 헬러의 집에 대해 이야기한 이는 없었다.

건축가협회 모임에서는 몇 마디 의견이 오갔다.

"헬러의 집 같은 건물이 들어서도록 허용하는 건 나라 망신입니다. 우리 업계의 오점이에요. 그런 걸 막는 법이 있어야 해요." 랠스턴 홀쿰이었다.

"고객들을 쫓아내는 짓이죠. 고객들이 그런 집을 본다면 건축가들이 다 미친 줄 알 겁니다." 존 에릭 스나이트도 한마디 했다.

"분개할 이유가 없는 것 같은데요. 제가 보기엔 대단히 재밌어요. 주유소와 만화 속 달 로켓을 합쳐놓은 것 같잖아요." 고든 L. 프레스콧이었다.

"한 2년 잘 지켜보세요. 카드로 만든 집같이 무너져버릴 테니까." 유진 페팅길이 말했다.

"2년까지 기다릴 것도 없어요. 현대적인 곡예는 한 계절 이상을 못 가니까. 집 주인이 완전히 질려서 훌륭한 초기 식민지 시대 양식으로 돌아갈 겁니다." 가이 프랭컨이었다.

헬러의 집은 근동의 명물이 되었다. 사람들이 지나가다가 차를 세우고 구경하면서 손가락질을 하고 킥킥 웃어댔다. 주유소 직원들은 헬러의 차가 지나가면 낄낄거렸다. 헬러의 집 요리사는 장을 보러 가면 가게 주인들의 조롱 어린 시선을 견더야 했다. 헬러의 집은 주위에 '정신병원'으로 알려졌다.

피터 키팅은 업계 친구들에게 관대한 미소를 지으며 말했다. "아, 그렇게 말하면 안 되지. 난 하워드 로크를 오래전부터 알고 있는데 아주 재주가 뛰어난 친구야, 아주. 내 밑에서 일한 적도 있었지. 그 집은 흥분해서 제정신이 아닌 상태에서 지은 거야. 차차 깨닫겠지. 미래가 있는 친구고……. 오, 그에게 미래가 없다고 생각하나? 정말 그렇게 생각해?"

미국 땅에 새로 생기는 건물에 대해서는 빼놓지 않고 의견을 내는 엘즈워스 M. 투히는 헬러의 집에 대해 모르는지 칼럼에 전혀 언급이 없었다. 그는 하다못해 악평으로라도 독자들에게 그 집에 대해 알릴 필요를 느끼지 못한다는 듯 침묵을 지켰다.

12

 뉴욕 〈배너〉 1면에는 앨버 스카럿의 '관찰과 명상'이라는 칼럼이 매일 실렸다. 그 칼럼은 미국 전역의 소도시들에서 신뢰받는 안내자요 영감의 원천이며 공공철학의 형성자였다. 몇 해 전에 이 칼럼에 다음과 같은 유명한 주장이 실렸다. "우리가 화려한 문명의 허세에 찬 관념들을 버리고 먼 과거의 야만인들처럼 어머니 자연을 존중한다면 훨씬 더 나은 삶을 누릴 수 있을 것이다." 앨버 스카럿은 독신남으로 돈을 200만 달러나 벌어들였으며, 골프 실력이 전문가 수준인 와이낸드 신문 편집국장이었다.

 〈배너〉에 3주 동안 실린 슬럼가의 생활상과 '악덕 임대 사업자들'에 대한 고발 캠페인의 아이디어를 낸 사람도 앨버 스카럿이었다. 앨버 스카럿은 그렇게 인간적인 호소력과 사회적 의미를 함께 지닌 소재를 좋아했다. 일요일 부록에는 소녀들이 치마가 무릎 훨씬 위에서 나팔 모양으로 벌어진 채 강으로 뛰어드는 모습을 담은 삽화까지 함께 실었다. 그 캠페인으로 판매 부수가 치솟았다. 그리고 기사에서 고발당한 이스트 강 근처 건물주들이 곤란한 입장에 처했다. 그들은 어느 이름 없는 부동산 회사에 건물을 팔기를 거부하다가 캠페인이 끝날 때쯤 백기를 들었다. 그 부동산 회사가 게일 와이낸드가 소유한 기업체 소유임을 증명할 수 있는 사람은 아무도 없었다.

와이낸드 신문들은 캠페인이 없는 공백기가 오래 지속되는 것을 견디지 못했다. 현대 항공에 대한 캠페인이 이제 막 끝난 참이었다. 일요일 부록에는 항공의 역사에 대한 과학적인 설명과 함께 레오나르도 다 빈치의 나는 기계에서부터 최신 폭격기에 이르기까지의 그림들이 실렸다. 그리고 독자들의 눈길을 끌기 위해서 주홍색 불길 속에서 몸부림치는 이카로스(그의 알몸은 청록색, 밀랍 날개는 노란색, 연기는 자주색이었다), 11세기에 인간이 날게 될 것을 예언한 불타는 눈과 수정 구슬을 가진 문둥이 노파, 박쥐, 뱀파이어, 늑대인간의 그림도 추가했다.

와이낸드 신문들은 모형 비행기 만들기 대회도 개최했다. 〈배너〉 정기구독 신청서 세 부만 제출하면 열 살 미만의 소년들은 누구나 그 대회에 참가할 수 있었다. 조종사 자격증이 있는 게일 와이낸드는 10만 달러를 들여 특별히 제작한 경비행기로 로스앤젤레스에서 뉴욕까지 단독 비행을 해서 대륙횡단 속도 기록을 수립했다. 그는 뉴욕에 도착할 때 약간의 계산 착오로 바위투성이 목장에 불시착하게 되었는데 머리가 쭈뼛

서는 아슬아슬한 착륙이었지만 그는 실수 없이 해냈고, 우연의 일치로 〈배너〉지 사진기자들이 마침 근처에 와 있었다. 게일 와이낸드가 불시착한 비행기에서 내렸다. 최정예 조종사라도 그런 일을 겪었다면 동요했을 터인데, 그는 조종복 옷깃에 흠집 하나 없는 치자 꽃을 꽂고 있었고 손가락 사이에 담배를 끼운 손을 들었는데 손이 전혀 떨리지 않았다. 기자가 그를 인터뷰하면서 무사히 지상에 돌아왔으니 제일 먼저 하고 싶은 일이 무언지 물었다. 그러자 와이낸드는 이곳에서 가장 매력적인 여성에게 키스하고 싶다고 말하며 구경꾼들 중에 제일 촌스러운 노파를 골라 이마에 정중히 키스했다. 그러면서 그 노파가 자신의 어머니를 생각나게 한다고 설명했다.

그다음에 슬럼가 캠페인을 시작하게 되었을 때 게일 와이낸드는 앨버 스카렛에게 이렇게 말했다. "진행시켜. 짜낼 수 있는 건 다 짜내." 그러고는 스물네 살 난 매혹적인 여류 비행사와 요트를 타고 세계 크루즈 여행을 떠났다. 그는 자신의 대륙횡단 비행기를 그 여류 비행사에게 선물했다.

앨버 스카렛은 캠페인을 진행시켰다. 그는 캠페인 추진 과정의 여러 업무 중 슬럼가의 실태를 조사하고 인간적인 호소력을 지닌 기삿거리를 모으는 일을 도미니크 프랭컨에게 맡겼다. 도미니크 프랭컨은 프랑스 비아리츠에서 여름을 보내고 막 돌아온 참이었다. 그녀는 매년 여름 한 철을 통째로 휴가를 냈고 앨버 스카렛은 그것을 허용했다. 도미니크는 그가 가장 아끼는 부하직원 중 하나인 데다 마음만 내키면 언제든 직장을 그만둘 수 있었기에 그녀의 요구를 들어주지 않을 수 없었던 것이다.

도미니크 프랭컨은 이스트사이드에 있는 어느 셋집 문간방에서 2주를 살았다. 채광창만 하나 있을 뿐 창문은 없고, 계단을 5층이나 올라가야 하며, 수돗물도 나오지 않는 방이었다. 그녀는 한 층 아래에 있는 어느 대가족의 집 부엌에서 자기 손으로 음식을 만들어 먹었다. 그녀는 이웃들을 방문하고, 저녁이면 비상계단 층계참에 앉아 시간을 보냈으며, 이웃 아가씨들과 싸구려 영화를 보러 갔다.

그녀는 해진 치마와 블라우스를 입었다. 그녀의 비정상적으로 가녀린 몸은 그런 환경에 있으니 궁핍함에 지친 듯한 인상을 주었고, 이웃들은 그녀가 결핵 환자라고 확신했다. 하지만 그녀는 키키 홀쿰의 응접실에서와 똑같은 차갑도록 침착하고 자신감에 찬 태도로 움직였다. 그녀는 걸레로 방바닥을 닦고, 감자 껍질을 벗기고, 양철통에 찬물을 받아 목욕을 했다. 난생처음 하는 일들인데도 숙달된 솜씨로 잘 해냈다. 그녀는 외모에 어울리지 않게 행동 능력이 뛰어났다. 그녀는 새로운 환경에 개의치 않았다. 저택 응접실에 무관심했던 것처럼 슬럼에도 무관심했다.

그녀는 2주가 지난 후 센트럴 파크가 내려다보이는 호텔 꼭대기 층에 있는 자신의 펜트하우스로 돌아왔고, 〈배너〉에 슬럼가의 생활을 무자비할 정도로 생생하게 소개한 기사를 실었다.

그녀는 어느 만찬회에서 당혹감에 찬 질문들을 받았다.

"도미니크, 진짜로 그런 기사를 쓴 건 아니죠?"

"그런 데서 정말 살았나요?"

"오, 그럼요. 그런데 팔머 부인, 이스트 12번가에 있는 부인 소유의 셋집 말예요." 도미니크는 그러면서 느린 동작으로 원을 그리듯 손을 움직였다. 에메랄드 팔찌가 그녀의 가느다란 손목에는 지나치게 크고 무거워 보였다. "하수구가 이틀에 한 번씩 막혀서 안마당 전체로 물이 넘쳐요. 햇살 아래 청색과 자주색을 띤 모습이 마치 무지개를 보는 것 같다니까요. 브룩스 씨, 당신이 관리하는 클라리지 부동산 회사 소유 건물엔 천장마다 세상에서 가장 매력적인 종유석이 자라고 있답니다." 그녀는 광택 없는 꽃잎에 반짝이는 물방울들이 맺힌 흰 치자 꽃으로 만들어진 코사지 장식을 향해 금발을 기울이며 말했다.

도미니크는 사회복지사 모임에 연사로 초빙되었다. 그 분야에서 가장 저명한 여성들이 이끄는 전투적이고 급진적인 분위기의 중요한 모임이었다. 앨버 스카럿은 기뻐하며 격려해주었다. "가야지. 가서 비위 좀 맞춰줘. 우리에겐 그 사회복지사들이 필요하니까."

도미니크는 환기가 되지 않는 강당의 연단에 올라 자신의 미덕에 탐닉하는 천편일률적인 얼굴들을 바라보았다. 그녀는 억양 없는 목소리로 단조롭게 말했다. "1층 뒤쪽 방에 사는 가족은 세도 안 내고 그 집 아이들은 옷이 없어서 학교에 못 가고 있습니다. 그 집 아버지는 길모퉁이 술집에 밀린 외상값이 있고요. 그는 건강하고 좋은 직장도 갖고 있습니다. …… 2층에 사는 부부는 얼마 전에 69달러 95센트짜리 라디오를 현금으로 구입했습니다. 4층 앞쪽 방 가족의 아버지는 평생 일이라곤 해본 적이 없으며 그럴 의사도 없습니다. 자식이 아홉인데 교회에서 부양하고 있고 열 번째 아이를 임신 중입니다……." 연설이 끝나자 몇 사람이 성난 박수를 쳤다. 도미니크는 손을 들고 말했다. "박수 치실 필요 없습니다. 기대도 안 하니까요." 그러고는 정중히 물었다. "질문 있으신가요?" 아무 질문도 없었다.

집에 돌아오니 앨버 스카럿이 와서 기다리고 있었다. 그는 도미니크의 펜트하우스 응접실에 어울리지 않았다. 우아한 의자 끄트머리에 걸터앉은 그의 거구는 단단한 유리벽 너머로 펼쳐진 도시의 야경을 등진 이무기돌처럼 보였다. 그리고 도시의 야경은 이 펜트하우스 응접실을 비추고 완성시키기 위해 그려진 벽화 같았다. 검은 하늘에 솟은 첨탑들의 가녀린 선들은 응접실 가구들의 가녀린 선들과 이어져 있었고, 먼 창문들에서 반짝이는 빛들은 응접실의 반들거리는 맨바닥에 반사되었으며, 바깥의 모난 건축물들의 차가운 정확성은 안에 있는 모든 물건의 차갑고 확고한 우아함에 응답했다. 앨버 스카릿은 그 조화를 깨는 존재였다. 그는 친절한 시골 의사처럼, 야바위꾼처럼 보였다. 그는 육중한 얼굴에 그의 열쇠이자 특징인 아버지 같은 관대한 미소를 짓고 있었다. 그는 친절한 미소가 위엄을 떨어뜨리기는커녕 오히려 더해주도록 만드는 재주를 갖고 있었다. 그의 가늘고 긴 매부리코는 친절한 느낌을 떨어뜨렸지만 위엄을 더해주었다. 다리 위로 불룩 튀어나온 배는 위엄은 떨어뜨렸지만 친절한 느낌을 더해주었다.

그가 환하게 웃으며 일어나 도미니크의 손을 잡았다.

"집에 가는 길에 들렀어. 할 말이 있어서. 연설은 어떻게 됐지?" 그가 말했다.

"제 생각대로 됐어요."

도미니크는 모자를 벗어 처음 눈에 띈 의자에 던졌다. 그녀의 머리는 완만한 곡선을 그리며 비스듬히 이마를 가로질러 어깨까지 직선으로 떨어졌고 반들거리는 금속으로 만든 수영모처럼 매끄럽고 단단해 보였다. 그녀는 창가로 걸어가서 야경을 내려다보았다. 그러고는 돌아보지도 않고 물었다. "하실 말씀이 뭔데요?"

앨버 스카릿은 그녀를 즐겁게 바라보았다. 그는 도미니크에게 흑심이 있어서 그녀의 손을 잡거나 어깨를 두드려주는 것 같은 불필요한 신체 접촉을 하긴 했지만 그 이상의 시도는 포기한 지 이미 오래였다. 그것에 대해 더 생각하지도 않았다. 하지만 속으로는 아직도 혹시 모른다는 가냘픈 희망을 품고 있었다.

"좋은 소식을 가져왔지. 약간의 조직 개편을 구상 중인데, 몇 가지 분야를 통합시켜서 여성복지부를 만들어보려고. 학교, 가정 경제, 육아, 청소년 범죄 같은 것들을 한 사람이 맡는 거지. 그 일엔 나의 귀염둥이보다 적임자가 없고."

"저를 말씀하시는 건가요?" 도미니크가 돌아보지도 않고 물었다.

"그럼 누구겠어. 회장님이 여행에서 돌아오시는 대로 결재를 받을 거야."

도미니크는 가슴에 팔짱을 끼고 손으로 팔꿈치를 잡은 채 돌아서서 앨버 스카럿을 보며 말했다.

"국장님, 감사하지만 전 싫어요."

"싫다니, 그게 무슨 소리야?"

"그 일을 맡고 싶지 않다고요."

"아니, 그게 얼마나 중요한 도약인지 몰라서 그러는 거야?"

"무엇을 향한 도약인데요?"

"직업적인 성공."

"전 성공하고 싶다고 말한 적 없는데요."

"하지만 영원히 시시한 뒷면 칼럼이나 쓰고 싶진 않을 거 아냐!"

"영원히는 아니죠. 싫증날 때까지죠."

"일선에서 어떤 활약을 펼치게 될지 생각해봐! 회장님 눈에 들면 어떤 대우를 받게 될지 생각해보라고!"

"회장님 눈에 들고 싶은 생각 없어요."

"하지만 도미니크, 우린 자네가 필요해. 오늘 밤 연설로 여성들의 확실한 지지를 얻게 될 테니까."

"그렇지 않을 걸요."

"칼럼 두 개에 오늘 모임과 자네의 연설에 대해 자세히 싣도록 지시해놨는걸."

도미니크는 수화기를 집어 그에게 건네며 말했다.

"그 칼럼들은 취소시키는 게 좋을 거예요."

"왜?"

도미니크는 책상 위에 흩어져 있는 종이들을 뒤져 타이프 친 종이 몇 장을 그에게 건넸다. "이게 오늘 밤에 제가 한 연설이에요."

앨버 스카릿은 그걸 훑어보고는 아무 말 없이 이마를 짚었다. 그러고는 전화를 걸어 그 모임에 대해서는 되도록 짧게 싣고 연사 이름은 밝히지 말도록 지시했다.

"좋아요." 그가 수화기를 내려놓자 도미니크가 말했다. "전 그럼 해고된 건가요?"

앨버 스카릿은 침울하게 고개를 저었다. "그걸 원해?"

"꼭 그렇진 않아요."

"이 일은 없었던 걸로 하겠어. 회장님께도 비밀로 하고." 그가 웅얼거렸다.

"원하신다면요. 전 어떻게 되든 상관없어요."

"이봐, 도미니크, 아무것도 물어선 안 된다는 건 알지만, 도대체 늘 그런 식으로 행동하는 이유가 뭐야?"

"이유 같은 거 없어요."

"이봐, 자네가 부자들 만찬회에서 그 문제에 대해 어떤 얘기들을 했는지 들었어. 그런데 급진주의자 모임에 가서는 그런 연설을 하다니."

"그렇지만 둘 다 사실을 말한 거잖아요, 안 그래요?"

"그야 그렇지만, 자리에 맞게 바꿔 말할 순 없었어?"

"그래봤자 아무 의미도 없었을 거예요."

"자네가 한 짓은 의미가 있었고?"

"아뇨. 전혀요. 하지만 재미있었어요."

"도미니크, 자넨 도무지 알 수 없는 인물이야. 전에도 그랬어. 일을 멋지게 잘 해내다가 한 단계 위로 도약하기 직전에 이런 식으로 망쳐놓는다니까. 왜지?"

"어쩌면 바로 그게 이유인지도 모르죠."

"친구로서 말해주게. 난 자넬 좋아하고 자네에게 관심이 있으니까. 자네가 진짜로 추구하는 게 뭐지?"

"그건 확실해요. 전 아무것도 추구하지 않아요."

앨버 스카럿은 무력하게 팔을 벌리며 어깨를 으쓱했다.

도미니크가 밝은 미소를 지었다.

"그런 슬픈 표정 지을 거 없어요. 저도 국장님을 좋아하고 국장님께 관심 있어요. 국장님과 대화하는 걸 좋아하기까지 하는 걸요. 자, 편안히 앉아 계세요. 술 한 잔 갖다드릴 테니까. 한잔하시고 싶을 거예요."

도미니크는 성에 낀 술잔을 가져왔고 술잔의 얼음 조각들이 정적 속에서 달그락거렸다. "도미니크, 자넨 착한 친구야." 앨버 스카렛이 말했다.

"물론이죠. 착하죠."

도미니크는 탁자 끄트머리에 앉아 두 팔을 뒤로 뻗어 탁자를 짚고 천천히 다리를 흔들며 말했다.

"국장님, 전 진짜 원하는 일을 갖게 되면 끔찍할 거예요."

"별 소릴 다 듣겠군! 그런 바보 같은 소리가 어디 있어! 그게 무슨 뜻이야?"

"너무 좋아서 잃고 싶지 않은 일을 갖게 되면 끔찍할 거라고요."

"왜?"

"그럼 국장님께 의존해야 하니까요. 물론 국장님은 좋은 분이지만 국장님의 채찍 앞에서 굽실거리는 건 그리 고무적이거나 아름다운 모습이 아니니까요. 오, 채찍이 아니란 말씀 마세요. 물론 아주 정중하고 작은 채찍이겠죠. 하지만 그래서 더 추할 거예요. 그리고 우리의 회장님께도 의존해야겠죠. 회장님은 분명 훌륭한 분이지만, 전 그분을 안 만나고 싶어요."

"어째서 그런 괴상한 태도를 갖게 된 거지? 회장님과 내가 자네에게 무엇이든 다 해주리란 걸 알면서. 그리고 난 개인적으로……."

"그것만의 문제가 아녜요. 국장님만의 문제가 아니라고요. 만일 제가 원하는 일이나 아이디어, 사람을 발견한다면 전 온 세상에 의존해야 돼요. 세상의 모든 게 다른 모든 것과 연결되어 있으니까요. 우리 모두는 한데 묶여 있는 거예요. 우리 모두가 하나의 그물을 이루고 있죠. 우린 욕망을 하나라도 품으면 그 그물에 던져지고 말아요. 어떤 걸 원하게 되면 그게 소중해져요. 그걸 우리 손에서 빼앗아가려고 기다리고 있는 사람이 누군 줄 아시겠어요? 아뇨, 알 수가 없어요. 그 사람은 가까이 있을 수도, 아주 멀리 있을 수도 있으니까요. 하지만 그 사람은 분명 기다리고 있고 우린 모든 사람을 두려워할 수밖에 없어요. 그들 앞에서 굽실대고 벌벌 기고 애원하고 그들을 받아들일 수밖에 없죠. 우리의 소중한 걸 그들이 빼앗아가지 않도록요. 그렇게 우리가 받아들인 사람들이 어떤 존재들일까요?"

"도미니크, 지금 인류에 대해 비판하고 있는 거라면……."

"사실 그건 참 기묘한 거죠. 우리가 가진 인류라는 관념 말예요. 우린 인류라고 말할 때 어떤 모호하고 빛나는 그림을, 뭔가 엄숙하고 거창하며 중요한 걸 떠올리죠. 하지만 실제로 우리가 인류에 대해 알고 있는 건 살아가면서 만나는 사람들뿐이에요. 그들을 보세요. 거창하고 엄숙한 느낌을 주나요?

기껏해야 손수레 노점에서 물건 값을 깎는 주부들이나 길에 더러운 낙서를 하는 침흘리개 아이들, 사교계에 처음 나온 술 취한 여자들 …… 그런 사람들인데. 물론 고통 받는 사람들에겐 얼마간의 존경심을 느낄 수도 있죠. 그런 사람들에겐 어떤 위엄 같은 게 있으니까요. 하지만 그들이 즐기는 모습을 본 적이 있으세요? 그때 진실을 볼 수 있죠. 노예처럼 일해서 번 돈을 놀이공원이나 여흥에 써버리는 사람들을 보세요. 돈이 많아서 세상의 즐거움을 다 누릴 수 있는 사람들을 보세요. 그들이 어떤 즐거움을 선택하는지 보세요. 더 고급 술집을 찾는 그들을 보시라고요. 그게 바로 인류예요. 전 그것과 접촉하고 싶지 않아요."

"이런! 그렇게 보면 안 되지. 그게 다가 아냐. 최악의 인간들에게도 얼마간의 선은 있어. 누구에게나 결점을 보충할 만한 장점은 있는 법이라고."

"그게 더 나쁘죠. 어떤 사람이 영웅적인 행동을 한 후 휴식 삼아 싸구려 쇼를 구경하러 가는 게 고무적인 광경일까요? 위대한 작품을 그리는 화가가 여성 편력을 즐기는 건요?"

"뭘 원하는데? 완벽함?"

"그게 아니면 아무것도 안 원하죠. 그래서 전 아무것도 안 원하는 걸 선택한 거고요."

"그건 말이 안 돼."

"전 인간이 진정으로 스스로에게 허락할 수 있는 유일한 욕망을 선택했어요. 자유. 국장님, 그건 자유예요."

"자넨 그걸 자유라고 부르나?"

"아무것도 요구하지 않고, 아무것도 기대하지 않고, 그 어떤 것에도 기대지 않는 것."

"만일 자네가 원하는 걸 발견하게 된다면?"

"발견하지 않을 거예요. 보지 않을 거예요. 그것 역시 이 멋진 세상의 한 부분이겠죠. 그러니 그걸 이 세상의 다른 사람들과 함께 나눠야만 하고, 전 그러고 싶지 않아요. 전 아무리 큰 감동을 받은 책이라도 절대 다시 읽는 법이 없어요. 다른 눈들도 그걸 읽었으며 그들이 어떤 사람들인지에 대해 생각하면 마음이 상하거든요. 그런 것들은 나눌 수 없는 거예요. 그런 사람들과 말예요."

"도미니크, 무엇에 대해서든 그런 강한 의견을 갖는 건 비정상이야."

"전 강한 의견을 갖거나, 아니면 아예 관심이 없거나 둘 중 하나예요."

"이봐, 도미니크." 진지한 우려가 담긴 목소리였다. "내가 자네 아버지였으면 좋겠다는 생각이 드는군. 어렸을 때 어떤 비극을 겪은 거지?"

"비극 같은 건 전혀 없었어요. 전 행복한 어린 시절을 보냈어요. 자유롭고 평화롭고, 성가시게 하는 사람도 없었죠. 사실 따분했던 적은 많지만 그건 익숙해졌어요."

"내가 보기에 자넨 우리 시대의 불행한 산물인 것 같아. 내가 늘 하는 얘기지. 우린 지나치게 냉소적이고 퇴폐적이야. 우리가 겸허한 마음으로 과거의 단순한 미덕들을……."

"국장님, 어떻게 그 얘기를 꺼내실 수 있죠? 그건 국장님 사설에나 쓰는……." 도미니크는 앨버 스카럿의 당황하고 조금 상처 받은 눈빛을 보고 말을 멈추었다. 그러고는 웃으며 말했다. "제가 틀렸어요. 국장님은 진짜로 그걸 믿고 계시죠. 진짜로 믿는 거든가, 아니면 자신이 하는 일은 무엇이든 다 의미가 있는 것이든가. 오, 국장님! 그래서 제가 국장님을 좋아하는 거예요. 그래서 아까 모임에서 했던 걸 지금 이 자리에서 다시 하고 있는 거고요."

"뭘?" 앨버 스카럿이 어리둥절해서 물었다.

"지금 얘기하고 있는 것처럼 얘기하는 거요. 지금 이대로의 국장님에게요. 국장님께 이런 얘기를 하는 게 좋아요. 국장님, 원시인들이 사람의 형상으로 신상을 만들었다는 거 아세요? 국장님 형상의 신상은 어떨지 생각해보세요. 국장님의 알몸과 배, 그런 모든 걸요."

"그게 지금 하고 있는 얘기와 무슨 상관이 있는 거지?"

"아무 상관도 없어요. 죄송해요. 사실 전 남자 알몸 조각상을 좋아해요. 그런 눈으로 보지 마세요. 조각상을 말한 거니까요. 제게 특별한 조각상이 있었어요. 태양신의 상이었을 거예요. 유럽에 있는 박물관에서 빼냈죠. 파는 물건이 아니라 무척 어렵게 손에 넣었어요. 국장님, 전 그것과 사랑에 빠졌던 것 같아요. 그걸 집으로 가져왔죠."

"어디 있는데? 분위기도 바꿀 겸, 도미니크가 좋아하는 걸 보고 싶군."

"깨졌어요."

"깨져? 박물관에서 구해온 게? 어쩌다가?"

"제가 깼어요."

"어떻게?"

"환기통 속으로 던졌는데 바닥이 콘크리트라서요."

"미쳤어? 왜?"

"다른 사람이 그걸 볼 수 없게 하려고요."

"도미니크!"

도미니크는 그 화제를 떨쳐내려는 듯 고개를 홱 젖혔고, 그녀의 곧은 머리칼이 반액체 상태의 수은 같은 무거운 잔물결을 일으켰다. 그녀가 말했다.

"국장님, 죄송해요. 국장님께 충격을 주고 싶진 않았는데. 국장님은 그 어떤 일에도 충격을 받지 않는 분이라 그런 말을 해도 될 줄 알았죠. 말하지 말아야 했는데. 이제 와서 후회해 봐야 소용없겠지만요."

그녀는 탁자에서 퉁겨지듯 일어났다.

"국장님, 이제 그만 가보세요. 늦었어요. 저 피곤해요. 내일 봬요."

가이 프랭컨은 딸의 기사들도 읽고 만찬회와 사회복지사 모임에서 한 발언에 대해서도 들었다. 그는 그 내용에 대해서는 전혀 이해하지 못했지만 그것이 자신의 딸이 할 만한 행동이라는 것은 알고 있었다. 딸 생각을 하면 늘 그렇듯, 그 소식을 듣자 다시금 당혹스런 두려움이 마음을 괴롭혔다. 그는 자신이 진심으로 딸을 미워하는지 스스로에게 물었다.

 프랭컨은 스스로에게 그런 질문을 던질 때마다 아무 상관도 없는 장면 하나가 떠오르곤 했다. 오래전의 어느 여름에 코네티컷에 있는 별장에서 보았던 어린 딸의 모습이었다. 그는 그날의 나머지 부분과 기억 속의 그 장면을 만든 배경은 전혀 기억하지 못했다. 하지만 테라스에 서서 딸이 잔디밭 가장자리에 있는 높은 생울타리를 뛰어넘는 광경을 바라보던 순간은 기억에 남아 있었다. 울타리는 딸의 작은 몸에 비해 너무 높은 듯했다. 그는 딸이 의기양양하게 울타리 위로 날아오르는 걸 보며 딸이 울타리를 넘을 수 없으리라고 생각했다. 딸이 울타리 위로 뛰어오르기 전과 후의 장면은 기억에 남아 있지 않았다. 하지만 딸의 몸이 공중에 떠 있는 모습만은 영화 속 정지 장면처럼 선명하고 또렷하게 생각났다. 쫙 벌린 긴 다리, 위로 뻗은 가느다란 팔, 공기를 밀어내는 두 손, 바람 속에서 두 개의 넓고 평평한 매트처럼 보이는 흰 원피스와 펼쳐진 금발. 그 작은 몸은 그가 난생처음 목격하는 황홀한 자유의 대폭발을 나타내고 있었다.

프랭컨은 그 순간이 왜 기억에 남아 있는지, 당시에는 몰랐던 어떤 의미가 있기에 더 중요한 다른 일들은 다 잊었는데 유독 그것만 남아 있는지 알 수 없었다. 딸 때문에 괴로울 때마다 왜 그 순간이 떠오르는지, 그리고 그 장면을 볼 때마다 왜 견딜 수 없는 애정의 고통을 느끼는 것인지도 알 수 없었다. 그는 자신의 의지와는 반대로 부성애가 고개를 드는 것이려니 생각했다. 어쨌든 그는 딸이 어떤 도움을 받아야 하는지 알지도 못하고 알고 싶지도 않으면서도 어설프고 생각 없이 딸을 돕고자 했다.

그래서 프랭컨은 피터 키팅을 더 자주 바라보게 되었다. 그는 절대 스스로 시인하지는 않는 해결책을 받아들이게 되었다. 그는 피터 키팅이라는 인물에서 위안을 발견했고, 단순하고 안정된 건실함을 지닌 키팅이 불건전한 변덕스러움의 화신인 딸에게 버팀목 역할을 해주리라 믿었다.

키팅은 그동안 도미니크를 다시 만나려고 끈질기게 노력했지만 성과가 없었던 것에 대해 인정하지 않으려고 했다. 그는 오래전에 프랭컨에게서 도미니크의 전화번호를 알아내서 그녀에게 자주 전화를 걸었다. 그럴 때마다 도미니크는 쾌활하게 웃으며 물론 만나겠다고, 그와의 만남을 피할 수 없다는 걸 잘 안다고, 하지만 앞으로 몇 주 동안은 너무 바빠서 시간을 낼 수 없으니 내달 1일쯤 다시 연락해줄 수 있느냐고 말했다.

프랭컨은 그 모든 걸 짐작하고 있었다. 그는 키팅에게 도미니크와의 점심식사 자리를 마련해보겠다며 이렇게 덧붙였다. "말은 해보겠네만, 물론 거절당할 거야." 그런데 놀랍게도 도미니크는 즉석에서 기분 좋게 아버지의 제안을 받아들였다.

레스토랑에서 아버지와 키팅을 만난 도미니크는 그들이 반갑기라도 한 것처럼 환한 미소를 지으며 쾌활한 태도를 보였다. 키팅은 그런 그녀에게 매혹되었고 마음이 편안해졌다. 그동안 왜 그녀를 두려워했는지 이해가 되지를 않았다. 30분쯤 지났을 때 도미니크가 아버지에게 말했다.

"아버지, 이렇게 시간 내서 만나주셔서 정말 감사해요. 너무 바쁘시고 약속도 많으신데."

그러자 프랭컨이 깜짝 놀라는 표정을 지었다.

"이런, 도미니크, 그 말을 들으니 생각나는구나!"

"약속이 있는데 잊으신 거예요?" 도미니크가 부드럽게 물었다.

"맙소사, 그래! 깜빡 잊었지 뭐냐. 오늘 아침에 앤드루 콜슨한테 전화가 왔는데 메모하는 걸 깜빡했어. 그가 2시에 만나자고 했는데. 앤드루 콜슨과의 만남은 절대 거절할 수가 없지. 맙소사! 하필 오늘……." 프랭컨은 그러고는 의심스럽게 물었다. "네가 그걸 어떻게 알았지?"

"저야 전혀 몰랐죠. 아버지, 전 괜찮으니까 신경 쓰지 마세요. 키팅 씨와 둘이서 멋진 점심식사를 하면 되죠. 전 오늘 약속이 전혀 없으니까 키팅 씨 혼자 두고 가버릴까 봐 걱정하실 필요도 없어요."

프랭컨은 도미니크와 키팅에게 둘만의 자리를 마련해주기 위해 앤드루 콜슨과 만나기로 약속했다는 핑계를 댄 걸 딸이 알고 있는지 궁금했다. 딸의 속은 도무지 알 수가 없었다. 도미니크가 그를 똑바로 응시하고 있었다. 그런데 그 눈빛이 좀 지나치게 솔직한 듯했다. 어쨌거나 그는 자리를 피할 수 있어서 기뻤다.

도미니크가 키팅에게 시선을 돌렸다. 너무도 부드러운 눈빛이라 경멸로밖에는 받아들일 수가 없었다.

"자, 이제 긴장 풀죠. 우리 둘 다 아버지 의도를 아니까 문제 될 거 아무것도 없잖아요. 당황할 필요 없어요. 나도 당황하지 않아요. 잘 됐네요. 당신이 아버지 목줄을 잡고 있으니. 하지만 아버지가 앞에서 목줄을 끌고 가도록 하는 건 당신에게 이로울 게 없어요. 그러니 그 문제는 잊고 식사나 하죠." 도미니크가 말했다.

키팅은 자리를 박차고 나가고 싶었지만 그럴 수 없음을 알기에 분노에 찬 무력감을 느꼈다.

"피터, 인상 쓰지 말아요. 당신도 나를 도미니크라고 불러도 좋아요. 어차피 조만간 그렇게 될 테니까요. 앞으로 당신을 자주 만나게 될 거예요. 난 많은 사람들을 만나고 있고, 당신이 그중 하나가 되는 걸 아버지가 바라신다면……. 안 될 게 뭐예요?"

점심을 먹는 동안 도미니크는 오랜 친구를 대하듯 쾌활하고 솔직했다. 하지만 감출 게 전혀 없다는 듯한 그녀의 솔직함은 아예 탐색 자체를 시도하지 않는 게 최선이라는 주장을 담은 듯하여 키팅의 마음을 불편하게 만들었다. 그녀가 보여주는 세련된 친절함은 두 사람의 관계가 의미 있게 발전할 수 없기에 적대감을 보일 필요조차 없다는 뜻으로 해석되었다. 키팅은 자신이 그녀를 맹렬히 증오한다는 걸 알고 있었다. 하지만 그녀의 입 모양, 말할 때의 입술의 움직임, 마치 비싼 기구를 접어놓은 듯 매끈하고 정확하게 포개진 다리를 보면서 그녀를 처음 보았을 때 느꼈던 경탄을 떨쳐낼 수가 없었다.

레스토랑을 나서며 도미니크가 말했다.

"피터, 오늘 밤 극장에 데려가줄래요? 어떤 연극이든 상관없어요. 저녁식사 후에 전화 줘요. 아버지한테도 알려드리고요. 기뻐하실 테니까."

"그야 그렇겠지만 마냥 기뻐할 일이 아니라는 걸 사장님도 아셔야겠죠. 나도 마찬가지고요. 그래도 기꺼이 그렇게 하죠, 도미니크." 키팅이 말했다.

"왜 마냥 기뻐할 일이 아니란 거죠?"

"당신은 오늘 밤 나와 함께 극장에 가거나 나를 만나고 싶은 생각이 없으니까요."

"어차피 난 하고 싶은 게 없는 사람이에요. 그리고 피터, 당신이 좋아지기 시작했는 걸요. 이따 8시 30분에 전화 줘요."

키팅이 사무실로 돌아오자 프랭컨이 득달같이 위층으로 불렀다.

"어떻게 됐어?" 프랭컨이 걱정스럽게 물었다.

"가이, 왜 그러세요?" 키팅이 천진한 목소리로 물었다. "왜 그렇게 신경을 쓰세요?"

"글쎄, 난 …… 난 그저 …… 솔직히 말해서 둘이 잘 지낼 수 있을지 알고 싶어. 자넨 그 아이에게 좋은 영향을 미칠 수 있을 거야. 무슨 일 있었나?"

"아무 일도 없었어요. 멋진 시간을 보냈죠. 사장님 단골 레스토랑이라 음식도 훌륭하고……. 참, 그리고 오늘 밤 따님과 극장에 가기로 했어요."

"설마!"

"사실이에요."

"어떻게 그런 약속까지 했지?"

키팅은 어깨를 으쓱했다. "도미니크를 두려워할 필요는 없다고 제가 말씀드렸잖아요."

"두려워하는 게 아니라, 다만……. 아니, 벌써 '도미니크'라고 부르나? 축하하네, 피터. …… 두려워하는 게 아니라 그 아이를 이해할 수가 없는 것이네. 아무도 그 아이에게 접근할 수가 없어. 그 아이는 친구 하나 사귄 적이 없었지. 유치원에서조차. 주위에 아이들은 많았지만 친구는 없었어. 도대체 어떻게 생각해야 좋을지 모르겠어. 지금도 혼자 살고 있고 늘 주위에 남자들은 득실거리는데……."

"아, 가이, 따님에 대해 불명예스러운 생각을 품으시면 안 되죠."

"그런 생각 안 해! 바로 그게 문제고. 그런 생각을 품을 수 있었으면 좋겠어. 피터, 그 아이는 스물네 살이나 되었는데 아직도 처녀야. 난 그걸 확신할 수 있어. 그런 건 척 보면 알 수 있잖아. 피터, 난 도덕가가 아냐. 난 그 아이가 아직도 처녀인 게 비정상적인 일이라고 생각해. 그 나이에, 그 외모에, 그렇게 자유분방하게 살면서……. 그건 자연스러운 일이 아냐. 난 그 아이가 결혼하기를 비네. 진심으로. 아, 어디 가서 이런 말 하지 말게. 내 말 오해하지도 말고. 자네에게 내 사위가 되어 달라는 뜻으로 한 얘긴 아니니까."

"그야 물론이죠."

"그건 그렇고, 자네가 외출한 사이에 병원에서 전화가 왔네. 불쌍한 루셔스가 많이 나아졌다고 하더군. 회복될 수 있을 거래."

루셔스 N. 헤이어가 뇌졸중으로 쓰러져 입원했는데 키팅은 그의 병세에 대해 큰 관심을 보이면서도 한 번도 문병을 가지 않고 있었다.

"기쁜 소식이군요." 키팅이 말했다.

"하지만 다시 회사로 복귀할 순 없을 거야. 나이가 들어서, 피터…… 그래, 루셔스는 나이가 너무 많아. …… 사람이 나이가 들면 일을 놓고 쉬어야 하지." 프랭컨은 생각에 잠긴 얼굴로 두 손가락 사이에 종이 자르는 칼을 끼우고 탁상용 캘린더 가장자리를 톡톡 쳤다. "피터, 그건 우리 모두가 언젠가는 당하게 되는 일이지. …… 그러니 앞날을 대비해야……."

키팅은 거실의 인조 장작이 든 벽난로 옆 바닥에 양손을 깍지 껴 무릎을 안은 자세로 앉아 있었다. 그리고 그의 어머니가 도미니크가 어떻게 생겼는지, 무슨 옷을 입었는지, 무슨 말을 했는지, 죽은 어머니에게 유산을 얼마나 물려받은 것 같은지 묻고 있었다.

그는 이제 도미니크와 자주 만났다. 지금도 그녀와 나이트클럽 순회를 마치고 돌아온 참이었다. 도미니크는 언제나 그의 초대에 응해주었다. 키팅은 그것이 아예 만남 자체를 거부하는 것보다 잦은 만남으로 그를 더 철저히 무시할 수 있음을 증명하는 의도적인 증거일지도 모른다고 생각했다. 하지만 그러면서도 그녀를 만날 때마다 열심히 다음 만남을 계획했다. 캐서린은 한 달째 만나고 있지 않았다. 그녀는 삼촌이 강연 준비를 위해 맡긴 자료 조사 일로 눈코 뜰 새가 없었다.

키팅 부인은 등불 아래 앉아서 피터의 연회복 재킷 안감의 찢어진 곳을 수선하며 질문 사이사이로 아들이 연회복 바지와 와이셔츠 차림으로 바닥에 앉아 있는 것에 대해 나무랐다. 키팅은 어머니의 나무람과 질문을 건성으로 듣고 있었다. 하지만 권태로운 짜증 한편에는 묘한 안도감이 숨어 있었다. 어머니의 완고한 잔소리가 그의 등을 떠밀고 정당화시켜주는 듯했기 때문이다. 그는 가끔씩 어머니에게 대답했다. "예. …… 아뇨. …… 몰라요. …… 오, 그럼요, 사랑스러운 여자예요. 정말 매력적이에요. …… 어머니, 시간이 너무 늦었어요. 저 피곤해요. 이만 잠자리에 들어야……."

초인종이 울렸다.

"아니, 이 시간에 누구지?" 키팅 부인이 말했다.

키팅은 어깨를 으쓱하며 일어나서 천천히 문으로 갔다.

캐서린이었다. 그녀는 낡고 볼품없는 커다란 핸드백을 양손으로 꼭 쥐고 서 있었다. 결연하면서도 주저하는 듯한 모습이었다. 그녀가 뒤로 주춤 물러서며 말했다. "피터, 안녕. 들어가도 돼요? 당신한테 할 말이 있어요."

"케이티! 당연하지! 이렇게 찾아와주다니! 어서 들어와. 어머니, 케이티 왔어요."

키팅 부인은 파도에 흔들리는 갑판 위를 걷듯 들어오는 캐서린의 발과 아들의 얼굴을 보고 매우 신중하게 처리해야 할 모종의 사건이 터졌음을 직감했다.

"어서 와요, 캐서린." 그녀가 부드럽게 말했다.

키팅은 캐서린을 보는 순간 느꼈던 갑작스럽고 격렬한 기쁨 외에는 아무것도 의식하지 못하고 있었다. 그 기쁨은 캐서린에 대한 그의 마음이 변하지 않았음을, 그의 사랑은 확고하고 캐서린의 등장으로 그것이 증명되었음을 알려주었다. 그래서 이 늦은 시각에 캐서린이 예고도 없이 나타난 걸 이상하게 여길 겨를이 없었다.

"안녕하세요, 키팅 부인." 캐서린이 밝고 공허한 목소리로 인사했다. "실례가 된 건 아닌지 모르겠네요. 너무 늦은 것 같은데, 그렇죠?"

"아니, 괜찮아요, 괜찮아." 키팅 부인이 말했다.

캐서린이 황급히 횡설수설하기 시작했다. "모자 좀 벗을게요. …… 키팅 부인, 모자를 어디 둘까요? 여기 탁자 위에요? 그래도 괜찮을까요? …… 아니, 이 경대 위에 두는 게 낫겠네요. 그런데 모자가 좀 축축해서 니스 위에 자국이 날 수도 있겠네요. 좋은 경대인데 니스 위에 자국이 생기면……."

"케이티, 도대체 무슨 일이야?" 이윽고 정신을 차린 키팅이 물었다.

캐서린이 그에게 시선을 돌렸는데 겁에 질린 눈빛이었다. 그녀는 입술이 벌어지며 애써 미소를 지으려고 했다.

"케이티!" 키팅이 외쳤다.

캐서린은 아무 말도 하지 않았다.

"코트 벗어. 이리 와. 불에 몸 좀 녹여."

키팅은 낮은 의자를 난롯가로 밀어놓고 캐서린을 거기 앉혔다. 캐서린은 검정 스웨터와 낡은 검정 치마 차림이었다. 집에서 입는 여고생 같은 옷을 그대로 입고 온 것이었다. 그녀는 웅크린 자세로 앉아서 무릎을 오므렸다. 그녀가 다시 입을 열었는데 아까보다 낮고 자연스러운 목소리였다. 이제야 비로소 고삐 풀린 고통이 느껴졌다.

"집이 참 좋네요. …… 아주 따뜻하고 널찍하고……. 창문 좀 열어줄 수 없을까요? 아무 때나 당신이 원하는 때에요."

"케이티, 자기, 무슨 일 있었어?" 키팅이 부드럽게 물었다.

"아뇨. 무슨 일이 있어서 온 게 아녜요. 당신한테 꼭 할 말이 있어서요. 지금. 오늘 밤에."

키팅이 어머니를 보면서 말했다. "어머니, 자리 좀……."

"아뇨. 괜찮아요. 키팅 부인도 들으셔도 돼요. 어쩌면 들으시는 게 나을지도 몰라요." 캐서린은 키팅 부인을 돌아보며 간단하게 말했다. "키팅 부인, 아시다시피, 전 피터와 약혼했어요." 그러고는 피터를 보며 울먹이는 목소리로 덧붙였다. "피터, 나 결혼하고 싶어요. 지금. 내일. 되도록이면 빨리."

키팅 부인의 손이 천천히 무릎으로 내려갔다. 그녀가 무표정한 눈빛으로 캐서린을 응시했다. 그러고는 아들이 전혀 예상치 못했던 위엄을 보이며 조용히 말했다.

"난 몰랐어요. 참으로 기쁜 일이군요."

"괜찮으세요? 정말 아무렇지도 않으세요?" 캐서린이 필사적으로 물었다.

"그건 당사자들이 알아서 결정할 일이니까."

"케이티! 무슨 일이야? 왜 그렇게 서두르는 거지?" 키팅이 헐떡거리며 물었다.

"오! 오, 그러니까 마치 …… 결혼을 서두를 수밖에 없는 처지가 된 것처럼 들리네요……." 캐서린이 얼굴이 새빨개지며 말했다. "오, 세상에! 아녜요! 그게 아녜요! 그런 일은 있을 수 없다는 거 당신도 알잖아요! 피터, 그런 일은 …… 그건……."

"물론 아니지." 키팅이 웃으며 그녀 옆의 바닥에 앉아 한 팔로 그녀를 껴안았다. "진정 좀 해. 왜 그래? 네가 원하면 오늘 밤 당장이라도 결혼할 수 있어. 그런데 무슨 일이야?"

"아무것도 아녜요. 이제 괜찮아요. 말할게요. 당신은 내가 미쳤다고 생각할 거예요. 갑자기 당신과 결혼을 못 할 것 같은 예감이 들었어요. 나한테 끔찍한 일이 닥칠 것만 같았고, 피해야 한다고 생각했어요."

"무슨 일?"

"모르겠어요. 아무것도 모르겠어요. 종일 자료 조사를 했고 아무 일도 없었어요. 전화도, 찾아온 사람도 없었어요. 그런데 갑자기 밤에 그런 예감이 들었어요. 마치 악몽을 꾸는 것처럼 뭐라고 설명할 수 없는, 전혀 정상적이지 않은 공포감이 밀려왔어요. 치명적인 위험에 처한 듯한 기분, 뭔가가 내게 다가오고 있는데 그걸 피할 수 없을 듯한 기분. 피하는 것 자체도 불가능하고 이제 피하기엔 너무 늦어버린 듯한 기분."

"뭘 피할 수 없다는 거지?"

"나도 정확히는 몰라요. 전부요. 내 인생 전체요. 모래 수렁

같은 거요. 겉보기엔 아주 감쪽같고 자연스러워서 아무 의심 없이 거기로 걸어 들어가게 되죠. 그리고 위험을 느꼈을 땐 이미 너무 늦은 다음이죠. …… 난 그런 모래 수렁에 빠져서 당신과 결혼을 못 할 것만 같았어요. 지금, 지금 당장 도망치지 않으면 영원히 벗어날 수 없을 것 같았어요. 당신은 그런 기분 느껴본 적 없어요? 뭐라고 설명할 수 없는 공포에 빠져본 적 없어요?"

"있어." 키팅이 속삭였다.

"내가 미쳤다고 생각하지 않는 거죠?"

"그럼, 케이티. 그런데 무엇 때문에 그런 기분이 들기 시작한 거지? 무슨 특별한 계기라도 있었어?"

"글쎄요 …… 지금 생각하니 너무 바보 같아서." 캐서린이 미안한 듯 쿡쿡 웃었다. "이렇게 된 거예요. 내 방에 앉아 있었는데 좀 추워서 창문을 열지 않았어요. 탁자 위에 책들과 종이들이 너무 많아서 메모를 할 때마다 팔꿈치로 뭔가를 쳐서 떨어뜨렸어요. 바닥에도 내 주위로 종이가 잔뜩 쌓여 있었고 그 종이들이 살랑거리는 소리를 냈어요. 거실로 통하는 문을 반쯤 열어놨는데 외풍이 좀 있었던 모양이에요. 삼촌도 거실에서 일하고 있었어요. 일이 잘 돼서 몇 시간 동안 일에 매달려 있었고 몇 시쯤 됐는지도 모르고 있었어요. 그런데 갑자기 그런 느낌에 사로잡혔어요. 그 이유는 모르겠어요. 어쩌면 방 안 공기가 답답해서 그랬을 수도 있고, 정적 때문이었을 수도 있어요. 아무 소리도 안 들렸거든요. 거실에선 아무 소리도 없었고 종이가 살랑거리는 소리만 들렸는데 그 소리가 너무 작아서 마치 누군가가 목이 졸려 죽어가고 있는 것 같았어요. 그래서 주위를 둘러봤는데 …… 거실에 삼촌이 없었어요. 벽에 비친 삼촌의 그림자만 보였는데 잔뜩 웅크리고 있는 거대한 그림자였고 전혀 움직임이 없었지만 너무도 거대했어요!"

캐서린은 몸서리를 쳤다. 이제 그 일이 바보같이 느껴지지 않는 듯했다. 그녀가 속삭였다.

"그때 그런 기분이 들었어요. 그 그림자는 움직이지 않았지만 종이들이 움직이는 것 같았고 그것들이 바닥에서 아주 천천히 떠올라 내 목까지 차오르고 난 그 속에 빠져 죽을 것만 같았어요. 그래서 비명을 질렀어요. 그런데 피터, 삼촌은 듣지 못했어요. 삼촌은 그걸 듣지 못했어요! 삼촌의 그림자가 움직이지 않았거든요. 난 모자와 코트를 들고 뛰쳐나왔어요. 거실을 지날 때 삼촌이 이렇게 말했던 것 같아요. '아니, 캐서린, 지금 몇 시니? 어디 가는 거니?' 그런 말 같았는데 확실히는 모르겠어요. 하지만 난 돌아보지도 않았고 대답도 안 했어요. 그럴 수가 없었어요. 삼촌이 무서웠으니까요. 평생 나한테 야단 한 번 친 적이 없는 엘즈워스 삼촌이 무서웠어요! …… 그게 다예요, 피터. 나도 이해가 안 되지만, 그렇지만 너무 무서워요. 이제 당신과 함께 여기 있으니 좀 괜찮아지긴 했지만 그래도 무서워요……."

키팅 부인이 냉담하게 말했다.

"아, 무슨 일인지 알겠군. 너무 일을 많이 해서, 과로해서 좀 히스테리를 일으킨 것일 뿐이에요."

"예, …… 아마도……."

"아냐." 키팅이 멍하니 말했다. "그게 아냐……." 그는 건설 노조 집회 현장 로비에 달려 있던 확성기를 생각하고 있었다. 그러더니 그가 얼른 덧붙였다. "그래, 어머니 말씀이 맞아. 케이티, 넌 일에 파묻혀 죽어가고 있어. 네 삼촌이라는 작자, 만나기만 하면 목을 비틀어버릴 거야."

"오, 하지만 그건 삼촌 잘못이 아니에요! 삼촌은 내가 일하는 걸 원하지 않아요. 나한테서 책을 빼앗으며 영화 구경이나 가라고 할 때가 많은 걸요. 그리고 내가 일을 너무 많이 한다고 말한 적도 있어요. 하지만 난 일이 좋아요. 내가 하는 메모가, 내가 모은 모든 자료가 전국에 있는 수백 명의 젊은 학생들을 가르치는 데 도움이 되는 거잖아요. 그러니까 난 사람들을 교육시키는 걸 돕고 있는 거죠. 작은 힘이나마 그런 큰 뜻에 보탬이 되고 있으니 …… 무척이나 자랑스럽고, 그만두고 싶지 않아요. 알겠어요? 난 불평할 게 하나도 없다고요. 그런데 …… 그런데 오늘 밤 같은 일이 …… 내가 도대체 왜 이러는지 모르겠어요."

"이봐, 케이티, 우린 내일 아침에 결혼 허가증을 받고 바로 결혼식을 올릴 거야. 네가 원하는 장소에서."

"그래요, 피터. 정말 괜찮은 거죠? 꼭 그래야만 할 이유는 없지만 그래도 결혼하고 싶어요. 너무나도. 그럼 아무 문제도 없다는 걸 알게 될 거예요. 알뜰하게 살면 돼요. 혹시 …… 혹시라도 당신이 아직 준비가 안 됐다면 내가 일자리를 구해서……."

"오, 말도 안 돼. 그런 소리 마. 나 혼자 벌어서도 먹고살 수 있어. 그건 문제가 안 돼. 일단 결혼하면 모든 게 저절로 해결될 거야."

"당신, 나 이해하는 거예요? 이해해주는 거예요?"

"그래, 케이티."

"그럼 다 해결됐군. 캐서린, 내가 따끈한 차 한 잔 갖다줄 테니 마시고 가도록 해요." 키팅 부인이 말했다.

그녀가 차를 내오자 캐서린이 고맙게 받아 마시며 미소 지었다.

"전 …… 전 어머니께서 허락하지 않으실까 봐 많이 걱정했어요."

"왜 그런 생각을 했는지 모르겠군요." 키팅 부인이 느리게 말했다. 질문하는 어조가 아니었다. "이제 얌전한 아가씨답게 얼른 집에 가서 편안히 자도록 해요."

"어머니, 오늘 밤 케이티를 여기서 재우면 안 될까요? 어머니 방에서 자면 되잖아요."

"얘야, 피터, 예민하게 굴지 마. 캐서린 삼촌이 어떻게 생각

1부 피터 키팅

하겠니?"

"오, 아녜요, 당연히 그건 안 되죠. 피터, 나 아무렇지도 않아요. 집에 갈래요."

"혹시……."

"이제 무섭지 않아요. 괜찮아요. 내가 진짜로 엘즈워스 삼촌에게 겁을 먹고 있다고 생각하는 건 아니겠죠?"

"그럼, 좋아. 하지만 아직 가지 마."

"피터, 캐서린이 지금보다 더 늦은 밤에 거리를 쏘다니는 걸 원하는 건 아니겠지?" 키팅 부인이었다.

"제가 데려다줄 거예요."

"아뇨. 더는 바보가 되고 싶지 않아요. 아뇨, 나 혼자 갈 거예요." 캐서린이 말했다.

키팅은 문간에서 그녀에게 키스한 뒤 말했다. "내일 아침 10시에 데리러 갈 테니 결혼 허가증 받으러 가자."

"그래요, 피터." 캐서린이 속삭였다.

그는 문을 닫고는 자신도 모르게 두 주먹을 부르쥐고 잠시 그대로 서 있었다. 그러고는 반항적으로 거실로 걸어가서 주머니에 손을 찌른 채 어머니를 마주했다. 그의 시선은 무언의 요구를 담고 있었다. 키팅 부인은 아들의 시선을 무시하지도, 그것에 응하지도 않으며 조용히 아들을 응시했다.

그러고는 물었다. "피터, 자러 가야지?"

키팅이 전혀 예상치 못했던 말이었다. 그는 얼른 그 기회를 잡아 자신의 방으로 도망치고 싶은 거센 충동을 느꼈다. 하지만 그는 어머니의 생각을 들어야 했다. 자신을 정당화해야만 했다.

"어머니, 아무리 반대하셔도 소용없어요."

"난 반대한 적 없다." 키팅 부인이 대꾸했다.

"어머니, 전 케이티를 사랑해요. 이제 그 무엇도 제 결심을 꺾을 순 없어요. 절대로."

"그렇다면 어쩔 수 없지."

"어머니가 왜 케이티를 싫어하시는지 모르겠어요."

"내가 캐서린을 좋아하든 싫어하든 이제 너한텐 중요하지도 않잖니."

"오, 어머니, 당연히 중요하죠! 어머니도 아시잖아요. 어떻게 그런 말씀을 하세요?"

"피터, 나야 좋고 싫고가 없지. 난 내 생각은 안 한다. 나한테 중요한 건 세상에서 너뿐이니까. 구식일지도 모르지만 이 어미는 그런 사람이야. 나도 그래선 안 된다는 거 알아. 요즘 자식들은 그런 걸 고마워하지 않으니까. 하지만 나도 어쩔 수가 없어."

"오, 어머니, 제가 고마워하고 있다는 거 아시잖아요! 어머니께 상처를 드리고 싶지 않다는 거 아시잖아요."

"피터, 넌 나한테 상처를 줄 수 없어. 너 스스로에게 상처를 줄 때를 빼곤 말이다. 그건 …… 그건 견디기가 힘들구나."

"제가 어떻게 스스로에게 상처를 주는데요?"

"네가 내 말을 듣는 걸 거부하지 않겠다면……."

"전 어머니 말씀을 듣는 걸 기부한 적 없어요!"

"내 의견을 듣고 싶다면 말해주마. 이건 지난 29년 동안 내가 너한테 품어온 모든 희망의 장례식과도 같아."

"하지만 왜요? 왜요?"

"피터, 내가 캐서린을 싫어해서 그러는 게 아냐. 난 그 아가씨를 정말 좋아해. 캐서린은 착한 아가씨지. 아까처럼 이유 없이 흥분해서 자제력을 잃는 일이 자주 있지만 않다면 말이야. 어쨌든 캐서린은 괜찮은 아가씨고 좋은 아내가 될 거야. 착하고 성실한 남자를 만나면 잘 살 거야. 하지만 피터, 너한테는 어울리지 않아! 너한테는!"

"그렇지만……".

"피터, 넌 겸손해. 지나치게 겸손해. 늘 그게 탈이야. 넌 자신의 가치를 몰라. 다른 평범한 사람들과 같다고 생각하지."

"절대 그렇지 않아요. 어느 누구도 그렇게 생각하지 못하게 할 거고요!"

"그럼 머리를 써! 네 앞에 뭐가 있는지 몰라? 이미 얼마나 멀리 왔고 또 얼마나 멀리 갈 건지 모르겠어? 네겐 기회가 있어. 건축업계에서 최고는 아니더라도 정상에 아주 가까이까지 갈 수 있는 기회……."

"정상에 아주 가까이까지요? 어머닌 그렇게 생각하세요?

전 최고가 될 수 없다면, 이 나라에서 건축의 일인자가 될 수 없다면 아예 이 업계에 남고 싶지도 않아요!"

"아, 피터, 하지만 대충 노력해서는 최고의 자리에 오를 수가 없어. 어느 분야에서든 희생을 감수하지 않고는 일등이 될 수 없어."

"하지만……"

"피터, 정말 높은 꿈을 품고 있다면 네 인생은 네 것이 아냐. 다른 평범한 사람들처럼 자기 하고 싶은 대로 다 하면서 살 수가 없어. 평범한 사람들이야 어떻게 살든 상관없지만, 넌 아냐. 피터, 중요한 건 너도, 나도, 우리의 느낌도 아냐. 출세야. 다른 사람들의 존경을 얻기 위해선 자신을 부정할 수 있는 힘이 필요해."

"어머닌 케이티를 싫어해서 편견 때문에……."

"내가 왜 캐서린을 싫어하겠니? 글쎄, 물론, 자기 남자에 대한 배려라곤 없이 아무것도 아닌 일로 쪼르르 달려와 정신 사납게 만들어놓고 말도 안 되는 예감을 핑계로 남자에게 장래를 버리라고 조르는 여자가 마음에 들 수는 없지. 그런 아내가 너한테 무슨 도움이 되겠니? 하지만 피터, 내가 나 좋자고, 내 입장이 중해서 이런다고 생각한다면, 넌 눈먼 장님이다. 내 입장에서는 캐서린이 최고의 며느릿감이란 걸 모르겠니? 캐서린이 네 아내가 되면 우린 아무 문제없이 잘 지낼 수 있을 거야. 캐서린은 시어머니에게 착하고 순종적인 며느리가 될 테니까. 반면에 프랭컨 양은……."

키팅은 움찔했다. 올 것이 온 것이다. 그가 두려워하는 이야기가 나온 것이다.

"오, 그래, 피터." 키팅 부인이 조용하고도 단호하게 말했다. "그 얘길 하고 넘어가야지. 사실 난 프랭컨 양을 다룰 자신이 없어. 그런 우아한 상류사회 아가씨는 나 같은 초라하고 무식한 시어머니를 참을 수 없겠지. 아마 날 이 집에서 밀어낼 거야. 오, 그래, 피터. 하지만 너도 알다시피, 난 내 생각은 안 한다."

"어머니." 키팅이 가혹하게 말했다. "제가 도미니크와 어떻게 될 수 있을지도 모른다고 생각하시는 모양인데, 공연히 헛꿈 꾸지 마세요. 그 마녀 같은 여자는 저한테 눈길도 안 줄 거예요."

"피터, 자신감이 떨어지고 있구나. 원하는 건 다 가질 수 있다는 자신감에 넘치던 때도 있었는데."

"하지만 어머니, 전 그 여잘 원하지 않아요."

"오, 그래, 그렇지? 그것 봐라. 내가 지금껏 한 얘기가 그거 아냐. 너 자신을 봐! 넌 뉴욕 최고의 건축가 프랭컨을 손에 넣었어! 그는 지금 너한테 동업자가 되어달라고 애원하고 있는 것이나 마찬가지야. 다른 나이 든 사람들을 다 젖혀놓고 어린 너한테. 게다가 자기 딸과 결혼하라고 허락이 아니라 **부탁하고** 있어! 그런데 내일 저 작고 보잘것없는 애를 그의 방으로 데려가서 아내랍시고 소개하겠다고? 정신 차리고 잠깐이라도 너 자신에 대해, 다른 사람들에 대해 생각해봐. 프랭컨이 그걸 좋아할 것 같니? 자기 딸을 마다하고 가난뱅이 여자애를 아내로 선택했다고 말하면 그가 좋아할까?"

"좋아하지 않겠죠." 키팅이 속삭이듯 말했다.

"절대로 좋아하지 않겠지! 그 자리에서 당장 널 쫓아낼걸! 너 대신 기회를 잡으려고 달려들 사람들이 많을 테니까. 그 베넷이란 청년은 어떨까?"

"오, 아녜요! 베넷은 아녜요!"

키팅 부인은 아들이 거칠게 헐떡거리는 걸 보고 정곡을 찔렀음을 깨달았다. 그녀가 의기양양하게 말했다.

"맞아. 베넷! 그럼 프랭컨 앤드 베넷이 되겠구나. 넌 일자리를 구하기 위해 거리를 헤매게 될 테고. 하지만 네 곁엔 아내가 있을 거야! 오, 그럼, 아내가 있지!"

"어머니, 제발……."

그의 속삭임이 너무도 절박해서 키팅 부인은 아무런 제약 없이 이야기를 이어갈 수 있었다.

"네 아낸 이런 여자일 거야. 손과 발을 어디에 둬야 할지 모르는 서툴고 볼품없는 여자. 네가 중요한 손님을 집에 데려오면 숨기 바쁜 숫기 없는 여자. 네가 대단히 잘난 것 같니? 피터 키팅, 착각하지 마! 이 세상에 혼자 힘으로 성공한 사람은 없어. 남자의 성공 뒤에는 여자의 내조가 있다는 걸 명심해. 너의 그 프랭컨은 하녀와 결혼했을까? 절대 아니지! 다른 사람들의 눈으로 보려고 노력해봐. 그들이 네 아내를 어떻게 생각할까? 너에 대해선 어떻게 생각할까? 소다수 매장 점원들이 사는 닭장 같은 집이나 지으며 살고 싶진 않지? 거물들 틈에서 크게 놀아야지. 그러려면 거물답게 살아야 해. 네가 캐서린 같은 평범하고 보잘것없는 여자와 결혼하면 거물들이 어떻게 생각하겠어? 너한테 감탄할까? 널 신뢰할까? 널 존경할까?"

"그만!" 키팅이 외쳤다. 하지만 키팅 부인은 계속했다. 그녀는 오랫동안 훈계를 이어갔고, 키팅은 사납게 손가락 관절을 꺾으며 이따금 신음을 내뱉듯 말했다. "하지만 전 그녀를 사랑해요. …… 그럴 수 없어요, 어머니! 그럴 수 없어요. …… 그녀를 사랑해요……."

키팅 부인은 바깥 거리에 잿빛 새벽이 밝아오기 시작할 무렵에야 아들을 놓아주었다. 그녀는 비틀거리며 자신의 방으로 걸어가는 아들의 등에 대고 마지막으로 부드럽고 지친 음성으로 타일렀다.

"피터, 최소한 그 정도는 할 수 있겠지. 겨우 몇 달이야. 캐서린한테 몇 달만 기다려달라고 해. 헤이어가 죽을 날이 얼마 안 남았으니까 일단 동업자가 되면 그때 가서 결혼하면 돼. 캐서린이 널 사랑한다면 그 정도는 기다려줄 거야. …… 피터, 다시 잘 생각해봐. …… 다시 생각해보면서 네가 지금 결혼하면 이 어미 가슴이 찢어질 거라는 점도 조금은 감안해주기 바란다. 이 어미야 어찌 되든 중요하지 않지만 그래도 조금은 생각해줘. 한 시간 동안 네 입장에 대해 생각하고 일 분만 짬을 내서 다른 사람들 생각도 해봐······."

키팅은 잠자리에 들지 않았다. 옷도 안 벗고 몇 시간 동안 침대에 앉아 있었다. 그는 어떤 방식으로든 모든 문제가 해결된 일 년 후로 떠나면 좋겠다는 생각이 간절했다.

키팅은 아무 결정도 내리지 못한 상태로 10시에 캐서린의 집 초인종을 눌렀다. 그는 캐서린이 자신의 손을 잡고 단호히 이끌어주리라 막연히 기대하고 있었다. 그럼 결정은 내려지는 것이다.

캐서린이 문을 열고 마치 아무 일도 없었던 듯 행복하고 자신감에 찬 미소를 보냈다. 그녀는 키팅을 자기 방으로 안내했다. 환한 햇살이 책상 위에 반듯하게 쌓아놓은 책들과 종이들을 비추고 있었다. 그 방은 깔끔하게 정돈되어 있었고, 양탄자에는 카펫 청소기 자국이 남아 있었다. 캐서린은 어깨 부분이 빳빳하고 경쾌하게 올라간 오건디(organdy: 얇고 빳빳한 모슬린 천―옮긴이) 블라우스를 입고 있었고 머리에서 바늘처럼 생긴 것들이 햇살을 받아 반짝였다. 키팅은 그녀의 집에서 아무런 위협도 발견할 수 없는 것에 대해 잠시 쓰라린 실망감을 느꼈다. 그것은 안도감이기도 하고 실망감이기도 했다.

"피터, 나 준비됐어요. 내 코트 좀 줘요." 캐서린이 말했다.

"삼촌한테 얘기했어?" 키팅이 물었다.

"오, 그럼요. 어젯밤에 말했어요. 돌아와 보니 아직 일을 하고 계시더라고요."

"삼촌이 뭐랬어?"

"아무 말도 안 하셨어요. 그냥 웃더니 결혼 선물로 뭘 받고 싶은지 물었어요. 하지만 너무 많이 웃었어요!"

"지금 어디 계신데? 날 만나볼 생각도 없대?"

"일 때문에 신문사에 갔어요. 당신을 볼 기회는 앞으로도 아주 많을 거라고 했어요. 하지만 아주 기분 좋게 말했어요!"

"케이티, 저기 말이야. …… 할 얘기가 있어." 키팅은 캐서린과 눈을 맞추지 않고 주저하며 무덤덤한 목소리로 말했다. "무슨 얘긴가 하면, 프랭컨의 동업자 루셔스 헤이어가 중병에 걸려서 오래 못 살 것 같아. 프랭컨은 내게 그 자리를 주겠다고 아주 공공연히 암시하고 있지. 그런데 프랭컨은 자기 딸과 나를 결혼시키려는 말도 안 되는 생각을 품고 있어. 그런 일은 절대 없을 테니까 오해하지 마. 하지만 프랭컨에겐 대놓고 그렇게 말할 수가 없어. 그래서 내 생각엔 …… 내 생각엔 말이야. …… 몇 주만 기다려주면 …… 회사에서 확실하게 자리가 잡힐 거고 그럼 내가 너와 결혼한다고 해도 프랭컨은 내게 아무 짓도 할 수 없을 거야. …… 물론 결정은 너한테 달렸어." 그는 캐서린을 바라보며 열성적인 목소리로 덧붙였다. "네가 지금 결혼하고 싶다면 당장 가고."

"하지만 피터, 당연하죠. 기다려야죠." 캐서린은 놀란 표정이었지만 차분하고 침착하게 말했다.

키팅은 흐뭇한 안도감에 미소 지었다. 하지만 눈을 감았다.

"물론 기다려야죠." 캐서린이 단호하게 말했다. "난 그걸 몰랐고, 그건 아주 중요한 문제예요. 사실 꼭 결혼을 서둘러야 할 이유도 없고요."

"프랭컨의 딸에게 날 빼앗길까 봐 두려운 건 아니지?"

캐서린이 웃음을 터뜨렸다. "오, 피터! 난 당신을 아주 잘 알아요."

"하지만 기다리는 게 내키지 않는다면……."

"아뇨, 오히려 그 편이 훨씬 나아요. 솔직히 말하면, 나도 아침에 결혼식을 서두르지 않는 게 낫겠다는 생각이 들었는데 일단 결정된 일이라 당신에게 그런 말을 할 수가 없었어요. 당신이 기다리는 게 좋겠다니 나도 그게 훨씬 좋아요. 사실은 오늘 아침에 삼촌이 올 여름 서부에 있는 진짜 중요한 대학에서 지금까지 했던 강연을 다시 해달라는 초청을 받았다는 소식을 들었거든요. 그러잖아도 자료 정리도 아직 덜 끝난 상태로 갑자기 삼촌을 떠나는 게 몹시 마음에 걸렸어요. 게다가 우리가 어리석은 짓을 하고 있는지도 모른다는 생각도 들었죠. 우린 둘 다 너무 어리니까요. 그리고 엘즈워스 삼촌이 너무 많이 웃었던 것도 그렇고. 정말로 조금 더 기다리는 게 현명하겠어요."

"그래. 그럼 좋아. 하지만 케이티, 만일 어젯밤 같은 그런 기분이 든다면······."

"아녜요! 어제 일은 정말 창피해요. 어젯밤에 있었던 일이 도저히 이해가 안 돼요. 그런 일은 나중에 생각해보면 너무 어리석게 느껴지잖아요. 다음 날 눈을 떠보면 모든 게 아주 분명하고 간단한데. 어젯밤에 내가 이상한 헛소리 많이 했죠?"

"잊어버려. 넌 분별 있는 여자야. 우리 둘 다 분별 있는 사람들이지. 그럼 우리 조금만 기다리는 거야. 아마 오래 안 걸릴 거야."

"그래요, 피터."

키팅이 갑자기 사납게 말했다.

"케이티, **고집** 좀 부려봐."

그러고는 진담으로 한 말이 아니었던 듯 바보같이 웃었다.

캐서린도 환한 미소로 응답했다. "알겠어요?" 그녀가 양팔을 벌리며 말했다.

"저기······." 키팅이 웅얼거렸다. "좋아, 케이티. 기다리자. 물론 그게 낫지. 나 ······ 난 이만 가봐야겠어. 오늘 지각이야." 그는 오늘 이 순간에는 캐서린의 방에서 도망쳐야만 할 것 같았다. "나중에 전화할게. 내일 저녁이나 같이 먹자."

"그래요, 피터. 그게 좋겠어요."

키팅은 안도감과 쓸쓸함을 함께 느끼며 캐서린의 집을 나섰다. 그는 이제 다시는 오지 않을 기회를 놓쳐버렸다는, 자신과 캐서린이 다가오는 운명에 이미 굴복해버렸다는 희미하면서도 끈질긴 예감에 자신을 저주했다. 그는 캐서린과 함께 맞서 싸워야만 했던 그 운명의 정체가 무엇인지 몰라 욕지거리를 해댔다. 그는 사무실에서 만나기로 한 무어헤드 부인과의 약속 시간에 이미 늦었기에 서둘러 걸음을 옮겼다.

캐서린은 키팅이 떠난 후 방 가운데에 서서 갑자기 왜 이렇게 마음이 공허하고 추운지, 그가 억지로라도 결혼식을 강행해주기를 바랐으면서 왜 그가 떠난 후에야 그런 자신의 진심을 깨닫게 되었는지 의구심을 느꼈다. 그러다 어깨를 으쓱하고 자신을 나무라는 미소를 지으며 책상으로 돌아가 일을 계속했다.

13

헬러의 집이 완성되어가던 10월의 어느 날, 길에 멈춰 서서 집을 구경하던 몇몇 사람들 틈에서 작업복 차림의 깡마르고 호리호리한 젊은 남자가 로크에게 다가왔다.

"당신이 정신병원을 지은 사람인가요?" 그가 자신 없는 태도로 물었다.

"이 집을 말하는 거라면, 맞소." 로크가 대답했다.

"아, 실례했습니다. 이 근방 사람들은 다들 그렇게 불러서요. 난 그렇게 부를 생각이 없지만요. 사실은 건물을 하나 지어야 하는데 …… 뭐, 건물이라기보다는, 여기서 16킬로미터쯤 떨어진 포스트 로드에 내 주유소를 지으려고요. 그것에 대해 얘기 좀 하고 싶습니다."

나중에 지미 가우언은 자신이 일하는 주유소 겸 자동차 정비소 앞 벤치에서 자세한 설명을 들려주었다. 그러고는 이렇게 덧붙였다.

"로크 씨, 내가 당신을 생각하게 된 건 당신의 그 별난 집이 마음에 들었기 때문이에요. 이유는 모르겠지만 어쨌든 마음에 들어요. 난 감이 와요. 지나가는 사람들마다 입을 딱 벌리고 구경하며 떠들어대는 것도 집이라면 이로울 게 없지만 장사에는 크게 도움이 될 거라고 생각했죠. 얼마든지 킥킥대도 좋으니 소문만 많이 내라. 그래서 당신에게 건축을 맡기기로 했고, 사람들이 모두 미쳤다고 손가락질을 한다고 해도 당신이라면 신경 쓰겠어요? 난 안 씁니다."

지미 가우언은 15년 동안 노새처럼 일해서 자기 사업을 차릴 돈을 마련했다. 그가 로크를 건축가로 택한 것에 대해 주위 사람들이 성난 목소리로 반대 의견을 냈지만 그는 아무런 설명도, 자기변호도 하지 않았다. 그저 예의 바르게 "그럴지도 모르죠, 그럴지도 몰라요."라고만 말하고 계속 작업을 진행시켰다.

주유소는 늦은 12월의 어느 날 문을 열었다. 보스턴 포스트 로드 가장자리에 유리와 콘크리트로 된 두 개의 아담한 구조물이 반원형의 형태를 이루며 나무들 사이에 자리했다. 사무실은 원통 모양, 식당은 길고 납작한 타원 모양이었고, 그 사이의 주유기들은 주랑처럼 보였다. 모두가 원으로만 이루어져 있어서 각이나 직선을 찾아볼 수 없었고, 흐르는 느낌이 무척이나 생생하여 마치 액체를 붓다가 완벽한(의도된 것으로 보기에는 너무도 완벽한) 조화를 이루는 순간에 정확하게 멈춘 듯했다. 그것들은 마치 바닥에 낮게 깔린 거품 덩어리 같아서

만지지 않아도 바람만 세게 불면 날려가 버릴 듯했다. 그리고 강력한 비행기 엔진처럼 단단하고 날렵한 효율성을 지녀서 경쾌한 느낌을 주었다.

로크는 개업식 날 주유소에 머물렀다. 그는 식당 카운터 자리에서 깨끗한 흰 컵에 커피를 마시며 문 앞에 멈추어 서는 차들을 바라보았다. 그리고 밤늦게야 그곳을 떠났다. 그는 텅 빈 긴 도로를 달려가며 딱 한 번 뒤돌아보았다. 주유소 불빛들이 깜빡거리며 그에게서 멀어지고 있었다. 주유소는 두 도로의 교차점에 위치해 있어서 밤낮으로 차들의 행렬이 그곳을 지나칠 터였다. 그런 건물이 설 자리가 없는 도시들에서 나와 그런 건물이 설 수 없는 도시들로 가는 차들. 그는 앞쪽으로 고개를 돌리고 여전히 저 멀리서 멀어져가는 약하게 깜빡이는 불빛들을 담고 있는 거울에 다시는 눈을 주지 않았다.

로크는 다시 일의 공백기로 접어들었다. 그는 아침마다 사무실에 나가 앉아 있었다. 거기 앉아서 열릴 줄 모르는 문을 바라보고 울릴 줄 모르는 전화기를 만지며 기다리고 또 기다려야 한다는 걸 알고 있었기 때문이다. 날마다 퇴근 전에 비우는 재떨이에는 그가 피운 담배꽁초밖에 없었다.

"하워드, 어쩔 작정인가?" 어느 날 저녁 먹는 자리에서 오스틴 헬러가 물었다.

"아무 작정 없어요."

"그래도 방도를 세워야지."

"내가 할 수 있는 건 아무것도 없어요."

"자넨 사람들을 다루는 법을 배워야만 해."

"불가능한 일이에요."

"왜지?"

"이유는 모르겠어요. 그런 능력은 못 갖고 태어났나 봐요."

"그건 후천적으로 배우는 거야."

"그걸 배울 능력도 없어요. 내가 부족한 데가 있어서 그런 건지 차고 넘쳐서 그런 건지도 모르겠어요. 게다가 그런 식으로 다뤄줘야만 하는 사람들도 싫고요."

"그래도 손 놓고 앉아 있을 수만은 없지. 일을 따오려고 노력해야지."

"사람들에게 무슨 말을 해서 일을 따오겠어요? 사람들이 내 작품을 보고 찾아오게 하는 방법밖에 없어요. 내 작품에 대해 듣지 못한 사람이라면 내 말도 듣지 않을 거예요. 난 그들에게 아무것도 아니고 내 작품만이 그들의 관심을 끌 수 있죠. 난 그들에게 다른 얘기는 하고 싶지 않아요."

"그럼 이제 어쩌려고? 걱정도 안 되나?"

"아뇨. 예상했던 일이에요. 기다리고 있어요."

"뭘?"

"내 부류의 사람들을요."

"그게 어떤 부류인데?"

"모르겠어요. 아니, 알지만 뭐라고 설명할 수가 없어요. 그걸 설명할 수 있으면 좋겠다는 생각이 자주 들어요. 그걸 정의할 수 있는 원칙이 분명 있을 텐데 그게 뭔지 모르겠어요."

"정직?"

"맞아요. …… 아니, 그건 한 부분에 불과하죠. 가이 프랭컨도 정직한 사람이지만 그는 내 부류가 아니에요. 용기? 랠스턴 홀쿰도 자기 방식의 용기를 가졌지만 …… 모르겠어요. 다른 것들에 대해서는 이렇게 흐릿하지 않은데. 하지만 내 부류의 사람들은 얼굴을 보면 알 수 있어요. 얼굴에 나타나 있으니까요. 당신의 집과 그 주유소를 지나는 사람들은 수천 명에 이르죠. 그 수천 명 중에서 걸음을 멈추고 구경하는 사람이 있다면 …… 난 그것이면 돼요."

"그렇다면 하워드, 결국 자네도 다른 사람들이 필요한 거군, 안 그런가?"

"물론이죠. 왜 웃으시죠?"

"난 자네가 세상에서 가장 반사회적인 동물이라고 줄곧 생각해왔거든."

"내겐 일을 줄 사람들이 필요하죠. 무덤이나 짓고 있는 건 아니니까요. 내가 사람들에게 지금까지와는 다른 방식으로 접근해야 한다고 생각하세요? 좀 더 친근하고 개인적인 방식으로?"

"자넨 개인적인 인간관계가 필요 없는 인물이지."

"그렇죠."

"심지어 자넨 그걸 자랑삼지도 않고."

"그래야 하나요?"

"자네에겐 불가능해. 자랑 같은 걸 하기엔 너무 오만한 사람이니까."

"내가 그런 사람인가요?"

"자네가 어떤 사람인지 몰랐나?"

"예. 당신이나 다른 사람들이 나를 어떤 사람으로 보는지는 몰라요."

헬러는 말없이 앉아서 담배를 든 손의 손목을 돌렸다. 그러고는 웃음을 터뜨리며 말했다.

"자네다워."

"뭐가요?"

"내가 자네를 어떤 사람으로 보는지 묻지 않는 것. 다른 사람들이었다면 그걸 알고자 했을 텐데."

"죄송해요. 무관심해서 그런 건 아녜요. 당신은 내가 잃고 싶지 않은 몇 안 되는 친구들 중 하나죠. 다만 그걸 물어볼 생각을 못 했을 뿐이에요."

"알고 있네. 그게 문제야. 하워드, 자넨 자기중심적인 괴물이야. 자네가 그걸 전혀 모르기 때문에 더 괴물 같지."

"맞아요."

"그걸 인정할 땐 우려하는 기색을 조금이라도 보여야지."

"왜요?"

"날 당혹스럽게 만드는 게 있네. 자넨 내가 아는 가장 냉혹한 인간이지. 그런데도, 자네가 조용한 악마라는 걸 알면서도, 왜 그런지 난 자넬 볼 때마다 지금까지 내가 만나본 사람 중에서 자네가 가장 강한 생명력을 불어넣어주는 존재로 느껴져. 도무지 그 이유를 모르겠어."

"그게 무슨 뜻인가요?"

"나도 몰라. 그냥 그래."

몇 주가 흘렀다. 로크는 아침마다 출근해서 여덟 시간 동안 책상에 앉아 많은 책들을 읽었다. 그리고 5시에 집으로 돌아왔다. 그는 사무실 근처의 더 나은 방으로 이사했고, 돈을 거의 쓰지 않아서 앞으로도 오래 버틸 수 있을 만큼 돈이 남아있었다.

2월의 어느 아침에 그의 사무실 전화벨이 울렸다. 활기차고 단호한 여자 목소리가 건축가 로크 씨와의 만남을 청했다. 그날 오후, 활발하고 자그마하고 얼굴이 가무잡잡한 여자가 사무실로 찾아왔다. 그녀는 밍크코트를 입고 있었고 머리를 움직일 때마다 이국적인 귀고리가 짤랑거렸다. 그리고 마치 새처럼 날카롭고 빠른 동작으로 연신 고개를 움직였다. 그녀는 롱아일랜드에 사는 웨인 윌못 부인으로 시골 저택을 짓고 싶다고 했다. 그러면서 그 집의 건축가로 로크 씨를 선정한 이유는 오스틴 헬러의 집을 설계했기 때문이라고 말했다. 그녀는 오스틴 헬러를 열렬히 숭배한다면서 헬러는 진보적 지식인

행세를 하고자 하는 모든 사람에게 신탁과도 같은 존재라고 ("안 그런가요?"), 자신은 헬러를 광신자처럼("그래요, 문자 그대로 광신자처럼") 추종한다고 말했다. 로크 씨는 너무 젊다고 ("안 그런가요?"), 하지만 자기는 그런 건 개의치 않는다고, 자기는 매우 진보적이며 젊은이를 돕는 걸 기쁘게 여긴다고 했다. 넓은 저택을 지어달라고, 자녀가 둘인데 아이들의 개성을 살려줘야 한다고("안 그런가요?"), 두 아이에게 방을 따로 줘야 한다고, 자신은 도서실("난 머리를 식히기 위해 독서를 하죠."), 음악실, 온실("우린 은방울꽃을 키우는데 내 친구들이 그걸 내 꽃이라고 부른답니다.")이 필요하다고, 남편에게는 서재가 필요하다고, 자신의 남편은 아내를 절대적으로 신뢰해서 집 짓는 문제에 대한 전권을 위임해줬다고("사실 난 건축에 일가견이 있고 여자로 태어나지 않았다면 분명 건축가가 됐을 거예요."), 그리고 하인들 방과 기타 공간들, 차 석 대가 들어갈 차고도 지어야 한다고 말했다. 그렇게 한 시간 반 동안 자세한 설명을 마친 후 그녀가 덧붙였다.

"그리고 물론 건축 양식은 영국 튜더식으로 해줘요. 난 영국 튜더 양식의 열렬한 추종자니까요."

로크가 그녀를 바라보며 천천히 물었다.

"오스틴 헬러의 집을 보셨습니까?"

"아뇨. 보고 싶긴 하지만 내가 어떻게 그 집을 볼 수가 있겠어요? 난 헬러 씨를 만나본 적도 없어요. 난 그의 팬에 불과해요. 그냥 평범한 팬. 헬러 씨는 어떤 분인가요? 제발 말해주세요. 아주아주 궁금해요. 어쨌든 난 그의 집을 본 적이 없어요. 메인 어딘가에 있죠, 그렇죠?"

로크는 책상 서랍에서 사진들을 꺼내 그녀에게 건넸다.

"이게 헬러의 집입니다." 그가 말했다.

윌못 부인은 광택 나는 사진들을 흘깃 보고는 책상 위에 던졌다.

"매우 흥미롭군요. 아주 특이해요. 대단히 놀라워요. 하지만 물론 내가 원하는 집은 아니에요. 저런 집은 내 개성을 표현하지 못하니까요. 내 친구들은 내가 엘리자베스 여왕 시대의 개성을 지녔다고 하더군요."

로크는 그녀에게 왜 튜더식 집을 지어서는 안 되는지에 대해 조용히, 참을성 있게 설명했다. 하지만 그녀가 말허리를 잘랐다.

"이봐요, 로크 씨, 지금 나를 가르치려는 건 아니겠죠, 그렇죠? 난 분명 훌륭한 취향을 가졌고, 건축에 대해서도 박식하며, 클럽에서 특별 과정을 이수했어요. 내 친구들은 내가 웬만한 건축가보다 건축에 대해 잘 안다고 하죠. 난 영국 튜더식 집을 짓기로 이미 마음먹었어요. 그 문제에 대해선 더는 왈가왈부하고 싶지 않군요."

"윌못 부인, 그럼 다른 건축가를 찾아가셔야겠습니다."

윌못 부인이 믿을 수 없다는 듯 쳐다봤다.

"그러니까 지금 내 일을 거절하는 건가요?"
"예."
"**내** 일을 맡지 않겠다고요?"
"예."
"도대체 왜죠?"
"전 그런 일은 안 합니다."
"하지만 난 건축가들은……"
"예, 건축가들은 고객이 원하는 대로 지어줍니다. 저를 제외한 이 도시의 모든 건축가가 그렇게 할 겁니다."
"하지만 난 당신에게 처음으로 기회를 줬어요."
"윌못 부인, 부탁 하나만 들어주시겠습니까? 부인께선 그저 튜더식 집만 지으면 되는데 왜 굳이 저를 찾아오셨는지 말씀해주실 수 있겠습니까?"
"그야 당신이 기쁘게 받아드릴 거라고 생각했기 때문이죠. 그리고 또, 내 친구들한테 오스틴 헬러의 건축가에게 일을 맡겼다고 자랑할 수 있으니까요."

로크는 윌못 부인을 설득하려고 애썼다. 하지만 그러면서도 그게 다 부질없는 짓임을, 자신의 말이 허공에 울리고 있음을 느꼈다. 웨인 윌못 부인이라는 사람은 아예 존재하지도 않았다. 다만 친구들의 의견과 엽서에서 본 그림들, 시골 지주들의 이야기를 다룬 소설들을 담은 껍데기만 있을 뿐이었다. 바로 그런 실체 없는 존재에게, 그의 말을 들을 수도, 그것에 대

1부 피터 키팅

답할 수도 없는 솜뭉치처럼 귀머거리에 비인격적인 존재에게 설득이란 걸 하고 있는 것이었다.

웨인 윌못 부인이 말했다. "미안하지만 난 이성이 전혀 통하지 않는 사람을 다루는 것에 익숙하지 못해요. 내 일을 기쁘게 맡아줄 거물급 건축가들이 널렸어요. 그러잖아도 남편이 당신에게 일을 맡기는 것에 반대했는데 유감스럽게도 남편 생각이 옳았네요. 안녕히 계세요, 로크 씨."

그녀는 품위 있게 걸어나갔으나 문을 거칠게 닫았다. 로크는 사진들을 도로 책상 서랍에 넣었다.

3월에는 오스틴 헬러가 보낸 로버트 L. 먼디라는 사람이 찾아왔다. 먼디의 목소리와 머리칼은 강철 같은 회색이었지만 눈동자는 푸르고 온화하며 동경에 젖어 있었다. 그는 코네티컷에 집을 짓고자 했는데 마치 젊은 신랑처럼, 최후의 은밀한 목표를 더듬어 찾는 남자처럼 떨리는 목소리로 그것에 대해 설명했다.

그는 자신보다 나이도 많고 더 유명한 사람을 대하듯 소심하고 자신 없는 태도로 말했다. "로크 씨, 나에게 그건 그냥 집이 아니라, 말하자면 …… 상징 같은 것이오. 나는 지금까지 그것을 기다리며 일해왔다고 할 수 있소. 아주 오래전 일이지만 …… 그것에 대해 얘기해야 당신이 이해할 것 같군요. 지금 난 어마어마하게 많은 돈을 갖고 있소. 그런 집을 짓겠다는 생각을 줄곧 품고 있었던 건 아니오. 어쩌면 너무 늦게 결심한 건지도 모르겠소. 젊은 사람들은 성공을 이루면 그 과정의 기억은 잊는다고 생각하지. 하지만 그렇지가 않소. 잊지 못하는 것들도 있어요. 나도 평생 잊지 못할 기억이 있소. 어렸을 때 조지아의 작은 도시에 살며 마구상 심부름꾼 노릇을 했는데 마차가 지나가며 내 바지에 온통 진흙을 튀기면 아이들이 웃어대곤 했소. 그때 난 언젠가는 마차가 문 앞에 멈추어 서는 그런 집을 갖겠다고 결심했소. 그 후로 가끔 일이 견딜 수 없이 힘들 때면 그 집을 생각했고 그러면 힘이 솟았소. 한동안 그게 두려웠던 적도 있었소. 그런 집을 지을 여유가 생겼지만 왠지 두려웠소. 그런데 이제 때가 온 거요. 로크 씨, 이해하겠소? 오스틴은 당신이라면 잘 이해할 거라고 했소."

"예, 그렇습니다." 로크가 열성적으로 말했다.

"내 고향 근처에 저택이 하나 있었소. 그 지역을 통틀어 하나뿐인 저택이었소. 랜돌프 저택. 요즘은 짓지 않는 옛날식 농장 저택이었소. 난 가끔 그 저택 뒷문으로 배달을 하곤 했소. 로크 씨, 그게 내가 원하는 집이오. 그 저택과 똑같은 집. 하지만 조지아에 짓고 싶지는 않소. 난 그곳으로 돌아가고 싶진 않아요. 바로 이곳, 뉴욕 근처에 짓고 싶소. 땅은 이미 사놨소. 당신이 랜돌프 저택처럼 꾸며줘야겠소. 조지아에서 자라는 나무들과 관목들, 꽃들을 심을 거요. 그런 식물들이 여기서도 자랄 수 있도록 방법을 찾아야지요. 비용은 얼마든 들어도 좋소. 그리고 물론 시대가 변했으니 전기도 달고 차고도 지어야지요. 마차 말고. 하지만 전깃불은 촛불처럼, 차고는 마구간처럼 만들면 좋겠소. 전부 랜돌프 저택의 모습 그대로. 랜돌프 저택 사진들을 갖고 있소. 그 집 고가구들도 좀 샀고." 먼디가 말했다.

로크가 자신의 의견을 말하자 먼디는 정중하면서도 놀란 표정으로 귀 기울였다. 그는 로크의 말에 화를 내는 것 같지는 않았다. 아예 말이 통하지 않았던 것이다.

로크가 말했다. "모르시겠습니까? 먼디 씨가 짓고자 하는 건 기념물이며, 그것도 자신의 기념물이 아닙니다. 먼디 씨 자신의 인생이나 업적을 기리는 기념물이 아니라 타인을 위한 것이죠. 타인의 우월함을 기리는 기념물. 먼디 씨는 그 우월함에 도전하기는커녕 그것에 영원성을 부여하려 하고 있습니다. 그걸 과감히 던져버리지 못하고 영원히 보존하려 하고 있어요. 그 빌린 형체 속에 평생 갇혀 살면 행복하시겠습니까? 아니면 그것에서 벗어나 진짜 자신의 집을 지으시겠습니까? 먼디 씨는 랜돌프 저택을 원하는 게 아닙니다. 그것이 상징하는 것을 원하는 거죠. 하지만 그것이 상징하는 건 먼디 씨가 평생 싸워온 대상입니다."

먼디는 멍하니 듣고 있었다. 로크는 다시금 실재하지 않는 것 앞에서 당혹스런 무력감에 빠졌다. 먼디라는 사람은 존재하지 않았고 오래전 랜돌프 저택에 살았던 사람들의 유물만 있었다. 유물을 상대로 애원이나 설득을 할 수는 없는 노릇이었다.

이윽고 먼디가 말했다. "아니, 아니오. 당신 말이 옳을지도 모르지만 그건 내가 원하는 게 아니오. 당신 말도 일리가 있고 아주 그럴듯하게 들리긴 하지만 난 랜돌프 저택이 좋소."

"왜죠?"

"그냥 좋으니까. 그게 내가 원하는 집이니까."

로크가 다른 건축가를 찾아가보라고 하자 먼디가 불쑥 말했다.

"하지만 난 당신이 좋소. 왜 내 집을 못 지어주겠다는 것이오? 어떻게 짓든 당신과 무슨 상관이 있소?"

로크는 설명하지 않았다.

나중에 오스틴 헬러가 로크에게 말했다. "예상은 했네. 자네가 그 일을 거절할까 봐 걱정하고 있었지. 하워드, 난 지금 자네를 나무라는 게 아니네. 다만, 그가 엄청난 갑부라서 자네에게 큰 도움이 될 수 있었을 텐데 안타까워. 자네도 먹고살아야지."

"그런 식으로는 아닙니다." 로크가 말했다.

4월에 잰스-스튜어트 부동산 회사의 너새니얼 잰스 씨가 로크의 사무실로 찾아왔다. 잰스는 솔직하고 무뚝뚝했다. 자신의 회사에서 브로드웨이 남부에 작은 사무용 빌딩(30층짜리)을 지을 계획인데 자신은 건축가 로크를 좋아한다고 할 수 없고 사실 좀 반감을 갖고 있지만 친구 오스틴 헬러가 꼭 만나 보라고 간곡히 부탁해서 찾아왔다고, 자신은 로크의 작품을 대단하게 여기지 않는다고, 하지만 헬러가 로크를 만나 의견을 들어봐야 한다고 강요하는 바람에 이렇게 왔다고, 그러니 그 빌딩에 대한 의견이 있으면 말해보라고 했다.

로크는 그 빌딩에 대해 할 말이 많았다. 그는 침착하게 의견을 말하기 시작했는데 처음에는 그 일이 몹시 욕심나서, 잰스를 총으로 위협해서라도 그 일을 맡고 싶어서 무척 힘이 들었다. 하지만 몇 분이 지나자 총에 대한 생각도, 빌딩에 대한 갈망조차 사라지고 마음이 가벼워지면서 말이 술술 나왔다. 그는 자신이 맡고 싶은 일이 아니라 그저 빌딩에 대한 이야기를 하고 있었다.

"잰스 씨, 자동차를 살 때는 창문에 장미화환을 두르고 펜더에 사자상을 놓고 지붕에 천사상을 설치하진 않죠. 왜 그럴까요?"

"그건 바보 같은 짓이니까요." 잰스가 대답했다.

"그게 왜 바보 같죠? 제 생각엔 아름다울 것 같은데요. 사실 프랑스의 루이 14세도 마차를 그렇게 꾸몄고 그에게 좋았던 것이라면 우리에게도 좋지 않을까요? 우린 무분별한 혁신을 추구해서도, 전통을 버려서도 안 됩니다."

"당신은 절대 그런 생각을 갖고 있는 사람이 아니잖소!"

"맞습니다. 하지만 잰스 씨는 그런 생각을 갖고 있죠, 안 그런가요? 인간의 몸을 예로 들어보겠습니다. 인간의 몸에 공작 깃털로 장식된 긴 꼬리가 달려 있는 건 어떨까요? 아칸서스 잎처럼 생긴 귀는요? 지금 우리가 갖고 있는 단순하고 볼품없는 몸보단 그게 더 장식적이고 좋지 않을까요? 그런데 왜 우리는 그런 걸 원하지 않는 걸까요? 그런 장식이 쓸모도, 의미도 없기 때문입니다. 인간의 몸이 지닌 아름다움은 불필요한 근육이나 선이 단 하나도 없다는 것, 모든 세부가 인간과 삶이라는 하나의 주제에 맞추어져 있다는 것이죠. 그런데 왜 건물은 아무런 의미도, 목적도 없는 것처럼 보이게 만들고자 하는 걸까요? 왜 온갖 장식으로 질식시키고, 겉포장을 위해 목적을 저버리려 하는 걸까요? 왜 그런 겉포장을 원하는지도 모르면서요. 열 개의 다른 종들을 계속 교배시켜 결국 내장도, 심장도, 뇌도 없이 가죽과 꼬리, 발톱, 깃털로만 이루어진 잡종 괴물을 만들어놓길 원하십니까? 왜요? 그 이유를 말씀해주십시오. 전 그걸 도무지 이해할 수 없으니까요."

"흠, 그런 생각은 하지 못했소." 잰스가 그렇게 대답하고는 그다지 확신은 없이 덧붙였다. "하지만 우린 위엄과 아름다움을 지닌 건물을 짓고 싶소. 이른바 진정한 아름다움을 지닌 건물."

"이른바 진정한 아름다움이 어떤 건가요?"

"그, 그건……."

"말씀해주십시오, 잰스 씨. 강철로 된 현대적인 사무용 빌딩을 그리스식 기둥들과 과일 바구니들로 장식하는 것이 진정으로 아름답다고 생각하십니까?"

"사실 난 건물의 아름다움에 대해 깊이 생각해본 적은 없는 것 같소." 잰스는 그렇게 고백하고는 덧붙였다. "하지만 대중은 그걸 원하는 것 같소."

"왜 대중이 그걸 원한다고 생각하십니까?"

"모르겠소."

"그럼 잰스 씨는 왜 대중이 원하는 것에 대해 신경 쓰시는 겁니까?"

"우리는 누구나 대중을 의식해야만 하오."

"대부분의 사람들이 대부분의 것들을 단지 자신에게 주어졌다는 이유만으로, 아무런 의견도 없이 받아들인다는 사실을 아십니까? 잰스 씨는 대중의 뜻에 따르고 싶습니까, 아니면 자신의 결정에 따르고 싶습니까?"

"하지만 사람들에게 내 의견을 강요할 순 없소."

"그럴 필요는 없습니다. 그저 인내심만 가지면 됩니다. 이성이 잰스 씨 편이기 때문입니다. 오, 사실 그걸 자기편으로 만들고자 하는 사람은 아무도 없다는 걸 저도 알고 있긴 하지만요. 어쨌거나 잰스 씨에게 이성이 아군이라면 적군은 모호하고 게으르고 맹목적인 타성이지요."

"내가 왜 이성을 내 편으로 만들고 싶어 하지 않을 거라고 생각하오?"

"잰스 씨가 그렇다는 게 아닙니다. 대부분의 사람들이 그렇다는 거죠. 그들은 모험을 걸어야만 합니다. 그들이 하는 모든 일이 모험을 거는 것이니까요. 하지만 그들은 추하고 헛되고 어리석은 것에 모험을 걸 때 훨씬 더 안전하다고 느끼죠."

"그건 맞는 말이오." 잰스가 말했다.

면담을 마치며 잰스가 생각에 잠긴 목소리로 말했다. "로크 씨, 당신 말이 일리가 없다고 할 수는 없소. 생각 좀 해보겠소. 빠른 시일 내로 연락하겠소."

일주일 후 잰스가 연락을 해왔다. "결정은 이사회에서 내릴 거요. 로크, 도전해보겠소? 그럼 시안을 준비해봐요. 내가 이사회에 제출할 테니까. 난 아무것도 약속해줄 수 없지만 당신 편이고 당신을 위해 싸워보겠소."

로크는 밤낮으로 2주를 매달려 설계도를 그렸다. 그의 설계도는 이사회에 제출되었다. 그리고 그는 잰스 스튜어트 부동산 회사 이사진 앞에 불려갔다. 그는 긴 탁자 옆에 서서 이사진을 한 사람씩 천천히 응시하며 설명을 시작했다. 그는 탁자를 내려다보지 않으려고 애썼지만 열두 명의 이사진 앞에 펼쳐진 자신의 설계도가 시야의 아래쪽 언저리에 흰 점의 형태로 들어 있었다. 그에게 많은 질문들이 쏟아졌다.

잰스는 가끔 벌떡 일어나 자신이 대신 대답하기도 하고 주먹으로 탁자를 쾅 치면서 으르렁거리기도 했다. "그걸 모르겠소? 명확하지 않소? …… 그랜트 씨, 그래서요? 지금까지 그런 걸 지은 사람이 없어서 어떻다고요?…… 허버드 씨, 고딕요? 왜 **꼭** 고딕이어야 하는 겁니까? …… 여러분이 이 안을 거절하면 난 기꺼이 사직하겠소!"

로크는 조용히 이야기했다. 그곳에서 자신의 말에 확신이 있는 사람은 그뿐이었다. 그는 희망이 없음을 느꼈다. 그의 앞에 있는 열두 개의 얼굴은 다양한 표정들을 지니고 있었지만 무언가가, 안색도 아니고 이목구비도 아닌 모종의 공통분모가 그들의 표정을 지워버려서 사람의 얼굴이 아닌 타원형의 빈 살덩어리들을 보고 있는 것 같은 기분을 느끼게 했다. 그는 이사진 모두에게 이야기하고 있었지만 결국 아무에게도 이야기하고 있지 않았다. 아무런 반응도 느껴지지 않았고 자신의 말이 고막을 울리며 내는 반향조차 느낄 수 없었다. 그의 말들은 우물 아래로 떨어지며 도중에 튀어나온 돌들에 부딪혔지만 그 돌들은 그의 말을 막지 않고 더 아래에 있는 돌로 전달하는 식으로 존재하지도 않는 바닥을 향해 끝없이 내려가게 만들었다.

이사진은 나중에 결정이 나면 통보해주겠다고 했다. 하지만 로크는 어떤 결정이 날지 알 수 있었다. 그리하여 통보문이 왔을 때 아무런 감정의 동요도 없이 차분히 읽을 수 있었다. 잰스가 보낸 통보문에는 이런 내용이 적혀 있었다. "로크 씨에게, 유감스럽지만 이사회에서 당신의 설계안을 받아들일 수 없다는 결정이 내려져서……." 잔혹할 정도로 형식적인 그 편지에는 도저히 로크의 얼굴을 대할 수 없는 남자의 변명이 들어 있었다.

존 파고는 손수레 행상으로 잔뼈가 굵은 인물이었다. 나이 쉰에 그는 적당한 재산과 6번가 남쪽에 위치한 장사가 잘 되는 백화점을 소유하게 되었다. 그는 몇 년 동안 길 건너에 있는 큰 백화점과의 경쟁에서 이겨왔는데 그 백화점은 어느 대가족이 유산으로 물려받은 많은 백화점들 중 하나였다. 지난해 가을, 그 가족은 6번가의 그 지점을 도심과 더 가까운 새 동네로 옮겼다. 그들은 뉴욕 소매업의 중심이 북쪽으로 옮겨 가고 있다고 생각했고 기존 지역의 몰락을 앞당기기 위해 빈 백화점을 그대로 방치해놓았다. 그 빈 건물은 길 건너 경쟁자 파고에게는 불길한 미래를 암시하는 당혹스러운 존재일 수밖에 없었다. 그에 맞서 파고는 자신의 백화점 바로 옆자리에 뉴욕에서 가장 새롭고 멋진 새 백화점을 지어 그 지역의 명성을 지켜가겠노라고 선언했다.

로크의 사무실로 찾아온 파고는 나중에 결정하겠느니, 생각을 좀 해보겠느니 따위의 말은 하지 않았다. "당신이 내 건축가요." 그는 그렇게 말하고 책상 위에 발을 올리고 앉아 파이프 담배를 피우며 말과 담배 연기를 함께 뱉어냈다. "어떤 공간을 원하는지, 비용은 얼마를 쓸 것인지 말하겠소. 비용이 더 필요하면 말해주시오. 그리고 나머진 당신에게 맡기겠소.

난 건축에 대해선 잘 모르니까."

 파고가 로크를 선택한 건 어느 날 가우언의 주유소를 지나게 되었기 때문이다. 그는 차를 멈추고 주유소 안으로 들어가서 몇 마디 질문을 던졌다. 그리고 헬러의 요리사를 매수해서 헬러가 외출한 사이 집 안을 구경했다. 그것으로 결정은 내려졌다.

 5월 말, 로크의 사무실 제도 탁자에는 파고 백화점 도면들이 수북이 쌓여 있었다. 그리고 일 하나가 더 들어왔다.

 그 일을 맡긴 위트포드 샌본은 오래전 헨리 캐머런이 설계한 사무용 빌딩을 갖고 있었다. 그는 시골에 새 저택을 짓게 되자 아내가 추천하는 건축가들을 물리치고 헨리 캐머런에게 편지를 보냈다. 캐머런은 장장 열 장에 이르는 답장을 보내왔는데 첫 세 줄은 자신이 은퇴했다는 내용이었고, 나머지는 하워드 로크에 대한 소개였다. 로크는 그 편지에 자신이 어떻게 소개되었는지 알 수 없었다. 샌본은 그 편지를 보여주지 않았고, 캐머런도 그 내용에 대해 입을 다물었기 때문이다. 하지만 샌본은 아내의 격렬한 반대에도 아랑곳하지 않고 로크와 계약을 맺었다.

 샌본 부인은 많은 자선단체들의 대표를 맡고 있었고 그 자리는 그녀를 독재에 중독시켰다. 그녀는 허드슨 강변에 새로 산 땅에 프랑스 성 같은 저택을 짓고자 했다. 그녀는 그 저택이 오래전부터 샌본 가문의 소유였던 것처럼 웅장하고 고풍스럽게 보이기를 원했다. 물론 사람들은 그게 새로 지은 집임을 알겠지만 그래도 유서 깊은 집처럼 **보일** 것이라고 그녀는 말했다.

샌본은 로크가 어떤 집을 지을 것인지 자세히 설명하자 바로 계약서에 서명했다. 그는 즉석에서 로크의 생각에 찬성하며 도면을 보고 결정하려고도 하지 않았다. 그가 지친 목소리로 아내에게 말했다. "패니, 하지만 난 현대식 집을 원하오. 당신에게 오래전에 말했잖소. 캐머런이었대도 그렇게 설계했을 거요."

그러자 샌본 부인이 따졌다. "도대체 지금 캐머런이 무슨 의미가 있죠?"

"패니, 그건 나도 모르겠소. 뉴욕 전체에 그가 내게 지어준 빌딩만 한 건 없다는 사실만 알 뿐이오."

샌본 부부의 어둡고 어수선하며 마호가니 가구가 번쩍거리는 빅토리아식 응접실에서 여러 날 저녁에 걸쳐 긴 언쟁이 이어졌다. 샌본은 흔들렸다.

로크가 팔을 뻗어 주위를 가리키며 물었다. "**이걸** 원하시는 겁니까?"

"그런 식으로 무례하게 나온다면……."

샌본 부인이 그렇게 응수하자 샌본의 분노가 폭발했다. "맙소사, 패니! 로크 씨 말이 옳아요! 난 그런 걸 원하지 않소! 신물이 난단 말이오!"

로크는 설계도가 완성될 때까지 아무도 만나지 않았다. 커다란 창문들과 많은 테라스들이 있는, 단순한 자연석으로 된 집이 강 위의 정원 속에 서 있었다. 그 집은 강처럼 널찍하고 정원처럼 개방적이었다. 정원 속에 테라스들과 벽들이 무척이나 자연스럽게 설계되어 있어서 선들의 흐름을 주의 깊게 따라가야 정원으로 나가는 계단들을 찾을 수 있었다. 마치 나무들이 집 내부를 지나 자연스럽게 흐르는 듯했고, 건물 자체가 햇빛을 가리는 방벽이 아니라 한데 모으는 우묵한 그릇이어서 오히려 바깥보다 안이 더 환한 듯했다.

샌본이 먼저 도면들을 보았다. 그는 도면들을 자세히 살펴본 후에 말했다. "나 …… 난 뭐라고 말해야 할지 모르겠소, 로크 씨. 대단해요. 당신에 대한 캐머런의 말이 옳았소."

하지만 다른 사람들에게 설계도를 보여준 후에는 그런 확신이 흔들리기 시작했다. 샌본 부인은 그 집이 끔찍하다고 했다. 그리고 저녁의 긴 언쟁이 다시 이어졌다. 샌본 부인이 물었다. "아니, 왜, **왜**, 지붕 모퉁이에 작은 탑들을 장식할 수 없는 거죠? 평지붕이라 공간도 많은데." 로크가 탑은 안 된다고 설명하자 이번엔 이렇게 물었다. "그럼 멀리언 창(mullion: 세로로 된 중간 문설주가 있는 창문—옮긴이)은 왜 안 되죠? 멀리언 창으로 한다고 뭐가 달라지겠어요? 창문들이 충분히 크잖아요. 사실 난 창이 왜 그렇게 커야 하는지 모르겠어요. 사생활이 전혀 보장이 안 되잖아요. 하지만 로크 씨, 당신이 그렇게까지 고집을 부린다면 큰 창문은 기꺼이 받아들이겠어요. 그 창에 멀리언만 다는 거예요. 그럼 딱딱한 느낌도 덜하고 중세풍의 당당한 분위기를 풍길 거예요."

샌본 부인은 친지들에게 서둘러 도면을 보였고 그들의 반응은 매우 부정적이었다. 월링 부인은 터무니없는 설계라고 했고, 후퍼 부인은 조잡하다고 말했다. 멀랜더 씨는 그런 집은 선물로 줘도 안 받겠다고 했다. 애플비 부인은 신발 공장 같다고 했다. 대빗 양은 도면을 흘낏 보고는 호의적으로 말했다. "어머, 정말 예술적이네요! 누가 설계한 거죠? 로크? …… 로크 …… 못 들어본 이름인데요. …… 솔직히, 패니, 모조품 같아요."

샌본 가의 두 자녀는 의견이 갈렸다. 열아홉 살의 딸 준 샌본은 건축가를 낭만적인 존재로 여겼으며 젊은 건축가에게 집 설계를 맡겼다는 걸 알고 무척이나 기뻐했다. 하지만 막상 로크를 만나보니 인상도 마음에 안 들고 자신에게 관심도 안 보이자 그 집이 끔찍하며 절대 그 집에 들어가서 살지 않겠노라고 선언했다. 한편 스물네 살인 아들 리처드 샌본은 대학에서 우수한 학생이었으나 이제는 술독에 빠져 천천히 죽어가고 있었는데 놀랍게도 평소의 무기력 상태에서 벗어나 그 집이 최고로 훌륭하다고 선언했다. 가족은 그것이 그의 심미안 때문인지, 아니면 어머니에 대한 증오 때문인지, 아니면 둘 다인지 알 수가 없었다.

위트포드 샌본은 새로운 의견이 나올 때마다 흔들렸다. 그는 이렇게 웅얼거리고는 했다. "그래, 물론 멀리언은 안 되지. 그건 말도 안 돼. 하지만 로크 씨, 집안의 평화를 위해 돌림띠 장식은 해주는 게 어떻겠소? 총안을 낸 돌림띠, 그 정도는 설계를 망치지 않을 거요. 망치려나?"

결국 로크가 자신이 설계한 그대로 받아들이고 도면 한 장 한 장에 서명해주지 않으면 집을 짓지 않겠다고 선언한 뒤에야 언쟁은 막을 내렸다. 샌본 씨는 모든 도면에 서명했다.

그 후 명성 있는 건설업자 중에는 그 공사를 맡으려는 이가 없다는 사실을 알게 된 샌본 부인은 무척 기뻐했다. "이제 알겠어요?" 그녀가 남편에게 의기양양하게 말했다. 하지만 샌본 씨는 고집을 꺾지 않았다. 그는 이름 없는 건설사를 선정했고, 그 회사는 그의 얼굴을 봐서 마지못해 공사를 맡았다. 샌본 부인은 그 건설업자가 자신과 뜻이 같다는 걸 알자 사교적인 전례를 깨고 그를 집에 초대해서 차를 대접했다. 그녀는 집에 대한 일관된 생각을 잃은 지 오래였고, 로크에 대한 증오만 남아 있었다. 그리고 건설업자는 원칙적으로 모든 건축가를 싫어했다.

샌본 저택 공사는 여름을 거쳐 가을까지 이어졌는데 날마다 새로운 분쟁이 일어났다. "로크 씨, 내 침실에 옷장이 세 개 필요하다고 분명히 말했잖아요. 난 또렷이 기억나요. 금요

일이었고 우린 응접실에 앉아 있었어요. 남편은 창가의 큰 의자에 앉아 있었고 난 …… 설계도는 어쩌냐고요? 무슨 설계도요? 아니, 내가 설계도를 어떻게 이해할 수 있겠어요?" "로크 씨, 로잘리 아주머니가 원형 계단은 못 올라가신대요. 어쩌면 좋죠? 집에 맞는 손님만 골라서 초대할까요?" "헐버트 씨 말이 그런 천장은 지탱이 안 될 거라고 하던데……. 오, 그래요, 헐버트 씨는 건축에 일가견이 있어요. 베네치아에서 두 해 여름을 보냈으니까." "우리 가엾은 딸 준이 자기 방이 지하실처럼 어두울 거래요. …… 로크 씨, 그 아이 느낌이 그렇다고요. 실제로 어둡지 않다고 해도 그 아이가 어둡다고 **느낀다면** 어두운 거나 마찬가지죠."

로크는 밤을 지새우며 도저히 거부할 수 없는 수정을 위해 도면을 고쳤다. 그러다 보니 이미 공사가 끝난 바닥이나 계단, 칸막이를 며칠씩 걸려 뜯어내야만 했고, 건설업자에게 줄 공사비가 추가로 올라갔다.

건설업자는 어깨를 으쓱하며 말했다. "제가 뭐랬습니까. 겉멋 든 건축들은 늘 이런 식이죠. 공사비가 얼마나 나올지 두고 봅시다."

집이 형체를 갖추자 이번에는 로크 자신이 설계 변경을 원하는 부분이 생겼다. 건물의 동쪽 날개가 영 마음에 들지 않았던 것이다. 그 부분이 지어지자 자신의 실수가 보였고, 그 실수를 어떻게 바로잡아야 하는지도 보였다. 그 부분을 수정하면 집이 더욱 논리적인 통일체를 이룰 수 있으리라는 확신이 들었다. 로크는 건축에 처음 입문하여 초보로서 첫 시도들을 하는 중이었다. 그는 그런 사실을 당당히 시인할 수 있었다. 하지만 샌본 씨는 설계 변경을 거부했다. 이제 입장이 바뀐 것이다. 로크는 새 날개가 뇌리에 박힌 이상 기존의 모습을 도저히 받아들일 수 없었기에 샌본에게 간청했다.

그러자 샌본이 냉정하게 말했다. "난 당신 의견에 반대하는 게 아니오. 사실 난 당신이 옳다고 생각해요. 하지만 우린 그럴 만한 여유가 없소. 미안합니다."

"하지만 부인께서 강요하신 무분별한 변경들에 비해 비용이 덜 들 겁니다."

"그 얘긴 다시 꺼내지 마시오."

"샌본 씨, 그럼 이 변경 공사에 대한 비용을 청구하지 않는 조건에서 허락해주시겠습니까?" 로크가 천천히 물었다.

"물론 허락하겠소. 당신이 그런 기적을 이룰 수 있다고 생각한다면."

샌본은 설계 변경을 허락했다. 동쪽 날개가 새로 지어졌다. 로크가 그 비용을 부담했는데 그가 샌본에게서 받은 수수료보다 더 많았다. 샌본은 그 비용을 대주고 싶어서 망설였지만 샌본 부인이 쐐기를 박았다. "그건 강압의 형태를 띤 비열한 술책이에요. 당신의 양심을 이용한 갈취라고요. 그는 당신이 비용을 대줄 거라고 예상하고 있어요. 두고 봐요. 당신에게 돈을 달라고 할 걸요. 그런 술책에 넘어가지 말아요."

로크는 돈을 요구하지 않았다. 그리고 샌본은 끝내 그 비용을 주지 않았다.

집이 완공되자 샌본 부인은 거기 들어가서 사는 것을 거부했다. 샌본 씨는 동경의 눈길로 그 집을 바라보았다. 자신이 늘 원해왔던 집이며 그 집이 마음에 든다는 사실을 인정하기에는 너무 지쳐 있었던 것이다. 결국 그는 아내에게 굴복했다. 그 집에는 가구가 들어가지 않았다. 샌본 부인은 남편과 딸을 데리고 플로리다로 여름을 보내러 떠나며 말했다. "거기 멋진 스페인식 집이 한 채 있어요. 바로 들어가서 살 수 있는 집을 마련해놔서 천만다행이지 뭐예요! 미숙하고 멍청한 건축가에게 집을 맡기는 모험을 걸면 이런 꼴을 당하게 되죠!"

하지만 놀랍게도 그녀의 아들은 갑작스럽게 사나운 의지력이 폭발하여 플로리다에 가기를 거부하고 새 집이 마음에 드니 거기서 살겠다고 우겼다. 그래서 새 집의 방 세 칸이 그의 생활공간으로 꾸며졌다. 가족은 플로리다로 떠나고 아들 혼자 허드슨 강변의 집으로 들어갔다. 밤에 강에서 보면 폐가와도 같은 황량한 저택에서 작은 직사각형 창 하나에만 노란 불빛이 쓸쓸히 밝혀져 있었다.

미국 건축가협회 회보에는 그 집에 관한 짤막한 기사가 실렸다.

최근에 건축된 유명 기업가 위트포드 샌본 씨의 집에 대한 통탄할 일이 아니라면 사뭇 흥미로웠을 사건 하나가 보고되었다. 샌본 가족은 하워드 로크라는 사람이 10만 달러가 훨씬 넘는 비용을 들여 지은 그 집에 도저히 들어가 살 수 없다는 결론을 내렸다. 주인에게 버려진 그 집은 담당 건축가의 무능을 웅변하는 증거물로 그곳에 서 있다.

14

루셔스 N. 헤이어는 죽기를 완강히 거부했다. 그는 뇌졸중을 이겨내고 주치의의 반대와 가이 프랭컨의 염려 어린 만류를 뿌리치고 직장에 복귀했다. 프랭컨이 그의 지분을 사겠다고 제안했다. 하지만 그는 물기 어린 엷은 색 눈동자로 고집스럽게 허공만 응시하며 그 제안을 거절했다. 그는 이삼 일에 한 번씩 출근해서 관례대로 그의 편지함에 놓인 편지 사본들을 읽고 책상 위의 깨끗한 메모지에 꽃들을 그리다가 퇴근했다. 그는 천천히 발을 끌면서 걸었다. 팔꿈치는 옆구리에 붙이고, 팔은 앞으로 내밀고, 손은 마치 갈고리 발톱처럼 반쯤 오므리고 있었다. 손가락들이 떨리고 왼손은 전혀 쓸 수가 없었다. 그는 결코 은퇴할 뜻이 없었다. 그는 회사 문구류에 찍혀 있는 자신의 이름을 보는 게 좋았다.

헤이어는 프랭컨이 왜 자신에게 저명한 고객들을 소개해주지 않는지, 새 건물들이 반쯤 올라갈 때까지 설계도를 보여주지 않는지 어렴풋이 의구심이 일었다. 그가 그런 문제에 대해 언급하면 프랭컨은 이렇게 항의했다. "루셔스, 몸도 안 좋은데 신경 쓰게 할 수가 없었소. 나른 사람 같았으면 벌써 오래전에 은퇴했을 겁니다."

프랭컨의 태도는 조금 당황스러운 정도였지만 피터 키팅의 태도는 그야말로 충격이었다. 키팅은 회사에서 마주쳐도 그냥 지나쳤다가 다시 생각해보고 아는 체를 하는가 하면 헤이어가 말하는 도중에 그냥 가버리기도 했다. 한번은 헤이어가 제도사에게 작은 일을 하나 지시했는데 감감무소식이라 불러서 물으니 키팅 씨가 그 지시를 취소했다고 말했다. 헤이어는 도무지 이해할 수가 없었다. 그의 기억 속의 키팅은 골동품 도자기에 대해 다정하게 이야기하던 수줍고 조심스런 청년이었던 것이다. 헤이어는 처음에는 키팅을 너그럽게 용서했다가 그다음에는 겸손하고 서툴게 달래보려고 했고, 결국에는 키팅에 대한 부조리한 공포심을 품게 되었다.

생전 권위라고는 모르던 그가 까다로운 목소리로 프랭컨에게 불만을 토로했다. "가이, 당신 밑에 있는 그 키팅이란 친구, 점점 더 참을 수가 없어요. 나한테 아주 무례해요. 그 친구 내보내야겠소."

그러자 프랭컨이 냉담하게 대꾸했다. "루셔스, 그래서 내가 은퇴를 권하는 겁니다. 과도하게 신경을 써서 망상 증세까지 생긴 것 같소."

그리고 코스모-슬롯닉 빌딩 공모대회가 시작되었다.

캘리포니아 할리우드의 코스모-슬롯닉 영화사가 뉴욕에 영화관과 40층짜리 사무실을 갖춘 거대한 본사 건물을 짓기로 한 것이다. 건축가 선정을 위한 세계적인 공모대회가 발표되었고, 공고문에는 이런 내용이 들어 있었다. 코스모-슬롯닉은 영화예술 분야만이 아니라 모든 예술 분야에서 선도자 역할을 하고 있으며, 그것은 모든 예술이 영화의 제작에 기여하기 때문이다. 건축은 미학의 숭고한 한 분야이면서도 홀대받고 있는 것이 사실이며, 코스모-슬롯닉은 건축을 각광받는 위치에 올려놓을 준비가 되어 있다.

신문들에는 최신 뉴스로 영화 〈나는 뱃사람을 택하겠어〉의 배역 및 〈마누라 팝니다〉의 촬영 소식과 함께 파르테논과 판테온에 관한 이야기들이 실렸다. 여배우 샐리 오돈이 수영복 차림으로 랭스 대성당 계단에서 찍은 사진, 프랫 퍼셀이 어렸을 때부터 자신의 꿈은 영화배우가 아니면 훌륭한 건축가가 되는 것이었다고 말한 인터뷰도 소개되었다. 딤플스 윌리엄스 양의 기사에는 미국 건축의 미래에 관한 랠스턴 홀쿰, 가이 프랭컨, 고든 L. 프레스콧의 말이 인용되었고, 영국의 위대한 건축가 크리스토퍼 렌 경이 살아 있었다면 영화에 관해서 어떤 이야기를 했을지에 관한 가상 인터뷰도 등장했다. 일요일 부록에는 코스모-슬롯닉의 신인 여배우들이 반바지와 스웨터 차림으로 T자와 계산자를 들고 커다란 물음표 위에 '코스모-슬롯닉 빌딩'이라고 적힌 제도판 앞에 서 있는 사진들이 실렸다.

공모대회에는 세계의 모든 건축가가 참여할 수 있었고, 브로드웨이에 천만 달러를 들여 세울 그 빌딩은 현대 기술의 천재성과 미국인의 정신을 상징하게 될 것이라고 했다. 그리고 미리 '세계에서 가장 아름다운 건물'로 공표되었다. 심사위원은 코스모 대표 슈프 씨, 슬롯닉 대표 슬롯닉 씨, 스탠턴 공대 피터킨 교수, 뉴욕 시장, 미국 건축가협회 대표 랠스턴 홀쿰, 그리고 엘즈워스 M. 투히였다.

"피터, 도전해보게!" 프랭컨이 키팅에게 열띠게 말했다. "최선을 다해봐. 자네가 가진 전부를 보여줘. 이건 자네에게 엄청난 기회네. 선정되면 세계적으로 이름이 알려질 거야. 우린 이렇게 할 걸세. 응모할 때 회사 이름과 함께 자네 이름을 적을 거야. 우리가 뽑히면 자네에게 상금의 5분의 1을 주겠네. 상금은 알다시피 6만 달러에 달하지."

"헤이어가 반대할 거예요." 키팅이 조심스럽게 말했다.

"반대하라고 하지. 그 사람 때문에 그러는 거야. 자기가 어떻게 처신해야 하는지 깨닫게 될지도 모르지. 그리고 난 …… 피터, 내 마음 알 거야. 난 이미 자넬 동업자로 여기고 있네. 난 자넬 동업자로 만들어줄 의무가 있네. 자넨 그럴 만한 자격이 있지. 이번 일이 그 열쇠가 될 수도 있어."

키팅은 설계도를 다섯 번이나 새로 그렸다. 그는 그 일이 싫었다. 건물이 탄생하기도 전에 대들보 하나하나가 다 싫었다. 그는 떨리는 손으로 일에 매달렸다. 하지만 그는 자신이 그리고 있는 그림에 대해 생각하지 않았다. 머릿속에는 온통 경쟁자들, 그를 물리치고 당선되어 그보다 뛰어난 건축가로 세상에 알려질 미지의 인물에 대한 생각뿐이었다. 그는 그 미지의 경쟁자는 어떤 식으로 문제를 해결하고 자신을 능가하는 설계안을 내놓을지 궁금했다. 키팅은 그를 꼭 이겨야만 했고 다른 건 안중에도 없었다. 피터 키팅은 존재하지 않았고 곤충을 흡입하여 즙을 빨아먹고 산다는 열대 식충식물만 남아 있었다.

키팅은 설계도가 완성되고 흰 대리석 건물의 우아한 투시도가 깔끔하게 마무리되자 엄청난 불안감밖에 느껴지지 않았다. 그가 설계한 건물은 고무로 만들어 40층 높이로 늘린 르네상스 궁전처럼 보였다. 그가 르네상스 양식을 택한 건 모든 건축공모전 심사위원들은 기둥을 좋아한다는 불문율과 랠스턴 홀쿰이 심사위원 중 하나라는 사실 때문이었다. 그는 홀쿰이 좋아하는 이탈리아 궁전들의 모든 걸 차용했다. 그래서 보기에는 훌륭했고 …… 실제로 훌륭할 수도 있었지만 …… 확신이 없었다. 그러나 물어볼 사람이 없었다.

키팅은 마음의 소리를 듣고 맹목적인 분노에 사로잡혔다. 그는 이유를 알기 전에 분노를 느꼈지만 사실 분노를 느낀 동시에 이유를 깨달았다고 볼 수 있었다. 분노의 이유는 물어볼 사람이 있다는 것이었다. 키팅은 그 이름은 생각하고 싶지도 않았고 그를 찾아가지 않을 작정이었다. 분노가 얼굴로 치밀어 눈 밑이 화끈거렸다. 하지만 키팅은 그를 찾아가게 될 것임을 알고 있었다.

키팅은 그 생각을 억지로 떨쳐냈다. 그는 어디에도 가지 않을 작정이었다. 하지만 때가 되자 도면들을 도면철에 끼워 넣고 로크의 사무실로 갔다.

로크는 넓은 사무실의 책상에 혼자 앉아 있었는데 일이 없는 것 같았다.

"잘 있었나, 하워드!" 키팅이 쾌활하게 인사했다. "어떻게 지내나? 혹시 일하는데 방해한 건 아닌가?"

"아, 피터. 아냐." 로크가 대답했다.

"정신없이 바쁘진 않은가 본데?"

"맞네."

"잠깐 앉아도 되겠나?"

"앉게."

"그래, 하워드, 아주 잘하고 있더군. 파고 백화점 봤네. 아주 훌륭해. 축하하네."

"고마워."

"착실히 전진하고 있군, 안 그런가? 벌써 수주를 세 건이나 따냈고."

"네 건이지."

"아, 그래, 맞아, 네 건. 아주 훌륭해. 샌본 가족과는 문제가 좀 있었다고 들었네."

"그랬지."

"모든 일이 순조로울 수만은 없지, 안 그런가? …… 그 뒤로 새 일은 없고? 한 건도?"

"그래. 없네."

"들어오겠지. 내가 늘 하는 말이 건축가들은 서로 목을 자를 필요가 없다는 거지. 우리 모두에게 충분한 일거리가 있으니까. 우리 건축가들은 화합과 협동정신을 길러야 해. 예를 들어 그 공모대회만 해도 …… 자네 벌써 출품했나?"

"무슨 공모대회?"

"그 공모대회. 코스모-슬롯닉."

"난 출품 같은 거 안 할 거네."

"안 …… 한다고? 전혀?"

"그래."

"왜?"

"공모에 참여할 생각이 없으니까."

"도대체 왜?"

"그만 해, 피터. 그런 토론을 벌이러 여기 온 게 아니잖아."

"사실은 내 응모작을 자네한테 보여줄까 해서 왔지. 알다시피 자네의 도움을 청하는 게 아니라 그냥 자네의 반응을 보고 싶어. 그냥 대체적인 의견만 얘기해줘."

키팅은 서둘러 도면철을 펼쳤다.

1부 피터 키팅

로크가 도면들을 살펴보았다. 키팅이 날카롭게 물었다. "어때? 괜찮은가?"

"아니. 형편없어. 자네도 그걸 알고."

그러고는 몇 시간 동안 키팅을 앉혀놓고 설명하며 도면에 사선을 죽죽 긋고, 창문들로 이어지는 미로처럼 뒤엉킨 극장 출구들을 풀고, 꼬인 복도들도 풀고, 쓸데없는 아치들을 없애고, 계단들을 곧게 폈다. 그사이에 하늘이 어두워지고 도시의 창문들에 불이 환하게 밝혀졌다.

중간에 한 번 키팅이 더듬거리며 물었다. "맙소사, 하워드! 이렇게 잘하면서 왜 공모에 참여하지 않겠다는 건가?"

로크가 대답했다. "그럴 수 없으니까. 시도했어도 못 했을 거야. 난 고갈되어버렸거든. 텅 비어버렸어. 난 그들이 원하는 걸 줄 수가 없어. 하지만 다른 사람의 형편없는 설계도쯤은 고칠 수 있지."

로크가 평면도들을 옆으로 밀어놓았을 때는 이미 아침이 밝아 있었다. 키팅이 속삭이듯 물었다.

"그럼 입면도는?"

"아, 입면도는 그만둬! 자네의 빌어먹을 르네상스 입면도들은 보고 싶지 않아!" 하지만 그는 보았다. 그리고 그의 손이 도면 위를 움직이는 걸 막지 못했다. "좋아, 빌어먹을, 꼭 르네상스로 해야겠거든 훌륭한 르네상스로 해. 만일 그런 게 존재한다면! 난 그것까지는 못 해줘. 자네가 알아서 해. 이런 식으로. 더 단순하게, 피터, 더 단순하게. 더 곧게. 부정직한 걸 최대한 정직하게 만들어. 이제 집으로 돌아가서 이런 식으로 해봐."

키팅은 집으로 돌아갔다. 그리고 로크의 평면도들을 베꼈다. 로크가 대충 그린 입면도를 깔끔하게 새로 그렸다. 그리고 그 그림들을 다음 주소로 보냈다.

'세계에서 가장 아름다운 빌딩' 공모대회
뉴욕 코스모-슬롯닉 영화사

출품작이 든 봉투에는 이렇게 적혀 있었다. "프랭컨 앤드 헤이어 건축사무소, 수석 설계사 피터 키팅."

그해 겨우내 로크에게는 일이 없었다. 그는 책상에 앉아 때로는 어둑어둑해질 때까지 불 켜는 것도 잊고 있었다. 사무실에 충만한 무거운 부동성이 그의 근육들에까지 스며들기 시작한 듯했다. 그런 때면 그는 일어나서 책을 벽에 던졌다. 자신의 팔의 움직임을 느끼고 소리를 듣기 위해서였다. 그는 즐거운 미소를 머금고 책을 주워 책상 위에 반듯하게 올려놓았다. 그리고 책상 등을 켰다. 그는 등 아래 원추형 불빛에서 손을 빼다가 그대로 멈추어 자신의 손을 바라보며 천천히 손가락들을 벌려보았다. 그러자 오래전 캐머런이 한 말이 떠올랐다. 그는 얼른 손을 치우고 코트를 입은 후 불을 끄고 사무실 문을 잠그고 집으로 돌아갔다.

봄이 다가오자 돈이 얼마 남지 않았음을 깨닫게 되었다. 그는 사무실 임대료를 매달 1일에 냈다. 사무실을 쓸 수 있는 날이 적어도 30일은 남아 있다는 기분을 느끼고 싶어서였다. 그는 매일 아침 차분히 사무실로 들어섰다. 하지만 날이 저물고 30일 중에서 또 하루가 지났음을 깨달으며 애써 달력을 외면하는 자신을 발견할 뿐이었다. 로크는 그런 사실을 알게 되자 일부러 억지로 달력을 보았다. 지금 그는 경주를 벌이고 있었다. 월세와 또 …… 또 무엇이 경주 상대인지는 그도 알지 못했다. 어쩌면 그가 길에서 지나치는 모든 사람인지도 몰랐다.

사무실로 올라갈 때면 엘리베이터 안내원들이 나른하면서도 호기심 어린 이상한 눈길로 쳐다봤다. 그가 말을 걸면 무례하지 않게 대답은 했지만 금방이라도 무례하게 바뀔 수 있는 무관심하고 느린 말투였다. 엘리베이터 안내원들은 그가 무슨 일을 하는지 몰랐고 그에게는 손님이 찾아오지 않는다는 사실만 알 뿐이었다. 로크는 오스틴 헬러가 가끔 여는 파티에 헬러의 초대로 몇 번 참석했다. 그곳에서 손님들이 그에게 물었다. "오, 건축가세요? 미안합니다만 난 건축에 대해 잘 몰라서요. 어떤 건물을 지었죠?" 로크가 대답하면 그들은 이렇게 말했다. "아, 예, 그렇군요." 그들의 의식적인 정중함은 로크의 건물들을 알지 못한다는 걸 나타냈다. 그들은 로크의 건물들을 본 적이 없었고, 그의 건물들이 훌륭한지 형편없는지도 몰랐으며, 그의 건물들에 대해서는 들어본 적이 없다는 사실만 알 뿐이었다.

로크는 적도 없이 싸우는 전쟁터에 끌려온 듯했다. 그는 싸울 수밖에 없는 처지였지만 맞서 싸울 상대가 없었다.

로크는 공사 중인 건물들을 지나치다가 걸음을 멈추고 철골 구조물을 바라보았다. 이따금 그 기둥들과 들보들이 건물이 아닌 바리케이드의 형체를 갖추어가고 있는 것처럼 느껴졌고, 공사장의 나무 울타리와 인도에 서 있는 자신 사이의 몇 발짝 안 되는 거리가 도저히 뛰어넘을 수 없는 공간처럼 보이기도 했다. 그것은 고통이었으나 무뎌서 가슴에 파고들지는 않는 고통이었다. 그건 고통이라고 스스로에게 말하면 그의 몸은, 무쇠처럼 단단한 그의 몸은 그렇지 않다고 대꾸했다.

파고 백화점이 문을 열었지만 건물 하나가 동네 전체를 살릴 수는 없었다. 파고의 경쟁자가 판단한 대로 소매업의 중심이 북쪽으로 옮겨간 것이다. 파고의 고객들이 그를 버리고 떠났다. 사업적인 판단 착오에다 터무니없는 건물에 투자하는 실수까지 저질러 망하게 된 존 파고에 대한 이야기가 공공연히 나돌았고, 파고 백화점의 예로 대중이 건축적 혁신을 받아들이지 않는다는 사실이 입증되었다고들 떠들어댔다. 하지만 그 백화점이 뉴욕 시내에서 가장 깨끗하고 환하며, 뛰어난 설계로 기존의 어떤 백화점보다 운영하기 편리하고, 건물이 들어서기 전부터 그 동네의 운명은 이미 결정되어 있었다는 점에 대해서는 아무도 이야기하지 않았다. 결국 건물이 실패의 책임을 뒤집어쓰고 말았다.

건축업계의 재치꾼이자 미국 건축가협회의 익살꾼인 애설 스탠 비즐리는 건물은 짓지 않고 자선 무도회만 여는 인물이었는데 협회 회보에 '재담과 익살'이라는 제목의 다음과 같은 글을 실었다.

아, 소년소녀 여러분, 교훈을 주는 동화 한 편을 들려주겠어요. 옛날 옛적에 할로윈 호박 색깔 머리를 가진 어린 소년이 살고 있었답니다. 그 소년은 자기가 여러분 같은 보통 아이들보다 잘났다고 생각했죠. 그래서 그걸 증명하기 위해 집을 한 채 지었는데 아주 훌륭한 집이었지만 아무도 거기서 살 수가 없었죠. 그다음에는 상점을 지었는데 아주 멋진 상점이었지만 결국 파산하고 말았어요. 소년은 매우 뛰어난 건축물도 지었는데 그건 바로 진흙탕 위의 이륜마차였죠. 이 작품은 제 역할을 해내고 있다고 하니 소년에게 꼭 맞는 분야인 모양이에요.

3월 말경에 로크는 로저 엔라이트에 관한 기사를 읽었다. 로저 엔라이트는 수백만 달러의 돈과 석유회사를 소유하고 있었으나 절제력을 갖고 있지 못했다. 그래서 신문에 이름이 자주 오르내렸다. 그는 일관성 없이 여러 가지 갑작스럽고 모험적인 사업을 벌여 감탄과 조롱이 반반씩 섞인 경외감을 불러일으켰다. 가장 최근에 벌인 일은 새로운 형태의 택지개발 사업으로, 고급 개인주택처럼 세대가 완전히 분리된 아파트를 짓는 것이었다. 엔라이트는 지금까지 그 어느 곳에서도 볼 수 없었던 아파트를 짓겠노라고 천명했다. 그는 최고의 건축가 몇 명을 접촉해보았지만 모두 퇴짜를 놓았다.

로크는 그 신문 기사가 자신에게 보내온 초대장이자 자신을 위해 특별히 만들어진 기회처럼 여겨졌다. 그는 난생처음 일을 찾아 나섰다. 그는 로저 엔라이트와의 면담을 요청했다. 먼저 비서와 면담이 이루어졌다. 따분한 표정의 젊은 남자 비서는 로크의 경력에 대해 몇 가지 질문을 던졌는데, 로크가 어떤 대답을 하든 달라질 것이 없는 상황에서 어떤 질문이 적절한지 결정하기가 몹시 어렵기라도 한 것처럼 시간을 끌었다. 그러고는 로크의 건물들 사진 몇 장을 대충 보더니 엔라이트 씨의 관심을 끌기가 어렵겠다고 선언했다.

4월 첫째 주에 마지막 남은 돈으로 사무실 월세를 낸 로크는 맨해튼 은행 건물 신축을 위한 설계안을 제출해달라는 요청을 받았다. 그곳 이사진의 한 사람으로 리처드 샌본의 친구인 웨이들러 씨가 요청을 해온 것이었다. 웨이들러는 로크에게 이렇게 말했다. "로크 씨, 힘겨운 싸움을 벌였지만 결국 내가 이긴 것 같습니다. 내가 이사진을 직접 샌본 저택에 데려가서 리처드와 함께 몇 가지 설명을 해줬죠. 하지만 이사회에서 설계도를 본 후에 결정을 내릴 겁니다. 그러니 아직 확실한 건 아니지만 솔직히 말해서 거의 된 거나 마찬가지예요. 이사회에서 다른 두 건축가의 안은 퇴짜를 놓았어요. 다들 당신에게 아주 관심이 많아요. 진행하세요. 행운을 빌겠습니다!"

헨리 캐머런은 다시 병이 도졌다. 의사가 캐머런의 누이에게 이제는 회복될 가망이 없다고 알려주었다. 캐머런의 누이는 의사의 말을 믿지 않았다. 그녀는 새로운 희망을 품고 있었다. 침대에 누워 있는 오빠의 모습이 평온하고 거의 행복해 보이기까지 했기 때문이다. 사실 '행복'은 평생 그녀의 오빠와는 어울리지 않는 단어였다.

하지만 어느 날 저녁 캐머런이 갑자기 "하워드에게 전화해. 이리 오라고 해."라고 말하자 그녀는 와락 겁이 났다. 은퇴 후 3년 동안 캐머런은 로크가 찾아오기를 기다리기만 했을 뿐 먼저 부른 적은 없었던 것이다.

로크는 한 시간 내로 도착했다. 그는 캐머런의 침대 옆에 앉았고 캐머런은 평소처럼 그와 대화를 나누었다. 캐머런은 갑자기 부른 이유는 설명하지 않았다. 밤공기가 따뜻했고, 캐머런의 침실 창문은 어두운 정원을 향해 열려 있었다. 캐머런은 대화 중간에 바깥 나무들의 침묵을, 늦은 밤의 정적을 느끼고 누이를 불러서 말했다. "하워드가 거실 소파에서 잘 수 있게 해줘. 자고 갈 거니까." 캐머런을 바라본 로크는 그의 뜻을 이해하고 동의의 뜻으로 고개를 숙였다. 그는 방금 캐머런이 자신에게 엄숙한 눈짓으로 한 선언에 역시 엄숙하고 조용한 눈짓으로 화답했다.

로크는 그 집에서 사흘을 보냈다. 그가 거기 머물고 있는 것에 대해서나 얼마나 오래 머물러야 하는지에 대해 캐머런도, 그도 아무런 언급이 없었다. 그가 거기 있는 건 특별한 언급이 필요하지 않은 자연스러운 일로 여겨졌다. 캐머런의 누이도 그걸 알았고 역시 아무 말도 하지 않았다. 그녀는 용기를 내어 모든 걸 체념하고 그림자처럼 조용히 움직였다.

캐머런은 로크가 계속 자신의 방에 있는 걸 원치 않았다. 그는 이렇게 채근하고는 했다. "하워드, 나가서 정원 산책이라도 해. 새싹이 돋는 아름다운 봄이야." 그러고는 침대에 누운 채 열린 창문을 통해 연청색 하늘을 배경으로 서 있는 헐벗은 나무들 사이를 걸어 다니는 로크의 모습을 흡족하게 바라보았다.

캐머런은 로크에게 식사를 함께 해줄 것만 원했다. 그의 누이는 오빠의 무릎에 음식 쟁반을 올려놓고 로크의 식사는 침대 옆 작은 탁자에 차려주었다. 캐머런은 평생 누려본 적도, 추구해본 적도 없는 평범한 일과를 수행하는 가슴 따뜻한 느낌, 가족의 느낌에서 즐거움을 얻는 듯했다.

사흘째 되는 날 저녁, 캐머런은 베개에 등을 기대고 누워 평소처럼 이야기하고 있었지만 말이 느렸고 머리를 움직이지 않았다. 로크는 열심히 귀 기울이며 중간 중간 캐머런의 말이 끊길 때마다 무엇이 다가오고 있는지 아는 내색을 하지 않으려고 안간힘을 썼다. 캐머런의 말은 자연스럽게 들렸고 그가 얼마나 힘들여 말하는 것인지는 그의 바람대로 그의 마지막 비밀로 남을 터였다.

캐머런은 미래의 건축자재에 대해 이야기했다. "하워드, 경금속 산업에 주목해. …… 앞으로 …… 몇 년 안에 …… 경금속이 놀라운 일들을 해낼 거야. …… 플라스틱을 주목해. 거기 완전히 새로운 시대가 …… 거기서 올 거니까. …… 자넨 새로운 도구들과, 새로운 방법들과, 새로운 형태들을 발견하게 될 거야. …… 자넨 …… 저 염병할 바보들에게 …… 보여줘야 해. …… 인간의 두뇌가 그들에게 어떤 부를 …… 어떤 가능성들을 …… 만들어줬는지. …… 지난주에 새로운 합성타일에 관한 기사를 읽었어. …… 난 그걸 …… 사용할 방법을 …… 생각해냈지. …… 다른 재료로는 …… 안 되는 …… 예를 들면 …… 5천 달러짜리 …… 작은 집에……."

잠시 후 그는 말을 멈추고 눈을 감고서 침묵을 지켰다. 그러더니 갑자기 속삭였다.

"게일 와이낸드……."

로크는 어리둥절해서 그에게 더 가까이 귀를 댔다.

"난 …… 세상 누구보다 …… 게일 와이낸드를 …… 증오해. …… 아니, 난 그를 본 적도 없지. …… 하지만 그는 ……

이 세상의 모든 잘못된 것을 대표하지. …… 오만한 저속함의 …… 승리를……. 하워드, 자네가 싸워야 할 대상은 게일 와이낸드야……."

그러고는 오랫동안 말을 하지 않았다. 이윽고 다시 눈을 떴을 때 그는 미소 짓고 있었다. 그가 말했다.

"자네 지금 사무실 형편 …… 알아……." 로크는 그에게 그런 이야기를 한 적이 없었다. "아니, 부인할 것 없어. …… 아무 말 마. …… 다 알아. …… 하지만 …… 괜찮아. …… 겁내지 마. …… 내가 자넬 해고하려고 했던 날 기억나? …… 그때 내가 한 말은 잊어. …… 그게 다가 아니니까. …… 그러니 겁내지 마. …… 고생한 보람이 있을 테니……."

캐머런은 더는 목소리를 낼 수 없었다. 하지만 시력은 그대로 남아 있어서 조용히 누운 채로 편안하게 로크를 바라보았다. 그는 30분 후 세상을 떠났다.

키팅은 캐서린을 자주 만났다. 그는 캐서린과의 약혼 사실을 공개적으로 발표하지는 않았지만 어머니가 알고 있었기에 이제 그건 그만의 소중한 비밀은 아니었다. 캐서린은 이따금 그가 자신과의 만남을 중요하게 생각하지 않는다는 생각이 들었다. 이제 그녀는 하염없이 그를 기다리는 외로움은 면했지만 그가 반드시 돌아올 거라는 확신은 잃은 상태였다.

키팅은 그녀에게 이렇게 말했다. "케이티, 그 영화사 공모대회 결과가 나올 때까지만 기다리자. 얼마 안 남았어. 5월에 발표가 날 거야. 거기 뽑히면 한 밑천 잡는 거야. 그럼 결혼할 수 있어. 그리고 그때 네 삼촌도 만날 거야. 네 삼촌도 날 만나고 싶겠지. 난 꼭 뽑혀야 돼."

"당신은 뽑힐 거예요."

"게다가 늙은 헤이어도 몇 달 못 버틸 거야. 의사 말이 헤이어는 곧 다시 뇌졸중을 일으킬 거고 그럼 끝이래. 그걸로 무덤까지는 안 간다고 해도 분명 사무실에선 사라질 거야."

"오, 피터, 당신이 그렇게 말하는 거 듣기가 좀 그래요. 그러면 안 돼……. 너무 이기적이에요."

"미안해. 아 …… 그래, 내가 이기적이긴 하지. 사람은 누구나 그렇고."

키팅은 도미니크와 더 많은 시간을 보냈다. 도미니크는 그가 더는 문제가 되지 않는 듯 무심하게 그를 지켜보았다. 그녀는 가끔씩 중요하지 않은 저녁 모임에 동반할 중요하지 않은 파트너로 그가 적절한 인물임을 깨달은 모양이었다. 키팅은 도미니크가 자신을 좋아한다고 생각했다. 하지만 그게 고무적인 징조는 아님을 알고 있었다.

이따금 키팅은 그녀가 프랭컨의 딸이라는 사실을, 그녀를 원하게 된 모든 이유를 까맣게 잊었다. 그는 그런 이유들이 필요하지 않았다. 남자로서 그녀를 원했다. 이제 그녀가 주는 흥분만으로도 그녀를 원하는 이유는 족했다.

그런데도 그녀 앞에서는 무력감을 느꼈다. 키팅은 여자가 끝까지 자신에게 무관심할 수 있다는 생각은 하지 않았다. 하지만 그녀의 무관심조차 확신할 수가 없었다. 그는 도미니크의 기분을 알려고 애쓰며, 그녀가 바랄 것 같은 반응을 보이며 참을성 있게 기다렸다. 하지만 그녀에게서는 아무런 응답이 없었다.

어느 봄날 밤, 두 사람은 함께 무도회에 갔다. 함께 춤을 출 때 키팅은 의미심장한 손길로 도미니크를 자신에게로 바짝 끌어당겼다. 그녀도 분명 느끼고 알 터였다. 도미니크는 몸을 빼지 않았고 마치 기대에 찬 듯한 흔들림 없는 시선으로 그를 응시했다. 무도회장을 나올 때 키팅은 도미니크의 외투를 입혀주며 자연스럽게 그녀의 어깨에 손을 얹었다. 도미니크는 움직이지도, 외투를 여미지도 않고 그가 손을 치울 때까지 잠자코 기다렸다. 두 사람은 함께 걸어나가서 택시를 탔다.

도미니크는 택시에 탄 뒤 구석에 조용히 앉아 있었는데 전에는 그렇게 침묵을 지킬 정도로 키팅의 존재를 의식한 적이 없었다. 그녀는 다리를 꼬고 외투를 단단히 여미고 앉아 손가락으로 천천히 무릎을 두드리고 있었다. 키팅은 살며시 그녀의 팔을 잡았다. 도미니크는 손가락의 동작을 멈추었을 뿐 저항하지도, 응하지도 않았다. 키팅의 입술이 그녀의 머리칼에 닿았는데 그건 키스가 아니라 단지 입술을 머리칼에 오래 대고 있는 것이었다.

택시가 멈추지 키팅이 속삭였다. "도미니크…… 나도 올라가게 해줘요. 잠깐만……."

"그래요." 도미니크가 대답했다. 초대의 느낌이라곤 없는 냉담한 목소리였다. 하지만 전에는 허락조차 한 적이 없었기에 키팅은 뛰는 가슴으로 그녀를 따라갔다.

아파트로 들어선 도미니크가 잠시 걸음을 멈추고 기다렸다. 키팅은 어리둥절하고 무척이나 행복해서 하릴없이 그녀를 바라보기만 했다. 그는 도미니크가 다시 움직여 응접실로 걸어가기 시작한 뒤에야 그녀가 잠시 멈추었던 걸 깨달았다. 도미니크는 양팔을 힘없이 늘어뜨리고 무방비 상태로 의자에 앉았다. 반쯤 감긴 그녀의 직사각형 눈이 공허해 보였다.

"도미니크……." 키팅이 속삭였다. "도미니크…… 정말 아름다워요……." 키팅은 도미니크 옆으로 가서 두서없이 속삭였다. "도미니크…… 도미니크, 사랑해요. …… 비웃지 말아요, 제발 웃지 말아요!…… 내 삶 전체…… 당신이 원하는 건 무엇이든…… 당신은 자신이 얼마나 아름다운지 몰라요? 도미니크…… 사랑해요……."

그는 도미니크를 껴안고 그녀에게 얼굴을 가까이 댄 다음 그녀의 반응이나 저항을 기다렸지만 그녀는 아무 움직임이 없었다. 그는 그녀를 거칠게 끌어당겨 입술에 키스했다.

키팅은 포옹을 풀었다. 그에게서 놓여난 도미니크의 몸이 다시 의자에 늘어졌고 그는 넋이 나가서 멍하니 그녀를 바라보고 있었다. 그건 키스가 아니었다. 그건 여자의 몸을 안고 있는 게 아니었다. 그가 품에 안고 키스한 대상은 살아 있지 않았다. 그녀의 입술은 그의 키스에 움직임이 없었고, 그녀의 팔 역시 그의 포옹에 움직이지 않았다. 그건 반감도 아니었다. 차라리 반감이라면 이해할 수 있었다. 그가 그녀를 영원히 안고 있든, 놓아버리든, 다시 키스하든, 더 나아가 자신의 욕망을 채우든 그녀의 몸은 그걸 알지 못할 터였다. 도미니크는 그를 바라보고 있었다. 아니, 그를 지나쳐 다른 곳을 보고 있었다. 그녀는 옆에 있는 탁자 위의 재떨이에서 담배꽁초 하나가 굴러떨어진 걸 보고 손을 움직여 담배꽁초를 도로 재떨이에 넣었다.

"도미니크, 내가 키스하는 걸 원하지 않았어요?" 그가 바보처럼 속삭였다.

"아뇨." 도미니크는 그를 비웃고 있지 않았다. 단순하고 무력하게 대답하고 있었다.

"키스해본 적 없어요?"

"아뇨, 많아요."

"늘 그런 식으로 행동해요?"

"늘. 그렇게 해요."

"왜 내가 키스해주길 원했죠?"

"해보고 싶었어요."

"도미니크, 당신은 사람이 아네요."

도미니크는 고개를 들었다. 그녀는 의자에서 일어섰고 다시금 그녀 특유의 자로 잰 듯 정확한 동작을 보였다. 키팅은 이제 그녀의 단순하고 무력한 목소리를 들을 수 없을 것임을, 친밀감은 사라졌음을 깨달았다. 그녀가 다시 입을 열었을 때 그녀의 말들은 지금까지 했던 어떤 말보다 친밀하고 고백적이었지만 누구에게 무엇을 고백하는지에 대해 전혀 신경 쓰지 않는 듯했다.

"아무래도 난 사람들이 말하는 변태인가 봐요. 불감증이 심한 여자. 피터, 미안해요. 이제 알겠어요? 당신에겐 경쟁자들이 없어요. 당신 자신도 거기 해당되고요. 실망했죠?"

"그건 …… 나이가 들면 …… 나아질 거예요……."

"피터, 난 그렇게 어린 나이가 아녜요. 스물다섯인 걸요. 남자와 자는 건 흥미로운 경험일 거예요. 나도 그걸 원하고 싶어요. 방탕한 여자가 되는 것도 신날 거예요. 알다시피 난 모든 면에서 방탕한 여자라고 볼 수 있지만 사실……. 피터, 금방이라도 얼굴을 붉힐 것 같네요. 아주 재미있어요."

"도미니크! 지금까지 사랑을 해본 적이 단 한 번도 없어요? 조금이라도?"

"없어요. 사실 난 진심으로 당신을 사랑하고 싶었어요. 그럼 편리할 거라고 생각했거든요. 당신과는 아무 문제도 없을 테니까. 하지만 봤죠? 난 아무것도 느낄 수 없어요. 당신이든, 앨버 스카럿이든, 루시어드 헤이어든 전혀 다를 게 없어요."

키팅은 벌떡 일어섰다. 그는 도미니크를 보고 싶지 않았다. 그는 창가로 걸어가서 뒷짐을 지고 창밖을 내다보았다. 이제 그는 도미니크에 대한 갈망과 그녀의 아름다움은 잊었지만 그녀가 프랭컨의 딸임을 기억하고 있었다.

　"도미니크, 나와 결혼해주겠소?"

　키팅은 지금 그 말을 해야만 한다는 걸 알았다. 도미니크에 대해 깊게 생각하면 절대 그 말이 나오지 않을 것이기 때문이었다. 이제 그녀에 대한 감정은 중요하지 않았다. 그 감정이 출세를 막는 장애물이 되게 할 수는 없었다. 그녀에 대한 감정이 증오로 변해가고 있었던 것이다.

　"진담은 아니겠죠?" 도미니크가 물었다.

　키팅은 그녀를 향해 돌아서서 빠른 어조로 말하기 시작했다. 이제 그는 거짓말을 하고 있었다. 자신 있게 술술 거짓말을 하는 게 전혀 어렵지 않았다.

　"도미니크, 사랑해요. 난 당신한테 완전히 마음을 빼앗겼어요. 내게 기회를 줘요. 다른 남자가 없다면 안 될 것도 없잖아요. 당신은 나를 사랑하는 법을 배우게 될 거예요. 난 당신을 이해하니까. 내가 참고 기다려주겠어요. 당신을 행복하게 해주겠어요."

　도미니크는 갑자기 몸서리를 치더니 웃기 시작했다. 단순하고 솔직한 웃음이었다. 키팅은 그녀의 옅은 색 드레스가 진동하는 걸 보았다. 똑바로 서서 고개를 뒤로 젖히고 웃고 있는 도미니크이 모습은 그에 대한 격렬한 모욕으로 진동하는 하나의 현(絃) 같았다. 도미니크의 웃음이 모욕적이었던 건 씁쓸하거나 조롱이 섞여 있지 않고 그저 쾌활하기만 한 웃음이기 때문이었다.

웃음을 그친 도미니크가 키팅을 바라보면서 진지한 목소리로 말했다.

"피터, 내가 끔찍한 잘못을 저질러 스스로에게 벌을 내리고 싶어지면, 나 자신을 지독하게 벌하고 싶어지면 그때 당신과 결혼하겠어요." 그러고는 이렇게 덧붙였다. "약속이라고 생각해도 좋아요."

"기다리겠어요. 당신이 어떤 이유로 나와 결혼하든 상관없어요."

그러자 도미니크가 미소를 지었는데 키팅이 두려워하는 차갑고 쾌활한 미소였다.

"피터, 사실 그럴 필요도 없잖아요. 당신은 나와 결혼하지 않아도 아버지의 동업자가 될 거예요. 우린 영원히 좋은 친구로 남게 될 거고요. 자, 이제 집에 돌아갈 시간이에요. 수요일에 마술(馬術) 쇼에 데려가는 거 잊지 말아요. 오, 그래요, 우린 수요일에 마술 쇼에 갈 거예요. 난 마술 쇼가 아주 좋아요. 잘 가요, 피터."

키팅은 도미니크의 아파트를 나와 따스한 봄의 밤공기 속을 걸어 집으로 돌아갔다. 그의 발걸음이 거칠었다. 그 순간에는 도미니크와 결혼하는 조건으로 프랭컨 앤드 헤이어를 통째로 준다고 해도 딱 잘라 거절할 수 있을 것 같았다. 하시만 내일 아침에는 생각이 완전히 달라질 것임을 알았기에 자신이 혐오스러웠다.

15

 그건 공포였다. 그건 악몽과도 같다고 피터 키팅은 생각했다. 하지만 악몽을 꾸고 있다면 더는 견딜 수 없을 때 깨게 되지만 키팅은 거기서 깨어날 수도, 그걸 더 견딜 수도 없었다. 공포는 며칠 동안, 아니 몇 주 동안 계속 커져서 이제 그를 완전히 사로잡고 있었다. 패배에 대한 용렬하고 고약한 공포. 그는 공모대회에서 뽑히지 못할 터였다. 확실했다. 그런 확신은 하루하루 더 커져만 갔다. 키팅은 일에 집중할 수가 없었고, 사람들이 말을 걸면 흠칫 놀랐으며, 며칠째 밤잠을 못 이루고 있었다.

 키팅은 루서스 헤이어의 집을 향해 걸어갔다. 그는 길에서 지나치는 사람들의 얼굴을 보지 않으려고 했지만 자신도 모르게 눈길이 갔다. 지금까지 늘 사람들을 보며 살아왔으니까. 사람들도 늘 그랬던 것처럼 그를 쳐다봤다. 키팅은 그들에게 보지 말라고, 나를 좀 그냥 내버려두라고 소리치고 싶었다. 그가 실패할 걸 알고 쳐다보는 것 같아서였다.

키팅은 재난이 닥치기 전에 최후의 수단을 쓰기 위해 헤이어의 집으로 가고 있었다. 만일 그가 공모대회에서 뽑히지 못하면(실패할 게 뻔했다) 프랭컨은 공개적인 망신을 당한 것에 대한 충격과 환멸을 느낄 것이고, 그런 상태에서 헤이어가 죽으면(언제 죽을지 모르니까) 그를 동업자로 받아들이기를 주저할 것이며, 그렇게 되면 게임에서 지는 거였다. 다른 경쟁자들이 기회를 잡기 위해 기다리고 있었다. 키팅은 결국 베넷을 회사에서 쫓아내지 못했고, 독립해서 잘나가고 있는 클로드 스텐겔도 헤이어의 자리를 사겠다고 프랭컨에게 접근하고 있었다. 키팅은 프랭컨의 불확실한 신뢰밖에는 믿을 것이 없었다. 일단 헤이어의 자리를 다른 사람이 차지하면 키팅의 미래는 끝이었다. 그건 거의 잡을 뻔했던 성공을 놓치는 것이기에 도저히 용납할 수 없는 일이었다.

불면의 밤들을 보내며 그의 결심은 분명해지고 단단히 굳어졌다. '당장 마무리를 짓자. 공모대회 결과가 발표되기 전에 프랭컨의 헛된 희망을 이용해야만 한다. 헤이어를 빨리 몰아내야 한다. 이제 며칠밖에 남지 않았다.'

키팅은 프랭컨이 헤이어의 성격에 대해 헐뜯던 것이 기억났다. 그는 헤이어의 사무실에서 서류철을 뒤져 결국 자신이 원하는 걸 찾아냈다. 15년 전에 어느 건설업자가 보낸 편지였는데 헤이어 씨 앞으로 2만 달러짜리 수표를 동봉한다는 내용이었다. 키팅은 그 건물에 대한 기록을 살펴보고 공사비가 정상적인 가격보다 높게 나온 걸 확인했다. 바로 그해부터 헤이어는 도자기 수집을 시작했다.

헤이어는 서재에 혼자 있었다. 작고 어두운 방이었다. 몇 년 동안 환기를 시키지 않은 듯 공기가 답답했다. 짙은 색 마호가니 장식판자와 태피스트리, 귀한 고가구들이 흠잡을 데 없이 깨끗하게 보존되어 있었지만 방 자체는 왠지 곤궁과 부패의 냄새를 풍겼다. 구석의 작은 탁자 위에 등 하나가 밝혀져 있었고, 거기 우아하고 귀중한 도자기 잔 다섯 개가 놓여 있었다. 헤이어는 침침한 등불 아래 웅크리고 앉아 잔들을 살펴보며 모호하고 무의미한 즐거움을 누리고 있었다. 늙은 하인이 키팅을 데리고 들어오자 그는 흠칫 놀라 몸서리를 쳤고, 무기력하고 당황한 표정으로 눈을 깜빡거리면서도 키팅에게 앉으라고 자리를 권했다.

키팅은 자신의 목소리를 듣자 이곳으로 오는 내내 따라왔던 두려움이 어느덧 자취를 감추었음을 깨달았다. 그의 목소리는 차갑고 침착했다. 팀 데이비스와 클로드 스텐겔에 이어 또 한 사람이 제거될 차례였다.

키팅은 자신이 원하는 걸 설명했다. 고요한 서재에 세공된 보석처럼 짧고 간결하며 완벽하게 다듬어진 자신의 생각을 펼쳐놓았다.

"따라서 내일 아침에 프랭컨에게 은퇴를 통보하지 않으면 **이걸** 건축가협회에 보내겠습니다." 키팅이 문제의 편지를 꺼내 들고 말을 맺었다.

그리고 기다렸다. 헤이어는 가만히 앉아 있었는데 툭 불거진 옅은 색 눈에는 초점이 없었고 입은 완벽한 원을 그리며 벌어져 있었다. 키팅은 몸서리가 났다. 자신이 백치를 상대로 이야기한 건 아닐까 하는 생각이 들었다.

이윽고 헤이어의 입이 움직였고 그의 연분홍색 혀가 아랫니의 벽 속에서 씰룩거리는 게 보였다.

"하지만 난 은퇴하고 싶지 않아." 헤이어가 단순하고 솔직하게, 약간 울음 섞인 소리로 말했다.

"은퇴해야 합니다."

"그러고 싶지 않아. 안 할 거야. 난 유명한 건축가야. 난 언제나 변함없이 유명한 건축가였어. 다들 나 좀 들볶지 말았으면 좋겠어. 다들 내가 은퇴하길 원하지. 내가 비밀 하나 얘기해주지." 헤이어는 키팅에게 몸을 기울이며 교활하게 속삭였다. "자넨 모르겠지만 난 알아. 가이는 날 속일 수 없어. 그는 내가 은퇴하길 바라지. 그는 자기가 나보다 한 수 위라고 생각하지만 난 그의 속을 훤히 알아. 그게 프랭컨의 좋은 점이지." 그러고는 킬킬 웃었다.

"내 말을 이해 못하는군요. 이거 알아요?" 키팅은 헤이어의 반쯤 오므려진 손에 편지를 밀어 넣었다.

얇은 편지지가 헤이어의 손에서 떨리고 있었다. 편지가 탁자에 떨어지자 헤이어의 마비된 왼손이 마치 갈고리처럼 맹

목적으로 그걸 덮쳤다.

"이걸 협회에 보내면 안 돼. 그럼 난 자격을 박탈당하게 될 거야."

"당연하죠." 키팅이 대꾸했다.

"그리고 신문에도 날 거야."

"모든 신문에요."

"그러면 안 돼."

"은퇴 안 하면······ 그렇게 할 겁니다."

헤이어의 어깨가 탁자 아래로 내려갔다. 머리는 아직 탁자 위쪽에 있었지만 금방이라도 탁자 밑으로 사라질 것 같은 자세였다.

"안 그럴 거지, 제발 안 그럴 거지?" 헤이어가 숨도 안 쉬고 우는 소리로 웅얼거렸다. "자넨 착한 친구야. 자넨 정말 착한 친구야. 안 그럴 거지, 그렇지?"

탁자 위에 누렇게 변색된 편지가 놓여 있었다. 헤이어의 마비된 왼손이 천천히 그쪽으로 다가갔다. 키팅이 허리를 굽혀 그의 손에서 편지를 낚아챘다.

헤이어가 고개를 한쪽으로 기울이고 입을 벌린 채 쳐다보았다. 키팅이 자신을 때릴 거라고 예상하는 듯한 눈빛이었다. 그의 구역질나는 애원 어린 눈길은 키팅에게 때려도 된다고 말하고 있었다.

헤이어가 속삭였다. "제발, 안 그럴 거지, 그렇지? 난 몸이 좋지 않아. 난 자네에게 해코지한 적이 없어. 자넬 위해 좋은 일도 한 번 했던 것 같은데."

"뭔데요? 날 위해 뭘 해줬죠?" 키팅이 따졌다.

"자네 이름이 피터 키팅이지. 피터 키팅 …… 기억나. …… 자넬 위해 좋은 일을 했어. …… 자넨 가이의 신임이 아주 두터운 친구지. 가이를 믿지 마. 난 그를 믿지 않아. 하지만 자넨 좋아. 곧 자넬 설계사로 만들어주겠네." 헤이어의 입은 말을 마친 후에도 그대로 벌어져 있었다. 입 귀퉁이에서 침이 한 줄기 흘러내렸다. "제발 …… 안 돼……."

키팅의 눈이 혐오감으로 번득였다. 혐오감이 그를 거세게 몰아댔다. 그는 도저히 참을 수가 없어서 더 가혹하게 굴었다.

"당신의 죄를 세상에 까발리겠어." 키팅이 반짝이는 목소리로 말했다. "당신은 뇌물을 받아먹은 더러운 인간으로 온 세상에 알려질 거야. 사람들이 모두 손가락질을 하겠지. 신문마다 당신 사진이 실리고. 그 건물 주인은 당신을 상대로 소송을 걸겠지. 당신은 감옥에 갈 거고."

헤이어는 아무 말도 없었다. 움직임도 없었다. 키팅은 갑자기 탁자 위의 도자기 잔들이 달각거리는 소리를 들었다. 헤이어의 몸이 경련을 일으키는 건 보이지 않았다. 마치 잔들이 저절로 진동하는 것처럼 정적 속에서 가늘고 맑은 달각거림만 들려왔다.

"나가!" 키팅은 그 소리를 듣지 않으려고 목소리를 높여 외쳤다. "회사에서 나가란 말이야! 뭘 바라고 붙어 있는 거야? 당신은 쓸모없는 존재야. 처음부터 쓸모없는 존재였다고."

탁자 가장자리의 누런 얼굴이 입을 벌리고 신음 같은 물기 어린 꾸르륵 소리를 냈다.

키팅은 편안히 앉아 앞으로 몸을 기울이고 무릎을 벌려 한쪽 무릎에 팔꿈치를 올리고 그 손에 든 편지를 흔들었다.

"난…… 난……." 헤이어가 질식할 듯한 목소리로 말했다.

"닥쳐! 잔말 말고 은퇴할지 말지 대답이나 해. 빨리 생각해. 난 여기 당신과 말씨름하러 온 게 아냐."

헤이어가 경련을 멈추었다. 그의 얼굴에 대각선으로 그림자가 졌다. 키팅은 헤이어의 깜빡이지 않는 한쪽 눈과 벌어진 입 반쪽을 바라보았다. 마치 익사라도 하듯 그의 얼굴이 어둠에 잠기고 있었다.

"대답해!" 키팅은 갑작스런 공포에 사로잡혀서 소리쳤다. "왜 대답을 안 하는 거야?"

반쪽 얼굴이 흔들리더니 탁자 아래로 툭 떨어져 마치 목이 잘린 듯 바닥에 뒹굴었다. 도자기 잔 두 개가 뒤따라 떨어져 카펫 위에서 조용히 박살이 났다. 몸이 머리를 따라 바닥으로 무너져 내려 이제 머리와 몸이 붙어 있는 것처럼 보이자 키팅은 안도감을 느꼈다. 그동안 들린 소리라고는 도자기 잔이 깨지는 조용하고 음악적인 소리뿐이었다.

'헤이어가 길길이 날뛰겠군.' 키팅은 깨진 잔들을 보며 그렇게 생각했다. 벌떡 일어나 있던 그는 무릎을 꿇고 앉아 도자기 파편들을 주워 모았지만 부질없는 짓이었다. 복구할 수 없을 정도로 산산조각 나 있었기 때문이다. 그 순간 키팅은 기다리던 두 번째 발작이 드디어 왔다고, 얼른 조처를 취해야 한다고, 하지만 괜찮다고, 이제 헤이어는 은퇴할 수밖에 없게 되었다고 생각했다.

키팅은 무릎을 꿇은 채 헤이어의 몸 가까이로 다가갔다. 이상하게도 헤이어의 몸을 만지고 싶지가 않았다. "헤이어 씨." 그가 불렀다. 부드럽고 거의 공손하다고 할 수 있는 목소리였다. 키팅은 조심스럽게 헤이어의 머리를 들었다. 그리고 내려놓았다. 머리가 바닥에 떨어지는 소리가 들리지 않았다. 키팅은 자신의 목구멍에서 울리는 딸꾹질 소리를 들었다. 헤이어는 죽은 것이었다.

키팅은 발꿈치에 엉덩이를 올리고 무릎 위에 손을 펼친 채 시체 옆에 앉아 있었다. 앞을 똑바로 응시하던 그의 눈길이 문가의 주름진 벽걸이 천에 머물렀다. 그는 저 회색 광택이 먼지일까 아니면 벨벳에 보풀이 인 걸까 궁금해하며 문가에 저런 걸 걸어놓다니 정말 구식이라고 생각했다. 다음 순간 자신이 와들와들 떨고 있는 게 느껴졌다. 그는 토할 것만 같았다. 그는 벌떡 일어나서 방을 가로질러 걸어가 문을 열어젖혔다. 서재 외에 다른 공간들이 있고 거기 하인이 있다는 사실이 떠올랐던 것이다. 그는 도와달라고 소리쳤다.

키팅은 여느 때와 다름없이 출근했다. 그는 사람들의 질문에 대답하고, 헤이어가 은퇴 문제로 의논할 게 있으니 그날 저녁식사 후에 집으로 와달라고 했다고 설명했다. 아무도 그의 이야기를 의심하지 않았으며 키팅도 그걸 알고 있었다. 헤이어는 모두가 예상했던 최후를 맞았기 때문이다. 프랭컨은 동업자의 죽음에 안도감밖에 느끼지 않았다. "조만간 그렇게 될 걸 알고 있었으니까. 고인이나 우리나 고통이 길어지는 걸 면하게 됐는데 슬퍼할 게 뭐 있어?" 프랭컨의 말이었다.

키팅은 지난 몇 주간에 비해 훨씬 차분해져 있었다. 그건 멍한 무감각에서 오는 차분함이었다. 회사에서나 집에서나, 낮이나 밤이나, 약하지만 끈질기게 그를 따라다니는 생각이 있었다. '난 살인자야……. 진짜 살인자는 아니지만 살인자나 다름없어……. 살인자나 다름없어.' 키팅은 그것이 사고가 아니었음을 알고 있었다. 그는 그 두 번째 발작으로 헤이어가 죽을 때까지 병원 신세를 지게 될 것이라고 기대했다. 하지만 그가 기대했던 게 그게 다였을까? 두 번째 발작이 또 어떤 의미를 지닐지도 알지 않았을까? 그걸 기대하지 않았을까? 그는 열심히 기억을 더듬어보았다. 죽을힘을 다해 기억을 쥐어짰다. 그는 아무 느낌이 없었다. 어차피 뭘 느끼리란 기대는 없었다. 다만 알고 싶을 뿐이었다. 그는 사무실에서 어떤 일이 벌어지고 있는지에 대해서도 무감각했다. 프랭컨과 동업자 자리에 대해 담판을 지을 시간이 얼마 남지 않았다는 것조차 잊고 있었다.

헤이어가 죽고 나서 며칠 후, 프랭컨이 그를 자기 방으로 불렀다.

"앉게, 피터." 프랭컨이 평소보다 환한 미소를 지으며 말했다. "자네에게 기쁜 소식이 있네. 오늘 아침에 루셔스의 유서가 공개됐네. 알다시피 그에겐 친척이 없지. 사실 난 깜짝 놀랐다네. 난 그를 별로 믿지 않았는데 가끔 훌륭한 일도 할 줄 아는 사람이더군. 루셔스가 전 재산을 자네에게 남겼네……. 대단하지, 안 그런가? 그러니 동업자 계약을 맺을 때 투자금 문제는 걱정을 안 해도……. 피터, 왜 그러나? …… 피터, 이 친구, 어디 아픈가?"

키팅은 책상 귀퉁이에 놓인 자신의 팔에 얼굴을 묻었다. 프랭컨에게 얼굴을 보일 수가 없었다. 그는 토할 것만 같은 기분을 느꼈다. 끔찍한 공포 속에서도 헤이어가 남긴 유산이 얼마나 될까 궁금해하는 자신을 발견한 것이다.

유서는 5년 전에 작성된 것이었다. 회사에서 자신에게 관심을 보여준 단 한 사람에 대한 무분별하고 격한 애정에서, 어쩌면 동업자 프랭컨에 대한 반발심에서 그런 유서를 작성했다가 그걸 잊고 있었던 모양이었다. 헤이어의 집은 20만 달러 상당의 가치가 있었고 회사 지분과 도자기 소장품까지 모두 키팅의 몫이었다.

키팅은 그날 동료들의 축하인사를 받지 않고 일찍 퇴근했다. 집에 들어가서 어머니께 소식을 전한 후 거실 한가운데서 헐떡거리고 있는 어머니를 뒤로하고 자신의 방에 처박혔다. 그러고는 저녁 먹기 전에 말없이 밖으로 나갔다. 그는 저녁은 굶고 단골 술집에 가서 술을 퍼마셨지만 정신은 무섭도록 또렷했다. 그렇게 평소보다 더 명석해져서는, 고개는 제대로 못 가누면서도 정신은 흔들림이 없는 상태에서 그는 후회할 것 없다고, 다른 사람들도 그 상황에서는 다 그렇게 했을 거라고 자신을 타일렀다. 캐서린은 그에게 이기적이라고 했지만 사람은 누구나 이기적이었다. 이기적인 건 아름답진 않지만 자신만 그런 게 아니었다. 다만 그는 다른 대부분의 사람들보다 운이 좋았을 뿐이었다. 그리고 그건 그들보다 훌륭하기 때문이었다. 그는 기분이 좋았다. 그는 다시는 쓸데없는 의구심이 고개를 들지 않기를 바랐다. '각자 살길을 찾는 거지.' 그는 탁자에 엎어져 잠에 빠져들며 그렇게 웅얼거렸다.

쓸데없는 의구심은 다시는 고개를 들지 않았다. 그날 이후로 그런 의구심에 젖을 경황이 없었다. 코스모-슬롯닉 공모대회에 당선된 것이다.

피터 키팅은 그것이 승리임은 알고 있었지만 그런 반응이 뒤따를 줄은 상상도 못했다. 그는 트럼펫 소리 정도는 기대했지만 교향악이 폭발적으로 터져 나올 줄은 꿈도 꾸지 못했다.

그것은 당선자의 이름을 알려주는 가녀린 전화벨 소리로

시작되었다. 그다음에는 회사의 모든 전화가 일제히 울려대서 전화 교환원을 쩔쩔매게 만들었다. 뉴욕의 모든 신문사와 유명 건축가들에게서 질문과 인터뷰 요청, 축하 전화가 쇄도했던 것이다. 메시지나 전보를 전하러 온 사람들, 키팅이 아는 사람들, 키팅이 본 적도 없는 사람들의 인파가 엘리베이터에서 쏟아져 나와 회사 안으로 물밀듯 들어왔다. 안내 직원은 누구를 들이고 누구를 내보내야 할지 몰라 정신이 없었고, 키팅은 악수를 하느라 바빴는데 연이어 다가오는 손들이 마치 부드럽고 축축한 톱니바퀴 같았다. 그는 프랭컨의 방에서 이루어진 첫 인터뷰에서 자신이 무슨 말을 했는지 기억도 나지 않았다. 사람들과 카메라들이 꽉 들어차 있었고, 프랭컨은 술 장식장을 활짝 열어젖히고 다들 마음껏 마시게 했다. 프랭컨은 사람들에게 코스모-슬롯닉 빌딩이 피터 키팅의 단독 작품임을 시인했다. 감격에 취해 한껏 관대해진 데다 키팅의 단독 작품이라고 하면 훌륭한 기삿거리가 될 것 같았기 때문이다.

그것은 프랭컨의 예상보다 더 훌륭한 기삿거리가 되었다. 빛나는 눈과 검은 고수머리를 지닌 수려하고 건강한 미남자 피터 키팅의 미소 짓는 얼굴이 신문마다 도배되었고, 가난과 고투, 야심, 끊임없는 노력이 결국 성공을 일구었다는 이야기, 아들의 성공을 위해 모든 걸 희생한 어머니의 믿음에 대한 이야기, '건축계의 신데렐라' 이야기가 함께 실렸다.

코스모-슬롯닉 영화사에서도 좋아했다. 그들은 당선자가 젊고 가난한(최근에 상황이 달라졌지만) 미남자일 거라곤 상상도 못하고 있었던 것이다. 결국 그들은 젊은 천재를 발굴해낸 셈이었는데, 코스모-슬롯닉은 원래 젊은 천재들에 열광했다. 사실 이제 겨우 마흔세 살인 슬롯닉 씨도 젊은 천재 중 한 사람이었다.

키팅이 설계한 '세계에서 가장 아름다운 빌딩'의 모습이 신문들에 실렸고, 그 밑에 달린 심사평은 이런 내용이었다. "…… 뛰어난 설계 기술과 단순성 …… 분명하고 냉혹한 효율성 …… 교묘한 공간의 경제성 …… 예술에 있어서의 현대와 전통의 놀라운 조화 …… 프랭컨 앤드 헤이어의 피터 키팅에게……."

키팅은 뉴스영화에도 등장하여 슈프 씨, 슬롯닉 씨와 악수를 나누었고 자막에는 그 건물에 대한 그 두 신사의 의견이 실렸다. 키팅은 뉴스영화에서 딤플스 윌리엄스 양과도 악수를 나누었는데, 자막에는 그가 현재 상영 중인 윌리엄스 양의 영화에 대해 어떻게 생각하는지가 실렸다. 키팅은 건축업계 파티들과 영화계 파티들에 중요한 손님으로 초대되었는데, 연설을 할 때 건축에 대해 이야기해야 할지 영화에 대해 이야기해야 할지 갈피를 잡지 못했다. 그는 건축가들의 사교 모임과 팬클럽들에도 나타났다. 코스모-슬롯닉은 키팅과 그의 건물의 합성사진을 만들어 우표를 붙인 반송용 봉투와 25센트를 보낸 사람들에게 발송해주었다. 키팅은 일주일 동안 매일 저녁 코스모-슬롯닉 영화사의 최신 특별작 개봉행사가 열리는 코스모 극장 무대에 나타나기도 했다. 그는 조명이 밝혀진 무대에 서서 검정 턱시도 차림의 날씬하고 우아한 모습으로 객석을 향해 공손히 절을 한 뒤 건축의 중요성에 대해 2분 정도 연설을 했다. 그리고 애틀랜틱 시 미인대회 심사도 맡았는데, 그 대회 우승자에게는 코스모-슬롯닉 영화사의 스크린 테스트 자격이 주어졌다. 유명 프로 권투선수와 나란히 찍은 사진에는 '챔피언들'이란 제목이 붙었다. 그의 건물의 축소 모형이 만들어져 다른 응모작들 중 가장 뛰어난 작품의 사진들과 함께 전국의 코스모-슬롯닉 극장 로비에 전시되었다.

키팅 부인은 처음에는 감격에 겨워 흐느끼며 피터를 껴안고 도무지 믿을 수가 없다고 말했다. 기자들이 아들에 대해 물으면 말을 더듬었고, 사진을 찍을 때도 어쩔 줄 몰라 하며 열심히 포즈를 취해주었다. 그러나 시간이 지나면서 그 모든 것에 익숙해져갔다. 그녀는 아들에게 어깨를 으쓱해 보이며 물론 당선된 건 기쁘지만 따지고 보면 당연한 일이니 그리 놀라울 것도 없다고 말했다. 그리고 기자들에게도 활발하고 생색내는 듯한 목소리를 내기 시작했다. 그녀는 아들 사진을 찍을 때 자신을 빼놓으면 노골적으로 불쾌감을 표시했다. 그리고 밍크코트도 한 벌 장만했다.

키팅은 그 급류에 자신을 내맡겼다. 그에게는 사람들이, 주위의 함성이 필요했다. 연단 위에 서서 얼굴들의 물결을 바라보고 있노라면 아무런 의구심도, 회의도 느껴지지 않았다. 그 숨 막히는 열광의 도가니 속에는 다른 것이 비집고 들어갈 틈이 없었다. 그는 위대했다. 그에게 그렇게 말하는 사람들의 수만큼 위대했다. 그는 정당했다. 그걸 믿는 사람들의 수만큼 정당했다. 그는 사람들의 얼굴과 눈을 바라보며 자신이 그 속에서 다시 태어나는 걸 보았다. 자신이 그 속에서 생명을 얻는 걸 보았다. 저 빛나는 눈동자들 속에 있는 존재가 진짜 피터 키팅이었고 그의 몸뚱이는 그것의 그림자일 뿐이었다.

키팅은 어느 날 저녁 캐서린과 두 시간을 함께 보냈다. 그는 캐서린을 품에 안고 있었고 캐서린은 둘의 빛나는 미래의 계획들에 대해 속삭였다. 그는 흡족하게 그녀를 바라봤지만 그녀의 말은 듣지 않았다. 그는 이대로 사진이 찍히면 어떻게 보일 것이며 얼마나 많은 신문들에 실릴 것인가에 대해 생각했다.

도미니크도 딱 한 번 만났다. 그녀는 여름휴가를 보내러 뉴욕을 떠난다고 했다. 그녀의 반응은 실망스러웠다. 예의에 맞게 축하인사를 해주긴 했지만 그를 바라보는 눈빛은 마치 아무 일도 없었던 듯 예전과 똑같았다. 그리고 건축에 관련된 출판물 중에서 코스모-슬롯닉 공모대회나 그 당선자에 대해 언급하지 않은 건 그녀의 칼럼뿐이었다.

"난 코네티컷으로 가요. 아버지 별장에서 여름을 보낼 거예요. 아버지가 내 맘대로 쓸 수 있게 해줬거든요. 아뇨, 피터, 찾아오지 마세요. 한 번도 안 돼요. 아무도 안 만나려고 거기 가는 거니까요."

키팅은 실망했지만 승리의 흥을 깰 정도는 아니었다. 이제 그는 도미니크가 두렵지 않았다. 그는 도미니크의 태도를 바꿔놓을 수 있으리라고 확신했으며, 그녀가 가을에 돌아오면 그 변화를 보게 되리라 생각했다.

승리의 흥이 깨질 때가 있긴 했는데 빈번하거나 심하지는 않았다. 키팅은 자신에 대한 말들은 아무리 들어도 싫증이 안 났지만 건물에 대한 이야기는 그렇지가 않았다. 그리고 그중에서도 건물 정면의 "현대와 전통의 놀라운 조화"에 대한 이야기는 괜찮았지만 설계 이야기가 나오면, 그 이야기가 너무 길어지면, "뛰어난 설계 기술과 단순성 …… 분명하고 냉혹한 효율성 …… 정교한 공간의 경제성……" 따위의 말들을 듣고 그것에 대해 생각하면……. 아니, 그는 그것에 대해서는 생각하지 않았다. 그의 머릿속에는 그런 말들이 존재하지 않았다. 그건 절대 허용하지 않았다. 그의 머릿속에 있는 건 무겁고 어두운 기분과 …… 하나의 이름뿐이었다.

당선 발표 후 2주 동안 키팅은 그 일을 억지로 마음에서 떨쳐냈다. 신경 쓸 가치조차 없고 자신의 불안하고 비천했던 과거와 함께 묻어버려야 할 것으로 치부해버렸다. 그는 다른 사람의 손이 수성 작업을 해놓은 도면들을 겨우내 갖고 있다가 당선 소식을 들은 날 저녁 그것들을 불태웠다. 당선 사실을 알게 된 후 처음으로 한 일이었다.

하지만 결국 그걸 떨쳐낼 수가 없었다. 그리고 어느 순간, 키팅은 그것이 막연한 위협이 아니라 실제적인 위험임을 깨달았고, 그러자 그것에 대한 두려움이 싹 가셨다. 그는 실제적인 위험은 처리할 수 있었다. 아주 간단히 없애버릴 수 있었다. 그는 안도감에 킬킬 웃으며 로크의 사무실로 전화를 걸어 약속 시간을 잡았다.

키팅은 자신 있게 로크를 만나러 갔다. 로크 앞에만 서면 늘 느끼던 설명 불가능한 불안감에서 벗어나기는 이번이 처음이었다. 이제 그는 안전함을 느꼈다. 하워드 로크와 완전히 끝이 난 것이다.

로크는 사무실 책상에 앉아 기다리고 있었다. 오전에 전화벨이 울리긴 했는데 피터 키팅이었다. 지금 그는 키팅이 오고 있다는 사실조차 잊고 있었다. 그는 전화를 기다리고 있었다. 지난 몇 주 동안 목이 빠지게 전화를 기다리고 있었다. 맨해튼 은행에서 그의 설계안에 대한 연락이 오기로 되어 있었던 것이다.

사무실 월세를 내는 날이 지난 지 오래였다. 방세도 마찬가지였다. 방세는 걱정할 게 없었다. 주인에게 기다려달라고 하면 기다려줄 터였다. 기다려주지 않아도 크게 문제될 것은 없었다. 하지만 사무실은 달랐다. 로크는 건물 관리인에게 기다리라고 했다. 기다려달라고 부탁한 게 아니라 기한 내에 월세를 낼 수 없겠다고 담담하고 조용하게 말했다. 그는 그렇게밖에 할 줄 몰랐다. 하지만 자신이 건물 관리인의 아량에 기댈 수밖에 없는 딱한 처지임을 알고 있었기에 그 말이 자신에게는 애원처럼 들렸다. 그래서 고통스러웠다. 그는 자신에게 말했다. '그래, 그건 고통이야. 그래서 뭐가 어떻다는 거야?'

전화 요금은 두 달이나 연체된 상태였다. 이미 최후 경고장을 받았고 앞으로 며칠 안에 전화가 끊길 예정이었다. 로크는 기다려야만 했다. 며칠 내에 많은 일들이 일어날 수 있었다.

웨이들러가 오래전에 약속한 은행 이사회의 결정이 한 주, 한 주 미뤄지고 있었다. 계속 회의는 했지만 반대자들과 열렬한 지지자들이 합의에 이르지 못하고 있었던 것이다. 웨이들러는 이리저리 둘러대며 속사정을 이야기해주지 않았지만 로크는 많은 걸 짐작할 수 있었다. 침묵의 나날들이 이어졌다. 사무실에, 도시 전체에, 그의 마음속에 침묵만이 흘렀다. 로크는 기다렸다.

로크는 책상 위에 엎드려 팔에 얼굴을 올려놓고 손가락을 전화 받침대에 대고 있었다. 이렇게 앉아 있으면 안 된다는 생각이 어렴풋이 들긴 했지만 오늘은 너무도 지친 기분이었다. 그는 전화기에서 손을 치워야 한다고 생각하면서도 그대로 있었다. 로크는 자신이 전화기에 의존하고 있음을 시인했다. 그는 전화기를 부서버릴 수도 있었지만, 그래도 그것에 의존할 수밖에 없었다. 그의 존재 전체가 그것에 매달릴 수밖에 없었다. 그의 손이 전화 받침대 위에서 미동도 않고 있었다. 전화기와 우편물. 그는 우편물에 대해서도 자신을 속이고 있었다. 간간이 문에 달린 우편물 투입구에서 우편물이 떨어지면 득달같이 달려가지 않고 가만히 서서 바닥 위의 흰 봉투를 보고 있다가 천천히 걸어가서 집는 것도 자신을 속이는 것이었다. 우편물 투입구와 전화기. 이제 그에게 남은 것은 그 두 가지뿐이었다.

로크는 우편물 생각이 나서 고개를 들고 문 쪽을 내려다보았다. 아무것도 없었다. 늦은 오후라 마지막 배달 시간이 지났을 터였다. 로크는 시간을 확인하려고 손목을 들었지만 빈 손목만 보였다. 시계는 전당포에 맡긴 것이다. 그는 창 쪽으로 돌아섰다. 멀리 있는 탑에 시계가 있었는데 4시 30분이었다. 오늘은 우편물이 오지 않을 모양이었다.

로크는 자신도 모르게 수화기를 들고 전화를 걸었다.

"아뇨, 아직이에요." 전화선 너머에서 웨이들러의 목소리가 말했다. "원래 어제 회의를 하기로 되어 있었는데 취소됐어요. 내가 불도그처럼 그들을 쫓아다니고 있어요. …… 내일이면 확답을 얻을 겁니다. 약속할 수 있어요. 100퍼센트 장담은 못하지만. 내일 결정이 나지 않으면 주말이 지나야 하지만 월요일엔 확실히 돼요. 그건 분명히 약속할 수 있어요……. 로크 씨, 오래 기다려줘서 정말 고맙습니다. 정말 고마워요."

로크는 수화기를 내려놓았다. 그리고 눈을 감았다. 그는 좀 쉬어야겠다고 생각했다. 전화가 끊기는 날이 언제인지, 월요일까지 어떻게 버틸지 고민하기 전에 잠시라도 아무 생각 없이 쉬고 싶었다.

"잘 있었나, 하워드." 피터 키팅이 말했다.

로크는 눈을 떴다. 언제 들어왔는지 키팅이 앞에 서서 웃고 있었다. 그는 연한 황갈색 봄 코트를 입고 있었는데 단추를 풀어헤친 상태였다. 양 옆구리의 벨트 고리가 손잡이처럼 보였다. 그리고 단추 구멍에 파란 수레국화를 꽂고 있었다. 키팅은 다리를 벌리고 주먹을 엉덩이에 붙이고서 모자는 뒤로 젖히고 서 있었다. 창백한 이마 위의 검은 고수머리가 몹시 반짝거려서 수레국화처럼 봄 이슬방울들이 맺혀 있을 것만 같았다.

"잘 있었나, 피터." 로크가 대답했다.

키팅은 편안히 앉아서 모자를 벗어 책상 가운데에 던지고 손으로 양쪽 무릎을 가볍게 찰싹 쳤다.

"그래, 하워드, 소식 들었겠지?"

"축하하네."

"고맙네. 하워드, 무슨 일인가? 꼴이 말이 아냐. 내가 듣기론 과로하는 것 같진 않던데?"

키팅은 애초에 그런 태도를 보일 작정은 아니었다. 그는 부드럽고 다정한 만남을 계획하고 있었다. 하지만 그런 분위기는 나중에 조성하고 일단은 자신이 로크를 두려워하지 않는다는 걸, 앞으로는 영원히 그럴 것이란 걸 보여줘야겠다고 생각했다.

"그래, 과로하는 건 아냐."

"이봐, 하워드, 그것 좀 버리지 그러나?"

그건 그가 의도했던 말이 전혀 아니었다. 키팅은 스스로도 놀라서 입을 다물지 못했다.

"뭘 버려?"

"그 폼 잡는 거. 자네 듣기 좋은 말로 하면, 그 이상. 이제 자네도 현실에 발을 붙여야지. 다른 모든 사람처럼 일해야지. 바보 멍청이 노릇은 그만해야지." 키팅은 브레이크 없이 언덕에서 굴러떨어지는 기분이었다. 도저히 멈출 수가 없었다.

"피터, 왜 그러나?"

"그래서 이 세상을 어떻게 살아가려고 그래? 자네도 사람들과 더불어 살아야지. 방법은 두 가지뿐이네. 사람들과 손을 잡거나, 아니면 그들과 싸우거나. 하지만 자넨 그 두 가지 다 안 하고 있는 것 같아."

"그래. 두 가지 다 안 하고 있지."

"그리고 사람들은 자넬 원하지 않아. 그들은 **자넬 원하지 않는다고!** 두렵지 않나?"

"응."

"자넨 지난 일 년 동안 일을 못했어. 앞으로도 그럴 거고. 누가 자네한테 일을 주겠어? 아직 수중에 몇백 달러는 남았겠지만…… 그걸로 끝이야."

"틀렸네, 피터. 내게는 14달러밖에 남지 않았어. 14달러 57센트."

"그래? 날 보게! 이런 식으로 말하는 건 세련되지 못한 태도라도 상관없어. 그건 중요한 게 아니니까. 난 지금 뻐기고 있는 게 아니니까. 이런 식으로 말하는 게 뭐가 어때. 아무튼 날 봐! 우리가 어떻게 시작했지? 지금 우리가 어떻게 돼 있지? 모든 게 자네한테 달렸어. 자네가 다른 사람들보다 뛰어나다는 바보 같은 망상을 버려. 그리고 일에 뛰어들어. 그럼 일 년 안에 이 쓰레기 같은 곳을 생각만 해도 얼굴이 붉어질 만큼 멋진 사무실을 갖게 될 거야. 사람들이 자네에게 몰려들 거야. 고객들도 생기고, 친구들도 생기고, 제도사 군단을 거느리게 될 거야!…… 젠장! 하워드, 나하곤 아무 상관도 없는 일이야. 자네가 잘 되는 게 나랑 무슨 상관이 있겠어? 이번엔 나 좋자고 하는 말이 아니야. 솔직히 자넨 내게 위험한 경쟁자가 될 수도 있지만 이런 말을 안 해줄 수가 없어. 하워드, 생각해봐. 생각을 해보라고! 자넨 부자가 되고 유명해지고 사람들의 존경과 찬사, 감탄을 받게 될 거야. 자넨 우리와 같아질 거라고!…… 어때?…… 무슨 말이라도 해봐! 왜 아무 말도 안 하는 거야?"

키팅은 로크의 눈이 멍하거나 경멸에 차 있지 않고 주의 깊고 의문에 젖어 있는 걸 보았다. 그것은 일종의 굴복이라고도 할 수 있었는데 눈에서 철판이 사라지고 어리둥절하며 호기심 어린, 그리고 거의 무력하기까지 한 눈빛을 보이고 있었기 때문이다.

"이보게, 피터. 자네 말 믿네. 나한테 그런 말을 해서 자네가 얻을 게 없다는 것, 나도 알고 있어. 아니 그 이상을 알지. 자네가 내 성공을 원하지 않는다는 것도 알아. 괜찮아. 자넬 나무라는 뜻으로 하는 말이 아냐. 난 오래전부터 그걸 알고 있었지. 자넨, 지금 자네가 제안한 것들을 내가 이루게 되는 걸 원치 않아. 그런데 지금 자넨 내가 그것들을 이루도록 떠밀고 있어. 진심으로. 그리고 자넨, 내가 자네 충고를 받아들이면 그것들을 이루게 될 걸 알고 있어. 자넨 나에 대한 애정에서 그러는 게 아냐. 애정에서 그러는 거라면 그렇게 화를 내고, 그렇게 겁을 먹진 않을 테니까. …… 피터, 지금 이대로의 내가 자네 마음을 괴롭히는 이유가 뭔가?"

"모르겠어……." 키팅이 속삭였다.

키팅은 그것이, 자신의 대답이 하나의 고백임을 알았다. 무시무시한 고백. 하지만 무엇을 고백한 것인지는 알 수 없었고 로크 또한 그걸 알지 못하리라 확신했다. 하지만 그것은 이미 드러났고 두 사람은 그걸 확실히 파악하지는 못해도 어렴풋이 감지하고는 있었다. 그래서 그들은 놀라움과 체념 속에서 조용히 마주 앉아 있었다.

"피더, 진정하게." 로크가 동지를 대하듯 부드럽게 말했다. "그 얘긴 다시는 하지 말게."

그러자 키팅이 안도감에 밝고 천박해진 목소리로 말했다.

"이런 젠장, 하워드, 난 그저 상식에 맞는 얘길 했을 뿐이야. 자네가 정상적인 사람처럼 일하고 싶다면……."

"그만!" 로크가 날카롭게 말했다.

키팅은 기진맥진해서 뒤로 등을 기댔다. 그는 더 할 말이 없었다. 이곳에 무슨 이야기를 하러 왔는지 까맣게 잊었던 것이다.

"그래, 공모대회에 대해선 내게 무슨 말이 하고 싶었던 건가?" 로크가 물었다.

키팅이 홱 몸을 앞으로 내밀었다. 그는 로크가 어떻게 그걸 눈치 챘는지 궁금했다. 분노에 휩싸여 다른 건 다 잊은 그는 쉽게 이야기를 꺼낼 수 있었다.

"오, 그래!" 키팅이 분노로 명쾌해진 목소리로 말했다. "그래, 자네에게 그 문제에 대해 얘기하고 싶었지. 생각나게 해줘서 고맙네. 물론 자네도 짐작은 할 수 있을 거야. 내가 은혜도 모르는 돼지 같은 인간은 아니란 걸 알 테니까. 하워드, 사실은 자네에게 고맙다는 인사를 하러 왔네. 그 일에 자네 공도 있다는 거, 잊지 않고 있네. 자네가 조언을 좀 해줬으니까. 기꺼이 자네의 공을 인정해주겠네."

"그럴 필요 없어."

"사실 난 아무래도 상관없지만, 내가 사람들한테 그 얘길 하는 걸 자네도 원하지 않으리라 믿네. 자네 입으로도 그 얘긴 떠들고 다니고 싶지 않을 거고. 왜냐하면 알다시피 사람들은 우습게도 무슨 일이든 어처구니없는 오해를 잘 하거든. …… 하지만 막상 상금의 일부를 받고 보니 자네에게도 얼마쯤 나눠주는 게 도리라는 생각이 들더군. 마침 자네가 형편이 몹시 궁할 때 상금을 받게 되어 기쁘네."

키팅은 지갑에서 미리 준비해온 수표를 꺼내 책상 위에 놓았다. 수표에는 '수취인, 하워드 로크 …… 일금 500달러'라고 적혀 있었다.

"고맙네, 피터." 로크가 수표를 받으며 말했다.

그러더니 수표를 뒤집어 만년필로 '수취인, 피터 키팅'이라고 쓰고 서명한 후 도로 키팅에게 건넸다.

"피터, 이건 내가 자네에게 주는 뇌물이네. 같은 목적이지. 자네 입을 막는 것."

키팅은 멍하니 그를 보았다.

"지금 내 형편으론 그것밖에 못 주네. 자넨 지금이야 내게서 빼앗을 게 없겠지만 나중엔 상황이 달라질 거야. 나중에 내게 돈이 생겼을 때 협박하지 말아주게. 솔직히 말하면 자넨 그때 날 협박할 수도 있어. 내가 그 건물과 관련이 있다는 걸 아무도 몰랐으면 하네."

로크는 키팅의 얼굴에 천천히 납득하는 표정이 어리는 걸 보고 웃음을 터뜨렸다.

"아니지? 그 문제로 나한테 협박할 생각 없지? …… 피터, 그만 가보게. 전혀 걱정할 것 없어. 난 그것에 대해 아무 말도 안 할 거니까. 다 자네 거야. 그 건물의 대들보 하나, 배관 하나까지 다. 신문에 실린 자네 사진들도 다."

키팅이 벌떡 일어섰다. 그는 부들부들 떨고 있었다.

"망할 자식!" 그가 외쳤다. "망할 자식! 네가 뭔데? 네가 뭔데 그렇게 건방을 떠는 거야? 넌 그 건물과 연관되기엔 너무 잘난 존재다 이거야? 내가 그걸 수치스러워하길 바라는 거지? 저만 잘난 줄 아는 더럽고 불쾌한 자식! 네가 뭐야? 넌 자신이 패배자에 무능력자, 거지, 실패자, 실패자, 실패자란 것도 모르는 바보 멍청이야! 그런 주제에 어디서 판결을 내리고 있어! 넌 나라 전체를, 모든 사람을 등지고 있어. 내가 왜 네 말을 들어야 하지? 넌 날 겁줄 수 없어. 넌 날 건드릴 수 없어. 난 세상을 다 가졌으니까! …… 그렇게 쳐다보지 마! 난 언제나 널 증오했어! 넌 그걸 몰랐겠지, 안 그래? 난 언제나 널 증오했다고! 앞으로도 그럴 거야! 언젠가는 널 꺾어버릴 거야. 반드시. 무슨 일이 있더라도!"

"피터, 왜 그렇게 속마음을 드러내는 거지?"

키팅은 질식할 듯한 신음을 내질렀다. 그는 의자에 털썩 앉아 양손으로 의자 가장자리를 움켜쥐고 꼼짝도 하지 않았다.

잠시 후 그가 고개를 들고 멍하니 물었다.

"오, 세상에, 하워드, 내가 무슨 소릴 한 거지?"

"이제 괜찮나? 집에 갈 수 있겠나?"

"하워드, 미안하네. 원한다면 사과하겠네." 속마음이 그대로 드러난 둔탁하고 확신 없는 목소리였다. "내가 제정신이 아니었어. 신경이 너무 날카로워진 것 같아. 진심이 아니었네. 내가 왜 그런 말을 했는지 모르겠어. 정말로."

"옷깃 여미게. 단추가 풀어졌어."

"자네가 수표를 그렇게 해서 화가 났던 것 같네. 하지만 자네 역시 모욕감을 느꼈겠지. 미안하네. 내가 가끔 그렇게 바보짓을 해. 일부러 자네에게 상처를 주려고 그런 건 아냐. 저 빌어먹을 걸 없애버리세."

키팅은 수표를 집어 성냥을 켜서 불을 붙인 후 마지막 남은 조각을 손에서 놓을 때까지 신중하게 지켜보았다.

"하워드, 잊을 거지?"

"이제 그만 가보는 게 낫겠다고 생각하지 않나?"

키팅은 무겁게 몸을 일으키며 손을 주머니에 찔러 넣으려고 몇 번 시도하다 포기했다. 그가 웅얼거렸다.

"그럼 …… 그럼, 잘 있게, 하워드. 저기 …… 곧 만나게 되겠지. …… 최근에 너무 많은 일들이 한꺼번에 일어나서 …… 좀 쉬어야겠어. …… 잘 지내게, 하워드……."

키팅은 복도로 나와서 문을 닫자 싸늘한 안도감을 느꼈다. 너무도 무겁고 지친 기분이었지만 자신감이 들었다. 그는 한

가지 분명하게 알게 된 것이 있었다. 그건 자신이 로크를 증오한다는 사실이었다. 이제 더는 의구심을 느끼고 불안감에 꿈틀거릴 필요가 없었다. 로크를 증오한다는 것이 확실해졌으니까. 이유? 이유 같은 건 따질 필요도 없었다. 그냥 증오하기만 하면 되었다. 맹목적으로, 끈기 있게, 아무런 분노 없이, 어떤 것에도 흔들리지 않고, 절대 잊지 않고 그냥 증오하면 되는 거였다.

월요일 오후 늦게 전화벨이 울렸다. 웨이들러였다.

"로크 씨? 지금 바로 와주시겠어요? 전화로 말하고 싶지는 않아요. 즉시 와주세요." 분명하고 쾌활하고 밝은 예감을 주는 목소리였다.

로크는 앉은 채로 창밖 멀리에 있는 시계탑을 바라보았다. 그는 친해진 오랜 적을 대하듯 시계탑을 보고 웃었다. 전당포에서 손목시계를 찾아오면 이제 그 시계는 보지 않아도 된다. 그는 도시 위로 높이 솟은 시계의 연회색 문자반에 저항하듯 고개를 뒤로 젖혔다.

로크는 일어나서 외투를 집었다. 어깨를 뒤로 젖히고 외투를 걸쳤다. 근육의 움직임이 기분 좋게 느껴졌다.

거리로 나가 형편에 안 맞게 택시를 잡아탔다.

회장이 웨이들러와 또 한 부사장과 함께 자신의 방에서 기다리고 있었다. 그곳에는 긴 회의용 탁자가 있었고 거기 로크의 도면들이 펼쳐져 있었다. 로크가 들어서자 웨이들러가 일어나서 다가오며 손을 내밀었다. 방 안 분위기가 웨이들러가 할 말의 서곡처럼 느껴졌고, 로크는 그곳에 들어선 순간 웨이들러의 통보를 들은 것만 같아서 진짜 그 말을 들은 게 정확히 언제인지 알 수가 없었다.

"로크 씨, 일을 맡기겠습니다." 웨이들러가 말했다.

로크는 고개를 숙여 절을 했다. 그 순간에는 목소리가 어떻게 나올지 몰라 말을 하지 않는 게 상책이었다.

회장이 온화한 미소를 보내며 앉으라고 자리를 권했다. 로크는 자신의 도면들이 있는 탁자 옆에 앉았다. 그리고 한쪽 손을 탁자 위에 올려놓았다. 반들거리는 마호가니가 마치 살아 있는 듯 따뜻한 감촉으로 느껴졌다. 로크는 맨해튼 중심부에 50층 높이로 우뚝 솟을 자신의 위대한 건물의 토대를 손으로 누르고 있는 듯한 기분이 들었다.

회장이 말했다. "그 건물 때문에 그동안 지독히도 싸웠어요. 이제 다 끝났으니 다행이오. 우리 이사진 중에 당신의 진보적인 혁신을 받아들이지 못하는 사람들이 있었지요. 알다시피 우둔할 정도로 보수적인 사람들이 있다오. 하지만 우린 그들을 달랠 방법을 찾아냈고 결국 그들의 동의를 얻었소. 여기 있는 웨이들러 씨가 당신을 대신해서 놀라운 설득력을 발휘했소."

세 사람이 많은 이야기들을 했지만 로크는 듣는 둥 마는 둥

하고 있었다. 그는 벌써 굴착기가 땅을 파는 광경을 상상하고 있었던 것이다. 그러고 있는데 회장의 말이 귀에 들어왔다.

"작은 조건 하나만 들어준다면 일을 맡기겠소."

로크는 그 말을 듣고 회장을 바라보았다.

"작은 타협이고, 그것만 동의해주면 계약서에 서명하겠소. 건물의 외양과 관련된 중요하지 않은 문제요. 나는 당신네 현대주의자들이 건물 정면 같은 것에는 큰 중점을 두지 않는 것으로 알고 있소. 당신네들이 중요시하는 건 설계고, 그건 올바른 생각이오. 우린 당신의 설계엔 손을 댈 생각이 없소. 우리가 그 건물에 끌렸던 건 설계의 논리성 때문이니까. 그러니 당신도 반대는 안 할 거라고 믿소."

"뭘 원하십니까?"

"정면을 살짝만 바꾸겠다는 거요. 직접 보여주겠소. 우리 파커 씨 아들이 마침 건축 공부를 하고 있어서 도면을 그려오게 했소. 우리가 생각하는 걸 이사진에게 보여주기 위해 대충 그린 것이오. 그림을 봐야 그들이 우리의 타협안을 이해할 수 있을 테니까. 여기 있소."

회장이 탁자 위의 도면 뭉치에서 그림 하나를 꺼내 로크에게 건넸다.

거기에는 로크의 건물이 아주 깔끔하게 그려져 있었다. 분명 그의 건물이었는데 정면에 단순화된 도리아식 주랑현관과 처마 돌림띠가 있었고 그의 장식이 양식화된 그리스 장식으로 바뀌어 있었다.

로크는 일어섰다. 일어설 수밖에 없었다. 그는 서는 것에 집중했다. 그러자 나머지 일이 더 쉬워졌다. 그는 한 손으로 탁자 가장자리를 잡고 팔을 쭉 뻗어 거기 체중을 싣고 있었는데 팔목의 힘줄이 도드라져 보였다.

"무슨 얘긴지 알겠소?" 회장이 달래듯 말했다. "우리의 보수파는 당신이 설계한 아무 장식도 없는 이상한 건물을 받아들이길 거부했소. 대중도 그럴 거라고 주장하면서 말이오. 그래서 우리가 절충안을 생각해낸 거요. 이런 식으로 하면, 물론 전통적인 건축물은 아니지만 대중에게 익숙하고 친근한 **인상을** 줄 수 있을 거요. 건물 전체에 건전하고 안정된 위엄도 제공하고. 사실 그런 위엄은 은행에 꼭 필요한 것이오, 안 그렇소? 은행에 고전적인 주랑현관이 있는 건 하나의 불문율과도 같고, 사실 파격과 반항은 은행의 이미지와는 맞지 않소. 그런 것들은 은행이 지닌 신뢰감을 해치니까. 사람들은 그런 새로움을 신뢰하지 않으니까. 하지만 이 절충안은 모두에게 만족을 줄 수 있소. 나 개인적으로는 이 절충안을 고집하고 싶진 않지만 특별히 문제될 것도 없다고 생각하오. 게다가 이사회에서 결정된 것이고. 물론 이 그림대로 그대로 지으라는 건 아니오. 이 그림은 우리의 대략적인 생각을 나타낸 것일 뿐이니 당신 재량으로 건물 정면에 고전적인 요소를 가미하면 될 것이오."

그러자 로크가 대답했다. 은행 측 사람들은 로크의 목소리가 지나치게 담담한 것인지, 아니면 반대로 지나치게 감정적인 것인지 구분할 수가 없었다. 결국 그들은 담담한 것이라고 결론을 내렸는데 음절 하나하나가 기계에서 나오듯 강세도, 색깔도 없이 균일했기 때문이다. 다만 방 안 공기는 격한 목소리에 진동하는 듯한 느낌을 주었다.

그들은 대답을 하고 있는 로크에게서 비정상적인 모습을 전혀 발견하지 못했다. 한 가지 이상한 게 있다면 탁자 가장자리를 움켜쥔 그의 오른손이 움직일 줄을 몰랐고 도면들을 챙길 때도 마치 오른손이 마비된 듯 왼손만 썼다.

로크는 오랫동안 이야기했다. 그는 그 건물 정면에 왜 고전적인 요소를 가미할 수 없는지에 대해 설명했다. 정직한 건물은 정직한 사람과 마찬가지로 하나로, 하나의 믿음으로 이루어져야 한다고, 세상만물에는 그 존재의 근원이 되는 주제가 있으며 아주 작은 부분이라도 그 주제에 어긋나면 존재의 의미를 잃게 되는 것이라고, 지상에서 선하고 높고 고귀한 것은 본연의 모습을 그대로 간직한 것뿐이라고 설명했다.

회장이 말허리를 잘랐다.

"로크 씨, 옳은 말이오. 당신 말에 대답할 말이 없소. 하지만 불행히도 실생활에서는 항상 그렇게 철저할 수가 없는 법이오. 인간에겐 감정이라는 믿을 수 없는 요소가 있으니까. 냉정한 논리로 감정에 맞설 순 없소. 그리고 사실 이런 토론은 빌일 필요도 없소. 난 당신 생각에 동의하지만 당신을 도울 수가 없소. 이미 결론이 난 문제요. 알다시피 이례적으로 긴 논의 끝에 이사회의 최종 결정이 내려졌소."

"제가 이사회에서 직접 설득해도 되겠습니까?"

"로크 씨, 미안하지만 이사회에선 그 문제에 대해 더는 논의하지 않을 것이오. 끝난 일이오. 우리가 제시한 조건으로 일을 맡을 것인지의 여부만 말해주시오. 솔직히 말하면, 이사회에선 당신이 거절할 가능성에 대해서도 이미 고려했소. 그럴 경우 다른 건축가 고든 L. 프레스콧이 가장 유력한 후보로 거론되고 있소. 하지만 난 이사진에게 당신이 우리 제안을 받아들일 것으로 확신한다고 말했소."

회장이 그렇게 말하고 기다렸지만 로크는 아무 말도 하지 않았다.

"로크 씨, 상황을 이해하겠소?"

"예." 로크가 대답했다. 그는 시선을 내리깔고 도면을 보고 있었다.

"그렇다면?"

로크는 대답하지 않았다.

"어떻게 하겠소, 로크 씨?"

로크가 고개를 뒤로 젖혔다. 그의 눈이 감겨 있었다.

"못하겠습니다." 그가 대답했다.

잠시 시간이 흐른 후에 회장이 물었다.

"자신이 지금 뭘 하고 있는지 아는 거요?"

"잘 압니다." 로크가 대답했다.

"맙소사!" 갑자기 웨이들러가 외쳤다. "이게 얼마나 큰 공사인지 몰라요? 당신은 젊고 이런 기회는 다시 얻기 힘들어요. 그리고 …… 좋아요, 젠장, 그냥 말하겠어요! 당신에겐 이일이 필요하잖아요! 당신에게 이 일이 얼마나 절실한지 알고 있어요!"

로크는 탁자 위의 도면 뭉치를 챙겨 말더니 옆구리에 꼈다.

웨이들러가 신음처럼 내뱉었다. "이건 완전히 미친 짓이에요! 난 당신을 원해요. 우린 당신의 건물을 원해요. 당신에겐 일이 필요하고. 꼭 그렇게 광신적이고 이타적으로 굴어야겠어요?"

"뭐라고요?" 로크가 믿을 수 없다는 듯 물었다.

"광신적이고 이타적이라고 했어요."

로크는 미소를 지었다. 그는 옆구리에 낀 도면을 내려다보며 팔꿈치를 몸에 더 바싹 붙였다.

"이건 당신이 평생 동안 본 것 중에서 가장 이기적인 행동입니다."

자신의 사무실로 돌아온 로크는 제도 도구들과 몇 가지 물건들을 챙겼다. 상자 하나에 짐이 다 들어갔고 그는 그걸 옆구리에 꼈다. 사무실 문을 잠근 뒤 열쇠를 건물 관리인에게 주며 사무실을 닫겠다고 말했다. 그러고는 집에 짐을 갖다 두고 마이크 도니건의 집으로 갔다.

"안 됐나?" 마이크가 쓱 보더니 물었다.

"안 됐어요." 로크가 대답했다.

"어떻게 된 건가?"

"나중에 말씀드리죠."

"개자식들!"

"마이크, 신경 쓰지 마세요."

"그럼 사무실은 어떡하지?"

"닫았어요."

"아주?"

"당분간요."

"빨강머리, 다들 빌어먹을 놈들이야! 빌어먹을 놈들!"

"그만하세요. 마이크, 저는 일이 필요해요. 도와주실 수 있어요?"

"내가?"

"난 여기선 그쪽 분야에 아는 사람이 없어요. 그래서 나를 써줄 사람이 없어요. 당신은 그 사람들을 다 알잖아요."

"그쪽 분야라니? 지금 무슨 소릴 하는 건가?"

"현장 말이에요. 공사 현장. 전에 했던 일이니까요."

"그러니까 …… 막노동을 말하는 건가?"

"맞아요, 막노동."

"미쳤군. 이런 머저리 같으니라고!"

"그만하세요, 마이크. 일자리 구해주실 수 있어요?"

"하지만 도대체 왜? 자넨 건축사무소에서 좋은 일자리를 구할 수 있어. 자네도 그걸 알잖아."

"아뇨, 마이크. 그런 덴 다시는 안 가요."

"왜?"

"그런 일에 손대고 싶지 않아요. 보고 싶지도 않고요. 그들이 하는 일을 돕고 싶지 않아요."

"다른 쪽에서 깨끗하고 좋은 일자리를 구할 수 있을 거야."

"깨끗하고 좋은 일을 하려면 생각을 해야 하잖아요. 난 생각하고 싶지 않아요. 그들의 방식으로는요. 어느 분야로 가든 그들의 방식에 따라야 해요. 생각을 안 해도 되는 일을 하고 싶어요."

"건축가들은 막노동 안 해."

"난 지금 그것밖에 못해요."

"자넨 금방 다른 걸 배울 수 있을 거야."

"난 아무것도 배우고 싶지 않아요."

"그럼 자넬 이 도시의 공사판에 집어넣으란 얘기야?"

"맞아요."

"안 돼. 빌어먹을! 그럴 순 없어! 안 해! 그렇게 안 할 거야!"

"왜요?"

"빨강머리, 이 도시의 개자식들이 다 볼 수 있도록 자넬 구경거리로 만들란 말이야? 그 개자식들이 자넬 밑바닥에까지 떨어뜨린 걸 다 알 수 있게? 그 개자식들이 흡족해하게?"

로크가 웃음을 터뜨렸다.

"마이크, 난 그런 건 신경 안 써요. 그런데 당신이 왜 신경 쓰죠?"

"난 그럴 수 없어. 그 개자식들한테 그런 만족감을 줄 수는 없어."

"마이크, 난 달리 할 일이 없는 걸요." 로크가 부드럽게 말했다.

"아니, 있어. 내가 전에 말했잖아. 이제 이성에 귀 기울이게. 내가 돈은 대줄 테니……."

"오스틴 헬러에게 했던 말을 그대로 할게요. 다시 한 번 돈을 주겠다는 말을 하면 우리 사이는 끝이에요."

"하지만 왜?"

"마이크, 입씨름할 거 없어요."

"하지만……."

"난 지금 당신에게 더 큰 부탁을 하고 있는 거예요. 난 그 일자리를 원해요. 그러니까 마음 아프게 생각하실 거 없어요. 나도 안 그러니까."

"하지만 …… 그럼 어떻게 될까?"

"뭐가요?"

"그러니까 …… 자네 미래 말일세."

"돈을 모아서 다시 돌아올 거예요. 그 전에 누군가가 불러

줄 수도 있고요."

마이크는 로크를 바라보았다. 로크의 눈빛에 로크 자신이 원하지 않을 표정이 들어 있었다.

"좋아, 빨강머리." 마이크가 조용히 말했다.

그는 한참을 곰곰이 생각한 후 말했다.

"빨강머리, 자네에게 이 도시에서 일자리를 구해주진 않겠어. 난 그럴 수 없어. 그건 생각만 해도 속이 뒤집혀. 하지만 자네가 원하는 일자리는 구해주지."

"좋아요. 아무 데라도 상관없어요."

"난 프랭컨 개자식이 총애하는 건설업자들과 오랫동안 일해와서 그 사람들을 다 알아. 프랭컨은 코네티컷에 화강암 채석장을 갖고 있지. 거기 감독 하나가 나와 아주 친한 친구야. 그 친구가 지금 뉴욕에 와 있어. 채석장에서 일해본 적 있나?"

"한 번요. 오래전에."

"거기 일 해볼 만할 것 같나?"

"그럼요."

"그 친구를 만나보겠네. 자네 신분은 밝히지 않고 그냥 내 친구라고만 해두겠네."

"고마워요, 마이크."

마이크는 코트를 집으려고 손을 뻗었다가 도로 내리며 바닥을 내려다보았다.

"빨강머리……."

"괜찮을 거에요, 마이크."

로크는 집을 향해 걸었다. 어두운 밤이었고 거리에는 인적이 없었다. 바람이 셌다. 휘파람 소리를 내며 뺨을 때리는 찬 바람이 느껴졌다. 그것이 공기의 격렬한 흐름을 알 수 있는 유일한 증거였고 주위의 돌길에서는 아무 움직임도 없었다. 그곳에는 바람에 흔들릴 나뭇가지도, 커튼도, 차양도 없었고 아무 장식 없는 돌과 유리, 아스팔트, 날카로운 모퉁이들뿐이었다. 그래서 얼굴에 닿는 격렬한 움직임이 이상하게 느껴졌다. 하지만 모퉁이에 있는 쓰레기통에서 구겨진 신문지가 경련하는 몸짓으로 철망을 때리며 펄럭이고 있었다. 그제야 바람이 실감이 났다.

이틀 후 저녁 때 로크는 코네티컷으로 떠났다.

그는 기차에서 차창 너머로 스쳐 지나가는 도시의 스카이라인을 보았다. 건물들의 세부 모습은 황혼 빛에 지워져 있었다. 길고 가느다란 건물들이 실물이 아닌 듯 저녁과 먼 거리의 색깔인 부드러운 청잣빛을 띤 채 솟아 있었다. 그것들은 속이 채워지기를 기다리는 빈 틀처럼 윤곽만 서 있는 듯했다. 먼 거리 때문에 도시가 평면으로 보였다. 마천루들이 지상의 다른 존재들과는 균형이 맞지 않게 어마어마한 높이로 솟아 있었다. 그곳에서 자기들만의 세계를 이룬 그 마천루들은 인간이 꿈꾸고 이루어낸 걸 하늘에 당당히 보여주고 있었다. 그것들은 빈 틀이었다. 하지만 인간은 그곳까지 올랐고 더 높이 오를 수 있었다. 하늘 가장자리의 도시는 하나의 질문을, 그리고 약속을 담고 있었다.

유명 빌딩 꼭대기 층에 있는 스타 루프 레스토랑 창문에서 작은 불꽃들이 점점이 밝혀졌다. 기차가 굽이를 돌자 도시는 시야에서 사라졌다.

그날 저녁 스타 루프 레스토랑 연회장에서는 이제부터 프랭컨 앤드 키팅으로 불리게 될 회사에 동업자로 참여하게 된 피터 키팅을 축하해주는 만찬회가 열리고 있었다.

가이 프랭컨은 탁자보가 아닌 빛의 막으로 덮여 있는 듯한 긴 탁자에 앉아 있었다. 웬일인지 오늘 그는 관자놀이 주변의 새치에 신경을 쓰지 않는 듯했고, 검은 머리와 대비되어 은빛으로 반짝이는 새치가 검은 정장 속의 빳빳한 흰 셔츠처럼 깨끗하고 우아한 분위기를 더해주었다. 주인공 자리에는 피터 키팅이 앉아 있었다. 그는 어깨를 똑바로 펴고 뒤로 기대앉아 유리잔을 감싸 쥐고 있었다. 그의 검은 고수머리가 흰 이마 위에서 선명하게 반짝거렸다. 그 침묵의 순간에 그곳의 손님들은 아무런 시기심도, 분노도, 악의도 느끼지 않았다. 첫 성찬식에 참석한 듯 엄숙한 모습을 한 창백하고 잘생긴 젊은이를 둘러싸고 장엄한 형제애가 감돌았다. 랠스턴 홀쿰이 연설을 하려고 일어서 있었는데 손에 잔을 들고 있었다. 그는 미리 연설 내용을 준비해왔으나 스스로도 깜짝 놀랄 정도로 진지한 목소리로 전혀 다른 이야기를 하기 시작했다.

"우리는 인간의 위대한 기능의 수호자들입니다. 건축은 인간의 모든 기능 중에서 가장 위대한 것이라고도 할 수 있지요. 우리는 많은 업적을 이루었고 종종 실수도 범했습니다. 그러나 우리는 겸손한 자세로 기꺼이 후손들에게 길을 내줄 것입니다. 우리는 인간이며 추구자일 뿐입니다. 하지만 우리는 가슴속의 가장 뜨거운 열정으로, 인간이라는 종족에게 부여된 가장 숭고한 열정으로 진실을 추구합니다. 그것은 위대한 추구입니다. 미국 건축의 미래를 위해 건배!"

파 운 틴 헤 드

2부
엘즈워스 M. 투히

1

 손에 쥔 쇠붙이에 손바닥 살이 달라붙어 버린 것처럼 주먹을 꽉 쥐고 발바닥으로 밀고 올라오는 듯한 판판한 바위에 굳게 버티고 서서 자신의 몸이 존재하는 걸 느끼는 게 아니라 몸의 몇 군데, 그러니까 무릎과 팔목, 어깨, 그리고 손에 쥔 착암기에 뭉쳐 있는 긴장만 느끼는 것, 긴 경련을 일으키며 몸서리치는 착암기의 진동과 위장과 폐의 진동, 앞에 펼쳐진 선반 모양 바위가 톱니 모양으로 갈라지며 일으키는 진동을 느끼는 것, 자신의 몸과 하나로 합쳐진 착암기의 강철 날이 천천히 화강암을 뚫고 들어가는 걸 느끼는 것……, 그것이 지난 두 달 동안 이어져온 하워드 로크의 삶의 전부였다.
 그는 뙤약볕 속 뜨거운 바위에 서 있었다. 얼굴은 구릿빛으로 탔고, 땀에 젖은 셔츠가 등짝에 긴 얼룩들을 이루며 달라붙어 있었다. 채석장 바위는 판판한 선반들의 형태로 솟아 있었다. 그곳은 굴곡이나 풀, 흙은 찾아볼 수 없는 세계로, 날카로운 모서리와 각도를 지닌 바위 면(面)들로만 이루어져 있었다. 그 바위들은 바람과 조수의 침전물이 오랜 인고의 세월 동안 굳어진 것이 아니라 용암 덩어리가 미지의 깊이에서 서서히 식어 생성된 후 지각변동에 의해 지표로 밀려 올라온 것이었고, 그 위에 선 사내들의 폭력에 저항하는 거친 힘을 간직하고 있었다.

반듯한 바위 면들은 절단의 힘을 증언했다. 착암기의 날은 흔들림 없이 곧게 나아갔고, 바위는 굽힐 줄 모르는 저항 속에서 갈라졌던 것이다. 착암기는 낮고 단조로운 소리를 냈는데, 그 소음이 머릿속 신경들에 파고들어 마치 착암기를 든 인부도 바위와 함께 천천히 부서지고 있는 듯했다.

로크는 그 일이 좋았다. 그는 이따금 자신의 근육들과 화강암이 레슬링을 벌이고 있는 것 같은 기분이 들었다. 밤이면 몹시 피곤했는데 몸이 녹초가 된 상태의 공허함이 좋았다.

그는 저녁마다 채석장에서 3킬로미터를 걸어 인부들이 사는 마을로 갔다. 종일 화강암 위에 서 있다가 숲길을 지날 때면 부드럽고 따뜻한 흙의 감촉이 이상하게 느껴졌다. 그는 날마다 자신의 발아래서 땅이 반응하는 걸, 땅이 허물어지며 희미한 발자국이 찍히는 걸 새로운 기쁨이라도 발견하듯 미소 띤 얼굴로 내려다보았다.

그가 묵고 있는 집 다락방에는 욕실이 있었는데 바닥 페인트칠이 오래전에 벗겨져서 회백색 마루 널이 그대로 드러나 있었다. 그는 피부 속까지 파고든 돌먼지가 빠지도록 오랫동안 욕조의 시원한 물에 들어가 앉아 있었다. 그는 욕조 가장자리를 베고 누워 눈을 감았다. 지독한 피로가 오히려 약이 되었다. 온몸의 근육에서 긴장이 풀리는 느릿한 쾌감 외에는 아무것도 느낄 수 없었기 때문이다.

로크는 부엌에서 다른 인부들과 함께 저녁을 먹었다. 그는 구석 자리에 홀로 앉았고, 커다란 가스레인지 위에서 연신 기름 연기가 피어올라 부엌 전체에 늘 끈끈한 안개가 끼어 있는 듯했다. 그는 음식을 조금밖에 먹지 않았다. 대신 물은 엄청나게 많이 마셨는데 깨끗한 유리잔 속의 반짝이는 차가운 물은 취기를 느끼게 했다.

로크는 지붕 밑의 나무 상자처럼 생긴 다락방에서 잤다. 판자로 된 천장이 침대 위로 기울어져 내려와 있었다. 비가 오면 지붕을 때리는 빗방울 소리가 어찌나 생생하게 들리는지 몸에 빗방울이 떨어지지 않는 게 이상하게 느껴질 정도였다.

이따금 저녁을 먹은 후 집 뒤편에 있는 숲으로 산책을 나가기도 했다. 그는 땅바닥에 배를 깔고 엎드려 팔꿈치로 땅을 짚고 손에 턱을 괴고 눈 아래에 있는 초록 풀잎들을 자세히 들여다보거나 입김을 불어 풀잎들이 떨리다가 멈추는 모습을 지켜보았다. 몸을 뒤집어 똑바로 누워 등에 닿는 땅의 따스함을 느끼기도 했다. 저 위에 있는 잎사귀들은 아직 초록빛이었지만 땅거미가 내려 어둠 속에 묻히기 전의 마지막 몸부림으로 색깔이 더 농축되기라도 한 듯 짙고 압축된 초록이었다. 아무 움직임이 없는 잎사귀들 뒤로는 레몬색으로 빛나는 하늘이 펼쳐져 있었는데 그 창백함은 빛이 이울고 있음을 강조했다. 로크는 엉덩이와 등에 힘을 주어 땅을 눌렀고, 땅은 저항하다가 이내 허물어졌다. 그건 조용한 승리였다. 다리 근육에서 희미한 관능적 쾌감이 느껴졌다.

자주는 아니고 가끔, 로크는 일어나 앉아 한참 동안 꼼짝도 않고 있기도 했다. 그러다 미소를 흘렸는데 처형자가 희생자를 바라보며 짓는 느린 미소였다. 그는 이런 식으로 시간을 흘려보내고 있는 것에 대해, 그리고 건물들(그가 지금 짓고 있을 수도 있었던, 그가 지금 짓고 있어야 하는, 어쩌면 다시는 지을 수 없을)에 대해 생각했다. 그는 불청객처럼 찾아온 고통을 차갑고 초연한 호기심을 갖고 바라보며 자신에게 이렇게 말했다. '흠, 또 찾아왔군.' 그는 고통이 얼마나 오래 버티는지 지켜보았다. 그것과 싸우는 자신을 지켜보고 있노라면 냉혹한 쾌감을 느꼈고, 그것이 자신의 고통이란 걸 잊을 수 있었다. 그것에 경멸 어린 미소를 보내며 자신의 고통을 향해 미소 짓고 있음을 의식하지 못했다. 그런 순간들은 드물었지만 그런 때면 로크는 채석장에서 착암기로 화강암을 뚫듯 고통에, 마음속에서 고집스럽게 그의 연민을 요구하는 고통에 쐐기를 박아 깨뜨려버려야 한다고 생각했다.

도미니크 프랭컨은 그해 여름 채석장 마을에서 5킬로미터 떨어진 아버지의 식민지 시대풍 저택에서 혼자 살았다. 그녀는 손님을 들이지 않았다. 그녀가 보는 사람은 늙은 관리인 부부뿐이었는데 자주는 아니고 꼭 필요한 때만 만났다. 관리인 부부는 본채에서 좀 떨어진 마구간 근처에서 살면서 남편은 정원과 말 돌보는 일을, 아내는 집안 살림과 도미니크의 식사 준비를 맡고 있었다.

관리인 아내는 도미니크의 어머니가 그 저택에 살면서 그곳의 커다란 식당에서 손님들을 접대하던 때에 배운 우아하고 간소한 방식으로 식사를 준비했다. 저녁때면 도미니크는 정식 연회처럼 제대로 차려진 식탁에 홀로 앉았다. 식탁에는 촛불들이 밝혀져 있었는데 움직임이라곤 없는 노란 불꽃들이 의장병의 빛나는 금속 창처럼 보였다. 식당 안이 어두워서 식당과 복도의 경계가 없는 듯했고, 대형 창문들이 마치 평면적인 보초병의 모습을 한 주랑 같았다. 긴 식탁 중앙의 빛 웅덩이 속에 얕은 크리스털 화병이 있었고 거기 수련이 한 송이 꽂혀 있었는데 흰 꽃잎들에 둘러싸인 노란 꽃술이 촛불 같았다.

관리인 아내는 조심스런 침묵 속에서 식사 시중을 든 후 집안일을 마치자마자 자신의 거처로 돌아갔다. 도미니크는 침실로 올라가면 침대 위에 하늘거리는 레이스 천으로 된 나이트가운이 얌전히 놓여 있는 걸 발견하곤 했다. 아침에 일어나서 욕실로 들어가면 욕조에 히아신스 향 목욕용 소금을 뿌린 물이 가득 담겨 있었고, 옥색 타일 바닥은 반들반들 윤이 났으며, 미리 펼쳐놓은 커다란 수건들은 바람에 날려 쌓인 눈 더미 같았다. 그런데도 집 안에서 발걸음 소리나 인기척을 느낄 수가 없었다. 관리인 아내는 마치 응접실 장식장 속 베네치아산 유리그릇을 다루듯 경건하고 조심스럽게 도미니크의 시중을 들고 있었다.

도미니크는 고독감을 느끼기 위해 일부러 사람들에게 둘러싸여 숱한 여름들과 겨울들을 보내왔기에 진짜 고독이 매혹적이기만 했고 그동안 스스로에게 절대 허용하지 않았던 나약함에 젖어 그 고독을 즐겼다. 그녀는 양팔을 쭉 뻗었다가 마치 술을 한 잔 마셨을 때처럼 팔꿈치 위쪽에 달콤하고 나른한 무게를 느끼며 툭 떨어뜨렸다. 그녀는 민소매 원피스를 입으면 움직일 때 무릎과 허벅지가 원피스의 약한 저항에 부딪치는 걸 의식하게 되었는데 그런 때 그녀는 원피스가 아니라 자신의 무릎과 허벅지를 의식했다.

저택은 넓은 대지 한가운데 홀로 서 있었고 그 너머에는 숲이 펼쳐져 있어서 근처에 이웃이라곤 없었다. 도미니크는 말을 타고 한산한 긴 도로를 지나 숲 속의 숨겨진 오솔길로 내려갔다. 잎사귀들이 햇빛에 반짝였고, 그녀의 말이 나는 듯 달리며 일으키는 바람에 잔가지들이 탁탁 소리를 냈다. 도미니크는 이따금 모퉁이를 돌면 대단하고 치명적인 존재를 만날 것만 같은 갑작스런 예감에 숨을 멈추곤 했다. 하지만 자신이 뭘 기대하는지, 그것이 어떤 광경인지, 아니면 사람인지, 아니면 사건인시조차 알지 못했고, 다만 기쁨을 망쳐놓는 것이란 느낌만 있었다.

가끔 집에서 걸어서 출발하여 목적지도, 돌아올 시간도 정하지 않고 몇 킬로미터씩 걷기도 했다. 도로에서 차들이 그녀를 지나쳐 달려갔고, 채석장 마을 사람들이 그녀를 알아보고 고개 숙여 인사했다. 그곳에서 도미니크는 오래전에 어머니가 그랬던 것처럼 성의 안주인 대접을 받고 있었다. 그녀는 도로에서 벗어나 숲으로 들어가서 고개를 뒤로 젖히고 나무 꼭대기들을 바라보며 걸었다. 나무 잎사귀 너머로 흘러가는 구름이 보였고, 앞에 있는 거목 한 그루가 그녀를 덮칠 듯 천천히 기울어지고 있는 듯했다. 도미니크는 걸음을 멈추고 목을 한껏 뒤로 젖힌 채 기다렸다. 나무에 깔리고 싶은 기분이 들었다. 그녀는 어깨를 으쓱하고 다시 걸음을 떼었다. 그녀는 앞을 가로막는 무성한 가지들을 성급하게 헤치고 지나가며 맨팔이 나뭇가지에 긁혀도 아랑곳하지 않았다. 그녀는 몸이 녹초가 된 후에도 한참을 근육의 피로와 싸우며 강행군을 계속했다. 그러다 이윽고 완전히 기진맥진해서 땅에 대자로 벌렁 드러누워 공기의 무게가 가슴을 짓누르는 듯한 기분을 느끼며 해방감 속에서 숨을 몰아쉬었다.

아침에 침대에서 눈을 뜨면 화강암 채석장에서 발파음이 들려올 때가 있었다. 그녀는 흰 실크 베개를 벤 머리 위로 양팔을 쭉 뻗어 기지개를 켜며 그 소리에 귀 기울였다. 그것은 파괴의 소리였고, 도미니크는 그 소리가 좋았다.

 그날 아침에는 태양 볕이 유독 뜨거웠고 도미니크는 화강암 채석장은 더 더울 것임을 알았기에, 아무도 만나고 싶지 않고 그곳에 가면 인부들을 보게 될 것이기에, 채석장을 향해 걸어갔다. 뙤약볕이 작열하는 날 그곳을 구경하는 건 생각만 해도 끔찍한 일이었고 도미니크는 그게 좋았다.

 도미니크는 숲에서 벗어나 우묵하게 파인 거대한 돌그릇 모양의 채석장으로 다가가며 타는 듯 뜨거운 김이 가득 피어오르는 처형실로 떠밀려 들어가는 것 같은 기분을 느꼈다. 그 열기는 하늘에서 내려오는 것이 아니라 땅이 잘려나간 곳에서, 판판한 바위들의 반사면에서 올라오는 것이었다. 다리로, 턱으로, 콧구멍으로 올라오는 바위의 뜨거운 숨결을 느끼고 있자니 햇볕에 노출된 어깨와 머리, 그리고 등은 상대적으로 시원하게 여겨졌다. 아래쪽 공기는 아지랑이처럼 일렁였고 화강암에서 불꽃이 일었다. 도미니크는 화강암 바위가 녹아 휜 용암처럼 흐르고 있는 듯한 기분이 들었다. 착암기와 망치 소리가 무거운 공기를 찢어발겼다. 용광로 속 같은 바위 위에서 일하는 사내들을 보는 건 불쾌한 일이었다. 그 사내들은 인부들처럼 보이지를 않았다. 그들은 입에 담지 못할 죄를 저지르고 입에 담지 못할 벌을 받고 있는 쇠사슬로 묶인 죄수들 같았다. 도미니크는 그들에게서 시선을 돌릴 수가 없었다.

그녀는 채서장을 모욕하듯 거기 서 있었다. 그녀의 물빛 원피스(아주 단순하면서도 비싼 옷이었고 치마 주름이 유리판처럼 정확했다), 바위 위에 넓게 벌리고 선 가느다란 발꿈치, 매끄러운 투구 같은 머리, 하늘을 배경으로 과장되게 연약해 보이는 몸은 그녀가 사는 정원과 응접실의 까다로운 시원함을 과시하는 듯했다.

도미니크는 아래를 내려다보았다. 그녀의 시선이 한 사내의 오렌지색 머리에서 멈추었고, 그 사내도 고개를 들어 그녀를 쳐다봤다.

도미니크는 꼼짝도 않고 서 있었다. 그 사내에 대한 그녀의 첫 인지는 시각이 아닌 촉각에 의해 이루어졌기 때문이다. 그 사내는 그녀에게 시각적 존재가 아닌 뺨을 후려치는 충격으로 다가왔다. 도미니크는 어색하게 한 손을 들어 벽을 짚듯 허공에 대고 활짝 폈다. 그녀는 그 사내가 허락하기 전에는 움직일 수 없다는 걸 알고 있었다.

도미니크는 사내의 경멸 어린 입과 움푹 파인 수척한 뺨, 연민이라곤 찾아볼 수 없는 차갑고 순수한 광채가 번득이는 눈을 보았다. 그녀는 그것이 자신이 볼 수 있는 가장 아름다운 얼굴임을 알았다. 그건 힘이라는 추상적인 개념이 가시화된 얼굴이었으니까. 도미니크는 분노와 반발, 저항, 그리고 쾌감의 경련이 이는 걸 느꼈다. 사내는 우뚝 서서 그녀를 올려다보고 있었는데 그건 단순히 보는 것이 아니라 소유의 행위였다.

도미니크는 자신의 얼굴로 그가 받아 마땅한 대답을 해주어야만 한다고 생각했다. 하지만 그녀는 사내의 구릿빛으로 그을린 팔에 붙은 돌가루와 옆구리에 달라붙은 땀에 젖은 셔츠, 긴 다리의 선만 바라보고 있었다. 그녀가 늘 찾아다녔던 남자의 조각상들이 떠올랐고 저 사내의 알몸은 어떤 모습일까 궁금증이 일었다. 사내도 그녀의 마음을 아는 것처럼 쳐다보고 있었다. 도미니크는 이제야 삶의 목적을 발견했다고 생각했다. 그건 저 사내를 향한 갑작스럽고 격렬한 증오였다.

도미니크가 먼저 움직였다. 그녀는 돌아서서 자리를 떴다. 저 앞쪽에 감독이 보이자 도미니크는 손을 흔들었다. 감독이 황급히 달려오며 외쳤다. "어이쿠, 프랭컨 양! 이거 반갑습니다, 프랭컨 양!"

도미니크는 아래쪽에 있는 사내에게 그 말이 들리기를 바랐다. 그녀는 난생처음 자신이 프랭컨 양인 것이, 그동안 경멸해온 아버지의 지위와 재산이 고맙고 기뻤다. 그러자 문득 그 사내는 이곳 주인의 소유인 인부에 불과하고 자신은 이곳의 주인이나 다름이 없다는 생각이 들었다.

감독이 공손한 자세로 앞에 서 있었다. 도미니크는 그에게 미소를 보내며 말했다.

"언젠가는 이 채석장을 물려받을 테니 가끔이라도 관심을 좀 보여야겠다고 생각했죠."

감독은 앞장서서 걸으며 그녀에게 채석장을 안내하고 작업에 대한 설명도 해주었다. 도미니크는 감독을 따라 채석장 맞은편 끝까지 갔다. 그녀는 실내 작업장들이 있는 먼지 덮인 초록 골짜기에도 내려가고 당황스러운 기계들도 살펴보았다. 그렇게 충분한 시간을 보낸 뒤 홀로 그 사내가 있는 쪽으로 걸어갔다.

멀리서 그가 보였다. 그는 일을 하고 있었다. 붉은 머리칼 한 올이 얼굴로 내려와 착암기의 진동에 흔들리고 있는 게 보였다. 도미니크는 착암기의 진동이 사내의 몸을, 몸속의 모든 것을 상하게 했으면 좋겠다고 생각했다.

도미니크가 사내의 바로 위에 있는 바위에 서자 사내가 고개를 들어 쳐다보았다. 그녀가 다가오는 걸 못 본 게 분명한데도 사내는 그녀가 거기 있는 걸 예상이라도 한 듯, 그녀가 돌아올 걸 알기라도 한 듯 위를 올려다보았다. 사내의 얼굴에 웃음기가 어리는 듯했는데 도미니크에게는 그게 말보다 더 모욕적이었다. 사내는 계속해서 그녀를 똑바로 쳐다보는 무례를 범하고 있었다. 그녀를 그런 식으로 쳐다볼 자격이 없음을 인정하고 시선을 거두려는 기색이 없었다. 그는 자신에게 그럴 자격이 있을 뿐 아니라 그녀가 그걸 주었다고 암묵적으로 말하고 있었다.

도미니크는 고개를 홱 돌리고는 바위 비탈을 내려가 채석장을 떠났다.

그녀의 기억에 남은 건 사내의 눈도, 입도 아닌 손이었다. 그녀가 본 하나의 장면에 그날의 의미가 담겨 있는 듯했고, 그건 사내의 손이 화강암 바위를 짚고 있는 장면이었다. 도미니크는 그 장면을 다시 떠올렸다. 팔목부터 손가락 관절까지 부채 모양으로 퍼져 내려온 곧은 힘줄에 연결된 긴 손가락들이 바위를 누르고 있었다. 그녀는 사내에 대해 생각할 때마다 바위를 짚고 있는 그 손만 떠올랐다. 도미니크는 놀라움과 두려움에 젖었고 도무지 그걸 이해할 수가 없었다.

그녀는 마음을 다잡았다. '그는 평범한 인부에 불과해. 죄수처럼 일하는 노동자.' 그녀는 유리 선반이 있는 화장대에 앉아 그렇게 생각하며 앞에 놓인 크리스털 물체들을 바라보았다. 얼음으로 만든 조각품 같은 그 물건들은 그녀의 차갑고 사치스러운 연약함을 나타냈다. 사내의 긴장된 몸과 먼지와 땀에 흠뻑 젖은 옷, 손이 생각났다. 그 대비는 그녀의 가치를 떨어뜨리는 것이었기에 도미니크는 일부러 그 대비를 강조했다. 그녀는 눈을 감으며 뒤로 기대앉았다. 도미니크는 그동안 자신이 거절한 많은 기품 있는 남자들을 생각했다. 그리고 채석장의 사내를 생각했다. 자신이 존경하는 남자가 아니라 혐오하는 남자에 의해 무너지는 것에 대해 생각했다. 그러자 쾌감을 못 이겨 고개가 옆으로 꺾였다.

그 후 이틀 동안 도미니크는 이곳을 벗어날 거라고 자신을 설득했다. 여행 가방에서 낡은 여행 팸플릿을 꺼내 꼼꼼히 살펴본 뒤 여행지와 호텔, 묵을 방, 기차, 배, 특실 번호까지 다 정해놓았다. 그러면서 악의적인 즐거움을 맛보았는데 자신이 결국 그 여행을 떠나지 않을 것임을, 다시 채석장에 찾아갈 것임을 알고 있었던 것이다.

도미니크는 사흘 후에 채석장에 다시 갔다. 사내가 일하는 바위 위쪽에 서서 노골적으로 사내를 쳐다보았다. 사내가 고개를 들었을 때도 시선을 돌리지 않았다. 자신의 행동이 어떤 의미를 지니는지 알지만 그걸 굳이 감추려고 노력할 만큼 그를 존중하지 않는다고 말하는 듯한 시선이었다. 사내는 그녀가 올 걸 예상하고 있었다고 말하는 듯한 시선을 보냈다. 그러더니 착암기 위로 몸을 굽히고 작업을 계속했다. 도미니크는 기다렸다. 그녀는 사내가 다시 올려다보기를 원하고 있었다. 그리고 사내도 그걸 알고 있음을 알았다. 하지만 사내는 고개를 들지 않았다.

도미니크는 사내의 손을 지켜보며 그 손이 바위를 만지는 순간을 기다렸다. 착암기와 다이너마이트에 대해서는 잊고 있었다. 그녀는 화강암이 그의 손에서 부서지는 게 좋았다.

감독이 그녀의 이름을 부르며 달려왔다. 도미니크는 감독을 향해 돌아섰다.

"인부들이 일하는 모습을 구경하는 게 재미있어요." 도미니크가 설명했다.

"예, 멋진 광경이죠, 안 그렇습니까?" 감독이 맞장구를 쳤다. "저기 기차가 또 짐을 싣고 출발하네요."

도미니크는 기차를 보지 않았다. 밑에서 자신을 올려다보고 있는 사내를 보고 있었다. 사내의 재미있어하는 듯한 무례한 눈빛은 지금 그녀가 그의 시선을 받고자 하지 않는다는 걸 안다는 표시 같았다. 도미니크는 고개를 돌려버렸다. 채석장을 둘러보던 감독의 눈길이 바로 아래에 있는 사내에게 멈추었다.

"어이, 거기, 아래! 일하라고 돈 주는 거지 멍하니 구경이나 하고 있으라고 주는 줄 알아?" 감독이 소리쳤다.

사내는 말없이 착암기 위로 몸을 굽혔다. 도미니크가 소리 내어 웃었다.

감독이 말했다. "프랭컨 양, 여기서 일하는 인부들은 거친 자들이에요……. 사실 전과자들도 있습니다."

"저 사람도 전과자인가요?" 도미니크가 아래를 가리키며 물었다.

"글쎄요, 모르겠습니다. 인부들을 개인적으로 다 알지는 못해서요." 감독이 대답했다.

도미니크는 사내가 전과자이기를 바랐다. 요즘도 죄수에게 채찍질을 하는지 궁금증이 일었고, 그렇다면 좋겠다는 생각이 들었다. 그 생각을 하자 어릴 적에 긴 계단에서 떨어지는 꿈을 꾸었을 때처럼 숨이 멎는 듯한 기분이 들었다. 하지만 이번에는 계단에서 떨어지는 게 아니라 심장이 쿵 떨어지는 느껌이었다.

도미니크는 쌀쌀맞게 돌아서서 채석장을 떠났다.

그리고 여러 날 후에 다시 찾아갔다. 도미니크는 예기치 않게 통로 옆의 판판한 바위 위에 서 있는 사내를 보았다. 그녀는 얼른 걸음을 멈추었다. 사내에게 너무 가까이 가고 싶지 않았던 것이다. 먼 거리라는 방어물도, 핑계도 없이 사내를 보니 기분이 묘했다.

사내도 그녀를 똑바로 쳐다보고 있었다. 두 사람은 서로에게 말을 건넨 적이 없기에 서로에 대해 불쾌할 정도로 마음속 깊이 이해하는 듯했다. 도미니크는 그걸 깨기 위해 먼저 말을 걸었다.

"왜 항상 나를 쳐다보는 거죠?" 그녀가 날카롭게 물었다.

그녀는 말이야말로 서로를 떼어놓는 최고의 수단이라고 생각하며 안도감을 느꼈다. 두 사람이 암묵적으로 알고 있는 모든 것을 말로 표현하여 그것들을 부인한 것이다. 사내는 잠시 침묵을 지키며 그녀를 응시했다. 도미니크는 그가 대답하지 않을 거라는 생각에 공포를 느꼈다. 그는 왜 아무 대답도 필요하지 않은지를 침묵으로 분명하게 나타낼 것이었다. 하지만 그는 대답했다.

"당신이 나를 쳐다보는 것과 같은 이유지요."

"무슨 말을 하고 있는 건지 모르겠군요."

"그걸 모른다면 당신은 지금보다 훨씬 더 놀라고 훨씬 덜

화가 나 있을 겁니다, 프랭컨 양."

"내 이름을 아는군요."

"당신이 그동안 요란하게 광고를 했으니까요."

"무례하게 굴지 않는 게 좋을 거예요. 난 지금 이 자리에서 당신을 해고할 수도 있으니까요."

사내는 아래쪽으로 고개를 돌려 누군가를 찾으며 물었다. "그럼 감독을 부를까요?"

도미니크는 경멸에 찬 미소를 지었다. "아뇨, 물론 아니에요. 그럼 너무 싱거우니까. 하지만 내가 누구인지 알았다니 내가 여기 올 때 계속 그렇게 쳐다보지 않는 게 좋을 거예요. 오해의 소지가 있으니까."

"난 그렇게 생각하지 않습니다."

도미니크는 고개를 돌렸다. 목소리를 가다듬기 위해서였다. 그녀는 채석장의 선반 모양 바위들을 보면서 물었다. "여기서 일하는 게 많이 힘든가요?"

"예. 끔찍하지요."

"지치나요?"

"죽도록."

"구체적으로 어떤데요?"

"일이 끝나면 걷기조차 힘들지요. 밤에는 팔을 움직일 수가 없고요. 자려고 침대에 누우면 온몸의 근육이 다 아프지요. 근육마다 통증도 다 제각각이고."

도미니크는 문득 사내가 자신에 대해 말하고 있는 게 아님을 깨달았다. 사내는 그녀에 대해 말하고 있었다. 그녀가 듣고 싶은 이야기를 하고 있었고, 그녀가 왜 그런 이야기를 듣고자 하는지에 대해서도 안다고 말하고 있었다.

도미니크는 분노를 느꼈다. 그 분노는 차갑고 확실하기에 만족스러웠다. 그녀는 또한 그와 살이 닿고 싶은 욕망을 느꼈다. 자신의 팔을 그의 팔에 대고 싶었다. 하지만 그 이상의 욕망은 없었다.

그녀가 차분하게 물었다.

"당신은 여기서 일할 사람이 아녜요, 그렇죠? 인부 말투가 아녜요. 전에는 무슨 일을 했죠?"

"전기기사, 배관공, 미장이. 많은 일들을 했지요."

"왜 여기서 일하는 거죠?"

"당신이 주는 돈 때문이지요, 프랭컨 양."

도미니크는 어깨를 으쓱했다. 그녀는 돌아서서 통로를 걸어 올라갔다. 사내가 자신을 쳐다보고 있다는 걸 알았지만 돌아보지 않았다. 그녀는 채석장을 가로질러 내쳐 걸었다. 최대한 빨리 그곳을 빠져나왔으나 사내와 다시 마주치게 될 그 통로로 다시 내려가지는 않았다.

2

 도미니크는 매일 아침 눈을 뜨면 이루어야 할 목표가 있어서 중요해진 하루를 맞게 되었다. 그 목표는 바로 채석장에 가지 않는 것이었다.
 자유를 사랑하는 그녀는 자유를 잃고 말았다. 어떤 욕망에 구속당하지 않으려는 지속적인 투쟁 역시 하나의 구속임을 그녀도 알았지만 그런 구속이라면 받아들일 수 있었다. 도미니크는 오직 그런 방식으로만 그 사내로 인해 삶의 자극을 얻는 걸 용인할 수 있었다. 그녀는 고통 속에서 음울한 만족감을 얻었는데 그건 그 고통이 그에게서 오는 것이기 때문이었다.
 도미니크는 멀리 있는 이웃을 찾아갔다. 뉴욕에서 이미 그녀를 질리게 만든 부유하고 예의 바른 가족이 사는 집이었다. 도미니크는 여름내 어느 집에도 간 적이 없었다. 그 가족은 그녀를 보자 깜짝 놀라며 반가이 맞아주었다. 도미니크는 수영장 옆에서 유명인사들과 함께 앉아 있었다. 그녀는 주위의 우아한 분위기를, 자신과 대화하는 사람들의 정중한 태도를 지겨보았다. 수영장 물에 비친 자신의 모습도 흘낏 보았는데 그곳의 어느 누구보다 세련된 엄격함을 지니고 있었다.

도미니크는 지금 이 순간 자신이 채석장의 사내를 생각하고 있는 걸, 타인의 것이 아닌 자신의 몸을 대하듯 깊고 날카로운 이해를 지니고 그의 몸을 생각하고 있는 걸 이곳 사람들이 안다면 어떤 반응을 보일까 생각하며 심술궂은 전율을 느꼈다. 그녀는 미소를 흘렸다. 그녀의 얼굴이 지닌 차가운 순수성 때문에 사람들은 그 미소의 본질을 볼 수가 없었다. 도미니크가 다시 사람들을 만나기 시작한 건 그녀에게 경의를 품고 있는 그들 앞에서 그런 생각들을 하기 위해서였다.

어느 날 저녁, 손님 하나가 그녀를 집에까지 태워다주겠다고 했다. 그는 저명한 젊은 시인으로 창백한 얼굴과 가냘픈 몸, 부드럽고 섬세한 입, 우주 전체에 상처를 받는 듯한 눈을 지니고 있었다. 도미니크는 그가 오랫동안 갈망의 눈길로 자신을 지켜보고 있었던 걸 몰랐다. 황혼 속을 달리는 중에 그가 머뭇거리며 몸을 가까이 기대왔다. 그러면서 애원 어린 목소리로 두서없는 말들을 속삭였는데 그녀가 이미 여러 남자에게서 겪어본 일이었다. 그가 차를 세웠다. 도미니크는 어깨에 그의 입술이 닿는 걸 느꼈다.

그녀는 얼른 몸을 뺐다. 그러고는 잠시 가만히 앉아 있었는데 움직이면 그와 몸이 닿을 수밖에 없고 그걸 견딜 수 없어서였다. 그녀는 문을 벌컥 열고 차에서 뛰어내려 문을 꽝 닫았다. 마치 그 요란한 소리가 그의 존재 자체를 지워줄 수 있기라도 한 것처럼. 그러고는 무턱대고 달리기 시작했다. 한참 후 그녀는 달리기를 멈추고 몸을 떨며 어두운 도로를 걸어 내려갔고 이윽고 자신의 집 지붕 선이 보였다.

도미니크는 그제야 정신을 차리고 주위를 둘러보며 놀라움을 느꼈다. 과거에도 그런 일들이 많았지만 그냥 재미있기만 했고 혐오감을 느낀 적은 없었던 것이다. 예전에는 아무 느낌이 없었다.

도미니크는 천천히 잔디밭을 가로질러 집으로 갔다. 그녀는 자신의 방으로 올라가는 계단에서 걸음을 멈추었다. 채석장의 사내가 생각났다. 그녀는 채석장의 사내가 자신을 원한다고 자신에게 분명하게 말했다. 전부터 알고 있었던 일이었다. 그의 첫 시선에서 이미 알았던 일이었다. 하지만 그걸 자신에게 말하기는 이번이 처음이었다.

그녀는 웃었다. 그녀는 정적에 잠긴 호화로운 집을 둘러보았다. 그 집이 그 말을 터무니없는 것으로 만들었다. 도미니크는 자신에게는 그런 일이 절대 일어나지 않을 것임을 알았다. 자신이 그 사내에게 어떤 고통을 줄 수 있는지도 알았다.

도미니크는 며칠 동안 흡족하게 집 안을 이리저리 돌아다녔다. 집은 그녀의 방어막이었다. 채석장에서 발파 소리가 들려오자 그녀는 미소를 머금었다.

하지만 그녀는 매우 확신에 차 있었고 집은 매우 안전했다.

그래서 시험을 통해 그 안전성을 더 강조하고 싶은 욕구가 꿈틀거렸다.

도미니크는 자신의 침실 벽난로 앞면을 장식한 대리석판을 선택했다. 그녀는 그걸 깨뜨릴 생각으로 망치를 들고 그 앞에 무릎을 꿇고 앉았다. 가느다란 팔을 머리 위로 높이 쳐들었다가 사정없이 내리쳤다. 팔의 뼈와 어깨 관절에 통증이 느껴졌다. 그녀는 대리석판에 긴 생채기를 내는 데 성공했다.

도미니크는 채석장으로 갔다. 멀리서 사내가 보이자 곧장 그에게 다가갔다.

"안녕하세요." 그녀가 아무렇지도 않게 인사했다.

사내가 착암기를 멈추더니 선반 모양 바위에 기대며 말했다. "안녕하십니까."

"당신 생각을 했어요." 도미니크는 부드럽게 말한 뒤 잠시 뜸을 들이고는 여전히 강한 유혹을 담은 목소리로 덧붙였다. "집에 지저분한 일거리가 하나 있어서요. 부수입 좀 얻어볼 생각 있어요?"

"그럼요, 프랭컨 양."

"오늘 밤 우리 집으로 오겠어요? 하인 출입구는 리지우드 로드 쪽에 있어요. 벽난로 대리석 장식이 깨져서 새로 바꿔야 해요. 와서 깨진 걸 떼어내고 새 걸 주문해줘요."

도미니크는 사내의 분노와 거절을 기대했다. 하지만 사내는 담담하게 물었다.

"몇 시에 가면 되겠습니까?"

"7시. 여기서 얼마 받죠?"

"시간당 62센트요."

"당신이 그 정도 가치는 하리라 믿어요. 기꺼이 그렇게 주겠어요. 우리 집에 어떻게 찾아오면 되는지 알아요?"

"아뇨, 프랭컨 양."

"마을에서 아무한테나 물어보면 가르쳐줄 거예요."

"예, 프랭컨 양."

도미니크는 실망감을 느끼며 그곳에서 발길을 돌렸다. 그녀는 둘 사이의 은밀한 이해가 사라진 것만 같았다. 사내는 그녀가 아무 인부에게나 맡길 수 있는 일거리를 준 것처럼 반응했던 것이다. 그러나 다음 순간 가슴이 쿵 떨어지는 기분이 들었다. 사내를 만날 때마다 느끼는 수치심과 기쁨이 뒤섞인 기분이었다. 그녀는 둘 사이의 이해가 그 어느 때보다 더 깊어지고 명백해졌음을 깨달은 것이다. 사내는 전혀 자연스럽지 않은 제안을 자연스럽게 받아들여, 놀라움을 보이지 않아 자신이 얼마나 많은 걸 알고 있는지 보여주었던 것이다.

도미니크는 그날 저녁 늦은 관리인 부부에게 집에 남아 있어달라고 부탁했다. 하인의 존재가 중세풍 저택의 그림을 완성시켜줄 것이기 때문이었다. 7시에 하인 출입구에서 초인종이 울렸다. 관리인 아내가 나가서 사내를 으리으리한 현관 홀로 안내했고, 도미니크는 넓은 계단 꼭대기에 서 있었다.

도미니크는 사내가 자신을 올려다보며 다가오는 걸 지켜보았다. 그녀는 그 장면이 의도적으로 연출된 것임을 사내가 눈치 챌 때까지 자세를 흐트러뜨리지 않고 있다가 그가 확신에 이르기 직전에 자세를 바꾸며 말했다. "어서 와요." 엄격하고 조용한 목소리였다.

사내는 대답 없이 고개를 숙여 보이고는 계단을 올라왔다. 그는 작업복 차림에 연장가방을 들고 있었다. 그의 동작은 민첩하고 느긋했으며 이곳에는, 그녀의 집에는, 반들거리는 계단에는, 섬세하고 단단한 난간들 사이에는 어울리지 않았다. 도미니크는 그가 이 집과 조화를 이루지 못하리라 예상했지만 도리어 그녀의 집이 그와 조화를 이루지 못하는 듯한 느낌이 들었다.

도미니크는 한 손을 들어 자신의 침실 문을 가리켰다. 사내는 순순히 따라왔다. 그는 침실로 들어서며 그곳을 전혀 의식하지 않는 듯했다. 마치 작업실에 들어가는 듯한 태도였다. 그는 곧장 벽난로 쪽으로 갔다.

"저거예요." 도미니크가 손가락으로 대리석판을 가리키며 말했다.

사내는 아무 말도 없었다. 그는 무릎을 꿇고 앉아 연장가방에서 가느다란 금속 쐐기를 꺼내 대리석판의 생채기에 대고 망치를 꺼내 한 번 때렸다. 그러자 대리석판이 길고 깊게 갈라졌다.

사내가 도미니크를 흘낏 올려다보았다. 도미니크가 두려워하는 눈길이었다. 응답이 불가능한 웃음의 눈길. 웃음은 보이는 게 아니라 느껴지는 것이기에 응답을 할 수가 없었다. 사내가 말했다.

"자, 이제 깨졌으니 새로 갈아야겠군요."

도미니크가 차분히 물었다.

"그게 어떤 종류의 대리석이고, 그런 건 어디로 주문해야 되는지 알아요?"

"예, 프랭컨 양."

"그럼 계속하세요. 떼어내요."

"예, 프랭컨 양."

도미니크는 선 채로 사내를 지켜보았다. 마치 자신의 눈길이 작업을 도울 수 있기라도 하듯 그 기계적인 작업 과정을 꼭 지켜보고 있어야만 할 것 같은 기분이 드는 게 이상했다. 그제야 그녀는 자신이 침실을 보는 걸 두려워하고 있음을 깨달았다. 그녀는 억지로 고개를 들었다.

도미니크는 화장대 선반에 눈길을 던졌다. 어둑한 방 안에서 가장자리가 가느다란 초록색 공단 띠처럼 보이는 유리 선반과 크리스털 화장품 용기들이 보였다. 흰 침실용 슬리퍼 한 켤레, 거울 옆 바닥에 놓인 연청색 수건, 의자 팔걸이에 걸린 스타킹 한 켤레, 흰 공단 침대 커버도 보였다. 사내의 셔츠는 땀자국들과 회색 돌먼지 얼룩들이 져 있었고 팔뚝 살에도 먼지가 줄무늬를 이루고 있었다. 도미니크는 방 안의 모든 물건이 그의 몸에 닿은 것처럼 느껴졌다. 공기가 물웅덩이고 모두가 그 물 속에 뛰어들었으며 사내에게 닿았던 물이 그녀에게, 방 안의 모든 물건에 닿은 것만 같았다. 그녀는 사내가 고개를 들어주면 좋겠다는 생각이 들었다. 하지만 사내는 고개를 들지 않고 묵묵히 일만 하고 있었다.

도미니크는 사내에게 다가가 그의 곁에 조용히 섰다. 그와 이토록 가까이 서기는 처음이었다. 그녀는 사내의 목덜미의 매끄러운 살을 내려다보았다. 털 한 올까지 다 보였다. 시선을 더 내려서 자신의 샌들 끝을 보았다. 그녀의 샌들은 사내의 몸에서 몇 센티미터밖에 떨어져 있지 않았다. 발을 아주 조금만 움직이면 그에게 닿을 수 있었다. 그녀는 한 걸음 물러섰다.

사내가 머리를 움직였다. 하지만 고개를 들지는 않고 가방에서 연장 하나를 더 꺼낸 뒤 다시 엎드렸다.

도미니크는 소리 내어 웃었다. 사내가 일손을 멈추고 흘낏 보았다.

"예?" 사내가 물었다.

도미니크의 얼굴은 엄숙했다. 그녀가 부드러운 목소리로 대답했다.

"오, 미안해요. 당신을 보고 웃은 줄 알았겠군요. 물론 그렇지 않아요."

그러고는 이렇게 덧붙였다.

"방해하고 싶은 생각은 없어요. 얼른 끝내고 여기서 나가고 싶겠죠. 내 말은, 피곤하니까 그럴 거란 거예요. 하지만 달리 생각해보면, 어차피 시간당 돈을 주는 거니까 돈을 더 벌고 싶으면 좀 늦어져도 아무 상관 없겠죠. 하고 싶은 말이 있을 거 아녜요."

"오, 그럼요, 프랭컨 양."

"뭐죠?"

"참 지독한 벽난로예요."

"그래요? 이 집은 우리 아버지가 설계했어요."

"물론 그렇겠죠, 프랭컨 양."

"당신이 건축가의 작품에 대해서 논하는 건 의미 없는 일이겠죠."

"물론이지요."

"다른 화제로 넘어갈 수 있겠죠."

"예, 프랭컨 양."

도미니크는 사내의 곁을 떠나 침대에 앉았다. 양팔을 쭉 펴서 뒤로 짚고 다리는 꼬아서 꼭 붙여 길고 곧은 선을 만들었다. 어깨부터 축 늘어진 그녀의 상체는 단단히 꼰 다리와 대조를 이루었고, 차갑고 엄격한 얼굴은 늘어진 상체와 대조를 이루었다.

사내는 작업을 하면서 가끔 그녀에게 시선을 던졌다. 그리고 시키는 대로 말도 했다.

"반드시 똑같은 질의 대리석을 구하도록 하겠습니다, 프랭컨 양. 다양한 종류의 대리석을 구분하는 건 매우 중요한 일이지요. 대체로 대리석은 세 종류로 나뉩니다. 석회석의 재결정으로 생겨나는 흰 대리석, 탄산칼슘의 화학적 침전물인 오닉스 대리석, 주로 함수 마그네슘 규산염이나 사문석으로 이루어진 초록 대리석. 사실 초록 대리석은 진짜 대리석으로 취급되어선 안 됩니다. 진짜 대리석은 석회석이 열과 압력에 의한 변성작용을 거쳐 만들어지는 것이니까요. 압력은 강력한 요인으로 작용합니다. 일단 시작되면 통제할 수 없는 결과들로 이어지니까요."

"어떤 결과들이지요?" 도미니크가 앞으로 몸을 기울이며 물었다.

"석회석 입자의 재결정과 주위 토양으로부터 이물질이 침투되는 거지요. 이물질들이 대부분의 대리석에서 볼 수 있는 유색 줄무늬들을 만들지요. 분홍 대리석은 산화망간, 회색 대리석은 탄소 물질, 노란 대리석은 산화철의 작용이지요. 여기 이것은 물론 흰 대리석입니다. 흰 대리석에도 종류가 아주 많지요. 그러니 프랭컨 양, 매우 세심하게······."

도미니크는 희미한 검은 덩어리의 형상을 하고 앞으로 몸을 기울인 채 앉아 있었다. 무릎 위에 아무렇게나 내려놓은 한 손은 손바닥이 위로 향하여 반쯤 오므려져 있었는데 그 위로 불빛이 떨어져 손가락 하나하나의 윤곽이 도드라져 보였고 어두운 원피스 색깔과 대조되어 몹시도 적나라하고 빛나는 느낌을 주었다.

"…… 똑같은 질의 대리석을 주문하기 위해서지요. 예를 들어 조지아 대리석으로 교체하는 건 바람직하지 않은데, 그건 앨라배마 대리석처럼 결이 곱지 않기 때문이에요. 이건 앨라배마 대리석입니다. 아주 고가의 고급품이지요."

사내는 도미니크의 손이 오므려졌다가 시야 밖으로 떨어지는 걸 보았다. 그는 침묵 속에서 작업을 계속했다.

그는 작업이 끝나자 일어서며 물었다.

"이 대리석은 어디에 둘까요?"

"거기 그냥 두세요. 내가 알아서 치우죠."

"치수에 맞게 새 물건을 주문해서 착불로 배달시키겠습니다. 새 걸 끼우는 작업도 제가 할까요?"

"그럼요. 물건이 도착하면 연락하죠. 얼마를 줘야 하죠?" 도미니크는 침대 옆 탁자에 놓인 시계를 흘낏 보았다. "그러니까, 45분이 걸렸군요. 그럼 48센트네요." 그녀는 가방에서 1달러짜리 지폐 한 장을 꺼내 사내에게 건넸다. "거스름돈은 가지세요." 그녀가 말했다.

도미니크는 사내가 그 돈을 자신의 얼굴에 던지기를 바랐다. 사내는 돈을 주머니에 넣으며 말했다.

"고맙습니다, 프랭컨 양."

사내는 도미니크의 주먹 쥔 손 위에서 검은 소매가 떨리는 걸 보았다.

"잘 가요." 도미니크가 분노로 공허해진 목소리로 말했다.

사내가 고개를 숙여 인사를 했다. "안녕히 계십시오, 프랭컨 양."

그러고는 돌아서서 계단을 내려가 집 밖으로 나가버렸다.

도미니크는 사내에 대해 생각하지 않았다. 사내가 주문한 대리석만 생각했다. 그녀는 갑자기 대리석에 광적으로 집착하며 대리석이 도착하기를 열렬히, 손꼽아 기다렸다. 날마다 잔디밭 너머 도로를 드물게 지나가는 트럭들을 지켜보았다.

그러면서 자신은 그저 대리석이 도착하기를 기다리는 것뿐이라고, 다른 숨겨진 이유 같은 건 없다고, 오직 그것뿐이라고 스스로를 격렬히 설득했다. 이건 사내와의 만남이 남긴 광란적인 마지막 여파일 뿐이며 다른 건 없다고, 대리석이 도착하면 모든 게 끝날 거라고 다짐했다.

막상 대리석이 도착하자 도미니크는 그것에 눈길도 제대로 주지 않았다. 그녀는 배달 트럭이 대문 밖으로 나가기도 전에 책상에 앉아 우아하고 세련된 편지지에 짧은 편지를 썼다.

대리석이 왔어요. 오늘 밤에 공사를 해주면 좋겠어요.

그녀는 관리인에게 편지를 들려 채석장으로 보내며 이렇게 말했다. "이름은 모르고, 지난번에 여기 왔던 빨강머리 인부예요."

관리인은 답장을 들고 왔는데 갈색 종이봉지를 쭉 찢어서 연필로 쓴 것이었다.

오늘 밤에 공사를 하겠습니다.

도미니크는 질식할 듯한 조바심을 느끼며 침실 창가에서 사내를 기다렸다. 7시에 하인 출입구 초인종이 울렸다. 그리고 그녀의 방을 노크하는 소리가 들렸다. "들어와요." 도미니크는 목소리가 이상하게 나오는 걸 감추려고 퉁명스럽게 말했다. 문이 열리고 관리인 아내가 먼저 들어오더니 밖에 있는 사람에게 따라오라는 몸짓을 했다. 관리인 아내를 따라 들어온 사람은 땅딸막한 중년의 이탈리아인으로 안짱다리에다 한쪽 귀에는 금귀고리를 걸었고 해진 모자를 두 손에 공손히 들고 있었다.

"프랭컨 양, 채석장에서 온 사람이에요." 관리인 아내가 말했다.

도미니크가 비명은 아니지만 그렇다고 질문처럼 들리지도 않는 목소리로 물었다. "누구세요?"

"파스쿠알레 오르시니라고 합니다." 남자가 당황한 얼굴로 얌전히 대답했다.

"여긴 왜 왔죠?"

"그건, 저 …… 채석장의 빨강머리가 벽난로를 고쳐야 하는데 아가씨가 저를 보내라고 했다고 가보라고 해서요."

"그래요. 물론이에요." 도미니크가 일어서며 말했다. "깜빡 잊었어요. 시작하세요."

도미니크는 방에서 나가야 했다. 아무에게도 보이지 않고, 가능하다면 자신에게도 보이지 않고 미친 듯 달려야만 했다.

그녀는 정원 어딘가에 멈추어서서 주먹을 눈에 대고 부들부들 떨고 있었다. 그건 분노였다. 다른 모든 감정을 깨끗이 밀어내버리는 단 하나의 순수한 감정이었다. 아니, 그 분노 아래 또 하나의 감정이 숨어 있었으니, 그건 공포였다. 이제 채석장 근처에 얼씬도 하지 못하게 되었지만, 그래도 가게 될 것을 알기에 느끼는 공포였다.

도미니크가 다시 채석장에 간 건 여러 날이 지난 어느 이른 저녁이었다. 오랫동안 말을 탄 후 집으로 돌아온 참이었는데 점점 길어지는 잔디밭 위의 그림자들을 보자 이제 단 하룻밤도 더 견딜 수 없을 것 같은 기분이 들었다. 인부들이 일을 마치고 돌아가기 전에 채석장에 가야 했다. 그녀는 말머리를 돌려 채석장을 향해 나는 듯 달렸고 바람이 거세게 뺨을 때렸다.

그녀가 채석장에 도착했을 때 사내는 거기 없었다. 이제 막 작업이 끝나서 우묵한 돌그릇 모양의 채석장 통로들에는 한꺼번에 몰려나온 수많은 인부들이 줄지어 움직이고 있었지만 도미니크는 거기 사내가 없다는 걸 한눈에 알 수 있었다. 입을 꾹 다문 채 사내의 얼굴을 찾아보았지만 그녀는 사내가 이미 떠났음을 알고 있었다.

도미니크는 말을 타고 숲으로 들어갔다. 그녀는 짙어지는 황혼 빛에 녹아가는 잎사귀들의 벽 사이를 마구 내달렸다. 그러다 멈추어 서서 길고 가느다란 나뭇가지 하나를 꺾은 후 잎들을 훑어내고 그 유연한 나뭇가지를 채찍 삼아 말을 더 빨리 몰았다. 그녀는 속도를 내면 그만큼 시간도 빨리 가서 밤을 훌쩍 뛰어넘어 아침에 이를 수 있을 것만 같았다. 그때 저 앞에서 오솔길을 혼자 걸어가는 사내의 모습이 보였다.

도미니크는 앞으로 내달렸다. 사내를 따라잡자 급히 말을 멈추었고 그 바람에 몸이 용수철처럼 앞으로 튕겨져 나갔다가 돌아왔다. 사내도 걸음을 멈추었다.

두 사람은 말없이 서로를 바라보고 있었다. 도미니크는 침묵 속에서 지나가는 매 순간이 진실을 드러내고 있다고 생각했다. 무언의 마주함 자체가 무척이나 많은 걸 말하고 있었기 때문이다. 그래서 인사도 필요 없었다.

그녀가 담담하게 물었다.

"왜 대리석을 붙이러 안 온 거죠?"

"누가 가든 상관이 없으실 것 같아서요. 안 그런가요, 프랭컨 양?"

도미니크에게는 그 말이 소리가 아니라 자신의 입을 정통으로 때리는 일격처럼 느껴졌다. 그녀는 손에 든 나뭇가지로 사내의 얼굴을 갈겼다. 그러고는 그 동작이 끝나기도 전에 내달렸다.

도미니크는 자신의 침실 화장대에 앉아 있었다. 아주 늦은 시각이었다. 텅 빈 넓은 저택에는 정적만이 흘렀다. 테라스로 통하는 프랑스식 창문이 열려 있었지만 캄캄한 정원에서는 나뭇잎 흔들리는 소리조차 들려오지 않았다.

침대 위의 담요가 젖혀진 채 그녀를 기다리고 있었고 베개가 커다란 검은 유리창을 배경으로 하얗게 보였다. 도미니크는 잠을 청해야겠다고 생각했다. 사흘째 사내를 만나지 못하고 있었다. 도미니크는 머리 위로 손을 올려 손바닥으로 매끄러운 머리칼 여기저기를 눌렀다. 그리고 향수를 적신 손가락 끝을 관자놀이의 움푹한 부분에 댔다. 향수가 살에 닿는 차갑고 당기는 듯한 감촉이 편안한 기분을 느끼게 했다. 화장대 유리에 향수 한 방울이 떨어져 있었는데 보석처럼 반짝이고 값져 보였다.

그녀는 정원의 발걸음 소리를 듣지 못했다. 하지만 테라스 계단을 오르는 발소리는 들을 수 있었다. 도미니크는 이마를 찡그리며 일어섰다. 그녀는 창문 쪽을 보았다.

사내가 들어왔다. 작업복 차림이었다. 지저분한 셔츠는 소매를 걷어 올렸고 바지는 돌먼지로 얼룩져 있었다. 사내가 선

채로 도미니크를 응시했다. 사내의 표정에는 웃음기 어린 이해가 들어 있지 않았다. 그의 얼굴은 잔인성과 격정을 억누르려는 엄숙하고 금욕적인 표정으로 일그러져 있었다. 뺨은 쑥 들어가고 입술은 굳게 다문 모습이었다. 도미니크는 튕겨지듯 일어나 양팔을 뒤로 뻗고 손가락을 폈다. 사내는 움직이지 않았다. 그의 목에서 힘줄 하나가 불끈 솟았다가 가라앉는 게 보였다.

이윽고 사내가 다가왔다. 그가 마치 그녀의 살 속으로 파고들듯 그녀를 안았다. 도미니크는 그의 양팔의 뼈들과 자신의 갈비뼈가 맞닿고, 그와 두 다리가 밀착되고, 입술이 포개지는 걸 느꼈다.

도미니크는 자신이 처음부터 공포에 질려 팔꿈치로 사내의 목을 밀어내고 그의 품에서 빠져나가려고 몸을 뒤틀었는지, 아니면 처음에는 그와 살이 맞닿은 충격 속에서 가만히 있었는지 기억이 나지를 않았다. 그녀가 생각해오고 기대해온 건 결코 이런 게 아니었고, 이런 것일 수가 없었다. 이건 삶의 일부가 아니라 인간이 일 초 이상을 견딜 수 없는 것이니까.

그녀는 사내에게서 벗어나려고 몸부림을 쳤다. 하지만 사내의 단단한 팔은 그걸 느끼지도 못하는 듯했다. 그녀는 주먹으로 사내의 어깨와 얼굴을 때렸다. 사내가 한 손으로 그녀의 양쪽 팔목을 잡더니 팔을 비틀어 그녀의 등 뒤에 붙였다. 도미니크는 고개를 돌려 뒤로 젖혔다. 가슴에 사내의 입술이 느껴졌다. 그녀는 사내에게서 몸을 뺐다.

도미니크는 화장대 쪽으로 물러나 등 뒤의 화장대를 두 손으로 움켜쥐고 웅크린 채 서 있었다. 두 눈이 공포로 커지고 색깔과 형체가 없었다. 사내가 웃고 있었다. 얼굴은 웃고 있는데 소리는 나지 않았다. 어쩌면 사내는 일부러 그녀를 놓아준 것인지도 몰랐다. 그는 다리를 벌리고 양팔을 늘어뜨리고 서서 그녀가 그의 품에 있었을 때보다 적당한 거리를 둔 상태에서 그의 몸을 더 날카롭게 인식하도록 만들었다. 도미니크는 그의 등 뒤에 있는 문을 보았다. 사내는 그녀가 문을 향해 달려가려는 생각을 행동에 옮기기도 전에 미리 알아차렸다. 그는 한 팔을 뻗었다가 그녀에게 닿기 전에 도로 내렸다. 도미니크의 어깨가 살짝 올라갔다. 사내가 한 걸음 다가오자 그녀의 어깨가 내려갔다. 그녀는 화장대 쪽으로 몸을 더 움츠렸다. 사내는 그녀를 기다리게 했다. 그러고는 다가와서 그녀를 가볍게 안아들였다. 도미니크는 사내의 손을 물었다. 혀끝에 피의 맛이 느껴졌다. 사내가 그녀의 머리를 젖히더니 자신의 입술을 포개어 억지로 그녀의 입을 열었다.

도미니크는 동물처럼 싸웠다. 하지만 소리는 내지 않았다. 도와달라고 외치지도 않았다. 그녀는 사내의 헐떡거림 속에서 자신이 그에게 가하는 공격의 메아리를 들었고 그게 쾌감의 헐떡거림임을 알았다. 그녀는 화장대 위의 전등을 향해 손을 뻗었다. 사내가 그녀의 손에 잡힌 전등을 쳐서 떨어뜨렸다.

어둠 속에서 크리스털이 박살 나는 소리가 들렸다.

사내는 도미니크를 침대에 던졌고 도미니크는 목과 눈에서 피가 고동치는 걸 느꼈다. 그리고 핏속에는 증오가, 무력한 공포가 들어 있었다. 그녀는 증오와 함께 사내의 손길을 느꼈다. 화강암을 깨던 그의 손이 그녀의 몸을 더듬고 있었다. 도미니크는 사력을 다해 싸웠다. 그러다 찌르는 듯한 갑작스런 통증이 몸통을 타고 목까지 올라왔고 그녀는 비명을 내질렀다. 그리고 가만히 누워 있었다.

그건 사랑의 봉인처럼 부드럽게도, 치욕과 정복의 상징으로 경멸적으로도 이루어질 수 있는 행위였다. 그건 연인의 행위일 수도, 적의 여자를 범하는 군인의 행위일 수도 있었다. 사내는 그걸 경멸의 행위로 했다. 사랑이 아닌 더럽힘으로. 그래서 도미니크는 가만히 누워서 받아들였다. 사내가 조금이라도 부드러운 태도를 보였다면 그녀는 자신의 몸에 가해지는 것에 차갑고 무감각했을 터였다. 하지만 주인처럼 치욕스럽고 경멸적으로 그녀를 소유하는 행위는 그녀가 늘 원해왔던 황홀경을 느끼게 했다. 도미니크는 사내가 견딜 수 없는 쾌감의 고통 속에서 몸을 떠는 걸 느꼈고 자신이 사내에게 그걸 주었음을, 그게 자신에게서, 자신의 몸에서 나왔음을 알 수 있었다. 그녀는 입술을 깨물었다. 사내가 그녀에게 알려주기를 원했던 걸 알게 되었던 것이다.

사내는 그녀에게서 떨어져 침대에 비스듬히 누워 있었다.

고개기 침대 가장자리로 떨어져 있었다. 도미니크는 사내의 헐떡거림이 잦아드는 소리를 들었다. 그녀는 사내가 눕혀놓은 그대로 꼼짝도 않고 입을 벌린 채 누워 있었다. 공허하고 가볍고 맥 빠진 기분이 들었다.

사내가 일어나는 게 보였다. 창문을 배경으로 그의 실루엣이 보였다. 사내는 말 한 마디 없이, 그녀에게 눈길조차 주지 않고 나가버렸다. 하지만 도미니크는 개의치 않았다. 그녀는 정원에서 울리는 그의 발소리를 멍하니 듣고 있었다.

도미니크는 한참 동안 그대로 누워 있었다. 그러고는 벌린 입 속의 혀를 움직여보았다. 그녀의 몸 안 어딘가에서 메마르고 짤막하고 구역질나는 흐느낌이 들려왔지만 그녀는 울고 있지 않았다. 그녀의 눈은 마른 채로 마비된 듯 떠져 있었다. 그 소리는 동작이 되었다. 목구멍을 타고 배로 내려가는 경련이 되었다. 도미니크는 벌떡 일어나 어정쩡한 자세로 서서 팔로 배를 누르며 허리를 구부렸다. 그녀는 침대 옆의 작은 탁자가 어둠 속에서 흔들리는 소리를 듣고 그걸 보면서 탁자가 이유 없이 흔들리는 것에 대해 멍한 놀라움을 느꼈다. 그러다 자신이 떨고 있음을 깨달았다. 그녀는 겁에 질려 있지도 않은데 그렇게 소리 없는 딸꾹질을 하듯 연신 짧은 경련을 일으키며 떨고 있는 게 바보스럽게 느껴졌다. 그녀는 목욕을 해야겠다고 생각했다. 마치 오래전부터 그런 생각을 했던 것처럼 더는 참을 수 없는 조급증이 일었다. 목욕만 하면 아무 문제도 없을 것 같았다. 그녀는 천천히 발을 끌며 욕실 쪽으로 갔다.

 도미니크는 욕실에서 불을 켰다. 그리고 긴 거울에 비친 자신의 모습을 보았다. 사내의 입이 자신의 몸에 남긴 자줏빛 멍 자국들을 보았다. 목구멍에서 짓눌린 신음이 터져 나왔는데 아주 큰 소리는 아니었다. 그녀를 신음하게 만든 건 거울에 비친 광경이 아니라 갑작스런 깨달음이었다. 그녀는 자신이 목욕을 하지 않을 것임을 깨달았던 것이다. 그녀는 사내의 몸의 느낌을, 그의 흔적을 그대로 간직하고 싶었다. 그녀는 그런 마음이 무엇을 의미하는지 알고 있었다. 도미니크는 욕조 가장자리를 잡고 털썩 무릎을 꿇었다. 도저히 욕조 안으로 기어 올라갈 수가 없었다. 손이 미끄러지면서 그녀는 바닥에 누웠다. 등에 단단하고 차가운 타일의 감촉이 느껴졌다. 그녀는 아침까지 그렇게 누워 있었다.

 로크는 아침에 눈을 뜨며 지난밤은 자신에게 인생의 한 목표점과도 같았다고 생각했다. 그는 그런 목표점들을 향해 나아가며 삶을 살아가고 있었다. 반쯤 완성된 오스틴 헬러의 집을 돌아다니며 둘러보던 때나 지난밤 같은 목표점들. 말로는 표현할 수 없지만, 그에게 지난밤은 건축과도 같았다. 그것으로 인해 그의 내면에서 일어난 반응과 그것이 그의 존재 의식에 미친 영향을 볼 때 그랬다.

 두 사람은 폭력을, 그의 고의적 외설 행위를 초월하는 이해

속에서 하나가 되었다. 그녀가 그에게 그토록 중요한 의미를 지니지 않았더라면 그는 그녀를 그런 식으로 소유하지는 않았을 터였다. 그가 그녀에게 그토록 중요한 의미를 지니지 않았더라면 그녀는 그토록 필사적으로 저항하지 않았을 터였다. 다시없을 그 희열은 서로가 그걸 이해한다는 걸 알기에 가능할 수 있었다.

로크는 평소와 다름없이 채석장으로 가서 일을 했다. 그녀는 채석장에 오지 않았고, 로크는 그녀가 올 걸 기대하지 않았다. 하지만 그녀에 대한 생각은 계속 남아 있었다. 로크는 호기심을 갖고 그걸 관찰했다. 타인의 존재를 의식하고 타인에 대한 절박한 필요성을 느끼는 건 이상한 일이었다. 그 필요성에는 아무 조건이 없었다. 그 필요성은 즐겁지도 고통스럽지도 않았으며, 마치 최후통첩처럼 결정적이었다. 이제 그에게는 그녀가 세상에 존재한다는 걸 아는 게 중요했다. 그녀에 대해 생각하는 것이, 그녀가 오늘 아침에 어떻게 눈을 떴고 어떻게 움직였으며 아직(이제 영원히) 그의 것인 자신의 몸에 대해 무슨 생각을 했을지 생각하는 것이 중요했다.

그날 저녁, 로크는 검댕이투성이 부엌에서 저녁을 먹으며 신문을 보다가 가십난에서 로저 엔라이트의 이름을 발견했다. 그에 관한 짤막한 기사가 실려 있었다.

"또 하나의 대형 프로젝트가 쓰레기통 신세를 질 듯하다. 석유왕 로저 엔라이트가 이번에는 곤경에 처한 모양이다. 최근에 야심차게 기획한 허황된 엔라이트 하우스 사업을 접어야 할 처지이기 때문이다. 건축가 선정이 문제라고 한다. 거물급 건축가 대여섯 명이 달려들었지만 모두 엔라이트 씨를 만족시키지 못했다. 모두 일류 건축가들이었는데 말이다."

로크는 그동안 무수히 맞서 싸워온 고통이 다시 고개를 드는 걸 느꼈다. 그가 할 수 있고 그에게 주어져야 했지만 이제 할 수 없는 일에 대한 무력감에서 오는 고통. 그러다 뜬금없이 도미니크 프랭컨이 생각났다. 그녀는 지금 그의 마음속에 있는 일들과 아무 관련이 없었다. 로크는 그녀가 그런 것들의 틈바구니에서도 계속 존재할 수 있다는 사실이 충격적이기만 했다.

일주일이 흘렀다. 어느 날 집에 가보니 편지 한 통이 와 있었다. 원래 그의 사무실로 온 편지였는데 그가 뉴욕에서 마지막까지 살았던 주소지와 마이크를 거쳐 코네티컷으로 온 것이었다. 봉투에 찍힌 석유회사 주소는 그에게 아무 의미도 없었다. 로크는 편지를 뜯어서 읽었다.

로크 씨에게,
그동안 당신과 연락을 취하려고 사방으로 수소문을 해보았지만 당신이 어디 있는지 알 수가 없었소. 이 편지를 보는 즉시 내게 연락해주기 바라오. 당신이 파고 백화점을 지은 건축가라면 나의 엔라이트 하우스에 대해 의논하고 싶소.

로저 엔라이트

  30분 후 로크는 기차에 앉아 있었다. 기차가 움직이기 시작하자 도미니크가 떠올랐고 그녀를 남겨두고 떠난다는 생각이 들었다. 하지만 그 생각은 희미하고 사소하게 느껴졌다. 그는 아직도 그녀 생각을 한다는 사실 자체가 놀라웠다.

  도미니크는 조만간 자신이 당한 일을 받아들이고 모든 걸 잊을 수 있으리라 생각했다. 다만 한 가지 잊을 수 없는 게 있다면 자신이 그때 쾌감을 느꼈다는 사실이었다. 사내도 그걸 알고 있었다. 사내는 그녀에게 찾아오기 전부터 그걸 알고 있었고, 그렇지 않았다면 찾아오지 않았을 터였다. 도미니크는 그때 자신을 구할 수도 있었을 한 가지 반응을 보이지 않았다. 사내에게 완전한 혐오감으로 답하지 않았다. 그때 그녀는 자신의 혐오감과 공포에서, 사내의 힘에서 기쁨을 발견했던 것이다. 그건 도미니크가 바라던 타락이었으며, 그녀는 그것 때문에 사내를 증오했다.

  어느 날 아침, 도미니크는 아침 식탁에 편지가 놓여 있는 걸 보았다. 앨버 스카럿이 보낸 편지였다. "도미니크, 언제 돌아올 건가? 우리 모두 자넬 얼마나 그리워하는지 몰라. 사실 자넨 함께 있기에 편한 사람이 아니고 난 자네가 좀 두렵기도 하지만 우리 모두 자넬 초조하게 기다리고 있다는 걸 고백하지 않을 수 없네. 이런 고백이 그러잖아도 하늘 높은 줄 모르는 자네의 자존심을 더 높여줄 테지만 말일세. 자넬 여왕의 귀환과도 같은 환영을 받게 될 거야."

도미니크는 그 편지를 읽으며 미소를 흘렸다. 만일 사람들이 …… 내게 외경심을 품고 있는 그들이 …… 내가 겁탈당한 사실을 …… 채석장의 빨강머리 건달에게 순결을 빼앗긴 사실을 안다면 …… 나, 도미니크 프랭컨이……. 그런 생각은 격렬한 수치심과 함께 사내의 품에서 느꼈던 것과 같은 쾌감을 주었다.

도미니크는 산책 중에 길에서 만난 마을 사람들이 성의 안주인인 그녀에게 공손히 절을 할 때도 그 생각을 했다. 그녀는 그들 모두가 듣도록 그걸 소리쳐 말하고 싶었다.

도미니크는 날짜가 흐르는 걸 의식하지 못하고 있었다. 그녀는 혼자 그런 말을 되뇌는 것 말고는 그 일에 대해 이상할 정도로 초연한 상태에서 만족스럽게 지내고 있었다. 그러던 어느 날 아침, 정원 잔디밭에 서 있다가 벌써 일주일이 지났음을 깨달았다. 사내를 일주일이나 못 만난 것이다. 도미니크는 돌아서서 급히 잔디밭을 가로질러 밖으로 나갔다. 그녀는 채석장으로 향하고 있었다.

도미니크는 여름 볕 아래 모자도 쓰지 않은 채 도로를 따라서 채석장까지 몇 킬로미터나 되는 길을 걸어갔다. 그녀는 서

두르지 않았다. 시두를 필요가 없으니까. 사내를 다시 만나는 건 …… 피할 수 없는 일이었다. 그녀는 아무 목적도 없었다. 목적을 갖다 붙이기에는 사내를 보고 싶은 욕구가 무척이나 간절했다. 나중에 …… 마음 뒤편에서 다른 끔찍하고 중요한 일들이 어렴풋이 고개를 들었지만 우선은 단 한 가지 갈망밖에 없었다. 사내를 다시 만나는 것…….

채석장에 도착한 도미니크는 천천히, 조심스럽게, 그리고 멍청하게 주위를 둘러봤다. 그녀가 멍청할 수밖에 없었던 건 그녀가 본 엄청난 사실이 도무지 머리에 들어오질 않아서였다. 그녀는 사내가 거기 없음을 한눈에 알아보았던 것이다. 해가 중천에 뜬 가장 바쁜 시간이라 작업이 한창 진행 중이었고 놀고 있는 사람은 하나도 안 보였지만 사내는 거기 없었다. 도미니크는 멍하니 서서 한참을 기다렸다.

그러다 감독이 눈에 띄자 손짓해서 불렀다.

"안녕하십니까, 프랭컨 양. …… 날씨 참 좋죠, 프랭컨 양, 안 그렇습니까? 도로 한여름이 된 것 같지만 가을이 머지않았죠, 그럼요, 가을이 오고 있어요, 저 나뭇잎들을 보세요, 프랭컨 양."

도미니크가 물었다.

"여기서 일하는 인부 중에 …… 아주 밝은 오렌지색 머리 인부가 있었는데 …… 지금 어디 있죠?"

"아, 예. 그 친구요. 떠났습니다."

"떠나요?"

"그만뒀습니다. 뉴욕으로 갔을 겁니다. 갑작스럽게요."

"언제요? 일주일 전에요?"

"아, 아닙니다. 바로 어제요."

"그 사람……."

도미니크는 말을 끊었다. 그녀는 "그 사람 이름이 뭐죠?"라고 물으려고 했던 것이다. 대신 그녀는 이렇게 물었다.

"어젯밤 늦게까지 일한 사람 말예요, 누구였죠? 발파 소리가 들리던데."

"프랭컨 씨께서 짓는 건물 때문에 특별 주문이 들어와서요. 코스모-슬롯닉 빌딩 말입니다. 급한 일이라서요."

"아 …… 그렇군요……."

"시끄럽게 해서 죄송합니다, 프랭컨 양."

"오, 아녜요……."

도미니크는 발길을 돌렸다. 그녀는 사내의 이름을 묻지 않을 작정이었다. 그것이 자유를 지킬 수 있는 마지막 기회였다.

그녀는 갑작스런 안도감에 젖어 편안하고 활기차게 걸었다. 그녀는 왜 지금까지 사내의 이름을 모른다는 사실을 깨닫지도 못했고 사내에게 이름을 물은 적도 없는지 궁금했다. 어쩌면 첫눈에 그에 대해 알아야 할 건 다 알아버렸기 때문인지도 몰랐다. 그녀는 뉴욕이라는 대도시에서 이름도 모르는 인부를 찾는 건 불가능하리라 생각했다. 그래서 그녀는 안전했다. 만일 사내의 이름을 알았다면 지금 당장 뉴욕으로 달려갔을 테니까.

미래는 간단했다. 절대 사내의 이름을 묻지 않으면 되었다. 그녀는 일시적 유예를 얻은 것이었다. 싸울 기회를 갖게 된 것이었다. 이기거나 지거나 둘 중 하나였다. 만일 지면 사내의 이름을 묻게 될 터였다.

3

 피터 키팅이 사무실로 들어갈 때면 문이 고음의 트럼펫 소리를 내며 열렸다. 그의 앞에서는 세상의 문들이 다 그렇게 열려야 하는 것처럼 문이 저절로 활짝 열리는 듯했다.

 사무실에서 그의 하루 일과는 신문을 읽는 것으로 시작되었다. 그의 책상 위에는 비서가 반듯하게 쌓아놓은 신문 뭉치가 그를 기다리고 있었다. 키팅은 코스모-슬롯닉 빌딩이나 프랭컨 앤드 키팅에 대한 새로운 기사가 났는지 찾아보는 걸 좋아했다.

 오늘 아침에는 그런 기사가 없어서 키팅은 얼굴을 찡그렸다. 하지만 엘즈워스 M. 투히에 관한 기사가 보였다. 아주 놀라운 소식이었다. 유명한 자선가 토머스 L. 포스터가 세상을 떠나면서 많은 유산 중에서 10만 달러라는 크지 않은 금액을 엘즈워스 M. 투히에게 남겼다. "나의 친구이자 정신적인 인도자에게, 그의 고귀한 정신과 인류를 위한 진정한 헌신에 찬사를 보내며" 유산을 남긴다는 것이었다. 엘즈워스 M. 투히는 그 유산을 받아서 자신이 "사회적 징후로서의 예술"에 대해 강의하고 있는 진보적 학술단체인 '사회문제연구회'에 고스란히 기부했다. 그는 "사적인 상속제도에 찬성하지 않는다."고 간단히 설명한 후 그 이상의 언급을 거부했다. "아니, 그 문제에 대해서는 더 할 얘기가 없습니다." 그는 그렇게 말한 뒤 진지한 분위기를 깨는 멋진 재주를 발휘했다. "나는 흥미로운 주제에 관해서만 얘기하는 사치를 누리고 싶습니다. 그건 흥미로운 주제가 아니라서요."

피터 키팅은 열심히 기사를 읽었다. 자신이라면 결코 할 수 없는 행동이었기에 투히가 몹시 존경스러웠다.

그러자 아직도 엘즈워스 투히를 만나지 못한 것에 대해 다시금 화가 났다. 투히가 코스모-슬롯닉 공모대회 시상식 직후에 순회강연을 떠나는 바람에 키팅은 그 뒤로 참석한 화려한 파티들에서 그가 가장 만나고 싶은 인물을 볼 수가 없었다. 그리고 투히의 칼럼에는 아직 키팅의 이름이 언급되지 않고 있었다. 키팅은 아침마다 그러하듯 희망을 안고 〈배너〉에 실린 투히의 칼럼 '하나의 작은 목소리'를 찾아보았다. 하지만 오늘 날짜의 '하나의 작은 목소리'는 '노래에 관하여'라는 부제를 달고 대중가요가 다른 어떤 형태의 음악예술보다 우월하고, 합창이 다른 어떤 형태의 음악적 표현보다 뛰어나다는 주장을 펼치고 있었다.

키팅은 〈배너〉를 내려놓았다. 그는 벌떡 일어나 사납게 사무실 안을 서성이기 시작했는데 이제 골치 아픈 문제로 넘어가야만 하기 때문이었다. 벌써 며칠째 미루고 있는 문제였다. 코스모-슬롯닉 빌딩 조각가를 선정해야 했다. 몇 개월 전, 빌딩 중앙 로비에 세울 '산업'이라는 제목의 거대한 조각상을 만들 조각가가 잠정적으로 스티븐 맬러리로 정해졌다. 키팅은 그 결정이 당혹스러웠지만 슬롯닉 씨의 뜻이라 잠자코 받아들일 수밖에 없었다.

키팅은 맬러리를 만나 이렇게 말했다. "당신의 비범한 능력이 인정되어 …… 물론 당신은 아직 무명이지만 이런 일을 맡게 되면 유명세를 타게 될 것이고 …… 내 빌딩 같은 기회는 날마다 오는 게 아니고……."

키팅은 맬러리가 마음에 들지 않았다. 맬러리의 두 눈은 아직 완전히 꺼지지 않은 불에 타고 남은 검은 구멍 같았다. 그는 키팅과 만나서 단 한 번도 웃지 않았다. 그는 스물네 살의 청년으로 전시회는 한 번 연 적이 있었지만 작품 의뢰는 별로 받지 못하고 있었다. 그의 작품은 이상하고 지나치게 과격했다. 키팅은 오래전 엘즈워스 투히가 '하나의 작은 목소리'에 쓴 평을 기억하고 있었다. "맬러리 씨의 인체 조각상들은 신이 세상과 인간의 형상을 창조했다는 가설만 아니라면 매우 훌륭했을 것이다. 맬러리 씨가 돌로 조각한 인체들로 판단하건대, 그에게 인간을 창조하는 일을 맡겼더라면 어쩌면 조물주보다 더 훌륭한 작품을 만들어냈을지도 모르겠다. 혹 그가 그 일을 맡으러 하지는 않을까?"

키팅은 슬롯닉 씨가 맬러리를 선정한 것에 어리둥절했다가 딤플스 윌리엄스가 한때 스티븐 맬러리와 그리니치빌리지에서 같은 셋집에 산 적이 있다는 걸 알고 고개를 끄덕였다. 지금 슬롯닉 씨는 딤플스 윌리엄스의 부탁은 절대 거절할 수 없는 처지였던 것이다. 맬러리는 계약을 맺은 후 '산업' 조각상의 모형을 만들어 제출했다. 모형을 본 키팅은 그 조각상이 자신의 깔끔하고 우아한 로비에서 흉한 상처나 불에 그을린 자국처럼 보일 것임을 알 수 있었다. 그건 호리호리한 남자의 알몸이었는데 전함의 철판도, 그 어떤 장벽도 뚫을 수 있을 것처럼 보였다. 그 조각상은 하나의 도전처럼 서 있었고, 보는 이의 눈에 이상한 인상을 남겼다. 그것은 주위에 있는 사람들을 평소보다 더 작고 슬퍼 보이게 만들었다. 키팅은 그 조각상을 보면서 난생처음 '영웅적'이란 단어의 뜻을 알 수 있을 것 같았다.

키팅은 아무 말도 하지 않았다. 그냥 모형을 슬롯닉 씨에게 보냈다. 많은 사람들이 키팅의 느낌을 분노에 차서 말로 표현했다. 결국 슬롯닉 씨는 키팅에게 다른 조각가를 찾아보라며 전권을 위임했다.

키팅은 안락의자에 털썩 앉아 뒤로 기대며 혀로 입천장을 찼다. 코스모 사장 슈프 씨의 부인과 친구 사이인 브론슨을 택할지, 아니면 500만 달러 상당의 화장품 공장을 지을 예정인

휴즈비 씨가 추천한 팔머에게 맡길지 고민이었다. 키팅은 자신이 그 고민을 즐기고 있음을 깨달았다. 지금 그는 두 남자의 운명을, 아니 코스모-슬롯닉 빌딩 조각가로 선정될 가능성이 있는 많은 사람들의 운명을 손에 쥐고 있었다. 그들의 운명과 그들의 일, 희망, 어쩌면 그들의 배에 들어갈 음식의 양까지 그의 결정에 달려 있었다. 키팅은 마음대로 조각가를 고를 수 있었다. 아무 이유나 붙여도 되고 이유가 없어도 상관없었다. 동전 던지기를 하거나 자신의 조끼에 달린 단추 수로 결정할 수도 있었다. 그는 자신에게 의존하는 사람들 덕에 대단한 인물이 되어 있었다.

바로 그때 그 봉투가 눈에 들어왔다.

그 봉투는 책상의 편지 뭉치 맨 위에 놓여 있었다. 아무 장식도 없는 얇고 좁은 봉투였지만 한쪽 귀퉁이에 조그맣게 **배너**라고 찍혀 있었다. 키팅은 황급히 봉투를 집었다. 편지는 없고 내일 자 〈배너〉에 실릴 교정지 한 부분을 오린 것이 들어 있었다. 낯익은 엘즈워스 M. 투히의 '하나의 작은 목소리' 밑에 한 단어로 된 부제가 커다란 활자로 찍혀 있었는데 과감한 생략에 의한 강조 효과가 돋보였다.

키팅

키팅은 종이를 떨어뜨렸다가 다시 집어 읽기 시작했다. 씹지도 않고 마구 심긴 커다란 문장 덩어리들이 숨통을 막는 듯했다. 손이 부들부들 떨리고 이마에 분홍색 반점들이 생겨났다. 글의 내용은 이러했다.

위대함은 하나의 과장이며 모든 과장이 그러하듯 필연적으로 속이 비어 있게 마련이다. 바람 넣은 풍선을 생각해보라! 하지만 때때로 우리는 막연히 위대함이라고 일컬어지는 것에의 접근을, 그것에의 찬란하도록 가까운 접근을 목도하게 된다. 우리 건축계의 지평선 위에도 그런 희망의 빛이 보이기 시작했으니 피터 키팅이라는 젊은이가 그 주인공이다.

우리는 그가 설계한 최고의 코스모-슬롯닉 빌딩에 대해 많이 들어왔다. 여기서는 빌딩 이야기는 접어두고 그 빌딩에 자신의 개성을 담은 건축가에 대해 살펴보자.

그 빌딩에는 개성이 담겨져 있지 않으며, 바로 그런 점에 그의 위대성이 숨어 있는 것이다. 모든 것을 소화 흡수하여 자신의 뛰어나면서도 온화한 재능으로 그 가치를 높인 후 그것들의 근원인 세상에 돌려주는 이타적인 젊은 정신의 위대성. 그렇게 하여 한 개인이 독불장군이 아닌 모든 사람이 합쳐진 대중을 대표하게 되었고 모든 대중의 뜻을 구현한다.

……

안목을 지닌 이라면 피터 키팅이 코스모-슬롯닉 빌딩을 통해 우리에게 전하는 메시지를 들을 수 있을 것이다. 단순하고 육중한 1층은 우리 사회를 굳건히 받치고 있는 거대한 집단인 노동자 계층을 나타내고, 태양을 향해 도열한 똑같이 생긴 창문들은 보통 사람들, 모두가 한 형제이기에 서로가 닮은 무수한 익명의 사람들, 빛을 지향하는 그 모든 이의 영혼을 상징한다. 1층의 단단한 토대 위에 솟은 코린트식 기둥머리 장식이 화려하고 우아한 벽기둥들은 대중이라는 비옥한 토양에 뿌리를 내려야만 비로소 만개하는 문화의 꽃이다.

……

비평가들은 하나같이 감수성이 예민한 인재들을 파멸시키는 데만 골몰한 악마들이라고 여기는 이들이 있다. 나는 이 자리를 빌려 우리 비평가들이 젊은 인재를 발굴해내는 우리의 진정한 사명을 얼마나 기쁘게 수행하는지 증명할 수 있는 귀한(오, 무척이나 귀한!) 기회를 제공해준 피터 키팅에게 고마움을 전하고 싶다. 그리고 만일 피터 키팅이 이 글을 읽는다면 우리에게 감사함을 느끼기를 기대하지 않는다. 감사함을 느낄 사람은 바로 우리 비평가들이기 때문이다.

키팅은 그 칼럼을 세 번째 읽기 시작하면서야 제목 옆의 빈 공간에 빨간 펜으로 써놓은 몇 줄의 메모를 발견했다.

피터 키팅에게,
일간 내 사무실에 들러주시오. 당신이 어떻게 생겼는지 보고 싶소.

투히

키팅은 교정지를 책상에 떨어뜨리고 행복감으로 멍해진 상태에서 손가락으로 머리를 쓸어 올리며 서 있었다. 그러다 휙 돌아서서 파르테논과 루브르 사진 사이에 걸린 코스모-슬롯닉 빌딩 설계도를 바라보았다. 벽기둥들이 눈에 들어왔다. 그는 그것들을 대중에게서 피어난 문화의 꽃이라고 생각해본 적이 없었지만 사람에 따라 그렇게 생각할 수도 있다고, 나머지 아름다운 찬사도 마찬가지라고 결론지었다.

키팅은 수화기를 들고 고음의 담담한 목소리를 가진 엘즈워스 투히의 비서와 통화해서 내일 오후 4시 30분에 투히를 만나러 가기로 약속을 잡았다.

그 후로 하루 일과가 무척이나 새롭게 다가왔다. 그저 화려한 벽화에 불과했던 일상이 엘즈워스 투히의 글로 인해 돋을새김처럼 튀어나와 3차원 작품이 된 듯했다.

가이 프랭컨은 이따금 뚜렷한 목적도 없이 아래층으로 내려왔다. 더 섬세해진 셔츠와 양말 색깔이 희끗희끗한 관자놀이와 잘 어울렸다. 프랭컨은 말없이 인자한 미소를 머금고 서 있었다. 키팅은 제도실에서 바삐 그를 지나쳐 지나가며 걸음을 멈추지는 않고 살짝 늦추기만 하는 것으로 인사를 대신했다. 그는 그 짧은 순간에 용케 프랭컨의 가슴 주머니에 꽂힌 연보라색 손수건 속에 바스락거리는 교정지를 찔러 넣으며 말했다. "가이, 시간 날 때 읽어보세요." 그러고는 옆방을 반쯤 가로질러 간 후에 덧붙였다. "가이, 오늘 점심 같이 하실래요? 플라자에서 기다리세요."

점심을 먹고 돌아왔을 때 젊은 제도사 하나가 키팅에게 흥분된 목소리로 물었다.

"아니, 키팅 씨, 엘즈워스 투히를 쏜 사람이 누굽니까?"

키팅은 숨이 턱 막혀서 가까스로 물었다.

"**뭘** 한 사람이 누구냐고?"

"투히 씨를 쏜 사람이요."

"**누구?**"

"저도 그걸 알고 싶어요. 누군지."

"**엘즈워스 투히**를 …… 쐈다고?"

"식당에서 어떤 사람이 들고 있는 신문에서 봤어요. 신문을 살 시간이 없어서요."

"그래서 …… **죽었어?**"

"저도 그걸 모르겠어요. 쐈다는 내용만 읽었어요."

"그가 죽었다면 내일 그의 칼럼은 안 실리는 건가?"

"모르죠. 왜요, 키팅 씨?"

"가서 신문 좀 사오게."

"하지만 지금 일이……."

"가서 사와, 이 멍청한 자식아!"

석간신문들에 기사가 실려 있었다. 오전에 한 라디오 방송에서 '목소리 없고 보호받지 못하는 사람들'이란 제목의 연설을 하기 위해 방송국 앞에 도착하여 차에서 내리던 엘즈워스 투히가 피격을 당했다는 소식이었다. 총알은 빗나갔다. 그리고 엘즈워스 투히는 차분하고 이성적인 태도를 잃지 않았다. 그의 행동은 극적인 요소가 전혀 없이도 매우 극적이었다. "라디오 청취자들을 기다리게 할 순 없습니다." 그는 그렇게 말한 뒤 서둘러 방송국으로 올라가 마이크 앞에서 늘 그렇듯 원고를 보지 않고 30분짜리 연설을 했고 피격 사건에 대해서는 언급하지 않았다. 저격범은 체포되었는데 입을 다물고 있었다.

키팅은 저격범의 이름을 보자 목구멍이 타들어갔다. 스티븐 맬러리였던 것이다.

키팅은 설명할 수 없는 것에 대해서만 공포를 느꼈으며, 그 설명할 수 없는 것이 분명한 사실이 아닌 자신의 이유 없는 두려움 속에 들어 있을 때 특히 그랬다. 그 사건에 대해 직접적으로 걱정되는 건 없었지만 저격범이 스티븐 맬러리가 아닌 다른 사람이었더라면 좋았을 거란 생각은 있었다. 하지만 왜 그런 생각이 드는지는 자신도 알 수 없었다.

스티븐 맬러리는 계속 침묵을 지켰다. 그는 자신이 그런 행동을 한 이유를 설명하지 않았다. 처음에는 그가 코스모-슬롯닉 빌딩 일을 잃은 것에 좌절해서 그런 짓을 저지른 것으로 추정되었다. 그는 지독한 가난에 시달리고 있었던 것이다. 하지만 엘즈워스 투히는 그가 코스모-슬롯닉 일을 잃은 것과 아무 관련이 없었다. 투히는 슬롯닉 씨에게 스티븐 맬러리에 대해 한 마디도 한 적이 없었던 것이다. 투히는 '산업' 조각상을 본 적조차 없었다. 그 점에 대해 맬러리가 침묵을 깨고 자신은 투히를 만난 적도 없고 투히의 친구들 중에 아는 사람도 없다고 시인했다.

"당신이 그 일을 잃은 것에 투히 씨가 어떤 식으로든 책임이 있다고 생각합니까?"

맬러리는 그 질문에 이렇게 대답했다.

"아니오."

"그럼 왜 그랬죠?"

맬러리는 대답하지 않았다.

투히는 라디오 방송국 밖 보도에서 경찰관에게 잡힌 저격범을 보았지만 누군지 알지 못했다. 그는 방송이 끝난 후에야 범인의 이름을 들었다. 그는 스튜디오에서 나와 신문기자들이 가득 모인 대기실로 들어서며 이렇게 말했다. "아니오, 물론 고소는 안 할 겁니다. 그냥 풀어주기를 바랍니다. 그런데 범인이 누군가요?" 범인의 이름을 듣자 투히의 시선은 한 기자의 어깨와 다른 기자의 모자챙 사이의 어딘가에 머물렀다. 그러더니 총알이 얼굴을 살짝 빗겨 날아가 현관문 유리를 깼을 때도 침착하게 서 있었던 그가 공포에 찬 한 마디 말을 뱉었고 그 말은 그의 발치로 툭 떨어지는 듯했다. "**왜**?"

아무도 대답할 수 없었다. 투히는 어깨를 으쓱하고 미소 지으며 말했다. "세상의 이목을 끌 목적이었다면, 그건 아주 지독한 악취미군!" 하지만 아무도 그 설명을 믿지 않았는데, 투히 자신이 그걸 믿지 않는다는 걸 느낄 수 있었기 때문이다. 그 후로 투히는 인터뷰 내내 기자들의 질문에 쾌활하게 대답했다. "나는 자신이 암살을 당할 정도로 중요한 인물이라고 생각해본 적은 없습니다. 이번 일은 지나치게 우스꽝스런 촌극 같지만 않았더라면 나에 대한 최고의 찬사가 되었을 겁니다." 투히는 지상에서는 중요한 일이 일어났던 적이 없기에 이 사건도 중요한 일은 아니라는 멋진 생각을 전하는 데 성공했다.

맬러리는 재판을 받기 위해 구치소로 넘겨졌다. 그는 어떤 질문에도 침묵으로 일관했다.

그날 밤 키팅을 잠 못 들고 뒤척이게 만든 건 투히가 자신과 똑같은 걸 느꼈다는 근거 없는 확신이었다. 키팅은 이렇게 생각했다. '스티븐 맬러리의 범행 동기에는 그의 살해기도보다 더 큰 위험이 들어 있음을 투히도 알고 나도 안다. 그런데

2부 엘즈워스 M. 투히

도 우리는 그의 동기를 알아내지 못할 것이다. 아니, 알아낼 수 있을까?' …… 다음 순간 키팅은 공포의 절정에 이르렀고 앞으로 평생토록 그 동기를 알지 못하고 살았으면 좋겠다고 생각했다.

키팅이 들어가자 엘즈워스 투히의 비서가 느긋한 태도로 일어나서 엘즈워스 투히의 방문을 열어주었다.

키팅은 유명인을 만날 때 떨리고 흥분되는 단계는 이미 넘어섰지만 비서가 문을 여는 걸 보자 가슴이 두근거리기 시작했다. 그는 투히가 어떻게 생겼을지 궁금했다. 그는 파업 집회 로비에서 들은 장엄한 목소리를 기억하고 있었고, 말갈기 같은 숱 많은 머리(어쩌면 조금씩 희끗희끗해져가는)와 말로 다할 수 없는 박애심을 담은(어딘지 모르게 아버지 하느님을 닮은) 뚜렷한 이목구비를 상상했다.

"투히 씨, 피터 키팅 씨입니다." 비서가 그렇게 말하고 문을 닫았다.

엘즈워스 몽크턴 투히는 첫눈에는 두툼하고 따뜻한 외투를 주고 싶은 인상이었다. 그의 마르고 왜소한 몸은 알에서 방금 나온, 아직 제대로 여물지도 않은 뼈대가 측은할 정도로 연약해 보이는 병아리 같은 모습이었다. 그리고 두 번 보면 그 외투는 최고급품이어야 한다는 생각이 들었다. 그의 몸을 감고 있는 옷이 몹시 우아하고 세련된 것이기 때문이었다. 그가 입은 검은 정장은 그의 몸의 선을 당당하고 솔직하게 드러내고 있었다. 그래서 가늘고 긴 목 아래의 날카로운 어깨선과 푹 꺼진 빈약한 가슴이 그대로 보였다. 넓은 이마가 그의 몸 전체에서 가장 두드러졌다. 그리고 역삼각형의 가파른 경사를 이룬 얼굴 끝에 작고 뾰족한 턱이 있었다. 옻칠을 한 듯한 검은 머리는 희고 가느다란 가르마를 경계로 반으로 나누어져 있었다. 그런 머리 모양은 단단하고 깔끔한 인상을 주었지만 수프 그릇 손잡이처럼 생긴 커다란 귀가 지나치게 강조되어 보였다. 코는 길고 가늘었으며 그 밑에 작고 검은 콧수염이 있었다. 눈은 검고 무척이나 경이로웠다. 눈동자에 빛나는 지성과 반짝이는 쾌활함이 흘러넘쳐서 안경이 그의 눈을 보호하는 게 아니라 다른 사람들의 눈부심을 방지해주고 있는 듯했다.

엘즈워스 몽크턴 투히가 상대를 압도시키는 마법 같은 목소리로 말했다. "안녕하시오, 피터 키팅. 니케 앞테로스 신전에 대해 어떻게 생각하시오?"

"처음 …… 뵙겠습니다, 투히 씨. **무엇**에 …… 대해서요?" 키팅이 깜짝 놀라 걸음을 멈추며 물었다.

"친구여, 앉으시오. 니케 앞테로스 신전 말이오."

"그게 …… 글쎄요……. 전……."

"난 당신이 그 작은 보석을 그냥 간과해버릴 순 없었을 것이라고 확신하오. 파르테논이 강탈한 그리스 최고의 건축물 자리는 그리스의 위대한 자유정신을 구현한 그 작지만 놀라운 작품의 것이니까. 사실 세상 일이 다 그렇지 않소? 더 크고 강한 것이 모든 영광을 차지하고 작은 것의 아름다움은 칭송받지 못하는 것 말이오. 당신도 분명 그 건축물의 멋진 균형과 그 소박한 규모가 지닌 최고의 탁월성 …… 아, 그래요, 소박함 속의 탁월성 …… 그리고 세부의 섬세한 솜씨를 발견했을 것이오."

"예, 물론 제가 가장 좋아하는 건축물이죠. 니케 압테로스 신전." 키팅이 웅얼거렸다.

"그래요?" 엘즈워스 투히는 키팅으로서는 해석이 불가능한 미소를 지으며 말했다. "내 그럴 줄 알았소. 당신이 그렇게 말할 줄 알았소. 피터 키팅, 얼굴이 참 잘생겼소. 그런 식으로 쳐다보지만 않는다면. 그럴 필요 전혀 없소."

그러고는 갑자기 웃음을 터뜨렸는데 그 노골적이고 모욕적인 웃음은 키팅과 자신을 향한 것으로 이 모든 과정의 거짓됨을 강조하는 듯했다. 키팅은 순간적으로 질겁했지만 이내 마주 웃었다. 아주 오랜 친구를 대하는 듯한 편안한 웃음이었다.

"웃으니 훨씬 낫소. 중요한 순간에는 너무 진지하게 말하지 않는 게 좋다고 생각하지 않소? 지금은 우리 두 사람에게 매우 중요한 순간일 수도 있소, 안 그래요? 물론 나는 당신이 나를 좀 두려워한다는 걸 알고 있소. 그리고 솔직히 고백하면 나도 당신이 상당히 두렵소. 그러니 웃는 게 훨씬 낫지 않겠소?"

"아, 예, 투히 씨." 키팅이 행복하게 대답했다. 평소에 사람늘을 내힐 때 가졌던 자신감은 사라졌지만 모든 부담을 벗은 듯한 편안한 기분이 들었다. 상대가 부드럽게 이끄는 대로 자연스럽게 대화를 이어가면 되었기에 무슨 말을 해야 할지 고민할 필요가 없었다. "전 오래전부터 투히 씨와의 만남이 중요한 순간이 될 것임을 알고 있었습니다."

"그래요?" 엘즈워스 투히가 말했다. 안경알 너머의 눈이 주의 깊은 관심을 나타냈다. "왜죠?"

"때가 되어 투히 씨를 만나게 되면 …… 투히 씨의 마음에 들고 …… 인정을 받고 싶었으니까요. 작품으로 말입니다. 그래서 심지어……."

"뭐죠?"

"심지어 설계를 할 때도 이 건물을 보고 엘즈워스 투히 씨가 칭찬을 해줄까 하는 생각을 자주 했죠. 당신의 눈을 통해 보려고 애도 썼고요. 전 …… 전……." 투히는 열심히 듣고 있었다. "그동안 당신을 만나기를 고대해왔습니다. 당신은 매우 심오한 사상가이며 뛰어난 문화적……."

"그만." 투히가 말했다. 그의 목소리는 다정했으나 약간 조바심이 묻어 있었다. 키팅의 마지막 말에 흥미가 가셔버린 것이었다. "그런 말 마시오. 미안하지만 그런 식의 말은 안 하는 게 좋겠소. 이상하게 들릴지도 모르겠지만 난 개인적인 칭찬은 좋아하지 않아요."

키팅은 투히의 눈이 자신을 편안하게 만든다고 생각했다.

투히의 눈에는 바다 같은 이해심과 까다롭지 않은 친절이(아니, 그런 말이 떠오르다니!), 무한한 친절이 들어 있었다. 그에게는 아무것도 속일 수가 없고 굳이 속일 필요도 없을 듯했다. 그는 무엇이든 이해해줄 테니까. 키팅은 평생 그토록 너그러운 눈을 본 적이 없었다.

"그렇지만 투히 씨, 전 진심으로……." 키팅이 웅얼거렸다.

"당신은 그 기사에 대한 고마움을 전하고 싶은 거요." 투히는 그러면서 얼굴을 살짝 찌푸려 쾌활한 절망감을 나타냈다. "난 그걸 못 하게 하려고 애쓰고 있고. 그 말을 듣지 않고 그냥 넘어가고 싶은데 안 되겠소? 당신은 내게 고마워할 이유가 없소. 만일 당신이 그런 찬사를 들을 자격이 있다면, 그렇다면 그 공은 내가 아닌 당신에게 있는 거요. 안 그렇소?"

"하지만 절 그렇게 생각해주셔서 몹시 행복했습니다."

"위대한 건축가로 말이오? 하지만 당신 자신도 그 사실을 알고 있을 거요. 아니면 당신은 확신이 없는 거요? 그런 확신이 없소?"

"글쎄요, 전……."

키팅은 잠시 망설였다. 그런데 투히는 그것으로 충분한 대답이 되었고 그 대답이 만족스러운 듯 더 기다리지 않고 바로 말을 이었다.

"그리고 코스모-슬롯닉 빌딩으로 말하면, 그것이 뛰어난 작품이란 걸 그 누가 부정할 수 있겠소? 사실 난 그 설계에 무척이나 관심이 끌렸소. 그건 대단히 천재적인 설계요. 대단히 훌륭하고 특별하오. 내가 이제껏 보아온 당신의 작품들과는 사뭇 다르오. 안 그렇소?"

"당연하죠." 키팅이 처음으로 분명하고 단호한 목소리로 말했다. "과거의 어느 경우와도 다른 과제였고, 그 과제의 특별한 요구 조건들에 맞게 설계했으니까요."

"물론 그럴 거요. 아름다운 작품이오. 자랑스러워할 만하오." 투히가 부드럽게 말했다.

키팅은 투히의 눈이 안경알 한가운데에 있고 안경알이 자신의 동공에 초점을 맞추고 있는 걸 보았다. 그리고 그 순간 자신이 코스모-슬롯닉 빌딩을 설계하지 않았다는 걸 투히가 알고 있음을 깨달았다. 하지만 그는 그것 때문에 겁에 질리지는 않았다. 그를 질겁하게 만든 건 투히의 만족스러운 눈빛이었다.

투히는 공모자와 암호로 이야기하듯 한층 부드러워진 목소리로 말을 이었다. "꼭 내게 감사를, 아니 감사는 아니지. 그건 너무도 당혹스러운 표현이니 고마움이라고 하는 게 좋겠소. 꼭 내게 고마움을 느껴야 한다면, 그 건물의 상징적 의미들을 이해하고 당신이 대리석으로 표현한 걸 글로 말해준 것에 대한 고마움일 수는 있을 거요. 당신은 평범한 석공이 아닌 돌로 자신의 생각을 표현하는 사상가니까."

"맞습니다. 제가 그 건물을 설계하며 생각했던 추상적인 주제가 바로 위대한 대중과 문화의 꽃이었습니다. 전 진정한 문화는 평범한 사람에게서 나온다고 믿고 있습니다. 하지만 그 주제를 이해하는 사람이 있으리라곤 생각하지 못했습니다." 키팅이 말했다.

투히가 미소를 지었다. 그의 얄팍한 입술이 미끄러지듯 벌어지며 이가 드러났다. 그는 키팅을 보고 있지 않았다. 책상 위의 종이를 움직이고 있는 피아니스트의 손처럼 길고 가늘며 섬세한 자신의 손을 내려다보고 있었다. 이윽고 투히가 말했다. "키팅, 어쩌면 우린 정신, 인간 정신으로 맺어진 형제인지도 모르겠소. 인생에서 중요한 건 그것뿐이오." 여전히 키팅을 보지 않고 있었고 이번에는 안경알이 노골적으로 키팅의 얼굴 위를 향하고 있었다.

키팅은 자신이 투히의 칼럼을 읽을 때까지 추상적인 주제 같은 것은 생각해본 적도 없었다는 걸 투히가 알고 있음을, 그런데도 여전히 만족스러워하고 있음을 알 수 있었다. 안경알이 천천히 내려와 키팅의 얼굴을 향했을 때 투히의 눈에는 애정이 가득했고 그 애정은 매우 차갑고 현실적인 것이었다. 그 순간 키팅은 사방의 벽들이 점점 다가들어 투히와의, 아니 어떤 알 수 없는 죄책감과의 거리가 끔찍할 정도로 좁혀드는 듯한 기분을 느꼈다. 그는 벌떡 일어나 도망치고 싶었다. 하지만 입을 반쯤 벌린 채 그대로 앉아 있었다.

그러다 무슨 충동에선지 불쑥 이렇게 말했다.

"투히 씨, 어제 그 미치광이의 총알을 피하셔서 얼마나 기쁘고 다행스러운지 모릅니다."

"응? …… 아, 고맙소. 그거라면 신경 쓸 것 없소. 유명세를 좀 치른 것일 뿐이니까."

"전 처음부터 맬러리가 마음에 들지 않았습니다. 이상한 사람이었어요. 너무 긴장돼 있었죠. 전 긴장된 사람을 좋아하지 않습니다. 그의 작품도 마음에 들지 않고요."

"과시욕이 강한 인간일 뿐이오. 대단한 인물은 아니고."

"물론 처음에 그에게 일을 맡겼던 건 제 의견이 아니었습니다. 슬롯닉 씨의 뜻이었죠. 연줄이 있었죠. 하지만 결국 슬롯닉 씨도 실상을 깨닫게 되었고요."

"맬러리가 내 이름을 언급한 적이 있소?"

"아뇨. 전혀 없습니다."

"알다시피 난 그를 만난 적이 없소. 본 적도 없고. 그런데 왜 나한테 그런 짓을 했을까?"

이번에는 투히가 키팅의 표정을 살피며 얼어붙은 듯 앉아 있었다. 투히는 처음으로 기민하고 불안한 모습을 보였다. 바로 이거라고, 바로 이것이 우리 두 사람을 하나로 묶어주는 것이라고 키팅은 생각했다. 그건 바로 두려움이었다. 아니, 그 이상의 것이었지만 지금은 두려움이라는 이름으로밖에는 부를 수가 없었다. 키팅은 평생 만나본 사람들 중에 투히가 가장 마음에 든다는 비이성적인 결론을 내렸다.

"그야 뻔한 거죠." 키팅은 자신이 하려는 진부한 말이 그 이야기에 종지부를 찍기를 바라며 밝게 말했다. "맬러리는 무능력자고 자신도 그걸 알기에 위대성과 유능함의 상징인 투히 씨를 공격 대상으로 삼았던 겁니다."

투히는 미소 대신 키팅에게 날카로운 시선을 보냈는데, 그건 시선이라기보다는 형광투시경 같았다. 키팅은 그것이 자신의 뼛속까지 탐색하는 걸 느꼈다. 투히의 얼굴이 굳어지는 듯하더니 평정을 되찾았고, 키팅은 그가 어딘가에서, 자신의 뼛속이나 입을 벌리고 있는 어리둥절한 얼굴에서 위안을 찾았음을, 자신의 안에 감추어진 엄청난 무지가 투히에게 안도감을 주었음을 깨달았다. 투히가 천천히, 묘하게, 조롱하듯 말했다.

"피터, 자네와 난 멋진 친구가 될 것 같군."

키팅은 잠시 멍하니 있다가 황급히 대답했다.

"오, 저도 그렇게 되면 좋겠습니다, 투히 씨!"

"이런, 피터! 그렇게 깍듯이 예의를 차릴 필요 없네. 난 그렇게 늙은이는 아닐세, 안 그런가? '엘즈워스'는 우리 부모님의 독특한 작명 취향을 기리는 기념비라고 할 수 있지."

"예 …… 엘즈워스."

"훨씬 낫군. 그동안 내가 사적으로, 그리고 공적으로 불려온 호칭들에 비하면 그 이름도 괜찮지. 과분한 호칭들 말일세. 사람이 적을 만들면 위험할 필요가 있는 곳에서 자기가 위험

하나는 걸 알 수 있지. 세상엔 우리가 파괴해야 할 것들이 있네. 안 그러면 그것들이 우릴 파괴할 테니까. 피터, 우린 자주 만나게 될 걸세." 이제 투히의 목소리는 매끄럽고 자신만만했다. 시험을 거친 후에 내려진 확고한 결심과 이제 다시는 키팅에 대해 의문을 품지 않겠다는 확신이 들어 있었다. "예를 들면, 얼마 전부터 젊은 건축가 몇 명을 주축으로, 난 젊은 건축가들을 아주 많이 알고 있지, 비공식적인 작은 모임을 만들어 좋은 의견도 나누고 협동정신도 키우며 유사시에 업계의 공동선을 위해 함께 행동을 취할 생각을 하고 있었네. 건축가협회처럼 고리타분한 단체가 아니라 젊은이들만의 모임이지. 자네도 관심이 있을 것 같은데, 어떤가?"

"그야 물론이죠! 그럼 당신이 회장인가요?"

"오, 이런, 아닐세. 피터, 난 회장 같은 건 맡은 적이 없네. 감투 쓰는 걸 싫어해서. 사실은 자네가 회장으로 적임자라고 생각하네. 자네보다 나은 사람은 없어."

"제가요?"

"그래, 피터. 오, 하지만 확실하게 결정된 건 아니고 아직은 틈틈이 구상 중인 단계네. 그 문제는 다음에 얘기하고, 자네가 맡아주었으면 하는 일이 있네. 사실은 자네를 부른 이유 중 하나가 그것이네."

"오, 그럼요, 투히, 아니 엘즈워스. 제가 해드릴 수 있는 일이라면 무엇이든지……."

"내 일은 아니네. 혹시 루이스 쿡을 아나?"

"루이스 …… 누구요?"

"쿡. 모르는군. 이제 알게 될 걸세. 젊은 여성인데 괴테 이후 최고의 문학 천재지. 피터, 그녀의 작품을 꼭 읽어보게. 난 안목 있는 사람에게만 그녀의 작품을 권한다네. 루이스의 작품은 뻔한 걸 좋아하는 중산층의 머리로는 도저히 이해할 수가 없지. 루이스가 집을 지을 계획이네. 바워리 가에 아담한 집을 짓겠다고 하네. 그래, 바워리 가. 루이스다운 선택이지. 그녀가 내게 건축가를 추천해달라고 했네. 자네라면 루이스를 잘 이해할 수 있을 걸세. 루이스에게 자네 이름을 알려주겠네. 자네가 작지만 매우 고급스러운 집에도 관심이 있다면 말일세."

"물론이죠! 엘즈워스, 정말 …… 감사합니다! 사실 당신의 칼럼을 읽고 …… 그 메모를 읽었을 때 …… 당신이 제게 부탁할 것이 있는 줄 알았어요. 호의에 대한 대가로요. 그런데 당신은……."

"피터, 이 친구, 순진하기는!"

"오, 그런 말을 입 밖에 내선 안 되는 건데! 죄송합니다. 기분 상하시게 할 의도는 아니었는데……."

"괜찮네. 자넨 나에 대해 더 알 필요가 있어. 피터, 이상한 소리로 들릴지도 모르겠지만 동료 인간에 대한 철저히 이타적인 관심도 가능한 법이네."

그다음에는 루이스 쿡과 그녀의 작품들에 대해 이야기했다. "소설? 아니, 피터, 정확하게 말하면 소설은 아니네. …… 단편집도 아니고 …… 그냥 루이스 쿡이지, 완전히 새로운 형식의 문학……." 대대로 성공한 상인 집안 출신인 그녀가 물려받은 유산, 그녀가 짓고자 하는 집 이야기도 했다.

투히는 키팅을 문까지 배웅하려고 일어섰을 때에야(너무도 작은 발로 꼿꼿이 서 있는 모습이 무척이나 위태로워 보였다) 문득 생각난 듯 말했다.

"참, 우리가 사적으로 무슨 관계가 있었던 것 같은데 도무지 생각이 나지 않아서……. 아, 그래, 그거야. 내 조카. 우리 캐서린."

키팅은 자신의 얼굴이 굳어지는 걸 느꼈다. 그 자리에서 그 이야기를 해서는 안 된다는 걸 알았지만 그는 반박하지 않고 어색한 미소를 지었다.

"두 사람이 약혼했다고?"

"예."

"멋지군. 아주 멋져. 자네의 삼촌이 된다니 기쁜 일이야. 그 아이를 많이 사랑하나?"

"예. 많이 사랑합니다." 키팅이 대답했다.

억양 없는 목소리가 그 대답을 엄숙하게 만들었다. 키팅의 마음속의 진지하고 중요한 부분이 처음 투히에게 보인 것이었다.

"정말 아름다워. 젊은 사랑. 봄, 새벽, 천국, 약국에서 한 상자에 1달러 25센트에 파는 초콜릿. 신들과 영화들만의 특권…… 오, 난 찬성이네, 피터. 멋진 일이야. 캐서린은 최고의 짝이지. 세상을, 무수한 문제들과 무한한 기회들을 가진 이 세상을 완전히 잊게 하는 여자. 오, 그럼, 세상을 완전히 잊을 정도로 순수하고 다정하고 예쁘고 창백하지."

"저희의 관계를……." 키팅이 말을 꺼냈으나 투히가 다정함이 깃든 빛나는 미소를 지었다.

"오, 피터, 물론 이해하네. 그리고 찬성하네. 난 현실주의자니까. 남자는 늘 어리석은 짓을 저지르며 살지. 오, 이런, 우린 유머 감각을 잃어선 안 되네. 진정으로 신성한 건 유머 감각뿐이지. 하지만 난 트리스탄과 이졸데 이야기를 좋아한다네. 그건 세상에서 가장 아름다운 이야기지. 미키와 미니 마우스 이야기 다음으로."

4

"칫솔 입 속 칫솔 솔 솔 치아 입 거품 돔 거품 속 로마 돔 옴 집에 옴 입 속 로마 돔 이 이쑤시개 개나리……."

피터 키팅은 눈을 가늘게 뜨고 먼 곳을 보듯 책을 보고 있다가 내려놓았다. 얇은 그 책의 표지에는 검은색 바탕에 주홍색 글씨로 '《구름과 수의(壽衣)》, 루이스 쿡 지음'이라고 씌어 있었다. 그리고 저자 쿡의 세계 여행기라는 설명이 있었다.

키팅은 마음이 따뜻해지고 행복해지는 걸 느끼며 뒤로 기대앉았다. 그는 그 책이 좋았다. 일상적인 일요일 아침식사 시간에 심오한 정신적 체험을 제공해주었던 것이다. 키팅은 책의 내용을 이해할 수 없었기에 심오하다고 믿었다.

피터 키팅은 추상적 신념들을 만들 필요성을 느끼지 못하고 살아왔다. 그에게는 그럴듯한 핑계가 있었다. "우리의 손이 닿을 수 있다면 높은 게 아니고, 우리가 논할 수 있다면 위대한 것이 아니며, 바닥이 보인다면 깊은 것이 아니다." 그것이 그가 입 밖에 낸 적도 없고 의문을 품어본 적도 없는 그의 신조였다. 그런 믿음 때문에 키팅은 손을 뻗거나 설명하거나 보려는 시도를 하지 않고 살 수 있었고, 그런 시도를 하는 사람들에게 냉소를 보낼 수 있었다. 그런 이유로 키팅은 루이스 쿡의 작품을 즐길 수 있었다. 그는 추상적이고 심오하며 이념적인 것에 반응하는 능력을 지녔다는 사실이 뿌듯하고 자랑스러웠다.

투히는 그 작품에 대해 이렇게 말했다. "그냥 소리로서의 소리, 단어로서의 단어로 된 시, 양식에 대한 반항으로서의 양식이지. 하지만 피터, 뛰어난 감수성을 지닌 사람만이 그 가치를 알 수 있다네."

키팅은 친구들에게 그 책에 대해 이야기할 수 있으리라 생각했다. 만일 그들이 그 작품에 대해 이해하지 못하면 그가 그들보다 우월한 것이었다. 그 우월성은 굳이 설명할 필요가 없을 터였다. 그건 그저 '우월성으로서의 우월성'이기에 설명 자체가 불가능하니까. 키팅은 루이스 쿡의 작품이 좋았다.

키팅은 토스트를 하나 더 집으려고 손을 뻗었다. 식탁 끝에 어머니가 아들을 위해 챙겨놓은 일요일 자 신문들이 쌓여 있었다. 키팅은 지금 이 순간 자신의 숨겨진 정신적 위대성에 대한 확신이 있었기에 신문 속에 든 세상을 마주할 용기가 솟았다. 그는 신문을 집어 펼쳐보다가 흠칫 놀랐다. 하워드 로크의 엔라이트 하우스 설계도 사진이 들어 있었던 것이다.

키팅은 굳이 사진 설명이나 설계도 귀퉁이에 있는 무뚝뚝한 느낌의 서명을 확인할 필요가 없었다. 그런 설계를 할 건축가는 한 사람밖에 없으니까. 그는 침착하면서도 동시에 격정적인 그 설계 방식을, 가늘고 무해해 보이면서도 감히 손을 댈 수가 없는 종이 위의 고압전선 같은 그 연필 선들을 알고 있었다. 엔라이트 하우스는 이스트 강변의 넓은 택지에 자리하고 있었다. 그것은 언뜻 보면 건물이 아니라 하늘을 향해 솟은 수정 덩어리 같았다. 그 자유롭고 환상적인 솟아오름 뒤에는 엄격하고 수학적인 질서가 자리하고 있었다. 곧은 선들과 깨끗한 각들, 그리고 칼로 자른 것 같은 공간이 세공된 보석처럼 섬세한 구조적 조화를 이루고 있었다. 형태의 다양성도 정말이지 놀라운 것이, 각 세대가 저마다의 독특한 형태를 지니고 있었다. 하지만 그러면서도 옆 세대와, 그리고 전체와 자연스럽게 이어져서 그 아파트의 거주자들은 똑같이 생긴 닭장 같은 곳에 사는 답답함에서 벗어나 개성을 누리면서도 한 바위에 붙은 수정 알갱이들처럼 이웃 간의 유대감을 느낄 수 있을 터였다.

키팅은 도면을 바라보았다. 그는 하워드 로크가 엔라이트 하우스 건축가로 선정되었다는 사실은 오래전부터 알고 있었다. 그동안 신문들에 로크의 이름이 몇 번 실리기는 했지만 대단한 건 아니었고 "어떤 젊은 건축가가 모종의 이유로 엔라이트 씨의 선택을 받았고 아마도 흥미로운 건축가일 듯하다."는 정도의 내용이었다. 사진 설명에 공사가 곧 시작된다고 나와 있었다. 키팅은 신문을 내려놓으며 생각했다. '그래서 뭐?' 신문은 검은 바탕에 주홍 글씨가 있는 책 옆에 있었다. 키팅은 그 둘을 보면서 루이스 쿡이 하워드 로크에 대한 방어막이 되어줄 듯한 막연한 기대감에 젖었다.

"피터, 무슨 기사냐?" 뒤에서 어머니 목소리가 들렸다.

키팅은 어깨너머로 신문을 건넸다. 그리고 그 신문은 바로 식탁에 다시 던져졌다.

"오. 흥……." 키팅 부인이 어깨를 으쓱하며 말했다.

그녀는 키팅 옆에 서 있었다. 그녀의 말쑥한 실크 원피스는 몸에 너무 꼭 맞아서 빳빳한 코르셋이 그대로 드러났고, 목에서 반짝이는 작은 브로치는 진짜 다이아몬드로 만들어졌음을 과시하기에 적절한 크기였다. 키팅 부인은 새로 이사한 아파트처럼 눈에 띄게 사치스러웠다. 아파트 실내장식은 키팅이 처음으로 자신을 위해 솜씨를 발휘한 것이었다. 빅토리아 시대 중기풍 가구들로 새로 단장한 그 아파트는 보수적이고 웅장한 느낌을 풍겼다. 응접실 벽난로 위에는 오래된 대형 초상화가 걸려 있었는데, 사실은 그렇지가 않았지만 유명한 조상의 초상화처럼 보였다.

"내 아들 피터, 일요일 아침에 재촉하고 싶진 않지만 외출 준비할 시간 안 됐니? 난 지금 나가봐야 하는데 혹시 네가 깜빡 잊고 약속 시간에 늦을까 봐 걱정돼서. 투히 씨가 널 집에 초대해주다니, 정말 고마운 일이야!"

"예, 어머니."

"다른 유명한 손님들도 오니?"

"아뇨. 다른 손님은 없어요. 하지만 그 자리에 한 사람이 더 있을 거예요. 유명하지 않은." 어머니가 기대감에 찬 눈길로 바라보자 키팅이 말했다. "케이티도 그 자리에 있을 거예요."

키팅 부인은 그 이름을 듣고도 아무렇지도 않은 듯했다. 요 사이 이상한 자신감이 그녀를 마치 지방층처럼 감싸고 있어서 케이티 문제에 전혀 신경을 쓰지 않았다.

"그냥 가족끼리 차나 한잔하는 거예요." 키팅이 강조했다. "엘즈워스가 그렇게 말했어요."

"고맙기도 하지. 투히 씨는 분명 매우 지적인 분일 거야."

"예, 어머니."

키팅은 초조하게 일어나서 자신의 방으로 갔다.

키팅은 캐서린이 삼촌과 함께 최근에 이사한 유명한 주거형 호텔에 처음 와보는 것이었다. 내부는 단순하고 무척 깨끗하며 소박하다는 것, 책이 엄청나게 많고 그림은 몇 점 안 되지만 귀한 진품들이라는 것만 기억에 남았다. 원래 엘즈워스 투히의 집에 가본 사람들은 집은 기억하지 못하고 주인만 기억했다. 그 일요일 오후에 주인은 제복과도 같은 진회색 정장 차림에 빨간 장식이 들어간 검정 가죽 슬리퍼를 신고 있었는데 그 슬리퍼가 정장의 엄격한 우아함을 비웃는 듯하면서도 기발한 반전으로 그 우아함을 완성시키고 있었다. 투히는 낮고 넓은 의자에 앉아 조심스럽고 부드러운 표정을 짓고 있었는데 그 조심스러움이 지나쳐서 키팅과 캐서린은 이따금 자신들이 보잘것없는 비누거품처럼 느껴졌다.

키팅은 캐서린이 어깨를 웅크리고 다리를 어색하게 모은 자세로 의자 끄트머리에 앉아 있는 게 마음에 들지 않았다. 그녀가 세 계절째 똑같은 옷을 입고 있는 것도 마땅치 않았다. 캐서린은 카펫의 한 지점에 시선을 박고 있었다. 그녀는 키팅을 거의 보지 않았다. 그리고 삼촌에게는 아예 눈길도 주지 않았다. 그녀는 투히에 대해 말할 때면 늘 기쁨 가득한 감탄을 나타냈고, 키팅은 투히가 있는 자리에서도 그러하리라 기대했지만 그 기대는 완전히 빗나가고 말았다. 캐서린은 무겁고 흐리멍덩한 모습이었고 몹시 지친 듯 보였다.

하인이 차를 내왔다.

투히가 캐서린에게 말했다. "얘야, 네가 따르렴. 그래주겠니? 아, 오후의 차만큼 좋은 게 없지. 대영제국이 멸망하면 역사가들은 대영제국이 인류 문명에 남긴 소중한 두 가지 유산은 차 마시는 전통과 탐정소설이라고 할 거야. 얘야, 캐서린, 꼭 그렇게 찻주전자 손잡이를 고기 자르는 도끼처럼 잡아야겠니? 아니, 괜찮아. 그것도 매력이지. 바로 그런 점 때문에 피터와 내가 너를 사랑하는 거지. 만일 네가 공작부인처럼 우아했다면 우린 널 사랑하지 않았을 거야. 게다가 이 시대에 누가 공작부인을 원하겠니?"

캐서린은 차를 따르다가 전에 없이 유리 탁자에 차를 흘리는 실수를 저질렀다.

투히가 태연히 우아한 찻잔을 들고 말했다. "두 사람이 함께 있는 모습을 한 번이라도 보고 싶었어. 내가 주책이지, 응? 그럴 이유가 전혀 없는데 말이야. 나도 인간인지라 가끔 주책을 부리고 감상적이 될 때가 있거든. 캐서린, 네 선택에 찬사를 보낸다. 네가 이토록 훌륭한 취향을 가진 줄은 생각도 못 했던 점, 사과하고 싶구나. 너와 피터는 정말 멋진 한 쌍이야. 넌 피터에게 많은 걸 해줄 거야. 죽도 끓여주고, 손수건도 빨아주고, 아이들도 낳아주겠지. 물론 아이들은 언젠가 홍역에 걸릴 거고 그건 성가신 일이지만."

"하지만 그래도 …… 허락하시는 거죠?" 키팅이 걱정스럽게 물었다.

"허락하느냐고? 뭘 말인가, 피터?"

"저희 결혼요……. 언젠가는 하게 될 거니까."

"피터, 그런 불필요한 질문을 하다니! 당연히 허락하지. 그런데 자넨 역시 젊은이답군! 젊은이들은 문제될 게 없는 걸 문제 삼는단 말이야. 자넨 그게 반대할 정도로 중요한 일인 것처럼 묻고 있어."

"케이티와 저는 7년 전에 만났어요." 키팅이 방어적으로 말했다.

"물론 첫눈에 반한 사랑이었겠지?"

"예." 키팅은 그렇게 대답하며 스스로가 우스꽝스럽게 느껴졌다.

"분명 봄이었을 거야. 대개 그러니까. 그리고 캄캄한 영화관이 꼭 등장하지. 두 사람은 세상을 잊고 서로의 손을 꼭 잡고……. 하지만 손을 오래 잡고 있으면 땀이 나지, 안 그런가? 그래도 사랑에 빠진다는 건 아름다운 일이야. 세상에서 가장 달콤한 이야기지. 가장 흔해빠진 얘기이기도 하고. 캐서린, 그렇게 고개 돌리지 마라. 우린 어떤 일이 있어도 유머 감각을 잃어선 안 된다."

투히는 미소를 지었다. 그 다정한 미소가 두 사람을 감싸 안았다. 그 다정함이 너무도 커서 그들의 사랑이 작고 보잘것없는 것처럼 느껴졌다. 그런 커다란 동정을 불러일으킬 수 있는 건 한심한 것밖에 없으니까.

투히가 물었다. "참, 피터, 식은 언제 올릴 예정인가?"

"아, 그건 …… 아직 확실한 날짜는 못 잡았어요. 아시다시피 그동안 제게 너무 많은 일들이 있었고 케이티도 하는 일이 있어서……. 아, 그건 그렇고," 키팅이 날카롭게 덧붙였다. 케이티의 일에 대해 생각하자 이유 없이 화가 났던 것이다. "결혼하면 케이티는 그 일을 그만둬야 합니다. 전 케이티가 그 일을 하는 걸 반대하니까요."

"물론 그건 나도 마찬가지네. 캐서린이 그 일을 좋아하지 않는다면." 투히가 말했다.

캐서린은 클리퍼드 복지관에서 낮 동안 아이들을 보살피는 탁아모로 일하고 있었다. 그건 자신이 원해서 하게 된 일이었다. 그곳에서 경제학 강의를 하는 삼촌을 따라 자주 드나들다가 그 일에 관심을 갖게 된 것이었다.

"하지만 난 그 일이 좋아요!" 캐서린이 갑자기 흥분해서 말했다. "피터, 당신이 왜 그렇게 화를 내는지 모르겠어요!" 반항심과 불쾌감으로 날카로워진 목소리였다. "난 평생 그렇게 즐거운 일을 해본 적이 없어요. 무력하고 불행한 사람들을 돕는 것. 오늘 아침에도 복지관에 갔어요. 안 가도 되는 날이었지만 가고 **싶었어요**. 급히 집으로 달려오느라 옷 갈아입을 시간도 없었지만 그런 건 상관없어요. 내가 어떻게 보이건 누가 신경 쓰겠어요?" 이제 목소리에서 날카로움은 사라지고 아주 빠르고 열띠게 말하고 있었다. "그리고 엘즈워스 삼촌, 생각해보세요! 꼬마 빌리 핸슨이 목이 아프다고 했어요. 빌리 기억나세요? 간호사가 없어서 제가 약솜으로 목구멍을 닦아줬어요! 불쌍한 것! 그 아인 목구멍에 끔찍한 흰 점액이 잔뜩 붙어 있었어요!"

무척이나 아름다운 것에 대해 이야기하듯 목소리가 환히 빛나는 것 같았다. 캐서린은 삼촌을 바라보았다. 키팅은 이제야 비로소 삼촌에 대한 그녀의 애정을 볼 수 있었다. 캐서린은 자신의 일과 아이들, 복지관에 대해 계속 이야기했다. 투히는 엄숙하게 듣고 있었다. 그는 아무 말도 하지 않았지만 열심히 경청하는 진지한 눈빛이 마치 딴사람이 된 듯했다. 조롱 어린 쾌활함은 어느새 사라지고 유머 감각을 잃지 말라는 자신의 충고를 잊은 듯 매우 진지한 모습이었다. 그는 캐서린의 접시가 비어 있는 걸 보자 그녀에게 샌드위치 쟁반을 가리켰는데 경의를 나타내는 정중한 동작이었다.

키팅은 캐서린이 잠시라도 말을 멈추기를 초조하게 기다렸다. 그는 화제를 바꾸고 싶었다. 그는 주위를 둘러보다가 신문을 발견했다. 그가 오래전부터 묻고 싶었던 질문이 있었다. 키팅은 투히에게 조심스럽게 물었다.

"엘즈워스…… 로크에 대해 어떻게 생각하세요?"

"로크? 로크? 로크가 누구지?" 투히가 되물었다.

키팅은 투히가 지나치게 천진하고 경박한 태도로 그 이름을 되뇌며 끝에 경멸 어린 의문부호를 붙이는 걸 보고 그가 그 이름을 잘 알고 있음을 확신했다. 어떤 것에 대해 전혀 모르면 그걸 전혀 모른다는 걸 강조하지 않는 법이다.

"하워드 로크요. 건축가 말입니다. 엔라이트 하우스 설계를 맡은." 키팅이 말했다.

"응? 오, 그래, 마침내 누군가에게 엔라이트 하우스를 맡겼다고 했지, 그렇지?"

"오늘 〈크로니클〉에 그 사진이 실렸어요."

"그래? 〈크로니클〉을 대충 훑어보긴 했는데."

"그럼⋯⋯ 그 건물에 대해 어떻게 생각하세요?"

"중요한 것이었다면 기억에 남았겠지."

"물론이죠!" 그 말의 음절 하나하나가 마치 그의 숨결에 나부끼듯 춤을 추었다. "그건 지독하고 미친 건물이에요! 일찍이 본 적도 없고 보고 싶지도 않은 그런 것이죠!"

키팅은 해방감을 느꼈다. 평생 자신이 선천적인 질병을 갖고 있다고 믿으며 살다가 갑자기 세상에서 가장 뛰어난 전문의로부터 건강하다는 진단을 받기라도 한 듯했다. 그는 체면 차리지 않고 거리낌 없이, 바보같이 웃어대고 싶었다. 무슨 말이라도 하고 싶었다.

"하워드는 제 친구죠." 그가 행복하게 말했다.

"자네 친구라고? 그를 알아?"

"그를 아느냐고요? 같은 학교에 다닌 걸요. 스탠턴이요. 저의 집에서 3년을 살았어요. 그의 속옷 색깔도, 샤워를 어떻게 하는지도 말씀드릴 수 있어요. 본 적이 있으니까요!"

"스탠턴에서 자네 집에 살았다고?" 투히가 신중한 정확성을 보이며 말했다. 성냥 부러지는 소리처럼 작고 메마르며 결정적인 목소리였다.

키팅은 참 별난 일이라고 생각했다. 투히가 그에게 하워드 로크에 대한 질문들을 퍼붓고 있었다. 그런데 그 질문들이 이해가 안 되었다. 건물에 관한 질문들이 아니었고, 건축과 아무 관련이 없었다. 이름도 들어본 적이 없는 사람에 대한 질문 치고는 너무도 이상한 의미 없는 사적인 질문들이었다.

"그는 자주 웃나?"

"거의 안 웃죠."

"그는 불행한 것 같나?"

"전혀요."

"스탠턴에서 친구가 많았나?"

"그는 어디에서도 친구가 없었죠."

"학생들이 그를 좋아했나?"

"아무도 그를 좋아할 수가 없었죠."

"왜지?"

"그를 좋아하는 건 주제넘은 짓인 것처럼 느끼도록 만드니까요."

"그는 데이트도 하고 술도 마시고 즐거운 시간을 보내기도 했나?"

"전혀요."

"그는 돈을 좋아하나?"

"아뇨."

"그는 감탄의 대상이 되는 걸 좋아하나?"

"아뇨."

"그는 신을 믿나?"

"아뇨."

"그는 말이 많나?"

"거의 없죠."

"토론할 때 다른 사람의 말을 경청하나?"

"예. 그러지 않는 편이 낫지만요."

"왜지?"

"차라리 그게 덜 모욕적이니까요. 제 말을 이해하실지 모르겠지만, 상대의 의견을 경청하면서도 그것에 전혀 영향을 받지 않으니까요."

"그는 줄곧 건축가가 되고자 했나?"

"그는······."

"왜 그러나, 피터?"

"아무것도 아닙니다. 제가 지금껏 그에 대해 그런 의문을 품어본 적이 없다는 게 정말 이상하다는 생각이 문득 들어서요. 그에 대해선 그런 질문을 할 수가 없죠. 그는 건축에 미친 사람이니까요. 건축에 지나치게 집착해서 인간적인 시각을 모두 잃어버렸죠. 그는 유머 감각이라곤 찾아볼 수 없는 사람이에요. 엘즈워스, 유머 감각 없는 사람이 있긴 있군요. 그에겐 건축가가 아니면 무엇이 되었을지 질문하는 것 자체가 불가능하죠."

"아니, 난 그가 건축가가 아니면 무엇이 되었을지 묻고 싶네." 투히가 말했다.

"그는 우리 모두의 시체를 밟고 넘어가서라도 반드시 건축가가 되었을 겁니다."

투히는 무릎 위에 놓인 빳빳한 천으로 된 네모진 냅킨을 접었다. 대각선으로 정확히 접어 가장자리를 손톱으로 눌러 날카로운 주름을 만들었다.

"피터, 전에 말했던 젊은 건축가 모임 기억하나? 곧 첫 만남을 가질 준비를 하고 있네. 우리 모임에 들 여러 건축가와 얘기를 나눠봤는데 자넬 회장으로 추대하는 문제에 대해 그들이 어떤 의견을 보였는지 알게 되면 자네도 무척 기쁠 걸세."

그들은 그 후로도 30분을 즐겁게 담소했다. 이윽고 키팅이 일어서자 투히가 선언하듯 말했다.

"아, 그렇지. 루이스 쿡에게 자네 얘길 했네. 곧 연락이 갈 걸세."

"엘즈워스, 정말 감사합니다. 참, 저도 《구름과 수의》를 읽고 있어요."

"어떤가?"

"오, 정말 굉장한 작품이에요. 엘즈워스, 그 …… 그건 생각의 틀을 완전히 바꿔주는 작품이에요."

"그래, 그렇지?" 투히가 말했다.

투히는 창가에 서서 차갑고 환한 오후의 마지막 햇살을 내다보고 있었다. 그가 돌아서며 말했다.

"날씨가 참 좋군. 올해 이렇게 화창한 날은 아마도 오늘이 마지막일 거야. 피터, 캐서린을 데리고 나가서 산책이라도 하지 그러나."

"오, 좋아요!" 캐서린이 열띠게 말했다.

"그래, 어서 나가봐." 투히가 밝게 미소 지으며 말했다. "캐서린, 왜 그러니? 내 허락이 떨어지길 기다려야 하는 것처럼."

밖으로 나와 늦은 오후의 햇살이 가득한 차갑게 빛나는 거리에 둘만 있게 되자, 키팅은 자신에게 캐서린이 의미하는 모든 것이, 다른 사람들에게서는 느낄 수 없고 오직 그녀만이 주는 묘한 감정이 새삼 가슴에 와 닿았다. 그는 캐서린의 손을 잡았다. 캐서린이 손을 빼더니 장갑을 벗고 다시 손을 잡았다. 그 순간 키팅은 손을 너무 오래 잡으면 땀이 난다는 생각이 떠올랐고 짜증이 나서 걸음을 재촉했다. 그는 자신과 캐서린이 미키와 미니 마우스처럼 걷고 있고 지나가는 사람들 눈에 우스꽝스럽게 보일 거라는 생각도 들었다. 키팅은 그런 생각들을 떨쳐버리려고 캐서린의 얼굴을 흘낏 보았다. 캐서린은 금빛 햇살을 똑바로 바라보고 있었고, 그녀의 섬세한 옆얼굴과 조용히 행복한 미소를 머금은 입가의 희미한 주름이 보였다. 그러나 그녀의 눈꺼풀 가장자리가 창백했고, 키팅은 그녀가 빈혈이 있는 게 아닐까 의심하기 시작했다.

루이스는 자신의 집 거실 바닥 한가운데에 터키식으로 책상다리를 하고 앉아 있었다. 커다란 무릎과 가터벨트 위로 말려 올라간 회색 스타킹, 그리고 색이 바랜 분홍 속바지의 아랫부분이 보였다. 피터 키팅은 보라색 새틴으로 된 긴 의자에 앉아 있었다. 그는 고객과의 첫 만남이 이토록 불편했던 적이 없었다.

루이스 쿡은 서른일곱 살이었다. 하지만 홍보자료나 사적인 대화에서 자신이 예순네 살이라고 주장했다. 그리고 그런 별난 농담이 되풀이되다 보니 어느새 막연히 영원한 젊음의 이미지를 갖게 되었다. 그녀는 키가 크고 어깨가 좁으며 엉덩이가 컸다. 얼굴은 길쭉하고 혈색이 나빴다. 눈은 가운데로 몰려 있었다. 귀밑까지 내려오는 머리에는 기름이 잔뜩 껴 있었다. 손톱은 부러져 있었다. 그녀는 불쾌감을 줄 정도로 지저분하고 단정하지 못한 모습이었는데 마치 단장을 하듯 세심하게, 그리고 같은 목적으로 연출한 것이었다.

그녀는 엉덩이를 앞뒤로 흔들며 끊임없이 떠들었다.

"그래요, 바워리 가에 집을 지을 거예요. 바워리 가의 성전. 거기 땅이 있어요. 간단해요. 그 땅을 원했고, 그래서 샀죠. 내 멍청한 변호사가 다 처리해줬어요. 당신도 내 변호사를 만나야겠죠. 그는 입 냄새가 심해요. 당신이 얼마를 요구할지 모르지만 그건 중요하지 않아요. 돈은 진부한 거니까. 양배추처럼. 집은 3층이어야 하고 거실 바닥엔 타일을 깔아야 해요."

"선생님의 《구름과 수의》를 읽었습니다. 제게 정신적인 계시를 주는 작품이었죠. 선생님만이 가진 용기와 중요성을 이해할 수 있는 소수의 독자에 저를 포함시켜주신다면……"

"오, 헛소리 집어치워요." 루이스 쿡은 그러면서 눈을 찡긋했다.

"진심입니다!" 키팅이 화난 목소리로 말했다. "정말 선생님의 책이 좋았고……."

루이스 쿡은 지루한 표정이었다.

그녀가 느린 말투로 말했다. "모든 사람에게 이해받는 건 아주 진부한 일이죠."

"하지만 투히 씨 말이……."

"아, 그래요. 투히 씨." 이제 그녀의 눈이 기민해졌는데 지금 막 짓궂은 장난을 친 아이처럼 오만한 죄책감이 엿보였다. "투히 씨. 난 투히 씨가 큰 관심을 보이고 있는 젊은 작가 모임의 회장이에요."

"그러세요?" 키팅이 행복하게 말했다. 이제야 비로소 루이스 쿡과 대화가 통할 것 같았다. "그것 참 재미있군요! 사실 투히 씨는 젊은 건축가 모임도 만들려고 하는데 감사하게도 절 회장감으로 염두에 두고 계시거든요."

"오." 루이스 쿡은 다시 눈을 찡긋했다. "당신도 우리 중 하나인가요?"

"우리라뇨?"

키팅은 자신이 무슨 잘못을 저질렀는지는 몰라도 루이스 쿡을 실망시켰음을 깨달았다. 그녀가 웃기 시작했다. 일부러 그의 면전에 대고 무례하고 전혀 유쾌하지 않은 웃음을 터뜨렸다.

"도대체······!" 키팅은 감정을 억누르고 물었다. "선생님, 왜 그러십니까?"

"오, 이런! 당신은 정말, 정말 착한 청년이에요. 아주 예뻐요!"

"투히 씨는 훌륭한 분입니다." 키팅이 화난 목소리로 말했다. "그분은 ······ 제가 만나본 중에서 가장 고귀한 인격을 지닌 ······ 가장······."

"오, 그래요. 투히 씨는 대단한 사람이죠." 그 목소리는 꼭 있어야 할 것이 빠져 있어서 이상하게 들렸다. 거기에는 분명 존경심이 들어 있지 않았다. "나의 가장 소중한 친구. 지상에서 가장 경이로운 사람. 투히 씨는 이 세상에 하나의 자연법칙처럼 존재하죠. 이름의 각운도 얼마나 재밌는데요. 투히—구이—푸이—후이. 어쨌든 그는 성자예요. 성자는 매우 드물죠. 천재처럼. 난 천재예요. 난 창문 없는 거실을 원해요. 창문이 하나도 없어야 해요. 설계할 때 명심하세요. 창문 없이, 타일 바닥과 검은 천장으로. 전기도 안 돼요. 내 집엔 전기는 안 쓰고 석유램프만 사용할 거예요. 등피 달린 석유램프와 촛불. 토머스 에디슨은 집어치워요! 그런데 그 사람이 누구죠?"

키팅은 그녀의 말보다 미소가 더 당황스러웠다. 그건 미소가 아니라 긴 입술의 양 끝이 올라간, 아예 굳어져버린 히죽거리는 표정으로 교활하고 사악한 꼬마 도깨비 같은 인상을 풍겼다.

"그리고 키팅, 난 그 집이 **흉하길** 원해요. 굉장히. 뉴욕에서 가장 흉한 집이 되길 원해요."

"가장 …… **흉한** 집이라고요?"

"아름다운 건 진부하니까!"

"예, 하지만 …… 하지만 전 …… 글쎄요, 저 자신이 그걸 용납할 수 있을지……."

"키팅, 용기는 어따 둔 거죠? 가끔 극단적인 제스처를 취할 수 없나요? 다들 아름다움을 성취하려고, 아름다움에서 서로를 능가하려고 애를 쓰고 발버둥치잖아요. 우리가 그들 모두를 뛰어넘어 봐요! 그들의 눈앞에서 그들의 노력을 비웃어주자고요. 그들을 한 방에 날려버려요. 우리, 신이 되자고요. 흉해지자고요."

키팅은 그 일을 맡았다. 그리고 몇 주가 지나자 그것에 대한 불편한 마음도 사라졌다. 어느 자리에서든 루이스 쿡의 집을 짓게 되었다는 이야기를 하면 사람들은 정중한 호기심을 보였다. 재미있어하면서도 경의를 나타냈다. 루이스 쿡이란 이름은 키팅이 방문하는 사교계 인사들의 응접실에서 잘 알려져 있었다. 대화 중에 언급되는 루이스 쿡의 작품들은 말하는 이의 지성의 왕관에 박힌 다이아몬드처럼 반짝였다. 그리고 그 작품들을 언급하는 목소리는 하나같이 도전적이었다. 그런 말을 하는 자신이 무척이나 용감하다고 생각하는 듯했다. 그리고 그건 만족을 주는 용감함으로 적대감을 불러일으키지 않았다. 루이스 쿡은 작품이 안 팔리는 작가 치고는 이상할 정도로 유명하고 명예를 떨치는 듯했다. 그녀는 지성과 반항의 선봉에 선 기수였다. 하지만 키팅은 그 반항이 정확히 무엇에 대한 것인지 분명히 알 수가 없었고, 왠지 그냥 모르고 있는 편이 나을 듯했다.

키팅은 루이스 쿡의 요구대로 집을 설계했다. 일부는 대리석, 일부는 치장벽토로 된 3층 건물로 이무기돌과 마차 랜턴들로 장식되어 있었다. 놀이공원 안에 있는 구조물 같았다.

그 집의 설계도는 키팅의 그 어떤 작품보다도, 물론 코스모-슬롯닉 빌딩은 제외하고, 언론에 많이 소개되었다. 한 비평가는 그 설계도에 대해 이런 의견을 보였다. "피터 키팅은 보수적인 거물 사업가들을 만족시키는 재주가 있는 총명한 청년 이상의 존재가 될 가능성을 보여주고 있다. 그는 루이스 쿡 같은 고객을 만나 지적인 실험에 과감히 뛰어들었다." 투히는 그 집을 '우주적 농담'이라고 평했다.

그러나 키팅 자신에게는 묘한 느낌이 남았는데, 말하자면 뒷맛 같은 것이었다. 그는 마음에 드는 중요한 건물을 설계할 때면 루이스 쿡의 집이 희미하게 떠오르곤 했다. 자신의 작품에 자랑스러움을 느낄 때면 어김없이 겪는 일이었다. 그리고 그 뒷맛의 정체를 정확하게 꼬집어 설명할 수는 없었지만, 거기에 수치심이 들어 있다는 것은 알 수 있었다.

한번은 엘즈워스 투히에게 그런 사실을 고백했다. 그러자 부히가 웃으며 말했다. "피터, 그건 잘된 일이네. 사람은 자신의 중요성에 대해 과장된 느낌을 가져서는 안 되는 법이니까. 완전한 존재가 되어야 한다는 부담감을 짊어지고 살 필요는 없네."

5

 도미니크는 뉴욕으로 돌아와 있었다. 마지막으로 채석장을 찾아간 후 시골 저택에서 사흘 이상을 버틸 수가 없어서 목적도 없이 돌아온 것이었다. 뉴욕에 가고 싶다는 갑작스런 욕구는 무분별하고 불가항력적이었다. 그렇다고 특별히 기대하는 것도 없었다. 그저 그곳의 거리들과 건물들을 느끼고 싶을 뿐이었다. 아침에 잠이 깨어 먼 아래서 희미하게 올라오는 자동차 소음을 들으면 자신이 지금 어디에, 왜 있는지 떠올라 수치심에 젖었다. 창가에 서서 팔을 벌려 창틀 양쪽 가장자리를 잡고 있으면 도시의 한 조각을, 유리창 속에 든 모든 거리와 지붕을 품에 안고 있는 듯했다.

 도미니크는 홀로 오랫동안 산책을 나가곤 했다. 낡은 코트의 목깃을 세우고서 주머니에 손을 찌르고 빠르게 걸었다. 그녀는 사내를 만나고 싶지 않다고 스스로에게 말했다. 그녀는 사내를 찾고 있지 않았다. 하지만 몇 시간씩 정처 없이 멍하니 거리를 헤매고 다니지 않을 수가 없었다.

도미니크는 원래 뉴욕의 거리를 싫어했다. 그녀를 지나쳐 걸어가는 행인들은 두려움이라는 공통분모를 지니고 있어서 모두 똑같아 보였다. 자신에 대한 두려움, 모든 사람과 서로에 대한 두려움, 단 한 사람이라도 신성하게 여기는 것이라면 무턱대고 공격하게 만드는 두려움. 도미니크는 그 두려움의 본질이나 이유에 대해 설명할 수는 없었지만 늘 그것의 존재는 느낄 수 있었다. 그녀는 아무것과도 닿지 않겠다는 일념으로 깨끗하고 자유롭게 살아올 수 있었다. 그녀는 사람들과 마주하는 것이 좋았다. 그들에게 상처 받을 빌미를 주지 않았기에 그들의 증오가 그녀 앞에서는 무력하기만 한 것이 좋았다.

그런데 이제 그녀는 자유롭지 못했다. 거리를 걷는 한 걸음 한 걸음이 그녀에게 상처를 주었다. 그녀는 그 사내에게 매어 있었고, 사내는 뉴욕의 곳곳에 매어 있었다. 사내는 이름 없는 일을 하는 이름 없는 노동자로 군중 속에 묻혀 그들에게 의존해서 살고 있었다. 그는 사람들에게 상처 받을 수 있었고 그녀만의 소유가 아니라 도시 전체의 소유이기도 했다. 도미니크는 사내가 다른 사람들이 걸은 길을 걷는 게 싫었다. 점원이 카운터 너머로 사내에게 담배를 내미는 것도 싫었다. 지하철에서 사람들의 팔꿈치가 사내의 팔꿈치에 닿는 것도 싫었다. 도미니크는 그렇게 헤매다니다가 열에 들떠 몸을 떨며 집으로 돌아왔다. 그리고 다음 날 또 나갔다.

휴가 기간이 끝나자 사직서를 내러 〈배너〉 사무실로 갔다.

이제 자신의 일과 칼럼에 재미를 느낄 수 없을 것 같아서였다. 그녀는 앨버 스카릿의 장황한 인사말을 끊고 이렇게 말했다. "그만둔다는 말을 하려고 온 거예요."

앨버 스카릿은 바보처럼 멍하니 쳐다보며 물었다. "왜?"

오랜만에 외부 세계로부터 그녀에게 와 닿은 소리였다. 도미니크는 늘 순간적인 충동에 따라 행동하며 이유에 구애받지 않고 행동할 수 있는 자유로움을 자랑스럽게 여겨왔다. 그런데 이제 "왜?"라는 질문에 대답하지 않을 수가 없었다. 도미니크는 그 사내 때문이라고, 그 사내가 자신의 인생행로를 바꿔놓았기 때문이라고 생각했다. 그건 또 하나의 유린이고 모독이었다. 도미니크는 숲에서 사내가 웃던 모습이 눈에 선했다. 그녀에게는 선택의 여지가 없었다. 어떤 길을 택하든 그녀 자신의 뜻이 아닌 어쩔 수 없는 선택이기 때문이었다. 직장을 떠나는 건 사내로 인해 직장을 떠나고 싶어졌기 때문이고, 그냥 직장에 남아 있는 것도 사내에게 휘둘리는 게 싫어서 선택한 사내에 대한 반항심의 결과였다. 그녀에게는 후자가 더 힘들었다.

도미니크는 고개를 들고 말했다. "농담이었어요. 국장님이 뭐라고 하시는지 보고 싶어서요. 그만두지 않을래요."

도미니크가 다시 일을 시작한 후 며칠이 지났을 때 엘즈워스 투히가 그녀의 사무실로 찾아왔다.

"안녕, 도미니크, 휴가에서 돌아왔다는 소식 들었소." 투히가 말했다.

"안녕하세요, 엘즈워스."

"돌아와서 기뻐요. 난 도미니크가 어느 날 갑자기 이유도 없이 우리를 떠날 것 같은 예감을 떨쳐버릴 수가 없어."

"엘즈워스, 예감이라고요? 그걸 바라시는 건 아니고요?"

투히는 늘 그렇듯 매력적인 미소를 머금고 다정한 눈빛으로 도미니크를 바라보았다. 하지만 그 매력적이고 다정한 태도에는 도미니크가 그걸 못마땅해한다는 걸 아는 듯한 자기 조롱과 그래도 여전히 매력적이고 다정한 태도를 보이겠다는 자신감이 들어 있었다.

"아니, 틀렸소." 투히가 평화로운 미소를 지으며 말했다. "도미니크는 계속 잘못된 오해를 하고 있어요."

"아녜요. 엘즈워스, 전 맞질 않아요. 안 그래요?"

"물론 난 '무엇에?' 라고 물을 수 있지만 묻지 않겠소. 그냥 이렇게만 말하겠소. 맞지 않는 사람들도 다 쓸모가 있다고. 물론 맞는 사람들도 마찬가지고. 내 대답 마음에 들어요? 간단하게 말하면, 난 지금까지 도미니크의 칼럼의 열렬한 팬이었고 앞으로도 그럴 거요."

"그건 칭찬이 아니에요."

"도미니크, 왠지 우린 적이 되진 않을 것 같소. 도미니크가 그걸 바란다고 해도."

2부 엘즈워스 M. 투히

"그래요 엘즈워스, 우린 적이 되진 않을 거예요. 전 당신만큼 위안을 주는 분을 만난 적이 없으니까요."

"물론이오."

"제가 말하는 의미에서요?"

"도미니크가 원하는 어떤 의미에서든."

도미니크의 책상 위에 일요일 자 〈크로니클〉이 있었고, 엔라이트 하우스 도면이 든 페이지가 접혀 있었다. 도미니크가 신문을 들어 투히에게 내밀며 눈을 가늘게 떠서 의견을 물었다. 투히가 도면을 보고는 도미니크의 얼굴을 흘깃 봤다가 다시 도면을 보았다. 그러고는 신문을 책상 위에 놓았다.

"모욕적일 정도로 독자적이군, 안 그렇소?" 투히가 말했다.

"엘즈워스, 전 이걸 설계한 사람이 자살해야 한다고 생각해요. 이렇게 아름다운 걸 생각해낼 수 있는 사람이 이 건물을 세울 수 있게 해선 안 돼요. 그는 존재를 지속하기를 원해선 안 돼요. 하지만 그는 이걸 짓게 될 거고, 여자들이 그의 테라스들에 기저귀를 널고, 남자들이 그의 계단들에 침을 뱉고, 그의 벽들에 더러운 낙서를 하겠죠. 그는 사람들에게 이 건물을 주고 이 건물이 그 사람들의, 세상의 일부가 되게 하겠죠. 그는 엘즈워스 당신 같은 사람들이 이 도면을 보고 떠들어대도록 허용하지 말아야 했어요. 당신들이 이것에 대해 떠드는 것 자체가 이걸 더럽히는 것이니까요. 당신들은 기껏해야 작은 무례를 범하는 것이지만 그는 신성모독을 저지르는 것이에요. 이런 작품을 만들기 위해 알아야 할 걸 알고 있는 사람은 살아남을 수 있어선 안 돼요."

"이것에 대한 칼럼을 쓰려고?" 투히가 물었다.

"아뇨. 그건 그의 죄를 되풀이하는 짓이 될 테니까요."

"이것에 대해 내게 얘기하는 것도 그렇고?"

도미니크는 투히를 보았다. 그는 유쾌한 미소를 머금고 있었다.

"예, 물론이에요. 그것도 똑같은 죄죠."

"도미니크, 일간 저녁식사나 같이 합시다. 얼굴 보기가 정말 어렵군." 투히가 말했다.

"좋아요. 언제든지 말씀만 하세요."

엘즈워스 투히 저격사건 재판 과정에서도 스티븐 맬러리는 범행 동기를 밝히려 들지 않았다. 그는 입을 굳게 다물고 있었다. 어떤 선고가 내려지든 관심이 없는 듯했다. 하지만 엘즈워스 투히는 부르지도 않았는데 자발적으로 법정에 나타나 맬러리의 편을 들어 화젯거리가 되었다. 그는 판사에게 관대한 처분을 간청하며 맬러리가 미래를 잃는 걸 보고 싶지 않다고 설명했다. 법정 안의 모든 사람이 그에게 감동받았지만 스티븐 맬러리는 예외였다. 스티븐 맬러리는 특별한 잔혹 행위라도 당하는 듯한 표정으로 듣고 있었다. 판사는 2년 집행유예 판결을 내렸다.

투히의 놀라운 관용에 대해 칭송이 자자했다. 그러나 투히는 쾌활하고 겸손한 태도로 칭찬을 사양했다. 한 신문에 그의 이런 말이 실렸다. "친구들이여, 나는 순교자를 만들어내는 데 일조하기를 거부합니다."

젊은 건축가들의 모임이 처음 열리는 날, 키팅은 투히가 서로 잘 맞는 사람들을 고르는 능력이 탁월하다는 결론을 내렸다. 열여덟 명이 모인 그 자리의 분위기는 뭐라고 정의할 수는 없었지만 일찍이 키팅이 혼자서나 아니면 다른 모임에서 체험하지 못했던 편안하고 안전한 기분을 느끼게 했다. 그 편안함의 일부는 다른 사람들도 모두 설명할 수 없는 똑같은 이유로 같은 기분을 느끼고 있음을 아는 데서 온 것이었다. 그것은 형제애의 느낌이었는데, 성스럽거나 고귀한 형제애는 아니었고 바로 그런 점 때문에, 성스럽거나 고귀한 존재가 될 필요가 없기 때문에 편안했다.

키팅은 그런 형제애가 없었더라면 그 모임에 실망했을 터였다. 투히의 집 거실에 앉은 열여덟 명 중에서 유명한 건축가는 베이지색 터틀넥 스웨터를 입고 좀 뻐기는 듯하면서도 열성적인 고든 L. 프레스콧과 자신뿐이었던 것이다. 키팅은 다른 사람들은 이름조차 들어본 적이 없었다. 대부분이 초보 건축가들로 젊고 옷차림이 초라하며 적대적이었다. 그중에는 아직 제도사에 지나지 않는 사람들도 있었다. 한 여성 건축가는 작은 개인주택 몇 채를 지은 것이 경력의 전부였고, 고객이 대부분 부유한 미망인들이었다. 그녀는 공격적인 태도로 입을 꾹 다물고 있었고 머리에 싱싱한 피튜니아 한 송이를 꽂고 있었다. 순수하고 천진한 눈을 가진 어린 청년도 있었다. 무표정한 얼굴의 뚱뚱한 무명 건설업자, 키가 크고 메마른 여성 실내장식가, 뚜렷한 직업이 없는 여자도 있었다.

이야기는 많이 오갔지만 키팅은 그 모임의 목적이 정확히 무엇인지 알 수가 없었다. 똑 떨어지는 이야기라곤 없었지만 모든 이야기에 공통적인 암류 같은 게 있었다. 아무도 그걸 언급하지는 않았으나 키팅은 막연한 일반론들 속에서 분명한 건 그 암류뿐이라고 생각했다. 그 암류가 그를, 그리고 나머지 사람들을 그곳에 묶어두고 있었고, 그는 굳이 그 암류를 정의하고 싶은 마음이 없었다.

젊은 건축가들은 불의와 불공평함, 젊은이들에 대한 사회의 잔인성에 대해 주로 이야기하며 건축학도들이 대학을 졸업하면 일자리가 보장되어야 한다고 주장했다. 여자 건축가는 날카로운 목소리로 부자들의 부정함에 대해 짤막하게 이야기했다. 건설업자는 힘든 세상이니 "동지들끼리 서로 도와야 한다."고 부르짖었다. 순진한 눈을 가진 청년은 "우리는 아주 많은 선을 행할 수 있다······."고 애원했다. 그의 목소리에는 당혹스럽고 자리에 어울리지 않는 절절함이 들어 있었다. 고든 L. 프레스콧은 건축가협회는 사회적 책임의식과는 담을 쌓은, 젊은 피라곤 한 방울도 없는 구식 노인네들의 단체고 그들을 자극할 때가 되었노라고 선언했다. 뚜렷한 직업이 없는 여자는 이념과 명분에 대해 이야기했지만 무슨 소린지 아무도 알아듣지 못했다.

피터 키팅은 만장일치로 회장에 선출되었다. 고든 L. 프레스콧은 부회장이자 회계담당이 되었다. 투히는 모든 자리를 사양하고 비공식적인 고문 역할만 맡겠노라고 했다. 모임 이름은 '미국 건축가위원회'로 정해졌다. 그리고 회원 자격은 건축가로만 제한하지 않고 '관련 업자들'과 '건축이라는 위대한 직업에 진실한 관심을 가진 모든 이'에게도 개방하기로 했다.

그다음에 투히의 연설이 있었다. 그는 자리에서 일어나 한 손 손가락 관절로 탁자를 짚고 길게 이야기했다. 그의 멋진 목소리는 부드럽고 설득력이 넘쳤다. 그 목소리가 거실을 채웠고, 회원들은 그것이 원형 경기장을 채울 수도 있음을 깨달았다. 그리고 그 강력한 목소리가 자신들을 위해 억제되고 있다는 사실에 조금은 우쭐한 기분을 느꼈다.

"따라서 친구들이여, 건축업계에는 스스로의 사회적 중요성에 대한 이해가 결여되어 있습니다. 그 결여의 원인은 두 가지인데, 우리 사회 전체의 반사회적 성향과 여러분 자신의 타고난 겸손함입니다. 여러분은 자신이 그저 생계를 위한 돈벌이를 목적으로 일한다고 생각하는 것에 익숙해져 있습니다.

친구들이어, 이제 잠시 멈추어 사회에서 여러분의 위치를 재정의할 때가 아닐까요? 세상의 모든 기술 중에서 여러분의 기술이 가장 중요합니다. 여러분이 벌어들이는 돈의 액수 때문에 중요한 것이 아니고, 여러분이 보여주는 예술적인 솜씨 때문에 중요한 것도 아닙니다. 여러분이 동료 인간들에게 제공하는 서비스 때문에 중요한 것입니다. 여러분은 인류에게 보금자리를 제공하는 사람들입니다. 그것을 명심하고 우리의 도시들을, 빈민가들을 보십시오. 여러분에게 거대한 임무가 기다리고 있음을 깨달으십시오. 하지만 그 도전을 맞이하려면 여러분은 자신에 대한, 그리고 자신의 일에 대한 더 넓은 시야로 무장해야 합니다. 여러분은 부자들에게 고용된 하인들이 아닙니다. 혜택받지 못하고 보금자리도 없는 사람들을 위한 십자군들입니다. 우리는 우리가 무엇인지에 의해서가 아니라 누구를 위해 봉사하느냐에 의해 평가될 것입니다. 우리 그런 정신 속에서 단결합시다. 무슨 일이 있어도 그 새롭고 넓고 높은 시각을 잃지 맙시다. 나의 친구들이여, 우리 모두 더욱 고귀한 꿈을 위해 하나로 뭉칩시다."

키팅은 열심히 듣고 있었다. 사실 그는 어머니가 원해서 선택한 건축가라는 직업을 밥벌이 수단으로 생각하며 살아왔다. 그런데 자신의 일이 그것보다 훨씬 고귀한 의미를 지니고 있다니 참으로 만족스러웠다. 무척이나 기분 좋고 마약에 취한 듯했다. 그는 이곳에 모인 다른 사람들도 모두 마찬가지임을 알고 있었다.

"그리고 이 사회의 체계가 붕괴되면 건축가들은 그 잔해 속에 묻히는 것이 아니라 더 중요하게 부각될 것이며……."

초인종이 울렸다. 투히의 하인이 거실 문을 열더니 도미니크 프랭컨을 안으로 들였다.

키팅은 투히가 말을 하다 멈추는 걸 보고 도미니크가 초대를 받고 온 것이 아님을 눈치 챘다. 도미니크는 투히에게 미소를 보내며 고개를 젓고는 연설을 계속하라는 손짓을 했다. 투히는 도미니크를 향해 눈썹을 살짝 움직이는 정도에 가깝게 고개를 숙여 보이고는 연설을 계속했다. 그건 기분 좋은 인사였고 격식을 갖추지 않았기에 오히려 도미니크가 불청객이 아니라 끈끈한 형제애로 뭉쳐진 이 자리의 일원인 듯한 느낌을 주었지만, 키팅은 그 인사가 한 박자 늦은 것 같다는 생각이 들었다. 그는 투히가 완벽한 타이밍을 놓치는 걸 본 적이 없었다.

도미니크는 다른 사람들 뒤의 구석에 앉았다. 키팅은 잠시 연설 듣는 걸 잊고 도미니크의 시선을 끌려고 애썼다. 그러나 도미니크는 생각에 잠긴 눈으로 거실 안의 얼굴들을 하나씩 살펴보다가 그의 차례가 되어서야 그에게 눈길을 주었다. 키팅은 자기 사람을 대하는 듯한 미소를 보내며 목례를 한 후 힘차게 고개를 끄덕였다. 도미니크도 고개를 숙여 보였는데 그녀의 눈이 감기는 순간 긴 속눈썹이 뺨에 닿았다. 그녀가 고개를 들고 다시 키팅을 보았다. 미소도 없이 한참이나 쳐다보는 모습이 그의 얼굴에서 뭔가 새로운 걸 발견하기라도 한 듯했다. 키팅은 봄 이후로 그녀를 만난 적이 없었다. 그는 도미니크가 기억 속의 모습보다 조금 지쳐 보이고 더 아름다워진 것 같다고 생각했다.

키팅은 다시 엘즈워스 투히에게 시선을 돌리고 연설을 경청했다. 투히가 하는 말들은 여전히 감동적이었지만 이제 그 연설이 주는 기쁨에는 불안감이 들어 있었다. 키팅은 도미니크를 보았다. 그녀는 이 거실에, 이 모임에 속해 있지 않았다. 그 이유는 알 수 없었지만 그런 사실만큼은 가혹할 정도로 확실했다. 그녀의 아름다움이나 거만한 우아함 때문은 아니었다. 하지만 무언가가 그녀를 외부인으로 만들었다. 마치 모두가 편안하게 알몸을 하고 있는데 한 사람이 옷을 다 입은 채 들어와서 갑작스럽게 모두가 자의식과 창피함을 느끼도록 만드는 것 같았다. 하지만 그녀는 아무 짓도 한 게 없었다. 조용히 앉아 연설을 경청하고 있을 뿐이었다. 그러다 한 번 다리를 꼬며 뒤로 기대앉아 담뱃불을 붙였다. 그녀는 팔목을 홱 움직여 성냥불을 끈 뒤 옆에 있는 재떨이에 성냥을 던졌다. 키팅은 그녀가 재떨이에 성냥을 던지는 걸 보며 마치 그녀가 자신들의 얼굴에 대고 그걸 던지는 듯한 기분을 느꼈다. 그는 자신이 터무니없는 감정에 젖어 있다고 생각했다. 하지만 엘즈워스 투히도 연설을 하면서 도미니크 쪽으로는 단 한 번도 시선을 보내지 않고 있었다.

모임이 끝나자 투히가 도미니크에게 달려갔다.

"아니, 도미니크! 이렇게 와주다니, 우쭐한 기분을 느껴도 되겠소?" 투히가 밝게 말했다.

"마음대로 하세요."

"도미니크가 우리 모임에 관심이 있는 줄 알았더라면 특별 초대장이라도 보냈을 텐데."

"제가 관심이 없을 거라고 생각하셨다는 건가요?"

"솔직히 그래요. 난……."

"엘즈워스, 잘못 생각하신 거예요. 저의 기자 본능을 과소평가하신 거죠. 전 특종은 절대 놓치지 않아요. 중죄의 탄생을 목격할 기회는 자주 오는 게 아니죠."

"도미니크, 도대체 그게 무슨 소리예요?" 키팅이 날카롭게 물었다.

도미니크가 그에게 시선을 돌렸다. "안녕하세요, 피터."

"물론 피터 키팅을 알고 있겠지요?" 투히가 도미니크에게 미소를 보내며 말했다.

"오, 그럼요. 피터는 한때 저와 사랑하는 사이였는 걸요."

"도미니크, 시제가 틀렸어요." 키팅이 말했다.

"피터, 도미니크가 하는 말을 있는 그대로 진지하게 받아들여선 안 되네. 진지하게 들으라고 하는 소리가 아니니까. 도미니크, 우리의 작은 모임에 들지 않겠소? 도미니크의 직업도 훌륭한 자격 조건이 되는데."

"아뇨, 엘즈워스. 전 당신들의 작은 모임에 들고 싶지 않아요. 그럴 정도로 당신들을 증오하진 않거든요."

"무슨 이유로 우리 모임을 못마땅해하는 거죠?" 키팅이 딱딱하게 물었다.

"어머, 피터!" 도미니크가 느린 말투로 말했다. "도대체 왜 그런 생각을 한 거예요? 난 당신들 모임을 전혀 못마땅해하지 않아요. 안 그래요, 엘즈워스? 분명한 필요성에 응하는 적절한 시도라고 생각하는 걸요. 우리 모두에게 필요하고, 그리고 또 마땅한 일이에요."

"다음 모임 때도 참석해주겠소? 다음에도 전혀 방해가 되지 않는 이해심 깊은 참관인이 있으면 좋을 텐데." 투히가 말했다.

"아뇨. 고맙지만 사양하겠어요. 그냥 호기심에서 온 거예요. 여기 모인 사람들이 흥미로운 인물들이긴 하지만요. 젊은 건축가들. 그런데 엔라이트 하우스를 설계한 사람은 왜 초대하지 않은 거죠? 그 사람 이름이 뭐더라? 하워드 로크?"

키팅은 자신도 모르게 입이 꾹 다물어지는 걸 느꼈다. 하지만 도미니크는 천진난만하게 그들을 바라보고 있었고 지나가는 말로 던진 듯한 가벼운 말투였다. 그러니 그런 뜻으로 한 말은 분명 아니고⋯⋯. '무슨 뜻?' 키팅은 자신에게 그렇게 묻고는 계속 생각했다. '그래, 그 순간 내가 생각한, 나를 겁

에 질리게 만든 그런 뜻으로 한 말은 분명 아니었어.'

"유감스럽게도 난 로크 씨를 만난 적이 없소." 투히가 엄숙하게 말했다.

"그를 알아요?" 키팅이 도미니크에게 물었다.

"아뇨. 엔라이트 하우스 설계도를 본 게 다예요." 도미니크가 대답했다.

"그런데요? 그것에 대해 어떻게 생각해요?" 키팅이 물고 늘어졌다.

"아무 생각도 안 해요." 도미니크가 대답했다.

도미니크가 돌아갈 때 키팅도 따라나섰다. 엘리베이터를 타고 내려가며 키팅은 그녀를 바라보았다. 그녀는 꼭 맞는 검은 장갑을 낀 손으로 핸드백의 납작한 귀퉁이를 잡고 있었다. 그 무심하게 늘어진 손가락들이 거만한 동시에 유혹적으로 보였다. 키팅은 다시금 그녀에게 무너지는 기분을 느꼈다.

"도미니크, 오늘 여기 온 진짜 이유가 뭐죠?"

"오, 오랫동안 아무 데도 안 가서 여기부터 시작해보자고 생각한 거죠. 난 수영장에 가면 차가운 물에 조금씩 몸을 담그는 걸 좋아하지 않아요. 바로 물에 뛰어들죠. 그러면 지독한 충격을 받지만 그다음부턴 견디기가 쉬워지거든요."

"그게 무슨 뜻이죠? 우리 모임에 무슨 문제가 있다는 건가요? 사실 우린 아직 구체적인 계획조차 세우고 있지 않아요. 아직 아무런 프로그램도 없어요. 난 우리가 왜 모였는지도 모를 정도예요."

"피터, 바로 그거예요. 당신이 거기 왜 모였는지조차 모른다는 거."

"그저 친목 모임일 뿐이에요. 주로 대화를 나누는. 그런 모임이 무슨 해가 된다는 거죠?"

"피터, 나 피곤해요."

"좋아요. 오늘 당신이 온 건 적어도 은둔에서 벗어났다는 의미는 되는 건가요?"

"그래요, 그건 그냥……. 은둔이라고요?"

"당신한테 연락을 취하려고 얼마나 애썼는지 몰라요."

"그랬어요?"

"당신을 다시 만나서 얼마나 기쁜지 말해볼까요?"

"아뇨. 말했다고 쳐요."

"도미니크, 당신은 변했어요. 어떻게 변했는지 정확히 말할 순 없지만 변한 건 확실해요."

"그래요?"

"지금 당신이 얼마나 사랑스러운지도 말했다고 칩시다. 그걸 어떤 말로 표현해야 할지 모르겠으니까."

거리는 캄캄했다. 키팅이 택시를 잡았다. 그는 택시에서 도미니크 바로 옆에 앉아 그녀를 똑바로 응시했다. 그의 시선은 둘 사이의 침묵이 의미심장한 것이 되게 하려는 노골적인 암시를 담고 있었다. 도미니크는 그 시선을 외면하지 않았다. 그녀도 그의 얼굴을 살펴보고 있었다. 그녀는 키팅이 짐작조차 할 수 없는 자신만의 생각에 골몰한 채 의아해하고 있는 듯했다. 키팅은 천천히 손을 뻗어 그녀의 손을 잡았다. 그녀의 팔 전체가 애를 쓰고 있는 게 빳빳한 손가락들을 통해 전해졌는데, 그건 그에게서 손을 빼기 위해서가 아니라 그대로 있기 위해서 기울이는 노력이었다. 키팅은 그녀의 손을 들어 뒤집어서 손목에 입을 맞추었다.

그러고는 그녀의 얼굴을 보았다. 그녀의 손을 놓자 빳빳한 손가락들이 반쯤 오므려진 상태로 잠시 허공에 머물렀다. 그건 예전의 도미니크가 보여준 무관심이 아니었다. 반감이었다. 그 반감은 너무도 강해서 단순히 키팅 개인만 향한 것이 아닌 듯했고 그를 자존심 상하게 하지 않았다. 키팅은 갑자기 그녀의 몸을 의식하게 되었는데 욕망이나 분노 때문이 아니라 그저 자신과 밀착되어 있는 그녀의 몸이 의식이 된 것이었다. 그가 무의식적으로 속삭였다.

"도미니크, 어떤 남자였죠?"

도미니크가 그에게로 휙 고개를 돌렸다. 그녀의 눈이 가늘어졌고, 입술이 긴장이 풀리며 더 도톰하고 부드러워졌다. 입이 길어지며 서서히 희미한 미소가 떠올랐다. 그녀가 키팅을 똑바로 보면서 대답했다.

"화강암 채석장 인부요."

키팅은 그 재치 있는 농담에 웃음을 터뜨렸다.

"도미니크, 내가 잘못했어요. 그런 말도 안 되는 의심을 품다니."

"피터, 이상하지 않아요? 한때 내가 원할 수 있다고 생각한 사람이 당신이었다는 게."

"그게 왜 이상해요?"

"우린 자신에 대해 너무 모르고 있는 것 같아서요. 피터, 당신도 언젠가는 자신에 대한 진실을 알게 될 거고, 당신에겐 그것이 다른 대부분의 사람들의 경우보다 더 힘들 거예요. 하지만 지금 그것에 대해 신경 쓸 필요는 없어요. 먼 훗날의 일이 될 테니까."

"도미니크, 나를 원했어요?"

"난 영원히 아무것도 원할 수 없을 거라고 생각했고, 그럴 경우 당신이 안성맞춤이니까요."

"무슨 말인지 모르겠군요. 당신 말은 도무지 알아들을 수가 없어요. 그래도 난 늘 당신을 사랑하리라는 것을 알지만요. 다시는 당신이 사라지도록 내버려두지 않겠어요. 이제 돌아왔으니……."

"피터, 이제 돌아왔으니 다시는 당신을 만나고 싶지 않아요. 오, 어쩔 수 없이 마주치는 경우는 있겠죠. 하지만 나를 찾아오진 마세요. 피터, 당신을 모욕하려고 이러는 게 아니에요. 그런 건 아니에요. 당신은 나를 화나게 만드는 짓을 한 적이 없으니까요. 나 자신 속에 다시는 마주하고 싶지 않은 것이 있어서예요. 당신을 본보기로 삼아서 미안해요. 하지만 당신이 그 조건에 너무 잘 맞아요. 피터, 당신은 내가 세상에서 경멸하는 모든 것이고 난 내가 세상을 얼마나 경멸하는지 떠올리고 싶지 않아요. 그걸 떠올리면 세상으로 돌아갈 테니까요. 피터, 이건 당신에 대한 개인적인 모욕이 아녜요. 이해해주길 바라요. 당신은 이 세상에서 최악의 존재가 아녜요. 최고의 존재죠. 그래서 두려워요. 혹시 내가 당신에게 돌아가면 …… 받아주지 말아요. 지금 이런 말을 할 수 있기 때문에 말하는 거예요. 하지만 내가 당신에게 돌아가게 되면 당신은 날 막을 수 없을 거예요. 그러니 지금이 내가 당신에게 경고해줄 수 있는 유일한 기회죠."

"당신이 무슨 말을 하고 있는 건지 모르겠어요." 키팅이 차가운 분노로 굳어진 입으로 말했다.

"알려고 하지 말아요. 몰라도 되니까요. 그냥 우리 서로 떨어져 지내요. 알겠죠?"

"난 당신을 포기하지 않을 거예요."

도미니크는 어깨를 으쓱했다. "좋아요, 피터. 지금이 내가 당신에게 친절을 베풀 수 있는 유일한 기회예요. 당신뿐 아니라 누구에게도."

6

로저 엔라이트는 펜실베이니아에서 탄광 광부로 일을 시작했다. 그리고 백만장자가 된 지금까지 그 누구의 도움도 받은 적이 없었다. "그래서 내겐 방해꾼이 없었던 거지." 그의 말이었다. 하지만 사실은 그를 방해한 무수한 일들과 사람들이 있었는데 그가 알지 못했던 것뿐이었다. 그가 오랜 경력을 통해 이룬 일들 중에는 찬사의 대상이 될 만한 것이 거의 없었고, 수군거림의 대상이 된 건 하나도 없었다. 그의 경력은 광고판처럼 대중에 노출되어 있었다. 그는 협박꾼이나 가면을 벗기는 전기 작가에게는 재미없는 존재였다. 그리고 부자들 사이에서도 너무 노골적으로 부를 이루었다는 이유로 혐오감을 샀다.

그는 은행가들과 노조들, 여자들, 전도사들, 그리고 주식 거래를 싫어했다. 그는 주식을 산 적도, 자기 회사의 지분을 판 적도 없었고, 마치 현금을 모두 주머니에 넣고 다니듯 자신의 재산을 단독으로 소유했다. 그는 석유회사 외에도 출판사,

라디오 가게, 자동차 정비소, 냉장고 공장을 하나씩 갖고 있었다. 그는 새 사업을 시작하기 전에 그 분야에 대해 오랫동안 연구했지만 마치 아무것도 모르는 것처럼 사업을 추진해서 기존 사업가들을 화나게 만들었다. 그의 사업들은 성공하기도, 실패하기도 했다. 그는 모든 사업에 무섭도록 정력적으로 매달렸다. 하루에 열두 시간씩 일했다.

로저 엔라이트는 건물을 세우기로 결정한 뒤 건축가를 찾는 데 6개월을 보냈다. 그러고는 로크를 만나 30분 만에 계약을 맺었다. 그다음에 설계도가 완성되자 즉시 공사에 들어가라고 지시했다. 로크가 설계도에 대해 설명하려고 하자 엔라이트는 그의 말을 막았다. "설명할 것 없소. 나한테 추상적인 이념들을 설명하는 건 헛수고니까. 난 이념 같은 건 가져본 적도 없소. 사람들은 내가 완전히 비도덕적이라고 말하지. 난 내가 좋아하는 대로만 하니까. 하지만 적어도 내가 뭘 좋아하는지는 알고 있소."

로크는 전에 엔라이트를 찾아와 그의 시큰둥한 비서와 만났던 일에 대해서는 말하지 않았다. 그런데 엔라이트가 그걸 알게 되었다. 그 비서는 5분도 안 되어 해고됐고, 10분도 안 되어 한창 바쁜 시간에 반쯤 타이핑된 편지를 타자기에 꽂아 놓고 사무실을 나가야 했다.

로크는 지난번처럼 어느 낡은 건물 꼭대기 층에 있는 큰 사무실을 얻었다. 그는 촉박한 공사 일정에 맞추기 위해 제도사들을 고용하고 옆방을 하나 더 빌려 사무실을 확장했다. 그가 뽑은 제도사들은 젊고 경험도 많지 않았다. 이름도 들어본 적이 없는 사람들이었으며, 추천장 같은 것도 요구하지 않았다. 많은 지원자들 중에서 제도 솜씨만 보고 뽑은 것이었다.

작업이 시작되자 사람들로 북적대고 긴장이 흐르는 사무실에서 로크는 일 이야기를 제외하고는 제도사들에게 일절 말을 건네지 않았다. 제도사들은 아침에 출근할 때면 자신들에게는 사생활도, 아무런 중요성도 없고 제도 탁자 위의 제도 용지라는 압도적인 현실만 존재하는 듯한 기분이 들었다. 그들은 공장처럼 차갑고 혼이 깃들지 않은 곳에서 일하는 기분을 느끼다가 로크를 보면 그곳이 공장이 아니라 그들의 몸뚱이를 집어삼키는 용광로고 그 첫 희생자는 로크 자신이라는 결론을 내렸다.

로크는 이따금 사무실에서 밤을 지새웠다. 제도사들이 아침에 출근하면 그는 아직도 일을 하고 있었다. 피곤한 것 같지도 않았다. 한번은 이틀 밤낮을 꼬박 일에 매달린 적도 있었다. 사흘째 되는 날 오후, 그는 제도 탁자 위에 반쯤 누운 채 잠이 들었다. 그러고는 몇 시간 후 깨서 아무 말도 없이 제도 탁자들을 돌며 작업 진행 상황을 살폈다. 그러면서 잘못된 곳을 수정해주었는데 잠들기 전의 생각이 끊이지 않고 계속 이어졌던 것 같은 목소리를 냈다.

"하워드, 자넨 일할 때 함께 있기가 힘들어." 로크의 일에 대해 한 마디도 하지 않고 있던 오스틴 헬러가 어느 날 저녁에 말했다.

"왜요?" 로크가 놀라서 물었다.

"자네와 같은 공간에 있는 게 불편해. 알다시피 긴장은 전염성이 있는 거니까."

"긴장이라뇨? 전 일할 때에만 완전히 자연스러운 상태가 되는 걸요."

"바로 그거야. 자넨 폭발해서 산산조각이 나기 직전에만 완전히 자연스러운 상태가 되거든. 하워드, 도대체 자넨 무엇으로 만들어진 사람인가? 자네가 짓는 건 건물일 뿐이네. 그런데 자넨 신성한 성례와 인디언식 고문과 성적 황홀경을 합쳐 놓은 일을 하고 있는 것 같아."

"그렇지 않나요?"

로크는 도미니크를 자주 생각하지는 않았지만, 그녀에 대한 생각은 갑작스런 회상이 아니라 마음속에 지속적으로 존재하는 것의 인식이었다. 그는 도미니크를 원했다. 어디에 가면 그녀를 만날 수 있는지도 알았다. 하지만 기다렸다. 그는 기다리는 것이 재미있었는데, 그 기다림이 그녀에게 견디기 힘든 고통이란 걸 알기 때문이었다. 로크는 자신의 부재가 그녀 앞에 나타나는 것보다 훨씬 더 철저하고 수치스럽게 그녀를 자신에게 속박시킬 수 있음을 알고 있었다. 그가 그녀에게 도망칠 시간을 주고 있는 건 그가 다시 그녀를 만나기로 했을 때 그녀가 자신의 무력함을 알고 있게 하기 위해서였다. 그녀는 도망치려는 시도 자체도 그의 선택이었음을, 그것 역시 하나의 지배임을 알게 될 터였다. 그러면 그녀는 그를 죽이거나, 아니면 제 발로 그에게 올 준비가 될 터였다. 그 두 가지 행위는 그녀의 마음속에서 같은 위치를 차지할 터였다. 로크는 그녀가 그 지경에까지 이르기를 원했다. 그래서 기다렸다.

엔라이트 하우스 공사가 막 시작되려고 할 때 로크는 조엘 서턴의 사무실에 불려갔다. 성공적인 사업가인 조엘 서턴은 대형 사무용 건물을 지을 계획이었다. 조엘 서턴은 사람들에 대해 전혀 알지 못하는 능력 덕에 성공한 인물이었다. 그는 모든 사람을 사랑했고, 그 사랑에는 차별이 없었다. 누구에게든 부족함도 넘침도 없이 평등했다.

조엘 서턴이 처음 로크를 만난 건 엔라이트가 베푼 만찬석상에서였다. 조엘 서턴은 로크를 마음에 들어 했다. 로크에게 감탄을 보냈다. 그는 로크와 다른 사람들 간의 차이를 느끼지 못했다. 로크가 사무실로 들어오자 조엘 서턴이 선언했다.

"내가 염두에 두고 있는 작은 건물을 당신에게 맡기는 문제를 고려해봐야겠다고 생각했소. 물론 지금으로선 확실하지 않아요. 전혀 확실하다고 할 수 없지. 당신의 엔라이트 하우스는 좀⋯⋯ 특이하긴 하지만 그래도 매력적이오. 사실 모든 건물이 매력적이지. 난 건물들을 사랑하오. 그리고 로저 엔라이트는 아주 똑똑한 사람이고. 지나칠 정도로 똑똑하지. 그는 아무도 생각 못한 데서 돈을 만들어내는 재주가 있으니까. 난 언제라도 로저 엔라이트의 조언을 받아들일 준비가 되어 있소. 로저 엔라이트에게 좋은 것이면 나에게도 좋은 것이니까."

로크는 그 면담이 있은 후 몇 주를 기다렸다. 조엘 서턴은 급하게 마음의 결정을 내리는 인물이 아니었다.

12월의 어느 저녁에 오스틴 헬러가 예고도 없이 찾아와 다짜고짜 다음 주 금요일에 랠스턴 홀쿰 부인이 여는 공식 파티에 함께 가자고 했다.

"아, 싫어요, 오스틴." 로크가 말했다.

"이보게, 하워드, 도대체 왜 싫다는 건가? 자네가 그런 걸 싫어한다는 건 알지만 그건 훌륭한 이유가 되지 못하네. 반면에 나는 자네가 거기 가야 하는 훌륭한 이유들을 얼마든지 댈 수 있지. 그 집은 건축가들의 만남의 장소라고도 할 수 있는 곳이고 물론 자넨 건축을 위해서라면, 아니 **자네 방식의** 건축을 위해서라면 자네가 가진 모든 걸 팔 수 있는 사람이니 자네가 갖지 않은 영혼도 팔 수 있을 걸세. 그러니 미래의 가능성을 위해 몇 시간쯤 지루함을 못 참겠나?"

"물론 참을 수 있죠. 다만 전 그런 파티에 가는 게 미래의 가능성으로 연결된다고 믿지 않을 뿐이죠."

"그래도 이번엔 가주겠나?"

"왜 특별히 이번엔 가야 하는 거죠?"

"우선 첫째로, 지독하게 성가신 키키 홀쿰이 조르고 있어. 어제도 두 시간을 졸라대서 점심 약속도 못 지켰네. 뉴욕에서 엔라이트 하우스 같은 건물이 올라가고 있는데 그 건축가를 자기 집에 데려다놓고 자랑하지 못한다면 그녀의 명성에 금이 갈 테니까. 그건 홀쿰 부인의 취미네. 건축가 수집. 자네를 데려오라고 하도 졸라대서 그러겠다고 약속했네."

"뭐하러요?"

"사실 그 자리에 조엘 서턴도 올 걸세. 죽을 것 같이 힘들더라도 꾹 참고 서턴에게 잘 보이게. 내가 듣기론, 그는 자네에게 그 건물을 맡기기로 결정한 거나 다름없어. 친분만 조금 더 쌓으면 돼. 그 일을 탐내는 건축가들이 많네. 그들도 모두 그 파티에 올 거고. 난 자네가 파티에 참석하길 바라네. 그 일도 따내길 바라고. 그리고 앞으로 10년 동안은 그 채석장 얘기 듣고 싶지 않네. 난 원래 채석장을 좋아하지도 않으니까."

로크는 탁자 위에 앉아서 몸이 흔들리지 않도록 두 손으로 탁자 가장자리를 꽉 잡고 있었다. 사무실에서 열네 시간을 일한 뒤라 녹초가 된 상태였다. 아니, 정확하게 말하면 녹초가 되어 있어야 하는데 그걸 느낄 수는 없었다. 그는 긴장을 풀기 위해 일부러 어깨를 늘어뜨렸지만 도무지 긴장이 풀리질 않았다. 양팔이 뻣뻣하게 긴장되어 있었고, 한쪽 팔꿈치가 지속적으로 가늘게 경련을 일으켰다. 긴 다리는 넓게 벌리고 있었는데 한쪽 다리는 무릎을 구부려 탁자 위에 올려놓아서 움직임이 없었지만, 아래로 내려뜨린 다리는 초조하게 흔들리고 있었다. 그는 요즘 억지로라도 휴식을 취하기가 너무 힘이 들었다.

로크는 조용한 거리에 있는 작은 현대식 아파트를 얻어 살고 있었다. 그 집을 선택한 건 창문 위에 돌림띠가 없고 내부 벽에 장식판자가 없기 때문이었다. 그의 방에는 단순한 가구 몇 점밖에 없었고 지나치게 넓고 휑하고 깨끗해서 소리를 지르면 메아리가 울릴 것 같았다.

"딱 한 번인데 안 될 게 뭔가? 못 견디게 따분하지도 않을 걸세. 재미있을지도 몰라. 거기서 자네의 옛 친구들을 많이 만나게 될 걸세. 존 에릭 스나이트, 피터 키팅, 가이 프랭컨, 그리고 그의 딸. 자네도 프랭컨의 딸을 꼭 만나봐야 해. 그녀의 칼럼 읽어봤나?"

"가겠어요." 로크가 불쑥 말했다.

"자넨 예측불허라 현명한 행동을 보이기도 하는군. 그럼 금요일 8시 30분에 데리러 오겠네. 검은 넥타이 매고. 그런데 턱시도는 있나?"

"엔라이트가 하나 장만하게 했어요."

"엔라이트는 참으로 현명한 사람이야."

로크는 헬러가 떠난 뒤에도 한참이나 탁자에 그대로 앉아 있었다. 그가 그 파티에 가기로 한 건 도미니크가 재회의 장소로 가장 꺼릴 곳이란 걸 알기 때문이었다.

엘즈워스 투히가 말했다. "나의 경애하는 키키, 접대를 업으로 삼는 부유한 여성만큼 무익한 존재는 없지요. 하지만 모든 무익한 것은 매력을 지니고 있어요. 이를테면 귀족제가 그것인데 사실 그것만큼 무익한 건 없지요."

키키 홀쿰은 책망하듯 귀엽게 삐죽거리며 콧등을 찡그렸지만 귀족제를 예로 든 건 마음에 들어 했다. 피렌체식 연회장 천장에서 크리스털 샹들리에 세 개가 빛나고 있었고, 그녀가 투히의 눈을 올려다볼 때 그 불빛들이 구슬을 단 듯한 무성한 속눈썹 안쪽의 눈동자에 비쳐 촉촉한 불꽃들을 만들었다.

"엘즈워스, 당신은 기분 나쁜 말을 잘해요. 제가 그런 당신을 왜 계속 초대하는지 모르겠어요."

"바로 그 이유 때문이지요. 앞으로도 제가 원하는 만큼 자주 초대될 것 같은데요."

"한낱 여자에 불과한 제가 어떻게 대항할 수 있겠어요?"

"투히 씨와는 말싸움을 하면 안 돼요." 길레스피 부인이 말했다. 그녀는 키가 컸고, 미소 지을 때 드러나는 치아만큼 커다란 다이아몬드들이 달린 목걸이를 하고 있었다. "쓸모없는 짓이에요. 어차피 질 게 뻔하니까."

투히가 말했다. "길레스피 부인, 말싸움은 쓸모도 매력도 없는 것들 중 하나지요. 그러니 머리 좋은 남자들에게 맡기십시오. 물론 머리가 좋다는 건 약하다는 뜻이지요. 남자들은 다른 모든 것에서 실패할 경우 두뇌를 개발시킨다는 말이 있습니다."

"마음에도 없는 말씀을 하시는군요." 길레스피 부인은 그러면서도 그의 말을 기분 좋은 진실로 받아들이는 미소를 지었다. 그녀는 홀쿰 부인이 새로 도착한 손님들을 맞기 위해 잠시 고개를 돌린 사이에 그녀에게서 훔친 포획물이라도 되듯 투히를 붙잡고 의기양양하게 다른 곳으로 이끌었다. "하지만 당신들 지적인 남자들은 너무나도 어린애 같아요. 당신들은 너무나도 예민해요. 그래서 응석을 다 받아줘야 한다니까요."

"길레스피 부인, 저는 그런 응석을 받아주지 않을 겁니다. 우리는 그걸 이용할 겁니다. 그리고 자신의 두뇌를 과시하는 건 아주 저속한 짓이에요. 부를 과시하는 것보다도 더 저속하지요."

"어머, 그런 말 함부로 하면 안 돼요. 당신이 급진주의자라는 얘기를 듣긴 했지만 심각하게 받아들이진 않겠어요. 조금도요. 급진주의자 소리 듣는 거 어때요?"

"아주 좋아하지요." 투히가 대답했다.

"농담 마세요. 그런다고 제가 당신을 위험한 인물이라고 생각할 줄 알아요? 위험인물들은 모두 지저분하고 말도 무식하게 하죠. 당신은 얼마나 아름다운 목소리를 가졌는데요!"

"길레스피 부인, 제가 왜 위험한 인물이 되려 한다고 생각하시는지 모르겠군요. 저는 세상에서 가장 온순한 것인 양심일 뿐인데요. 당신 자신의 양심이지만 편리하게 다른 사람의 몸에서 구현되어 그로 하여금 이 세상의 불우한 사람들에게 관심을 기울이게 하고 당신은 신경 쓰지 않아도 되는, 그런 양심 말입니다."

"오, 정말 별난 생각이군요! 지독한 생각인지, 아니면 아주 현명한 건지 모르겠네요."

"둘 다지요, 길레스피 부인. 모든 지혜가 그렇듯이."

키키 홀콤은 흡족하게 자신의 연회장을 둘러보았다. 그녀는 샹들리에의 전등 빛에 섞이지 않은 천장의 황혼 빛을 올려다보며 그것이 손님들 위로 얼마나 멀리 있는지, 얼마나 높고 평온한 모습인지 새삼 깨달았다. 손님들이 그렇게 많은데도 연회장은 전혀 작아 보이지 않았다. 괴상한 느낌을 줄 정도로 지나치게 큰 네모난 상자와도 같은 느낌이었고, 손님들 머리 위의 거대한 빈 공간이 파티에 당당하고 사치스러운 분위기를 더했다. 그것은 작은 보석 하나를 담고 있는 불필요할 정도로 큰 보석함과도 같았다.

손님들은 두 개의 큰 흐름을 이루어 움직이면서 결국 다들 두 개의 소용돌이에 빨려 들어갔는데 그 소용돌이들의 중심에는 각각 엘즈워스 투히와 피터 키팅이 서 있었다. 엘즈워스 투히에게는 야회복이 어울리지 않았다. 흰 셔츠의 직사각형 모양 앞자락은 그의 얼굴을 잡아당겨 늘려서 평면으로 만들어놓은 듯했고, 나비넥타이를 맨 가느다란 목은 억센 손아귀에서 비틀릴 준비가 된 털 뽑힌 닭의 푸르뎅뎅한 모가지처럼 보였다. 하지만 그는 남자 손님들 중에서 옷을 제일 잘 입고 있었다. 그는 어울리지 않는 걸 전혀 신경 쓰지 않고 무례할 정도로 자신 있게 옷을 소화하고 있었고, 그 차림새의 괴상함이 그의 우월성을, 그토록 사나운 꼴을 무시할 수 있을 정도로 대단한 우월성을 소리 높여 외치는 듯했다.

투히는 가슴이 깊이 파인 드레스를 입고 안경을 낀 침울한 젊은 여성에게 이렇게 말했다. "당신은 자신보다 더 위대한 대의명분에 헌신하지 않는다면 아마추어 지식인의 한계를 뛰어넘을 수 없을 것이오."

논쟁을 벌이느라 얼굴이 자줏빛이 된 뚱뚱한 신사에게는 이렇게 말했다. "하지만 나의 친구여, 나 역시 그걸 좋아하지는 않소. 난 단지 그것이 역사의 필연적인 과정이라고 말한 것뿐이오. 우리가 어찌 감히 역사의 흐름을 거스를 수 있겠소?"

불만스러운 표정의 젊은 건축가에게는 이렇게 말했다. "아니, 내가 자넬 마음에 안 들어 하는 건 자네가 설계한 고약한 건물 때문이 아니라 그것에 대한 나의 비평에 우는 소리를 하는 자네의 태도 때문일세. 조심하게. 그러다 자네가 내 비평을 비판하지도, 받아들이지도 못한다는 소릴 듣게 될지도 모르니까."

어느 백만장자의 미망인에게는 이렇게 말했다. "예, '사회

문제연구회'에 기부하시는 건 좋은 생각이십니다. 그러면 부인의 일과나 소화에 문제를 일으키지 않고도 문화적 업적을 이루는 위대한 대열에 참여할 수 있는 것이니까요."

주위 사람들은 투히에 대해 이렇게 말했다. "정말 재치가 넘치지 않아요? 용기도 대단하고!"

피터 키팅은 환한 미소를 지었다. 그는 연회장 곳곳에서 자신에게 흘러오는 관심과 경탄을 느낄 수 있었다. 그는 사람들을 둘러보았다. 향수 냄새를 풍기면서 실크 옷을 사각거리며 돌아다니는 세련된 사람들. 환한 불빛을 받아 반짝이는, 몇 시간 전 샤워를 할 때 몸이 물로 젖어 있었던 것처럼 빛에 흠뻑 젖어 있는 사람들. 이곳으로 걸어와 피터 키팅이라는 이름의 사내에게 경의를 표할 준비를 하고 있는 사람들. 그는 이따금 자신이 피터 키팅임을 깜빡 잊고 거울에 비친 자신의 모습을 훔쳐보며 그것에 감탄하는 무리에 끼고 싶은 충동을 느끼기도 했다.

키팅은 사람들의 흐름을 따라가다가 엘즈워스 투히와 마주치게 되었다. 그는 여름날 개울에서 멱을 감다 나온 소년처럼 활기에 찬 들뜬 모습으로 투히에게 미소를 보냈다. 투히도 키팅을 마주 바라보고 있었다. 그는 바지 주머니에 손을 찔러서 앙상한 엉덩이 위로 재킷 자락이 벌어져 있었고 작은 발로 몸을 조금씩 흔들고 있었다. 그의 눈은 무언가를 평가하는 데 집중하고 있었다.

"자, 엘즈워스 …… 오늘 …… 정말 멋진 저녁이죠?" 키팅은 아이가 모든 걸 이해해줄 엄마에게 묻듯 약간 취기 어린 목소리로 말했다.

"피터, 즐거운가? 자네 오늘 밤 인기가 대단해. 애송이 피터가 갑자기 거물급 유명인사가 된 것 같아. 원래 이런 일은 정확한 때를 예측할 수가 없는 법이지. 이유도 마찬가지고. 그런데 …… 자네를 노골적으로 무시하는 것처럼 보이는 사람도 하나 있군, 안 그런가?"

키팅은 움찔했다. 투히가 어느 사이에 그걸 눈치 챘는지 놀라울 뿐이었다.

"오, 괜찮네. 예외는 규칙의 존재를 입증하기도 하는 거니까. 하지만 안타까운 일이야. 난 도미니크 프랭컨의 마음을 얻을 수 있는 남자는 세상에서 가장 특별한 사람일 거라는 어리석은 생각을 해왔지. 그래서 물론 자네도 고려해봤지. 그냥 공상에 불과했지만. 어쨌거나 도미니크를 갖게 될 남자는 자네가 대적할 수 없는 무언가를 갖고 있을 거야. 그것에선 자넬 이길 거야."

"그녀를 가진 남자는 없어요." 키팅이 퉁명스럽게 말했다.

"그래, 그건 의심의 여지가 없지. 아직은. 그것도 놀라운 일이야. 오, 비범한 사내만이 그녀를 가질 수 있을 거야."

"잠깐만요, 도대체 지금 무슨 말씀을 하시는 거예요? 도미니크 프랭컨을 싫어하시면서. 안 그런가요?"

"좋아한다는 말은 하지 않았네."

잠시 후 키팅은 투히가 진지한 토론 중에 엄숙하게 말하는 소리를 들었다. "행복이라고요? 하지만 그건 너무 중산층적이에요. 행복이 뭡니까? 인생에는 행복보다 훨씬 중요한 것들이 아주 많아요."

키팅은 천천히 도미니크에게 다가갔다. 도미니크는 공기가 드레스 밖으로 드러난 그 앙상한 어깨를 받쳐줄 수 있기라도 하듯 뒤로 몸을 젖힌 자세로 서 있었다. 그녀의 드레스는 유리색이었다. 키팅은 그녀의 몸이 투명해서 그녀 뒤에 있는 벽을 볼 수 있을 것만 같았다. 그녀는 존재하기에는 너무도 약한 듯했고, 바로 그 약함이 그녀가 현실에 부적합한 몸으로 굳건히 존재할 수 있도록 해주는 놀라운 힘을 나타내주었다.

키팅이 접근하자 도미니크는 굳이 외면하려 하지 않았다. 그를 향해 돌아서서 그가 묻는 말들에 대답해주었다. 하지만 그녀의 단조롭고 정확한 대답들은 키팅을 무력감에 빠뜨렸고 결국 몇 분 만에 그녀 곁을 떠나게 만들었다.

로크와 헬러가 들어서자 키키 홀쿰이 문간에서 그들을 맞이했다. 헬러가 로크를 소개하자 키키 홀쿰은 늘 그랬듯이 무서운 속도로 모든 저항을 물리치는 요란한 로켓 같은 목소리로 떠들기 시작했다.

"오, 로크 씨, 얼마나 만나고 싶었는지 몰라요! 우리 모두 당신에 대한 얘기를 정말 많이 들었답니다! 미리 경고해주자면 내 남편은 당신을 좋아하지 않지만, 오, 물론 순전히 예술적인 이유에서죠, 그래도 걱정할 건 없어요. 이 집엔 당신 편도 있으니까요. 당신을 열렬히 지지하는!"

"홀쿰 부인, 정말 친절하시군요. 하지만 아마 그럴 필요가 없을 겁니다." 로크가 대꾸했다.

"오, 난 당신의 엔라이트 하우스가 **정말 좋아요**! 물론 그 작품이 나의 미적 신념들을 대표한다고 말할 순 없지만 문화인이라면 늘 열린 마음을 갖고 있어야죠. 내 말은, 어떤 예술적 시각도 받아들일 줄 알아야 한다는 거예요. 우린 무엇보다도 관대해야 해요, 그렇게 생각하지 않나요?"

"모르겠습니다. 전 관대해본 적이 없어서요." 로크가 대답했다.

홀쿰 부인은 그가 일부러 거만하게 구는 건 아니라고 확신했다. 그의 목소리에도, 태도에도 거만함은 없었다. 그런데도 그녀는 그가 거만하다는 인상을 받았다. 로크는 야회복을 입고 있었고 키가 크고 말라서 옷이 잘 어울렸다. 하지만 왠지 그는 이 자리에 맞지 않는 듯했다. 오렌지색 머리가 정장과 완전히 겉돌았고 그의 얼굴도 마음에 들지 않았다. 노동자나 군인으로 적합한 그 얼굴은 그녀의 집에 어울리지 않았다. 그녀가 말했다.

"우리 모두 당신의 건물에 관심이 아주 많아요. 첫 작품인가요?"

"다섯 번째입니다."

"오, 정말이에요? 그렇겠죠. 무척 흥미롭군요."

그녀는 양손을 맞잡고는 새로 도착한 손님을 맞으려고 돌아섰다.

"누구를 처음 만나고 싶나? …… 저기 도미니크 프랭컨이 우리를 보고 있군. 가세." 헬러가 말했다.

로크는 돌아섰다. 저쪽에서 도미니크가 혼자 서 있는 게 보였다. 그녀의 얼굴에는 아무 표정이 없었고 표정을 나타내지 않으려는 노력조차 보이지 않았다. 사람의 얼굴이 아무 의미도 담지 않고 뼈대와 근육만 나타내고 있는 게, 감각적 지각의 거울이 아니라 어깨나 팔처럼 그저 단순한 해부학적 형체일 뿐인 게 정말 기묘했다. 도미니크는 헬러와 로크가 다가오는 걸 보고 있었다. 그녀는 작은 삼각형 모양의 발을 평행이 되게 똑바로 놓은 이상한 자세로 서 있었는데, 마치 그녀의 발바닥 밑의 작은 공간 외에는 바닥이 없는 허공이고 발을 움직이거나 아래를 내려다보지 않는 한 안전을 유지할 수 있기라도 한 듯했다. 로크는 격렬한 쾌감에 젖었다. 그건 자신의 잔혹한 행위를 견디기에는 너무도 연약해 보이는 그녀가 아주 잘 버티고 있어서였다.

"프랭컨 양, 하워드 로크를 소개할까요?" 헬러가 말했다.

헬러는 자신이 그 이름을 말할 때 특별히 목소리를 높인 것도 아닌데 왜 그 이름이 그렇게 강조된 것처럼 들렸는지 의아한 생각이 들었다. 정적 때문에 그 이름이 강조된 것인가 생각했지만 정적이 흘렀던 것도 아니었다. 로크의 얼굴은 무표정하고 정중했고, 도미니크도 예의를 갖추어 인사했다.

"처음 뵙겠어요, 로크 씨."

로크는 절을 했다. "처음 뵙겠습니다, 프랭컨 양."

도미니크가 말했다. "엔라이트 하우스……."

그 두 단어를 말하고 싶지 않았던 듯한 어조였다. 그리고 그 단어들은 건물이 아니라 그 이상의 많은 것들을 의미하는 듯했다.

로크가 말했다. "예, 프랭컨 양."

그러자 도미니크가 미소를 지었다. 처음 소개받는 자리에 적합한 형식적인 미소였다.

"로저 엔라이트를 잘 알아요. 우리 가족의 친구나 다름없죠." 그녀가 말했다.

"전 엔라이트 씨의 친구분들을 많이 만나보지 못해서요."

"아버지가 그분을 저녁식사에 초대했던 날이 기억나요. 끔찍한 저녁식사였죠. 아버진 대화를 풀어가는 데는 둘째가라면 서러운 분인데 엔라이트 씨에게선 단 한 마디도 끌어내지 못했답니다. 로저는 입을 꾹 다물고 앉아 있었죠. 그게 아버지에게 얼마나 지독한 패배였는지는 아버지를 아는 사람만이 알 수 있죠."

"저도 아버님 밑에서 일한 적이 있습니다." 도미니크의 손이 움직이다가 허공에서 그대로 얼어붙었다. "몇 년 전에 제도사로요."

도미니크는 손을 내렸다. "그럼 아버지가 로저 엔라이트와 잘 어울릴 수 없다는 걸 알겠군요."

"예, 압니다."

"로저는 내겐 호감을 가졌지만 내가 와이낸드 신문에서 일하는 걸 용서하지 않고 있죠."

헬러는 두 사람 사이에 서서 자신이 실수를 저질렀다고 생각했다. 두 사람의 만남에 이상한 건 없었다. 사실 그 만남에는 아무것도 없었다. 그는 도미니크가 건축 이야기를 해야 하는데 엉뚱한 소리만 하고 있는 게 짜증이 났다. 그는 도미니크가 거의 모든 사람을 싫어하듯 로크도 싫어하는 모양이라고 애석한 결론을 내렸다.

길레스피 부인이 헬러를 잡더니 다른 쪽으로 데려갔다. 그래서 로크와 도미니크 둘만 남게 되었다.

로크가 말했다. "엔라이트 씨는 뉴욕의 모든 신문을 읽지요. 비서가 모든 신문의 사설란을 오려내고 그의 방으로 가져가지요."

"로저는 늘 그래왔어요. 과학자가 됐어야 하는데 직업을 잘못 택했어요. 로저는 사실들만 사랑하고 논평은 철저히 경멸하죠."

"반면에, 플레밍 씨를 아십니까?"

2부 엘즈워스 M. 투히

"아뇨."

"헬러의 친구예요. 플레밍 씨는 사설란만 읽지요. 사람들이 그의 얘기를 듣는 걸 좋아하지요."

도미니크는 로크를 바라보았다. 로크도 그녀를 처음 만난 것처럼 매우 정중한 태도로 똑바로 바라보고 있었다. 그녀는 그의 얼굴에서 어떤 암시를 발견하고 싶었다. 예전의 그 조롱 어린 미소라도 좋았다. 조롱도 두 사람 사이의 일을 인정하는 것이 될 수 있으니까. 하지만 아무것도 발견할 수 없었다. 그는 처음 만나는 사이처럼 이야기하고 있었다. 파티에서 소개받은 현실 이외의 것은 인정하지 않고 깍듯이 예의를 지키고 있었다. 도미니크는 그 정중하고 격식을 갖춘 태도를 보며 자신의 옷은 그에게 아무것도 감출 수가 없다고, 그가 식욕보다 본질적인 욕구를 충족시키기 위해 자신을 이용한 거라고 생각했다. 그런데도 지금 그는 그녀에게 더 가까이 다가가는 걸 스스로 허용할 수 없기라도 한 것처럼 멀찍이 떨어져 서 있었다. 도미니크는 로크가 그 일을 잊지 않았으면서도 인정하려 들지 않는 것도 조롱의 한 형태라고 생각했다. 그는 그녀가 먼저 그 일에 대해 말하기를 원하고 있었다. 그는 그녀가 그 일을 묻어둘 수 없음을 알고 있었고, 그녀가 먼저 그 일을 상기시키는 말을 해서 스스로 과거를 인정하는 굴욕을 당하도록 만들려고 하고 있었다.

"플레밍 씨의 직업은 뭔가요?" 도미니크가 물었다.

"연쇄깎이 제조업자죠."

"정말요? 오스틴의 친구가요?"

"오스틴은 많은 사람을 알고 있습니다. 그게 자신의 일이라고 하더군요."

"그는 성공한 사람인가요?"

"누구 말입니까, 프랭컨 양? 오스틴은 성공했는지 잘 모르겠지만, 플레밍 씨는 크게 성공했지요. 뉴저지, 코네티컷, 로드아일랜드에도 공장이 있으니까요."

"로크 씨, 오스틴에 대한 말은 틀렸어요. 그도 크게 성공한 사람이죠. 언론인들은 직업에서 자유로우면 성공한 거죠."

"어떻게 해야 그렇게 될 수 있나요?"

"두 가지 방법이 있어요. 사람들을 전혀 보지 않거나, 아니면 그들의 모든 걸 보는 거죠."

"프랭컨 양은 어느 방법을 선호하시죠?"

"제일 힘든 거요."

"제일 힘든 걸 선택하고자 하는 욕망 자체도 스스로의 나약함에 대한 고백이 아닐까요?"

"물론이에요, 로크 씨. 하지만 가장 무례하지 않은 고백이겠죠."

"고백해야 할 나약함이 있다면요."

그때 누군가가 사람들을 헤치고 날듯이 다가와 로크의 어깨에 팔을 둘렀다. 존 에릭 스나이트였다.

"로크, 자넬 여기서 만날 줄이야! 반갑네, 정말 반가워! 우리 오랜만이지, 안 그런가? 이봐, 자네한테 할 말이 있네! 도미니크, 잠깐 로크와 얘기 좀 하겠소."

로크는 양팔을 늘어뜨린 채 도미니크에게 정중히 절을 했다. 머리칼 한 줌이 이마로 떨어져서 얼굴은 안 보이고 오렌지색 머리가 잠시 공손히 숙여지는 것만 보였다. 그러고는 스나이트를 따라 사람들 속으로 사라졌다.

스나이트가 말했다. "그래, 그동안 어떻게 지낸 건가? 이보게, 혹시 엔라이트가 본격적으로 부동산 사업에 진출할 계획인지 알고 있나? 그러니까 다른 건물들도 지을 계획인가 하는 걸세."

헬러가 스나이트를 억지로 떼어내고 로크를 조엘 서턴에게 데려갔다. 조엘 서턴은 기뻐했다. 로크가 홀쿰 부인의 파티에 나타난 것이 그의 마지막 남은 의구심을 말끔히 씻어주었던 것이다. 그러니까 그건 로크라는 사람을 보증해주는 도장과도 같았다. 조엘 서턴의 뭉툭한 분홍 손가락 다섯 개가 로크의 검은 야회복 팔꿈치를 잡았다. 조엘 서턴이 은밀한 어조로 말했다.

"이보게, 로크, 결정 났네. 자네에게 주지. 내 돈을 다 우려먹진 말게. 건축가들은 죄다 칼 안 든 도둑들이지. 하지만 자넨 믿어보겠네. 자넨 똑똑한 친구니까. 로저를 꾀어냈으니, 안 그런가? 이제 나까지 자네의 덫에 걸려들었군. 아니, 거의 걸려들었다고 해야겠지. 일간 연락 주겠네. 계약서를 놓고 한바탕 치열한 싸움을 벌이게 될 걸세!"

헬러는 그들을 보면서 두 사람이 함께 있는 모습이 민망할 지경이라고 생각했다. 키가 큰 로크는 깨끗하고 금욕적인 모습이었고, 그 옆에서 미소 짓고 있는 고깃덩어리는 아주 중요한 결정권을 쥐고 있었다.

로크가 건물에 대해 이야기하기 시작하자 조엘 서턴은 놀라고 상처 받은 눈길로 로크를 올려다보았다. 조엘 서턴은 여기에 건물 이야기를 하러 온 게 아니었다. 파티란 즐기기 위한 것이고, 중요하고 심각한 문제들에 대해 잊는 것보다 더 큰 즐거움은 없었다. 그래서 조엘 서턴은 자신의 취미인 배드민턴 이야기를 꺼냈다. 그는 배드민턴이 귀족적인 취미이며 자신은 다른 사람들처럼 골프에 시간을 낭비하는 평범한 사람이 아니라고 말했다. 로크는 공손히 듣고만 있었다. 할 이야기가 없었던 것이다.

"자네도 배드민턴 치지?" 조엘 서턴이 불쑥 물었다.

"아뇨." 로크가 대답했다.

"아니라고? 안 친다고? 이런 애석한 일이 있나! 난 자네가 배드민턴을 칠 거라고 확신했는데. 자넨 체격이 호리호리해서 배드민턴에 제격인데. 아주 잘 칠 텐데. 난 건물이 올라가는 동안 우리 둘이 톰킨스와 붙어서 완승을 거둘 거라고 믿었는데."

"어차피 건물이 올라가는 동안에는 저는 배드민턴을 칠 시간이 없을 겁니다."

"그게 무슨 소린가? 시간이 없다니? 제도사들은 왜 뽑았나? 두어 명 더 뽑아서 맡겨버리게. 내가 그 정도 돈은 댈 테니. 그런데 배드민턴을 안 친다니, 이런 고약한 일이 있나. 커넬 가에 있는 내 건물을 지은 건축가는 거의 선수였는데……. 하지만 작년에 죽었지. 차 사고로. 빌어먹을. 훌륭한 건축가였는데. 그리고 자넨 배드민턴을 안 친다니."

"서턴 씨, 그것 때문에 기분이 언짢으신 건 아니겠지요?"

"실망이 아주 크네."

"하지만 절 고용하신 목적이 뭡니까?"

"무슨 목적?"

"저를 고용하신 목적이오."

"그야 물론 건물을 짓기 위해서지."

"제가 배드민턴을 치면 더 훌륭한 건물을 지을 수 있으리라고 생각하십니까?"

"일도 중요하지만 즐기는 것도 중요하지. 실용적인 목적뿐만 아니라 인간적인 목적도 있는 거고. 뭐, 괜찮네. 그래도 자네처럼 마른 체격에는 배드민턴이……. 아, 좋아, 좋아, 원하는 걸 다 가질 순 없는 법이지."

조엘 서턴이 떠나자 밝은 목소리가 들려왔다.

"하워드, 축하하네." 돌아보니 피터 키팅이 환하고 조롱 어린 미소를 보내고 있었다.

"어이, 피터. 뭐라고 했나?"

"조엘 서턴의 일을 따낸 것 축하한다고 했네. 그런데 자네, 솜씨가 서툴더군."

"무슨 솜씨?"

"조엘을 다루는 솜씨 말일세. 오, 물론 난 두 사람의 대화를 거의 다 들었네. 안 될 게 뭔가? 정말 재밌던걸. 하워드, 그런 식으로 하면 안 되네. 나라면 어떻게 했을지 아나? 두 살 때부터 배드민턴을 쳤다고, 배드민턴은 왕과 귀족의 스포츠고 고귀한 정신의 소유자만이 그 가치를 안다고 떠들어댔을 거야. 그리고 그에게 처음 실력을 보여주는 날 선수 뺨치게 잘 칠 수 있도록 죽어라고 연습을 할 거야. 그게 뭐가 어렵나?"

"생각 안 해봤네."

"하워드, 그건 비결이네. 아주 귀한 비결. 내가 특별히 자네에게 공짜로 알려주지. 늘 사람들이 원하는 모습을 보여주게. 그러면 필요할 때 그들을 이용할 수 있네. 자네가 절대 그 방법을 써먹지 않으리란 걸 알기 때문에 공짜로 알려주는 것이네. 자넨 그런 방법을 쓸 줄 모르니까. 하워드, 내가 늘 말했듯이 자넨 몇 가지 점에서는 아주 뛰어나지만…… 다른 면들에서는 지독히도 어리석지."

"그럴 수도 있지."

"키키 홀쿰의 집에서 벌어지는 게임에 낄 생각이라면 몇 가지 꼭 배워둘 게 있네. 자네, 철이 들어가고 있는 거지? 사실 자네가 여기 나타난 거 보고 충격받았네. 아, 그리고 엔라이트 일 축하하네. 늘 그렇듯 아름다운 작품이더군. 여름내 어디 있었나? 자네한테 턱시도 입는 법을 알려준다는 걸 깜빡 잊고 있었군. 이런, 자네 턱시도 입은 모습이 정말 어벙해 보이는군! 마음에 들어. 난 자네가 어벙해 보이는 게 좋다네. 우린 오랜 친구 아닌가, 하워드?"

"피터, 취했군."

"물론이지. 하지만 난 오늘 술은 한 방울도 입에 대지 않았네. 한 방울도. 내가 뭐에 취했느냐 하면…… 자넨 절대 모를걸세. 절대. 자네하곤 맞지 않는 거니까. 그게 자네하곤 안 맞는다는 사실도 나를 취하게 만들었지. 하워드, 난 자넬 사랑하네. 정말이네. 오늘 밤…… 자넬 사랑해."

"그래, 피터. 앞으로도 항상 그렇겠지."

로크는 많은 사람들에게 소개되었고, 많은 사람들이 그에게 말을 걸었다. 다들 미소 띤 얼굴로 로크에게 찬사를 보내고 선의와 진심 어린 관심을 표하며 친구로 다가가기 위해 진지한 노력을 기울이는 듯했다. 하지만 그들의 말은 이런 식이었다. "엔라이트 하우스는 최고의 작품이에요. 거의 코스모-슬롯닉만큼 훌륭하다니까요." "로크 씨, 당신은 큰 성공을 거둘 겁니다. 내 말을 믿어요. 난 사람을 알아볼 줄 아니까. 당신은 제2의 랠스턴 홀쿰이 될 거예요." 적대적인 태도에 익숙한 로크는 그런 친절이 더 견디기 힘들었다. 그는 어깨를 으쓱하며 어서 이곳을 벗어나 자기 사무실의 단순하고 깨끗한 현실로 돌아가고 싶다고 생각했다.

로크는 파티장을 떠날 때까지 도미니크에게 눈길을 주지 않았다. 도미니크는 사람들 속에서 그를 주시하고 있었다. 그의 앞에 멈추어 서서 말을 거는 사람들도 주시했다. 그가 정중히 어깨를 굽히고 상대의 말을 경청하는 모습도 지켜봤다. 도미니크는 그가 사람들 속에 섞여 누구에게라도 기꺼이 몇 분씩 시간을 내주는 모습을 그녀에게 보여주는 것도 그녀를 비웃는 행위라고 생각했다. 그녀에게는 땡볕이 내리쬐고 착암기 소음이 진동하는 채석장에서보다 지금 이 자리에서 그를 지켜보는 게 더 힘겨웠고, 그는 그런 사실을 알고 있었다. 도미니크는 충직하게 그를 지켜보았다. 그가 다시는 자신에게 눈길을 주지 않을 것임을 알았지만 그가 파티장에 있는 한 그녀도 자리를 뜰 수가 없었다.

그날 밤, 로크의 존재를 유별나게 의식하는 사람이 하나 더 있었으니 바로 엘즈워스 투히였다. 엘즈워스 투히는 로크가 처음 들어서는 순간부터 줄곧 그를 의식하고 있었다. 투히는 로크를 만난 적도 없었고 알지도 못했다. 하지만 처음 눈길이 닿자 한참이나 쳐다보았다.

그러다가 다시 사람들의 무리를 헤치고 다니며 친구들에게 미소를 보냈다. 하지만 미소와 대화 사이사이에 자꾸만 오렌지색 머리의 사내에게 시선이 갔다. 투히는 이따금 30층 창문으로 길바닥을 내려다보며 저기로 몸을 던지면 어떻게 될까 상상할 때처럼 사내를 쳐다봤다. 그는 사내의 이름도, 직업도, 과거도 알지 못했고 알 필요도 없었다. 투히에게 그는 사람이 아니라 일찍이 사람에게서는 본 적이 없는 힘이었다. 어쩌면 투히는 그런 힘이 인간의 몸에 그토록 분명하게 구현된 것에 매혹당한 것인지도 몰랐다.

잠시 후 투히는 존 에릭 스나이트에게 그를 가리키며 물었다. "저 사람은 누군가요?"

"아, 하워드 로크요. 엔라이트 하우스 건축가요." 스나이트가 대답했다.

"아." 투히가 말했다.

"예?"

"그럴 줄 알았다는 겁니다."

"소개해드릴까요?"

"아니, 아니, 괜찮아요."

그날 저녁 내내 투히는 누가 시야를 가릴 때마다 초조하게 고개를 젖히고 로크를 찾았다. 그는 30층 높이에서 까마득히 아래에 있는 길바닥을 보는 걸 두려워하면서도 눈길을 떼지 못하듯 로크를 보고 싶지 않으면서도 보지 않을 수가 없었다.

그날 엘즈워스 투히는 로크에게밖에 관심이 없었다. 하지만 로크는 투히가 거기 있다는 걸 알지도 못했다.

이윽고 로크가 떠나자 도미니크는 길에서 그와 다시 마주칠 가능성이 없어질 때까지 기다렸다가 그제야 파티장을 나섰다.

키키 홀쿰이 도미니크를 배웅하며 가늘고 축축한 손으로 그녀의 손을 살짝 잡았다가 위로 미끄러지듯 올라가 잠시 손목을 잡았다.

"참, 도미니크, 그 새 손님 어떻게 생각해요? 그 하워드 로크 말예요. 아까 둘이 얘기 나누는 거 봤어요." 키키 홀쿰이 물었다.

"지금껏 만나본 사람들 중에 제일 혐오스러운 남자였어요." 도미니크가 단호하게 말했다.

"오, 이런. 정말이에요?"

"키키, 그런 오만 덩어리가 좋으세요? 그런 사람에 대해 무슨 호의적인 말을 할 수 있을지 모르겠네요. 대단한 미남인 건 사실이지만."

"**미남**? 도미니크, 지금 농담하는 거예요?"

키키 홀쿰은 도미니크가 바보처럼 어리둥절한 표정을 짓는 걸 처음 보았다. 한편 도미니크는 로크의 얼굴이 마치 신의 얼굴처럼 보이는 것이 자신만의 시각이며 다른 사람들에게는 그렇게 보이지 않고, 그들은 그에게 무관심할 수도 있음을 깨달았다. 자신이 너무도 뻔하고 하찮은 말이라고 여겼던 것이 사실은 다른 사람들은 갖지 않은 자기 마음속의 무언가에 대한 고백이었던 것이다.

"어머, 도미니크, 미남은 절대 아니죠. 대단히 남자다운 건 사실이지만." 키키가 말했다.

"도미니크, 놀랄 것 없어요. 키키의 심미안이 도미니크와 다른 것일 뿐이니까. 나와도 다르고." 뒤에서 들려온 목소리였다.

도미니크는 뒤를 돌아보았다. 엘즈워스 투히가 미소 지으며 그녀의 얼굴을 주의 깊게 바라보고 있었다.

"엘즈워스……." 도미니크는 말을 멈추었다.

"물론이오." 투히는 도미니크가 말하지 않은 것을 이해한다는 표시로 살짝 고개를 숙였다. "도미니크, 내 심미안을 믿어도 좋아요. 도미니크의 심미안과 같으니까. 미를 즐기는 문제는 별개지만. 그 문제에 대해선 마음대로 생각해도 좋소. 하지만 가끔 우리 두 사람은 다른 사람들 눈에는 보이지 않는 걸 보지요, 안 그렇소?"

"어떤 거요?"

"그걸 설명하려면 기나긴 철학적 토론이 필요해요. 복잡하고 또 필요치도 않은 토론이지. 내가 늘 말해왔듯이 우린 좋은 친구가 될 수 있소. 지적인 면에서 공통점이 아주 많으니까. 우린 극과 극에서 출발하지만 그건 문제가 되지 않아요. 어쨌든 같은 지점에서 만나니까. 도미니크, 오늘 밤 아주 흥미로웠소."

"무슨 말씀을 하시려는 거죠?"

"예를 들면, 도미니크에게 어떤 얼굴이 미남으로 보이는지 발견한 것이 흥미로웠소. 당신을 확실하게, 구체적으로 분류할 수 있게 되어 좋소. 말이 아니라 어떤 얼굴의 도움으로."

"지금 …… 지금 자신이 무슨 말을 하고 있는지 안다면 당신은 제정신일 수가 없어요."

"아니, 난 제정신인 게 **분명하오**. 바로 내가 보고 있는 것 때문에."

"엘즈워스, 당신은 생각했던 것보다 훨씬 악질이에요."

"어쩌면 지금 생각하는 것보다 더 악질일 수도 있지. 하지만 쓸모는 있소. 우리 모두는 서로에게 쓸모가 있으니까. 도미니크도 나에게 쓸모가 있을 거요. 내게 쓸모가 있기를 원하게 될 거고."

"지금 무슨 말을 하고 있는 거죠?"

"유감이오, 도미니크. 아주 유감이오. 내가 무슨 말을 하고 있는 건지 모른다면 난 그걸 도미니크에게 설명할 수가 없소. 만일 안다면 더는 얘기하지 않아도 이미 도미니크를 내 사람으로 만든 거고."

"무슨 대화가 그래요?" 키키가 어리둥절해서 물었다.

"우린 이런 식으로 농담을 주고받지요." 투히가 밝은 목소리로 말했다. "키키, 신경 쓸 것 없어요. 도미니크와 나는 늘 이렇게 농담을 하니까. 보다시피 썩 잘하는 건 아니지만."

"엘즈워스, 언젠가는 실수를 저지르게 될 거예요." 도미니크가 말했다.

"얼마든지 가능한 일이오. 당신은 이미 실수를 저질렀고."

"안녕히 계세요, 엘즈워스."

"잘 가요, 도미니크."

도미니크가 나가자 키키가 투히에게 물었다.

"엘즈워스, 둘 다 왜 그러는 거예요? 아무것도 아닌 일을 갖고 그런 입씨름을 벌이다니. 사람의 얼굴과 첫인상은 아무 의미도 없는 거예요."

그러자 투히는 키키가 아닌 자신의 생각에 대답하듯 부드럽고 아득한 목소리로 말했다. "키키, 그건 우리가 흔히 범하는 가장 큰 오류 중 하나예요. 사실 인간의 얼굴만큼 중요한 건 없어요. 그것만큼 많은 걸 말해주는 것도 없고요. 우린 어떤 사람을 직접 보기 전엔 그에 대해 진정으로 알 수가 없지요. 직접 봐야 모든 걸 알 수 있으니까요. 우린 늘 자신이 본 걸 알 만큼 현명하진 못하지만요. 키키, 영혼의 스타일에 대해 생각해본 적 있어요?"

"뭐 …… 뭐라고요?"

"영혼의 스타일. 문명의 스타일에 대해 말한 유명한 철학자 기억나요? 그는 '스타일'이란 명칭을 썼지요. 자신은 그것보다 더 적합한 표현을 찾을 수가 없다면서요. 그는 모든 문명에는 하나의 근본적인 원칙이, 단일하고 궁극적이며 결정적인 관념이 존재하며 그 문명에 속한 모든 인간들의 노력은 무의식적으로, 결정적으로 그 하나의 원칙에 충실하다고 말했지요. …… 키키, 나는 모든 인간의 영혼도 자신만의 스타일을 갖고 있다고 생각합니다. 하나의 근본적인 주제를요. 그 주제가 그 사람의 모든 생각과 행동, 소망에 반영되어 있지요. 그 생명체가 지닌 단 하나의 절대적이고 필수적인 것. 어떤 사람에 대해 몇 년을 연구해도 그 주제를 알아낼 수가 없지만 얼굴을 보면 알 수가 있어요. 어떤 사람에 대해 책을 몇 권씩 쓸 필요도 없어요. 그 사람의 얼굴을 생각하면 되니까. 다른 건 아무것도 필요 없어요."

"엘즈워스, 허황된 얘기네요. 그게 사실이라고 해도 불공평하고요. 그러면 사람들 앞에서 벌거벗고 있는 것과 마찬가지 잖아요."

"그보다 더 나쁘지요. 서로가 마찬가지니까. 특정한 얼굴을 보고 반응을 보이면 그것으로 자신의 마음을 드러내는 거니까. 어떤 특정한 얼굴 …… 자신의 영혼에 맞는 스타일……. 세상에서 중요한 건 인간뿐이고, 우리 인간들에겐 서로와의 관계만큼 중요한 게 없으니……."

"그럼 제 얼굴에선 뭐가 보이나요?"

투히는 그제야 키키 홀쿰이 거기 있다는 걸 발견한 듯한 눈으로 그녀를 보았다.

"방금 뭐라고 했지요?"

"제 얼굴에선 뭐가 보이느냐고 했어요."

"아 …… 그건……. 그래요, 당신이 좋아하는 영화배우들을 알려주면 당신에 대해 말하지요."

"전 그냥, 분석을 받는 걸 좋아해서요. 좋아하는 영화배우라, 제일 좋아하는 배우는……."

하지만 투히는 듣고 있지 않았다. 그는 돌아서더니 사과 한 마디 없이 가버렸다. 그는 피곤해 보였다. 키키 홀쿰은 그가 무례하게 구는 걸, 일부러 그러는 경우를 제외하고는 본 적이 없었다.

잠시 후 키키 홀쿰은 투히가 친구들의 무리에 끼어 낭랑하고 힘찬 목소리로 말하는 걸 들었다.

"따라서 세상에서 가장 숭고한 관념은 인간의 절대적인 평등이지."

7

 그리고 그것은 단지 엔라이트 씨와 로크 씨의 자만심을 상징하는 기념물이 될 것이다. 그 건물의 한쪽에는 일렬로 늘어선 영세민용 갈색사암 공동주택들이, 다른 쪽에는 가스공장 가스탱크들이 자리하고 있다. 어쩌면 그건 우연이 아니라 운명의 합목적성을 나타내는 증거인지도 모른다. 다른 어떤 자리도 그 건물의 본질적 오만함을 그토록 적나라하게 드러낼 수는 없다. 엔라이트 하우스는 뉴욕의 모든 건축물과 그것들을 지은 사람들에 대한 조롱이 될 것이다. 그러잖아도 무의미하고 거짓된 우리의 건축물들을 더욱 그렇게 만들 것이다. 하지만 그런 대비는 엔라이트 하우스에도 이익이 되지 못할 것이다. 그런 대비를 이룸으로써 엔라이트 하우스 자체도 거대한 부조리의 일부가, 그중에서 가장 우스꽝스러운 부분이 될 것이기 때문이다. 돼지우리를 비추는 햇빛은 우리에게 그곳의 더러움을 보여주기에 불쾌한 것이다. 우리의 건축물들은 어둠과 소심함을 잘 이용해왔다. 게다가 우리에게 잘 맞기도 했다. 엔라이트 하우스는 밝고 대담하다. 화려한 깃털 목도리처럼. 그 건물은 관심을 끌겠지만 그 관심은 로크 씨의 자만심의 무한한 대담성에만 쏠릴 것이다. 엔라이트 하우스가 세워지면 그것은 우리 뉴욕의 얼굴에 하나의 상처가 될 것이다. 화려한 상처.

키키 홀쿰의 집에서 파티가 열린 일주일 후 도미니크 프랭컨의 칼럼 '당신의 집'에 실린 글이었다.

〈배너〉에 그 칼럼이 실린 날 아침에 엘즈워스 투히가 도미니크의 사무실로 찾아왔다. 투히는 그 칼럼이 도미니크의 눈에 보이도록 신문을 접어서 들고 말없이 서서 작은 발로 몸을 앞뒤로 조금씩 흔들고 있었다. 그의 눈에 나타난 표정은 보이는 게 아니라 들려야 할 것 같은 시각적인 폭소였다. 입은 아무 일도 없는 듯 새침하게 다물고 있었다.

"뭐죠?" 도미니크가 물었다.

"그 파티 전에 로크를 어디서 만났소?"

도미니크는 한 팔을 의자 등받이에 올린 채 앉아 있었고 그녀의 손가락 끄트머리에 연필이 불안하게 매달려 있었다. 그녀는 미소를 짓고 있는 듯했다.

도미니크가 말했다. "그 파티 전에 로크를 만난 적이 없는데요."

"내가 잘못 짚었군. 왠지 글에서······." 그는 신문을 바스락거리며 말을 이었다. "감정의 변화가 느껴져서."

"오, 그래요? 전 파티에서 그를 만났을 때 그가 마음에 안 들었어요."

"나도 그걸 느꼈지."

"엘즈워스, 앉으세요. 서 있는 게 보기 좋진 않으니까요."

"괜찮겠소? 안 바빠요?"

"특별히 바쁜 건 없어요."

투히는 도미니크의 책상 귀퉁이에 앉았다. 그러고는 생각에 잠긴 표정을 하고 접은 신문으로 자신의 무릎을 톡톡 쳤.

"도미니크, 잘 쓴 글이 아니오. 전혀." 그가 말했다.

"왜죠?"

"숨은 뜻이 어떻게 읽힐지 모르겠소? 물론 많은 사람들이 그걸 알아채진 못하겠지만. 그는 알 거요. 나도 그렇고."

"그나 당신을 위해 쓴 글이 아닌데요."

"다른 사람들을 위해 썼다고?"

"그래요."

"그럼 그와 나를 상대로 한 고약한 속임수로군."

"이제 아시겠어요? 전 잘 썼다고 생각했는데요."

"하기야 사람마다 자기 방식이 있는 법이니까."

"엘즈워스 당신은 어떻게 쓸 건가요?"

"뭐에 대해서?"

"엔라이트 하우스요."

"안 써요."

"안 쓴다고요?"

"안 써요."

투히는 팔목만 까딱 움직여 신문을 책상 위에 던졌다.

"도미니크, 건축 얘기가 나와서 말인데, 왜 코스모-슬롯닉 빌딩에 대한 글은 안 쓰는 거요?"

"쓸 만한 가치가 있나요?"

"아, 물론이오. 그 글을 통해 괴롭힐 수 있는 사람들이 있으니까."

"그 사람들은 괴롭힐 만한 가치가 있는 이들인가요?"

"그럴 거요."

"어떤 사람들인데요?"

"오, 그건 나도 모르오. 우리 글을 누가 읽는지 우리가 어떻게 알겠소? 그래서 더 흥미진진한 거고. 우리가 만난 적도, 대화를 나눠본 적도 없는 생판 모르는 사람들이 신문을 통해 우리의 의견을 읽을 수 있으니까. 우리가 의견을 내기를 원한다면 말이오. 진짜로 난 당신이 코스모-슬롯닉 빌딩에 대해 몇 가지 칭찬을 써줘야 한다고 생각하오."

"피터 키팅을 아주 많이 좋아하시는 것 같네요."

"내가? 그래요, 피터를 무척 좋아하지. 도미니크도 결국 그렇게 될 거요. 피터에 대해 더 잘 알게 되면. 피터는 알아두면 유익한 친구요. 일간 시간을 내서 피터에게 인생 얘기를 들어보지 그래요? 흥미로운 사실들을 많이 알게 될 텐데."

"예를 들면요?"

"예를 들면, 피터는 스탠턴 출신이오."

"저도 알아요."

"그 사실이 흥미롭지 않소? 난 흥미로운데. 스탠턴은 멋진 학교요. 고딕 건축의 주목할 만한 예라고 할 수 있지. 예배당의 스테인드글라스 창은 정말이지 국내 최고 중 하나이고. 그리고 그 많은 학생들을 생각해봐요. 그 학생들이 다 각양각색이오. 우등으로 졸업하는 학생도 있고 퇴학을 당하는 학생도 있고."

"그런데요?"

"피터 키팅과 하워드 로크가 오랜 친구 사이라는 사실은 알아요?"

"아뇨. 그런가요?"

"그렇소."

"피터 키팅은 만인의 오랜 친구죠."

"맞는 말이오. 대단한 청년이지. 하지만 이건 달라요. 로크가 스탠턴에 다닌 거 알고 있소?"

"아뇨."

"당신은 로크 씨에 대해 많이 알진 못하는 건 같소."

"전 로크 씨에 대해 아무것도 몰라요. 우린 로크 씨 얘기를 하고 있었던 게 아니잖아요."

"그렇소? 아, 그래요, 우린 피터 키팅 얘기를 하고 있었지. 하지만 도미니크도 알다시피 비교와 대조를 통해 가장 효과적인 의사 전달을 할 수 있는 거니까. 오늘 도미니크의 아름다운 칼럼이 그랬던 것처럼. 피터의 진가를 제대로 이해하기 위해 대조법을 활용해봅시다. 두 개의 평행선을 예로 듭시다. 나는 유클리드의 주장처럼 그 두 평행선이 결코 만날 수 없다고 생각하오. 그렇소, 두 사람은 스탠턴에 함께 다녔소. 피터의 어머니는 하숙집을 운영했고 로크는 그 집에서 3년을 살았소. 그건 중요한 문제는 못 되지만 나중에 두 사람의 대조를 더 뚜렷하게 나타내주지. 피터는 우수한 성적으로, 수석으로 졸업했소. 로크는 퇴학당했고. 그런 눈으로 보지 말아요. 그가 퇴학당한 이유는 굳이 설명하지 않아도 된다는 걸 우리 둘 다 알고 있으니까. 피터는 당신의 아버지 회사로 들어가서 결국 동업자 자리에까지 올랐소. 로크도 그 회사에 들어갔지만 쫓겨났고. 그렇소, 쫓겨났소. 그런데 당시 그가 당신의 개입 없이도 쫓겨났던 게 재미있지 않소? 피터는 코스모-슬롯닉 빌딩을 설계해서 명예를 얻었고, 로크는 코네티컷에 핫도그 매대 같은 걸 지었소. 피터는 유명인이 되어 사인을 해주고 다니는데 로크는 욕실 설비업자들에게도 알려져 있지 않아요. 이제 로크는 아파트를 짓게 됐는데 그에겐 외동아들처럼 귀한 일이오. 한편 피터는 엔라이트 하우스를 맡게 됐어도 신경도 안

썼을 거요. 날마다 그런 일이 들어오니까. 그런데도 로크는 피터의 작품을 대단하게 생각하지 않고 있소. 과거에도 그랬고 앞으로도 그럴 거요. 무슨 일이 있어도. 한 걸음 더 나가서 얘기하면, 세상에 지는 걸 좋아하는 사내는 없소. 더욱이 자신의 눈에 평범함의 대표적인 예로 보이는 사람에게 지는 건 견디기 힘든 일이오. 그 평범한 사람과 나란히 출발해서 상대는 잘나가는데 자신은 고생만 하고 얻는 건 모욕뿐이라면, 자신의 인생을 바쳐서라도 얻고 싶은 기회들을 그 평범한 상대가 하나씩 다 채간다면, 그 평범한 상대가 숭배의 대상이 되고 자신이 놓친 자리에 떡하니 모셔진다면, 계속해서 실패하고, 희생당하고, 무시당하고, 위대한 천재나 신이 아닌 피터 키팅에게 패배당하고 패배당하고 또 패배당한다면, 나의 사랑스런 아마추어 도미니크, 저 악명 높은 스페인 종교재판소도 그토록 고통스러운 고문은 생각해내지 못했을 것 같지 않소?"

"엘즈워스, 나가세요!" 도미니크가 외쳤다.

그녀는 벌떡 일어나 있었다. 그녀는 잠시 똑바로 서 있다가 몸을 앞으로 기울이며 두 손으로 책상을 짚었고 매끄러운 머리채가 무겁게 흔들리다가 멈추어 그녀의 얼굴을 가렸다.

투히가 유쾌하게 말했다. "아니, 도미니크, 난 피터 키팅이 왜 그토록 흥미로운 인물인지에 대해 말한 것일 뿐이오."

도미니크의 머리칼이 대걸레처럼 뒤로 젖혀지며 얼굴이 드러났다. 그녀는 투히를 쳐다보며 의자에 털썩 앉았는데 입술이 흉하게 일그러져 있었다.

투히가 부드럽게 말했다. "도미니크는 속이 다 보여. 훤히 보인다니까."

"나가세요."

"내가 늘 말했다시피, 당신은 나를 과소평가하고 있소. 내 도움이 필요하면 찾아와요."

투히는 문간에서 돌아서서 이렇게 덧붙였다.

"그리고 물론 나는 개인적으로 피터 키팅이 우리 시대의 가장 훌륭한 건축가라고 생각하오."

그날 저녁 그녀가 집에 돌아왔을 때 전화벨이 울렸다.

"도미니크, 그 모든 게 진심이오?" 전화선 너머에서 초조한 목소리가 들려왔다.

"누구시죠?"

"조엘 서턴. 난……."

"안녕하세요, 조엘. 진심이냐니, 무슨 말씀이세요?"

"안녕, 도미니크, 잘 지냈소? 매력적인 아버님도 안녕하시고? 내 말은, 엔라이트 하우스와 로크라는 친구에 대한 글이 진심이냐는 거요. 오늘 도미니크의 칼럼에 실린. 나 지금 아주 심란해요. 심란해. 도미니크도 내 건물에 대해 알지요? 착수 준비도 다 됐고, 돈이 어마어마하게 들어가는 일이라서 내 딴엔 아주 신중하게 결정을 내렸는데. 하지만 난 그 누구보다 도미니크를 믿어요. 도미니크는 똑똑하니까. 아주 똑똑하지. 와이낸드 같은 사람 밑에서 일할 정도면 자기 일에 대해 안다고 할 수 있지. 와이낸드는 건축에 대해 아는 사람이오. 신문보단 부동산 쪽에 뛰어들었으면 더 성공했을 인물인데. 아무렴. 그건 공개된 사실은 아니지만 난 알고 있지. 와이낸드 밑에서 일하는 도미니크가 그런 글을 썼으니 내가 아주 헛갈려서. 왜냐하면 난 로크라는 친구에게 일을 맡기기로 결정을 내렸거든. 그래, 절대적으로, 확실하게 결정을 내렸지. 거의. 사실 로크에게 이미 그렇게 말했고 내일 오후에 그가 계약서에 서명하러 이리로 오기로 했소. 그런데 …… 도미니크, 정말로 그 건물이 깃털 목도리처럼 보일 것 같소?"

"저기요, 조엘, 내일 저와 점심 같이하시겠어요?" 도미니크가 이를 악물며 말했다.

그녀는 고급 호텔의 널찍하고 한산한 식당에서 조엘 서턴을 만났다. 흰 탁자들에 손님 몇 명이 드문드문 앉아 있었고 빈 탁자들이 손님들의 품격을 강조해주는 듯했다. 조엘 서턴은 환하게 웃고 있었다. 그는 도미니크처럼 화려하고 아름다운 여성을 에스코트한 적이 없었던 것이다.

그와 마주 앉은 도미니크가 조용하고 단호하고 웃음기 없는 목소리로 말했다. "조엘, 로크를 선택한 건 아주 훌륭한 생각이었어요."

"아, 그렇게 생각해요?"

2부 엘즈워스 M. 투히

"그렇게 생각해요. 당신은 찬송가처럼 아름다운 건물을 갖게 될 거예요. 당신과 입주자들의 숨을 멎게 할 만큼 멋진 건물 말예요. 앞으로 100년쯤 지나면 당신은 역사로 기록될 거고 후세 사람들은 빈민 공동묘지에 있는 당신의 무덤을 찾으려고 할 거예요."

"맙소사, 도미니크, 지금 무슨 말을 하고 있는 거요?"

"당신의 건물에 대한 얘기를 하고 있는 거죠. 로크가 당신을 위해 설계할 건물 말예요. 조엘, 정말이지 위대한 건물이 될 거예요."

"훌륭하다고?"

"훌륭한 게 아니라 위대하다고요."

"훌륭한 것과 위대한 건 다르지."

"그래요, 조엘. 다르죠."

"난 '위대한' 걸 좋아하지 않소."

"그럼요. 그러시겠죠. 그러실 줄 알았어요. 그렇다면 로크에게서 뭘 원하시는 거죠? 당신은 사람들에게 충격을 주지 않을 건물을 원해요. 클램 차우더(clam chowder: 대합조개를 넣고 끓인 야채수프-옮긴이) 냄새가 풍기는 고향집 낡은 응접실 같은 서민적이고 편안하고 안전한 건물. 조엘, 영웅이 되는 건 너무도 불편한 일이에요. 당신에게 어울리지도 않고요."

"물론 난 사람들이 좋아해줄 건물을 원하오. 내가 그 건물을 왜 세운다고 생각해요? 내 건강을 위해서?"

"아뇨, 조엘. 당신의 영혼을 위해서도 아니고요."

"그러니까, 로크는 아니다?"

도미니크는 온몸의 근육이 고통을 참느라 잔뜩 긴장한 듯 빳빳한 자세로 똑바로 앉아 있었다. 하지만 눈은 연인의 손이 그녀의 몸을 애무라도 하고 있는 듯 무겁게 반쯤 감겨 있었.

도미니크가 말했다. "그가 많은 건물들을 지었나요? 그에게 건축을 의뢰한 사람들이 많은가요? 이 뉴욕이란 도시에는 600만 명이나 되는 사람들이 살고 있어요. 600만 명이 틀렸을 수는 없어요. 안 그런가요?"

"그야 그렇지."

"그렇죠."

"하지만 난 엔라이트가……."

"조엘, 당신은 엔라이트가 아녜요. 일례로 그는 당신처럼 그렇게 많이 웃지 않죠. 그리고 엔라이트라면 절대 제게 의견을 묻지 않았을 거예요. 당신은 묻고 있고요. 전 그래서 당신이 좋아요."

"도미니크, 정말 나를 좋아해요?"

"제가 제일 좋아하는 사람들 중 하나란 걸 모르셨어요?"

"난 …… 난 도미니크를 신뢰해요. 언제라도 당신의 조언을 받아들일 준비가 되어 있지. 그럼 내가 어떻게 해야 한다고 생각해요?"

"간단하죠. 당신은 돈으로 살 수 있는 최고의 것을 원해요.

돈으로 살 수 있는 것 중에서요. 당신은 그 값어치에 맞는 건물을 원해요. 당신은 다른 사람들이 선택한 건축가를 원해요. 그래야 당신도 그들만큼 훌륭하다는 사실을 보여줄 수 있으니까요."

"맞는 말이오, 맞는 말이야……. 이런, 도미니크, 음식에 거의 손을 대지 않았군."

"배가 고프지 않아서요."

"그럼 추천하고 싶은 건축가는 누구요?"

"조엘, 생각해보세요. 지금 모든 사람의 입에 오르내리는 건축가가 누구죠? 누가 모든 일들을 따내고 있죠? 자신과 고객들을 위해 가장 돈을 많이 버는 사람이 누구죠? 젊고 유명하고 안전하고 인기 있는 사람이 누구죠?"

"아, 알겠소. 피터 키팅."

"그래요, 조엘. 피터 키팅이에요."

"로크 씨, 이거 정말로 미안하게 됐소. 진심으로 사과하는 것이니 믿어줘요. 하지만 내가 사업을 하는 건 내 건강을 위해서가 아니니 …… 내 건강을 위해서도, 영혼을 위해서도 아니니……. 그러니까 내 말은, 그러니까, 당신도 내 입장을 이해할 수 있으리라 믿소. 당신이 마음에 안 들어서 이러는 건 아니오. 오히려 난 당신이 위대한 건축가라고 생각하오. 사실은 바로 그게 문제요. 위대함은 멋진 거지만 실용적이지 못하니까. 로크 씨, 그게 문제요. 실용적이지 못하다는 거. 그리고 키팅 씨가 훨씬 더 명예도 있고 또 …… 당신은 갖지 못한 인기도 얻었다는 점을 당신도 인정할 수밖에 없을 거요."

조엘 서턴은 로크가 반발하지 않는 게 당황스러웠다. 그는 로크가 항의하기를 바라고 있었다. 그래야 몇 시간 전에 도미니크가 가르쳐준, 로크가 도저히 반박할 수 없는 이유들을 댈 수 있으니까. 하지만 로크는 아무 말도 없었다. 그의 결정을 듣고 고개를 숙인 게 다였다. 서턴은 자신이 그런 결정을 내리게 된 이유들을 말하고 싶은 마음이 몹시도 간절했지만 이미 이해한 사람을 이해시키려고 애쓰는 건 의미 없는 짓이었다. 하지만 서턴은 사람들을 사랑했고 그 누구에게도 상처를 주고 싶지 않았다.

"로크 씨, 사실 나 혼자 내린 결정은 아니오. 사실 난 당신을 원했고 당신으로 결정했는데, 진짜로 그랬는데, 평소에 내가 무척 신뢰하는 도미니크 프랭컨 양이 당신은 그 일의 적임자가 아니라고 나를 설득했소. 도미니크는 당신에게 그런 사실을 말해도 된다고 허락해주는 공정함까지 보여줬소."

로크가 고개를 번쩍 들었다. 그의 움푹한 뺨이 뒤틀리며 더 깊이 파이는 듯했고 입이 벌어졌다. 그는 웃고 있었다. 그건 소리 없는 웃음으로 한 차례 날카롭게 숨을 빨아들이는 소리만 들렸다.

"로크 씨, 대체 왜 웃는 거요?"

"그러니까 프랭컨 양이 그런 말을 하라고 시킨 겁니까?"

"시킨 건 아니오. 프랭컨 양이 그럴 필요가 어디 있소? 원한다면 말해도 좋다고 했을 뿐이오."

"예, 그렇겠죠."

"그건 프랭컨 양이 정직한 사람이고 자신의 신념을 뒷받침해줄 훌륭한 근거들을 갖고 있기에 그걸 당당히 밝힐 수 있다는 증거요."

"예."

"그런데 무슨 일이오?"

"아무것도 아닙니다, 서턴 씨."

"그렇게 웃는 건 예의 바른 행동이 아니오."

"예."

로크의 방은 어두컴컴했다. 텅 빈 길쭉한 벽에 오스틴 헬러의 집 설계도가 액자도 없이 압정으로 고정되어 있었고, 그것 때문에 방이 더 휑하고 벽이 더 길어 보였다. 로크는 시간의 흐름을 느끼지 못했고, 마치 시간이 그 방에 따로 떨어져 갇혀 있는 물체처럼 여겨졌다. 그리하여 시간이 지닌 다른 모든 의미는 사라지고 그의 몸이 움직이지 않고 있는 것만 나타내는 듯했다.

문을 노크하는 소리가 들리자 로크는 일어서지 않고 말했다. "들어오세요."

도미니크가 들어왔다. 그녀는 이 방에 와본 적이 있는 것처럼 들어왔다. 무거운 천으로 된 검은 정장 차림이었는데, 아이들 옷처럼 단순했고 장식 목적은 없이 그저 보호용으로만 입은 듯했다. 남성적인 큰 목깃을 뺨까지 올렸고 모자는 얼굴의 반을 가리고 있었다. 로크는 앉은 채로 그녀를 바라보았다. 도미니크는 그의 얼굴에 조롱 어린 미소가 떠오르기를 기다렸지만 그는 미소를 보이지 않았다. 미소는 그녀가 서 있는 방 자체에 깃들어 있는 듯했다. 도미니크는 방 한가운데 서서 남자들이 실내에 들어오면 모자 먼저 벗듯 뻣뻣한 손끝으로 모자챙을 잡아 벗은 후 그 팔을 늘어뜨렸다. 그녀는 엄격하고 냉랭한 얼굴을 하고 있었으나 그녀의 매끄러운 금발은 초라하고 무방비 상태로 보였다.

도미니크가 말했다. "나를 보고도 놀라지 않는군요."

"오늘 밤 당신이 찾아올 줄 알았소."

도미니크는 팔꿈치를 최소한으로 굽혀 손을 들고 모자를 탁자 위에 던졌다. 모자가 멀리 날아가는 것으로 보아 그녀의 팔목의 절제된 동작이 꽤나 격했던 모양이었다.

로크가 물었다. "원하는 게 뭐요?"

도미니크가 대답했다. "내가 뭘 원하는지 알잖아요." 감정이 배제된 무거운 목소리였다.

"그렇소. 하지만 당신의 입으로 말하는 소리를 듣고 싶소. 전부 다."

"원한다면요." 도미니크의 목소리는 냉철하게 명령에 복종하는 효율적인 느낌을 풍겼다. "당신하고 자고 싶어요. 지금, 오늘 밤, 그리고 당신이 부르면 언제라도. 난 당신의 알몸과 살, 입, 손을 원해요. 난 이런 식으로 당신을 원해요. 욕망에 못 이겨 날뛰지 않고 차갑게, 의식적으로 …… 품위도, 유감도 없이 …… 난 당신을 원해요……. 지금 난 거래하고 갈등할 자존심도 없어요. …… 당신을 원해요. …… 짐승처럼, 담장 위의 고양이처럼, 창녀처럼 당신을 원해요."

그녀는 엄격한 교리문답이라도 낭송하듯 단조로운 목소리로 말했다. 그녀는 단화를 신은 발을 벌리고 어깨를 뒤로 젖히고 양팔을 아래로 늘어뜨린 자세로 움직이지 않고 서 있었다. 그녀는 자신이 한 말에 아무 영향도 받지 않은 듯 소년처럼 순수한 모습을 하고 있었다.

"로크, 내가 당신을 증오한다는 걸 알 거예요. 당신 자체를 증오할뿐더러 당신을 원하기 때문에, 당신을 원해야만 하기 때문에 증오해요. 난 당신과 싸울 거고 당신을 파멸시킬 거예요. 지금 난 침착하게 말하고 있어요. 아까 짐승처럼 당신을 원한다는 말을 했을 때처럼. 난 신을 믿지 않지만 당신이 파멸될 수 없게 해달라고 기도할 거예요. 난 당신의 앞길을 철저히 막을 거예요. 당신이 원하는 모든 기회를 빼앗기 위해 싸울 거예요. 당신에게 상처를 입힐 수 있는 유일한 것인 당신의 일로 당신에게 상처를 줄 거예요. 당신을 굶주리게 만들고, 결코 당신이 가질 수 없는 것들로 당신의 목을 조를 거예요. 오늘 난 그렇게 했죠. 그래서 오늘 밤 당신과 자려는 거예요."

로크는 의자에 몸을 깊이 묻고 편안한 자세로 앉아 있었는데 그 느긋함 속에 날카로운 긴장이 들어 있었다. 그 정지 상태에 격렬한 행동의 기운이 서서히 차올랐다.

"난 오늘 당신에게 상처를 줬어요. 앞으로도 또 그럴 거고요. 난 당신에게 패배를 안겨줄 때마다, 당신에게 상처를 줄 때마다 당신을 찾아와 당신의 소유물이 되겠어요. 난 연인이 아닌 적의 소유물이 되고 싶어요. 내가 그에게 거둔 승리를 정당한 공격이 아닌 살의 맞닿음으로 무너뜨릴 적. 로크, 그게 내가 당신에게 원하는 거예요. 그게 나고요. 전부 다 듣고 싶다고 했죠. 다 얘기했어요. 이제 무슨 말이 하고 싶죠?"

"옷 벗어요."

도미니크는 잠시 가만히 서 있었다. 그녀의 양쪽 입꼬리 밑의 살이 단단하고 둥글게 부풀더니 하얗게 변했다. 다음 순간 그녀는 로크가 심호흡을 하면서 그의 셔츠가 들썩이는 걸 보았고 로크가 그녀에게 늘 그래왔듯이 이번에는 그녀가 조롱 어린 미소를 보냈다.

도미니크는 두 손을 올려 정확한 동작으로 재킷 단추를 하나씩 차례로 풀었다. 재킷을 벗어 바닥에 던지고 얇고 흰 블라우스를 벗은 후 손에 아직 검은 장갑을 끼고 있다는 걸 깨닫고 손가락을 하나씩 빼서 장갑을 벗었다. 그녀는 자신의 침실에 혼자 있는 것처럼 무심하게 옷을 벗었다.

그러고는 로크를 응시했다. 그녀는 알몸으로 서서 기다리며 둘 사이의 공간이 배를 압박해오는 듯한 기분을 느꼈다. 그녀는 로크에게도 그것이 고문임을, 그렇지만 자신과 그가 원하는 것임을 알고 있었다. 로크가 일어나서 그녀에게 다가와 그녀를 품에 안았다. 도미니크는 기꺼이 팔을 올려 그의 옆구리와 겨드랑이, 등, 어깨를 감싸 안으며 자신의 팔 안쪽에 그의 몸의 형체가 찍히는 듯한 기분을 느꼈다. 그리고 입술은 지난번 그를 밀쳐내려고 버둥거렸을 때보다 더 격렬한 굴복 속에서 그의 입술에 닿아 있었다.

나중에 도미니크는 침대에서 이불을 덮고 로크와 나란히 누워 방 안을 바라보고 있었다.

"로크, 왜 그 채석장에서 일하고 있었죠?" 그녀가 물었다.

"알잖소."

"그래요. 하지만 다른 사람이었다면 건축가 사무실에서 일자리를 찾았을 거예요."

"그랬다면 당신은 나를 파멸시키고 싶은 욕망을 갖게 되지 않았을 거요."

"그걸 이해해요?"

"그렇소. 그 얘긴 그만해요. 그런 건 이제 아무 상관도 없으니까."

"엔라이트 하우스가 뉴욕에서 가장 아름다운 건물이란 거 알아요?"

"당신이 그걸 안다는 것도 알고 있소."

"로크, 당신은 엔라이트 하우스를, 그리고 또 다른 엔라이트 하우스들을 마음에 품고 채석장에서 일했어요. 막노동꾼처럼 화강암을 뚫고……."

"도미니크, 당신은 지금 마음이 약해지려고 하고 있소. 그럼 내일 후회하게 될 거요."

"그래요."

"도미니크, 당신은 참으로 사랑스럽소."

"그러지 말아요."

"당신은 사랑스럽소."

"로크, 나는 …… 난 그래도 여전히 당신을 파멸시키고 싶을 거예요."

"당신이 그러지 않는다면 내가 당신을 원할 것 같소?"

"로크……."

"다시 듣고 싶소? 앞부분은 빼고? 도미니크, 당신을 원하오. 당신을 원하오. 당신을 원하오."

"난……." 도미니크는 말을 끊었지만 그녀가 하지 않은 말이 그녀의 숨결에서 들리는 듯했다.

"아니오. 아직은. 아직은 그런 말 말아요. 잡시다." 로크가 말했다.

"여기서요? 당신하고요?"

"여기서. 나하고. 내가 아침식사 만들어주겠소. 내가 내 손으로 아침을 만들어 먹는다는 거 알고 있소? 당신은 그 모습을 보는 게 좋을 거요. 채석장에서처럼. 그런 다음에 집에 돌아가서 날 파멸시킬 궁리를 해요. 잘 자요, 도미니크."

8

 도미니크의 집 거실 유리창에는 블라인드가 올려져 있었고 도시의 불빛들이 유리창 중간쯤의 검은 지평선까지 올라와 있었다. 도미니크는 책상에 앉아 원고 최종 교정을 보고 있었다. 초인종이 울렸다. 그녀에게는 예고 없이 찾아오는 손님이 없었기에 짜증과 호기심을 느끼며 연필을 쥔 채 고개를 들었다. 복도에서 하녀의 발소리가 들리더니 하녀가 들어와서 말했다. "어떤 신사분이 찾아오셨는데요." 목소리에 살짝 적대감이 어려 있는 것으로 보아 그 신사분이 이름을 대기를 거부한 모양이었다.

 '오렌지색 머리 남자예요?' 도미니크는 그렇게 묻고 싶은 걸 꾹 참았다. 그녀는 연필 든 손을 뻣뻣하게 젖히며 말했다. "들어오시라고 해요."

 문이 열렸고 도미니크는 복도 불빛을 등진 긴 목과 경사진 어깨를 보았다. 사람이라기보다는 병의 실루엣 같았다. 부드럽고 낭랑한 목소리가 들려왔다. "안녕, 도미니크." 그녀가 집에 한 번도 초대한 적이 없는 엘즈워스 투히였다.

도미니크는 미소 지으며 말했다. "안녕하세요, 엘즈워스. 정말 오랜만에 뵙네요."

"지금쯤은 내가 찾아오리라 예상했어야 옳지, 안 그렇소?" 투히는 그렇게 말하고는 하녀에게 고개를 돌렸다. "쿠앵트로(cointreau: 오렌지 껍질로 만든 프랑스산 리큐어―옮긴이)로 줘요. 있다면. 분명 있을 거요."

하녀가 눈을 크게 뜨고 도미니크를 보았다. 도미니크가 고개를 끄덕이자 하녀는 문을 닫고 나갔다.

"물론 바쁘겠지?" 투히가 어질러진 책상을 흘깃 보며 말했다. "아주 잘 어울려요, 도미니크. 성과도 있고. 요즘 글이 아주 많이 늘었소."

도미니크는 연필을 내려놓고 한 팔을 의자 등받이에 걸친 자세로 그에게 반쯤 몸을 돌리고 차분하게 물었다. "엘즈워스, 원하시는 게 뭐죠?"

투히는 앉지 않고 전문가의 서두름 없는 호기심으로 거실 안을 살펴보았다.

"나쁘지 않아요, 도미니크. 내가 예상했던 거의 그대로요. 좀 차가운 느낌이고. 그런데 나 같으면 저기 얼음색 의자를 놓지 않았을 거요. 너무 뻔하거든. 너무 잘 맞아떨어지고. 사람들이 저 자리에 어울린다고 생각하는 바로 그 색이지. 나라면 당근 색을 선택하겠소. 눈에 거슬릴 정도로 화려하고 모욕적인 빨강. 하워드 로크 씨의 머리 색 같은. 아, 로크 씨를 들먹인 건 이해하기 쉬운 예를 들기 위한 앙파상(en passant: 프랑스어로 '지나가는 말'을 뜻함—옮긴이)이지 그 이상의 뜻은 없소. 색 하나만 잘못 쓰면 완벽한 공간이 될 텐데. 그런 파격은 공간에 우아함을 제공하니까. 꽃 장식은 훌륭해요. 그림들도 그렇고⋯⋯ 나쁘지 않소."

"좋아요, 엘즈워스, 좋아요, 하고 싶은 말이 뭐죠?"

"내가 여기 처음 와봤다는 거 몰라요? 무슨 이유에선지 도미니크가 초대해준 적이 없어서." 투히는 편안히 앉아서 한쪽 무릎에 다른 쪽 발목을 올렸고 바짓단 아래로 검은 털 몇 올이 난 창백한 살과 청회색 양말이 드러났다. "하기야 당신은 매우 비사교적인 성격이었으니까. 난 분명 과거시제로 말했소. 과거시제. 아까 나한테 오랜만이라고 했소? 맞아요. 그동안 도미니크는 무척 바빴지. 과거와는 전혀 다른 방식으로. 다른 사람 집에 방문하고, 만찬회에 참석하고, 술집에 드나들고, 다과 파티도 열면서. 안 그렇소?"

"그래요."

"다과 파티⋯⋯ 그게 최고지. 여긴 파티를 열기에 아주 좋은 장소요. 넓어서 손님들을 채워 넣을 공간이 충분하니까. 특히 손님들을 까다롭게 가리지 않는 경우에. 당신처럼 말이오. 손님들에게 뭘 대접하오? 안초비(anchovy: 멸치를 소금에 절여 발효시킨 이탈리아 저장 식품—옮긴이)와 심장 모양으로 자른 달걀?"

"캐비아와 별 모양으로 자른 양파요."

"늙은 부인들에게는?"

"크림치즈와 나선형으로 자른 호두요."

"도미니크가 그런 걸 신경 쓰는 모습을 보았다면 좋았을 텐데. 늙은 부인들에게 그렇게 관심을 기울이게 되다니 놀라운 일이오. 특히 부동산업에 종사하는 사위를 둔 부정한 부자들에게 말이오. 하기야 브로드웨이와 챔버스 모퉁이에 노는 땅이 있는 틀니 낀 히그비 준장과 함께 영화 〈나를 납작하게 때려눕혀라〉를 보러 가는 것보다야 그 편이 낫지만."

하녀가 쟁반을 들고 들어왔다. 투히는 잔을 우아하게 들고 향을 맡았다.

"왜 첩보원을 두고, 그게 누군지는 묻지 않겠지만, 제 사생활을 캐고 있는 거죠?" 도미니크가 무관심하게 말했다.

"첩보원이 누군지 물어도 돼요. 모두가 다 첩보원이니까. 도미니크 프랭컨 양이 별안간 파티의 여왕이 된 것에 대해 사람들이 입 다물고 있을 것 같소? 제2의 키키 홀쿰으로 거듭난 도미니크 프랭컨. 키키 홀쿰보다 훨씬, 오, 훨씬, 명석하고 유능하고 또 아름다운 거야 두말할 필요도 없지. 당신도 모든 여자가 목숨을 내놓고라도 얻고 싶은 그 빼어난 미모를 이용할 때가 됐소. 물론 지금 그걸 제대로 이용하고 있다고는 말할 수 없지만 그래도 몇몇 사람들에게 좋은 일이 되고 있긴 하지. 예를 들면 도미니크의 아버님. 아버님께선 딸의 새로운 삶에 분명 기뻐하고 계실 거요. 우리 도미니크가 사람들에게 친절해졌어. 우리 도미니크가 마침내 정상이 된 거야. 물론 그건 착각이지만, 어쨌거나 아버님을 행복하게 해드리는 건 좋은 일이오. 다른 몇몇 사람들도. 거기 나도 속해요. 당신은 나를 행복하게 해주기 위해 무언가를 할 사람이 아니지만 알다시피 나를 위해 의도된 일이 아닌 것에서도 아무 사심 없이 기쁨을 얻을 수 있는 것이 나의 복 받은 능력이니까."

"제 질문에 대한 대답은 아니에요."

"대답한 거요. 왜 당신의 사생활에 관심을 갖느냐고 물은 것 아니오? 그래서 난 대답했소. 그게 나를 행복하게 해주기 때문이라고. 그리고 내가 적들에 대한 정보를 수집하고 있다면 그건 근시안적일망정 놀라울 수도 있소. 하지만 내 편에 속한 사람들의 근황을 모르고 지내는 건 …… 도미니크, 설마 나를 그렇게 요령 없는 인간으로 여기진 않겠지. 당신이 나에 대해 어떤 시각을 갖고 있든 나를 요령 없는 인간으로 생각한 적은 없을 거요."

"엘즈워스, **당신 편**이라고요?"

"도미니크는 글에서든 말에서든 바로 그게 문제요. 물음표를 남발하는 것. 글에서든 말에서든 좋지 않은 습관이오. 불필요한 물음표는 특히 더 그렇지. 질문 형식은 버리고 그냥 얘기해요. 우린 모든 걸 이해하는 사이니 질문 같은 건 필요치 않소. 그렇지 않다면 당신은 벌써 나를 쫓아냈겠지. 하지만 쫓아내기는커녕 이렇게 고급술을 대접했잖소."

투히는 술잔을 코에 대고 노골적으로 향을 음미했는데 만찬석상에서라면 요란한 쩝쩝거림과도 같은 천박한 행위였겠지만 이곳에서는 크리스털 잔을 작고 깔끔한 콧수염에 대고 있는 모습이 무척이나 우아해 보였다.

"좋아요. 말씀하세요." 도미니크가 말했다.

"그러고 있소. 당신은 아직 얘기할 준비가 안 되어 있을 텐데 배려해줘서 고맙소. 자, 그럼 사색적인 태도로 얘기해봅시다. 도미니크를 열렬히 자신들의 무리에 받아들이고 있는 사람들을 지켜보고 있는 건 대단히 흥미로운 일이오. 그들이 왜 그렇게 당신을 환영한다고 생각하오? 그들도 냉대라면 숱하게 해본 사람들이지만, 평생 그들을 냉대해온 여자가 갑자기 무너져서 사교적으로 돌변하자 다들 개처럼 바닥에 발랑 드러누워 당신에게 배를 만져달라고 애교를 부리고 있소. 왜? 두 가지 설명이 가능하오. 긍정적인 시각에서 보면 그들이 관대해서 당신에게 우정을 베푸는 것일 수도 있소. 문제는, 긍정적인 시각은 진실과는 다르다는 것이지만. 다른 시각에서 보면, 도미니크가 그들과 어울리는 것이 스스로 품격을 낮추는 것임을 그들도 알고 있다는 것이오. 당신은 그들과 교제함으로써 정상에서 내려오는 것이고, 고독은 곧 정상에 있음을 의미하니까, 그들은 당신을 끌어내리는 걸 즐기는 거요. 물론 그런 사실을 의식적으로 아는 사람은 도미니크 자신뿐이지만. 바로 그런 이유로 고통을 감내하며 그들과 어울리고 있고. 당신은 고귀한 목적을 위해서였다면 결코 그걸 하지 않았을 거요. 수단보다도 더 사악해서 수단을 견딜 만한 것으로 만들어주는 목적을 위해서만 그걸 할 수 있었을 것이오."

"엘즈워스, 방금 당신이 한 말 중에 당신이 칼럼엔 절대 쓰지 않을 내용이 한 가지 있다는 걸 아시나요?"

"그렇소? 그렇겠지. 난 칼럼에 절대 쓰지 않을 말을 도미니크에겐 얼마든지 할 수 있으니까. 어떤 말이었소?"

"고독은 곧 정상에 있음을 의미한다."

"그거? 그렇소, 맞소. 칼럼엔 쓰지 않을 거요. 원한다면 갖다 써도 좋소. 썩 훌륭한 말은 못 되지만. 사실 꽤 조잡하지. 원한다면 나중에 더 나은 말들을 제공하겠소. 그런데 나의 짧은 연설에서 도미니크의 관심을 끈 게 그것뿐이었다니 유감이오."

"제가 어떤 내용에 관심을 보이길 원하셨나요?"

"글쎄, 예를 들면 두 가지 설명. 거기엔 흥미로운 의문점이 있소. 첫 번째 설명을 믿어서 사람들에게 그들이 감당하기 힘든 고귀함이란 부담을 지우는 것이 더 친절한 일일까, 아니면 두 번째 설명처럼 그들을 있는 그대로 받아들여 편안하게 해주는 게 더 나을까? 물론 정의보단 친절이 더 중요하지만."

"엘즈워스, 전 그런 건 관심 없어요."

"추상적인 사색을 할 기분이 아니다? 구체적인 결과들에만 관심이 있다? 좋소. 지난 석 달 동안 피터 키팅에게 따준 일이 몇 건이나 되는 거요?"

도미니크는 일어나 하녀가 두고 간 쟁반으로 가서 술을 한 잔 따른 후 술잔을 입으로 가져가며 말했다. "네 건요." 그러고는 술잔을 손에 든 채 투히를 향해 돌아서며 덧붙였다. "저 유명한 투히 수법이군요. 진짜 하고 싶은 말은 절대 칼럼의 처음이나 끝에 넣지 않고 전혀 뜻밖의 장소에 슬쩍 끼워 넣죠. 그 한 줄을 넣기 위해 칼럼 전체를 헛소리로 채우고요."

투히는 정중히 절을 했다. "과연. 그래서 내가 도미니크와 대화하는 걸 좋아하는 거요. 내가 교활하고 사악하다는 것조차 모르는 사람들에게 교활하고 사악하게 구는 건 시간 낭비거든. 하지만 도미니크, 내가 쓰는 헛소리들은 우연한 것이 아니오. 흠, 내 수법이 그렇게 뻔히 보이게 된 줄은 몰랐군. 새 수법을 생각해봐야겠어."

"신경 쓰지 마세요. 사람들은 그걸 좋아하니까."

"물론 사람들은 내가 쓰는 모든 글을 좋아할 거요. 음, 네 건이었소? 내가 하나 빠뜨렸군. 난 세 건으로 알고 있었소."

"알고 싶은 게 겨우 그거였다면 왜 여기까지 찾아오셨는지 모르겠네요. 당신은 피터 키팅을 무척 아끼고 전 아주 멋지게 그를 돕고 있어요. 당신보다 더 잘 돕고 있죠. 피터에 대한 격려사라도 하고 싶은 거라면, 그런 건 필요 없지 않나요, 안 그래요?"

"도미니크, 잘못된 곳이 두 군데나 있군. 하나는 착오고, 나머지 하나는 거짓말이고. 착오는, 내가 피터 키팅을 돕고 싶어서 찾아왔다는 가정이오. 사실 난 피터 키팅을 당신보다 훨씬 잘 도울 수 있소. 지금까지 그래왔고 앞으로도 그럴 거요. 장기적인 관점에서의 도움이긴 하지만. 그리고 거짓말은, 내가 피터 키팅에 대해 얘기하려고 여기 왔다고 한 것이오. 당신은 내가 여기 들어선 순간 무슨 얘기를 하러 왔는지 알아챘으니까. 그 얘기가 나오자 당신은 나보다 더 불쾌한 어떤 사람을 떠올리지 않을 수 없었고. 도미니크에게 지금 누가 나보다 더 불쾌한 존재일 수 있는지는 모르겠지만."

"피터 키팅요." 도미니크가 말했다.

투히는 얼굴을 찡그리며 콧등에 주름을 만들었다. "오, 아니오. 피터는 그 정도로 중요한 인물은 아니오. 하지만 피터 키팅 얘기를 해봅시다. 피터가 당신의 아버지와 동업자인 건 아주 편리한 우연의 일치요. 도미니크는 아버지의 회사를 위해 발 벗고 나선 효녀로 보일 테고 그보다 더 자연스러운 건 없으니까. 당신은 지난 석 달 동안 프랭컨 앤드 키팅에 대단한 공을 세웠소. 그냥 몇몇 부유한 미망인들에게 미소를 보내고 매혹적인 옷을 입고 사교 모임에서 나타난 것만으로 말이오. 만일 당신이 갈 데까지 가보기로 작정하고 미적인 것 이외의 목적들을(이를 테면 피터 키팅에게 일을 주는 것 같은) 위해 본격적으로 그 비길 데 없는 육체를 판다면 그 결과가 어떨지 궁금하오." 투히는 잠시 말을 끊었다가 도미니크가 아무 말이 없자 이렇게 덧붙였다. "도미니크, 찬사를 보내오. 내 말에 충격을 받지 않다니, 역시 내 기대를 저버리지 않았소."

"엘즈워스, 그 말의 의도가 무엇이었나요? 충격을 주기 위한 것이었나요, 아니면 암시 목적이었나요?"

"오, 그건 여러 가지일 수 있소. 사전 탐색도 그중 하나고. 하지만 사실은 아무것도 아니오. 그냥 상스러운 소리일 뿐이오. 투히 수법이기도 하고. 알다시피 난 늘 중요한 순간에 엉뚱한 소리를 하는 걸 권하는 사람이오. 난 본질적으로 너무도 진지하고 단조로운 사람이라 가끔 색다른 모습을 보여야 할 필요가 있소."

"그런가요, 엘즈워스? 전 당신이 본질적으로 어떤 사람인지 궁금해요. 잘 모르겠어요."

"장담하건대, 그건 아무도 모르지." 투히가 유쾌하게 말했다. "사실 신비할 것도 없는 아주 단순한 건데 말이오. 모든 것의 근본은 단순하오. 근본의 종류가 얼마나 적은지 알면 놀랄 거요. 근본은 아마 두 가지밖에 없을 거요. 그 두 가지로 우리 모두를 설명할 수 있지. 다만 근본을 밝혀내는 과정이 까다롭고 어려울 뿐이고, 그래서 사람들이 시도조차 하지 않는 것이오. 아마도 사람들은 그 결과도 좋아하지 않을 거요."

"전 괜찮아요. 어차피 자신을 아니까요. 말하셔도 돼요. 넌 나쁜 년이라고."

"도미니크, 스스로를 속이지 말아요. 당신은 그보다 훨씬 더 지독한 사람이오. 당신은 성자요. 바로 그래서 성자들이 위험하고 달갑지 않은 존재들인 거지."

"엘즈워스 당신은요?"

"사실 나도 자신을 정확히 알고 있소. 그것만이 나에 대해 많은 걸 설명해줄 수 있고. 난 지금 당신에게 유용한 암시를 주고 있소. 물론 당신은 그걸 이용할 생각이 없겠지만 언젠가는 이용하게 될지도 모르지."

"제가 왜 그래야 하는데요?"

"당신에겐 내가 필요해요. 그러니 나에 대해 조금은 알고 있는 게 좋을 거요. 난 당신에게 알려지는 게 두렵지 않소."

"제게 당신이 필요하다고요?"

"아, 그러지 말고 용기를 좀 보여봐요."

도미니크는 똑바로 앉아서 침묵을 지키며 냉정히 기다렸다. 투히가 유쾌함을 굳이 숨기지 않고 미소를 지었다.

"당신이 피터 키팅에게 준 일들 말이오." 투히가 무심히 천장을 올려다보며 말했다. "크라이언 사무용 빌딩은 성가시기만 한 일이고 어차피 하워드 로크에게 기회가 돌아가지도 않았을 거요. 린지 저택은 그보다 나아서 분명 로크가 고려의 대상이 되었을 거고, 당신만 아니었다면 로크에게 돌아갔을 거요. 스톤브룩 클럽하우스 역시 로크에게도 기회가 있었지만 당신이 그 기회를 망쳤고." 투히는 도미니크를 보면서 쿡쿡 웃었다. "도미니크, 내 수법에 대해 한 마디 안 해요?" 그의 미소는 물처럼 흐르는 목소리 위에 떠 있는 차가운 기름 같았다. "노리스 시골 별장은 놓쳤더군. 로크가 지난주에 계약했소. 하기야 100퍼센트 성공할 순 없는 노릇이지. 어쨌든 엔라이트 하우스는 큰 공사고 많은 화젯거리가 되고 있소. 적지 않은 사람들이 하워드 로크에게 관심을 보이기 시작했고. 하지만 당신은 아주 멋지게 잘 해내고 있소. 축하하오. 내가 당신에게 친절을 베풀고 있다는 생각 안 들어요? 예술가라면 누구나 인정받고 싶어 하게 마련인데 당신에게 찬사를 보낼 사람이 아무도 없잖소. 당신이 하고 있는 일에 대해 아는 사람은 로크와 나뿐이니까. 로크는 고마워할 리가 없고. 다시 생각해 보니 로크는 당신이 하고 있는 일에 대해 알지 못하는 것 같군. 그래서 흥이 깨지고, 안 그렇소?"

도미니크가 물었다. "제가 하고 있는 일에 대해 어떻게 아세요?" 지친 목소리였다.

"이런, 애초에 아이디어를 제공한 사람이 나란 걸 설마 잊은 건 아니겠지?"

"오, 맞아요." 도미니크가 멍하니 대답했다.

"이제 내가 여기 온 이유를 알겠군. 내가 왜 당신을 내 편이라고 했는지도 알겠고."

"그래요. 물론이에요."

"도미니크, 이건 협정이오. 동맹. 동맹자는 원래 서로를 신뢰하지 않지만, 그렇다고 그 효력이 없어지는 건 아니지. 우리는 정반대의 동기를 갖고 있을 수도 있소. 아니, 사실 그렇소. 하지만 그런 건 상관없소. 어차피 결과는 같을 테니까. 반드시 공동의 고귀한 목표를 가질 필요는 없소. 공동의 적만 있으면 되지. 우린 그걸 가졌소."

"그래요."

"그래서 도미니크에게 내가 필요한 거요. 이미 내가 한 번 도움을 줬고."

"그래요."

"난 당신이 여는 그 어떤 다과 파티보다도 더 로크에게 해를 끼칠 수 있소."

"무슨 목적으로요?"

"그 질문은 생략합시다. 나도 묻지 않을 테니까."

"좋아요."

"그럼 우리 서로 뜻이 통한 거요? 동맹이 이루어진 거요?"

도미니크는 앞으로 몸을 웅크리고 골똘히 투히를 바라본 후 대답했다. "동맹이 이루어진 거예요."

"좋소. 그럼 잘 들어요. 이틀에 한 번꼴로 칼럼에 그의 이름을 언급하는 걸 중단해요. 물론 매번 그에게 날카로운 공격을 가하고 있긴 하지만 너무 지나쳐요. 결국 당신은 계속해서 그의 이름이 신문에 실리도록 만드는 셈이고, 그건 당신이 원하는 게 아니니까. 그리고 또, 당신이 여는 파티에 나를 초대해요. 당신은 할 수 없는데 나는 할 수 있는 일들이 있으니까. 그리고 한 가지 정보를 알려주면, 캘리포니아 도자기 회사의 길버트 콜턴 씨가 동부에 공장을 하나 더 지을 계획을 갖고 있소. 그는 유능한 현대주의 건축가에게 일을 맡길 생각을 하고 있소. 사실은 그게 바로 로크요. 로크가 그 일을 하게 해선 안되오. 큰 공사고 언론에도 많이 알려질 거요. 콜턴 부인을 위한 다과 파티용 샌드위치를 개발해요. 무슨 수를 써도 좋으니 로크가 그 일을 맡지 못하게만 해요."

도미니크는 일어나 힘없이 팔을 흔들고 발을 끌면서 탁자로 가 담배 한 개비를 꺼냈다. 그녀는 담뱃불을 붙인 뒤 투히를 향해 무관심하게 말했다. "당신도 마음만 먹으면 매우 짧고 간결하게 말할 수 있군요."

"필요할 때는."

도미니크는 창가에 서서 바깥을 내다보았다. "당신은 지금까지 로크를 해롭게 한 적이 없어요. 당신이 그에게 이렇게까지 신경을 쓰는 줄은 몰랐어요."

"오, 그랬나?"

"칼럼에서 그에 대해 언급한 적이 없잖아요."

"사실 내게는 그것이 로크를 해롭게 한 행동이었소. 지금까지는."

"맨 처음 그의 이름을 들은 게 언제였죠?"

"헬러 저택 설계도를 봤을 때. 내가 그걸 놓쳤으리라 생각하진 않겠지, 안 그렇소? 도미니크는?"

"엔라이트 하우스 설계도를 봤을 때요."

"그 전이 아니고?"

"아녜요."

도미니크는 말없이 담배를 피우다가 투히를 돌아보지도 않고 말했다.

"엘즈워스, 우리 두 사람 중 하나가 오늘 밤 이 자리에서 나온 말을 다른 데 가서 옮긴다고 해도 당사자가 그런 말을 안 했다고 우기면 그만이에요. 그러니 우리가 서로에 대해 진실하든 그렇지 않든 문제될 게 없어요. 안 그래요? 아주 안전하다고요. 당신은 왜 그를 미워하는 거죠?"

"난 그를 미워한다고는 안 했소."

도미니크는 어깨를 으쓱했다.

"나머지는 당신 스스로 대답할 수 있을 거요."

도미니크는 유리창에 비친 동그란 담뱃불에 대고 천천히 고개를 끄덕였다.

투히도 일어나서 그녀에게 다가가 도시의 불빛과 네모난 건물들, 창문들의 불빛 때문에 반투명하게 보이는 어두운 벽들을 바라보았다. 그 벽들은 마치 빛나는 물체를 얇은 검정 거즈로 덮어놓은 것처럼 보였다. 투히가 부드럽게 말했다.

"저걸 봐요. 숭고한 업적이지 않소? 영웅적인 업적. 저걸 만들어낸 수천 명의 사람들과 그 혜택을 보고 있는 수백만의 사람들에 대해 생각해봐요. 역사를 통틀어 열두 명에 불과한, 어쩌면 그보다 적은 인물들의 정신이 아니었다면 저 모든 게 불가능했을 거라고 하오. 그건 사실일 수도 있소. 만일 그게 사실이라면 그에 대한 두 가지 태도가 있을 수 있소. 첫째, 저 열두 명의 인물들을 위대한 은인으로 여기고 우리 모두가 그들의 넘쳐흐르는 풍부한 정신을 먹고산다고 생각하면서 감사의 마음과 형제애로 기꺼이 그 정신을 받아들이는 것이오. 둘째, 저 열두 명은 우리가 도저히 따라갈 수도, 유지할 수도 없는 위업을 통해 우리의 본모습을 보여줬다고, 우리는 그들의 위대함이 남긴 공짜 선물을 원하지 않는다고, 늪가 동굴과 막대를 비벼 만든 불이 우리 자신의 창조적 능력의 한계라고 할지라도 그것들이 마천루와 네온불빛보다 낫다고 주장하는 것이오. 도미니크, 그 두 가지 태도 중 어떤 것이 진정 인도주의적이라고 할 수 있겠소? 알다시피 난 인도주의자니까."

얼마쯤 지나자 도미니크는 사람들과의 교류가 그리 어렵지 않았다. 스스로에게 가하는 고문을 자신이 어디까지 참을 수 있는지 확인하고 싶은 호기심에 이끌린 인내력 시험으로 받아들이는 법을 터득한 것이다. 그녀는 공식 연회들과 극장 파티, 만찬회, 무도회에서 우아한 자태로 미소를 지었는데, 그 미소가 그녀의 얼굴을 더 환하고 차갑게 만들어서 마치 겨울의 태양을 보는 듯했다. 대화를 나눌 때도 상대의 공허한 말을 열심히 들어주면 오히려 실례가 되는 것처럼, 오직 권태만이 사람과 사람 사이의 유일한 유대이고 그들의 불안정한 위엄을 지켜줄 수 있는 것처럼 건성으로 들었다. 그녀는 모든 말에 고개를 끄덕여주고 모든 걸 받아들였다.

"그럼요, 홀트 씨, 전 피터 키팅이 세기의 인물이라고 생각해요."

"아뇨, 인스킵 씨, 하워드 로크는 안 돼요. 설마 하워드 로크를 원하시는 건 아니겠죠. …… 사이비라고요? 물론 그는 사이비예요. 섬세한 정직성을 지닌 분이라서 사람을 보실 줄 아네요. …… 그가 별 볼 일 없다고요? 네, 인스킵 씨, 물론이에요. 하워드 로크는 별 볼 일 없는 인물이죠. 그건 단지 크기와 거리의 문제일 뿐이고 거리는 …… 아뇨, 인스킵 씨, 전 중요하게 생각하지 않아요. …… 제 눈이 마음에 드신다니 기뻐요. …… 예, 전 기분 좋을 땐 눈이 그렇게 돼요. …… 인스킵 씨가 하워드 로크에 대해 별 볼 일 없는 인물이라고 말씀하셔서 매우 기분이 좋았거든요."

"존스 부인, 로크 씨를 만난 적이 있다고요? 그런데 마음에 안 들었다고요? …… 오, 그는 도저히 연민을 느낄 수 없는 사람이라고요? 맞아요! 연민이란 멋진 거죠. 짓밟힌 벌레를 볼 때 느끼는 감정. 연민은 우리에게 고양감을 주고, 답답한 거들을 벗을 때처럼 자유롭고 해방된 기분을 느끼게 하죠. 연민을 느낄 때 우린 그냥 내려다보기만 하면 되기 때문에 아주 쉽죠. 올려다보는 건 목이 아프잖아요. 연민은 최고의 미덕이에요. 고통을 정당화시키니까요. 세상에 고통이 존재해야 우리가 고결하게 연민을 느낄 수 있을 것 아네요. …… 오, 연민에 반대되는 것도 존재하죠. 너무도 가혹하고 까다로운 것 …… 그건 감탄이죠, 존스 부인, 감탄. 하지만 그건 거들 이상의 속박을 요구하고 …… 따라서 우리가 연민을 느낄 수 없는 사람은 악질이죠. 하워드 로크 같은 인물."

도미니크는 늦은 밤에 자주 로크를 찾아갔다. 그가 방에 혼자 있을 걸 확신했기에 예고도 없이 갔다. 그의 방에서는 자제하고 거짓말하고 비위 맞추고 자신을 지울 필요가 없었다. 그곳에서는 마음대로 저항할 수 있었다. 그곳에 있는 적은 몹시도 강해서 싸움을 두려워하지 않고 오히려 필요로 했기에 그녀의 저항을 환영했다. 그곳에서 도미니크는 그 어떤 것에도 흔들리지 않고 오로지 깨끗한 싸움에 의해서만 영향을 받는 자신의 실체를 인식할 수 있었다. 그 실체는 형체도 없이 부서져 비인격 속에 매몰되지 않고 깨끗한 싸움의 승리나 패배 속에 보존될 것이었다.

그들이 침대에서 하는 행위는 본질적으로 폭력의 행위였다. 그것은 저항의 힘에 의해 더욱 완전해지는 굴복이었다. 지상의 위대한 것들이 긴장의 존재이듯 그것은 긴장의 행위였다. 그것은 저항을 먹고 자란 힘인 전기가 팽팽한 전선을 타고 돌진하는 것과 같은 신장이었다. 댐의 저항력에 의해 물이 전력으로 바뀌는 것과 같은 긴장이었다. 두 사람의 살의 맞닿음은 애무가 아니라 고통의 파동이었다. 너무도 간절히 원했기 때문에, 그동안의 모든 갈망과 부인을 실현하고 있기 때문에 고통이었다. 그것은 악문 이와 증오의 행위였다. 그것은 견딜 수 없는 것, 격정이었다. 고통을 의미하기 위해 만들어진 단어인 열정의 행위였다. 그것은 증오와 긴장, 고통으로 이루어진 시간이었다. 그 증오와 긴장, 고통이 깨지고 뒤집혀 정반대의 것인 황홀경이 되는 시간이었다.

도미니크는 몸에 얇은 얼음을 입혀놓은 듯한 비싼 드레스를 입고 파티에서 곧장 로크의 방으로 와서 거친 회벽에 기대어 주위의 모든 물건을 천천히 둘러보았다. 종이들이 가득한 조잡한 식탁, 쇠자들, 검은 손가락 자국들이 찍힌 수건들, 카펫을 깔지 않은 맨바닥. 도미니크는 자신의 빛나는 새틴 드레스로 시선을 옮겨 작은 삼각형을 이룬 은빛 샌들까지 천천히 훑어 내려가며 여기서 어떻게 옷을 벗을 것인지 생각했다. 그녀는 방 안을 돌아다니며 바닥에 어질러진 연필과 고무지우개, 넝마들 사이에 장갑을 벗어 던지고, 때 묻은 셔츠 위에 작은 은빛 핸드백을 두고, 다이아몬드 팔찌를 풀어 미완성의 도면 옆에 놓인 먹다 남은 샌드위치가 있는 접시에 놓는 걸 좋아했다.

"로크." 그녀가 로크의 의자 뒤에 서서 그의 어깨에 팔을 걸치고 손을 그의 셔츠 속에 넣고 손가락을 펼쳐 그의 가슴에 대며 말했다. "오늘 시먼스 씨에게서 피터 키팅에게 일을 맡기겠다는 약속을 받아냈어요. 35층짜리 건물이고 건축비 같은 건 걱정 안 해도 돼요. 돈은 목적이 아니고 예술품을 만들면 돼요. 자유로운 예술품." 도미니크는 로크가 쿡쿡 웃는 소리를 들었지만, 로크는 고개를 돌려 그녀를 보지 않고 그녀의 손목을 잡아 셔츠 속으로 더 깊숙이 넣고 가슴에 더 압착시켰다. 도미니크는 그의 고개를 뒤로 돌리고 그와 입술을 포갰다.

탁자 위에 도미니크 프랭컨의 '당신의 집' 난이 펼쳐진 〈배너〉지가 놓여 있었다. 그 칼럼에는 이런 글귀가 있었다. "하워드 로크는 건축계의 마르키 드 사드(Marquis de Sade: 18세기 프랑스 작가로 자유로운 영혼의 소유자이며 그의 이름에서 '사디즘'이란 말이 나왔다—옮긴이)다. 그는 자신의 건물들과 사랑에 빠져 있다. 그 건물들을 보라." 도미니크는 로크가 〈배너〉지를 싫어하며 오직 자신을 위해 그걸 거기 두었음을 알고 있었다. 지금 자신이 그걸 보는 걸 로크가 냉소를 머금고 지켜보는 것도 알았다. 그녀는 화가 났다. 그녀는 자신이 쓴 모든 글을 그가 읽기를 바랐다. 하지만 그가 자신의 글을 일부러 피할 만큼 큰 상처를 받는다고 생각하는 것이 더 좋았다. 나중에 침대에 누워 그가 그녀의 젖가슴을 빠는 동안 도미니크는 그의 헝클어진 오렌지색 머리 너머로 탁자 위의 신문을 바라보았고 로크는 그녀가 쾌감에 전율하는 걸 느꼈다.

도미니크는 바닥에, 그의 발치에 앉아서 그의 무릎에 머리를 기대고 있었다. 그녀는 로크의 손가락을 하나씩 꼭 잡았다가 손을 느슨하게 풀어 손가락 끝까지 미끄러져 내려가며 툭 불거진 단단한 관절의 감촉을 느꼈다. 그녀가 조용히 물었다.

"로크, 콜턴 공장을 원했어요? 몹시 간절히 원했어요?"

"그렇소, 몹시 간절히." 로크가 미소 짓지도, 괴로워하지도 않으며 대답했다.

그러자 도미니크는 그의 손을 자신의 입술에 갖다 대고 한참 동안 그대로 있었다.

도미니크는 어둠 속에서 침대에서 일어나 알몸으로 방을 가로질러 걸어가서 탁자 위의 담배를 집었다. 그녀가 성냥불을 향해 몸을 굽히자 납작한 배에 살짝 굴곡이 졌다.

로크가 말했다. "나도 한 개비 줘요."

도미니크는 그의 입에 담배를 물리고 담배를 피우며 캄캄한 방을 돌아다녔고, 로크는 침대에 팔꿈치로 몸을 받치고 비스듬히 누워 그녀를 지켜보았다.

하루는 도미니크가 찾아왔을 때 로크가 탁자에서 일을 하고 있었다. "이걸 마저 끝내야 해요. 앉아서 기다려요." 로크는 그렇게 말한 뒤 다시는 눈길도 주지 않았다. 도미니크는 그와 가장 멀리 떨어진 구석에 놓인 의자에 웅크리고 앉아 조용히 기다렸다. 그녀는 일에 집중해서 가운데로 몰린 로크의 일자 눈썹과 꾹 다문 입, 팽팽히 당겨진 목에서 팔딱이는 정맥,

예리한 외과적 자신감을 풍기는 손을 바라보았다. 그는 예술가처럼 보이지 않았다. 채석장 인부나 건물을 허무는 사람, 혹은 수도승처럼 보였다. 이제 그녀는 그가 일을 멈추거나 자신을 돌아보기를 원하지 않았다. 육욕이 전혀 없는 미적 순수성을 지닌 모습을 지켜보고 싶어서였고 그 모습에서 떠오른 기억을 생각하고 싶어서였다.

로크가 도미니크의 아파트로 찾아오는 밤들도 있었는데 그 역시 미리 예고하는 법이 없었다. 다른 손님들이 와 있으면 그는 "보내버려요." 하고 말한 뒤 도미니크의 침실로 들어갔고 도미니크는 순순히 그의 말에 따랐다. 그들은 함께 있는 모습을 절대 남들에게 보이지 않는다는 암묵적인 약속이 되어 있었다. 도미니크의 침실은 유리와 연녹색으로 이루어진 세련되고 우아한 공간이었다. 로크는 공사 현장에서 더러워진 옷을 그대로 입고 오는 걸 좋아했다. 그는 침대 커버를 젖힌 다음 거기 앉아서 침대에는 눈길도 주지 않고 한두 시간 동안 조용히 이야기하기를 좋아했는데, 도미니크의 칼럼이나 건축이나 도미니크가 가장 최근에 피터 키팅에게 소개해준 일에 대한 언급은 하지 않았다. 그렇게 편안하게 있는 것 자체가 그들이 일부러 지연시키고 있는 순간들보다 더 관능적이었다.

그들은 도시의 야경이 내려다보이는 대형 창문이 있는 거실에 함께 앉아 있기도 했다. 도미니크는 창가에 있는 로크를 바라보는 게 좋았다. 로크는 그녀에게 반쯤 돌아서서 담배를 피우며 야경을 내려다보곤 했다. 그럴 때면 도미니크는 그에게서 떨어져 거실 바닥 한가운데에 앉아 그를 바라보았다.

어느 날 밤에는 로크가 침대에서 빠져나가자 불을 켜고 그가 알몸으로 서 있는 모습을 바라보았다. 도미니크는 그를 보고 있다가 진심에서 우러난 절망을 담은 조용하고 좌절한 목소리로 말했다. "로크, 이 세상은 당신을 지난여름에 채석장에서 일하도록 만든 그런 곳이고, 그래서 내가 지금껏 그렇게 살아왔던 거예요."

"알고 있소."

로크는 침대 끄트머리에 앉았다. 도미니크는 그에게로 가서 그의 허벅지에 얼굴을 대고 몸을 동그랗게 말아 두 발을 베개에 올렸다. 그러고는 팔을 아래로 내려뜨려 손바닥으로 그의 발목부터 무릎까지 천천히 쓰다듬어 올라갔다가 다시 내려갔다. 그녀가 말했다. "하지만 지난봄 당신이 빈털터리 백수가 되었을 때 내게 당신에 대한 결정권이 있었다면 물론 나도 당신을 그 채석장으로 보냈을 거예요."

"그것도 알아요. 어쩌면 당신은 안 그랬을 수도 있지. 건축가협회 회관 화장실 청소부로 보냈을 수도 있지."

"그래요. 어쩌면. 로크, 내 등에 손을 대요. 그냥 그렇게 대고만 있어요." 도미니크는 로크의 무릎에 얼굴을 묻고 팔을 침대 가장자리로 떨어뜨린 채 꼼짝도 않고 누워 있었다. 그녀의 몸에서 살아 있는 부분은 로크의 손이 닿은 양쪽 어깨뼈 사이의 삶뿐인 듯했다.

상류층 저택 응접실들에서, 레스토랑들에서, 건축가협회 회원들의 사무실들에서 〈배너〉의 도미니크 프랭컨이 로저 엔라이트의 건물을 짓고 있는 괴짜 건축가 하워드 로크를 싫어하는 것에 대한 이야기가 오갔다. 그러다 보니 로크는 명예롭지 못한 유명세를 타게 되었다. 사람들의 이야기는 이런 식이었다. "로크? 도미니크 프랭컨이 질색하는 인물이잖아요." "프랭컨의 딸은 건축에 대한 안목이 있으니 도미니크의 악평을 듣는 걸 보면 로크는 내가 생각했던 것보다 더 형편없는 게 분명해요." "에구, 두 사람이 서로 싫어하는 게 분명해요! 내가 알기론 서로 만난 적도 없는 것 같은데." 도미니크는 그런 이야기들을 듣는 게 좋았다. 애설스탠 비즐리가 건축가협회 회보에 중세 성들의 건축에 대한 칼럼을 쓰면서 이렇게 덧붙인 것도 마음에 들었다. "이 건축물들의 포악성을 이해하기 위해서는 봉건영주들 사이의 전쟁이 얼마나 잔혹했는지 상기할 필요가 있다. 그들의 전쟁은 도미니크 프랭컨 양과 하워드 로크 씨의 싸움에 비견될 만한 것이었다."

도미니크와 예전부터 친분이 있었던 오스틴 헬러가 그녀에게 한마디 했다. 도미니크는 헬러가 그토록 화나 있는 모습을 본 적이 없었다. 그의 얼굴에서는 평소의 냉소적인 침착성이 주는 매력이 전혀 보이지 않았다.

"도미니크, 도대체 무슨 짓을 하고 있는 거요? 난 이렇게 고약한 언론의 폭력은 본 적이 없소. 그런 짓은 엘즈워스 투히에 게나 맡겨요."

"엘즈워스가 그런 건 잘하죠, 안 그런가요?" 도미니크가 말했다.

"그래도 그는 로크에겐 그 추잡한 덫을 놓지 않을 정도의 예의는 갖고 있소. 물론 그것 자체도 무례한 짓이긴 하지만. 도미니크, 대체 어떻게 된 거요? 자신이 누구에 대해 무슨 소리를 하고 있는지 알기는 하는 거요? 홀쿰 할아범의 끔찍한 실패작을 찬양하거나 자신의 아버지와 그 회사 동업자 자리에까지 오른 멀끔하게 생긴 친구를 혹평하는 걸 즐기는 것까지는 괜찮소. 하지만 그런 식으로 로크 같은 사람을 평가하는 건……. 사실 난 도미니크가 정직하고 판단력을 갖춘 인물이며 다만 아직까지 그런 미덕을 보여줄 기회를 갖지 못하고 있는 것일 뿐이라고 생각했소. 당신이 못되게 구는 건 칼럼을 통해 소개해야만 하는 멍청이들의 평범성을 강조하기 위해서였다고 믿었소. 당신이 원래 무책임하고 못된 여자라고는 생각하지 않았소."

"잘못 생각하셨군요." 도미니크가 대꾸했다.

어느 날 아침 로저 엔라이트가 도미니크의 사무실로 들어오더니 인사도 없이 불쑥 말했다. "모자 챙겨요. 나와 함께 보러 갑시다."

"안녕하세요, 로저. 뭘 보러 가요?" 도미니크가 물었다.

"엔라이트 하우스. 지어놓은 데까지."

"좋아요, 로저. 저도 엔라이트 하우스를 보고 싶어요." 도미니크가 일어나면서 미소 띤 얼굴로 말했다.

가는 길에 도미니크가 물었다. "로저, 왜 그러세요? 절 매수하려는 건가요?"

엔라이트는 리무진의 넓은 회색 좌석에 뻣뻣이 앉아 도미니크에게 눈길도 주지 않고 대답했다. "난 어리석은 악의는 이해할 수 있소. 무지한 악의도 이해할 수 있소. 하지만 고의적인 악의는 이해할 수 없소. 현장을 본 후에 칼럼에 뭐라고 쓰든 그건 당신의 자유요. 하지만 어리석음이나 무지를 핑계 댈 순 없을 거요."

"로저, 절 과대평가하시는군요." 도미니크는 어깨를 으쓱하며 그렇게 대꾸하고는 그 뒤로 아무 말도 하지 않았다.

두 사람은 차에서 내려 나무 울타리를 지나 엔라이트 하우스로 탄생하게 될 철골과 나무판자들의 정글로 들어섰다. 도미니크는 하이힐을 신고도 회반죽이 튄 판자들을 가볍게 건너며 태평하고 거만한 우아함을 지닌 뒤로 젖혀진 자세로 걸었다. 그녀는 걸음을 멈추고 철골의 틀에 갇힌 하늘을 바라보았는데, 높이 솟은 들보들이 하늘을 더 위로 밀어올린 듯 평소보다 하늘이 더 멀게 보였다. 도미니크는 미래를 투사한 철골조들을, 그 오만한 각도들을, 단순하고 논리적인 전체로 탄생하게 될 믿을 수 없을 정도의 복잡함을, 벽면을 이룰 빈 공간들을 둘러싼 뼈대를 바라보았다. 추운 겨울날 그 뼈대는 푸른 새싹이 돋아나려는 헐벗은 나무처럼 탄생과 약속을 담고 있었다.

"오, 로저!"

엔라이트는 도미니크가 부활절에 교회 안에서 볼 수 있는 표정을 짓고 있는 걸 보았다.

"난 둘 다 과소평가하지 않았소. 도미니크도, 이 건물도." 그가 냉담하게 말했다.

"안녕하십니까?" 옆에서 낮고 딱딱한 목소리가 들렸다.

도미니크는 로크를 보고 충격을 받지 않았다. 그녀는 그가 다가오는 걸 눈치 채지는 못했지만 이 건물에서 그를 배제시키는 것 자체가 이상한 일이었다. 도미니크는 그가 거기 있음을, 그녀가 바깥 울타리를 지나는 순간부터 거기 있었음을, 공사 중인 건축물이 그의 육체보다 더 사적인 그임을 느꼈다. 로크는 헐렁한 코트 주머니에 손을 찌르고 추운 날씨에 모자도 쓰지 않은 채 그들 앞에 서 있었다.

"프랭컨 양, 이쪽은 로크요." 엔라이트가 소개했다.

"한 번 만난 적이 있어요. 홀콤 저택에서요. 로크 씨는 기억하실지 모르겠지만요." 도미니크가 말했다.

"물론 기억합니다, 프랭컨 양." 로크가 말했다.

"프랭컨 양에게 이곳을 보여주고 싶었네." 엔라이트가 말했다.

"제가 안내할까요?" 로크가 그에게 물었다.

"네, 그래주세요." 도미니크가 먼저 대답했다.

세 사람은 공사장을 함께 돌아보았고 인부들이 호기심 어린 눈초리로 도미니크를 쳐다봤다. 로크는 건설사에서 나온 사람에게 설명하듯 방들과 엘리베이터들의 구조, 난방장치, 창들의 배치에 대해 설명했다. 도미니크가 이런저런 질문들을 하면 대답도 해주었다. "로크 씨, 전체가 몇 제곱미터나 되죠? 강철은 몇 톤이나 들어갔나요?"

"프랭컨 양, 이 파이프들 조심하세요. 이쪽으로 오시죠."

엔라이트는 시선을 내리깔고 아무것도 보지 않으며 걸었다. 그러다 이렇게 물었다. "하워드, 어떻게 돼가나?"

로크가 미소를 지으며 대답했다. "계획보다 이틀 앞서 있습니다."

두 사람은 잠시 도미니크의 존재를 잊고 마치 형제처럼 일에 대해 이야기했다. 주위의 요란한 기계음이 그들의 목소리를 집어삼켰다.

도미니크는 건물 한가운데에 서서 만일 자신이 로크를 온전히 갖지 못했다면, 그의 육체밖에 갖지 못했다면 여기 그의 나머지가 있다고, 마음껏 보고 만질 수 있도록 모두에게 공개되어 있다고 생각했다. 이곳의 들보들과 도관들, 거침없이 뻗어나간 공간들은 그의 것이었고, 결코 다른 사람의 것일 수가 없었다. 그의 얼굴, 그의 영혼처럼 그의 것이었다. 여기 그가 만든 형상이, 그걸 만들게 한 그의 마음속의 동기가 있었다. 결과와 동기가 함께 있었다. 그리고 철골의 신 하나하나에 깃든 원동력이, 한 남자의 자아가 지금 이 순간 그녀의 것이었다. 그녀가 보고 이해하는 덕에 그녀의 것이었다.

"프랭컨 양, 피곤하신가요?" 로크가 도미니크의 얼굴을 보며 물었다.

"아뇨, 전혀요. 궁금한 게 하나 있어서요. 로크 씨, 배관 설비는 어떤 걸 쓸 계획인가요?"

며칠 후, 도미니크는 로크의 방에 있는 제도 탁자에 올라앉아 신문에 실린 자신의 칼럼을 보고 있었다. "나는 엔라이트 하우스 공사 현장을 방문했다. 나는 그 건물이 언젠가 공습을 당해 지상에서 완전히 사라지기를 바란다. 그건 가치 있는 종말이 될 것이다. 그 건물이 노후되고, 검댕이투성이가 되고, 입주자들의 가족사진과 더러운 양말, 칵테일 셰이커, 자몽 껍질로 더럽혀지는 모습을 지켜보는 것보다는 그 편이 훨씬 낫다. 뉴욕에는 그 건물에 들어가서 살 자격이 있는 사람이 단 한 명도 없다."

로크가 다가와 그녀의 무릎에 다리를 붙이고 서서 미소 지으며 신문을 내려다보았다.

"이것 때문에 로저가 완전히 얼이 빠졌소." 로크가 말했다.

"로저가 이걸 읽었나요?"

"오늘 아침에 내가 로저의 사무실에 있을 때 읽었소. 처음엔 당신에게 난 생전 들어본 적도 없는 욕을 퍼붓더군. 그러더니 '잠깐만.' 하고 말한 뒤 칼럼을 다시 읽은 후 고개를 들었는데 몹시 어리둥절한 표정이었고 분노는 싹 가셔 있었소. 그는 정반대의 의미로 해석될 수도 있다고……."

"그래서 당신은 뭐라고 했죠?"

"아무 말도 하지 않았소. 도미니크, 나야 무척 고맙긴 하지만, 언제쯤 나에 대한 지나친 칭찬을 그만둘 작정이오? 다른 사람이 눈치를 챌 수도 있소. 그건 당신이 원하는 바가 아니지 않소?"

"다른 사람이오?"

"알다시피 난 엔라이트 하우스에 대한 당신의 첫 칼럼을 읽을 때부터 거기 숨은 뜻을 알고 있었소. 당신도 내가 그걸 알아주기를 원했고. 하지만 나 아닌 다른 사람도 그걸 눈치 챌 수 있다고 생각지 않소?"

"오, 그럼요. 하지만 당신에게 미치는 결과는 그들이 그걸 몰랐을 때보다 나쁠 거예요. 그들은 그것 때문에 당신을 덜 좋아하게 될 테니까요. 그렇지만 누가 내 칼럼의 숨은 뜻까지 알려고 하겠어요? 혹시……. 로크, 엘즈워스 투히에 대해 어떻게 생각해요?"

"아니, 왜 엘즈워스 투히에 대해 생각해야 하는 거요?"

로크는 어쩌다 한 번씩 오스틴 헬러나 로저 엔라이트를 따라 파티에 왔고, 도미니크는 그런 자리에서 로크를 만나는 걸 좋아했다. 그녀는 로크가 사적인 감정이 없는 정중한 목소리로 "프랭컨 양!"이라고 불러주는 게 좋았다. 안주인이 공연히 안절부절못하며 그녀와 로크가 마주치지 않도록 무척이나 신경을 쓰는 것도 재미있었다. 도미니크는 주위 사람들이 감정의 폭발이나 충격적인 적대감의 표시를 기대한다는 걸 알았으나 그런 건 절대 없었다.

그녀는 굳이 로크를 찾지도, 피하지도 않았다. 두 사람은 우연히 한 무리에 섞이게 되면 자연스럽게 이야기를 나누었다. 거기에는 특별한 노력이 필요하지 않았고, 그 자체가 참되고 옳았다. 그리고 모든 것을, 그 파티까지도 옳게 만들었다. 도미니크는 그곳에서, 사람들 틈에서 자신과 로크가 낯선 사람이자 적이어야 한다는 사실이 온당함을 마음 깊이 느꼈다. 주위 사람들은 그녀와 로크에 대해 많은 생각을 할 수 있겠지만 진실은 알지 못했다. 그래서 그녀의 기억 속의 순간들이, 타인들의 시선과 말, 앎에서 자유로운 그 순간들이 더욱 소중하게 느껴졌다. 도미니크는 두 사람의 진실이 그곳에서는 존재하지 않으며 오직 자신과 그의 마음속에서만 존재한다고 생각했다. 그녀는 다른 어느 곳에서는 느낄 수 없는 형태의 소유의식을 느꼈다. 사람들로 가득한 파티장에서 그에게 거의 눈길을 주지 않으면서 그를 소유하는 건 다른 곳에서는 불가능한 일이니까.

도미니크는 저 멀리 서 있는 로크에게 흘깃 시선을 보냈다가 그가 아무 표정 없는 무관심한 얼굴들과 대화하고 있으면 무심히 시선을 거두었다. 그와 대화하고 있는 얼굴들에 적의가 어려 있으면 잠시 기분 좋게 바라보았다. 그를 향한 얼굴이 미소 짓고 있으면, 따뜻함이나 인정하는 표정이 보이면 화가 치밀었다. 그건 질투는 아니었다. 그녀는 그 얼굴의 주인이 남자인지 여자인지에 대해서는 신경 쓰지 않았다. 감히 로크를 인정하는 그 건방짐에 분노를 느꼈다.

그녀는 몇 가지 것들, 이를테면 로크가 사는 거리와 그의 집 현관 계단, 그의 동네로 들어서는 차들로 인해 고통을 느꼈다. 특히 차들 때문에 몹시 고통스러웠고, 그 차들이 옆 동네로 다니도록 만들고 싶었다. 로크의 옆집 현관문 옆에 놓인 쓰레기통을 보며 오늘 아침 그가 사무실로 출근할 때도 그게 그 자리에 있었는지, 맨 위에 있는 구겨진 담뱃갑을 그도 보았는지 궁금해했다. 한번은 그의 아파트 로비에서 한 남자가 엘리베이터에서 내리는 걸 보고 잠시 충격을 받기도 했는데 줄곧 그 건물에 로크 혼자만 사는 것처럼 느끼고 있었기 때문이다. 그녀는 따로 안내원이 없는 작은 엘리베이터를 타고 올라갈 때면 샤워 부스에서 따뜻한 물이 쏟아지는 샤워기 밑에 서 있는 것처럼 양손을 가슴 위로 엇갈려 어깨를 껴안고 잔뜩 웅크린 자세로 혼자만의 편안한 기분을 느끼며 엘리베이터 벽에 기대섰다.

파티장에서 도미니크가 그런 생각을 하는 동안 어떤 신사가 그녀에게 브로드웨이에서 공연 중인 최근 작품에 대해 이야기하고 있고, 로크는 저쪽 끝에서 칵테일을 마시고 있으며, 한편 안주인은 누군가에게 이렇게 속삭이고 있었다. "세상에, 난 고든이 도미니크를 데려올 줄은 몰랐지 뭐예요. 오스틴이 나한테 화가 단단히 나 있을 거예요. 알다시피 그의 친구 로크도 여기 와 있으니까요."

나중에 눈을 감고 로크의 침대에 누운 도미니크는 뺨이 붉게 상기되고 입술은 촉촉이 젖어 있었다. 그녀는 스스로에게 강요해온 규칙들을 잊고 무심결에 이렇게 속삭였다. "로크, 오늘 파티에서 당신과 얘기했던 남자 말예요, 당신에게 미소를 보냈던 그 남자, 멍청이에요. 지독한 멍청이. 그 남자는 지난주에 희극배우 한 쌍을 보면서 그들을 좋아했죠. 난 그에게 이렇게 말하고 싶었어요. '그를 보지 말아요. 그럼 다른 걸 볼 권리를 잃게 될 테니까요. 그를 좋아하지 말아요. 그럼 이 세상의 나머지 모든 사람을 미워해야만 하니까요. 이 바보 멍청이. 당신은 둘 중 하나만 선택해야 돼요. 한눈으로 둘 다를 볼 순 없어요. 그를 보지 말아요. 그를 좋아하지 말아요. 그를 인정하지 말아요.' 내가 그 남자에게, 당신이나 나머지 사람들이 아닌 그에게 하고 싶었던 말이에요. 로크, 난 세상에서, 모든 사람에게서 당신을 빼앗아가는 걸 그냥 두고 볼 수가 없어요. 참을 수가 없어요. 로크……." 도미니크는 자신의 말이 들리지도, 그가 미소 짓는 모습이 보이지도 않았다. 모든 걸 이

2부 엘즈워스 M. 투히

해하는 그의 표정도 보이지 않았다. 그녀의 얼굴 위로 덮쳐오는 그의 얼굴만이 보였고 그에겐 아무것도 숨길 게 없었다. 모든 것이 허락되고 응답되고 발견되었으니까.

피터 키팅은 어리둥절했다. 도미니크가 갑자기 헌신적으로 그를 돕고 나선 건 황홀하고 영광스러운 일이었고 이익도 엄청났다. 모든 사람이 그에게 그렇게 말했다. 하지만 이따금 그는 황홀하고 영광스러운 기분 대신 불안감에 젖었다.

그는 가이 프랭컨을 피하려고 애썼다. "피터, 어떻게 한 건가? 어떻게 한 거야? 그 애가 자네한테 홀딱 빠진 게 분명해! 다른 사람도 아니고 도미니크가 그렇게 될 줄 누가 알았겠나? 그 애가 그럴 수 있을 거라고 누가 상상이나 했겠나? 5년 전에 그렇게 했더라면 이 아비를 백만장자로 만들어놨을 거야. 하지만 물론 아버지가······." 프랭컨은 키팅이 험악한 표정을 짓는 걸 보고 얼른 단어를 바꾸었다. "애인만큼 마음을 움직일 수 있겠어?"

"저기요, 가이······." 키팅은 말을 하려다 말고 한숨지으며 웅얼거렸다. "가이, 제발, 우리 아직은······."

"알아, 알아, 안다고. 아직은 이르다 이거지. 하지만 피터, 앙트르 누(우리끼리 얘기지만) 약혼한 거나 마찬가지로 공개적이지 않나? 그보다 더하지. 더 요란하지." 프랭컨은 그렇게 말한 후 미소가 가시더니 진지하고 평온하고 나이 든 걸 솔직하게 드러낸 얼굴이 되면서 좀처럼 구경하기 힘든 진짜 위엄을 보였다. "피터, 난 기쁘네. 내가 바라던 일이야. 그대도 아미라고 도미니크를 사랑하고 있었던 모양일세. 난 행복하네. 그 아이를 믿을 만한 사람에게 맡기게 되었으니. 그 아이와 모든 게 결국……."

"말씀 중에 정말 죄송한데요, 지금 정신없이 바빠서요. 어젯밤에도 두 시간밖에 못 잤어요. 콜턴 공장 때문에. 정말이지 엄청난 프로젝트예요! 도미니크 덕이죠. 사람 죽인다고요. 하지만 나중에 결과가 나오면 깜짝 놀라실 거예요! 수표도요!"

"도미니크가 대단하지 않나? 그 아이가 **왜** 그런 일을 하고 있는지 말해주겠나? 그 아이에게 직접 물어보긴 했지만 통 알아들을 수 없는 소리만 해대서 말이야. 그 아이가 어떤 식으로 말하는지 자네도 알잖나."

"오, 그렇군요. 도미니크가 그 일을 계속하는 한 우리도 걱정을 놓을 수가 없겠죠."

키팅은 프랭컨에게 자신도 모른다고 말할 수가 없었다. 자신도 몇 달 동안 도미니크와 단 둘이 만난 적이 없다고, 그녀가 만남을 거절했다고 솔직하게 털어놓을 수가 없었다.

키팅은 투히의 집에서 열린 모임에서 돌아오는 택시 안에서 도미니크와 마지막으로 나눈 대화를 기억하고 있었다. 그녀가 자신에게 보여준 무관심하고 침착한 모욕을, 분노가 결여된 지극히 경멸적인 모욕을 또렷이 기억하고 있었다. 키팅

2부 엘즈워스 M. 투히

은 그 후로 그녀가 무슨 짓을 벌일지 모른다고 각오했지만 갑자기 옹호자이자 선전원, 심하게 말하면 뚜쟁이가 될 줄은 상상조차 못했다. 그는 그 일에 대해 생각할 때 그런 단어들이 떠오르는 것 자체가 문제라고 생각했다.

키팅은 도미니크가 자청해서 선전원 노릇을 시작한 후로 그녀를 자주 만날 수는 있었다. 도미니크가 그를 파티에 초대해서 장차 고객이 될 사람들에게 소개해주었던 것이다. 하지만 그녀와 단 둘만의 시간은 허락되지 않았다. 키팅은 그녀에게 고마움도 전하고 질문도 할 기회를 가져보려고 애썼다. 하지만 호기심에 찬 손님들이 득실거리는 가운데 그녀가 원치 않는 대화를 억지로 이어가는 건 불가능한 일이었다. 그래서 도미니크가 그의 검정 턱시도 소매에 자연스럽게 손을 얹고 그의 허벅지에 자신의 허벅지가 닿을 정도로 가까이 서서 그가 자기 남자임을 나타내는 친밀한 자세로(그런 것 자체를 의식하지 않는 듯한 태도가 더욱 친밀한 인상을 풍겼다) 감탄하는 무리에게 코스모-슬롯닉 빌딩에 대한 자신의 견해를 말하는 동안, 키팅은 온화한 미소만 머금고 있었다. 키팅의 친구들은 모두 시샘 어린 말들을 했다. 키팅은 씁쓸한 마음으로 뉴욕 전체에서 도미니크 프랭컨이 피터 키팅을 사랑하지 않는다고 생각하는 사람은 자신뿐이라고 생각했다.

키팅은 도미니크가 얼마나 변덕이 심한지 알고 있었고, 이번 변덕은 아주 귀중해서 절대로 방해하고 싶지 않았다. 그래서 그녀에게서 멀찌감치 떨어져 꽃만 보냈다. 물결 흐르는 대로 따라가며 그것에 대해 깊게 생각하지 않았다. 하지만 불안감은 떨쳐버릴 수가 없었다.

그러던 어느 날 키팅은 레스토랑에서 우연히 도미니크를 만났다. 도미니크가 혼자 점심을 먹고 있는 걸 본 그는 그 기회를 놓치지 않았다. 그는 그녀의 놀랍도록 친절한 마음씨밖에는 기억하지 못하는 옛 친구처럼 굴기로 작정하고 냉큼 그녀에게 다가갔다. 그는 우연히 도미니크를 만나게 된 행운에 감사하는 멋진 말들을 쏟아낸 후 질문을 던졌다. "도미니크, 왜 날 만나기를 거부하는 거죠?"

"내가 왜 당신을 만나고 싶어 해야 하죠?"

"맙소사!" 그건 자신도 모르게 튀어나온 말이었고 오래 억눌러온 분노가 표출되어 목소리가 지나칠 정도로 날카로웠다. 키팅은 황급히 태도를 바꾸어 미소 지으며 말했다. "고마움을 전할 기회는 줘야 되는 것 아닌가요?"

"고마움은 이미 전했잖아요. 여러 번."

"그야 그렇지만, 둘이 만나 이야기를 나눌 기회가 필요하다는 생각 안 들었어요? 내가 좀 ...... 당혹스러워하고 있을 거란 생각 안 들었어요?"

"그런 생각 안 해봤어요. 그러고 보니 당혹스러울 수도 있겠네요."

"그런데요?"

"뭐가요?"

"무슨 일을 벌이고 있는 거죠?"

"글쎄요……. 지금까지 5만 달러 상당의 일이죠."

"짓궂군요."

"그만둘까요?"

"아, 아녜요! 그게 아니라…….."

"일거리 얘기가 아니란 말이죠. 좋아요. 그만두지 않겠어요. 이제 알겠어요? 우리가 할 얘기가 뭐가 있어요? 난 당신을 위해 좋은 일을 하고 있고 당신은 그걸 기쁘게 받아들이고 있어요. 그러니 우린 완벽한 합의가 이루어진 셈이죠."

"정말 재미난 말이군요! 완벽한 합의라. 과잉표현인 동시에 절제된 표현이라고 할 수 있죠, 안 그런가요? 그 상황에서 우리가 달리 뭘 할 수가 있겠어요? 당신이 하고 있는 일에 내가 반대할 걸 기대하진 않겠죠, 안 그런가요?"

"맞아요. 그런 기대 안 해요."

"하지만 합의는 내 마음에 대한 정확한 표현이 아니에요. 난 당신에게 무척이나 고마워서 정신이 아찔할 지경이에요. 나를 바보로 만들지 말아요. 이러는 거 당신이 싫어한다는 건 알지만 …… 정말 고마워서 어쩔 줄을 모르겠어요."

"좋아요, 피터. 이제 당신은 내게 고마움을 전했어요."

"사실 난 당신이 내 작품을 대단히 높이 평가하거나 내 작품에 관심이 있다는 생각을 하며 우쭐했던 적이 단 한 번도 없었어요. 그런데 당신이 …… 그래서 난 몹시 행복한데……. 도미니크, 진심으로 내가 훌륭한 건축가라고 생각해요?" 질문을 하면서 그의 목소리가 살짝 경련을 일으켰는데, 그건 그 질문이 숨겨진 긴 줄로 잡아당기는 낚싯바늘 같은 것이기 때문이었다. 또한 그것이 그의 불안의 핵심임을 자신도 알고 있기 때문이기도 했다.

도미니크가 천천히 미소를 흘렸다. "피터, 당신이 그런 질문을 하는 걸 사람들이 들었다면 웃었을 거예요. 더군다나 나한테 그런 질문을 했으니."

"그래요, 알아요, 하지만 …… 당신이 나에 대해 하는 말들이 모두 진심인가요?"

"잘 먹히고 있잖아요."

"그렇긴 하지만, 그래서 날 선택한 건가요? 내가 훌륭하다고 생각해서?"

"당신은 불타나게 팔리고 있어요. 그게 증거 아닌가요?"

"그래요……. 아니 …… 내 말은 …… 다른 방식으로 …… 그러니까 …… 도미니크, 당신 입으로 한 번이라도, 단 한 번만이라도 듣고 싶어요. 내가……."

"피터, 난 지금 바로 일어나야 해요. 하지만 그 전에 말해줄 게 있어요. 내일이나 모레쯤 론즈데일 부인에게서 연락이 갈 거예요. 명심할 점은, 그녀가 금주법 옹호자이고, 개를 좋아하고, 담배 피우는 여자들을 싫어하고, 환생을 믿는다는 거예요.

그리고 퍼디 부인의 집보다 더 잘 짓고 싶어 해요. 퍼디 부인 집은 홀쿰이 지었죠. 그러니까 그녀에게 퍼디 부인 집은 저속하게 화려하다고, 진정한 단순함이 더 고급이라고 하세요. 그럼 일이 잘 풀릴 거예요. 프티푸앵(petit point: 정교한 캔버스 자수의 한 종류—옮긴이) 얘기를 해도 좋아요. 론즈데일 부인의 취미니까."

키팅은 론즈데일 부인의 집에 대해 생각하며 행복하게 레스토랑을 나섰다. 도미니크에게 던진 질문에 대해서는 까맣게 잊고 있었다. 나중에 그는 그 사실을 떠올리고 분노하며 어깨를 으쓱했다. 그러고는 도미니크에게 가장 고마운 건 자신을 만나고 싶어 하지 않는 거라고 웅얼거렸다.

키팅은 그것에 대한 보상으로 투히의 미국 건축가위원회에 참석해서 즐거움을 찾았다. 그게 보상으로 여겨지는 이유는 알 수 없었지만 보상이 되는 건 사실이었고 마음이 편안했다. 그는 고든 L. 프레스콧의 건축의 의미에 대한 연설을 열심히 경청했다.

"따라서 우리 건축의 본질적인 중요성은 우리가 무(無)를 다룬다는 철학적 사실에 있습니다. 우리는 육체들이 활동할 수 있는 빈 공간을 만듭니다. 우리는 인간의 편의를 위한 공간을 고안합니다. 제가 빈 공간이라고 부르는 것은 흔히 방이라고 알려진 것을 의미합니다. 따라서 우리가 돌벽을 쌓고 있다고 생각하는 사람들은 어리석은 문외한입니다. 우린 그런 걸

하지 않습니다. 제가 증명해드린 바와 같이 우리는 빈 공간을 만듭니다. 이는 어마어마한 중요성을 지닌 귀결로 이어지며, 그 귀결은 '부재'가 '존재'보다 우월하다는 전제의 무조건적인 수용입니다. 그리고 그건 곧 비수용의 수용입니다. 쉬운 표현을 써서 명확하게 말하면 '아무것도 아닌 것'이 '어떤 것'보다 우월합니다. 따라서 건축가는 분명 벽돌공 이상의 존재이며 사실 벽돌이라는 것도 이차적인 환상에 불과합니다. 건축가는 본질을 다루는 형이상학적 사제이며, 비실제로서의 실제라는 근본적인 개념을 직시할 용기를 지닌 사람이죠. 건축가는 무를 창조하니까요. 제 말이 모순처럼 들린다면 그건 잘못된 논리이기 때문이 아니라 차원 높은 논리, 모든 삶과 예술의 변증법이기 때문입니다. 만일 여러분이 이 근본적 개념에서 필연적인 추론을 이끌어내고자 한다면 엄청난 사회학적 중요성을 지닌 결론에 도달할 수도 있습니다. 아름다운 여인이 아름답지 못한 여성보다, 지식인이 문맹보다, 부자가 빈자보다, 유능한 사람이 무능한 사람보다 열등하게 보일 수도 있습니다. 건축가는 우주적 패러독스의 구체적인 실례입니다. 우리 그런 깨달음에 지나치게 자만하지는 맙시다. 다른 모든 건 헛소리에 불과합니다."

그 연설을 듣고 있을 때는 자신의 가치나 위대함에 대해 걱정할 수가 없었다. 자존심을 불필요한 것으로 만드는 연설이기 때문이었다.

키팅은 큰 만족감을 느끼며 연설을 들었다. 주위를 흘낏 둘러보니 다들 조용히 경청하고 있었다. 그들도 키팅처럼 그 연설을 좋아하는 듯했다. 껌을 씹고 있는 청년과 성냥갑 모서리로 손톱 밑을 청소하는 남자, 무례하게 기지개를 켜는 청년이 보였다. 그런 모습들 또한 키팅을 흡족하게 했는데, 숭고한 연설을 듣는 건 기쁘지만 숭고함에 대해 지나치게 경건할 필요는 없다는 의미인 것 같아서였다.

미국 건축가위원회는 한 달에 한 번씩 모임을 가졌고 연설을 들으며 싸구려 음료를 홀짝거리는 것 외에는 특별한 활동을 하지 않았다. 회원도 양적으로나 질적으로나 빠른 성장을 보이지 않았다. 구체적인 성과도 없었다.

위원회 모임은 웨스트사이드에 있는 어느 자동차정비소 위층의 널따란 빈 공간에서 열렸다. 환기 장치가 없는 길고 좁은 계단을 올라가면 위원회 명판이 붙은 문이 나왔고, 그 안에는 접는 의자들과 회장의 탁자, 그리고 쓰레기통 하나가 있었다. 건축가협회에서는 건축가위원회를 어리석은 장난쯤으로 여겼다.

"왜 그런 괴짜들에게 시간을 낭비하고 있나?" 프랭컨이 장밋빛 조명과 안락한 새틴 의자를 갖춘 건축가협회에서 콧등을 찌푸려 깐깐한 흥미를 나타내며 물었다.

그러자 키팅이 쾌활하게 대답했다. "저도 그걸 모르겠어요. 그냥 그들이 좋아요."

엘즈워스 투히는 모임이 열릴 때마다 참석했지만 연설은 하지 않았다. 구석에 조용히 앉아 듣고만 있었다.

어느 날 밤, 키팅과 투히는 모임이 끝나고 웨스트사이드의 어둡고 초라한 거리를 걸어가다가 커피를 마시러 허름한 약국(drugstore: 미국 약국에서는 약과 함께 잡화, 음료, 가벼운 식사까지 판매한다—옮긴이)으로 들어갔다.

"약국이 어때서? 적어도 여기선 우릴 알아보고 성가시게 구는 사람들이 없잖나?" 키팅이 투히를 고객으로 두어 유명해진 고급 레스토랑들에 대해 언급하자 투히가 말했다.

투히는 칸막이 좌석 위의 낡은 코카콜라 광고판에 이집트 담배 연기를 내뿜으며 샌드위치를 주문했다. 그는 파리똥이 묻은 것처럼 보이는(실제로 묻은 건 아니지만) 피클 한 조각을 까다롭게 조금씩 갉아먹으며 키팅에게 이런저런 이야기들을 했다. 처음에는 그가 무슨 말을 하는지는 중요하지 않았다. 그의 목소리, 엘즈워스 투히의 비길 데 없는 목소리만이 중요했다. 키팅은 별들이 총총한 광야 한가운데서 확신과 안도감을 느끼며 서 있는 듯했다.

그 목소리가 부드럽게 말했다. "친절이지, 피터, 친절. 그게 첫째가는 계명이고 어쩌면 유일할 계명일 수도 있지. 그래서 어제 내 칼럼에서 그 새 연극을 혹평한 것이네. 그 연극엔 필수적인 친절이 빠져 있어. 피터, 우린 주위의 모든 사람에게 친절해야만 하네. 우린 수용하고 용서해야 하네. 우리 각자에겐 용서받을 것들이 너무도 많지. 만일 우리가 가장 비천하고, 가장 보잘것없고, 가장 열등한 것까지, 모든 걸 사랑하는 법을 배우게 된다면 우리 안의 가장 열등한 것도 사랑받게 될 걸세. 그럼 전 인류의 평등, 형제애라는 위대한 평화, 새 세상을 발견하게 될 걸세. 피터, 아름다운 새 세상……."

9

 엘즈워스 몽크턴 투히가 자신의 집 잔디밭 앞을 지나가는 조니 스토크스에게 호스로 물을 뿌린 건 그가 일곱 살 때의 일이었다. 조니는 일요일이라 가장 좋은 옷을 빼입고 있었는데 그의 집은 몹시 가난했기에 일 년 반을 기다려서야 그 옷을 사 입을 수 있었다. 엘즈워스는 몰래 접근하거나 몸을 숨기지 않고 체계적이고 고의적으로 공공연히 그런 짓을 저질렀다. 수도꼭지로 걸어가서 물을 틀고 잔디밭 한가운데 서서 실수 없이 조니를 겨냥해 물을 뿌렸다. 조니의 어머니가 몇 걸음 뒤에서 아들을 따라오고 있었고 투히의 부모님과 마침 집에 찾아온 목사가 포치에서 모든 걸 보고 있었다. 조니 스토크스는 보조개와 금빛 고수머리를 가진 똑똑한 아이였고 늘 사람들의 주목을 받았다. 반면 엘즈워스 투히는 사람들의 시선을 끌지 못했다.

 어른들은 너무 놀라고 충격을 받은 나머지 엘즈워스에게 달려가 말릴 생각도 하지 못하고 멍하니 구경만 하고 있었다.

투히는 손에서 거세게 요동치는 호스의 반동을 작고 가녀린 몸으로 버텨내며 스스로 성이 찰 때까지 악착같이 목표물에 호스를 겨냥하고 있었다. 이윽고 그는 쉭쉭거리며 물을 내뿜는 호스를 잔디밭에 내려놓고 포치를 향해 두 발짝 걸어가서 고개를 뻣뻣이 들고 처벌을 기다렸다. 조니가 직접 응징하려고 했지만 그의 어머니가 붙잡고 말렸다. 엘즈워스는 뒤쪽에 있는 조니와 그 어머니를 돌아보지 않고 자신의 어머니와 목사를 보면서 천천히, 분명하게 말했다. "조니는 나쁜 깡패예요. 학교 애들을 다 때려요." 그건 사실이었다.

엘즈워스의 처벌은 윤리적인 문제가 되었다. 그러잖아도 엘즈워스는 워낙 몸이 가냘프고 허약해서 어떤 상황에서든 처벌이 쉽지 않았는데 이번에는 불의에 맞서 자신을 희생한 것이라 벌을 주는 것 자체가 옳지 않은 듯했다. 엘즈워스는 약한 몸을 하고도 용감하고 당당하게 정의로운 복수에 나섰고 그런 모습은 한편으로는 순교자처럼 보이기까지 했다. 그건 엘즈워스가 한 말이 아니고(그는 더는 아무 말도 하지 않았다) 그의 어머니가 한 말이었다. 목사도 그 말에 동의했다. 결국 엘즈워스는 저녁을 굶고 방에서 근신하는 벌을 받았다. 엘즈워스는 불평하지 않았다. 얌전히 방에 틀어박혀 있었고 밤늦게 어머니가 아버지 몰래 갖다 준 음식도 거부했다. 엘즈워스의 아버지 투히 씨는 조니의 어머니 스토크스 부인에게 옷값을 물어주겠다고 고집했다. 엘즈워스의 어머니는 스토크스 부인을 좋아하지 않았기에 부루퉁하니 남편의 고집을 받아들였다.

엘즈워스의 아버지는 전국적인 유통망을 지닌 신발 가게의 보스턴 지점을 운영하고 있었다. 그는 먹고살기에 풍족한 봉급을 받았고 보스턴 교외의 평범한 동네에 화려하지는 않지만 안락한 집을 갖고 있었다. 그에게는 자기 소유의 사업체를 갖지 못한 것이 평생의 은밀한 슬픔이었다. 하지만 그는 조용하고 양심적이며 성실하고 상상력이 부족한 인물이었고 이른 결혼으로 야망을 접을 수밖에 없었다.

엘즈워스의 어머니는 가냘프고 불안정한 여자로 9년 동안 다섯 개의 종교를 받아들였다가 버린 경력이 있었다. 그녀는 인생의 전성기인 몇 년 동안만 아름답게 보이는 섬세한 용모의 소유자이기도 했다. 엘즈워스는 그녀의 우상이었다. 엘즈워스보다 다섯 살 많은 누나 헬렌은 착하고 평범한 소녀로 아름답지는 않지만 예쁘고 건강했고 아무 문제도 일으키지 않았다. 하지만 엘즈워스는 태어날 때부터 병약했다. 그의 어머니는 갓 낳은 아들이 살아남기 어렵겠다는 의사의 말을 들은 순간부터 아들을 애지중지하게 되었다. 결코 사랑스럽지 않은 존재를 향한 자신의 넘치는 사랑을 깨달으며 그녀는 영적 성장을 이룰 수 있었다. 엘즈워스가 창백하고 흉하게 보일수록 아들에 대한 그녀의 사랑은 더욱 뜨거워져갔다. 아들이 불구가 되지 않고 살아남자 실망 비슷한 걸 느꼈을 정도였다. 그녀는 헬렌에게는 거의 관심이 없었는데 헬렌을 사랑하는 건 순교정신이 아니기 때문이었다. 헬렌은 엘즈워스보다 훨씬 더 사랑스러운 존재임이 확실했기에 오히려 헬렌을 사랑하지 않는 것이 정당하게 느껴졌다.

엘즈워스의 아버지 투히 씨는 스스로도 그 이유를 설명할 수는 없었지만 아들을 좋아하지 않았다. 하지만 엘즈워스는 집안의 통치자 노릇을 했고 그의 부모는 묵묵히 자발적으로 복종했다. 그의 아버지는 자신이 왜 아들에게 복종하고 있는지 끝내 납득하지 못했지만 말이다.

저녁에 가족이 모두 거실에 모여 앉아 있을 때면 엘즈워스의 어머니 투히 부인은 지레 분노와 패배감에 찬 긴장되고 도전적인 목소리로 말을 꺼내곤 했다. "호레이스, 자전거를 사야겠어요. 엘즈워스의 자전거. 그 나이의 사내아이들은 다 갖고 있어요. 윌리 러벳도 며칠 전에 샀고요. 호레이스, 엘즈워스에게 자전거를 사주고 싶어요."

그러면 투히 씨는 지친 목소리로 대답했다. "지금 당장은 안 돼요, 메리. 내년 여름에나 사줍시다. 지금은 형편이 안 돼서……."

투히 부인은 부르르 떨며 언성을 높여 따졌다.

"어머니, 그걸 뭐하러 사요?" 엘즈워스가 부드럽고 낭랑하며 분명한 목소리로 끼어들었다. 그의 목소리는 부모님 목소리보다 낮으면서도 그들을 압도하는 당당함과 묘한 설득력을 지니고 있었다. "우린 자전거보다 더 필요한 게 많아요. 윌리 러벳에 대해 왜 신경 쓰세요? 전 윌리를 좋아하지 않아요. 윌리는 멍청이예요. 그리고 윌리는 자전거를 살 돈이 있어요. 걔네 아버지가 포목점 주인이잖아요. 걔네 아버진 자랑쟁이예요. 전 자전거 사기 싫어요."

그 말은 모두 사실이었고 엘즈워스는 진심으로 자전거를 사고 싶지 않았다. 그런데도 투히 씨는 엘즈워스가 왜 그런 이야기를 했을까 의아해하며 이상한 눈으로 아들을 바라보았다. 엘즈워스의 눈이 작은 안경알 속에서 멍하니 그를 마주 보고 있었다. 그 눈은 과시적으로 상냥하지도, 책망이나 악의가 들어 있지도 않았고 그저 멍했다. 투히 씨는 아들의 이해심을 고맙게 받아들여야 한다고 느끼면서도 아들이 윌리 아버지가 포목점 주인이란 이야기는 하지 않았다면 좋았을 거라고 생각했다.

엘즈워스는 자전거를 사지 않았다. 그 대신 집에서 정중한 관심을 받게 되었는데 어머니의 관심에는 애정과 죄책감이, 아버지의 관심에는 불안감과 의심이 들어 있었다. 투히 씨는 아들과의 대화에 말려드는 것이 극도로 꺼려지면서도 한편으로는 그런 공포를 느끼는 자신이 바보처럼 여겨지고 부아가 치밀었다.

"호레이스, 새 양복을 사야겠어요. 엘즈워스의 양복. 오늘 쇼윈도에 걸린 옷을 봤는데······."

"어머니, 전 양복이 네 벌이나 돼요. 뭣 때문에 또 사요? 전 매일 옷을 갈아입는 팻 누넌처럼 멍청하게 보이고 싶지 않아요. 걔네 아버지는 아이스크림 가게 주인이라 그런 거잖아요. 팻은 계집애처럼 옷에 신경 써요. 전 계집애처럼 되고 싶지 않아요."

이따금 투히 부인은 엘즈워스가 성자가 될 거라고 생각하며 행복감과 놀라움에 젖었다. 엘즈워스는 물질적인 것에 조금도 관심이 없으니까. 그건 사실이었다. 엘즈워스는 물질적인 것에 전혀 관심이 없었다.

엘즈워스는 창백하고 야윈 아이로 위장이 약해서 어머니가 늘 식단에 신경을 써야 했으며 코감기를 달고 살았다. 하지만 그 왜소한 몸에 어울리지 않는 놀랍도록 낭랑한 목소리를 지니고 있었다. 그는 성가대에서 노래를 불렀는데 그 목소리를 따라갈 자가 없었다. 그는 학교에서도 모범생이었다. 늘 수업을 잘 이해하고, 습자책 글씨도 단정하고 깔끔했으며, 손톱도 깨끗했다. 주일학교를 무척 좋아하고 소질 없는 운동보다는 책 읽기를 더 좋아했다. 수학은 잘하지도, 좋아하지도 않았지만 역사와 영어, 윤리, 습자는 뛰어났고 나중에는 심리학과 사회학에서도 두각을 나타냈다.

엘즈워스는 성실하게 열심히 공부했다. 반면 조니 스토크스는 수업도 열심히 듣지 않고 집에서는 책도 펴지 않았지만 선생님이 설명하기도 전에 모든 걸 알았다. 조니에게는 강한 주먹, 건강한 몸, 눈부시게 잘생긴 얼굴, 넘치는 활기를 비롯한 모든 것이 그러하듯 배움도 거저 주어졌다. 하지만 조니는 충격적이고 예기치 못한 행동을 보였고, 엘즈워스는 예상된 행동을 그 누구보다 훌륭하게 해냈다. 작문을 할 때도 조니는 놀라운 반항정신을 발휘하여 반 친구들을 아연실색하게 만들었다. '학창시절—인생의 황금기'라는 주제가 주어지자 조니는 자신이 학교를 왜, 얼마나 싫어하는지에 대해 뛰어난 에세이를 써냈다. 반면 엘즈워스는 학창 시절의 영광에 대한 산문시를 썼고 그 시는 지역신문에까지 실렸다.

엘즈워스는 이름과 날짜의 암기에 있어서는 조니를 납작하게 눌렀다. 엘즈워스의 기억력은 굳지 않은 시멘트와 같아서 거기 찍히는 건 무엇이든 고스란히 남았다. 조니가 간헐천이라면 엘즈워스는 스펀지였다.

친구들은 그를 '엘지 투히'라고 불렀다. 그들은 엘즈워스가 제멋대로 하도록 내버려두었고 가능한 그를 피했다. 그들에게 엘즈워스는 종잡을 수 없는 아이였다. 공부를 도와줄 때는 친절하고 믿을 만한 친구였지만 누구든 마음에 들지 않으면 날카로운 재치로 진짜 상처가 되는 별명을 붙여 철저히 짓밟아놓았던 것이다. 그는 담벼락에 지독한 만화들을 그려놓았고, 계집애 같은 특징들은 다 갖고 있으면서도 정작 그런 아이로 분류되지는 않았다. 엘즈워스는 지나친 자신감과 세상 모든 사람에 대한 조용하고 교활한 경멸을 품고 있었다.

엘즈워스는 길 한가운데서 힘센 아이들에게 당당히 다가가서는 온 동네에 다 들리도록 크고 분명한 목소리로 화도 내지 않고(엘즈워스 투히가 화내는 걸 본 사람은 아무도 없었다) 말하곤 했다. "조니 스토크스는 엉덩이를 기운 바지를 입었어. 조니 스토크스는 임대아파트에 살아. 윌리 러벳은 열등생이야. 팻 누넌은 가톨릭 교인이야." 조니도 다른 아이들도 엘즈워스를 때리지 않았는데 그건 엘즈워스가 안경을 쓰고 있기 때문이었다.

엘즈워스는 공으로 하는 게임에 끼지 못했지만 몸이 허약한 다른 아이들처럼 그것에 대해 좌절하거나 부끄러워하지 않고 오히려 자랑스럽게 여겼다. 그는 몸으로 하는 운동을 천박하게 여겼고 그런 의견을 스스럼없이 말했다. 두뇌가 체력보다 더 강한 거라고 주장했다.

엘즈워스에게는 가까운 친구가 없었다. 그는 공평하고 청렴한 인물로 여겨졌다. 그의 어린 시절에는 그의 어머니가 몹시 자랑스러워하는 두 가지 사건이 있었다.

부잣집 아들에 인기도 많은 윌리 러벳과 과부 재봉사의 아들이며 늘 코를 흘리고 징징거리는 코찔찔이 문이 같은 날 생일파티를 열게 되었다. 코찔찔이의 생일 초대는 다른 데서 초대받지 못한 아이들 외에는 아무도 받아들이지 않았다. 두 군데서 초대받은 아이 중에 윌리 러벳을 무시하고 코찔찔이의 파티에 간 건 엘즈워스 투히뿐이었고, 코찔찔이네 파티는 예상대로 초라하고 아무 재미도 없었다. 그 일이 있은 후 몇 달 동안 윌리 러벳의 적들은 코찔찔이에게도 밀렸다고 윌리 러벳을 놀려댔다.

또 한 가지 사건은 팻 누넌이 엘즈워스에게 젤리과자 한 봉지를 뇌물로 주며 시험지를 보여달라고 부탁한 것이 발단이 되었다. 엘즈워스는 과자를 받고 시험 볼 때 팻에게 답을 보여주었다. 그러고는 일주일 후 선생님께 찾아가 뜯지도 않은 과자봉지를 선생님 책상에 내놓고 자신의 죄를 고백했다. 하지만 공범의 이름은 말하지 않았다. 선생님이 공범을 밝혀내려고 갖은 노력을 다했지만 엘즈워스는 끝내 비밀을 지키며 공범이 우등생 중 하나라고, 자신의 양심 때문에 그 친구의 성적에 피해를 끼칠 수는 없다고만 설명했다. 결국 엘즈워스 혼자만 방과 후 두 시간 동안 학교에 남는 벌을 받았다. 선생님은 그 문제를 덮고 시험 성적을 그대로 둘 수밖에 없었다. 하지만 조니 스토크스와 팻 누넌을 비롯한 그 반의 모든 우등생이 의심을 받게 되었다.

엘즈워스는 열일곱 살 때 어머니를 여의었다. 아버지의 노처녀 여동생 애들라인이 와서 함께 살며 가족을 보살피게 되었다. 애들라인 고모는 키가 크고 얼굴이 말상이었으며 유능하고 지극히 상식적이었다. 그녀에게 평생의 은밀한 슬픔이 있다면 연애를 해보지 못했다는 것이었다. 그녀는 헬렌은 금방 좋아했지만 엘즈워스는 지옥에서 온 악동으로 여겼다. 하지만 엘즈워스는 애들라인 고모에게 정중히 예의를 지켰다. 손님, 특히 남자 손님이 있을 때 고모가 손수건을 떨어뜨리면 얼른 달려가 주워주고 의자도 빼주었다. 밸런타인데이에는 종이레이스와 장미꽃과 사랑의 시가 적힌 아름다운 카드를 보내주었다. 그리고 크고 낭랑한 목소리로 '사랑스러운 애들라인' 노래도 불러주었다.

한번은 고모가 그에게 이렇게 말했다. "엘지, 넌 상처를 먹고 사는 구더기야."

그러자 엘즈워스가 대꾸했다. "그럼 굶어죽진 않겠네요."

얼마 후 두 사람은 무장중립 상태에 이르렀다. 엘즈워스는 멋대로 굴면서 자라도록 방치되었다.

고등학교 때 엘즈워스는 스타 웅변가로 그 지역의 유명인사가 되었다. 그 학교에서는 몇 해 동안 장래가 촉망되는 학생을 훌륭한 연사가 아닌 '투히 같은 인물'이라고 칭했다. 엘즈워스는 모든 대회에서 우승을 거머쥐었다. 대회가 끝나면 청중은 '그 아름다운 소년'에 대해 이야기했다. 그들은 푹 꺼진 가슴과 부실한 다리, 그리고 안경까지 낀 애처로울 정도로 왜소한 몸이 아닌 목소리를 기억했다. 엘즈워스는 토론대회도 휩쓸었다. 그는 무엇이든 증명할 수 있었다. 한번은 "펜이 칼보다 강하다."에 찬성하는 입장에서 윌리 러벳을 물리친 후 입장을 맞바꾸어 다시 겨뤄서 또 승리하기도 했다.

엘즈워스는 열여섯 살 때까지 목사라는 직업에 마음이 끌렸다. 그는 종교에 심취해서 신과 영혼에 대한 이야기를 많이 했다. 그리고 종교 관련 서적들을 탐독했다. 그는 신앙의 본질보다는 교회의 역사에 대한 책을 더 많이 읽었다. 그는 "온유한 사람들이 땅을 차지할 것이다."라는 성경 구절을 주제로 위대한 웅변을 해서 청중을 울리기도 했다.

이 시기에 그는 친구들을 사귀기 시작했다. 그는 신앙에 대해 이야기하는 걸 좋아했고 그걸 들어줄 사람들을 찾아냈다. 반에서 똑똑하고 힘세며 유능한 아이들은 그의 이야기를 들으려 하지도, 그를 필요로 하지도 않았다. 불우하고 고통받는 아이들만 그에게 다가왔다. 코찔찔이 문이 충직한 개처럼 말 없이 그를 따라다니기 시작했다. 어머니를 잃은 빌리 윌슨도 저녁이면 엘즈워스의 집으로 찾아와 포치에 엘즈워스와 나란히 앉아 애원 어린 메마른 눈을 크게 뜨고 아무 말 없이 이따금 진저리를 치며 엘즈워스의 이야기에 귀 기울였다. 소아마비를 앓은 말라깽이 딕스는 침대에 누워 엘즈워스를 기다리며 창밖 길모퉁이를 바라보고 있었다. 낙제생인 꼴통 헤이즐턴은 엘즈워스를 찾아와 몇 시간 동안 울었고 엘즈워스는 그의 어깨에 차갑고 침착한 손을 얹고 있었다.

그들이 먼저 엘즈워스를 발견했는지, 아니면 엘즈워스가 그들을 발견한 것인지는 확실하지 않았다. 마치 자연의 법칙처럼, 자연이 진공을 허용하지 않듯이 고통과 엘즈워스 투히는 서로를 끌어당겼다. 그의 아름답고 낭랑한 목소리가 그들에게 이렇게 말했다.

"고통받는 건 좋은 거야. 불평하지 마. 견디고, 구부러지고, 받아들여. 하느님이 고통을 주신 걸 감사히 여겨. 왜냐하면 고통이 행복하게 웃는 사람들보다 너를 더 훌륭하게 만들어주니까. 그걸 이해하지 못하겠으면 이해하려고 애쓸 거 없어. 모든 나쁜 일은 마음에서 오는 거야. 마음이 너무 많은 질문들을 하기 때문이지. 이해하는 것이 아니라 믿는 것이 축복이야. 낙제를 했어도 그걸 기쁘게 받아들여. 그건 너무 많이, 너무 쉽게 생각하는 똑똑한 애들보다 네가 더 훌륭하다는 뜻이니까."

사람들은 엘즈워스의 친구들이 그에게 매달려 있는 게 감동적이라고 말했다. 그들은 일단 엘즈워스를 받아들이면 그 없이는 살 수가 없었다. 마약에 중독이라도 된 것처럼.

엘즈워스는 열다섯 살 때 엉뚱한 질문으로 주일학교 성경 선생님을 놀라게 하기도 했다. 선생님이 "세상을 다 얻어도 자신의 영혼을 잃으면 아무런 유익이 없다."는 구절에 대해 설명하고 있는데 엘즈워스가 질문을 던졌다. "그럼 진정한 부자가 되기 위해선 영혼들을 모아야 하는 겁니까?" 선생님은 엘즈워스를 야단치려다가 꾹 참고 그게 무슨 뜻인지 물었다. 엘즈워스는 설명하지 않았다.

엘즈워스는 열여섯 살 때 종교에 대한 흥미를 잃었다. 그는 사회주의를 발견했다.

그의 변신은 애들라인 고모를 충격에 빠뜨렸다. "첫째, 그

건 불경스럽고 말도 안 되는 헛소리야. 둘째, 사리에 맞지 않아. 엘지, 너한테 놀랐다. '영혼이 가난한 자'는 괜찮지만 그냥 '가난한 자'는 전혀 고상하지 않아. 게다가 너답지도 않아. 넌 작은 문제라면 몰라도 큰 문제를 일으킬 위인이 아냐. 엘지, 뭔가 잘못돼도 단단히 잘못됐구나. 그건 너한테 맞지 않아. 전혀 너답지 않아."

그러자 엘즈워스가 대꾸했다. "사랑하는 고모님, 첫째, 저를 엘지라고 부르지 마세요. 둘째, 고모 말은 틀렸어요."

그 변신은 엘즈워스 자신에게는 좋은 영향을 끼친 듯했다. 그는 공격적인 광신자가 되지는 않았다. 오히려 더 부드럽고 조용하며 온화해졌다. 그리고 사람들에 대한 배려심도 더 커졌다. 마치 무언가가 그에게서 신경질적인 면을 없애고 새로운 자신감을 준 듯했다. 주위 사람들이 그를 좋아하기 시작했다. 애들라인 고모도 더는 걱정하지 않게 되었다. 혁명이론에 심취한 것이 행동으로 이어지지도 않았다. 그는 정당에도 가입하지 않았다. 엄청난 독서를 하고 수상한 모임에 가끔 참석하기는 했지만 연설은 한두 번 정도밖에 하지 않았고 대단히 뛰어난 연설도 아니었다. 그리고 대개는 구석 자리에 앉아 조용히 생각에 잠겨 구경만 했다.

엘즈워스는 하버드에 진학했다. 어머니가 자신의 생명보험금을 아들의 학자금으로 쓰도록 유언을 남긴 것이다. 하버드에서 그는 최고 성적을 받았다. 그는 역사를 전공했다. 애들라인 고모는 그가 경제학이나 사회학을 전공할 것이라고 기대했고 결국 사회복지사가 될지도 모른다는 두려움을 품었으나 그렇게 되지는 않았다. 그는 문학과 미술에 심취했다. 그는 일찍이 그런 쪽으로 특별한 관심이나 소질을 보인 적이 없었기에 애들라인 고모는 좀 당황스러워하며 말했다. "엘지, 넌 예술적인 사람이 아냐. 너한테 맞지 않아."

그러자 엘즈워스가 대답했다. "고모, 잘못 아신 거예요."

엘즈워스의 교우관계는 그가 하버드에서 이룬 일들 가운데 가장 이례적인 것이었다. 그는 친구들과 적극적으로 어울렸다. 긍지 높은 명문가 자제들 틈에서 그는 자신의 초라한 배경을 숨기지 않았고 오히려 더 나쁘게 과장했다. 자신의 아버지가 신발 가게 점장이 아니라 구두 수선공이라고 말했다. 그는 저항심이나 반감, 프롤레타리아적 오만을 품고 그런 사실을 밝힌 게 아니라 마치 자신에 대한 농담처럼, 그리고 그의 미소를 자세히 들여다보면 부자 친구들에 대한 농담처럼, 말했다. 그는 속물처럼 행동했지만 파렴치한 속물처럼 굴지는 않았다. 속물적이 되지 않으려고 무진 애쓰는 자연스럽고 순수한 속물의 모습을 보였다. 그는 정중했는데 그건 호의를 얻고자 하는 정중함이 아니라 호의를 베푸는 정중함이었다. 그의 태도에는 전염성이 있었다. 사람들은 그의 우월성을 의심하지 않고 당연하게 받아들였다. '몽크' 투히를 받아들이는 것은 처음에는 재미난 일이었다가 점차 특별하고 진보적인 일로 여겨지게 되었다. 그건 하나의 승리일 수도 있었지만 엘즈워스는 그런 의식이 없는 듯했고 신경조차 쓰지 않는 듯했다. 그는 하버드의 미숙한 청년들 틈에서 이미 세세한 부분까지 정해진 장기적인 계획이 있고 그 과정에서의 사소한 사건들은 재미로 넘길 수 있는 사람처럼 확신을 갖고 행동했다. 특별한 일이 일어나는 것 같지는 않은데도 그의 미소는 이익금을 계산하는 가게 주인의 미소처럼 은밀했다.

엘즈워스는 신에 대해서나 고통의 고귀함에 대해 이야기하지 않았다. 그는 대중에 대해 이야기했다. 그는 새벽까지 이어지는 토론에서 넋을 잃고 듣고 있는 친구들에게 종교는 개인의 정신을 지나치게 중요시하고 자신의 영혼의 구원에 대해서만 설교하는 이기심의 온상이라고 주장했다.

"절대적인 미덕을 이루려면 형제를 위해 자신의 영혼에 대한 가장 사악한 죄라도 기꺼이 저지를 수 있어야만 해. 육체적인 고행은 아무 의미도 없어. 영혼의 고행만이 덕행이 될 수 있지. 너희는 자신이 인간 대중을 사랑한다고 생각해? 너희는 사랑을 몰라. 파업기금에 2달러를 기부하고 자신의 의무를 다했다고 생각해? 불쌍한 바보들! 자신이 가지고 있는 가장 소중한 걸 내놓는 게 아니라면 그 선물은 아무 가치도 없어. 자신의 영혼을 줘. 거짓말에? 그래. 다른 사람들이 그걸 믿는다면. 사기에? 그래. 다른 사람들이 그걸 필요로 한다면. 배신, 부정, 범죄에? 그래! 너희 눈에 가장 저속하고 부도덕하게 보이는 것이라도 괜찮아. 너희 자신의 그 대단한 자아를 경멸할 수 있어야만 이타심이라는 진실하고 광대한 평화를 얻고 인류의 거대한 집단정신에 합쳐질 수 있는 거야. 구두쇠의 집처럼 좁고 빽빽한 자아에는 타인에 대한 사랑이 들어갈 자리가 없어. 채워지기 위해선 먼저 비워야 해. '자신의 생명을 사랑하는 자는 잃어버릴 것이요, 이 세상에서 자기 생명을 미워하는 자는 영생을 얻을 것이다.' 교회의 아편 장수들은 그런 말을 떠들어대면서도 그 진정한 의미를 모르지. 자기희생? 그래, 친구들, 그렇고 말고. 하지만 자아를 순수하게 간직하고 그 순수함을 자랑스럽게 여기는 것으로 자기희생을 이룰 순 없지. 자기희생에는 자신의 영혼의 파괴도 포함되니까. 아, 내가 무슨 얘길 하고 있는 거지? 오직 영웅들만이 이해하고 실천할 수 있는 일인데."

엘즈워스는 고학으로 학교에 다니는 가난한 학생들에게는 별 인기가 없었다. 하지만 재벌 2세들과 3세들 다수를 추종자로 거느렸다. 엘즈워스는 그들이 스스로 유능한 존재임을 느낄 수 있도록 해주었다.

엘즈워스는 우수한 성적으로 하버드를 졸업한 후 뉴욕에 진출했다. 작고 사적인 명성이 먼저 뉴욕에 와서 그를 기다리고 있었는데 엘즈워스 투히라는 비범한 인물에 대한 몇 가지 소문이 하버드에서 뉴욕까지 전해진 것이었다. 뉴욕 최고의 지식인들과 부자들 가운데 몇 사람이 그 소문을 들었고, 소문의 내용은 금세 잊혔지만 엘즈워스 투히라는 이름은 걸출함, 용기, 이상주의 같은 의미를 막연히 함축한 채 그들의 기억에 남게 되었다.

사람들이 엘즈워스 투히에게 모여들기 시작했고, 엘즈워스는 그들에게 정신적으로 꼭 필요한 존재가 되었다. 하지만 그에게 접근하지 않는 부류도 있었으니 거기에는 본능이 작용한 듯했다. 투히는 직함도, 프로그램도, 조직도 없었지만 무슨 이유에선지 그의 사람들은 처음부터 추종자로 불렸다. 어떤 사람이 투히의 추종자들이 보이는 충성심에 대해 언급하자 투히를 시샘하는 경쟁자가 말했다. "투히에겐 잘 달라붙는 부류가 꼬이지요. 제일 잘 달라붙는 두 가지가 뭔지 아시오? 진흙과 풀이지요."

어쩌다 그 말을 들은 투히는 웃으며 어깨를 으쓱하고는 이렇게 반박했다. "아, 잠깐, 잠깐, 잠깐, 잘 달라붙는 거야 그 외에도 아주 많지요. 반창고, 거머리, 캐러멜, 젖은 양말, 고무 거들, 껌, 타피오카 푸딩." 그는 웃음을 거두고 자리를 뜨며 어깨너머로 덧붙였다. "그리고 시멘트."

그는 뉴욕의 한 대학에서 〈14세기 도시 건축의 집단적 양식〉이란 논문으로 석사학위를 받았다. 그는 잡다한 일들을 하면서 바쁘게 생계를 이어갔고 아무도 그의 모든 활동을 파악할 수가 없었다. 그는 대학에서 진로 상담도 하고, 책과 연극과 미술 전시회 평도 쓰고, 칼럼도 쓰고, 소수의 모호한 청중에게 강연도 했다. 그의 일에는 몇 가지 두드러진 성향이 있었다. 서평을 할 때 그는 도시보다는 흙을, 천부적인 재능을 가진 인물보다는 평범한 인물을, 건강한 사람보다는 병든 사람을 다룬 소설을 선호했다. 글을 쓸 때도 '힘없는 사람들'에 대한 이야기가 나오면 특별한 열정이 넘쳤고, '인간적인'이란 형용사를 가장 즐겨 사용했다. 사건보다는 성격 연구를, 성격 연구보다는 묘사를 더 좋아했다. 그는 줄거리가 없는 소설을 좋아했고, 특히 주인공 없는 소설을 제일 좋아했다.

투히는 진로 상담가로 뛰어난 능력을 보였다. 대학에 있는 그의 작은 사무실은 비공식적인 고해소가 되었고, 학생들이 학업 문제는 물론 사적인 고민까지 들고 왔다. 투히는 한결같은 온화하고 진지한 태도로 과목 선택과 연애, 특히 진로에 대해 상담해주었다.

투히는 연애 상담을 할 때면 포기를 권했다. 술 먹고 노는 파티에나 어울리는 매력적이고 헤픈 여자와의 연애에 관한 고민이라면 "우리 현대적이 되자."고 말하며 헤어지라고 했다. 깊고 열정적인 애정에 관한 고민이면 "우리 어른답게 굴자."고 했다. 한 남학생이 찾아와 불미스러운 성 경험 후의 수치심에 관해 고백하자 신경 쓸 것 없다고 충고했다. "학생한테 아주 다행스런 일이야. 우리가 인생을 살면서 일찌감치 버려야 할 게 두 가지 있는데, 하나는 개인적인 우월감이고, 나머지 하나는 성행위에 대한 지나친 경외감이지."

엘즈워스 투히는 진로 상담을 할 때 학생이 선택한 진로를 그대로 따르게 하는 법이 거의 없었다. "아니, 내가 자네라면 법조계로 가지 않을 걸세. 자넨 그 일에 대해 지나치게 열정적이고 긴장되어 있어. 자신의 직업에 대한 병적인 헌신은 행복도, 성공도 가져다주지 못하지. 차분하고 사무적으로 임할 수 있는 직업을 선택하는 게 더 현명해. 그래, 그 직업을 싫어한다고 해도. 그러면 더 현실적일 수 있지." …… "아니, 난 자네가 음악을 계속하는 걸 권하지 않네. 음악이 너무 쉽게 왔다는 건 자네의 재능이 피상적인 것이라는 확실한 증거지. 바로 그게 문제야. 자네가 음악을 사랑한다는 것. 그건 어린애 같은 이유라는 생각 안 드나? 포기하게. 그래, 죽을 것처럼 고통스럽다고 해도." …… "아니, 유감스럽군. 찬성한다고 말해주고 싶은 마음은 간절하지만 그럴 수가 없네. 자네가 건축을 마음에 둔 건 순전히 이기적인 선택이었네, 안 그런가? 자신의 이기적인 만족 외에 고려한 게 있나? 직업을 선택할 때는 사회 전체를 고려해야 하네. 자신이 인류를 위해 가장 유용하게 쓰일 수 있는 곳이 어디인지를 제일 우선적으로 생각해야지. 중요한 건, 사회로부터 무엇을 얻을 수 있느냐가 아니라 사회에 무엇을 줄 수 있느냐네. 그리고 사회봉사의 기회로 따지면 외과의사만 한 직업이 없지. 잘 생각해보게."

그의 충고에 따른 학생들 중에는 사회에 나가 크게 성공한 경우도, 실패한 경우도 있었다. 자살한 사람은 단 한 명뿐이었다. 투히는 그들에게 좋은 영향을 미쳤다는 평가를 받았는데 그들이 학교를 떠나서도 그를 잊지 않았기 때문이다. 몇 년이 지난 후에도 그들은 여러 가지 일로 상담도 받으러 오고 편지도 보내며 그에게 의지했다. 그들은 자동 시동장치가 없어서 외부에서 시동을 걸어줘야만 하는 기계 같았다. 그리고 투히는 아무리 바빠도 그들을 소홀히 하지 않았다.

투히의 인생은 도시의 광장처럼 사람들로 북적거리고 공개적이며 비개인적이었다. 인류의 친구인 그에게는 사적인 친구가 단 한 명도 없었다. 사람들이 그에게 다가왔지만 그는 아무에게도 가까이 다가가지 않았다. 그는 모두를 받아들였다. 그의 애정은 드넓은 모래밭처럼 곱고 평평하고 금빛으로 반짝였다. 모래언덕을 만드는 차별의 바람은 불지 않았다. 모래밭은 고요히 펼쳐져 있고, 태양은 높이 떠 있었다.

투히는 쥐꼬리만큼 벌면서도 여러 단체에 돈을 기부했다. 그는 개인에게는 단 1달러도 빌려주지 않았다. 그는 부자 친구들에게 가난한 개인을 도와주라는 부탁은 절대 하지 않았지만 그들에게 거금을 거둬 사회복지관이나 레크리에이션 센터, 윤락녀 수용소, 장애아 학교 같은 자선단체들에 기부했다. 그는 그 모든 단체에서 무보수 이사로 활동했다. 각양각색의 사람들이 운영하는 수많은 자선사업들과 급진적 간행물들이 하나의 공통분모로 연결되어 있었으니, 그건 바로 그 단체들의 문구류에 엘즈워스 M. 투히의 이름이 박혀 있다는 것이었다. 투히는 이타주의의 1인 지주회사와도 같았다.

투히의 인생에서 여자는 아무 역할도 하지 못했다. 그는 섹스에 흥미를 느낀 적이 없었다. 어쩌다 한 번씩 은밀한 욕구를 느낄 때면 젊고 날씬하고 가슴 크고 골 빈 여자들을 찾았다. 킥킥대는 웨이트리스, 혀 짧은 소리를 하는 손톱미용사, 무능한 속기사 같은 분홍색이나 보라색 원피스를 입고 작은 모자를 뒤통수에 쓰고서 곱슬곱슬한 금발을 이마에 늘어뜨리고 다니는 아가씨들이 그의 취향이었다. 그는 지적인 여자들에게는 무관심했다.

그는 가족을 부르주아적 제도라고 주장했지만 그걸 요란하게 떠벌리거나 자유연애를 부르짖지는 않았다. 그는 섹스라는 주제를 따분하게 여겼다. 그는 세상 사람들이 그 빌어먹을 것에 대해 지나치게 법석을 떨어대고 있다고, 섹스는 중요한 게 아니라고, 세상에는 그보다 훨씬 중요한 문제들이 아주 많다고 생각했다.

그렇게 세월이 흘렀다. 그의 분주한 하루하루는 거대한 슬롯머신 속으로(회전판의 그림의 조합에는 아무 관심도 없이) 꾸준히 떨어지는 반환되지 않는 작고 깔끔한 동전 같았다. 그러다 그의 많은 활동들 중 하나가 서서히 부각되기 시작했고, 그는 뛰어난 건축 비평가로 알려지게 되었다. 투히는 〈뉴 보이스〉와 〈뉴 패스웨이〉, 〈뉴 허라이즌〉지에 건축에 대한 글을 실었는데, 그 잡지들은 몇 년 동안 요란하게 비틀거리다가 결국 차례로 폐간되었다. 네 번째 잡지 〈뉴 프런티어스〉는 살아남았다. 엘즈워스 투히는 그 연이은 침몰과 함께 가라앉지 않은 유일한 존재였다. 건축 비평은 세인의 관심을 끌지 못하는 분야라 건축에 관한 글을 쓰려는 사람이 거의 없었고 그걸 읽는 사람은 더 적었다. 그래서 투히는 명성과 함께 비공식적인 독점권까지 얻을 수 있었다. 큰 잡지들에서 건축 관련 글을 실을 일이 생기면 그를 부르게 되었다.

1921년에 투히의 사생활에 작은 변화가 일어났다. 누나 헬렌의 딸인 캐서린 홀시가 그의 집으로 들어와 함께 살게 된 것이다. 그의 부친은 세상을 떠난 지 오래였고 애들라인 고모는 어느 소도시의 가난한 동네로 사라졌기에 캐서린이 부모를 잃자 그밖에 돌봐줄 사람이 없었다. 투히는 처음에는 조카를 데리고 살 생각이 없었다. 하지만 뉴욕에 도착한 캐서린이 기차에서 내릴 때 그 작고 수수한 얼굴이 순간적으로 아름답게 보였다. 마치 미래가 그녀 앞에 활짝 열려 있고 그 환한 빛이 벌써 그녀의 이마를 비추고 있는 것처럼. 그녀가 열성적으로, 자랑스럽게 그 미래를 맞이할 준비가 되어 있는 것처럼. 그건 미천하기 짝이 없는 한 인간이 갑자기 우주의 중심이 되는 것이 어떤 기분인지 알게 되고 그 앎으로 인해 아름다워지는, 또한 그 광경을 목격한 이들의 눈에 그런 중심을 가진 세상이 더욱 훌륭한 곳으로 비치는 희귀한 순간이었다. 엘즈워스 투히는 그 광경을 목격했고 캐서린과 함께 살기로 결심했다.

1925년에는 《돌의 교훈》이 출간되면서 명성이 찾아왔다.

엘즈워스 투히는 유행이 되었다. 지적인 귀부인들이 앞다투어 그를 파티에 초대했다. 물론 그를 싫어하고 비웃는 이들도 있었다. 하지만 엘즈워스 투히를 비웃는 건 그리 만족스러운 일이 못 되었다. 늘 그가 먼저 나서서 자신을 혹평했기 때문이다. 어느 파티에서 자기 잘난 맛에 사는 교양 없는 한 사업가가 투히의 진지한 사회이론을 듣고 있다가 독선적인 태도로 말했다. "글쎄, 난 그런 지적인 문제에 대해선 잘 모르겠소. 난 주식시장에 몸담고 있는 사람이라."

그러자 투히가 대꾸했다. "나도 정신의 주식시장에 몸담고 있습니다. 그리고 난 공매도를 하지요."

투히가 《돌의 교훈》을 통해 이룬 가장 중요한 성과는 게일 와이낸드의 뉴욕 〈배너〉에 일일칼럼을 쓰기로 계약을 맺게 된 것이었다.

그 계약은 처음에는 양측 추종자들을 충격과 분노에 휩싸이게 만들었다. 그동안 투히는 와이낸드에 대해 자주 비호의적인 언급을 해왔고, 와이낸드의 신문들도 투히에게 인쇄물에 허용되는 범위 내에서 갖은 욕을 해댔기 때문이다. 하지만 원래 와이낸드 신문들은 최대 다수의 최대 편견을 반영한다는 것 외에는 편집 정책이 없었다. 그래서 방향성 자체가 일정하지 않았지만 일관성 없고 무책임하며 진부하고 감상적이라는 점만은 확실했다. 와이낸드 신문들은 '특권'에 반대하고

'보통 사람'을 지지했지만 아무에게도 충격을 주지 않는 고상한 태도를 견지했다. 그들은 독점 행위를 고발하거나 파업을 지지하기도 했고 그 반대의 입장에 서기도 했다. 자본주의의 상징인 월스트리트를 비난하기도 하고, 사회주의를 규탄하기도 하며, 깨끗한 영화를 만들자고 촉구하기도 했다. 그들은 겉으로는 시끄럽고 요란했지만 본질적으로는 맥없이 온건했다. 엘즈워스 투히는 〈배너〉에 글을 쓰기에는 너무도 극단적인 인물이었다.

하지만 〈배너〉 편집진은 편집 정책만큼이나 까다롭지 않았다. 그들은 대중을 즐겁게 해줄 수 있는 사람이라면 누구든 받아들였다. 그래서 이런 말이 있었다. "게일 와이낸드는 돼지가 아니다. 하지만 그는 무엇이든 먹는다." 엘즈워스 투히는 큰 성공을 거두었고 대중이 갑자기 건축에 관심을 갖게 되었다. 그리고 〈배너〉에는 건축에 관한 권위자가 없었다. 따라서 엘즈워스 투히를 영입할 수밖에 없었다. 그것은 간단한 삼단논법이었다.

그렇게 해서 '하나의 작은 목소리'가 탄생하게 되었다.

〈배너〉는 그 칼럼의 탄생에 대해 이렇게 알렸다. "월요일부터 독자 여러분께 새로운 친구 엘즈워스 M. 투히를 소개합니다. 여러분 모두가 애독한 빛나는 작품 《돌의 교훈》의 저자인 투히는 건축이라는 위대한 분야를 대표하는 인물이기도 합니다. 독자 여러분이 현대 건축의 경이에 대해 궁금해하는 모든 것을 그가 친절히 알려줄 것입니다. 월요일 '**하나의 작은 목소리**'를 주목해주십시오. 뉴욕 〈배너〉에만 독점 게재됩니다." 투히가 상징하는 나머지 것들은 언급되지 않았다.

엘즈워스 투히는 그것에 대해 아무에게도 알리거나 설명하지 않았다. 자신을 팔았다고 비난하는 친구들은 그냥 무시해 버렸다. 그는 '하나의 작은 목소리'에 한 달에 한 번만 건축에 대한 이야기를 썼다. 나머지는 수백만의 정기 구독자에게 자신이 하고 싶은 말을 전했다.

투히는 와이낸드 집필진 중에 유일하게 자신이 원하는 걸 마음대로 쓸 수 있도록 계약을 맺은 사람이었다. 그것은 투히가 내세운 조건이었다. 다들 그걸 대단한 승리로 여겼지만 엘즈워스 투히 자신은 그렇지 않았다. 그는 와이낸드가 자신의 명성에 굴복한 것이거나, 아니면 자신을 굳이 구속할 가치가 없는 하찮은 존재로 여겼기 때문이리라 생각했다.

'하나의 작은 목소리'는 위험할 정도로 혁명적인 발언은 절대 하지 않았고 정치적인 이야기도 피했다. 대부분의 사람들이 동조하는 이타심, 형제애, 평등 같은 주제들에 대한 의견만을 전했다. "나는 정의롭기보다는 친절하고 싶다.", "자비는 정의보다 우월하다. 그러나 무정한 사람들은 그 반대로 생각한다.", "해부학적으로 말해서(어쩌면 다른 면에서 말하더라도) 심장은 우리에게 가장 귀중한 기관이다. 두뇌는 미신이다.", "정신적인 문제에서 간단하고 전혀 오류가 없는 판단 기준이 있으니, 자아에서 나오는 모든 것은 악하고 타인에 대한 사랑에서 나오는 모든 것은 선하다.", "봉사만이 고귀함의 유일한 상징이다. 나는 인간의 운명을 나타내는 최고의 상징을 거름으로 여기는 것에 전혀 불쾌감을 느끼지 않는다. 밀과 장미를 키워내는 건 바로 거름이다.", "최악의 대중음악이 최고의 교향곡보다 우월하다.", "형제보다 용감하다는 건 암시적으로 형제를 모욕하는 것이다. 나눌 수 없는 미덕은 추구하지 말도록 하자.", "나는 뜨거운 성냥불을 갖다 대면 평범한 형제보다 고통을 덜 느낄 천재나 영웅을 아직 보지 못했다.", "천재는 살이 부풀어 오르는 상피병처럼 크기가 과장된 것이다. 그것도 질병에 불과한지도 모른다.", "우리는 한 꺼풀 벗기면 모두 형제다. 나는 그것을 증명하기 위해 기꺼이 인간의 꺼풀을 벗을 용의가 있다."

〈배너〉 사무실에서 엘즈워스 투히는 정중한 대접을 받았고 아무런 간섭도 받지 않았다. 어떤 사람들은 게일 와이낸드가 그를 좋아하지 않는다고 쑥덕거렸다. 와이낸드가 늘 그에게 정중한 태도를 보였기 때문이다. 앨버 스카릿도 극진할 만큼 잘 대해주었지만 조심스럽게 거리를 두었다. 투히와 스카릿은 서로가 어떤 인물인지 잘 알았기에 무언의 경계 어린 균형을 유지했다.

투히는 와이낸드에게 어떤 식으로든 접근을 시도하지 않았다. 그는 〈배너〉의 중요 인물들에 대해서는 관심이 없는 듯했고 다른 사람들에게 집중했다.

투히는 와이낸드의 직원들로 클럽을 하나 조직했다. 노조가 아니라 그냥 클럽이었고, 한 달에 한 번 〈배너〉의 도서실에서 모임을 가졌다. 그 클럽은 임금이나 근무 시간, 근무 조건 같은 것에는 관심을 두지 않았으며 구체적인 프로그램도 없었다. 그저 친목도 쌓고 대화도 나누며 강연도 들었다. 강연은 거의 엘즈워스 투히가 맡았다. 그는 새로운 지평들에 대해, 대중의 목소리로서의 언론에 대해 이야기했다. 게일 와이낸드가 딱 한 번 그곳에 나타났는데 모임 중간에 불쑥 들어왔다. 투히는 미소를 보내며 그에게 회원 자격이 되니 클럽에 들라고 권했다. 와이낸드는 클럽에 들지 않았다. 30분 동안 앉아서 듣고 있다가 하품을 하며 일어나 모임이 끝나기도 전에 나가 버렸다.

앨버 스카럿은 투히가 그의 영역인 편집 정책에 관여하려 들지 않는 걸 고맙게 여겼다. 그래서 그 보답으로 결원이 생기면, 특히 중요하지 않은 직책의 경우에, 투히가 사람을 추천하는 걸 허용했다. 스카럿은 대체로 채용 문제에 관심이 없는 반면 투히는 하다못해 사환을 뽑을 때도 신경을 썼다. 그리고 투히가 추천한 사람이 늘 채용되었다. 그들 대부분이 젊고, 경솔하고, 유능하고, 눈매가 교활해 보이고, 흐느적거리는 악수를 했다. 그들에게는 다른 공통점들도 있었으나 그리 두드러지게 나타나지는 않았다.

투히가 정기적으로 참석하는 월례 모임이 몇 개 있었는데 미국 건축가위원회, 미국 작가위원회, 미국 미술가위원회가 그것들이었다. 모두 그가 조직한 단체들이었다.

  루이스 쿡은 미국 작가위원회 회장이었다. 그 모임은 바워리 가에 있는 그녀의 집 응접실에서 열렸다. 회원으로는 작품에 절대 대문자를 쓰지 않는 여자, 쉼표를 사용하지 않는 남자, 천 페이지짜리 소설을 쓰면서 알파벳 o 자를 한 번도 쓰지 않은 청년, 운율이 없는 시를 쓰는 남자, 원고에 열 페이지마다 한 번씩 출판 불가능한 욕설을 써서 자신이 세파에 닳고 닳은 인간임을 증명하는 턱수염 기른 남자 등이 있었다. 그리고 루이스 쿡을 모방하는 여자 회원도 있었는데 다른 점이 있다면 문체가 모호하다는 것이었다. 그것에 대해 설명해달라고 하자 그녀는 잠재의식의 프리즘을 통해 본 삶의 모습이 그렇다면서 이렇게 반문했다. "프리즘이 광선에 어떤 작용을 하는지 아시잖아요, 안 그래요?" 그냥 천재 아이크라고만 알려진 격정적인 청년도 있었는데 그가 평생 사랑 이야기만 한 걸 제외하고는 무엇을 이루었는지 아무도 알지 못했다.

  미국 작가위원회는, 작가들은 프롤레타리아 계급의 종이라는 내용의 선언문에 서명했다. 요지는 간단했지만 선언문은 복잡하고 길었다. 그 선언문은 전국의 모든 신문사에 보내졌다. 그러나 그 어느 신문사에서도 실어주지 않았고 〈뉴 프런티어스〉 잡지 32페이지에 겨우 소개되었다.

미국 미술가위원회는 악몽에서 본 걸 그리는 시체처럼 생긴 청년이 회장을 맡고 있었다. 그 모임에는 캔버스를 사용하지 않고 새장과 메트로놈을 갖고 작품 활동을 하는 청년, 종이에 시커멓게 칠을 한 후 고무지우개로 그림을 그리는 새로운 화법을 창안해낸 남자가 있었다. 잠재의식 속에서 그림을 그리는 땅딸한 중년 여자도 있었는데, 그녀는 그림을 그릴 때 맹세코 자신의 손을 본 적이 없고 자신의 손이 무엇을 하고 있는지도 모른다고, 지상에서는 만난 적이 없는 떠나간 연인의 영이 자신의 손을 인도한다고 주장했다. 미국 미술가위원회 회원들은 프롤레타리아 계급에 대해서는 많은 말을 하지 않았고 단지 현실과 실재하는 것의 독재에 저항할 뿐이었다.

몇몇 친구들이 엘즈워스 투히에게 개인주의에 그토록 반대하면서 하나같이 광적인 개인주의자들인 작가, 미술가들과 어울리는 것은 모순이 아니냐고 지적했다. 그러자 투히는 온화한 미소를 지으며 대답했다. "정말 그렇게 생각하나?"

그 위원회들을 진지하게 받아들이는 이는 아무도 없었다. 사람들이 그 모임들을 화제에 올리는 건 좋은 이야깃거리가 되기 때문이었다. 사람들은 그걸 아무 해로울 것 없는 재미난 농담쯤으로 여겼다. "정말 그렇게 생각합니까?" 그에 대한 투히의 반응이었다.

엘즈워스 투히는 이제 마흔한 살이었다. 그는 자신이 원하기만 하면 벌어들일 수 있는 수입에 비하면 그리 화려하다고 할 수 없는 고급 아파트에서 살고 있었다. 그는 한 가지 면에서만 자신에게 '보수적'이라는 형용사를 붙이고자 했는데 그건 바로 옷에 대한 고급 취향이었다. 그가 화를 내는 걸 본 사람은 아무도 없었다. 그의 태도는 응접실에서나 노동자 집회에서나 강단에서나 화장실에서나 섹스 중에나 한결같이 냉정하고 침착하고 즐겁고 약간 선심을 쓰는 듯했다.

사람들은 그의 유머 감각을 높이 샀다. 그는 자신을 비웃을 줄 아는 사람으로 평가되었다. "나는 위험한 인물입니다. 나를 조심하라는 경고를 받아야 했어요." 그는 세상에서 제일 터무니없는 말을 하는 듯한 어조로 사람들에게 그렇게 말하곤 했다.

그는 자신에게 붙은 많은 칭호들 중에 '인도주의자 엘즈워스 투히'를 가장 좋아했다.

10

 엔라이트 하우스는 1929년 6월에 문을 열었다.
 공식적인 행사는 없었지만 로저 엔라이트는 개인적인 만족을 위해 그 순간을 기념하고자 했다. 그는 자신이 좋아하는 몇몇 사람들을 초대하고, 유리로 된 거대한 현관문을 햇살 가득한 공기를 향해 활짝 열어젖혔다. 신문사 기자들이 몇 명 와 있었는데 로저 엔라이트와 관련된 일이고 로저 엔라이트가 그들이 오는 걸 원치 않았기 때문이다. 로저 엔라이트는 그들을 무시했다. 그는 도로 한복판에 서서 건물을 바라보다가 로비로 걸어 들어갔고, 아무 이유 없이 잠시 걸음을 멈추었다가 계속 걸었다. 그는 아무 말도 하지 않았다. 금방이라도 분노에 차서 소리를 질러댈 것처럼 얼굴을 잔뜩 찌푸리고 있었다. 하지만 로저 엔라이트의 친구들은 그가 행복해하고 있음을 알았다.
 엔라이트 하우스는 황홀경에 차서 양팔을 쳐들고 있는 듯한 모습으로 이스트 강변에 서 있었다. 수정 알갱이 같은 형상들이 층층이 아주 생생하게 이어져 있어서 마치 건물이 멈추어 있지 않고 지속적인 흐름을 이루며 위로 움직이고 있는 것만 같았다. 하지만 그건 시선의 움직임에 의한 것이었고, 그 건물을 보고 있노라면 시선은 그런 특별한 리듬에 따라 움직일 수밖에 없었다. 연회색 석회석으로 된 벽들은 하늘을 배경으로 깨끗하고 은은한 금속성 광택을 지닌 은빛으로 보였다. 하지만 그 금속은 세상에서 가장 예리한 연장인 인간의 의지로 다듬어져서 살아 있는 따뜻한 물질이 되어 있었다. 그리하여 그 건물은 그 자신만의 묘한 방식으로 살아 있었고, 구경하는 이들은 뜬금없이 이런 말을 어렴풋이 떠올리게 되었다.
"하느님의 형상과 모상으로……."

〈배너〉에서 나온 젊은 사진기자가 길 건너 강둑 난간 앞에 홀로 서 있는 하워드 로크를 발견했다. 로크는 모자도 쓰지 않은 채 두 손으로 난간을 감싸 쥐고 뒤로 몸을 젖힌 자세로 건물을 바라보고 있었다. 그건 우연하고 무의식적인 순간이었다. 젊은 사진기자는 로크의 얼굴을 보자 오랫동안 품어온 의문 하나가 떠올랐다. 그는 꿈에서 느끼는 감정들이 왜 현실에서 체험하는 것들보다 훨씬 강렬한지 늘 궁금했다. 꿈속에서는 왜 공포와 환희가 그토록 완전한지, 깨고 나면 절대 되찾을 수 없는 꿈속에서만의 완전성의 정체는 과연 무엇인지 도무지 알 수가 없었다. 꿈속에서 기대감과 이유 없는 극도의 희열에 차서 녹음이 우거진 숲길을 걸을 때 느꼈던 기분을 잠이 깬

후에는 설명할 수가 없었다. 그건 그냥 평범한 숲길일 뿐이었으니까. 사진기자가 그런 생각을 떠올린 건 현실에서는 처음으로 그 완전성을 보았기 때문이다. 건물을 올려다보는 로크의 얼굴에 그것이 있었다. 그 사진기자는 나이 어린 신참이었기에 아직은 모르는 게 많았지만 자신의 일을 사랑했다. 그는 어릴 적부터 아마추어 사진가였다. 그래서 그 순간의 로크의 모습을 사진에 담았다.

나중에 〈배너〉 사진부장이 그 사진을 보고 호통을 쳤다.
"그건 도대체 뭐야?"
"하워드 로크입니다." 사진기자가 대답했다.
"하워드 로크가 누군데?"
"건축가요."
"아니, 누가 건축가 사진을 찍어 오래?"
"전 그냥……."
"게다가 사진도 이상하잖아. 그 남자 도대체 뭘 하고 있는 거야?"

그래서 그 사진은 자료실로 보내졌다.

엔라이트 하우스는 즉시 임대가 끝났다. 그곳에 입주한 세입자들은 건전한 편안함을 누리며 사는 것 외에는 아무것도 신경 쓰지 않는 이들이었다. 그들은 그 건물의 가치에 대해 논하지 않았고 그저 거기 사는 걸 즐겼다. 그들은 대중적인 관심에서 벗어나 유익하고 활동적인 사생활을 영위하고 있는 사람들이었다.

하지만 다른 사람들은 3주가량 엔라이트 하우스에 대해 요란하게 떠들어댔다. 그들은 엔라이트 하우스를 터무니없고, 과시벽의 산물이며, 사기라고 평했다. 이를 테면 이런 식이었다. "세상에, 그런 집에 살면서 모어랜드 부인을 초대한다고 상상해봐요! 그토록 멋진 집에서 살고 있는 부인을 말예요!" 이런 말을 하는 사람들도 나타났다. "차라리 현대 건축이 낫죠. 요즘 그쪽으로 무척 흥미로운 일들이 벌어지고 있고 독일에는 학파까지 생겼으니까요. 하지만 이건 그쪽과도 전혀 달라요. 그냥 괴상한 건물일 뿐이죠."

엘즈워스 투히는 자신의 칼럼에 엔라이트 하우스에 대해 한 마디도 언급하지 않았다. 한 〈배너〉 독자가 그에게 편지를 보냈다. "투히 씨께, 엔라이트 하우스라고 불리는 건물에 대해 어떻게 생각하십니까? 제 친구 중에 실내장식가가 있는데 그 친구가 엔라이트 하우스에 대한 얘기를 많이 하더군요. 그 친구는 엔라이트 하우스를 형편없는 건축물이라고 평했습니다. 저는 건축과 기타 다양한 예술을 취미로 삼고 있지만 그 건물에 대해 어떻게 생각해야 좋을지 모르겠습니다. 당신의 칼럼에서 다루어주시겠습니까?"

엘즈워스 투히는 그에게 개인적으로 편지를 보냈다. "친구여, 오늘날 이 세상에는 중요한 건물들과 사건들이 아주 많기에 사소한 것들에 제 칼럼을 할애할 수가 없습니다."

하지만 로크를 찾는 사람들도 있었고, 소수에 불과했지만 로크가 원하는 이들이었다. 그해 겨울, 로크는 평범한 시골 저택인 노리스 저택을 짓기로 계약을 맺었다. 5월에는 처음으로 사무용 건물을 맡았는데 맨해튼 중심부에 있는 50층짜리 빌딩이었다. 건축주 앤서니 코드는 혜성처럼 나타나 월스트리트에서 몇 년 동안 눈부신 활약을 보인 끝에 부자가 된 인물이었다. 그는 자신만의 건물을 원했기에 로크를 찾아왔다.

로크의 사무실은 방이 네 칸으로 늘었다. 직원들은 로크를 사랑했다. 하지만 그들은 그런 사실을 깨닫지 못하고 있었다. 차갑고, 가까이하기 어렵고, 비인간적인 상사에게 사랑이라는 단어를 쓰는 것 자체가 사실 그들에게는 경악스러운 일이었다. 그들은 로크에 대해 말할 때 '차갑고, 가까이하기 어렵고, 비인간적'이라는 표현을 썼다. 그것은 과거의 모든 기준과 관념에 따라 그렇게 훈련되어온 때문이었다. 로크와 함께 일하면서 그들은 그가 그런 표현들에 맞지 않음을 알게 되었지만 그가 진짜 어떤 사람인지, 자신들이 그에게 어떤 감정을 느끼는지는 설명할 수 없었다.

로크는 직원들에게 미소를 보내지도, 술을 사주지도 않았다. 그들의 가족이나 애정 생활, 종교 생활에 대해서도 묻는 법이 없었다. 그는 오직 그들의 본질, 즉 창의적인 능력에 대해서만 반응을 보였다. 그의 사무실에서는 우선 유능해야 했다. 무능력을 대체할 수 있는 건 없었고 정상참작도 통하지 않왔다. 하지만 일만 잘하면 굳이 로크의 비위를 맞추려고 애쓸 필요가 없었다. 로크의 호의는 선물이 아닌 빚으로, 애정이 아닌 인정으로 주어졌다. 그리고 모든 직원에게 엄청난 자존감을 키워주었다.

로크의 사무실 제도사 하나가 집에서 그것에 대해 설명하자 듣고 있던 사람이 반박했다. "오, 하지만 그건 인간적인 게 아냐. 그런 차갑고 지적인 방식은!" 피터 키팅 타입의 한 청년이 로크의 사무실에 지적인 면보다는 인간적인 면을 불어넣고자 시도했지만 2주일밖에 버티지 못했다. 로크는 이따금 사람을 잘못 뽑긴 했지만 자주 그러지는 않았으며 한 달 이상 근무한 직원들은 평생 그의 친구가 되었다. 하지만 그들은 서로를 친구라고 부르지 않았다. 직원들은 외부인들에게 로크를 칭찬하지도, 그에 대해 이야기하지도 않았다. 다만 그들은 자신들이 충성을 바치는 대상은 로크가 아니라 자신들 속의 최고의 것임을 어렴풋이 알고 있었다.

도미니크는 여름내 뉴욕을 떠나지 않았다. 그녀는 자신이 여름마다 여행을 떠났던 사실을 떠올리며 쓸쓸한 쾌감을 느꼈다. 뉴욕을 떠날 수도, 떠나길 원할 수도 없다고 생각하니 화가 났다. 그녀는 그 분노를 즐겼고 홧김에 로크의 방을 찾아가게 되었다. 로크와 함께 보내지 않는 밤에는 뉴욕의 거리들을 걸었다. 엔라이트 하우스나 파고 백화점을 찾아가 한참 동안 서서 구경했다. 차를 몰고 시내를 빠져나가 헬러 저택, 샌본 저택, 가우언 주유소를 보러 가기도 했다. 하지만 로크에게는 절대 그런 말을 하지 않았다.

한번은 새벽 2시에 스태튼 섬 행 페리를 타고 텅 빈 갑판 난간 앞에 홀로 서서 섬으로 갔다. 그녀는 점점 멀어져가는 도시를 바라보았다. 하늘과 바다라는 광막한 공간에서 도시는 들쭉날쭉한 작은 고체에 불과했다. 단단히 압축된 도시는 거리들과 건물들로 이루어진 곳이 아니라 하나의 조각품인 듯했다. 위로 올라가다가 돌연 아래로 뚝 떨어지는, 긴 상승들과 갑작스런 하강들로 이루어진 불규칙한 계단의 형태가 마치 불굴의 고투의 그래프 같았다. 하지만 도시는 몇 개의 고지를 향해, 고투를 초월하여 우뚝 솟은 당당한 마천루들을 향해 계속 올라가고 있었다.

배가 자유의 여신상을 지나쳤다. 자유의 여신상은 뒤에 있는 마천루들처럼 팔을 높이 들고 초록색 불빛 속에 서 있었다.

난간 옆에 서서 멀어져가는 도시를 바라보고 있자니 늘어나는 데 한계가 있는 마음속의 줄이 팽팽히 당겨지는 것 같은 기분이 들었다. 그리고 배가 다시 돌아갈 때, 도미니크는 점점 커져가는 도시를 바라보며 조용한 흥분에 젖었다. 그녀는 양팔을 활짝 펼쳤다. 도시가 그녀의 팔꿈치, 손목, 손가락 너머로 팽창하고 있었다. 그리고 마천루들이 그녀의 머리 위로 다시 솟았다.

도미니크는 배에서 내렸다. 그녀는 어디로 가야 하는지 알았고 거기 빨리 도착하고 싶었지만 자신의 발로 걸어가야만 한다고 생각했다. 그래서 맨해튼 절반을 걸어갔다. 자신의 발소리가 메아리치는 인적 없는 거리들을 지나 로크의 집을 노크한 시각은 4시 30분이었다. 로크는 자고 있었다. 도미니크는 고개를 저으며 말했다. "아뇨, 그냥 자요. 그냥 여기 있고 싶어서 온 거니까." 그녀는 로크에게 손도 대지 않았다. 모자와 신발을 벗고 안락의자에 웅크리고 앉아 한 팔은 의자 옆으로 늘어뜨리고 고개를 꺾은 채 잠이 들었다. 아침에 로크는 아무것도 묻지 않았다. 둘이 함께 아침을 만들어 먹은 후 로크는 서둘러 사무실로 출근했다. 그는 나가기 전에 도미니크를 품에 안고 키스했다. 로크가 나간 후 도미니크도 잠시 서 있다가 나갔다. 두 사람은 채 스무 마디도 나누지 않았다.

주말에 두 사람은 도미니크의 차를 타고 도시를 떠나 외딴 해변으로 갔다. 그들은 아무도 없는 해변 모래밭에 누워 일광욕도 하고 바다에 들어가 헤엄도 쳤다. 도미니크는 물속에 있는 로크의 몸을 바라보는 것이 좋았다. 그녀는 무릎까지 잠기는 얕은 물가에 서서 로크가 파도를 가르며 똑바로 헤엄치는 모습을 지켜보았다. 도미니크는 물가에 로크와 함께 누워 있는 것도 좋았다. 그녀는 로크와 조금 떨어져서 바다를 향해 다리를 뻗고 배를 깔고 누워 발가락 끝으로 물결을 느꼈다. 로크와 몸이 닿지는 않았지만 뒤에서 밀려온 물결이 그와 자신의 몸에 부딪혀 부서진 후 한데 뒤섞여 바다로 빠져나가는 걸 느낄 수 있었다.

그들은 시골 여인숙에서 묵기도 했다. 그들은 뉴욕에 두고 온 일들에 대해서는 절대 이야기하지 않았지만 그 느긋하고 단순한 시간들에 의미를 주는 건 그 일들이었다. 그들은 서로 눈이 마주칠 때마다 그 터무니없는 계약에 말없이 눈웃음을 짓곤 했다.

도미니크는 로크가 자신의 손아귀에 있다는 걸 증명하고 싶었다. 그래서 그의 집으로 찾아가지 않고 그가 찾아오기를 기다렸다. 로크는 너무 빨리 와서 그녀의 즐거움을 망쳐버렸다. 도미니크에게는 그가 욕망과 싸우며 시간을 끌었어야 더 만족감이 컸을 텐데 바로 굴복했기 때문이다. "로크, 내 손에 키스해요." 도미니크가 그렇게 말하면 로크는 그녀 앞에 무릎을 꿇고 그녀의 발목에 키스했다. 그는 도미니크의 지배력을 인정하는 것으로 그녀를 물리쳤다. 그 지배력을 강제하는 데서 오는 만족감을 주지 않았던 것이다.

로크는 도미니크의 발치에 누워 이렇게 말하곤 했다. "물론 난 당신이 필요하오. 당신을 보면 미쳐버릴 것 같소. 난 당신이 원하는 걸 거의 다 해줄 수 있소. 그 말을 듣고 싶은 거요? 거의 다, 도미니크. 하지만 당신에게 도저히 해줄 수 없는 것들이 있소. 당신이 내게 그것들을 요구한다면 난 거절할 수밖에 없고 그건 나를 지옥의 구렁텅이로 몰아넣는 일이오. 지옥의 구렁텅이, 도미니크. 그게 좋소? 왜 당신은 자신이 날 소유했는지 확인하고 싶은 거요? 물론 당신은 날 소유하고 있소. 나의 소유될 수 있는 부분은 모두 당신 거요. 그 외의 것은 요구해선 안 되오. 그런데 당신은 자신이 내게 고통을 줄 수 있는지 알고자 하오. 고통을 줄 수 있소. 그게 무슨 상관이오?"

그 말은 굴복처럼 들리지 않았다. 억지로, 고통스럽게 한 말이 아니라 순순히, 기꺼이 인정한 것이기 때문이었다. 도미니크는 정복의 전율을 느낄 수가 없었다. 그녀는 그런 말을 할 수 있는 남자, 그 말이 진실임을 알며 지배받는 동시에 지배하는 상태로 남을 수 있는 남자에게 전보다 더 많이 함락당한 기분을 느꼈다. 그리고 그녀는 로크가 지배받는 동시에 지배하는 상태로 남기를 원했다.

6월 말에 켄트 랜싱이란 사람이 로크를 찾아왔다. 마흔 살인 랜싱은 대단한 멋쟁이로 건장하거나 근육질이거나 거친 인상은 아닌데도 왠지 권투선수처럼 보였다. 그는 말라서 뼈만 앙상했다. 그를 보면 권투선수 외에도 그의 외모와 어울리지 않는 성문 파괴용 대형 망치, 탱크, 잠수함 어뢰가 떠올랐다. 랜싱은 센트럴 파크 사우스에 호화 호텔을 세우기 위한 목적으로 세워진 회사 소속이었다. 많은 부자들이 참여한 그 회사는 다수의 이사진에 의해 운영되고 있었으며, 부지는 매입했지만 아직 건축가를 결정하지 못한 상태였다.

첫 면담이 끝날 무렵 로크가 랜싱에게 말했다. "제가 그 일을 얼마나 원하는지 굳이 말씀드리지 않아도 아시겠지만, 전 뽑힐 가능성이 전혀 없습니다. 전 개인과는 잘 지낼 수 있지만 집단과는 그렇지 못합니다. 지금까지 전 어떤 이사회에게도 뽑혀본 적이 없고 앞으로도 그럴 겁니다."

켄트 랜싱은 미소를 지었다. "이사회가 무슨 일을 하는 걸 본 적 있소?"

"그게 무슨 말씀인가요?"

"말 그대로요. 이사회가 무슨 일을 하는 걸 본 적 있소?"

"어쨌든 존재하고 기능하는 것 아닙니까?"

"과연 그럴까요? 알다시피 세상 모든 사람이 지구는 평평하다고 믿었던 시절이 있었소. 인간이 하는 착각의 본질과 원인에 대해 연구해보면 재미있을 거요. 난 언젠가 그것을 주제로 책을 쓸 생각이오. 대중적인 인기는 끌지 못할 테지만 말이오. 난 그중 한 장(章)을 이사회에 할애할 거요. 사실 이사회는 존재하지 않소."

"랜싱 씨 말씀을 믿고 싶지만, 왜 그런 농담을 하십니까?"

"아니, 당신은 내 말을 믿고 싶지 않을 거요. 착각의 원인은 알고 보면 그리 아름답지 않소. 사악하거나 비극적이오. 이 경우는 둘 다에 해당되고. 주로 사악하지만. 그리고 내 말은 농담이 아니오. 하지만 지금은 더는 얘기하지 않겠소. 내가 하고 싶은 말은, 이사회는 한두 명의 야심가와 수많은 바닥짐(배의 균형을 유지하기 위해 바닥에 싣는 돌이나 모래—옮긴이)으로 이루어져 있다는 거요. 바닥짐을 이루는 사람들은 아무 의미도 없는 허공, 무(無)에 불과하오. 완전한 무는 시각화가 불가능하다고들 하지만, 빌어먹을, 어느 이사회에든 참석해보시오. 문제는 누가 그 무를 채우느냐는 거요. 그건 힘든 싸움이오. 세상에서 제일 힘든 싸움. 맞서 싸울 적이 그 자리에 있기만 하다면 그냥 싸우면 되니 간단한 일이오. 하지만 적이 거기 없다면……. 그런 눈으로, 미친 사람 보듯 쳐다보지 말아요. 당신도 알아야만 하니까. 당신은 평생 무와 싸워왔으니까."

"당신이 좋아서 보고 있는 겁니다."

"물론 당신은 내가 좋을 거요. 나도 당신을 좋아하게 될 걸 알고 있었소. 알다시피 인간은 모두 형제고, 형제애라는 위대한 본능을 지니고 있소. 이사회, 조합, 회사, 그리고 사슬로 함께 묶인 죄수들은 제외하고 말이오. 내가 말이 너무 많군. 바로 그래서 내가 뛰어난 장사꾼인 거요. 하지만 난 당신에게 **팔 것이** 없소. 당신은 알고 있으니까. 그러니 당신이 아키타니아를, 그게 우리 호텔 이름이오, 짓게 될 거라고 해두고 그만 얘기를 끝냅시다."

세상에 알려지지 않은 싸움들까지도 구체적인 통계 자료를 가지고 그 격렬함의 정도를 측정할 수 있다면 켄트 랜싱과 아키타니아 이사진의 싸움은 역사상 최고의 혈투 중 하나로 꼽혔을 것이다. 하지만 랜싱의 상대는 형체가 없었기에 전쟁터의 시체들 같은 실질적인 자료는 남기지 않았다.

랜싱은 다음과 같은 현상들과 싸워야 했다.

"팔머, 랜싱이 로크라는 사람에 대해 얘기하는데, 당신은 누구에게 표를 줄 생각이오? 거물들은 그 사람을 찬성할까요, 아니면 반대할까요?"

"난 누가 찬성하고 반대하는지 알기 전에는 결정을 하지 않을 거요."

"랜싱 말로는 …… 하지만 그 반대 입장인 소프 말을 들어보면……"

"탤벗은 5번가에 60층짜리 멋진 호텔을 짓고 있는데, 프랭컨 앤드 키팅에 맡겼소."

"하퍼는 고든 프레스콧이라는 건축가를 추천하고 있소."

"이봐요, 벳시가 우리에게 미쳤대요."

"난 로크의 얼굴이 마음에 들지 않아요. 협력적인 인상이 아니오."

"난 **직감으로** 알아요. 로크는 그 일에 맞지 않아요. 그는 정상적인 사람이 아니오."

"정상적인 게 뭐요?"

"맙소사, 그걸 몰라서 물어요?"

"톰프슨이 프리쳇 부인에게 들었는데 메이시 씨가 말하기를……"

"이것들 봐요, 난 다른 사람이 하는 말 따윈 신경 안 써요.

난 이미 결심을 했고 로크라는 인물이 거지 같다는 말을 하려고 여기 온 거요. 난 엔라이트 하우스가 마음에 들지 않아요."

"왜요?"

"이유는 몰라요. 그냥 싫을 뿐이오. 내 의견을 가질 권리도 없소?"

싸움은 3주 동안 이어졌다. 모두 하고 싶은 말이 있었지만 로크는 그렇지 않았다. 랜싱이 로크에게 말했다. "좋소. 가만히 있어요. 아무것도 하지 말고. 말은 내가 하겠소. 당신이 할 수 있는 건 아무것도 없소. 어떤 일을 할 때, 그 일에 가장 깊이 관여하고 가장 많은 기여를 하는 사람이 가장 발언권이 적은 게 세상의 이치요. 그 사람은 아무 목소리도 내지 않는 게 당연시되고, 그가 제시하는 의견들은 편견에 차 있다는 이유로 미리부터 거부당하게 되어 있소. 다들 말의 내용보다는 말하는 사람에게만 의미를 두니까. 사실 아이디어보다는 사람을 평가하는 게 훨씬 쉽지. 어떤 사람에 대해 평가할 때 그의 머릿속에 든 걸 고려하지 않는 행태는 나로선 도저히 이해할 수 없지만 말이오. 하지만 세상이 그런 걸 어쩌겠소. 알다시피 이성은 그걸 잴 저울을 필요로 하오. 그리고 저울은 솜으로 되어 있지 않소. 그런데 인간의 정신은 솜으로 되어 있소. 그래서 일정한 형태를 유지할 수도, 저항력을 지닐 수도 없고 앞으로 뒤로 꼬여 프레첼(pretzel: 길고 꼬불꼬불한 하트 모양의 밀가루 반죽에 소금을 뿌려 구워낸 빵과자의 일종—옮긴이)이 되어버릴 수도 있소. 당신은 그들에게 당신이 아키타니아 호텔을 지어야만 하는 이유를 나보다 훨씬 잘 설명할 수 있소. 하지만 그들은 당신 말엔 귀 기울이지 않고 내 말을 들을 거요. 내가 중개자이기 때문이오. 두 지점 사이의 가장 짧은 거리는 직선이 아니라 중개자요. 중개자가 많을수록 거리는 더 짧아진다오. 그게 프레첼의 심리학이오."

"저를 위해 이렇게까지 싸워주시는 이유가 뭡니까?" 로크가 물었다.

"당신이 훌륭한 건축가인 이유는 뭐요? 그건 당신이 훌륭함에 대한 자신만의 기준들을 갖고 있고 그 기준들을 지키기 때문이오. 나는 훌륭한 호텔을 원하고, 나 또한 훌륭함에 대한 나만의 기준들을 갖고 있으며, 당신은 내가 원하는 걸 줄 수 있는 사람이오. 내가 당신을 위해 싸우는 건 당신이 건물을 설계할 때 하는 일과 같소. 당신은 정직함이 예술가의 전유물이라고 생각하오? 그리고 말이 나온 김에 묻겠는데, 정직함이 뭐라고 생각하오? 이웃의 주머니에서 시계를 훔치지 않을 능력? 아니, 그렇게 쉬운 건 아니오. 그게 다라면 세상 사람 95퍼센트는 정직하고 올바르다고 해야겠지. 알다시피 실상은 그렇지가 않소. 정직함은 자신의 신념을 고수하는 능력이오. 그러기 위해선 생각하는 능력이 선행되어야 하고. 생각하는 것은 빌리거나 저당 잡힐 수 없는 것이오. 하지만 우리가 아는 인간이라는 존재의 상징을 고르라고 한다면 난 십자가나 독수리, 사자, 유니콘을 고르지 않을 거요. 전당포를 나타내는 세 개의 금빛 공을 고를 거요." 랜싱은 로크의 시선을 받으며 이렇게 덧붙였다. "걱정할 것 없소. 이사진 모두가 내게 반대하고 있지만 내게 유리한 점이 하나 있소. 그들은 자신이 무엇을 원하는지 모르지만 난 안다는 거요."

7월 말에 로크는 아키타니아 호텔 계약서에 서명했다.

엘즈워스 투히는 자신의 사무실에 앉아 책상 위에 아키타니아 호텔 계약에 관한 기사가 실린 신문을 펼쳐놓고 있었다. 그는 두 손가락 사이에 끼운 담배를 입 귀퉁이에 물고 한참 동안 한 손가락으로 담배를 천천히 톡톡 쳤다.

문 열리는 소리가 들려서 흘낏 시선을 드니 도미니크가 가슴에 팔짱을 낀 자세로 문에 기대서 있었다. 그녀는 흥미로운 표정을 짓고 있었는데 그녀의 얼굴에서 그런 표정을 보는 건 놀라운 일이었다.

투히가 일어서며 말했다. "어이구, 같은 건물에서 일한 지 4년이나 됐지만 도미니크가 내 방을 찾아준 건 오늘이 처음이군. 이건 정말이지 대단한 사건이오."

도미니크는 말없이 온화한 미소를 지었는데 그건 더욱 놀라운 일이었다.

투히가 유쾌한 목소리로 덧붙였다. "물론 내 말은 질문이기도 했소. 아니, 이제는 우리가 서로를 이해하지 못하는 거요?"

"아무래도 그런 것 같네요. 제가 여기 왜 왔는지 물어야 할 필요를 느끼셨다면요. 하지만 당신은 알고 있어요, 엘즈워스, 알고 있어요. 책상에 그 증거가 있어요." 도미니크는 책상으로 다가가 신문 귀퉁이를 탁 치면서 웃었다. "어디 숨겨둘 걸 그랬다고 생각하시나요? 물론 제가 오리라곤 예상 못했겠죠. 당신의 솔직한 모습을 한 번이라도 보고 싶었어요. 거기 그렇게 신문 부동산 면을 펴놓고 앉아 있는 모습을요."

"그 작은 기사가 당신을 행복하게 만들기라도 한 것 같소."

"그래요, 엘즈워스. 맞아요."

"난 당신이 그 계약을 막기 위해서 무척 애쓴 걸로 알고 있는데?"

"맞아요."

"도미니크, 지금 연극을 하고 있다고 생각한다면 그건 스스로를 기만하는 거요. **이건** 연극이 아니오."

"그래요, 엘즈워스. 연극이 아녜요."

"로크가 계약을 따내서 행복하다는 거요?"

"아주 행복해요. 켄트 랜싱이 누군지는 몰라도 몹시 고마워서 그가 잠자리를 요구한다면 응할 수도 있을 것 같아요."

"그럼 우리의 협정은 끝난 거요?"

"그건 절대 아니죠. 전 앞으로도 계속 그의 앞길을 막을 거예요. 그게 이제 좀 어려워지긴 했지만 말예요. 엔라이트 하우스에, 코드 빌딩에, 이 일까지 맡았으니. 쉽지 않을 거예요. 나한테나 당신한테나. 그 사람이 당신을 이기고 있어요. 엘즈워스, 우리가 틀린 거면 어쩌죠?"

"미안하지만, 도미니크 당신은 늘 틀렸소. 그가 계약을 따낸 걸 당신이 좋아하는 건 당연한데, 놀란 내가 잘못이오. 난 그 일이 전혀 기쁘지 않다고 당당히 인정할 수 있소. 알겠소? 당신의 내 방 급습은 완전한 성공이라고 할 수 있겠군. 그러니 우리 아키타니아 호텔 건은 대실패로 인정하고 다 잊고서 계속 노력해봅시다."

"물론이죠, 엘즈워스. 계속 노력해야죠. 오늘 밤 만찬회에서 피터 키팅에게 멋진 병원 신축 공사가 돌아가도록 확실히 못을 박을 거예요."

집으로 돌아간 엘즈워스 투히는 저녁내 홉턴 스토더드에 대해 생각했다. 홉턴 스토더드는 2천만 달러 상당의 재산가였는데, 유산을 세 번 물려받고 일흔두 살 먹도록 돈에만 매달려 살아온 결과였다. 그는 투자의 귀재로 매춘업, 대규모(특히 종교적인 내용의) 브로드웨이 공연, 공장, 농지 저당, 피임약 등 돈벌이만 된다면 어디에든 투자했다. 홉턴 스토더드는 키가 작고 구부정했다. 얼굴은 기형적인 느낌을 주었는데 늘 한 가지 표정만 지었기 때문이다. 그는 늘 미소 짓고 있었다. 그의 작은 입은 언제나 유쾌한 V 자 모양을 하고 있었고, 동그란 푸른 눈 위의 두 눈썹은 작은 V 자가 거꾸로 뒤집힌 듯한 형태였다. 숱 많은 흰 곱슬머리는 가발처럼 보였지만 진짜 머리였다.

투히는 오래전부터 친분이 있는 홉턴 스토더드에게 지대한 영향력을 미치고 있었다. 홉턴 스토너드는 결혼한 적이 없고, 친척도 친구도 없었다. 그는 사람들이 자신의 돈을 보고 접근한다고 여기며 불신했다. 하지만 엘즈워스 투히에게는 굉장한 존경심을 품고 있었는데, 그건 투히가 자신의 삶과 정반대의 것을 상징하기 때문이었다. 투히는 세속적인 부에 아무런 관심이 없었고, 홉턴 스토더드는 그런 사실만으로도 투히를 미덕의 화신으로 여겼다. 하지만 그런 기준으로 따지면 자신의 인생이 어떤 평가를 받아야 하는지에 대해서는 생각하지 않았다. 홉턴 스토더드는 자신의 인생에 대해 남모를 불안감을 품고 있었고 종말이 가까워질수록 그 불안감은 커져갔다. 그는 종교에서 위안을 찾았는데, 그런 모습은 마치 뇌물을 바치는 듯한 인상을 주었다. 그는 한 종교에 귀의하여 거액을 기부한 다음 다른 종교로 바꾸는 식으로 여러 종교를 체험했다. 세월이 흐를수록 종교를 향한 그의 발걸음은 더욱 급박해져 갔다.

홉턴 스토더드가 친구이자 인생의 멘토이기도 한 투히에 대해 불편하게 여기는 점이 하나 있다면, 그건 종교에 대한 무관심이었다. 하지만 투히가 전도하는 모든 것이(이를 테면 자선, 희생, 가난한 사람들을 돕는 것) 하느님의 가르침과 일치했기에, 홉턴 스토더드는 투히의 조언에 따르는 걸 안전하게 여겼다. 그는 투히가 추천하는 단체들에 선뜻 거금을 기부했다.

홉턴 스토더드는 정신적으로 투히를 지상의 하느님 대하듯 했다.

하지만 올 여름 투히는 처음으로 홉턴 스토더드에게서 좌절을 맛보았다.

홉턴 스토더드는 돈을 투자할 때처럼 몇 년 동안 교활하고 신중하게 계획해온 꿈이 있었는데, 그걸 실현하기로 결심했다. 신전을 짓기로 한 것이다. 그건 특정 종교의 신전이 아니라 모두에게 열려 있는 종파를 초월한 종교의 기념관, 신앙의 대사원이었다. 홉턴 스토더드는 안전한 방식을 택한 것이다.

그는 엘즈워스 투히가 그 계획에 반대하자 몹시 실망했다. 투히는 정박아들을 수용하는 건물을 짓고자 했다. 투히는 이미 시설을 운영할 기구를 조직하고 저명인사들로 후원회도 만들고 운영비로 쓸 기부금도 확보했지만, 건물을 지을 돈이 없었다. 그는 홉턴 스토더드에게 영원히 이름을 남길 가치 있는 기념물을, 후덕함의 웅대한 클라이맥스를 원한다면 아무도 돌보지 않는 가련한 어린 것들을 위한 시설인 '홉턴 스토더드 정박아 수용소'를 세워야 한다고, 그보다 더 고귀한 투자처는 없다고 열변을 토했다. 하지만 홉턴 스토더드는 세속적인 시설에는 시큰둥했고, 오로지 '홉턴 스토더드 인간정신 신전'만 원했다.

그는 투히의 뛰어난 논리에 아무 반박도 하지 못하고 이렇게만 말했다. "아니, 엘즈워스, 아니오. 그건 아니오. 그렇지 않소." 그 문제는 미결로 남겨졌다. 홉턴 스토더드는 꿈쩍도 않고 버텼지만 투히의 반대가 마음에 걸리시 최종 결정을 차일피일 미루고 있었다. 하지만 여름이 끝나기 전에는 결단을 내려야만 했다. 가을이 되면 루르드에서 예루살렘, 메카, 바라나시까지 모든 종교의 성지들을 아우르는 기나긴 세계 여행을 떠날 계획이기 때문이었다.

아키타니아 호텔 계약이 발표되고 며칠 후, 투히는 저녁 때 조용히 리버사이드 드라이브에 있는 넓지만 너무 많은 물건들로 가득 차 있는 스토더드의 아파트로 찾아갔다.

"홉턴, 제 생각이 틀렸습니다. 그 신전에 대해서는 당신 생각이 옳았습니다." 투히가 쾌활하게 말했다.

"설마!" 홉턴 스토더드가 경악해서 말했다.

"예, 당신이 옳았습니다. 그보다 적합한 건 없습니다. 꼭 신전을 지어야 합니다. 인간정신 신전."

홉턴 스토더드는 마른침을 삼켰다. 그의 푸른 눈에 물기가 어렸다. 그는 스승에게 미덕에 대해 한 수 가르쳐줄 정도면 자신이 의로움의 길에서 커다란 진전을 이룬 것이 분명하다고 생각했다. 그러자 다른 건 아무 문제도 되지 않았다. 그는 주름진 온순한 아기처럼 얌전히 앉아 엘즈워스 투히의 말에 무조건 고개를 끄덕이며 동의했다.

"홉턴, 그건 야심 찬 사업이고, 이왕 하려면 올바르게 해야 합니다. 아시다시피 하느님께 선물을 바친다는 것이 좀 주제

넘은 일이니, 최선을 다하지 않는다면 숭배가 아닌 무례가 될 겁니다."

"물론이오. 반드시 올바르게 해야지. 올바르게. 최선을 다 해야지. 엘즈워스, 날 도와줄 거지요? 당신은 건물과 예술에 대해 잘 아니까. 올바르게 해야만 하오."

"원하신다면 기꺼이 도와드리겠습니다."

"'원하신다면'이라니! 그게 무슨 소리요……. '원하신다면'이라니! 아니, 당신 없이 내가 뭘 할 수 있겠소? 난 그쪽으론…… 그쪽으론 아무것도 아는 게 없소. 꼭 올바르게 해야만 하고."

"올바르게 하시고 싶다면 제 말대로 따르시겠습니까?"

"그럼. 그럼. 그럼, 당연하지."

"우선 건축가를 정해야 합니다. 그건 무척이나 중요한 문제이지요."

"아, 그렇지."

"돈밖에 모르는 겉만 번지르르한 사람은 쓰고 싶지 않으실 겁니다. 자신의 일을 믿는, 당신이 하느님을 믿는 것처럼요, 그런 건축가를 원하실 겁니다."

"맞소. 그 말이 맞소."

"그럼 제가 추천하는 건축가를 선택하셔야 합니다."

"당연하지. 누구요?"

"하워드 로크."

"응? 그게 누구지?" 홉턴 스토더드가 멍하니 쳐다보며 물었다.

"인간정신의 신전을 지을 사람이지요."

"쓸 만한 인물이오?"

엘즈워스 투히는 홉턴 스토더드의 눈을 똑바로 들여다보았다. "저의 불멸의 영혼에 걸고 맹세하건대, 최고의 건축가입니다." 투히가 천천히 말했다.

"아……!"

"하지만 그는 까다로운 사람입니다. 본인이 내세우는 조건들을 들어줘야 일을 하지요. 그 조건들을 잘 지켜줘야만 합니다. 그에게 전권을 줘야만 합니다. 어떤 건물을 원하는지, 비용은 얼마를 쓰고 싶은지만 말하고 나머지는 그에게 맡기십시오. 그가 원하는 대로 설계해서 짓게 하십시오. 안 그러면 그는 일을 맡지 않을 겁니다. 그에게 솔직하게 말하십시오. 나는 건축에 대해 아무것도 모른다, 내가 당신을 선택한 건 아무런 조언이나 간섭 없이도 올바르게 일을 해낼 수 있는 유일한 건축가라는 느낌이 들어서다."

"좋소, 당신이 보증한다면."

"보증하겠습니다."

"그럼 됐소. 건축비는 얼마가 들든 상관없소."

"하지만 그에게 접근할 때 조심하셔야 합니다. 그는 처음엔 일을 맡지 않으려고 할 겁니다. 자신은 하느님을 믿지 않는다고 말할 겁니다."

"**뭐라고?**"

"그 말을 믿지 마십시오. 그는 자신만의 방식으로 매우 종교적인 사람이니까요. 그가 설계한 건물들을 보면 알 수 있습니다."

"아."

"하지만 그는 특정 종교에 속해 있지 않습니다. 오히려 그 점 때문에 당신은 편파적인 인상을 주지 않을 겁니다. 그 누구의 감정도 건드리지 않을 거고요."

"그야 좋지."

"신앙의 문제를 다룰 때, 당신이 먼저 믿음을 가져야만 합니다. 안 그렇습니까?"

"옳은 말이오."

"설계도가 나올 때까지 기다리지 마십시오. 설계도를 그리는 데 시간이 걸릴 텐데 …… 그렇다고 여행을 미루진 마십시오. 그냥 그를 고용한 다음, 계약서에 서명은 하지 마십시오. 그럴 필요가 없으니까요. 은행에 비용을 대주도록 지시하고 나머진 그에게 맡기십시오. 수수료는 여행에서 돌아온 후에 지불해도 됩니다. 일 년쯤 후에 세계의 위대한 신전들을 모두 돌아본 후에 돌아오면 그것들보다 더 훌륭한 당신의 신전이 기다리고 있을 겁니다."

"그게 바로 내가 원하는 것이오."

"하지만 신전을 대중에 공개하는 방식에 대해선 미리 생각해둬야 합니다. 올바른 봉헌식, 바람직한 홍보 말입니다."

"그야 물론 …… 홍보?"

"그럼요. 멋진 행사 치고 대대적인 홍보가 뒤따르지 않는 경우를 보셨습니까? 홍보가 없이는 훌륭한 행사가 될 수 없습니다. 그런 것에 인색하면 큰 결례가 됩니다."

"맞는 말이오."

"올바른 홍보를 원한다면 미리부터 신중한 계획을 세워야만 합니다. 대중에게 공개할 때 우렁찬 팡파르가 울려야 합니다. 오페라의 서곡처럼. 가브리엘 천사의 나팔 소리처럼."

"그것 참 멋진 표현이오."

"그러기 위해선 신문기자 나부랭이들이 설익은 기사를 흘려 봉헌식의 극적인 효과를 반감시키게 해선 안 됩니다. 신전의 설계도를 공개하지 마십시오. 비밀로 하세요. 로크에게 기밀을 유지해달라고 하십시오. 그도 반대하지 않을 겁니다. 공사에 들어가면 현장을 튼튼한 담으로 가리라고 하십시오. 당신이 여행에서 돌아와 손수 베일을 벗길 때까지 아무도 신전의 모습을 봐선 안 됩니다. 그리고 봉헌식 날, 전국의 모든 신문에 사진이 실리는 겁니다!"

"엘즈워스!"

"말씀하십시오."

"바로 그거요! 10년 전 출연진이 97명에 이르는 〈성처녀의 전설〉을 무대에 올릴 때도 그렇게 했소."

"예. 하지만 그동안 대중의 지속적인 관심을 유도해야 합니다. 유능한 홍보 담당자를 하나 두고 지시를 내리십시오. 제가 적임자를 추천하겠습니다. 격주에 한 번꼴로 신문들에 신비의 베일에 싸인 스토더드 신전에 관한 기사가 실리도록 하십시오. 독자들의 궁금증을 자극하세요. 그들이 신전을 기다리도록 만드십시오. 때가 되었을 때 그들이 신전을 맞이할 준비가 되어 있도록 말예요."

"옳은 말이오."

"하지만 무엇보다도 제가 추천했다는 걸 로크에게 알려주면 절대 안 됩니다. 제가 관련되었다는 걸 아무에게도 말하면 안 됩니다. 그 누구에게도요. 약속해주세요."

"왜 그래야 하오?"

"제겐 건축가 친구들이 아주 많고, 이건 누구나 탐내는 중요한 일이라 사실을 알면 다들 제게 섭섭해할 테니까요."

"맞는 말이오."

"약속해주세요."

"오, 엘즈워스!"

"약속하세요. 당신의 영혼의 구원에 걸고요."

"약속하겠소. 그것에 걸고."

"좋습니다. 당신은 건축가들을 상대해본 경험이 없는 데다 그가 워낙 특이한 인물이라 일을 그르치지 않도록 사전에 준

미룰 하는 게 좋겠습니다. 그에게 무슨 말을 해야 하는지 정확히 알려드리겠습니다."

이튿날 투히는 도미니크의 사무실로 찾아갔다. 그는 도미니크의 책상 옆에 서서 얼굴에는 미소를 지으면서도 웃음기 없는 목소리로 말했다.

"홉턴 스토더드 기억하오? 6년 동안 모든 신앙을 위한 신전에 대해 얘기하던."

"어렴풋이요."

"그 신전을 짓게 됐소."

"그래요?"

"그 일을 하워드 로크에게 줄 거요."

"설마요!"

"정말이오."

"홉턴이 …… 그럴 리가 없어요!"

"그렇게 될 거요."

"오, 좋아요. 그럼 방해 공작을 시작하겠어요."

"아니, 그냥 놔둬요. 내가 로크를 추천했으니까."

도미니크는 얼어붙은 듯 앉아 있었다. 투히의 말이 무슨 뜻인지 깨닫자 그녀의 얼굴에서 재미있다는 표정이 싹 가셨다.

투히가 덧붙였다. "내가 당신에게 사실을 알리는 건 전략적 모순을 피하기 위해서요. 다른 사람은 아무도 모르고, 알아서도 안 돼요. 그걸 명심해주리라 믿소."

2부 엘즈워스 M. 투히

도미니크가 긴장된 입술로 물었다. "목적이 뭐죠?"
투히가 미소를 흘리며 대답했다.
"난 그를 유명하게 만들 거요."

로크는 홉턴 스토더드의 사무실에 앉아 멍하니 듣고 있었다. 홉턴 스토더드가 천천히 이야기하고 있었다. 그의 말은 진지하고 인상적이었지만 그건 투히의 말을 거의 그대로 외워서 하는 것이었다. 그는 아부와 애원을 담은 어린애 같은 눈으로 로크를 응시하고 있었다. 로크는 난생처음 건축에 대해서는 잊고 인간적인 면을 우선적으로 생각하게 되었다. 그리고 벌떡 일어나서 나가버리고 싶은 충동을 느꼈다. 그는 홉턴 스토더드라는 인간을 견딜 수가 없었다. 하지만 그의 얼굴이나 목소리와 전혀 어울리지 않는 말이 로크를 붙잡아두었다.

"로크 씨, 그건 종교적인 건축물이면서 그 이상이 될 거요. 그래서 '인간정신 신전'이라고 부르는 거요. 우리는 하나의 편협한 종교가 아닌 모든 종교의 본질을 돌에 담을 거요. 음악에 담는 것처럼 말이오. 종교의 본질이 무엇이오? 그건 가장 높고, 가장 고귀하고, 가장 훌륭한 것을 향한 인간정신의 위대한 열망이오. 이상의 창조자이자 정복자인 인간정신. 생명을 주는 위대한 힘. 영웅적인 인간정신. 로크 씨, 그게 당신의 과제요."

로크는 무력하게 손등으로 눈을 문질렀다. 그건 불가능했다. 가능한 일이 아니었다. 홉턴 스토더드란 남자가 그걸 원할 리가 없었다. 그의 입에서 그런 말이 나오는 걸 듣는 것 자체가 끔찍했다.

로크가 지친 목소리로 천천히 말했다. "스토더드 씨, 죄송하지만 건축가를 잘못 선택하신 것 같습니다. 전 당신이 원하는 건축가가 아닙니다. 제가 그 일을 맡는 건 옳지 않다고 생각합니다. 전 하느님을 믿지 않으니까요."

로크는 홉턴 스토더드가 기쁨과 승리감에 찬 표정을 짓는 걸 보고 깜짝 놀랐다. 홉턴 스토더드는 언제나 옳은 엘즈워스 투히의 세상을 꿰뚫어보는 지혜가 사뭇 놀랍고 감탄스러웠다. 그는 새로운 자신감으로 마음을 다잡고는 젊은이를 대하는 노인의 현명하고 약간 생색내는 듯한 말투로 확고하게 말했다.

"그건 상관없소. 로크 씨, 당신은 매우 종교적인 사람이니까. 당신만의 방식으로 말이오. 당신의 건물들을 보면 알 수 있지."

그는 로크가 왜 한참 동안이나 꼼짝도 않고 자신을 응시하는지 궁금했다.

"그건 사실입니다." 로크가 속삭임에 가까운 소리로 대답했다.

로크는 자신도 모르고 있었던 자신의 모든 걸 꿰뚫어본 사람에게서 자신에 대해, 그리고 자신의 건물들에 대해 배우게 되자 홉턴 스토더드에게 품었던 의심이 눈 녹듯 사라졌다. 홉턴 스토더드는 모든 걸 알고 있다는 듯 너그럽고 확신에 찬 태도로 그에게 가르침을 주었다. 로크는 자신이 아직 사람 보는 눈이 정확하지 못한 모양이라고, 사람을 인상만 보고 판단하는 건 잘못일 수도 있다고, 홉턴 스토더드는 세계 여행을 떠나게 될 거라고, 이런 일이라면 아무것도 문제될 게 없다고 생각했다. 게다가 인간의 목소리가(비록 홉턴 스토더드의 목소리일지라도) 이렇게 말하고 있었다.

"난 그걸 하느님이라고 부르고 싶소. 당신은 다른 이름으로 불러도 좋소. 다만 그 건물에 당신의 정신을 담기만 하면 되오. 로크 씨, 당신의 정신 말이오. 최고를 만들어주시오. 그러면 당신의 소임을 다하는 것이고 나 또한 내 소임을 다하는 것이오. 내가 전하고자 하는 의미에 대해선 걱정할 것 없소. 건물에 당신의 정신을 담기만 한다면 당신이 알건 모르건 자연히 그 의미를 지니게 될 테니까."

그렇게 로크는 스토더드 인간정신 신전을 짓기로 했다.

11

12월에 코스모-슬롯닉 빌딩이 성대한 준공식을 가졌다. 유명인사들, 화환, 뉴스영화 카메라, 회전식 탐조등, 세 시간에 걸친 축사들이 축제 분위기를 돋웠다.

'난 지금 행복해야만 돼.' 피터 키팅은 그렇게 웅얼거렸지만 도무지 행복하지가 않았다. 그는 창가에 서서 브로드웨이를 가득 메운 인파를 바라보고 있었다. 그는 기뻐하려고 애썼지만 아무 감정도 느껴지지 않았다. 자신이 따분해하고 있는 걸 시인하지 않을 수 없었다. 하지만 그는 미소도 짓고, 악수도 나누고, 카메라 앞에서 포즈도 취했다. 코스모-슬롯닉 빌딩은 진부함의 거대한 상징처럼 육중하게 서 있었다.

식이 끝나자 엘즈워스 투히가 키팅을 빼내어 연보랏빛 칸막이 좌석이 있는 조용한 고급 레스토랑으로 데려갔다. 코스모-슬롯닉 빌딩의 준공을 축하하는 화려한 파티들이 많았으나 키팅은 모든 초대를 사양하고 투히를 따라나선 것이었다. 투히는 잔뜩 웅크리고 앉아 술잔을 잡고 있는 키팅을 바라보왔다.

"근사하지 않았나? 피터, 이런 것이 바로 우리가 인생에서 기대할 수 있는 클라이맥스라고 할 수 있지." 투히는 우아하게 잔을 들며 말했다. "자네가 앞으로도 오늘 밤 같은 이런 승리의 순간들을 많이 갖게 되기를 기원하는 뜻에서 건배!"

"감사합니다." 키팅은 보지도 않고 황급히 잔을 들었지만 잔이 비어 있었다.

"피터, 자랑스럽지 않나?"

"아, 물론 자랑스럽죠."

"좋아. 난 자네의 그런 모습을 보고 싶어. 오늘 밤 자넨 눈부신 미남으로 보였어. 뉴스영화에 아주 멋지게 나올 거야."

키팅이 순간적으로 흥미를 나타내며 눈을 반짝였다. "정말 그랬으면 좋겠어요."

"피터, 자네가 결혼을 하지 않은 게 정말 유감이야. 오늘 밤 같은 때엔 아내가 최고의 장식물인데. 대중과, 그리고 영화 관람객들과도 잘 어울리는."

"케이티는 사진이 잘 안 받아요."

"아, 참, 자넨 케이티와 약혼한 몸이지. 바보같이 그걸 자꾸 잊는단 말이야. 그래, 케이티는 사진이 잘 안 받지. 게다가 그 아이가 사교적인 역할을 멋지게 해낸다는 건 상상조차 할 수 없는 일이야. 케이티에게 해당되는 좋은 형용사들은 아주 많지만 '침착한'과 '기품 있는'은 아니지. 피터, 나를 용서하게.

내가 상상력에 과도하게 이끌렸어. 워낙 예술을 많이 다루다 보니 순전히 예술적 합목적성의 견지에서만 사물을 보는 경향이 생겨서 말이야. 오늘 밤 자네의 모습을 보니 자네 옆에 서면 완벽한 그림을 이룰 여자가 생각나는 걸 억누를 수가 없더군."

"누군데요?"

"오, 진지하게 받아들일 것 없네. 미적 환상에 대한 얘기일 뿐이니까. 현실은 그렇게 완벽할 수가 없는 법이지. 그러잖아도 자넨 사람들의 부러움을 살 것들을 아주 많이 가졌어. 자네의 성공들에 **그것까지** 추가할 순 없지."

"누군데요?"

"잊어버리게, 피터. 자넨 그 여잘 가질 수 없으니까. 아무도 가질 수가 없는 여자지. 자넨 훌륭하지만 그 여자를 가질 수 있을 만큼 훌륭하지는 못하다네."

"누군데요?"

"물론 도미니크 프랭컨이지."

키팅은 허리를 꼿꼿이 폈고, 투히는 그의 눈에서 경계심과 반항을, 아니 적대감을 보았다. 하지만 투히는 차분한 눈빛을 유지했다. 결국 키팅이 굴복하고 다시 웅크리며 애원했다.

"오, 제발요, 엘즈워스, 전 그녀를 사랑하지 않아요."

"나도 자네가 그녀를 사랑한다고 생각한 적은 없네. 하지만 난 보통 사람들이 사랑에, 성적인 사랑에 과도한 중요성을 부여한다는 사실을 자꾸만 잊게 된다네."

"전 보통 사람이 아네요." 키팅이 지친 목소리로 말했다. 그건 그냥 기계적인 항의일 뿐 열의는 없었다.

"피터, 똑바로 앉게. 그렇게 웅크리고 있는 모습은 영웅답지 않아."

키팅은 초조하고 성난 표정으로 홱 허리를 폈다. "엘즈워스, 항상 느끼는 건데 당신은 제가 도미니크와 결혼하기를 원하는 것 같아요. 왜죠? 그게 당신과 무슨 상관이죠?"

"피터, 그 질문에 자네 자신이 이미 대답했네. 그게 나와 무슨 상관이 있겠나? 난 사랑에 관한 얘기를 했을 뿐이네. 피터, 성적인 사랑은 대단히 이기적인 감정이라네. 그리고 이기적인 감정들은 행복으로 이어질 수 없다네. 안 그런가? 오늘 밤을 예로 들어보세. 이기주의자의 가슴을 한껏 부풀게 할 만한 밤이었지. 피터, 자넨 행복했나? 대답하려고 애쓸 것 없네. 굳이 그럴 필요가 없으니까. 내가 지적하고 싶은 점은, 사람은 자신의 가장 사적인 충동들을 불신해야만 한다는 거네. 우리가 갈망하는 건 실상 그리 중요한 것이 아니지! 그런 사실을 깨닫지 못한 사람은 행복을 찾을 수가 없지. 오늘 밤에 대해 잠시 생각해보게. 나의 소중한 피터, 자넨 그 자리에서 가장 중요하지 않은 존재였네. 마땅히 그래야만 하고. 중요한 건 행위자가 아니라 그 행위의 목적이 되는 대상이라네. 하지만 자넨 그걸 받아들일 수 없기에 자네가 누렸어야 마땅한 가슴 벅

찬 희열을 느끼지 못한 거네."

"그건 사실이에요." 키팅이 속삭였다. 투히가 아닌 다른 사람에게라면 절대 시인하지 않았을 터였다.

"자넨 지극한 이타심이라는 아름다운 긍지를 놓쳐버렸네. 자아를 철저히 부정하는 법을 배워야만, 성적 충동 같은 하찮은 감상을 비웃을 줄 알아야만, 그래야만 자넨 내가 기대하는 위대한 인물이 될 수 있을 걸세."

"엘즈워스, 제가 …… 그렇게 될 수 있으리라고 믿으세요? 정말로요?"

"안 그러면 내가 여기 앉아 있지 않겠지. 사랑 얘기로 돌아가면, 피터, 사적인 사랑은, 사적인 모든 것이 그러하듯, 커다란 악이라네. 그리고 반드시 불행으로 이어지지. 왜 그런지 모르겠나? 사적인 사랑은 차별의 행위, 선호의 행위이기 때문이지. 그건 지구상의 모든 인간에 대한 부당 행위이기도 한 것이, 그들에게 돌아가야 할 사랑을 강탈해서 제멋대로 한 사람에게만 주는 거니까. 우린 모든 인간을 공평하게 사랑해야만 하네. 하지만 이기적인 작은 선택들을 포기하지 않는다면 그런 고귀한 감정을 가질 수 없지. 이기적인 선택들은 사악하고 무익할 수밖에 없다네. 만인의 평등이라는 으뜸가는 우주적 법칙에 어긋나니까."

그러자 키팅이 솔깃해하며 물었다. "그러니까 …… 심오한, 철학적 의미로 보면, 우리는 모두 평등하다는 건가요? 우리 모두?"

"물론이지." 투히가 대답했다.

키팅은 그 말을 듣자 몹시 흥분되고 기분이 좋았다. 그러면 오늘 밤 코스모-슬롯닉 준공식에 온 군중 속에 섞여 있었을 소매치기도 자신과 평등한 것이라는 생각이 어렴풋이 들었지만 아무렇지도 않았다. 그가 평생을 추구해온 우월함을 향한 열정에도 반대되는 관점이었지만 그래도 상관없었다. 그는 지금 오늘 밤이나 군중에 대해 생각하고 있지 않았다. 오늘 밤 준공식에 참석하지 않은 한 남자에 대해 생각하고 있었다.

키팅은 불안한 행복감을 느끼며 앞으로 몸을 내밀었다. "엘즈워스, 저, 전 …… 당신과 얘기하는 게 다른 무엇보다도 좋아요. 사실 오늘 밤엔 오라는 데가 아주 많았지만 …… 여기서 당신과 이렇게 앉아 있는 게 훨씬 더 행복해요. 가끔 당신이 없다면 어떻게 살아갈까 싶은 생각이 들어요."

"그래야지. 친구 좋다는 게 뭔가?" 투히가 대꾸했다.

그해 겨울의 연례 예술인 가장무도회는 그 어느 때보다 화려하고 독창적인 행사가 되었다. 행사 책임자인 애설스탠 비즐리가 모든 건축가에게 자신의 최고 건축물로 분장하고 오라고 주문했던 것이다. 비즐리 본인이 천재적이라고 평한 그 아이디어는 엄청난 성공을 거두었다.

그날의 스타는 피터 키팅이었다. 코스모-슬롯닉 빌딩으로 분장한 그는 정말이지 근사했다. 종이공예로 만든 코스모-슬롯닉 모형을 머리부터 무릎까지 쓰고 있어서 얼굴은 보이지 않았지만 그의 반짝이는 눈동자가 맨 꼭대기 층 창문 너머로 밖을 내다보고 있었다. 그의 머리 위로는 피라미드 모양의 지붕이 솟아 있었고, 주랑은 그의 횡경막 부근에 위치했으며, 거대한 정문으로 손가락 하나를 내놓고 흔들었다. 그리고 완전 무결한 야회복 바지와 가죽구두 차림의 다리는 평소의 우아한 걸음걸이로 자유롭게 걸을 수 있었다.

프링크 내셔널 은행 건물로 분장한 가이 프랭컨도 매우 인상적이었지만 그의 올챙이배에 맞추느라 모형을 원래 건물보다 좀 땅딸하게 만들어야 했다. 머리 위의 하드리아누스 황제 무덤 횃불은 초소형 건전지를 단 진짜 전구였다. 랠스턴 홀콤은 주 의사당 건물처럼 웅장했고, 고든 L. 프레스콧은 곡물 창고처럼 남성적이었다. 작고 구부정한 유진 페팅길은 당당한 파크 애비뉴 호텔로 분장하고 늙고 앙상한 다리로 어기적거리며 다녔는데 장엄한 탑 아래서 뿔테 안경이 밖을 내다보고 있었다. 대서양을 건너오는 선박들을 제일 처음 맞아주는 뉴욕의 거대한 랜드마크인 유명한 첨탑(성 패트릭 대성당의 두 개의 첨탑을 의미함—옮긴이)을 배에 단 익살꾼 둘이 그 첨탑들로 들이받으며 결투를 벌였다. 다들 즐거운 시간을 보냈다.

하워드 로크가 초대를 받고도 불참한 것에 대해 많은 건축가들이, 특히 애설스탠 비즐리가 분노를 감추지 못했다. 그들은 로크가 엔라이트 하우스로 분장하고 올 거라고 기대했던 것이다.

도미니크는 복도에 멈추어 서서 문에 붙은 명패를 바라보았다. '하워드 로크 건축사무소.'

그녀는 로크의 사무실에 와본 적이 없었다. 벌써 오래전부터 와보고 싶은 걸 애써 참아왔지만 결국 그가 일하는 곳을 보고 싶은 충동에 무릎을 꿇고 말았다.

안내 데스크에 있는 비서는 도미니크가 이름을 대자 깜짝 놀랐지만 로크에게 손님이 찾아왔음을 알렸다. "들어가세요, 프랭컨 양." 비서가 말했다.

도미니크가 들어서자 로크는 미소를 보냈는데 놀라움이 들어 있지 않은 엷은 미소였다.

"언젠간 찾아올 줄 알았소. 사무실을 안내해줄까요?" 그가 말했다.

"그건 뭐죠?" 도미니크가 물었다.

로크의 손에는 흙이 묻어 있었고, 미완성 도면들이 흩어져 있는 긴 탁자에 건물의 각도들과 테라스들을 대충 만들어놓은 점토 모형이 있었다.

"아키타니아 호텔이에요?" 도미니크가 물었다.

로크는 고개를 끄덕였다.

"항상 그렇게 해요?"

"아니오. 항상은 아니오. 가끔. 어려운 문제가 좀 있어서. 잠시 이걸 갖고 놀고 싶었소. 아마 이게 내가 가장 좋아하는 건물이 될 것 같소. 너무 어려운 작품이라."

"계속해요. 일하는 모습을 구경하고 싶어요. 신경 쓰여요?"

"전혀."

로크는 그녀가 와 있다는 걸 금세 잊어버렸다. 도미니크는 구석에 앉아 그의 손을 지켜보았다. 로크의 손이 벽을 만들고, 건물의 일부를 뭉개고, 천천히 끈기 있게 다시 시작했다. 망설일 때조차도 묘한 확신이 엿보였다. 도미니크는 로크의 손바닥이 점토를 다듬어 긴 평면을 만들어내는 걸 보았다. 그녀는 점토에 각이 만들어진 걸 보기 전에 로크의 빠른 손놀림이 허공에 그리는 각을 먼저 보았다.

도미니크는 일어나서 창가로 걸어갔다. 저 아래에 있는 도시의 건물들이 탁자 위의 모형보다 커 보이지 않았다. 그녀는 로크의 손이 저 아래에 있는 모든 건물의 벽면과 모서리, 지붕의 모양을 다듬고 뭉갰다가 다시 만드는 모습을 보고 있는 듯한 기분이 들었다. 그녀의 손이 무의식적으로 멀리 있는 건물의 형상을 따라 계단을 오르듯 움직였다. 그러면서 그녀는 강렬한 소유욕을 느꼈는데 로크를 대신해서 느끼는 것이었다.

도미니크는 탁자를 향해 돌아섰다. 모형에 열중해 있는 로크의 이마로 머리칼 한 가닥이 내려와 있었다. 로크는 그녀를 보지 않고 자신이 만지고 있는 형상을 보고 있었다. 도미니크는 그의 손이 다른 여자의 몸을 어루만지고 있는 걸 보고 있는 것만 같았다. 그녀는 격렬한 육체적 쾌감에 몸을 가누지 못하고 벽에 등을 기댔다.

1월 초, 코드 빌딩과 아키타니아 호텔이 들어설 구덩이에 철골 기둥들이 세워지기 시작하자 로크는 신전 설계 작업에 들어갔다.

첫 스케치가 끝나자 그는 비서를 불렀다.

"스티브 맬러리 좀 불러줘요."

"맬러리요? 누구 …… 아, 그 총 쏜 조각가요."

"뭐라고?"

"엘즈워스 투히에게 총을 쏜 조각가가 아닌가요?"

"그랬나? 그래, 맞아."

"그 사람을 찾으시는 겁니까?"

"그 사람 맞아요."

비서는 이틀 동안 미술품 거래상들과 화랑들, 건축가들, 신문사들에 연락해서 스티븐 맬러리의 연락처를 수소문해보았지만 그가 어떻게 됐고 어디 살고 있는지 아는 사람이 아무도 없었다. 사흘째 되는 날 비서는 로크에게 이렇게 보고했다. "그가 살고 있을지 모른다는 주소를 알아냈는데 그리니치빌리지예요. 전화는 없습니다." 로크는 맬러리에게 사무실로 전화연락을 해달라는 편지를 보내도록 비서에게 지시했다.

그 편지는 반송되지 않았지만 일주일이 지나도록 맬러리에게서는 아무 연락도 없었다. 그러다 마침내 전화가 왔다.

"여보세요?" 비서가 전화를 돌려주자 로크가 수화기에 대고 말했다.

"스티븐 맬러리입니다." 젊고 딱딱한 목소리였는데 조급하고 호전적인 여운을 남겼다.

"맬러리 씨, 좀 만나야겠소. 내 사무실로 와줄 수 있겠소?"

"나를 만나려는 용건이 뭡니까?"

"물론 일 때문이오. 내가 짓는 건물에 들어갈 작품을 만들어줬으면 좋겠소."

긴 침묵이 흘렀다.

"좋습니다." 맬러리가 대답했다. 목소리에 생기가 없었다. "어떤 건물이죠?"

"스토더드 신전이오. 아마 들어본 적이……."

"예, 들어봤습니다. 당신이 짓고 있군요. 그 소식을 듣지 못한 사람이 어디 있겠습니까? 홍보 담당자에게 주는 돈만큼 나한테도 줄 수 있나요?"

"홍보 담당자는 나한테 돈을 받는 게 아니오. 보수는 당신이 원하는 대로 주겠소."

"얼마 안 된다는 걸 아는군요."

"언제 올 수 있겠소? 편한 시간이 언제요?"

"제길, 그건 당신이 정해요. 알다시피 난 한가하니까."

"내일 오후 2시?"

"좋습니다." 맬러리는 그렇게 대답한 뒤 덧붙였다. "목소리가 마음에 안 드네요."

로크는 웃음을 터뜨렸다. "난 당신 목소리가 마음에 드는데. 아무튼 내일 2시에 오시오."

"좋습니다." 맬러리가 전화를 끊었다.

로크는 싱긋 웃으며 수화기를 내려놓았다. 하지만 그 웃음은 갑자기 사라졌고 그는 진지한 얼굴이 되어 전화기를 바라보았다.

맬러리는 약속을 지키지 않았다. 아무 기별도 없이 사흘이 지났다. 로크는 직접 그를 찾아갔다.

맬러리가 사는 셋집은 수산시장 냄새가 풍기는, 가로등도 없는 거리의 황폐한 갈색 사암 건물이었다. 1층에는 좁은 현관을 사이에 두고 세탁소와 구두수선집이 있었다. "맬러리? 5층 뒷방이유." 추레한 여주인이 그렇게 말하고는 무관심하게 발을 질질 끌며 사라졌다. 로크는 거미줄처럼 뒤엉킨 파이프들 사이에 박힌 전구들의 불빛에 의지하여 삐걱거리는 나무 계단을 올라갔다. 그는 더러운 문을 노크했다.

문이 열렸다. 머리를 산발한 수척한 청년이 문지방에 서 있었다. 아랫입술이 각진 입은 강인한 느낌을 주었고, 눈은 로크가 지금까지 본 그 어느 눈보다 풍부한 표정을 지니고 있었다.

"뭡니까?" 그가 퉁명스럽게 물었다.

"맬러리 씨?"

"그런데요."

"난 하워드 로크요."

맬러리는 문설주에 기대며 웃음을 터뜨렸다. 한 팔을 뻗어 문간을 가로막고 있었고 전혀 비켜줄 기세가 아니었다. 그는 분명 술에 취한 듯했다.

"어이쿠, 이런! 몹소." 그가 말했다.

"들어가도 되겠소?"

"뭐 하러요?"

로크는 계단 난간에 앉았다. "왜 약속을 지키지 않았소?"

"약속? 아, 그렇지. 이유를 말해드리죠." 맬러리가 진지하게 말했다. "어떻게 된 거냐 하면, 난 진짜로 약속을 지킬 작정이었어요. 진짜로. 그래서 당신 사무실로 가고 있었는데, 가는 길에 영화관을 지나게 됐어요. 그런데 〈베개 위의 두 머리〉를 상영하고 있지 뭡니까. 그래서 들어갔죠. 난 〈베개 위의 두 머리〉를 꼭 봐야 했거든요." 맬러리는 뻗은 팔에 힘없이 기대며 씩 웃었다.

"나를 들여보내 주는 게 좋겠소." 로크가 조용히 말했다.

"아, 젠장, 들어오세요."

방은 좁은 굴 같았다. 구석에 헝클어진 침대가 있었고 아무렇게나 널려 있는 신문들과 헌 옷들, 가스풍로, 시든 갈색 초원에 양들이 있는 싸구려 풍경화 한 점이 보였다. 방주인의 직업을 나타내는 그림이나 조각품은 찾아볼 수 없었다.

로크는 하나뿐인 의자 위의 책들과 프라이팬을 치우고 거기 앉았다. 맬러리는 그의 앞에 서서 몸을 건들거리며 미소를 흘리고 있었다.

맬러리가 말했다. "당신은 처음부터 방법이 틀렸어요. 그런 식으로 하면 안 됩니다. 조각가를 쫓아다니다니 처지가 몹시 궁한 모양이네요. 이렇게 해야 돼요. 일단 나를 당신 사무실로 찾아오게 만든 다음, 내가 처음 간 날은 자리를 비우는 겁니다. 두 번째 날에는 나를 한 시간 반쯤 기다리게 한 후 대기실로 나와서 악수를 청하며 혹시 아무개를 아는지 묻고 당신도 그 사람을 잘 안다며 반갑다고 말하지만 오늘은 정신없이 바빠서 도저히 시간을 낼 수 없으니 일간 점심이나 함께하며 일 얘기를 하자고, 곧 연락 주겠다고 하는 거죠. 그렇게 두 달쯤 기다리게 만든 후에야 일을 주는 겁니다. 그러고는 내 실력이 형편없다고, 처음부터 마음에 들지 않았다고 하면서 나를 쓰레기통에 던져버리는 거죠. 그런 다음 발레리언 브론슨에게 일을 주는 겁니다. 다 그런 식이에요. 이번 경우만 빼고."

하지만 맬러리의 눈은 로크를 주의 깊게 관찰하고 있었고 눈빛에 전문가의 확신이 담겨 있었다. 말을 하는 동안 목소리에서도 점차 허세 섞인 쾌활함이 사라져 맨 마지막 문장은 몹시 사무적인 느낌을 주었다.

"이번엔 아니오." 로크가 말했다.

맬러리는 선 채로 말없이 그를 바라보았다.

"당신은 하워드 로크죠? 난 당신의 건물들을 좋아합니다. 그래서 당신을 만나고 싶지 않았던 겁니다. 당신 건물들을 볼 때마다 구역질이 나는 일이 없도록 하기 위해서요. 그 건물들의 건축가가 그 건물들에 걸맞은 인물일 거라는 기대를 무너뜨리고 싶지 않아서요."

"내가 걸맞은 인물이라면?"

"그런 일은 없죠."

하지만 맬러리는 헝클어진 침대 끄트머리에 구부정하니 앉아 날카로운 저울 같은 눈빛으로 건방질 정도로 노골적으로 로크를 재고 있었다.

"잘 들어요." 로크가 분명하면서도 매우 신중하게 말했다. "당신에게 스토더드 신전을 장식할 조각상을 맡기고 싶소. 종이를 주시오. 만일 내가 중간에 다른 조각가를 고용하거나 당신 작품을 쓰지 않으면 손해배상금 100만 달러를 주겠다는 내용의 각서를 써주겠소."

"정상적으로 말해도 됩니다. 난 취하지 않았으니까요. 이제 말짱해요. 무슨 말인지 알아들어요."

"어쩌겠소?"

"왜 나를 선택했죠?"

"당신이 훌륭한 조각가니까."

"그건 사실이 아닙니다."

"훌륭한 조각가가 아니라고요?"

"아뇨. 그게 이유가 아니라고요. 누가 나를 고용해달라고 부탁했죠?"

"그런 사람 없소."

"나와 잔 여자인가요?"

"난 당신과 잔 여자를 알지 못하오."

"건축비에 맞추기 위해선가요?"

"아니오. 건축비는 얼마든 써도 좋소."

"나에 대한 동정심 때문인가요?"

"아니오. 내가 왜 그래야 하오?"

"투히 총격사건의 홍보 효과를 노린 건가요?"

"맙소사, 아니오!"

"그럼 뭐죠?"

"가장 확실한 이유를 두고 왜 그런 말도 안 되는 추측들을 하는 거요?"

"그게 뭔데요?"

"내가 당신 작품을 좋아한다는 것."

"아무렴요. 다들 그렇게 말하죠. 우리는 모두 그렇게 말하고 믿어야 하는 게 맞고요. 하지만 진실은 어떨까요? 좋아요, 당신이 내 작품을 좋아한다고 칩시다. 그런데 진짜 이유가 뭡니까?"

"당신 작품을 좋아하기 때문이오."

맬러리가 취기가 싹 가신 목소리로 진지하게 말했다. "그러니까, 내가 만든 삭품들을 보았고, 그것들을 좋아한다는 말이군요……. 누가 당신에게 내 작품을 좋아해야 한다고 말하거나 내 작품을 좋아해야 하는 이유를 설명해주지도 않았는데 …… 당신이 독단적으로 …… 내 작품이 마음에 든다는 이유로 …… 단지 그 이유만으로 …… 날 선택했다 이거군요……. 나에 대해 아무것도 모르는데도 그런 건 아무 상관 없이 …… 그저 내 작품들만 보고서 …… 단지 그것만으로 나를 고용하기로 결심하고 어렵게 나를 찾아낸 다음 여기까지 와서 모욕까지 받아가면서 …… 단지 내 작품들이 좋아서……. 그러니까, 내 작품들 때문에 나를 중요하게 여기고 나를 원하게 됐다는 건가요? 바로 그런 뜻인가요?"

"바로 그거요." 로크가 대답했다.

맬러리의 눈이 커졌다. 하지만 그 진실은 너무도 두려운 것이어서 차마 똑바로 볼 수가 없었다. 그는 고개를 저으며 자신을 진정시키는 듯한 어조로 간단히 말했다. "아뇨." 맬러리는 앞으로 몸을 내밀며 생기 없는 애원 어린 목소리로 말했다. "로크 씨, 난 당신에게 화내고 싶지 않습니다. 진실을 알고 싶을 뿐이죠. 좋아요, 당신은 내게 일을 맡길 작정으로 찾아왔고 결국 당신 뜻대로 될 겁니다. 100만 달러니 뭐니 하는 각서를 쓸 필요도 없어요. 이 방 꼴을 보세요. 난 당신 말을 들을 수밖에 없어요. 그러니 진실을 말해주세요. 진실을 말해도 당신에겐 아무것도 달라질 게 없으니까요. 내겐 아주 중요한 일이니까요."

"뭐가 그렇게 중요하다는 거요?"

"그건 …… 그건……. 사실 난 이제 다시는 아무도 날 원하지 않을 거라고 생각했어요. 하지만 당신이 날 원하고 있어요. 좋아요. 다시 부딪쳐보겠어요. 다만, 다시는 …… 내 작품을 좋아하는 사람을 위해 일한다는 착각 같은 건 하고 싶지 않아요. 그것만은 더는 견딜 수 없어요. 당신이 진실을 말해준다면 기분이 나아질 것 같아요. 마음이 …… 안정될 것 같아요. 왜 내 앞에서 거짓 연기를 하는 거죠? 난 아무것도 아녜요. 당신이 진실을 말한다고 해서 당신을 경멸하거나 하진 않을 테니 걱정 마세요. 모르겠어요? 내게 진실을 말해주는 게 훨씬 더 신사적인 행동이라고요. 그럼 단순, 솔직해지는 거예요. 난 당신을 더 존경하게 될 거예요. 정말로요."

"자네, 도대체 왜 이러나? 그동안 무슨 일들을 겪으며 살아온 건가? 왜 그런 말을 하는 건가?"

"그건……." 맬러리는 버럭 소리를 질렀다가 목소리가 갈라지며 고개를 꺾었다. 그가 손으로 힘없이 원을 그리듯 방을 가리키며 속삭임으로 말을 이었다. "내가 지난 2년 동안 …… 당신이 말하고 있는 그런 건 존재하지 않는다는 사실에 적응하려고 발버둥치며 살아왔기……."

로크가 그에게로 다가가 그의 턱을 위로 툭 쳐서 올리며 말했다. "자넨 바보 멍청이로군. 자넨 내가 자네 작품에 대해 어떻게 생각하는지, 내가 어떤 사람이고 여기 왜 왔는지 따질 필요가 없어. 그러기엔 너무 훌륭하니까. 하지만 굳이 알고 싶다면 말해주지. 난 자네가 이 시대 최고의 조각가라고 생각하네. 내가 그렇게 생각하는 건, 자네 조각상들이 인간을 보이는 그대로가 아니라 그렇게 될 수 있고 마땅히 그렇게 되어야 하는 모습으로 표현하기 때문이네. 자넨 그럴듯함의 영역을 넘어서서 무엇이 가능한지 우리에게 보여주었고, 그건 오직 자네만 할 수 있는 일이지. 자네의 조각상들은 인간에 대한 경멸을 담고 있지 않으니까. 자넨 인간에 대한 무한한 존경심을 품고 있으니까. 자네의 조각품들은 인간의 영웅성을 담고 있으니까. 따라서 내가 여기 온 건 일거리가 몹시 궁한 자네가 불쌍해서, 자네에게 호의를 베풀고 싶어서가 아니네. 난 단순하고 이기적인 이유로 왔네. 인간이 자신이 구할 수 있는 가장 깨끗한 음식을 선택하는 것과 같은 이유지. 최고를 찾아다니는 건 …… 생존법칙이네, 안 그런가? 난 자네를 위해 여기 온 게 아냐. 날 위해 온 거지."

맬러리는 로크에게서 휙 몸을 피해 얼굴을 침대에 묻고 주먹 쥔 두 팔을 머리 위로 뻗었다. 셔츠 등짝이 미세하게 떨리고 두 주먹이 천천히 뒤틀리며 베개 속으로 파고드는 것으로 보아 흐느끼고 있는 게 분명했다. 로크는 맬러리가 지금껏 한 번도 울어본 적이 없음을 알 수 있었다. 그는 침대 가장자리에 앉아 맬러리의 뒤틀리는 팔목을 지켜보았다. 차마 보고 있기 힘든 광경이었지만 거기서 눈길을 떼지 않았다.

이윽고 맬러리가 일어나 앉았다. 그는 로크의 얼굴을 보았다. 지극히 차분하고 다정한 얼굴이었고 동정심 같은 건 전혀 없었다. 그건 타인의 고통을 지켜보며 은밀한 쾌감을 느끼거나 연민을 구걸하는 거지를 보고 행복해하는 얼굴이 아니었다. 타인의 굴욕을 먹고 사는 굶주린 영혼의 표정이 아니었다. 로크의 얼굴은 큰 패배라도 당한 듯 잔뜩 일그러지고 지쳐 보였다. 하지만 눈빛만은 고요했다. 이해와 존중을 담은 엄격하면서도 맑은 두 눈이 조용히 맬러리를 응시하고 있었다.

"좀 눕게. 잠시 가만히 누워 있게." 로크가 말했다.

"당신 같은 사람이 이런 세상에서 어떻게 살아남을 수가 있었죠?"

"눕게. 쉬어. 얘긴 나중에 하세."

맬러리가 일어섰다. 그러자 로크는 그의 어깨를 눌러 억지로 앉히고 두 다리를 침대 위로 올려서는 머리를 베개에 얹어 주었다. 맬러리는 저항하지 않았다.

로크는 뒷걸음질치다가 잡동사니가 잔뜩 쌓인 탁자를 툭 쳤다. 그 바람에 탁자 위의 물건 하나가 바닥으로 굴러떨어졌다. 맬러리가 흠칫 놀라 그걸 먼저 집으려고 팔을 뻗었다. 로크가 그의 팔을 밀어내고 그 물건을 집었다.

싸구려 선물가게에서 파는 작은 석고 벽장식이었다. 아기가 배를 깔고 엎드려 가운데 골이 파인 엉덩이를 드러내고 어깨너머로 수줍게 돌아보고 있는 모습이었다. 근육을 나타내는 선 몇 개가 숨길 수 없는 천재성을 드러내고 있었지만 나머지 부분은 일부러 천박하고 진부하게 만드느라 어설프고 고통스런 노력을 기울인 흔적이 역력했다. 그건 공포의 방에나 어울릴 만한 물건이었다.

맬러리는 로크의 손이 부들부들 떨리는 걸 보았다. 로크는 팔을 어깨 뒤로 젖히더니 접힌 팔꿈치 안쪽에 공기를 모으듯 천천히 머리 위로 들었다. 눈 깜짝할 순간이지만 몇 분처럼 길게 느껴지는 시간 동안 팔이 쭉 펴진 채 정지해 있다가 앞으로 돌진했고, 석고 벽장식이 방을 가로질러 날아가 벽에 부딪쳐 산산조각이 났다. 로크가 살인적인 분노를 느끼는 모습이 타인의 눈에 목격된 건 그때가 처음이었다.

"로크?"

"음?"

"로크, 당신이 내게 줄 일거리가 생기기 전에 당신을 만났더라면 좋았을 걸 그랬어요." 맬러리는 다시 베개에 머리를 얹고 눈을 감으며 무표정하게 말했다. "그럼 다른 이유가 끼어들지 못했을 테니까요. 지금 난 당신에게 몹시 감사하고 있어요. 그건 당신이 내게 일자리를 주어서가 아녜요. 여기 찾아와줘서도 아니고, 당신이 내게 뭘 해줄 것이기 때문도 아녜요. 당신이라는 존재 자체 때문에 감사한 거죠."

맬러리는 고통의 단계를 오래전에 지난 사람처럼 미동도 않고 똑바로 힘없이 누워 있었다. 로크는 창가에 서서 비참한 방과 침대 위의 청년을 바라보았다. 그는 왜 자신이 뭔가를 기다리고 있는 듯한 기분을 느끼는지 궁금했다. 그는 머리 위에서 폭발이 일어나기를 기다리고 있었다. 그런 기분이 얼토당토않게 느껴지다가 이내 납득이 되었다. 포탄 구멍에 갇힌 기분이 이런 것이겠구나 하는 생각이 들었다. '이 방은 가난이 아닌 전쟁이 남긴 흔적이다. 세상의 어떤 무기보다 무시무시한 폭탄에 의해 파괴된 현장이다. 그렇다면 누구와의⋯⋯. 전쟁? 이름도, 얼굴도 없는 적. 하지만 저 청년은 전투에서 부상당한 전우다.' 로크는 맬러리를 내려다보며 생전 처음 느껴보는 묘한 감정에 젖었다. 맬러리를 품에 안아 올려 안전한 곳으로 데려가고 싶은 충동이었다. 문제는 지옥과 안전한 곳에 이르는 길에 이정표가 없다는 것이었다. 그는 켄트 랜싱이 떠올랐고 켄트 랜싱이 한 말을 기억하려고 애썼다.

그때 맬러리가 눈을 뜨더니 몸을 비스듬히 세워 한쪽 팔꿈치로 지탱했다. 로크는 침대 옆에 의자를 끌어다 놓고 거기 앉았다.

로크가 말했다. "자, 얘기하게. 자네가 진짜 하고 싶은 말을 하게. 자네의 가족이나 어린 시절, 친구들, 기분에 대한 얘기는 하지 말게. 자네의 **생각**을 얘기하게."

맬러리는 믿을 수 없어 하는 눈으로 그를 보며 속삭였다.

"그걸 어떻게 알았어요?"

로크는 말없이 빙긋 웃기만 했다.

"내 목을 조르고 있는 것의 정체를 어떻게 알았어요? 오랫동안 서서히 사람들을, 증오하고 싶지 않은 사람들을 증오하도록 만들고 있는 것 …… 당신도 그걸 느낀 적이 있나요? 가장 소중한 친구들이 내 모든 걸 사랑하면서 진짜 중요한 건 몰라줄 때의 기분. 내겐 가장 중요한 것이 그들에겐 아무것도 아니고 그들 귀엔 들리지도 않을 때의 기분. 정말로 듣고 싶으세요? 내가 뭘 하고, 왜 그걸 하는지 알고 싶으세요? 내가 뭘 **생각하는지** 알고 싶어요? 당신에겐 지루하지 않겠어요? 당신에게도 중요해요?"

"얘기하게." 로크가 말했다.

맬러리는 물에 빠졌다가 살아난 사람이 헐떡거리며 깨끗한 공기를 들이키듯 게걸스럽게 자신의 작품과 생각들에 대해 토로했고, 로크는 몇 시간이고 그 이야기를 들어주었다.

이튿날 아침에 맬러리가 사무실로 찾아오자 로크는 그에게 신전 설계도를 보여주었다. 제도 탁자 앞에 서서 설계도를 보는 맬러리는 딴사람이 되어 있었다. 그에게는 불확실성도, 고통의 기억도 없었다. 설계도를 받아드는 그의 손길은 마치 군인의 손길처럼 민첩하고 확실했다. 그 손길은, 이제 다시 발휘될 그의 재능은 어떤 시련에도 꺾이지 않을 것임을 말해주었다. 그는 굽힐 줄 모르는 객관적 신념을 갖고 있었고 로크를 자신과 동등한 사람으로 대했다.

맬러리는 설계도를 한참이나 들여다본 후에야 고개를 들었다. 그의 얼굴의 모든 부분이 잘 통제되고 있었지만 눈만은 예외였다.

"마음에 드나?" 로크가 물었다.

"어리석은 질문은 하지 마세요."

맬러리는 설계도 한 장을 들고 창가로 걸어가서, 설계도를 보았다가 창밖 거리를 보았다가 로크의 얼굴을 본 후 다시 똑같은 동작을 되풀이했다.

"가능해 보이지가 않아요. 이것과 …… 저것." 맬러리는 창밖 거리를 향해 설계도를 흔들었다.

창밖으로 길모퉁이 당구장과 코린트식 주랑현관이 있는 셋집, 브로드웨이 뮤지컬 광고판, 지붕 위 빨랫줄에서 펄럭이는 분홍색과 회색 속옷들이 보였다.

"같은 도시 안에. 같은 지구상에. 하지만 당신은 그걸 가능하게 만들어요. 가능해요……. 이제 다시는 두려워하지 않겠어요."

"뭘?"

맬러리는 설계도를 탁자에 조심스럽게 내려놓으며 말했다.

"어제 첫 번째 법칙에 대해 말씀하셨죠. 인간은 최고를 추구한다는 법칙……. 웃겼어요……. 세상의 인정을 받지 못한 천재, 진부한 얘기죠. 그보다 훨씬 고약한 게 뭔지 생각해보셨어요? 지나치게 인정을 받은 천재. 세상의 많은 사람들이 최고를 알아보지 못하는 불쌍한 바보들이라는 건, 그건 아무것도 아녜요. 그것에 대해선 화를 낼 수도 없죠. 하지만 최고를 **알아보고도 그걸 원하지 않는** 사람들은 이해하시겠어요?"

"아니."

"아니죠. 이해 못할 겁니다. 밤새도록 당신에 대해 생각했어요. 그래서 한숨도 못 잤죠. 당신의 비결이 뭔지 아세요? 지독한 순수성이죠."

로크는 맬러리의 소년 같은 얼굴을 보며 웃음을 터뜨렸다.

"아니, 웃을 일이 아녜요. 난 지금 내가 무슨 말을 하고 있는지 알지만 당신은 몰라요. 당신은 알 수가 없죠. 당신의 그 절대적인 건강함 때문에요. 당신은 너무 건강해서 병에 대해 이해하지 못해요. 물론 병을 알긴 하지만 진정으로 그걸 믿진 않죠. 난 믿어요. 난 몇 가지 면에서는 당신보다 현명한데, 그건 내가 당신보다 약하기 때문이죠. 난 저쪽 사람들을 이해해요. 그래서 어젯밤 당신이 보았던······ 그런 꼴이 된 거죠."

"다 지난 일일세."

"아마도요. 하지만 완전히는 아녜요. 난 이제 두렵지 않아요. 하지만 공포가 존재한다는 건 알아요. 난 그런 공포를 알아요. 당신은 그런 공포를 이해할 수 없겠지만요. 사람이 상상할 수 있는 가장 무시무시한 체험이 뭔지 알아요? 나한텐 말예요, 밀폐된 공간에 침을 질질 흘리는 맹수나 완전히 맛이 간 미치광이와 단 둘이 남겨지는 거예요. 아무 무기도 없이. 그럼 내가 사용할 수 있는 건 목소리와 생각뿐이죠. 그래서 그 괴물에게 왜 나를 건드리면 안 되는지 소리치는 거예요. 난 세상에서 가장 호소력 있는, 반박할 수 없는 말들을 하게 되고 절대적인 진실을 담은 그릇이 되죠. 그러다 나를 주시하고 있는 괴물의 눈빛을 보고 놈이 내 말을 못 알아듣는다는 걸 깨닫게 돼요. 놈에겐 내 의사를 전달할 수 없는데, 그건 어떤 방법으로도 불가능한데 놈은 자신의 목적을 갖고 내 앞에서 씨근덕거리며 움직이고 있어요. 그게 공포예요. 그 폐쇄적이고 무지하고 완전히 제멋대로인, 그러면서도 나름의 목적과 교활함을 지닌 괴물이 세상 사람들 속 어딘가에서 먹이를 찾아 살금살금 돌아다니고 있어요. 난 겁쟁이는 아니지만 그 괴물이 무서워요. 그리고 내가 아는 건 놈이 존재한다는 사실뿐이에요. 난 놈의 목적도 모르고 본성도 몰라요."

"학장의 원칙이로군."(로크가 스탠턴 대학에서 학장과 면담을 끝낸 후 학장은 어떤 원칙에 의해 살아가는지 의문을 품는 장면을 참조하면 '학장의 원칙'은 로크가 이해할 수 없는 세상 사람들의 원칙을 의미한다—옮긴이)

"뭐라고요?"

"내가 가끔 생각해보는 문제네. 그건 그렇고, 맬러리, 엘즈워스 투히는 왜 쏜 건가?" 로크는 맬러리의 눈빛을 보고 덧붙였다. "말하기 싫으면 안 해도 되네."

"말하고 싶지 않아요." 맬리리가 딱딱한 목소리로 말했다. "하지만 좋은 질문이긴 했어요."

"앉게. 일에 대해 얘기하세." 로크가 말했다.

로크는 건물에 대해, 그리고 조각가가 할 일에 대해 설명했고 맬러리는 열심히 들었다.

"조각상은 하나면 되네. 바로 여기 세울 걸세." 로크가 도면의 한 지점을 가리켰다. "조각상을 둘러싸고 건물을 지을 걸세. 여자의 누드 조각상을 세울 거고. 건물을 이해한다면 어떤 조각상을 만들어야 하는지 이해할 걸세. 인간정신. 인간이 지닌 영웅성. 열망과 성취. 추구 속에서 고양되는 것 …… 그 본질 자체가 고양적인 것. 우리가 하느님을 추구하면서 …… 발견하게 되는 것. 인간이 지닌 지고의 것……. 그걸 해줄 수 있는 사람은 자네뿐이네."

"예."

"자넨 내가 일하는 방식대로 일하게 될 걸세. 내가 뭘 원하는지만 알려주고 나머진 자네에게 맡기겠네. 자네 마음대로 해보게. 내가 모델을 추천하겠지만, 그 모델이 자네가 생각하는 목적에 맞지 않는다면 다른 사람을 선택해도 좋네."

"추천하는 모델은요?"

"도미니크 프랭컨."

"맙소사!"

"그녀를 아나?"

"본 적 있어요. 그녀를 모델로 세울 수만 있다면……. 사실 그녀만큼 적격인 여자는 없죠. 그녀는……." 맬러리는 말을 끊었다가 김빠진 목소리로 이었다. "그녀는 모델을 서주지 않을 거예요. 당신 일이라면 절대로."

"설 걸세."

가이 프랭컨은 그 소식을 듣자 반대하고 나섰다.

그가 성난 목소리로 말했다. "얘야, 도미니크, 엉뚱한 것도 정도가 있어야지. 아무리 너라도 그렇다. 도대체 **왜** 그걸 하려는 거냐? 왜, 하필이면 로크의 건물을? 지금까지 로크를 그렇게 비난하고 방해해놓고……. 사람들이 뭐라고 하겠니? 다른 사람의 일이라면 아무도 신경 쓰지 않을 거야. 하지만 너와 로크야! 가는 데마다 그것에 대해 묻지 않는 사람이 없어. 난 어쩌라는 거냐?"

"아버지, 그 조각상의 복제품을 하나 주문하세요. 아름다울 거예요."

피터 키팅은 그 문제에 대해 이야기하기를 거부했다. 하지만 파티에서 도미니크를 만나자 자신도 모르게 그것에 대해 묻고 말았다.

"로크의 신전에 세울 조각상의 모델을 서고 있다는 게 사실이에요?"

"그래요."

"도미니크, 그건 마음에 안 드는군요."

"그런가요?"

"오, 미안해요. 그런 말을 할 자격 없다는 거 알아요……. 다만 …… 하필이면 로크라니……. 난 도미니크가 로크와 친하게 지내는 건 보고 싶지 않아요. 다른 사람이라면 몰라도 로크는. 절대로."

도미니크가 흥미로운 눈길로 물었다. "왜죠?"

"모르겠어요."

키팅은 도미니크가 호기심에 차서 쳐다보자 걱정이 되어 웅얼거렸다.

"어쩌면 그동안 당신이 로크의 작품에 대해 그토록 심한 경멸을 보내는 것이 옳지 않게 여겨졌기 때문인지도 몰라요. 사실 난 그래서 무척 행복하긴 했지만……. 어쩐지 옳지 않은 것 같았어요."

"그랬나요, 피터?"

"그래요. 하지만 당신은 로크를 인간적으로 좋아하지 않으니까요, 안 그래요?"

"맞아요. 인간적으로 좋아하지 않아요."

엘즈워스 투히도 못마땅해했다. "도미니크, 그건 대단히 현명하지 못한 짓이오." 투히가 도미니크의 사무실로 찾아와서 그렇게 말했는데 평소의 매끄러운 목소리가 아니었다.

"알고 있어요."

"지금이라도 마음을 바꿀 수 없겠소?"

"그러고 싶지 않아요, 엘즈워스."

투히는 의자에 앉아 어깨를 으쓱했다. 그러고는 잠시 후 미소 지으며 말했다. "좋소, 맘대로 해요."

도미니크는 연필을 들고 교정지를 검토하며 아무 대꾸도 하지 않았다.

투히가 담뱃불을 붙이며 말했다. "로크가 조각가를 스티븐 맬러리로 결정했더군."

"그래요. 재미난 우연의 일치죠, 안 그래요?"

"그건 절대 우연의 일치가 아니오. 그런 일들은 우연의 일치일 수가 없지. 거기엔 근본적인 법칙이 있거든. 물론 로크는 그걸 모를 것이고, 그가 그런 결정을 내리도록 도와준 사람도 없겠지만."

"찬성하시는 거죠?"

"진심으로. 아주 안성맞춤이니까. 더 잘됐으니까."

"엘즈워스, 맬러리가 왜 당신을 죽이려고 한 거죠?"

"그건 나도 모르겠소. 전혀. 로크 씨는 알겠지. 알아야겠지. 말이 나온 김에 묻는데, 당신을 모델로 선택한 게 누구요? 로크요, 아니면 맬러리요?"

"엘즈워스, 아실 것 없어요."

"로크군."

"말이 나온 김에 말씀드려야겠네요. 홉턴 스토더드가 로크를 고용하도록 만든 게 당신이란 걸 로크에게 말했어요."

투히는 담배를 입으로 가져가다가 멈칫하더니 이내 다시 손을 움직여 입에 담배를 물었다.

"그랬소? 왜지?"

"신전 설계도를 봤거든요."

"그렇게 훌륭했소?"

"훌륭한 정도가 아니었어요, 엘즈워스."

"그 얘길 듣고 로크가 뭐라고 했소?"

"아무 말도 하지 않고 웃기만 했어요."

"그랬소? 고맙군. 내가 감히 장담하건대, 때가 되면 많은 사람들이 그렇게 웃게 될 거요."

그해 겨울, 로크는 밤에 세 시간 이상을 잔 날이 거의 없었다. 그는 주위의 모든 것에 에너지를 공급하기라도 하는 것처럼 활기차게 움직였다. 그 에너지는 그의 사무실 벽을 통과하여 뉴욕의 세 지점, 즉 맨해튼 중심에 있는 구리와 유리로 된 코드 빌딩, 센트럴파크 사우스에 있는 아키타니아 호텔, 먼 북쪽 리버사이드 드라이브에 위치한 허드슨 강변 바위 위의 신전으로 날아갔다.

어렵게 시간을 내서 오스틴 헬러를 만났을 때 헬러는 즐겁고 흐뭇한 눈길로 로크를 보며 이렇게 말했다. "하워드, 그 세 건물이 완공되면 아무도 자네 앞길을 막지 못할 걸세. 다시는. 이따금 난 자네가 어디까지 올라갈 것인지에 대해 상상한다네. 알다시피 난 천문학에는 약해서 말이야."

3월의 어느 밤, 로크는 스토더드의 지시에 따라 신전 공사 현장을 가려놓은 높은 울타리 안에 서 있었다. 벽의 토대가 될 석재 덩어리들이 땅 위로 올라와 있었다. 늦은 시각이라 인부들은 퇴근한 뒤였다. 그곳은 세상과 단절된 채 쓸쓸한 모습으로 어둠에 묻혀 있었지만 하늘은 지상의 어둠에 비해 너무 환했다. 마치 햇빛이 다가오는 봄을 알리느라 정상적인 시간을 넘어서까지 머물러 있었던 듯했다. 강 어딘가에서 뱃고동 소리가 한 번 울렸는데 그 소리는 먼 시골에서 몇 킬로미터에 걸친 정적을 뚫고 날아온 듯했다. 스티븐 맬러리의 작업실로 지어놓은 판잣집에서 불빛이 새어나왔다. 도미니크가 모델을 서고 있는 곳이었다.

로크가 설계한 신전은 회색 석회암으로 된 작은 건물이었다. 건물의 선들은 수평선이었다. 하늘을 향해 뻗어 올라간 것이 아니라 대지의 선이었다. 신전은 양 팔을 손바닥을 아래로 향한 채 어깨 높이로 뻗은 것처럼 침묵 속의 위대한 수용을 나타내고 있었다. 그것은 땅에 달라붙어 있지도, 하늘 아래 웅크리고 있지도 않았다. 마치 대지를 드는 듯했고 몇 개 안 되는 수직 기둥들은 하늘을 끌어내리는 듯했다. 또한 인간의 키에 적절히 맞추어져서 인간을 왜소하게 만들지 않고 인간의 형상을 유일한 절대적 존재, 모든 것의 평가 기준이 되는 완전성의 척도로 만들어주는 하나의 배경이 되었다. 그리하여 그 안에 들어가는 사람은 신전이 완성되기 위해 그가 들어오기를 기다리고 있기라도 했던 듯 자신에게 맞추어 공간이 형성되는 기분을 느끼게 될 터였다. 그곳은 조용한 고양감을 주는 기쁨의 장소였다. 그곳에서 인간은 자신의 죄 없음과 강함을 느끼고 자신의 영광에 의해서만 얻을 수 있는 정신적인 평화를 누릴 수 있을 것이었다.

내부에는 벽의 단계적인 돌출들과 대형 창문들을 제외하곤 아무 장식도 없었다. 그곳은 둥근 지붕 아래 밀폐되어 있지 않고 주위의 대지를 향해, 나무들과 강과 태양, 멀리 보이는 도시의 스카이라인과 마천루들, 지상에서 인간이 이뤄놓은 형상들을 향해 열려 있었다. 그리고 내부 공간의 끝에 도시를 배경으로 벌거벗은 인간의 조각상이 입구를 향해 서 있었다.

지금 어둠 속에 서 있는 로크의 앞에는 건물의 초석들밖에 없었지만 그는 완공된 건물을 생각하고 있었다. 설계도를 그리던 연필의 움직임을 아직까지도 기억하고 있는 손가락으로 완성된 신전을 느끼고 있었다. 그러다 파헤쳐진 울퉁불퉁한 대지를 가로질러 작업실로 갔다.

"잠깐만요." 문을 노크하자 맬러리가 외쳤다.

작업실 안에서는 도미니크가 단 위에서 내려와 가운을 걸쳤다. 그러고 나서야 맬러리가 문을 열었다.

"아, 당신이었군요. 우린 경비원인 줄 알았어요. 이렇게 늦은 시각에 웬일이세요?" 맬러리가 말했다.

"안녕하십니까, 프랭컨 양." 로크가 인사하자 도미니크는 쌀쌀맞게 고개를 끄덕였다. "스티브, 방해해서 미안하네." 로크가 맬러리에게 말했다.

"괜찮아요. 그러잖아도 작업이 잘 안 되고 있었어요. 오늘은 도미니크가 내가 원하는 걸 잘 이해하지 못하네요. 하워드, 앉으세요. 대체 몇 시나 됐죠?"

"9시 30분. 작업을 더 할 생각이면 저녁을 배달시켜줄까?"

"모르겠어요. 우리 담배나 한 대 피워요."

페인트칠이 안 된 마룻바닥과 그대로 드러난 서까래들, 한쪽 구석에서 시뻘겋게 타오르는 주철 스토브가 보였다. 맬러리는 이마에 흙을 묻힌 채 봉건영주처럼 움직였다. 그는 초조하게 담배 연기를 내뿜으며 서성거렸다.

"도미니크, 옷 입을래요? 아무래도 오늘 밤엔 작업을 많이 못 할 것 같은데." 맬러리가 말했다. 도미니크는 대답하지 않았다. 그녀는 로크를 바라보고 있었다. 맬러리가 작업실 한쪽 끝으로 걸어가서 홱 돌아서며 로크에게 미소를 보냈다. "하워드, 왜 지금껏 한 번도 안 왔어요? 하기야 진짜 바쁠 때 왔다면 그냥 내쫓았겠지만요. 그런데 이 시각에 여긴 왜 온 거죠?"

"오늘 밤 꼭 현장에 와보고 싶었는데 더 일찍은 올 수가 없었네."

"스티브, 당신이 원하는 게 이건가요?" 갑자기 도미니크가 물었다. 그녀는 가운을 벗고 알몸으로 단으로 걸어갔다. 맬러리는 그녀에게서 로크에게 시선을 옮겼다가 다시 그녀를 보았다. 그 순간, 그는 종일 그토록 보고 싶었던 것을 보았다. 도미니크가 고개를 뒤로 젖히고 팔은 손바닥이 바깥을 향하도록 해서 아래로 늘어뜨린 자세로 꼿꼿이 서 있었다. 그건 이미 여러 날 동안 취해온 포즈였지만 이제 그녀의 몸은 생동감으로 떨리는 듯했고, 맬러리가 그녀에게서 듣고 싶은 것을 말하고 있었다. 그녀는 자신이 보고 있는 것에 자랑스럽고 경건하고 황홀하게 굴복한 모습이었다. 그녀가 보고 있는 것의 형체가 흔들리다가 깨지기 직전의 감동에 취한 최적의 순간의 모습이었다.

맬러리가 황급히 담배를 던지며 외쳤다.

"그대로 있어요, 도미니크! 그대로! 그대로!"

담배가 바닥에 떨어지기도 전에 맬러리는 작업대에 서 있었다.

맬러리는 작업을 시작했고, 도미니크는 미동도 않고 서 있었으며, 로크는 그녀를 마주 보고 벽에 기대 서 있었다.

4월이 되자 신전의 벽들이 단속적인 선들을 이루며 땅 위로 솟았다. 달빛이 비치는 밤이면 그 벽들은 물속의 불빛처럼 은은하고 흐릿하게 빛났다. 높은 울타리가 그것들을 둘러싸고 지키고 있었다.

하루 일과가 끝나면 네 사람이 종종 현장에 남았다. 로크, 맬러리, 도미니크, 그리고 마이크 도니건. 마이크는 로크의 건물이라면 단 한 군데도 빠짐없이 공사에 참여했다.

네 사람은 인부들이 모두 퇴근한 후 맬러리의 작업실에 모였다. 미완성의 조각상에는 젖은 천이 덮여 있었다. 초봄의 온기가 느껴지는 밤이라 작업실 문은 열려 있었다. 검은 하늘을 배경으로 새 잎이 세 개 달린 나뭇가지가 뻗어 있었고 그 주위로 별들이 물방울처럼 떨렸다. 작업실에는 의자가 없었다. 맬러리는 주철 스토브 앞에 서서 핫도그와 커피를 준비하고 있었다. 마이크는 모델의 단 위에 앉아 파이프 담배를 피웠다. 로크는 양쪽 팔꿈치로 몸을 받치고 바닥에 비스듬히 누워 있었고, 도미니크는 얇은 실크 가운을 걸치고 맨발로 부엌 간이 의자에 앉아 있었다.

그들은 일에 대한 이야기는 하지 않았다. 맬러리가 엉뚱한 이야기들을 했고, 도미니크는 어린애처럼 웃어댔다. 그들은 특별할 게 없는 이야기들을 했으며, 이야기 내용보다는 편안하고 화기애애한 분위기가 의미를 지녔다. 그들 네 사람은 그저 거기 함께 있는 게 좋을 뿐이었다. 열린 문밖 어둠 속에서 솟고 있는 벽들은 그들의 휴식을 장려하고 쾌활해질 수 있는 권리를 주었다. 그들이 힘을 합쳐 짓고 있는 그 건물은 그들의 목소리와 조화를 이루는 나지막한 소리를 내는 듯했다. 로크는 도미니크가 한 번도 본 적이 없는, 입에서 긴장이 풀린 젊은 웃음을 웃었다.

네 사람은 늦은 밤까지 그곳에 머물렀다. 맬러리가 짝도 안 맞는 이 빠진 컵에 커피를 따라주었다. 커피 향이 바깥의 새 잎들의 향기와 만났다.

5월에 아키타니아 호텔 공사가 중단되었다.

주주 두 사람이 주식시장에서 퇴출되었고, 또 한 사람이 유산상속 소송으로 자금이 압류되었으며, 또 한 사람은 다른 이의 주식을 횡령했다. 그리하여 아키타니아 호텔을 짓기 위해 만들어진 회사는 복잡한 소송의 소용돌이에 휘말렸고, 모든 문제가 해결되려면 몇 해가 걸릴지 몰랐다. 공사도 중단될 수밖에 없었다.

"주주 몇 사람을 죽이는 한이 있더라도 내가 해결하겠소. 그들이 손을 떼도록 만들겠소. 당신과 나, 둘이 언젠가는 호텔을 완공시키게 될 거요. 하지만 시간이 걸릴 거요. 아마도 오랜 시간이. 당신에게 인내심을 가지라는 말은 하지 않겠소. 우리 같은 사람들은 중국의 사형 집행인이나 전함의 가죽 같은 끈기를 지니지 않으면 열다섯 살 이상을 살 수 없으니까."

엘즈워스 투히는 도미니크의 책상에 걸터앉아 이렇게 말했다. "미완성 교향곡이로군. 다행이야."

도미니크는 자신의 칼럼에 그 말을 써먹었다. "센트럴파크 사우스의 미완성 교향곡." 그녀는 '다행'이라는 말은 쓰지 않았다. 그게 아키타니아 호텔의 별명이 되었다. 뉴욕 한복판에 고급 건축물이 빈 창틀과 반쯤 덮인 벽들, 그대로 드러난 들보를 지닌 괴상한 몰골로 서 있는 걸 본 외지인들이 그게 뭐냐고 물으면 로크나 그 건물에 얽힌 이야기를 모르는 사람들도 킬킬 웃으며 이렇게 대답했다. "아, 저건 미완성 교향곡이에요."

로크는 늦은 밤에 길 건너 공원의 나무 아래 서서 도시의 스카이라인을 이루는 불이 환히 밝혀진 빌딩숲 속의 생명 없는 시커먼 형체를 바라보곤 했다. 그의 두 손이 점토 모형을 만질 때처럼 무의식적으로 움직였고 울퉁불퉁한 돌출부를 손바닥으로 가릴 수는 있었지만 건물을 완성시키고자 하는 본능적인 손길에 닿는 건 허공뿐이었다.

로크는 이따금 억지로 건물 내부로 들어가기도 했다. 빈 공간을 덮은 흔들리는 판자들을 밟고 천장도, 바닥도 없는 방들을 지나 대들보들이 찢어진 살에서 튀어나온 뼈처럼 드러난 가장자리로 갔다.

1층 뒤편의 작은 방에 늙은 경비원이 살고 있었다. 그는 로크를 알기에 마음대로 돌아다니게 해주었다. 한번은 경비원이 건물에서 나가는 로크를 불러 세우고 불쑥 말했다. "나도 아들을 얻을 뻔했던 적이 있지. 사산아였어." 경비원은 무심코 그 말을 했지만 스스로도 그 말을 한 의도를 모르겠다는 표정으로 로크를 바라보았다. 하지만 로크는 미소 지으며 눈을 감고 마치 악수하듯 노인의 어깨를 만져주고 그곳을 나왔다.

처음 몇 주 동안만 그랬고, 로크는 억지로 아키타니아를 잊었다.

10월의 어느 저녁에 로크와 도미니크는 완공된 신전을 둘러보았다. 일주일 안에, 스토더드가 여행에서 돌아온 다음 날 대중에게 공개될 예정이었다. 공사 관계자 외에는 신전을 본 사람이 아무도 없었다.

청명하고 조용한 저녁이었다. 텅 빈 신전은 정적에 싸여 있었다. 석회암 벽에 비친 붉은 석양빛이 마치 첫새벽의 빛 같았다. 두 사람은 신전을 바라보다가 안으로 들어가 대리석 조각상 앞에 섰다. 그들을 둘러싸고 형성된 공간 속의 그림자들이 마치 벽을 만든 그 손으로 만들어진 듯했다. 이울어가는 빛의 절도 있는 움직임은 시간의 흐름에 따른 벽의 변화를 설명해주는 듯했다.

"로크……."

"왜 그러오, 내 사랑?"

"아니 …… 아무것도 아녜요……."

로크는 도미니크의 손목을 잡고 차를 세워둔 곳으로 돌아갔다.

12

 스토더드 신전 봉헌식은 11월 1일 오후로 예고되었다.
 그동안 홍보 담당자가 일을 잘 해서 사람들이 봉헌식에 대해, 하워드 로크에 대해, 그리고 뉴욕에 새로이 탄생할 걸작에 대해 기대에 차서 떠들었다.
 10월 31일 아침, 홉턴 스토더드가 세계 여행에서 돌아왔다. 엘즈워스 투히는 부두로 그를 마중 나갔다.
 11월 1일 아침, 홉턴 스토더드는 봉헌식이 열리지 않을 것이라는 내용의 짤막한 성명을 발표했다. 그에 대한 설명은 없었다.
 11월 2일 아침, 뉴욕〈배너〉엘즈워스 M. 투히의 칼럼 '하나의 작은 목소리'에는 '신성모독'이란 부제가 달렸다. 그 내용은 이러했다.

 많은 것들에 대해 얘기할 때가 왔다고
 바다코끼리가 말했네,

배들과 신발들, 그리고 하워드 로크에 대해,
양배추들과 왕들에 대해,
바다가 왜 뜨겁게 끓어오르는지에 대해,
로크에게 날개가 있는지에 대해.
(루이스 캐럴의 유명한 시 〈바다코끼리와 목수〉의 패러디
—옮긴이)

 우리가 좋아하지 않는 한 철학자의 말을 빌리면 우리의 본분은 파리채가 아니지만, 과대망상에 빠진 파리가 있다면 기꺼이 박멸 작업을 수행하는 것이 도리다.
 요즘 하워드 로크란 인물에 대해 말들이 많다. 말의 자유는 우리의 거룩한 유산이고 시간을 낭비할 권리 또한 마찬가지니 그런 말들이 문제 될 건 없으나, 짓다 만 건물 하나를 빼면 내세울 것이 없는 사람에 대해 떠드는 것보다 더 유익한 일들이 세상에는 많고 많음을 지적하고 싶다. 그 우스꽝스런 일이 비극으로, 사기로 끝나지 않았더라면 문제 될 건 없었을 것이다.
 하워드 로크, 대부분의 독자들이 들어본 적도 없고 다시는 들을 일도 없을 그 이름의 주인은 건축가다. 일 년 전, 그는 막중한 임무를 맡게 되었다. 건축주가 그에게 기념비적 건축물을 수주한 후 그에게 전권을 맡기고 여행을 떠났다. 형법 용어를 예술 분야에 적용한다면 로크 씨는

정신적 횡령에 해당하는 죄를 범했다고 말할 수 있다.

저명한 자선가 홉턴 스토더드 씨는 뉴욕 시에 인간의 신앙심을 상징하는 종교의 신전을, 종파를 초월한 대사원을 선물할 계획이었다. 하지만 로크 씨가 그에게 지어준 건 창고 같은 건물이고 그나마 실용적이지도 못하다. 그곳의 조각상을 보면 차라리 매음굴로 더 어울릴 듯하다. 어쨌든 결코 신전은 아니다.

그 건물을 보면 종교적 건축물이 지니는 고유의 요소들을 악의적으로 뒤집어놓은 듯하다. 명색이 사원이라면서 엄격하게 닫혀 있지 않고 서부의 술집처럼 활짝 열려 있다. 영원에 대해 묵상하고 인간의 보잘것없음을 깨닫는 장소에 적합한 경건한 슬픔 대신 주신제에 어울리는 고양감이 넘친다. 미천한 자아보다 더 높은 것을 추구하는 인간 정신의 상징인 사원이라면 하늘을 향해 치솟은 선들로 이루어져 있어야 하는데 그 건물의 선들은 보란 듯이 수평적이다. 진흙에 배를 대고 누워 세속적인 것에 대한 충성을 선언하고 정신이 아닌 육체적 쾌락을 찬양한다. 정신의 고양을 위해 찾아오는 장소에 서 있는 누드 조각상에 대해서는 논평할 필요조차 없다.

사원을 찾는 사람은 자신으로부터의 해방을 모색한다. 자존심을 내려놓고, 자신의 미천함을 고백하고, 용서를 구하고자 한다. 겸손함 속에서 충만감을 느낀다. 신의 집에서 인간이 취해야 할 자세는 무릎을 꿇는 것이다. 하지만 로크 씨가 지은 신전에서는 제정신 박힌 사람이라면 아무도 무릎을 꿇지 않을 것이다. 그 장소가 그걸 금하고 있기 때문이다. 그곳이 장려하는 감정은 오만함, 무모함, 도전, 자기고양이다. 그곳은 신의 집이 아니라 과대망상증 환자의 소굴이다. 그곳은 신전이 아니라 그 정반대의 것이며 모든 종교에 대한 거만한 조롱이다. 이교도들이 훌륭한 건축가들로 유명하다는 사실만 배제한다면 우리는 그것을 이교적이라고 부를 수 있을 것이다.

이 칼럼은 특정 종교를 지지하진 않지만 동료 인간의 종교적 신념을 존중해주는 것이 우리의 기본적인 도리다. 우리에게는 로크 씨가 지은 건물의 종교에 대한 고의적인 공격에 대해 대중에게 설명할 의무가 있다. 우리는 사악한 신성모독을 묵과할 수 없다.

이 칼럼이 순수하게 건축적인 비평을 해야 한다는 본분을 잊은 것처럼 보인다면 이 경우 그런 비평 자체가 필요치 않다고 말하고 싶다. 비평을 위해 평범한 것을 찬양하는 건 옳지 못하다. 하워드 로크의 다른 건축물들을 보더라도 하나같이 야심이 지나친 아마추어의 평범함과 부적절함을 느낄 수 있다. 하느님의 모든 자녀는 날개를 가졌는지 모르지만 불행히도 하느님의 모든 천재가 그렇지는 못하다.

친구들이여, 이만 글을 맺는다. 오늘의 성가신 일을 마쳐서 기쁘다. 부고 기사를 쓰는 것은 결코 즐거운 일이 아니다.

11월 3일, 홉턴 스토더드는 하워드 로크를 상대로 계약 위반 및 업무 과실에 대한 소송을 내고 다른 건축가에게 맡겨 신전을 다시 지을 수 있는 액수의 손해배상을 청구했다.

홉턴 스토더드를 설득하는 건 식은 죽 먹기였다. 세계적인 성지들을 둘러보며 곳곳에서 다양한 형태로 다가온 지옥행의 예감에 잔뜩 압도된 스토더드는 그 어떤 종교의 기준으로 보더라도 자신이 가장 끔찍한 곳에 떨어지리라는 결론에 도달해 있었던 것이다. 돌아오는 배의 승무원들은 그가 노망이 난 게 분명하다고 여겼다.

그가 돌아온 날 오후에 엘즈워스 투히는 그를 신전으로 안내했다. 투히는 아무 말도 하지 않았다. 신전을 본 홉턴 스토더드가 발작적으로 틀니를 딱딱 맞부딪치는 소리를 냈다. 로크가 지은 신전은 스토더드가 세계 여행에서 본 그 어느 건축물과도 닮지 않았고, 그가 기대했던 것과도 거리가 멀었다. 그는 어떻게 생각해야 할지 판단이 서지 않았다. 간절하게 투히를 돌아보는 그의 눈이 젤리처럼 보였다. 그는 투히의 의견을 기다렸다. 그 순간에는 투히가 무슨 말을 해도 믿을 수 있었다. 투히는 나중에 칼럼에 쓸 말을 그대로 했다.
 "하지만 당신이 로크를 추천했잖소! 훌륭한 건축가라고." 스토더드가 패닉 상태에서 신음하듯 말했다.
 "저도 그런 줄 알았어요." 투히가 냉랭하게 대꾸했다.
 "그런데 …… 어째서?"
 "모르겠습니다." 투히는 그러면서 스토더드에게 비난 어린 눈길을 보냈다. 애초에 신전 건축 자체가 잘못이며 그 모든 책임이 스토더드에게 있다는 듯한 눈길이었다.
 스토더드의 아파트로 돌아가는 리무진 안에서 스토더드가 아무리 의견을 청해도 투히는 입을 꾹 다물고 있었다. 그 침묵이 스토더드를 공포로 몰아넣었다. 아파트로 들어가자 투히는 스토더드를 안락의자에 앉히고 재판관처럼 심각한 표정으로 그 앞에 섰다.
 "홉턴, 왜 이런 일이 일어났는지 저는 압니다."
 "오, 왜요?"
 "제가 당신에게 거짓말을 했을 거라고 생각하십니까?"
 "그야 물론 그렇지 않소. 당신은 뛰어난 전문가고 세상에서 가장 정직한 사람이니까. 그러니 이 일을 모두지 이해할 수가 없다는 거요!"
 "전 이해합니다. 제가 로크를 추천한 건 그가 당신에게 걸작품을 만들어줄 거라고 믿어 의심치 않았기 때문입니다. 그런데 제 판단이 빗나갔습니다. 홉턴, 인간의 판단을 뒤엎을 수 있는 힘이 무엇인 줄 아십니까?"

"히, 힘?"

"하느님께서 그런 식으로 당신의 선물을 거부하신 겁니다. 하느님은 당신이 신전을 바칠 자격이 없다고 생각하신 거지요. 홉턴, 당신은 저를 비롯한 모든 사람을 속일 수는 있지만 하느님은 속일 수 없습니다. 당신이 지금까지 살아온 삶이 제가 생각했던 것보다 부정하다는 걸 그분은 아시는 거지요."

투히는 공포에 질린 스토더드를 한참 동안 침착하면서도 호되게 질책하다가 이렇게 덧붙였다.

"홉턴, 당신은 꼭대기에서 시작해서는 용서를 얻을 수 없는 게 분명합니다. 순수한 마음을 지닌 이만이 신전을 세울 수 있지요. 당신은 낮은 곳에서 많은 속죄들을 거쳐야 그 단계에 이를 수 있습니다. 하느님께 속죄하려면 먼저 동료 인간에게 속죄해야 합니다. 애초에 당신은 신전이 아닌 자선기관을 지어야 했지요. 정박아 수용소 같은."

홉턴 스토더드는 그것에 대해서는 언질을 주지 않으려 했다. "나중에, 엘즈워스, 나중에. 내게 시간을 주시오." 그가 신음하듯 말했다. 그는 투히의 제안대로 일단 로크를 상대로 소송을 걸어 건물을 새로 지을 비용을 마련하고 어떤 건물을 지을 것인지는 나중에 결정하기로 했다.

투히가 떠나면서 말했다. "이제부터 그 건에 대해 제가 하는 말이나 쓰는 글을 보고 놀라지 마세요. 제 입장에선 진실과 다른 몇 가지 얘기를 할 수밖에 없으니까요. 당신 잘못으로 생긴 일 때문에 죄 없는 제가 망신을 당할 순 없지 않습니까. 그리고 로크를 추천한 사람이 저라는 걸 발설하지 않겠다는 맹세는 꼭 지켜주시고요."

이튿날 〈배너〉에 실린 '신성모독'이 도화선이 되었고, 스토더드의 소송 발표가 거기 불을 댕겼다.

아무도 그 일에 적극적으로 나서려고 하지 않았지만 종교가 공격을 받았기에 가만히 구경만 하고 있을 수도 없었다. 게다가 그동안 홍보 담당자가 치밀한 물밑 작업을 해놓아서 대중의 관심이 높아져 있었기에 많은 사람들이 그걸 기회로 삼을 수 있었다.

하워드 로크와 그의 신전을 향한 분노의 함성은 엘즈워스 투히를 제외한 모든 사람을 놀라게 했다. 성직자들은 설교를 통해 그 건물을 비난했고, 여성 단체들도 반대 결의문을 냈다. 한 어머니회는 신문들의 한 면을 몽땅 사서 어린이 보호에 관해 부르짖는 선언문을 실었다. 한 유명 여배우는 모든 예술은 본질적으로 하나라는 내용의 글에서 스토더드 신전에는 구조적 어법이 빠져 있다고 설명하고 어느 위대한 성극에서 막달라 마리아 역할을 했던 때 이야기를 늘어놓았다. 한 사교계 여성은 위험한 정글 여행 중에 보았던 이국적인 사원들에 관한 글에서 야만인들의 감동적인 신앙에 대해 찬양하고 현대인의 냉소주의를 질책하며 스토더드 신전은 유약함과 퇴폐주의를 나타낸다고 주장했다. 그 글에는 긴 반바지 차림의 그녀가 죽은 사자의 목에 가냘픈 발을 올려놓고 있는 삽화가 곁들여져 있었다. 한 대학 교수는 자신의 영적 체험들을 기록한 편지를 편집자에게 보냈는데 스토더드 신전 같은 곳에서라면 그런 체험을 할 수 없다는 내용이 들어 있었다. 키키 홀쿰도 삶과 죽음에 관한 견해를 담은 편지를 편집자에게 보냈다.

건축가협회는 스토더드 신전이 정신적, 예술적 사기라고 성토하는 근엄한 성명문을 발표했다. 내용은 유사하지만 그보다는 덜 근엄하고 속어가 섞인 성명문이 건축가위원회, 작가위원회, 미술가위원회에서 나왔다. 사람들은 그런 단체들에 대해서는 들어본 적도 없었지만 '위원회'라는 명칭이 달려 있다는 이유만으로 존중해주었다. "건축가위원회에서 그 사원을 졸작이라고 평한 걸 알고 계십니까?" 한 사람이 예술계 최고의 인물들과 친분이라도 있는 듯한 목소리로 그렇게 말하면 상대방은 그런 단체에 대해서는 들어본 적도 없다는 말을 하기 싫어서 이렇게 대꾸하는 식이었다. "그들이 그렇게 말할 줄 알았어요. 안 그렇습니까?"

홉턴 스토더드는 동정의 편지가 쇄도하자 행복감을 느끼기 시작했다. 그는 인기라는 걸 누려본 적이 없었던 것이다. 그는 엘즈워스가 옳았다고, 동료 인간들이 자신을 용서하고 있다고, 엘즈워스는 언제나 옳다고 생각했다.

양식 있는 신문들은 얼마쯤 지나자 스토더드 신전 관련 기사를 싣지 않았다. 하지만 〈배너〉는 그 사건을 계속 물고 늘어졌다. 그 사건은 〈배너〉에 효자 노릇을 톡톡히 했다. 게일 와이낸드는 인도양에서 요트 여행을 즐기고 있었고, 마침 캠페인 기삿거리가 궁했던 앨버 스카럿에게 신전 사건은 구미에 딱 맞는 소재였다. 엘즈워스 투히가 굳이 나서서 권할 필요도 없이 스카럿은 적극적으로 나섰다.

스카럿은 문명의 몰락에 대한 글에서 순수한 신앙의 상실을 개탄했다. 그는 고등학생들을 대상으로 '나는 왜 교회에 다니는가' 라는 제목의 글짓기 대회를 열었다. '우리의 어린 시절의 교회들' 에 대한 연재기사도 삽화를 곁들여서 실었다. 스핑크스, 고딕 시대 괴물 석상, 토템 기둥 같은 종교적인 조각 작품들의 사진을 소개하면서 도미니크의 조각상도 분노에 찬 사진 설명과 함께 크게 실었지만 모델의 이름은 뺐다. 로크가 곰 가죽으로 만든 옷을 입고 몽둥이를 들고 다니는 원시인으로 등장하는 만화도 실었다. 하늘에 닿을 수 없었던 바벨탑과 밀랍 날개가 녹아 바다에 떨어진 이카로스에 관한 재치 있는 글도 많이 썼다.

엘즈워스 투히는 뒤로 물러앉아 구경만 하다가 작은 아이디어 두 개를 냈다. 하나는 〈배너〉 자료실에서 엔라이트 하우스가 처음 문을 열던 날 신참 사진기자가 찍은 고양감에 찬 로크의 얼굴이 담긴 사진을 발견하고 그걸 〈배너〉에 실으며 "슈퍼맨 씨, 행복하시오?"라는 사진 설명을 단 것이었다. 그리고 나머지 하나는 스토더드를 충동질해서 신전을 일반인들에게 공개한 것이었다. 구경꾼들이 신전 안으로 몰려가서 도미니크의 조각상 받침돌에 음란한 그림과 낙서를 남겼다.

구경꾼들 중에는 비록 소수일망정 신전을 보고 조용히 감탄한 이들도 있었다. 하지만 그들은 떠들썩한 논쟁에 관여하지 않는 성격의 사람들이었다. 오스틴 헬러가 로크와 신전을 맹렬히 옹호하는 기사를 썼지만, 그는 건축이나 종교에 관한 권위자가 아니었기에 그 기사는 거친 소용돌이에 휘말려 사라지고 말았다.

하워드 로크는 아무런 행동도 취하지 않았다.

그는 성명서를 내라는 요청을 받았고 기자들이 그의 사무실로 몰려갔다. 로크는 분노를 나타내지 않고 이렇게 말했다. "나는 내 건물에 대해 그 누구에게도, 아무 얘기도 할 수 없습니다. 내가 잡다한 말들을 준비해서 다른 사람들의 머리에 주입시키려 한다면 그건 그들에게나 나에게나 모욕일 뿐입니다. 하지만 여러분이 여기 와주신 건 기쁘게 생각합니다. 하고 싶은 말이 있으니까요. 신전에 관심이 있는 모든 분께 직접 가서 신전을 본 다음 그것에 대해 평하고 싶으면 자신의 마음에서 우러난 말을 해달라고 부탁하고 싶습니다."

〈배너〉는 기자회견 내용을 이렇게 소개했다.

아무래도 언론노출광인 듯한 로크 씨는 거들먹거리는 오

만한 태도로 기자들을 맞이하며 대중의 정신이 잡다하다고 말했다. 그는 자신의 입장을 밝히려 들지 않았으나 그런 상황에서도 광고에 무척 신경을 쓰는 듯했다. 그는 자신의 관심은 오로지 최대한 많은 사람들이 자신의 건물을 보러 오게 하는 것뿐이라고 밝혔다.

로크는 다가오는 재판에 대비하여 변호사를 사기를 거부했다. 오스틴 헬러가 아무리 화를 내며 만류해도 자신에 대한 변호는 자기가 하겠다고 고집을 부리며 어떤 식으로 자신을 변호할 작정인지 설명하지도 않았다.

"오스틴, 나에겐 꼭 지키고 싶은 몇 가지 규칙이 있어요. 옷을 입거나 음식을 먹거나 지하철을 타는 건 다른 사람들처럼 해도 상관없어요. 하지만 다른 사람들의 방식에 따를 수 없는 것들이 몇 가지 있는데 이것도 그중 하나예요."

"자네가 재판이나 법에 대해 뭘 안다고 그러나? 그에게 질 거야."

"뭘요?"

"재판이지."

"재판이 뭐가 중요한가요? 어차피 그가 건물에 손을 대는 걸 막을 방법은 없어요. 그의 소유니까요. 그는 건물을 폭파시켜 없애버릴 수도 있고, 풀 만드는 공장으로 개조할 수도 있죠. 재판에서 누가 이기든 그는 그렇게 할 수 있어요."

"문제는 자네 돈으로 그렇게 할 수도 있다는 거지."

"그래요. 그가 내 돈을 가져갈 수도 있어요."

스티븐 맬러리는 그 사건에 대해 아무 말도 하지 않았다. 하지만 그는 로크와 처음 만나던 날 밤의 표정을 짓고 있었다.

"스티브, 말해보게. 속에 담아두는 것보다 그게 편하다면 말이야." 어느 날 저녁에 로크가 말했다.

그러자 맬러리는 무관심하게 대꾸했다. "할 말 없어요. 그들이 당신을 살려두지 않을 거라고 내가 그랬잖아요."

"쓸데없는 소리. 자넨 나 때문에 두려워할 권리가 없어."

"당신 때문에 두려워하진 않아요. 그래봐야 무슨 소용이겠어요? 다른 문제예요."

며칠 후 로크의 방 창턱에 앉아 거리를 내다보던 맬러리가 불쑥 말했다.

"하워드, 내가 두려워하는 괴물에 대해 한 얘기 기억나요? 난 엘즈워스 투히에 대해 아무것도 몰라요. 그를 본 것도 그에게 총을 쐈을 때가 처음이었어요. 그의 글만 봤죠. 하워드, 내가 그를 쏜 건 그가 그 괴물에 대한 모든 걸 알고 있다고 생각했기 때문이에요."

스토더드가 소송을 발표한 날 저녁에 도미니크가 로크의 방으로 찾아왔다. 그녀는 말없이 핸드백을 탁자에 내려놓고 천천히 장갑을 벗었다. 그 모습이 마치 로크의 방에서 일상적인 동작을 할 때 느끼는 친밀감을 되도록이면 오래 즐기고자 하는 것 같았다. 그녀가 자신의 손을 내려다보고 있다가 고개를 들었다. 로크의 끔찍한 고통을 알고 있고, 그 고통은 그녀의 것이기도 하며, 이런 식으로 냉정하게, 위로의 말 한 마디 청하지 않고 그걸 견디고 싶다는 듯한 표정이었다.

"당신은 잘못 알고 있소." 로크가 말했다. 그들은 늘 그런 식으로 마음으로 대화하다가 말로 이어갈 수 있었다. 로크의 목소리는 부드러웠다. "난 고통스럽지 않소."

"알고 싶지 않아요."

"난 당신이 알기를 원하오. 지금 당신은 사실보다 훨씬 나쁘게 생각하고 있으니까. 그들이 그걸 파괴하려 하는 것에 대해 난 아무렇지도 않소. 어쩌면 고통이 너무 커서 고통 자체를 느끼지 못하는 것일 수도 있지. 하지만 그렇진 않을 거요. 나를 위해 아파하고 싶더라도 나보다 더 아파하진 말아요. 난 완전한 고통을 느낄 수 없는 사람이오. 그런 적이 없소. 고통이 어느 지점에 이르면 멎어버리지. 그런 한계점이 있는 한 그건 진짜 고통이 아니오. 그런 눈으로 보지 말아요."

"어느 지점에서 멎는데요?"

"내가 그 신전을 설계했다는 것 외엔 아무것도 생각할 수 없고 아무것도 느낄 수 없는 지점. 난 그걸 지었소. 그 외엔 아무것도 중요할 게 없소."

"당신은 그걸 짓지 말아야 했어요. 그걸 그들에게 넘겨주어서 그들이 그런 짓을 하도록 만들지 말아야 했어요."

"상관없소. 그들이 그걸 파괴한다고 해도. 그것이 존재했다는 사실만이 중요할 뿐이오."

도미니크는 고개를 저었다. "내가 지금까지 당신이 일을 맡지 못하도록 방해한 이유를 알겠어요? …… 그들이 당신에게 이런 짓을 하지 못하도록 하기 위해서였어요. 그들이 당신의 건물에서 살지 못하도록 …… 어떤 식으로든 당신을 건드리지 못하도록 하기 위해서였다고요."

도미니크가 투히의 사무실로 들어가자 투히는 그답지 않게 진심을 감추지 못하고 열렬한 환영의 미소를 보냈다. 그러면서도 한편으로는 실망감에 눈썹을 찌푸렸고 그의 얼굴에 미소와 찌푸림이 우스꽝스럽게 공존했다. 그가 실망한 건 도미니크가 극적인 등장을 하지 않아서였다. 그녀에게서는 분노도, 조롱도 보이지 않았다. 그녀는 사무적인 용건으로 찾아온 경리 사원처럼 들어왔다.

도미니크가 물었다. "그런 일을 벌인 목적이 뭐죠?"

투히는 평소처럼 도미니크와 팽팽한 대결을 벌이며 활기를 되찾으려고 했다.

"앉아요, 도미니크. 와줘서 기뻐요. 주체할 수 없을 정도로. 너무 오래 시간을 끌었소. 훨씬 일찍 올 거라고 예상했는데. 나의 보잘것없는 칼럼에 대한 찬사를 무척이나 많이 들었는데도 솔직히 전혀 즐겁지 않았소. 난 도미니크의 의견을 듣고 싶었소."

"그런 일을 벌인 목적이 뭐죠?"

"아, 도미니크, 그 조각상에 대한 내용 때문에 기분 상하지 않았길 바라오. 그것에 대해 언급하지 않고 넘어갈 수 없는 내 입장을 당신도 이해해줄 거라고 생각했소."

"소송을 건 목적이 뭐죠?"

"오, 그러니까 내 얘길 듣고 싶다는 거군. 나도 간절히 당신의 얘길 듣고 싶었소. 반쪽짜리 기쁨이라도 없는 것보단 낫지. 나도 얘기하고 싶소. 목이 빠지도록 당신을 기다렸소. 하지만 일단 좀 앉았으면 좋겠소. 그래야 내가 더 편하겠는데……. 싫다고? 흠, 좋을 대로 해요. 도망치지만 않으면 되니까. 소송? 그야 뻔하지 않소?"

그러자 도미니크가 마치 통계자료를 읽는 듯한 목소리로 말했다. "그걸로 어떻게 그를 막을 수 있겠어요? 그가 재판에 이기든 지든 아무것도 증명되는 건 없을 거예요. 당신이 벌이는 일은 우매한 대중의 추잡하고 무의미한 놀이판에 불과해요. 전 당신이 악취탄이나 터뜨리며 시간을 낭비할 줄은 몰랐어요. 이 모든 게 크리스마스가 되기도 전에 잊힐 거예요."

"이런, 난 실패자가 분명해! 내가 그렇게 형편없는 선생인 줄은 미처 몰랐소. 나와 2년씩이나 가깝게 지내면서 그렇게 배운 게 없다니! 정말 실망이군. 당신은 내가 아는 여자 중에서 제일 똑똑하니 내 탓이라고 할 수밖에 없겠지. 그래도 한

가지는 배웠군. 내가 시간을 낭비하지 않는다는 것. 맞소. 난 시간을 낭비하는 법이 없지. 그리고 이 모든 게 크리스마스 전에 잊힐 거란 말도 맞소. 바로 그래서 성과가 있을 것이오. 우리는 살아 있는 문제와는 싸울 수 있지만 죽은 문제와는 싸울 수 없소. 모든 죽은 것이 그러하듯 죽은 문제도 완전히 사라지는 게 아니라 부패물을 남기기 마련이오. 고약한 오명이 남는다는 거요. 홉턴 스토더드는 철저히 잊힐 거요. 신전도 잊힐 거요. 소송사건도 잊힐 거요. 하지만 하워드 로크의 오명은 남을 거요. 그래서 사람들은 이렇게 말하게 될 거요. '하워드 로크? 아니, 그런 사람을 어떻게 믿을 수 있어? 그는 종교의 적이야. 완전히 부도덕한 인간이지. 그에게 일을 맡겼다간 건축비만 날릴 거야.' '로크? 그는 실력이 없어. 건물을 엉망으로 지어놔서 건축주에게 소송까지 당했잖아.' '로크? 로크? 잠깐만, 온 신문에 떠들썩하게 났던 그 사람 아냐? 무슨 사건이었지? 아주 망신스런 사건이었는데……. 매음굴 같은 걸 지어서 건축주한테 고소까지 당했지. 설마 그런 악명 높은 인물과 얽히고 싶진 않겠지? 좋은 건축가들이 얼마든지 있는데 왜 그런 사람을 골라?' 도미니크, 그런 오명과 싸울 수 있겠소? 싸울 방법이 있으면 말해봐요. 특히나 무기라곤 천재성밖에 없고 그건 무기가 아니라 오히려 커다란 장애물인 처지에서."

  도미니크는 실망스런 눈으로 참을성 있게 듣고 있었다. 그 움직임 없는 시선은 분노를 보이지 않았다. 그녀는 투히의 책상 앞에 꼿꼿이 서 있었는데, 그 모습이 마치 폭우 속에서 버틸 수 있을 때까지 자세를 흐트러뜨리시 않고 서 있어야 한다는 걸 아는 보초병 같았다.

"내 얘기를 계속 듣고 싶겠지. 자, 이제 죽은 문제의 특별한 효과를 알게 됐을 거요. 그 덫에선 빠져나갈 수가 없지. 아무리 진실을 호소하려고 애써봐야 들어줄 사람이 없으니까. 명성을 얻는 것 자체도 힘든 일이지만 일단 얻은 명성의 성격을 바꾼다는 건 불가능하지. 사실 어떤 건축가가 실력이 없다는 걸 증명해서 앞길을 망쳐놓을 순 없소. 하지만 그가 무신론자라거나, 누군가에게 고소를 당했다거나, 어떤 여자와 잤다거나, 파리 날개를 뜯은 걸로는 가능하오. 말이 안 된다고 생각하오? 물론 말이 안 되지. 하지만 그것 때문에 먹히는 거요. 이성에는 이성으로 맞설 수 있지만 비이성에는 대항할 방법이 없으니까. 당신이나 대부분의 사람들의 문제는 비이성적인 것의 진가를 모른다는 거요. 사실 비이성적인 것은 우리 삶의 중요한 요소라고 할 수 있소. 그걸 적으로 두는 사람은 가망이 없지만 그걸 아군으로 삼는다면……. 아, 도미니크! 놀랐다면 그만 얘기하겠소."

"계속하세요." 도미니크가 말했다.

"이제 내게 질문을 던질 때가 된 것 같은데. 아니면 노골적인 태도를 보이기가 싫고, 묻지 않아도 내가 알아서 대답해야 한다고 생각하는 거요? 옳은 생각이오. 당신이 내게 묻고 싶은 건 '왜 하워드 로크를 택했냐?'겠지. 그건, 내 칼럼에 쓴 글을 인용하면, 내 본분은 파리채가 아니기 때문이오. 칼럼과는 좀 다른 의미로 인용했지만 그냥 넘어가는 게 좋겠소. 또한 내가 홉턴 스토더드에게 원하는 걸 얻어내는 데 이번 일이 도움이 되긴 했지만, 그건 어디까지나 사소하고 지엽적인 문제고 부수적인 이득일 뿐이오. 근본적으로 이번 일은 하나의 실험이었소. 시험적인 전초전이라고나 할까? 결과는 몹시 만족스럽소. 당신이 이 일에 연루되어 있지 않다면 멋진 구경거리를 즐길 수 있었을 것이오. 사실 난 이번 실험에서 별로 한 일이 없소. 우리의 사회와 같은 거대하고 복잡한 기계가, 무수한 레버들과 벨트들, 맞물림 기어들로 이루어져 있어서 사람을 한 부대는 동원해야 작동시킬 수 있는 기계가 손가락 하나로 급소를 살짝 누르기만 해도 와르르 무너져 고철 신세가 되는 걸 지켜보는 건 흥미로운 일 아니오? 도미니크, 그렇게 될 수 있소. 하지만 오랜 시간이 걸리지. 몇 세기가 걸리지. 다행히 난 과거의 많은 전문가들의 어깨 위에 올라타 있소. 비록 난 그들보다 유능하진 못하지만 우리가 추구하는 걸 더 잘 볼 수 있기에 마지막 주자로서 성공의 열매를 딸 수 있을 거라고 생각하오. 하지만 그건 추상적인 얘기요. 구체적인 현실 얘기로 돌아가서, 당신은 나의 작은 실험이 재미나지 않소? 난 재미나오. 일례로, 엉뚱한 사람들이 엉뚱한 편을 들고 있다는 걸 알고 있소? 앨버 스카릿, 대학 교수들, 신문 편집자들, 존경할

만한 어머니들, 상공회의소 의원들……. 이들은 자신의 인생을 가치 있게 여긴다면 하워드 로크의 편을 들고 나서야 하오. 하지만 그들은 홉턴 스토더드를 지지하고 있소. 반면 '신(新)프롤레타리아 예술연맹'이라는 괴상한 급진주의자 무리가 하워드 로크를 지지하고 나섰다는 소문을 들었소. 그들은 로크가 자본주의의 희생양이라고 부르짖고 있다더군. 그들의 챔피언은 홉턴 스토더드여야 한다는 것도 모르고 말이오. 로크는 그래도 정신이 똑바로 박혀 있어서 그들의 지지를 거절했다고 하더군. 로크는 아니까. 도미니크도, 나도 알고. 하지만 많은 사람들이 그렇지가 않아. 뭐, 어쩔 수 없지. 고철 덩어리도 쓸 데는 있고."

도미니크가 돌아서서 나가려고 했다.

투히가 상처받은 목소리로 말했다. "도미니크, 나가려는 건 아니겠지? 아무 말도 안 하려는 거요? 아무 말도?"

"그래요."

"도미니크, 나를 낙심하게 만드는군. 내가 당신을 얼마나 기다렸는데! 난 대체로 매우 자족적인 사람이지만 때때로 청중이 필요하오. 그리고 당신은 내 솔직한 모습을 보여줄 수 있는 유일한 인물이오. 그건 당신이 이미 나를 충분히 경멸하고 있어서 내가 무슨 말을 해도 달라질 게 없기 때문이지. 당신이 나를 경멸한다는 거, 나도 알고 있소. 하지만 상관없소. 내가 다른 사람들에게 쓰는 방법들이 당신에겐 절대 통하지 않는다는 것도 알고 있소. 이상하게도 당신에겐 내 정직만이 통하지. 젠장, 뛰어난 솜씨로 멋진 작품을 만들어봐야 그걸 알아보는 사람이 없다면 무슨 소용이겠소? 예전의 도미니크였다면 이쯤에서 내게 그건 완전범죄를 저지른 살인자의 심리라고, 자신의 완전범죄를 알아주는 사람이 아무도 없다는 사실을 견딜 수 없어서 자기 입으로 털어놓는 거라고 말했을 거요. 난 그 말이 옳다고 대답했을 거고. 난 청중을 원하오. 희생자들의 문제점은 자신이 희생자란 사실조차 알지 못한다는 거지. 물론 그래야 되는 거긴 하지만, 그러다 보니 단조로워지고 재미가 절반은 사라지거든. 그런 의미에서 당신은 아주 귀한 존재요. 그 일이 얼마나 예술적인 기교로 이루어지는지 알아보는 눈이 있으니까. …… 아니, 도미니크, 가지 말라고 이렇게 애걸하는데도 그냥 가려는 거요?"

도미니크가 문 손잡이를 잡았다. 투히는 어깨를 으쓱하고 뒤로 기대앉았다.

"좋소. 참, 홉턴 스토더드를 돈으로 매수할 생각은 하지 않는 게 좋을 거요. 그는 지금 완전히 내 손아귀에 있으니까. 그는 팔지 않을 거요." 도미니크는 문을 열었다가 그 말을 듣고 다시 닫았다. "오, 그래요, 물론 난 당신이 그걸 사려고 한 걸 알고 있소. 부질없는 짓이오. 당신은 그 정도로 부자는 못 되니까. 그 신전을 살 만한 돈을 갖고 있지도 못하고 모금할 수도 없소. 게다가 홉턴은 당신의 돈은 받지 않을 거요. 그에게 손해배상금을 대신 내겠다고 말했다는 것도 알고 있소. 그는 로크의 돈을 원하오. 게다가 로크도 당신이 그런 짓을 한 걸 알면 좋아하지 않을 거요."

투히는 상대의 반발을 요구하는 미소를 지었다. 하지만 도미니크는 무표정하게 문을 향해 돌아섰다.

"도미니크, 잠깐만. 스토더드 씨의 변호사가 당신을 증인으로 세우고자 하오. 건축 전문가로. 물론 원고 측 증인으로 서는 건데, 어떻소?"

"좋아요. 원고 측 증인이 되겠어요."

홉턴 스토더드 대 하워드 로크의 재판은 1931년 2월에 시작되었다.

법정이 방청객들로 초만원을 이루어 그들이 일제히 고개를 움직일 때마다 바다사자가 헤엄칠 때 천천히 물결이 번져가는 광경을 보는 것 같았다.

온통 갈색에다 은은한 색이 줄무늬처럼 들어간 군중의 모습은 온갖 기교를 동원해서 만든 과일 케이크 같았고, 맨 위에 '건축가협회'라는 크림이 듬뿍 얹혀 있었다. 그들은 입을 꼭 다문 화려한 옷차림의 여자들을 동반하고 왔는데, 그 여자들은 남편이 몸담고 있는 예술에 독점권이라도 지닌 것처럼 성난 시선으로 다른 사람들로부터 그걸 지키려고 했다. 그곳에 모인 거의 모든 사람이 서로를 알았다. 그래서 마치 업계 모임이나 개막식 파티, 가족 동반 소풍 같은 분위기가 흘렀다. 거기에는 '우리 패거리', '우리 동료들', '우리 행사'라는 느낌이 있었다.

스티븐 맬러리와 오스틴 헬러, 로저 엔라이트, 켄트 랜싱, 마이크는 한쪽 구석에 모여 앉아 있었다. 그들은 주위를 둘러보지 않으려고 애썼다. 마이크는 스티븐 맬러리가 걱정되어 옆에 붙어 앉아서 주위에서 기분 나쁜 이야기가 들려올 때면 얼른 맬러리의 눈치를 살폈다. 마침내 그걸 눈치 챈 맬러리가 말했다.

"마이크, 걱정 마세요. 소란 피우지 않을 테니까. 누구를 쏘지도 않을 거고요."

"이보게, 무슨 일이 있어도 흥분하지 말게. 마음을 잘 다스리게." 마이크가 말했다.

"마이크, 우리가 작업실에서 거의 동 트기 직전까지 함께 있었던 날 기억나세요? 마침 도미니크의 차에 기름이 떨어지고 버스가 다니지 않아서 다들 걸어서 집에 갔는데 제일 가까운 곳에 사는 사람이 집에 도착했을 때 해가 중천에 떠 있었잖아요."

"그래, 맞아. 자넨 그날을 생각하게. 난 화강암 채석장을 생각할 테니."

"화강암 채석장이라뇨?"

"한때는 그것 때문에 어지간히도 속을 끓였는데 시간이 지나고 보니 별일 아니었어."

창문 너머의 하늘은 성에 낀 유리처럼 희고 평평했다. 마치 햇빛이 지붕에 쌓인 눈에서 나오는 듯했고 그 부자연스런 빛이 법정 안의 모든 걸 적나라하게 보이도록 만들었다.

판사가 횃대처럼 보이는 높은 판사석에 웅크린 자세로 앉아 있었다. 그는 보기 좋게 주름진 작은 얼굴이었고 양손 손가락 끝을 맞붙여 가슴 앞에 세워놓고 있었다. 홉턴 스토더드는 보이지 않았다. 변호사가 대신 와 있었는데 대사처럼 근엄하고 키가 큰 미남자였다.

로크는 피고석에 홀로 앉아 있었다. 방청객들은 그를 지켜보다가 아무런 만족감도 얻지 못한 채 화가 나서 시선을 거두었다. 로크는 풀이 죽어 있지도, 그렇다고 반항적이지도 않았다. 냉정하고 침착한 모습이었다. 그는 대중의 시선에 노출되어 있는 것이 아니라 자기 방에서 혼자 라디오라도 듣고 있는 듯했다. 그는 메모도 하지 않았고 탁자 위에 서류 같은 것도 없었다. 커다란 갈색 봉투 하나만 덩그러니 놓여 있었다. 방청객들은 다른 건 다 용서할 수 있어도 거대한 군중의 집단적인 냉소가 진동하는 가운데서도 태연할 수 있는 인간은 결코 용서할 수 없었다. 사실 그들 중에는 로크를 동정할 마음의 준비를 하고 온 이들도 있었지만 몇 분 만에 그들 모두가 그를 증오하게 되었다.

원고 측 변호인이 간략한 모두진술을 통해 사건의 개요를 설명했다. 홉턴 스토더드가 로크에게 신전의 설계와 건축에 대한 전권을 위임한 건 사실이다, 하지만 중요한 건 스토더드 씨가 '신전'을 지어달라는 의사를 분명히 표시했고 그걸 기대했다는 사실이다, 그러나 문제의 건물은 그 어떤 기준으로 보더라도 신전이라고 볼 수가 없다, 원고 측은 업계 최고의 권위자들을 증인으로 세워서 그 점을 입증하고자 한다는 내용이었다.

로크는 모두진술을 할 권리를 포기했다.

엘즈워스 몽크턴 투히가 원고 측 첫 증인이었다. 그는 증인석 의자 끄트머리에 앉아 등을 뒤로 젖혀서 등뼈를 의자에 붙이고는 한쪽 다리를 들어 다른 쪽 다리에 수평으로 올려놓았다. 그는 즐거운 표정이었지만 그것이 지루함을 감추기 위한 예의 바른 태도임을 모두가 느낄 수 있게 했다.

변호인이 투히의 전문가 자격을 입증할 수 있는 많은 질문들을 했고, 거기에는 투히의 저서 《돌의 교훈》의 판매 부수에 대한 질문도 포함되었다. 질문이 끝난 뒤 변호인은 투히의 칼럼 '신성모독'을 낭독하고 투히에게 본인이 쓴 글인지 물었다. 투히는 그렇다고 대답했다. 그다음에는 유식한 용어들을 사용해서 신전의 건축학적 장점들에 대한 질문들을 던졌다. 투히는 아무 장점이 없다고 설명했다. 그다음에는 역사적 고찰이 이어졌다. 투히는 편안하고 자연스러운 태도로 모든 문명과 그 대표적인 종교적 기념물들(잉카에서 페니키아, 이스터

섬 유적에 이르기까지)에 대해 간략하게 소개하며 기록이 남아 있는 것이라면 건축이 시작된 날짜와 완공 날짜, 공사에 동원된 일꾼들의 수, 미국 달러로 환산한 대략적인 건축비까지 열거했다. 방청객들은 그의 이야기에 정신없이 빠져들었다.

투히는 스토더드 신전이 철저히 역사에 위배된다고 설명한 후 이렇게 결론지었다. "모름지기 신전이란 것은 인간에게서 경외감과 겸허함이라는 두 가지 본질적인 감정을 이끌어내야 합니다. 그런 이유로 종교적 건축물들이 그토록 웅장한 것이며 하늘 높이 치솟은 선들과 무시무시한 괴물 형상의 신상들을 갖고 있는 것입니다. 그 모든 것이 인간으로 하여금 자신의 본질적인 미천함을 깨닫고 성스러운 공포에 젖어 온유함이라는 미덕을 지니도록 이끄는 것입니다. 스토더드 신전은 인류 역사 전체에 대한 뻔뻔한 부정입니다. 역사의 면전에 대고 오만하게 '아니다.'라고 주장하는 것입니다. 이 사건이 대중의 뜨거운 관심을 불러일으킨 까닭을 감히 말씀드리면, 이것이 법적인 문제를 뛰어넘은 도덕적 문제임을 우리 모두가 본능적으로 인식했기 때문입니다. 스토더드 신전은 인간에 대한 깊은 증오를 상징하는 기념물입니다. 그것은 모든 인류, 거리의 모든 사람, 이 법정 안의 모든 사람의 가장 신성한 욕구에 반항하는 한 인간의 아집입니다!"

그건 법정에서 하는 증언이 아니라 집회에서의 연설이었다. 그러니 청중의 반응은 필연적인 것이었고 요란한 박수갈채가 터져 나왔다. 판사가 망치를 두드리며 모두 퇴장시키겠다고 으름장을 놓았다. 법정에는 질서가 회복되었지만 방청객들의 얼굴은 그렇지 않았다. 그들의 얼굴에는 선정적인 독선이 남아 있었다. 피해자로 선정되어 법정에 서는 건 즐거운 일이었다. 하지만 그들 중 4분의 3은 스토더드 신전을 구경한 적도 없었다.

"감사합니다, 투히 씨." 변호인이 살짝 고개를 숙이며 말했다. 그리고 로크를 향해 돌아서서 정중히 말했다. "심문하십시오."

"질문 없습니다." 로크가 말했다.

엘즈워스 투히는 한쪽 눈썹을 올리더니 아쉬운 듯 증인석을 내려왔다.

"피터 키팅 씨!" 변호인이 불렀다.

피터 키팅은 지난밤 숙면을 취한 듯 매력적이고 맑은 얼굴을 하고 있었다. 그는 불필요하게 어깨와 팔을 흔들며 대학생 같은 태도로 증인석으로 올라갔다. 그는 선서를 한 후 변호인의 질문들에 쾌활하게 대답했다. 증인석에 앉은 그의 자세는 이상했다. 상체는 한쪽 팔꿈치를 의자 팔걸이에 얹고 으스대듯 비딱하게 기울이고 있었지만 하체는 무릎을 딱 붙이고 두 발을 어색할 정도로 가지런히 모으고 있었다. 그리고 로크 쪽으로는 눈길을 주지 않았다.

"키팅 씨, 지금까지 설계하신 유명한 건물들의 이름을 말씀해주시겠습니까?" 변호인이 말했다.

키팅은 인상적인 이름들을 대기 시작했는데 처음 몇 이름은 빠르게 말했지만 나머지는 변호인이 중단시켜주기를 바라기라도 하듯 점점 더 느리게 말했고 마지막 이름은 도중에 그냥 흐려버렸다.

"키팅 씨, 가장 중요한 건물을 잊지는 않으셨겠죠? 당신이 코스모-슬롯닉 빌딩을 설계하셨나요?" 변호인이 물었다.

"예." 키팅이 속삭이듯 대답했다.

"자, 키팅 씨, 당신은 로크 씨와 같은 시기에 스탠턴 공대에 다니셨죠?"

"예."

"그곳에서 로크 씨의 성적이 어땠는지 말씀해주실 수 있습니까?"

"퇴학당했습니다."

"스탠턴에서 요구하는 높은 기준에 부응할 수 없어서 퇴학당한 건가요?"

"예. 예, 그렇습니다."

판사가 로크를 흘깃 보았다. 변호사였다면 사건과 관계없는 증언이라고 이의를 제기했을 터였다. 하지만 로크는 아무 반응도 없었다.

"그 당시 로크 씨가 건축가로서의 재능을 보였다고 생각하시나요?"

"아니오."

"키팅 씨, 조금 더 크게 말씀해주시겠습니까?"

"재능이 있다고 생각하지 …… 않았습니다."

키팅의 발음에 이상한 일이 일어나고 있었다. 어떤 말들은 단어 하나하나에 감탄부호라도 찍듯 똑똑하게 발음했지만 나머지 말들은 자신의 귀로 듣고 싶지 않은 것처럼 대충 얼버무렸다. 그는 변호인을 보지 않았다. 방청객들에게 시선을 고정시키고 있었다. 이따금 그는 방금 지하철 치약 광고판의 미녀 얼굴에 콧수염을 그려 넣은 장난기 많은 소년처럼 보였다. 그러다가도 대중 앞에서 심판이라도 받고 있는 듯 지지를 호소하는 표정을 지었다.

"로크 씨를 당신 회사에 고용한 적이 있으시죠?"

"예."

"하지만 그를 해고할 수밖에 없었고요?"

"예……. 회사에서 그렇게 했습니다."

"무능함 때문에요?"

"예."

"그 후의 로크 씨의 경력에 대해 말씀해주시겠습니까?"

"글쎄요, 사실 '경력'은 상대적인 용어죠. 실적의 양으로 따지면 우리 회사의 모든 제도사가 로크 씨를 앞선다고 할 수 있죠. 우린 건물 한두 채를 경력이라고 부르지 않습니다. 그 정도는 매달 지으니까요."

"로크 씨의 건축물에 대한 전문가적 의견을 말씀해주시겠습니까?"

"글쎄요, 전 미숙하다고 생각합니다. 대단히 놀랍고 때로는 매우 흥미롭기까지 하지만 본질적으로 …… 사춘기적이죠."

"그럼 로크 씨는 충분한 자격을 갖춘 건축가라고 할 수 없겠군요?"

"랠스턴 홀쿰, 가이 프랭컨, 고든 프레스콧과 같은 기준에서 본다면 …… 그렇죠. 하지만 물론 전 공정하게 말하고 싶습니다. 전 로크 씨가 분명한 잠재력을 지녔다고 생각하며 특히 순수 공학 분야에서 그렇습니다. 그는 무언가를 이룰 수 있었습니다. 전 그를 설득해보려고 애썼습니다. 그를 도우려고 노력했습니다. 정말로요. 하지만 그건 로크 씨가 만든 콘크리트 건물에 대고 말하는 것과 같았습니다. 전 이런 결과를 맞게 되리란 걸 알고 있었습니다. 사실 그가 건축주에게 고소를 당했다는 소식을 듣고 놀라지도 않았죠."

"로크 씨가 건축주들에게 어떤 태도를 보이는지 말씀해주시겠습니까?"

"바로 그겁니다. 문제는 그것이죠. 로크 씨는 건축주들의 생각이나 바람 따윈 안중에도 없습니다. 다른 사람들의 생각이나 바람 같은 건 신경도 안 쓰죠. 다른 건축가들이 그런 것에 신경 쓰는 걸 이해조차 못 합니다. 그는 그것조차 안 해주는 사람이라고요 …… 이해조차……. 존중하는 마음도 전혀 없죠. 사람들을 기쁘게 해주려고 애쓰는 게 뭐가 그렇게 잘못된 일인지 알 수가 없습니다. 사람들에게 다정하고 인기를 얻고자 하는 게 뭐가 잘못인지 모르겠다고요. 그게 왜 죄죠? 왜 그런 걸 비웃는 거죠? 노상 비웃어요. 노상. 밤이고 낮이고. 한순간도 편히 있질 못하게. 머리에 계속 물을 한 방울씩 떨어뜨리는 중국식 물고문처럼."

방청객들은 피터 키팅이 취해 있는 걸 깨닫기 시작했다. 변호인이 얼굴을 찌푸렸다. 미리 연습해둔 증언인데 궤도를 벗어나고 있었던 것이다.

"자, 키팅 씨, 이제 로크 씨의 건축에 대한 시각에 대해 말씀해주시는 게 좋겠군요." 변호인이 말했다.

"그걸 알고 싶다면 말씀드리죠. 그는 건축에 대한 얘기를 할 때는 신발을 벗고 무릎을 꿇어야 한다고 생각합니다. 그건 그의 생각이죠. 아니, 왜 그래야 하는 겁니까? 왜? 건축도 다른 것들과 마찬가지로 하나의 사업입니다, 안 그래요? 그런데 뭐가 그리 신성하다는 겁니까? 왜 그렇게 흥분해야 되는 거냐고요. 우린 인간이에요. 먹고살아야 한다고요. 단순하고 쉽게 살면 안 되는 이유가 뭐죠? 왜 우리가 염병할 영웅들이 돼야 하는 겁니까?"

"자, 자, 키팅 씨, 주제에서 조금 벗어난 것 같군요. 우린 지금……."

"아니, 그렇지 않아요. 난 지금 내가 무슨 얘길 하고 있는지 압니다. 당신도 그렇고 저들 모두가 마찬가지예요. 여기 있는 모든 사람이 안다고요. 난 신전 얘길 하고 있는 겁니다. 모르겠어요? 왜 미치광이에게 신전 건축을 맡긴 겁니까? 인간미가 넘치는 건축가에게 맡겨져야만 하는 일인데. 이해하고 용서할 줄 아는 사람. 용서할 줄 아는. 교회에 나가는 것도 다 …… 용서받기 위해선데……."

"예, 키팅 씨, 하지만 지금 우린 로크 씨 얘기를……."

"로크 씨가 뭐요? 그는 건축가가 아닙니다. 쓸모없는 인간이에요. 내가 왜 그런 말을 하는 걸 두려워해야 합니까? 왜 우리 모두가 그를 두려워해야 합니까?"

"키팅 씨, 몸이 안 좋으신 것 같은데 이만 증언을 끝내시고 싶다면……?"

키팅은 술이 확 깨는 듯 변호인을 보았다. 그는 정신을 차리려고 애썼다. 잠시 후 그가 체념한 듯한 목소리로 말했다.

"아뇨. 괜찮습니다. 무슨 질문에든 대답하겠습니다. 제게 질문하고 싶은 게 뭐죠?"

"스토더드 신전이라는 이름으로 알려진 건축물에 대한 의견을 전문적인 용어로 말씀해주시겠습니까?"

"예. 물론입니다. 스토더드 신전은 …… 스토더드 신전은 설계 자체가 부적절하여 결국 공간적인 혼란을 낳은 경우라고 할 수 있습니다. 덩어리들의 균형이 없습니다. 균형 감각이 결여되어 있어요. 조화가 맞질 않아요." 단조로운 어조였다.

그는 고개를 떨어뜨리지 않으려고 목에 빳빳이 힘을 주고 있었다. "균형이 안 잡혀 있어요. 구성의 기본 원칙들에 맞지 않아요. 그래서 전체적으로······."

"더 크게 말씀해주시겠습니까, 키팅 씨?"

"그래서 전체적으로 조잡하고 건축적 무지를 드러내고 있습니다. 구조적 감각도, 미적 본능도, 창조적 상상력도 없고······." 키팅은 눈을 감고 입술을 움직였다. "예술적 완전성도······."

"감사합니다, 키팅 씨. 이상입니다."

변호인이 로크를 향해 돌아서서 초조하게 말했다.

"심문하십시오."

"질문 없습니다." 로크가 말했다.

그것으로 첫날 재판이 끝났다.

그날 저녁, 맬러리와 헬러, 마이크, 엔라이트, 랜싱이 로크의 방에 모였다. 미리 상의한 것도 아닌데 서로 마음이 통했던 것이다. 그들은 재판에 대해 이야기하지는 않았지만 긴장감이 감돌거나 의식적으로 그 이야기를 피하지도 않았다. 로크는 제도 탁자에 앉아 플라스틱 산업의 미래에 대해 이야기했다. 맬러리가 갑자기 이유 없이 웃음을 터뜨렸다.

"스티브, 왜 그러나?" 로크가 물었다.

"왜냐하면 ······ 하워드, 우린 당신을 도우려고, 당신에게 용기를 주려고 여기 모인 건데 지금 **당신이 우리를 돕고 있잖**

아요. 하워드, 당신은 지금 응원단을 응원하고 있어요." 맬러리가 말했다.

한편 피터 키팅은 술집 탁자에 한 팔을 뻗고 거기에 얼굴을 얹은 채 반쯤 누워 있었다.

그 후 이틀 동안 원고 측 증인들이 줄줄이 법정에 출두했다. 원고 측 증인 심문은 증인의 직업적 성공을 입증하는 질문들로 시작되었다. 변호인은 노련한 홍보 전문가처럼 자신이 원하는 방향대로 증언을 유도했다. 오스틴 헬러는 건축가들이 흔치 않은 막대한 홍보 효과를 노리고 앞다투어 증인석에 서고 있는 게 분명하다고 말했다.

증인들은 아무도 로크를 보지 않았다. 로크는 그들을 보았다. 그들의 증언을 경청했다. 하지만 심문 기회가 올 때마다 "질문 없습니다."로 일관했다.

우아하게 늘어진 넥타이를 매고 금색 손잡이가 달린 지팡이를 짚은 랠스턴 홀쿰은 마치 대공이나 비어홀 작곡가처럼 보였다. 그의 증언은 길고 학술적이었으나 요약하면 다음과 같았다.

"어처구니없는 일입니다. 아주 유치하기 짝이 없는 엉터리예요. 나는 홉턴 스토더드 씨를 크게 동정할 마음도 없습니다. 그의 잘못도 적지 않으니까요. 르네상스 건축 양식만이 이 시대에 맞는다는 건 과학적인 사실입니다. 스토더드 씨 같은 훌륭한 인물이 그걸 인정하지 않으려 한다면 벼락부자들이나 자칭 건축가들, 일반 어중이떠중이들은 어떻겠습니까? 모든 교회, 사원, 성당에 용인되는 건축 양식은 르네상스 양식뿐임은 역사를 통해 증명된 사실이에요. 그럼 크리스토퍼 렌의 경우는 어떻게 된 거냐고요? 그건 그냥 웃어넘기세요. 그리고 역사상 가장 위대한 종교적 기념물인 로마의 성 베드로 대성당을 기억하십시오. 성 베드로 대성당보다 더 훌륭한 건축물을 지을 수 있겠습니까? 만일 스토더드 씨가 특별히 르네상스 양식을 고집하지 않았다면 그는 마땅히 당할 일을 당한 것입니다. 그런 일을 당해 쌉니다."

고든 L. 프레스콧은 터틀넥 스웨터와 체크무늬 코트, 트위드 바지, 육중한 골프화 차림이었다.

"문제의 건물은 초월적인 것과 순수하게 공간적인 것의 상호 관계가 완전히 잘못되어 있습니다. 수평선을 1차원, 수직선을 2차원, 대각선을 3차원, 그리고 공간들의 상호 침투를 4차원으로 본다면 건축은 4차원의 예술인데 그 건물은 전문 용어로는 호모로이달(homaloidal), 쉽게 말하면 편평하다는 걸 쉽게 알 수 있습니다. 혼돈 속의 질서, 혹은 다양성 속의 통일성이나 통일성 속의 다양성에서 나오는 생동감은 건축 고유의 모순의 산물이라고 할 수 있는데, 그 건물에는 그게 전무합니다. 저는 분명한 의견을 밝히고자 최선의 노력을 기울이고 있지만, 정반합의 변증법을 성립시키기 위해 정신적으로 나태한 아마추어를 논리의 무화과 잎으로 덮어주는 것 자체가 불가능한 일입니다."

존 에릭 스나이트는 과거에 로크를 고용한 적이 있는데 로크는 믿을 수 없고 불성실하고 파렴치한 사람이었으며, 결국 자신의 고객을 훔쳐 독립해 나갔노라고 겸손하고 조심스러운 태도로 증언했다.

재판 나흘째 되는 날에 원고 측 변호인이 마지막 증인을 불렀다.

"도미니크 프랭컨 양." 변호인이 엄숙히 선언했다.

맬러리가 헉 하고 신음을 내뱉었으나 아무도 그 소리를 듣지 못했다. 마이크가 그의 손목을 움켜쥐고 꼼짝 못 하게 했던 것이다.

변호인이 도미니크를 마지막까지 아껴둔 건 그녀에게 많은 걸 기대했기 때문이기도 하지만 걱정스러웠기 때문이기도 했다. 그녀는 증인들 중 유일하게 리허설을 거치지 않았고 그의 코치를 받는 걸 거부했던 것이다. 그녀는 칼럼에 스토더드 신전에 대해 언급한 적이 없었지만 변호인은 그녀가 로크에 대해 쓴 칼럼들을 모두 읽어보았다. 그녀를 증인으로 세우라는 엘즈워스 투히의 권고도 있었다.

도미니크는 높은 증언대에 서서 천천히 방청객을 둘러보았다. 그녀는 아찔할 만큼 아름다웠으나 그 미모는 그녀에게 속해 있는 것이 아니라 별개의 실체로 법정 안에 존재하는 듯했다. 사람들은 그녀의 모습에서 교수대 위의 사형수를, 밤에 대양을 건너는 여객선 난간 앞에 서 있는 사람을 떠올렸다.

"성함을 말씀해주십시오."

"도미니크 프랭컨입니다."

"프랭컨 양, 직업은요?"

"신문기자입니다."

"뉴욕 〈배너〉의 뛰어난 칼럼 '당신의 집'을 집필하고 계신가요?"

"'당신의 집'을 쓰고 있습니다."

"부친께서 저명한 건축가인 가이 프랭컨이신가요?"

"예. 아버지께서도 이곳에 증인으로 서달라는 부탁을 받았지만 거절하셨습니다. 아버지께선 스토더드 신전 같은 건물에 관심이 없으며 지금 우리가 벌이고 있는 일이 신사답지 못하다고 하셨죠."

"저, 프랭컨 양, 제가 질문한 내용에 대해서만 답변해주시겠습니까? 저희는 프랭컨 양을 이 자리에 모신 것을 행운으로 여기고 있습니다. 프랭컨 양은 유일한 여성 증인이시고 여성들은 순수한 신앙심을 지니고 있으니까요. 게다가 건축 분야의 탁월한 전문가이기도 하니 제가 경의를 다해 여성적 시각이라고 칭하는 증언을 해줄 훌륭한 자격을 갖추었다고 할 수 있지요. 스토더드 신전에 대한 의견을 말씀해주시겠습니까?"

"전 스토더드 씨가 실수를 저질렀다고 생각합니다. 스토더드 씨가 신전을 개조하는 비용이 아닌 허무는 비용을 손해배상금으로 청구했다면 소송의 정당성에 의심의 여지가 없겠지만요."

변호인은 안도하는 표정이었다. "그 이유를 설명해주시겠습니까?"

"그 이유는 저보다 앞서 이 자리에 선 모든 증인이 이미 얘기했습니다."

"그럼 그들의 증언에 동의하신다는 말씀인가요?"

"전적으로요. 그 증언들을 한 사람들 자신보다 더요. 그들은 매우 설득력 있는 증인들이었죠."

"프랭컨 양, 자세히 …… 설명해주시겠습니까? 그게 무슨 뜻인가요?"

"투히 씨가 말했죠. 그 신전은 우리 모두에 대한 위협이라고요."

"아, 알겠습니다."

"투히 씨는 그 문제에 대해 아주 잘 이해하고 있죠. 그것에 대해 설명해도 될까요?"

"물론입니다."

"하워드 로크는 인간의 정신을 위한 신전을 지었습니다. 그는 인간을 강하고 당당하고 깨끗하고 현명하고 두려움 없는 존재로 보았죠. 그는 인간을 영웅적인 존재로 보았습니다. 그리고 그것에 맞는 신전을 지었죠. 신전은 인간이 고양감을 체험하는 장소입니다. 그는 고양감이 결백한 상태에서, 진실을 보고 그것을 이루는 데서, 자신의 최고의 가능성을 추구하는 데서, 아무런 수치심을 모르고 수치심을 느낄 이유가 없는 데서, 환한 햇살 아래 알몸으로 설 수 있는 데서 나온다고 생각했고요. 그는 고양감은 곧 기쁨이고 기쁨은 인간의 타고난 권리라고 생각했습니다. 그런 인간정신의 배경이 되는 장소는 신성한 곳이라고 여겼고요. 그것이 인간에 대한, 고양감에 대한 하워드 로크의 생각입니다. 하지만 엘즈워스 투히는 그 신전을 인간에 대한 깊은 증오의 기념물이라고 불렀습니다. 엘즈워스 투히는 고양감의 본질은 두려움에 이성을 잃고 엎드려 기는 것이라고 했죠. 인간의 최고의 행위는 자신의 미천함을 깨닫고 용서를 구하는 것이라고 했습니다. 인간은 용서받아야만 하는 존재임을 당연시하지 않는 건 타락이라고 했죠. 엘즈워스 투히는 스토더드 신전을 인간의 신전, 땅의 신전으로 보았죠. 그것이 진흙에 배를 대고 있다고 했죠. 엘즈워스 투히는 인간을 찬양하는 것은 역겨운 육체적 쾌락을 찬양하는 것이라고, 정신의 영역은 인간의 손이 미칠 수 없는 곳에 있다고 했습니다. 그리고 그 영역에 들어가려면 거지처럼 무릎을 꿇어야만 한다고 했죠. 엘즈워스 투히는 인류를 사랑하는 사람입니다."

"프랭컨 양, 지금 우리는 투히 씨에 대해 이야기하고 있는 게 아닙니다. 그러니 주제에서 벗어나지 않도록······."

"전 지금 엘즈워스 투히를 비난하는 게 아닙니다. 하워드 로크를 비난하는 거죠. 건물은 그것이 자리한 땅의 일부가 되어야 합니다. 그런데 로크는 어떤 세상에 신전을 지었습니까? 어떤 사람들을 위해 그것을 지었습니까? 주위를 둘러보세요. 홉턴 스토더드를 위해 세워진 신전이 과연 신성한 장소가 될 수 있을까요? 랠스턴 홀콤 씨, 피터 키팅 씨의 경우는 어떨까요? 그럼 우리는 어떤 태도를 취해야 할까요? 엘즈워스 투히를 미워해야 할까요, 아니면 입에 담을 수조차 없는 무례를 범한 하워드 로크를 저주해야 할까요? 그 신전이 신성모독이라고 한 엘즈워스 투히의 말은 옳습니다. 하지만 그가 말한 의미에서의 신성모독은 아니며 투히 씨도 그걸 알고 있을 것입니다. 돼지에게 진주를 던져주고 아무것도 얻지 못하는 사람을 본다면, 우리는 돼지를 탓하진 않습니다. 진주가 아까운 줄도 모르고 돼지우리에 던져 돼지들이 한바탕 요란하게 꿀꿀거리고 법정 속기사가 그걸 기록하도록 만든 그 사람을 탓하죠."

"프랭컨 양, 그 부분은 이 사건과 관련이 없고 용인될 수 없는……."

"증인은 증언을 계속하세요." 뜻밖에도 판사가 변호인을 저지하고 나섰다. 다른 증인들이 나왔을 때는 지루했던 판사는 도미니크의 모습을 지켜보는 게 좋았다. 게다가 방청객들도 재미있어하는 눈치였다. 방청객들은 홉턴 스토더드의 편이면서도 호기심에 찬 짜릿한 흥분을 느끼고 있었다.

"재판장님, 오해가 있었던 것 같습니다. 프랭컨 양, 지금 누구를 위해 증언하시는 겁니까? 로크 씨 편입니까, 스토더드 씨 편입니까?" 변호인이 따졌다.

"물론 스토더드 씨 편입니다. 전 지금 스토더드 씨가 재판에서 이겨야 하는 이유를 설명하고 있습니다. 진실만 말할 것을 맹세했고요."

"계속하세요." 판사가 말했다.

"모든 증인이 진실을 말했습니다. 하지만 진실을 다 말하지는 않았죠. 그래서 전 지금 빠진 곳을 채우고 있을 뿐입니다. 그들은 위협과 증오에 대해 말했습니다. 옳은 말입니다. 스토더드 신전은 많은 것들에 대한 위협이죠. 그 신전이 계속 존재하도록 허용된다면 아무도 감히 거울 속의 자신을 보지 못하게 될 것입니다. 그건 인간에게 잔인한 짓이고요. 인간에겐 부, 명예, 사랑, 잔혹성, 살인, 자기희생 같은 건 얼마든지 요구할 수 있어도 자존심을 가지라는 요구를 해선 안 됩니다. 그러면 당신의 영혼을 증오하게 될 테니까요. 그들은 어떻게 살아갈지 아주 잘 알고 있죠. 그럴만한 나름의 이유들도 있고요. 물론 그들은 당신을 증오한다고 말하지 않을 겁니다. 당신이 그들을 증오한다고 말할 거예요. 그럴듯하죠. 그들은 증오가 개입되어 있다는 걸 아니까요. 그게 인간의 본모습이에요. 그러니 불가능한 것을 위해 순교자가 되어봐야 무슨 소용이 있겠어요? 존재하지도 않는 세상을 위한 건물이 무슨 소용이 있습니까?"

"재판장님, 지금 증인이 하는 말이 본 사건과 무슨 관련이 있는지 저는 잘……."

"지금 당신을 위해 증언하고 있는 겁니다. 왜 엘즈워스 투히의 뜻에 따라야 하는지 그 이유를 밝히고 있는 거라고요. 스토더드 신전은 파괴되어야 합니다. 그것으로부터 사람들을 구하기 위해서가 아니라 사람들로부터 그것을 구하기 위해서. 하지만 다를 게 뭐가 있겠어요? 스토더드 씨가 이깁니다. 전 지금 이곳에서 벌어지고 있는 모든 것에 전적으로 동의합니다. 한 가지만 빼고요. 그 한 가지는 절대 간과되어선 안 됩니다. 그 신전을 파괴합시다. 하지만 그것이 덕행인 척하진 맙시다. 우린 두더지들이고 산의 정상을 싫어한다는 걸 인정합시다. 자멸을 향해 몰려갈 수밖에 없는 운명을 지닌 나그네쥐임을 인정합시다. 전 지금 이 순간 자신이 하워드 로크만큼 부질없는 짓을 하고 있음을 압니다. 이 증언이 저의 스토더드 신전입니다. 저의 처음이자 마지막 신전." 도미니크는 판사에게 고개를 숙였다. "이상입니다, 재판장님."

"심문하세요." 변호인이 로크에게 퉁명스럽게 말했다.

"질문 없습니다." 로크가 대답했다.

도미니크는 증인석을 떠났다.

변호인이 판사에게 절을 하며 말했다. "원고 측 변론을 마치겠습니다."

판사는 모호한 몸짓으로 로크에게 변론을 청했다.

로크는 갈색 봉투를 들고 일어나 판사에게 걸어갔다. 그러고는 봉투에서 스토더드 신전 사진 열 장을 꺼내 판사 앞에 놓으며 말했다.

"피고 측 변론을 마치겠습니다."

13

홉턴 스토더드가 승소했다.

엘즈워스 투히는 칼럼에 이렇게 썼다. "로크 씨는 프리네(Phryne: 고대 그리스의 고급 매춘부로 법정에서 알몸을 보여 재판에 이긴 사건으로 유명하다―옮긴이)까지 동원했지만 결국 패배를 면하지 못했다. 우리는 애초에 그 말을 믿지도 않았다."

로크는 신전 개조 비용을 지불하라는 판결을 받았다. 그는 항소할 의사가 없음을 밝혔다. 홉턴 스토더드는 신전을 '홉턴 스토더드 정박아 수용소'로 개조하겠노라고 발표했다.

재판이 끝난 날, 앨버 스카럿은 자신의 책상에 놓인 '당신의 집' 교정지를 보고 까무러치게 놀랐다. 그 칼럼에 도미니크가 법정에서 한 증언이 고스란히 담겨 있었던 것이다. 물론 그 사건에 관한 보도기사에 도미니크의 증언이 인용되긴 했지만 무해한 내용만 발췌되어 실렸다. 앨버 스카럿은 황급히 도미니크의 사무실로 달려갔다.

"도미니크, 도미니크, 이건 못 실어." 그가 말했다.

도미니크는 멍하니 쳐다보고만 있었다.

"도미니크, 분별력을 가져. 여기 들어 있는 자네의 생각들은 도저히 인쇄 불가능한 것들일뿐더러, 우리 신문이 그 사건에 대해 취해온 입장과 전혀 달라. 우리가 벌여온 캠페인에 대해 잘 알잖아. 오늘 아침에 내 논설 '품위의 승리'도 읽었을 테고. 우리의 편집 정책에 반하는 글을 실을 순 없어."

"그래도 실어야 할 거예요."

"하지만 도미니크……."

"안 그러면 그만두겠어요."

"오, 제발, 제발, 어리석게 좀 굴지 마. 말도 안 되는 소리 말라고. 잘 알면서 그래. 우린 자네 없인 안 돼. 우린……."

"그럼 선택하세요."

스카럿은 그 칼럼을 그대로 실으면 게일 와이낸드에게 호된 질책을 당할 것임을 알았다. 하지만 인기 칼럼을 쓰고 있는 도미니크 프랭컨을 잃어도 질책을 당할 수 있었다. 와이낸드는 아직 크루즈 여행 중이었다. 스카럿은 발리에 있는 와이낸드에게 전보를 보내 사정을 설명했다.

몇 시간 후에 답장이 도착했다. 와이낸드의 개인 암호로 되어 있었고 해독하면 "그년을 잘라버려."라는 내용이었다.

스카럿은 충격에 젖어 멍하니 전보를 바라보았다. 이제 도미니크가 칼럼을 싣는 걸 포기한다고 해도 그녀를 해고할 수밖에 없었다. 스카럿은 도미니크가 스스로 그만두면 좋겠다는 생각이 들었다. 차마 그녀를 해고할 수는 없으니까.

투히는 자신이 추천해서 뽑은 사환을 통해 와이낸드의 해독된 전보 사본을 입수했다. 그는 그걸 주머니에 넣고 도미니크의 사무실로 갔다. 재판 이후로 처음 얼굴을 대하는 것이었다. 도미니크는 책상 서랍들을 비우는 일에 열중해 있었다.

"도미니크, 뭐하는 거요?" 투히가 무뚝뚝하게 말했다.

"앨버 스카럿의 연락을 기다리고 있어요."

"무슨 뜻이지?"

"여길 그만둬야 하는지 결정이 내려지기를 기다리고 있다고요."

"재판에 대한 얘기를 하고 싶소?"

"아뇨."

"난 해야겠소. 지금까지 그 누구도 한 적이 없는 일을 당신이 했다는 걸 인정해주는 예의를 보여야 할 의무를 느끼니까. 당신은 내가 틀렸다는 걸 증명했지." 투히는 다정함이라곤 찾아볼 수 없는 눈빛으로 차갑게 말했다. "난 당신이 법정에서 그런 행동을 할 줄은 전혀 예상하지 못했소. 그건 비열한 속임수였어. 당신 평소 기준에 따른 것이긴 했지만. 당신의 악의가 향하는 방향을 내가 잘못 계산한 거지. 그래도 자신의 그런 행동이 부질없다는 걸 인정할 정도의 양식은 있더군. 물론 도미니크는 자신의 견해를 분명히 밝혔고 더불어 내 견해도 밝혀주었지. 감사의 표시로 선물을 하나 가져왔소."

2부 엘즈워스 M. 투히

투히는 전보를 책상 위에 놓았다.

도미니크는 그걸 읽은 뒤 계속 들고 서 있었다.

"이제 스스로 그만두지도 못하게 됐소. 진주를 던지는 그 영웅을 위해 직장을 포기하는 희생을 할 수도 없게 됐어. 당신은 남의 손에는 절대 얻어맞지 않는 걸 무척이나 중요시하는 사람이니 이 사태가 꽤나 즐거울 거요."

도미니크는 전보를 접어 핸드백에 넣었다.

"고마워요, 엘즈워스."

"도미니크, 나와 싸우려면 연설만 갖고는 안 될 거요."

"늘 그래왔지 않나요?"

"그래. 물론 그랬지. 맞는 말이오. 또다시 내 실수를 바로잡아주는군. 도미니크는 늘 나를 상대로 싸워왔지. 하지만 감정을 억누르지 못하고 자비를 간청한 건 그 증언대에서가 처음이었지."

"맞아요."

"거기서 내 계산 착오가 있었던 거요."

"그래요."

투히는 정중히 절을 하고 밖으로 나갔다.

도미니크는 집에 가져가고 싶은 물건들을 챙겼다. 그리고는 스카렛의 방으로 갔다. 그녀는 스카렛에게 전보를 보여줬지만 그걸 그에게 주지는 않았다.

"좋아요, 국장님." 그녀가 말했다.

"도미니크, 나도 어쩔 수가 없었어. 어쩔 수가. 아니, 도대체 그걸 어떻게 손에 넣은 거지?"

"괜찮아요, 국장님. 아뇨, 이걸 국장님께 돌려드리진 않겠어요. 제가 갖고 있고 싶어요." 도미니크는 전보를 도로 핸드백에 넣었다. "봉급은 우편으로 보내주시고 의논할 일이 있으면 우편으로 연락해주세요."

"어, 어차피 그만두려고 했잖아, 안 그래?"

"맞아요. 그리고 전 잘리는 게 더 좋아요."

"도미니크, 내 괴로운 심정을 알아주면 좋겠어. 난 도무지 믿을 수가 없어. 믿을 수가 없다고."

"결국 사람들이 날 순교자로 만들었군요. 평생 그것만은 피하려고 애써왔는데. 순교자가 된다는 건 너무나 꼴사나운 일이니까요. 그건 적들을 지나치게 영광스럽게 만들어주는 일이니까요. 하지만 이 한마디는 남기고 가겠어요. 이 말을 듣기에 국장님보다 덜 적합한 인물은 없기에 국장님께 말하겠어요. 당신들이 나에게, 그리고 그에게 한 어떤 짓도 이제부터 내가 자신에게 할 짓보다 더 나쁠 순 없을 거예요. 내가 스토더드 신전을 가질 수 없을 거라고 생각한다면 내가 뭘 가질 수 있는지 두고 보세요."

재판이 끝나고 사흘째 되는 날 저녁, 엘즈워스 투히는 자기 방에서 라디오를 듣고 있었다. 일하기가 싫어서 안락의자에 앉아 편안히 쉬는 호사를 누리며 교향곡의 복잡한 리듬에 맞추어 손가락을 두드리고 있었다. 문을 노크하는 소리가 들렸고 그는 귀찮은 듯 느린 말투로 들어오라고 말했다.

캐서린이 들어왔다. 그녀는 삼촌 방에 들어온 것에 대한 변명거리라도 되는 듯 라디오를 흘깃 보았다.

"엘즈워스 삼촌, 일 안 하시는 거 알고 들어왔어요. 하고 싶은 말이 있어서요."

캐서린은 굴곡 없는 가냘픈 몸으로 구부정하니 서 있었다. 비싼 트위드 치마를 입고 있었지만 다림질이 되어 있지 않았다. 얼굴에는 화장품을 찍어 바르긴 했지만 얼룩진 화장분 밑의 생기 없는 피부가 그대로 드러나 보였다. 이제 겨우 스물여섯 살인데도 서른 넘은 나이를 숨기려고 애쓰는 여자처럼 보였다.

캐서린은 지난 몇 년 사이에 삼촌의 도움을 받아 유능한 사회복지사가 되었다. 사회복지관에서 월급을 받으며 일하고 있었고, 작으나마 은행 예금도 있었다. 그녀는 친구들에게 점심을 사주기도 했는데, 친구들은 모두 같은 직업에 종사하는 그녀보다 나이 든 여자들로 미혼모 문제, 빈곤층 자녀들의 자기표현, 기업들의 악행에 관한 이야기를 나누었다.

지난 몇 해 동안 투히는 캐서린의 존재를 잊은 듯 보였다. 그러나 그는 캐서린이 조용하고 삼가는 태도로나마 삼촌을 엄청나게 의식하고 있음을 알고 있었다. 투히는 캐서린에게 먼저 말을 거는 법이 거의 없었다. 하지만 캐서린은 사소한 문제들을 갖고 계속 의논을 해왔다. 삼촌의 에너지로 돌아가는 작은 모터라 이따금 에너지를 충전해줄 필요가 있기라도 한 듯했다. 그녀는 연극을 보러 가도 꼭 먼저 삼촌의 의견을 구했다. 강의도 삼촌 의견을 듣고 나서야 들었다. 한번은 사회복지사이면서도 지적이고 유능하고 쾌활하고 진정으로 가난한 사람들을 사랑하는 여자를 친구로 사귄 적이 있었다. 하지만 투히가 마땅치 않게 여기자 그 친구와 절교했다.

캐서린은 의논할 일이 생기면 삼촌의 시간을 빼앗지 않으려고 식사 중이나 투히가 외출하려고 엘리베이터를 기다리고 있을 때, 거실에서 라디오를 듣다가 중요한 프로그램이 끝나고 방송국 광고가 나올 때를 노려 지나가는 말처럼 얼른 질문을 던졌다. 그녀는 삼촌에게 자투리 시간 외에는 감히 요구하지 않겠다는 뜻을 분명하게 전달했다.

그러던 캐서린이 서재로 들어오자 투히는 놀란 얼굴로 쳐다보았다.

"그래, 바쁘지 않다. 아무리 바빠도 너한테 내줄 시간은 있지. 라디오 소리 좀 줄여주겠니?"

캐서린은 라디오 소리를 줄이고 투히 앞에 놓인 안락의자에 털썩 앉았다. 그녀는 사춘기 소녀처럼 어색하고 모순된 동작을 보였다. 확신을 갖고 움직이는 습관을 잃어버린 듯하면서도 가끔은 거친 고갯짓으로 노골적이고 건방진 조바심을 나타내기도 했다. 그런 조바심은 근래에 생긴 것이었다.

그녀는 삼촌을 바라보았다. 안경알 속 그녀의 눈이 차분하고 긴장되어 있으면서도 아무 감정도 드러내지 않고 있었다.

"엘즈워스 삼촌, 요즘 무슨 일을 하셨어요? 삼촌이 관련된 큰 재판에서 삼촌 편이 이겼다는 기사를 신문에서 봤어요. 그래서 기뻤어요. 사실 몇 달 동안 신문도 못 읽고 살았어요. 너무 바빠서……. 아니, 그건 거짓말이에요. 시간은 있었는데 퇴근하고 집에 오면 아무것도 할 수가 없었어요. 그냥 침대에 누워 잠만 잤죠. 엘즈워스 삼촌, 사람들이 잠을 많이 자는 건 피곤해서인가요, 아니면 뭔가로부터 도망치고 싶어서인가요?"

"애야, 그건 전혀 너답지 않은 말이구나. 전혀."

캐서린은 무력하게 고개를 저었다. "알아요."

"무슨 일이니?"

캐서린은 발끝을 내려다보며 힘겹게 입을 움직였다.

"엘즈워스 삼촌, 전 쓸모없는 존재인 것 같아요." 그러고는 시선을 들어 삼촌을 응시했다. "전 끔찍하게 불행해요."

투히는 진지한 표정과 온화한 눈길로 말없이 캐서린을 바라보았다.

캐서린이 속삭였다. "이해하세요?"

투히가 고개를 끄덕였다.

"저한테 화나신 거 아니죠? 저를 경멸하시는 거 아니죠?"

"애야, 내가 어떻게 그럴 수 있겠니?"

"이런 말, 하고 싶지 않았어요. 저 자신에게조차도요. 오늘 밤만 이런 게 아니라 벌써 오래됐어요. 전부 다 말할 수 있게 해주세요. 충격받지 마시고요. 전 얘기해야만 해요. 예전에 고해성사를 하러 갈 때 같아요. 오, 전 이제 그런 거 안 해요. 종교는 그저 …… 집단적 착취의 도구일 뿐이니까요. 삼촌께서 그 모든 것에 대해 그렇게 잘 설명해주셨는데 제가 삼촌을 실망시키겠어요? 전 교회에 다시 나가고 싶은 맘 없어요. 다만, 다만 제 말을 들어줄 사람이 필요할 뿐이에요."

"애야, 케이티, 왜 그렇게 겁을 먹고 있는 거냐? 그럴 필요 없어. 특히 나와 얘기할 때는. 마음 편하게 먹고 너 자신으로 돌아가렴. 그리고 무슨 일이 있었던 건지 얘기해봐."

캐서린은 고마워하는 눈길로 바라보았다. "삼촌은 …… 정말 섬세하세요. 그것만은 말하고 싶지 않았는데 눈치 채셨네요. 전 겁이 나요. 방금 삼촌이 '너 자신으로' 돌아가라고 했잖아요. 제가 가장 두려운 건 저 자신이 되는 거예요. 전 사악한 존재니까요."

투히는 모욕적이 아닌 다정한 웃음을 터뜨렸고 그 웃음소리가 캐서린의 말을 부정했다. 하지만 캐서린은 웃지 않았다.

"아뇨, 엘즈워스 삼촌, 그건 사실이에요. 설명할게요. 전 어렸을 때부터 항상 바르게 살려고 노력해왔어요. 모든 사람이 그렇다고 생각했죠. 하지만 이제 그렇게 생각하지 않아요. 어떤 사람들은 비록 실수를 저지르긴 해도 바르게 살려고 최선을 다하지만 안 그런 사람들도 있어요. 전 늘 바르게 살려고 애써왔어요. 아주 진지하게요. 물론 제가 똑똑한 사람이 못 된다는 것도, 선과 악은 아주 큰 주제라는 것도 알고 있었어요. 하지만 선이란 게 무엇이든 내가 아는 만큼의 선을 실천하며 살기 위해 최선의 노력을 다하겠노라 결심했죠. 그건 누구나 해볼 수 있는 거 아닌가요? 제 얘기가 삼촌에겐 지독히 유치하게 들릴 거예요."

"아니다, 케이티, 그렇지 않아. 계속 얘기하렴."

"우선, 전 이기적인 건 악하다는 걸 알고 있었어요. 그것만큼은 확신이 있었어요. 그래서 저 자신을 위해선 아무것도 요구하지 않으려고 애썼어요. 피터가 몇 달씩 연락을 끊곤 했을 때도……. 아니, 삼촌은 찬성하지 않으시죠."

"뭘 말이냐?"

"피터와 저의 관계요. 그래서 그 얘긴 안 할래요. 어차피 그건 중요하지도 않으니까요. 제가 삼촌과 함께 살게 되었을 때 왜 그렇게 기뻐했는지 삼촌도 아실 거예요. 삼촌은 이타주의라는 이상에 이 세상 그 누구보다 가까운 분이니까요. 전 삼촌을 따르려고 최선을 다했어요. 그래서 지금 하고 있는 일을 선택한 거고요. 삼촌은 제게 그 일을 택하라는 말씀은 한 적이 없지만 그게 삼촌 뜻임을 느끼게 됐던 거죠. 그걸 어떻게 느끼게 됐는지는 묻지 마세요. 분명한 계기가 있었다기보다는 삼촌이 평소에 하신 말씀 때문이었으니까요. 전 처음엔 강한 확신이 있었어요. 불행은 이기심에서 오고 타인을 위해 자신을 바친 때에만 진정한 행복을 찾을 수 있다는 걸 알았으니까요. 삼촌이 그렇게 말씀하셨잖아요. 많은 사람들이 그렇게 말했고. 역사적으로 위대한 인물들은 다 그렇게 말했죠."

"그런데?"

"절 보세요."

투히는 잠시 아무 표정이 없다가 밝게 미소 지으며 말했다.

"네가 뭐가 문제라는 거니? 스타킹이 옷에 안 어울리고 화장을 좀 더 꼼꼼하게 해야 했다는 걸 제외하면 말이다."

"엘즈워스 삼촌, 웃지 마세요. 제발 웃지 마세요. 우린 모든 것에 대해, 특히 자신에 대해 웃을 수 있어야 한다는 게 삼촌의 지론이라는 것은 저도 잘 알아요. 하지만 전 그럴 수가 없어요."

"케이티, 웃지 않으마. 도대체 왜 이러는 거냐?"

"전 불행해요. 너무도 끔찍하고, 고약하고, 꼴사납게 불행해요. 불결하고 …… 부정직하게. 전 며칠씩 두려워서 아무 생각도 하지 못하고 자신을 바라보지도 못해요. 그것도 잘못이에요. 그러면 …… 위선자가 될 뿐이니까요. 전 늘 자신에게 정직하고 싶었어요. 하지만 그렇질 못해요. 그렇질, 그렇질 못하다고요!"

"그만, 소리 지르지 마라. 이웃에서 듣겠다."

캐서린은 손등으로 이마를 문지른 후 고개를 저었다. 그러고는 속삭이듯 말했다.

"죄송해요……. 괜찮아질 거예요……."

"얘야, 도대체 왜 불행하다는 거냐?"

"모르겠어요. 저도 이해를 못하겠어요. 예를 들면, 클리퍼드 복지관에 임산부 교실을 마련한 건 저였어요. 제가 아이디어를 내고, 돈을 모으고, 강사도 구했어요. 임산부 교실은 아주 성공적으로 운영되고 있어요. 전 그것에 대해 기뻐해야만 한다고 스스로에게 말하죠. 하지만 기쁘지가 않아요. 제겐 아무 상관도 없는 일 같아요. 전 가만히 앉아서 스스로에게 이렇게 말해요. 마리 곤잘레스의 아기가 훌륭한 가정에 입양되도록 주선한 건 너였어. 그러니까 기뻐해. 하지만 기쁘질 않아요. 아무 감정도 느낄 수 없어요. 자신에게 정직할 때, 전 지난 몇 년 동안 느껴온 유일한 감정은 피로감이란 걸 알아요. 육체적인 피로가 아녜요. 그냥 지친 거예요. 마치 …… 더는 아무것도 느낄 수 없는 것처럼."

캐서린은 안경이 삼촌과의 소통을 방해하는 장벽이라도 되는 것처럼 안경을 벗었다. 그녀는 말하기가 힘겨운 듯 목소리가 더 작아졌다.

"하지만 그게 다가 아녜요. 그보다 훨씬 고약한 게 있어요. 그것 때문에 전 끔찍하게 변해가고 있어요. 엘즈워스 삼촌, 전 사람들을 증오하기 시작했어요. 전에 없이 잔인하고 비열하고 쩨쩨해지기 시작했어요. 사람들이 제게 고마워해주기를 바라게 됐어요. 그, 그러니까 …… 감사를 **요구하게** 된 거예요. 슬금가 사람들이 제 앞에서 굽실거리고 아첨하는 걸 즐기게 됐다고요. 전 비굴한 사람들만 좋아해요. 한번은 …… 한번은 어떤 여자한테 '우리 같은 사람들이 당신 같은 쓰레기에게 해주는 일을 고마워할 줄 모른다.' 고 나무라기까지 했어요. 그런 말을 하고 나서 너무 부끄러워서 몇 시간을 울었어요. 이제 전 사람들이 따지고 들면 화가 나요. 그들은 자기주장을 할 자격이 없고, 내가 제일 잘 알며, 내가 그들에 대한 절대적인 권위를 갖고 있다고 생각하니까요. 한 여자가 있었는데, 미남이지만 소문이 나쁜 청년을 만나고 다녀서 우리 모두 걱정을 많이 했어요. 전 몇 주 동안 그 여자를 붙잡고 그런 남자를 만나면 불행해진다고 헤어지라고 괴롭혔죠. 그런데 두 사람은 결혼해서 동네에서 제일 행복한 부부로 살고 있어요. 그래서 제가 기쁠 것 같으세요? 아뇨, 너무 화가 나서 그 여자를 만나도 잘 대해줄 수가 없어요. 그리고 가정 형편이 몹시 어려워서 일자리가 절실히 필요한 여자가 있어서 제가 일자리를 구해주겠다고 약속한 적이 있어요. 그런데 제가 구해주기도 전에 스스로 좋은 일자리를 찾아냈어요. 전 기쁘지 않았죠. **제** 도움 없이 구렁텅이에서 헤어난 게 용납이 되지 않았어요. 어제는 대학에 가고자 하는 소년과 상담을 하면서 대학에 가지 말고 좋은 일자리를 찾으라고 권했어요. 전 무척 화가 나 있었어요. 그런데 그게 제가 대학에 가고 싶은 마음이 간절했기 때문임을 깨닫게 됐어요. 그때 삼촌이 못 가게 했잖아요. 그래서 그 소년에게도 대학에 가지 말라고 했던 거예요. 엘즈워스 삼촌, 모르시겠어요? 전 **이기주의자**가 돼가고 있는 거라고요. 가난한 사람들의 노동을 착취하는 악덕 업주보다 훨씬 더 고약한 이기주의자!"

투히가 조용히 물었다.

"그게 다니?"

캐서린은 눈을 감았다가 자신의 손을 내려다보며 말했다.

"예. 그런 사람이 저만이 아니라는 사실을 제외하면요. 많은 사람이, 저와 함께 일하는 여자들 대부분이 그래요. 그들이 어쩌다 그렇게 된 건지는 …… 모르겠지만. 제가 어쩌다 그렇게 됐는지도 모르겠고. 예전에는 다른 사람을 도울 때 행복했어요. 한번은, 피터와 함께 점심을 먹은 날이었는데, 집으로 돌아오는 길에 늙은 거리의 악사를 보고 핸드백에서 5달러를 꺼내 주기도 했어요. 그 5달러는 제 전 재산이었고 그토록 갖고 싶던 크리스마스 장식을 사려고 모은 돈이었는데. 그 후로 그 악사를 생각할 때마다 행복했어요. 그때는 …… 피터와 자주 만났죠……. 그와 만나고 돌아올 때면 동네의 누더기를 걸친 모든 아이에게 키스해주고 싶었어요. 그런데 …… 이제 전 가난한 사람들을 증오해요……. 다른 사회복지사들도 다 그렇고……. 하지만 가난한 사람들은 우리를 증오하지 않아요. 증오해야 마땅한데. 그들은 우리를 멸시할 뿐이에요……. 우습지 않아요? 원래 주인이 노예를 멸시하고 노예는 주인을 증오해야 하는 건데. 사실 누가 주인이고 누가 노예인지도 모르겠어요. 어쩌면 맞지 않는 비유인지도 모르죠. 맞을 수도 있고. 모르겠어요……"

캐서린은 마지막으로 터져 나온 저항의 힘으로 고개를 들었다.

"제가 이해해야만 하는 게 뭔지 모르시겠어요? 왜 바르게 살려는 정직한 마음으로 시작한 일이 저를 타락시키고 있는 걸까요? 아마도 그건 제가 천성적으로 사악해서 훌륭한 삶을 살아갈 수 없기 때문일 거예요. 그렇게밖에는 설명할 수 없을 것 같아요. 하지만 …… 하지만 가끔, 인간의 선의라는 것이 완전할 수는 없으며, 원래 인간은 선을 이룰 수 없는 존재라는 생각이 들어요. 제가 그렇게까지 타락했을 리가 없으니까요. 전 …… 전 모든 걸 포기했고 이기적인 욕망 같은 건 남아 있지도 않아요. 저 자신의 것은 아무것도 없어요. 그런데도 불행해요. 다른 사회복지사들도 마찬가지고요. 전 이 세상에서 이타적이면서 행복한 사람은 아무도 못 봤어요. 삼촌 빼고는."

캐서린은 고개를 떨어뜨리고 다시는 들지 않았다. 자신의 질문에 대한 대답에조차 관심이 없는 듯했다.

"케이티. 얘야, 케이티." 투히가 부드러우면서도 책망 어린 목소리로 말했다.

캐서린은 말없이 기다렸다.

"정말로 내 대답을 듣고 싶니?" 캐서린이 고개를 끄덕였다. "네가 한 말 속에 이미 대답이 들어 있단다." 캐서린은 멍한 시선을 들었다. "네가 무슨 얘기를 했지? 무엇에 대해 한탄했지? **네가** 불행하다는 사실에 대해서였지. 다름 아닌 너, 케이티 홀시에 대해서. 내 평생 그렇게 이기적인 말은 처음 들어보는구나."

캐서린은 어려운 수업을 따라가지 못하는 학생처럼 주의 깊은 태도로 눈을 깜짝거렸다.

"자신이 얼마나 이기적이었는지 모르겠니? 넌 고귀한 직업을 택하면서 선을 이루고자 한 게 아니라 개인적인 행복을 찾으려 했어."

"하지만 전 진심으로 사람들을 돕고 싶었어요."

"그렇게 하면 선하고 고결해질 거라고 생각했으니까."

"그래요. 그게 옳다고 생각했으니까요. 옳은 일을 하고 싶은 게 나쁜가요?"

"그래. 그게 너의 주된 관심사였다면. 그게 얼마나 이기적인지 모르겠니? 자신만 고결하다면 다른 사람들은 아무래도 상관없다는 거잖아."

"하지만 자기를 존중하는 마음이 없다면 …… 뭐가 될 수 있겠어요?"

"왜 꼭 뭐가 되어야만 하지?"

캐서린은 당혹스러워하며 양손을 내밀었다.

"너의 우선적인 관심이 자신의 존재나 생각, 느낌, 자신이 갖거나 갖지 못한 것에 있다면 넌 아직 평범한 이기주의자에 불과해."

"하지만 전 제 몸에서 벗어날 수가 없어요."

"그래. 하지만 너의 편협한 영혼에서는 벗어날 수 있지."

"그럼 제가 불행해지길 **원해야만** 한다는 건가요?"

"아니. **무언가를** 원하는 것 자체가 안 되는 거야. 캐서린 홀시 양이 얼마나 중요한 존재인지 잊어야만 한다고. 왜냐하면 중요한 존재가 아니니까. 인간은 타인과의 관계에 의해서만, 그가 지닌 유용성과 그가 타인에게 하는 봉사에 의해서만 중요할 수 있지. 그걸 완전히 이해하지 못하면 불행해질 수밖에 없어. 다른 사람들에게 잔인한 감정을 느끼는 걸 뭘 그렇게 대단한 비극으로 받아들이니? 그게 어때서? 그건 그저 성장통일 뿐이야. 사람은 동물적 야만성에서 과도기들을 거치지 않고 바로 영적인 삶으로 건너뛸 수가 없지. 그 과도기들 중 일부는 악하게 느껴질 수도 있고. 아름다운 여인은 대개 볼품없는 사춘기를 거치지. 모든 성장엔 파괴가 따르게 되어 있어. 달걀을 깨뜨리지 않고는 오믈렛을 만들 수 없잖니. 애야, 그러니까 우리 안에 단단히 뿌리박고 있는 자아를 죽이기 위해선 기꺼이 고통받고, 잔인해지고, 부정직해지고, 불결해지고 …… 무엇이든 할 수 있어야만 한단다. 그리고 비로소 자아가 죽어야만, 그것에 대해 신경 쓰지 않게 되어야만, 자신의 정체성을 잃고 영혼의 이름을 잊어야만, 그래야만 내가 얘기한 행복을 알게 될 것이고, 네 앞에 위대한 정신의 문이 활짝 열릴 거야."

"하지만 엘즈워스 삼촌, 그 문이 활짝 열릴 때 그 안으로 들어가는 건 누구죠?" 캐서린이 속삭이듯 물었다.

투히가 호탕한 웃음을 터뜨렸다. 칭찬의 웃음처럼 들렸다. "얘야, 네가 나를 놀라게 할 수 있을 줄은 몰랐구나." 그러더니 다시 진지한 표정이 되었다. "재치 있는 농담이구나, 케이티. 그냥 농담으로 한 말이겠지?"

"예." 캐서린이 자신이 없다는 듯 말했다. "그럴 거예요. 하지만……"

"추상적인 얘기를 하다 보면 문자 그대로의 뜻에 얽매일 수밖에 없지. 그 문으로 들어가는 건 당연히 너지. 넌 정체성을 잃지 않을 거다. 더 큰 정체성을 얻게 될 거야. 세상 전체, 우주 전체의 일부가 될 정체성."

"어떻게요? 어떤 방법으로요? 무엇의 일부가 된다고요?"

"우리가 쓰는 언어가 개인주의의 조건들과 미신들을 지닌 개인주의의 언어이기에 그런 문제들에 대해 토론하기가 얼마나 어려운지 이제 알겠지? '정체성'은 환상일 뿐이란다. 무너진 낡은 벽돌들로 새 집을 지을 순 없지. 넌 현재의 개념들을 매개로 내가 하는 말을 완전히 이해할 순 없어. 우린 자아라는 미신에 물들어 있어. 따라서 이타적인 사회에서 무엇이 옳고 그를지, 그곳에서 우리가 어떤 방식으로 무엇을 느낄지 알 수기 없지. 우린 먼저 자아부터 없애야만 해. 바로 그것 때문에 우리의 마음을 신뢰할 수가 없는 거야. 우린 생각해선 안 돼. **믿어야** 해. 케이티, 믿어라. 네 마음이 그걸 거부하더라도. 생각하지 말고 믿어. 너의 머리가 아닌 가슴을 믿어. 생각하지 마. 느껴. 믿어."

캐서린은 침착하게 앉아 있었으나 왠지 탱크에 깔린 물체처럼 보였다. 그녀가 순종적으로 속삭였다.

"예, 엘즈워스 삼촌······. 전 ······ 그런 식으로 생각하지 않았어요. 생각을 해야만 한다는 생각으로 살아왔어요······. 하지만 삼촌 말씀이 옳아요. 옳다는 게 맞는 표현이라면, 그걸 표현할 말이 있다면 ······ 예, 믿겠어요. 이해하려고 애쓰겠어요······. 아니, 이해가 아니라 느끼려고. 믿으려고. 다만 ······ 전 너무 약해요······. 삼촌과 얘기하고 나면 늘 자신이 너무 작게 느껴져요······. 제 생각이 옳았던 것도 있어요. 제가 가치가 없는 존재라는 거. 하지만 그건 중요하지 않아요······. 중요하지 않아요······."

이튿날 저녁, 초인종이 울리자 투히가 손수 문을 열었다.

그는 피터 키팅을 맞아들이며 미소를 보냈다. 그는 재판이 끝난 후 키팅이 찾아올 걸 예상하고 있었다. 키팅이 올 수밖에 없다는 걸 알고 있었다. 하지만 이렇게 늦게 올 줄은 몰랐다.

키팅이 모호한 태도로 들어섰다. 그의 손이 손목에 비해 너무 무거워 보였다. 눈이 부어 있었고, 얼굴 피부가 늘어져 보였다.

투히가 밝게 인사했다. "어서 오게, 피터. 날 보러 왔나? 들어오게. 운이 좋았군. 내가 오늘 저녁엔 한가하거든."

"아뇨, 케이티를 만나러 왔습니다." 키팅이 말했다.

그는 투히를 보지 않았고, 투히의 안경알 속 눈빛도 살피지 않았다.

"케이티! 물론 그렇겠지!" 투히가 쾌활하게 말했다. "그동안 여기로 케이티를 만나러 온 적이 없어서 내가 생각을 못했네만 …… 들어가게. 집에 있을 걸세. 이쪽으로. 케이티 방이 어딘지 모르나? 두 번째 방일세."

키팅은 발을 질질 끌며 무거운 걸음으로 복도를 걸어가 캐서린의 방문을 노크한 뒤 캐서린이 대답하자 안으로 들어갔다. 투히는 생각에 잠긴 얼굴로 그 모습을 바라보았다.

캐서린은 손님을 보고 깜짝 놀라서 튕겨지듯 일어났다. 그녀는 잠시 믿을 수 없다는 듯 멍청히 서 있다가 침대로 달려가 얼른 거들을 집어 베개 밑에 감추었다. 그러고는 황급히 안경을 벗어 주머니에 넣었다. 그녀는 그대로 있는 것과 화장대에 앉아 키팅이 지켜보는 앞에서 화장을 하는 것 중 어떤 게 더 나쁠지 고민했다.

캐서린은 6개월 동안 키팅을 만나지 못했다. 지난 3년 동안 두 사람은 드문드문 만나 몇 번 점심이나 저녁을 먹고 두 번

영화를 보러 갔다. 그들은 늘 공개된 장소에서 만났다. 키팅은 투히와 가까이 지내면서 집으로 캐서린을 만나러 오지 않았다. 그들은 만날 때마다 마치 아무것도 변하지 않은 것처럼 이야기를 나누었지만 오래전부터 결혼 이야기는 꺼내지 않고 있었다.

"안녕, 케이티. 안경을 쓰게 된 줄은 몰랐어." 키팅이 부드럽게 말했다.

"그냥 …… 책 읽을 때만……. 난……. 안녕, 피터 …… 나 지금 꼴이 엉망이죠……. 피터, 만나서 기뻐요……."

키팅은 모자를 손에 들고 외투를 입은 채로 의자에 털썩 앉았다. 캐서린은 어쩔 줄 몰라서 미소만 지으며 서 있었다. 이윽고 그녀가 모호한 손짓을 하며 물었다.

"금방 갈 거예요, 아니면 외투를 벗을래요?"

"아니, 금방 갈 건 아냐." 키팅은 일어나서 외투와 모자를 침대 위에 던지고 처음으로 미소를 보이며 물었다. "바빠서 날 쫓아내고 싶은 건 아니지?"

캐서린은 양 손바닥의 불룩한 부분으로 눈을 눌렀다가 얼른 손을 내렸다. 그녀는 늘 그래왔던 것처럼 키팅을 대해야 했다. 가볍고 정상적인 목소리로 말해야 했다. "아, 아뇨. 하나도 안 바빠요."

키팅은 다시 앉아서 말없이 그녀를 향해 한 손을 내밀었다. 그녀는 얼른 다가가서 그의 손을 잡았고 그가 그녀를 끌어당겨

의자 팔걸이에 앉혔다.

램프 불빛이 키팅의 얼굴을 비추고 있었고, 이제 캐서린은 그의 얼굴을 살필 정신이 들었다.

"피터, 도대체 어떻게 된 거예요? 얼굴이 말이 아녜요." 캐서린이 숨이 멎을 듯 놀라며 물었다.

"술 마셔서 그래."

"그게 …… 아닌 것 같은데요!"

"맞아. 하지만 이제 끝났어."

"무슨 일인데요?"

"케이티, 보고 싶었어. 널 보고 싶었어."

"피터 …… 사람들이 당신에게 무슨 짓을 한 거예요?"

"아무도, 아무 짓도 안 했어. 난 이제 괜찮아. 괜찮아. 여기 왔으니까……. 케이티, 홉턴 스토더드에 대해 들어봤어?"

"스토더드……? 모르겠어요. 어디서 본 이름인데."

"신경 쓰지 마. 몰라도 되니까. 그냥, 참 이상하다는 생각이 들어서. 스토더드라는 늙은이가 있는데 자신의 더러운 죄를 더는 감당할 수 없게 되자 그 죄를 씻으려고 커다란 선물을 지어서 뉴욕에 바쳤지. 하지만 난 …… 난 더는 감당할 수 없게 되자 거기서 벗어나려면 내가 진정으로 가장 하고 싶은 일을 해야 한다고 느꼈어. 그게 여기 오는 거였지."

"피터, 감당할 수 없다니, 뭘요?"

"케이티, 난 아주 더러운 짓을 했어. 나중에 말해줄게. 지금은 말고……. 날 용서한다고 말해주겠어? 뭘 용서하라는 건지 묻지 말고? 그럼 난 …… 그럼 난 결코 나를 용서할 수 없는 사람에게 용서받았다고 생각하겠지. 상처받을 수 없기에 용서할 수 없는 사람……. 그게 나한텐 더 나쁘지."

캐서린은 당황하는 것 같지 않았다. 그녀가 열띠게 말했다.

"피터, 당신을 용서해요."

키팅은 천천히 몇 차례 고개를 끄덕인 후 말했다.

"고마워."

캐서린은 키팅에게 머리를 맞대고 속삭였다.

"당신, 끔찍하게 괴로웠군요, 그렇죠?"

"응. 하지만 이제 괜찮아."

키팅은 캐서린을 품에 안고 키스했다. 이제 그는 스토더드 신전에 대해 생각하지 않게 되었고, 캐서린도 선과 악에 대해 생각하지 않게 되었다. 두 사람 다 그럴 필요가 없었다. 자신이 아주 깨끗해진 기분을 느꼈으니까.

"케이티, 우리 왜 결혼 안 했지?"

"모르겠어요." 캐서린은 그렇게 대답하고는 황급히 덧붙였다. "그건 우리가 서두를 필요가 없다는 걸 알았기 때문일 거예요." 심장이 쿵쾅거려서, 가만히 있을 수가 없어서, 그리고 키팅의 약해진 마음을 이용해서는 안 될 것만 같아서 그렇게 말한 것이었다.

"하지만 이제 서두를 필요가 있어. 벌써 너무 늦어버린 게 아니라면."

"피터, 당신 …… 지금 다시 청혼하고 있는 건 아니겠죠?"

"케이티, 그렇게 놀란 얼굴 하지 마. 그러면 네가 그동안 우리의 결혼을 의심해왔다는 얘기가 되잖아. 그건 견딜 수가 없어. 그래, 난 청혼을 하러 온 거야. 우리 결혼하자. 당장 결혼하자."

"그래요, 피터."

"결혼 발표니, 날짜 잡기니, 예식 준비니, 하객이니 다 필요 없어. 그동안 번번이 그런 일로 결혼을 미뤄왔잖아. 도대체 왜 그랬는지 정말 모르겠어. 우리 아무한테도 말하지 말자. 우리 둘이 몰래 뉴욕을 빠져나가서 결혼하자. 그리고 나중에 알리면 돼. 설명을 요구하는 사람이 있으면 설명해주고. 네 삼촌, 우리 어머니, 그 누구에게도 미리 알리지 말자."

"그래요, 피터."

"그 빌어먹을 일도 내일 당장 그만둬. 나도 한 달 동안 휴가를 내겠어. 가이 프랭컨이 노발대발하겠지만 난 그걸 즐기겠어. 짐 챙겨둬. 별로 필요한 것도 없을 거야. 그리고 화장도 안 해도 돼. 오늘 밤 네 꼴이 엉망이라고 했지? 아니, 넌 지금 그 어느 때보다 사랑스러워. 모레 아침 9시에 올게. 떠날 준비를 해놓고 있어."

"그래요, 피터."

키팅이 나간 후 캐서린은 침대에 누워 아무 거리낌도, 체면도, 걱정도 없이 엉엉 울었다.

엘즈워스 투히는 서재 문을 열어놓고 있었다. 키팅이 그것도 못 보고 그냥 지나가는 게 보였다. 그리고 잠시 후, 캐서린의 울음소리가 들렸다. 투히는 캐서린의 방으로 가서 노크도 없이 들어갔다.

"얘야, 무슨 일이니? 피터가 네게 무슨 상처라도 준 거야?"

캐서린은 침대에서 반쯤 몸을 일으키고 얼굴에 흘러내린 머리칼을 뒤로 젖히며 환희의 울음을 토해내며 투히를 보았다. 그녀는 아무 생각 없이 자신이 하고 싶은 말을 했다. 그녀 자신은 이해하지 못했지만 투히는 이해하는 말이었다. "전 이제 삼촌이 두렵지 않아요!"

14

"**누구?**" 키팅이 숨을 헐떡이며 물었다.
"도미니크 프랭컨 양이오." 하녀가 다시 말했다.
"술 취했어? 이 바보 멍청이 같으니라고!"
"키팅 씨……!"
키팅은 벌떡 일어나 하녀를 밀쳐버리고 거실로 뛰어나갔다. 거기, 자신의 아파트에 도미니크 프랭컨이 서 있었다.
"안녕하세요, 피터."
"도미니크! 도미니크, 아니 어떻게?" 키팅은 분노와 두려움, 호기심, 우쭐한 기쁨 속에서도 제일 먼저 의식에 와 닿는 것이 마침 어머니가 집을 비워서 다행이라는 생각이었다.
"회사에 전화했더니 집에 갔다고 해서요."
"너무 기쁘고 뜻밖……. 오, 젠장, 도미니크, 부질없는 짓이지. 난 늘 당신에게 예의를 지키려 하지만 당신은 늘 그걸 날카롭게 꿰뚫어보니 완전히 무의미한 짓이지. 그러니 침착한 주인 연기는 하지 않겠소. 내가 지금 어안이 벙벙하고, 당신이 여기 찾아온 건 자연스러운 일이 아니며, 내가 하는 인사말은 진실이 아님을 당신은 다 알 테니까."

"그래요, 그게 나아요, 피터."

키팅은 자신이 아직 손에 열쇠를 들고 있는 걸 보고 얼른 주머니에 넣었다. 그는 내일 결혼 여행을 떠나기 위해 여행 가방을 꾸리고 있었던 것이다. 그는 거실의 빅토리아식 가구가 도미니크의 우아함과 비교되어 얼마나 천박해 보이는지 깨닫자 부아가 치밀었다. 도미니크는 회색 정장에 깃을 세운 검정 모피 재킷 차림이었고 머리에는 모자를 비스듬히 쓰고 있었다. 그녀는 증인석이나 파티들에서 본 그 모습이 아니었다. 키팅은 오래전 가이 프랭컨의 사무실 밖 계단참에 서서 다시는 도미니크를 보지 않기를 바라던 순간이 불현듯 떠올랐다. 지금 도미니크는 그때 수정 같은 무표정한 얼굴로 그를 충격에 빠뜨렸던 그 낯선 여자의 모습을 하고 있었다.

"저, 앉아요, 도미니크. 외투 벗고."

"아뇨, 오래 못 있어요. 오늘은 피차 겉치레는 생략하기로 했으니 여기 온 용건을 바로 말할까요? 아니면 예의를 차린 대화부터 나눌까요?"

"아뇨, 그런 대화는 생략해요."

"좋아요. 피터, 나와 결혼해주겠어요?"

키팅은 얼어붙은 듯 서 있다가 털썩 앉았다. 도미니크가 진심으로 한 말임을 알기 때문이었다.

도미니크가 정확하고 냉정한 목소리로 말을 이었다. "나와 결혼하고 싶다면 지금 당장 해야만 돼요. 내 차를 가져왔어요. 코네티컷까지 차를 몰고 갔다가 돌아오는 거예요. 세 시간쯤 걸릴 거예요."

"도미니크······." 키팅은 그 이상은 입을 움직이고 싶지 않았다. 자신의 몸이 마비되었다고 생각하고 싶었다. 하지만 그는 자신이 맹렬히 생동하고 있으며 의식의 의무감에서 도망치기 위해 억지로 자신의 근육과 정신을 마비시키고 있음을 알았다.

"피터, 우리 가식은 접어두기로 했죠. 대개의 경우 사람들은 먼저 이유와 느낌에 대해 얘기한 후에 실제적인 계획을 세우죠. 하지만 우리에겐 이 방법밖에 없어요. 만일 내가 다른 방식으로 당신에게 청혼한다면 그건 당신을 속이는 짓이 될 테니까요. 이런 방식이어야만 해요. 질문도, 조건도, 설명도 없어야 해요. 우리가 말하지 않는 것들이 우리가 말하지 않음으로써 스스로 대답할 테니까요. 깊게 생각할 것 없어요. 결혼을 원하는지 아닌지만 생각해요."

"도미니크." 키팅은 공사 중인 건물의 철골 위를 걸어갈 때처럼 고도의 집중력을 발휘하며 말했다. "지금 내가 아는 건, 당신을 따라 해야 한다는 사실뿐이에요. 당신처럼 여러 말 하지 않고 대답만 해야 한다는 것, 그것만 알아요."

"그래요."

"다만 …… 난 …… 그럴 수가……."

"피터, 이번만큼은 보호물이 없어요. 숨을 데가 없다고요. 말로도 안 돼요."

"당신이 한 가지만 말해준다면……."

"아뇨."

"시간을 좀 주면……."

"아뇨. 지금 함께 나가거나 없었던 일로 하거나 둘 중 하나예요."

"내가 어떤 결정을 내려도 당신은 화를 내선 안 돼요……. 그동안 당신은 내게 아무런 희망도 품지 못하게 했으니까. 당신이 …… 당신이 이럴 줄은……. 아니, 아니, 그런 말은 하지 않겠어요……. 하지만 지금 내가 무슨 생각을 할 수 있겠어요? 난 여기, 혼자뿐이고……."

"당신에게 조언을 해줄 사람은 나뿐이네요. 난 거절하라고 조언하겠어요. 피터, 그게 내 솔직한 조언이에요. 하지만 청혼을 취소하면서까지 당신을 도와주진 않겠어요. 당신에겐, 나와 결혼할 기회를 갖지 않는 게 더 나아요. 하지만 당신은 그 기회를 가졌어요. 지금. 결정은 당신에게 달렸어요."

키팅은 더는 체면을 지키지 못하고 고개를 푹 꺾고 주먹을 이마에 댔다.

"도미니크 …… **왜죠?**"

"당신은 그 이유를 알아요. 내가 오래전에 말한 적이 있으니까요. 그 기억을 떠올릴 용기가 없다면 내가 그 말을 다시 해줄 거란 기대도 하지 말아요."

키팅은 고개를 숙인 채 꼼짝도 않고 앉아 있었다. 이윽고 그가 말했다.

"도미니크, 당신과 내가 결혼하면 그건 신문 1면을 장식할 기삿감이에요."

"맞아요."

"결혼 발표도 하고 정식으로 식도 올리고 제대로 하는 게 낫지 않겠어요?"

"피터, 난 강하지만 그 정도로 강하진 못해요. 나중에 피로연과 공식 발표를 하면 돼요."

"그러니까 지금 당신은 내가 '예, 아니오'만 말하길 원하는 거죠?"

"그래요."

키팅은 도미니크를 한참이나 바라보았다. 도미니크 역시 그를 똑바로 응시하고 있었지만 마치 초상화의 눈길처럼 현실감이 없었다. 키팅은 거실에 혼자 있는 듯한 기분을 느꼈다. 도미니크는 참을성 있게 기다리고 있었고 그에게 아무것도, 심지어 대답을 재촉하는 친절조차 베풀지 않았다.

"좋아요, 도미니크. 결혼해요." 이윽고 키팅이 말했다.

도미니크는 받아들이겠다는 뜻으로 엄숙히 고개를 숙였다.

키팅이 일어서며 말했다. "코트를 가져오겠어요. 당신 차로

가고 싶어요?"

"예."

"오픈카 맞죠? 모피 코트를 입어야 할까요?"

"아뇨. 하지만 따뜻한 목도리는 챙겨야 해요. 바람이 조금 부니까."

"짐은요? 바로 돌아오는 건가요?"

"바로 돌아와요."

키팅은 방문을 열어두었고, 도미니크는 그가 코트를 입고 어깨에 망토라도 걸치듯 목에 목도리를 감는 걸 보았다. 키팅은 모자를 들고 나와서 도미니크에게 출발하자는 고갯짓을 했다. 현관문을 나가서 엘리베이터 단추를 누른 뒤 뒤로 물러서서 도미니크를 먼저 태웠다. 그는 기쁨도, 아무 감정도 없이 정확하고 확고한 동작을 보였다. 그 어느 때보다 냉정하고 남성적인 모습이었다.

키팅은 보호자다운 태도로 도미니크의 팔꿈치를 꽉 잡고 길 건너에 있는 도미니크의 차로 향했다. 차 문을 열고 도미니크를 운전석에 태운 후 조용히 그녀 옆에 탔다. 도미니크가 조수석 쪽으로 몸을 기울여 방풍 유리를 조정하며 말했다. "출발한 후에 바람이 들어오면 알아서 다시 조절을 해요. 춥지 않도록."

키팅이 말했다. "그랜드 콩코스로 가요. 거기가 신호등이 적으니까."

도미니크는 핸드백을 키팅의 무릎에 놓고 시동을 걸었다. 둘 사이에는 갑자기 적대감이 사라지고 함께 재난을 당해 서로 도와야만 하는 처지라도 된 듯 조용하고 절망적인 동지의식이 생겨났다.

도미니크는 빠르게 차를 몰았는데 습관 때문이지 서두르는 기색은 없었다. 그들은 단조로운 자동차 소음을 들으며 침묵을 지켰고, 신호에 걸려 멈출 때도 몸의 자세를 바꾸지 않고 참을성 있게 앉아 있었다. 마치 멈출 수 없는 총알처럼 절대적인 방향성을 지닌 단일한 움직임 속에 갇힌 듯했다. 도시의 거리들에 황혼이 지기 시작해서 길이 노랗게 보였다. 상점들은 아직 열려 있었다. 영화관 간판에 불이 켜져서 빨간 전구들이 정신없이 회전하며 마지막 남은 햇빛을 빨아들여 거리를 더 어둡게 만들었다.

피터 키팅은 말할 필요를 느끼지 못했다. 그는 이제 더는 피터 키팅이 아닌 듯했다. 그는 온정도, 연민도 요구하지 않았다. 아무것도 요구하지 않았다. 도미니크가 그걸 깨닫고 그를 흘낏 보았는데 이해심이 깃든 부드러운 눈길이었다. 키팅도 흔들림 없는 시선으로 그녀를 마주 보았다. 역시 모든 걸 이해한다는 눈길이었다.

도시를 벗어나 차가운 갈색 길이 펼쳐지자 키팅이 말했다.

"이 근처 교통경찰들은 질이 나빠요. 혹시 몰라서 그러는데, 기자증 갖고 왔죠?"

"난 이제 기자가 아니에요."

"뭐라고요?"

"이제 기자가 아니라고요."

"그만뒀어요?"

"아뇨, 잘렸어요."

"그게 무슨 소리예요?"

"지난 며칠 동안 어디 있었던 거예요? 난 다 알고 있을 줄 알았는데."

"미안해요. 지난 며칠 동안 세상일에 신경을 못 썼어요."

몇 킬로미터를 더 달린 후에 도미니크가 말했다. "담배 하나만 줘요. 핸드백에 있어요."

핸드백을 연 키팅은 담뱃갑과 파우더, 립스틱, 빗, 도미니크의 향수 냄새가 은은히 풍기는, 너무 새하얘서 손을 댈 수조차 없는 손수건을 보았다. 마음 한구석에서 도미니크의 블라우스 단추를 푸는 듯한 기분이 어렴풋이 느껴졌다. 하지만 그는 도미니크가 자신의 여자가 된다는 사실이 도무지 실감이 나지 않았다. 키팅은 담배 한 개비를 꺼내 입에 물고 불을 붙인 후 도미니크에게 물려주었다.

"고마워요." 도미니크가 말했다.

키팅은 자신도 한 개비 피워 문 후 핸드백을 닫았다.

코네티컷 그리니치에 도착하자 키팅이 사람들에게 길을 물어보고 도미니크에게 어느 길로 가야 하는지 알려주었고, 판사의 집 앞에 도착하자 "여기예요." 하고 말했다. 그는 먼저 차에서 내려 도미니크에게 문을 열어주었다. 그리고 초인종을 눌렀다.

두 사람은 판사의 집 거실에서 결혼식을 올렸다. 거실엔 낡은 청색과 자주색 고블랭직 안락의자들과 유리구슬 갓을 씌운 램프가 있었다. 중인은 판사의 부인과 이웃에 사는 척이라는 사람이었는데, 집안일을 하다가 불려온 척에게서는 락스 냄새가 살짝 풍겼다.

다시 차에 탈 때 키팅이 물었다. "피곤하면 내가 운전을 할까요?"

도미니크가 대답했다. "아뇨, 내가 해요."

뉴욕으로 돌아오는 도로는 갈색 들판을 가로질러 뻗어 있었는데 언덕마다 서쪽 면이 지친 붉은 빛으로 물들어 있었다. 자줏빛 안개가 들판 가장자리를 좀먹어 들어왔고 하늘에는 움직이지 않는 불의 줄무늬가 그려져 있었다. 전조등을 켜지 않은 차들 몇 대가 갈색 형상을 하고 다가왔다. 나머지 차들은 불안한 두 개의 노란 점 같은 전조등을 켜고 있었다.

키팅은 도로를 바라보았다. 들판과 언덕들에 둘러싸인 도로는 자동차 방풍유리 한가운데에 그어놓은 좁은 선 같았다. 들판, 언덕, 도로 모두가 그의 앞에 있는 직사각형 유리 안에 들어 있었다. 하지만 방풍유리가 앞으로 돌진하면서 도로는 넓어졌다. 도로는 유리 전체를 채우고 유리 가장자리를 넘어

두 개의 회색 띠로 갈라져 자동차 양 옆을 달렸다. 키팅은 그게 마치 경주처럼 느껴졌고, 방풍유리가 이겨서 그 가운데의 좁은 도로가 넓어지기 전에 자동차가 그 속으로 돌진하는 모습을 보고 싶었다.

"우리, 어디서 살까요? 당신 집, 아니면 우리 집?" 키팅이 물었다.

"당연히 당신 집이죠."

"내가 당신 집으로 옮기는 게 좋을 것 같은데."

"아뇨. 내 집은 비워둘 거예요."

"내 아파트가 마음에 들지 않을 텐데."

"왜요?"

"모르겠어요. 당신에겐 어울리지 않아서."

"마음에 들 거예요."

잠시 침묵이 흐른 뒤 키팅이 물었다. "결혼 발표는 어떻게 할까요?"

"당신 좋을 대로 해요. 당신에게 맡기겠어요."

더 어두워지자 도미니크가 전조등을 켰다. 키팅은 도로변의 작고 흐릿한 교통 표지판들이 차가 가까이 다가가면 갑자기 살아나 악의적으로 깜빡이는 듯한 빛의 점들로 '좌회전', '전방 건널목'을 표시하는 걸 지켜보았다.

두 사람은 다시 침묵을 지키며 달렸지만 이제 그들의 침묵 속에는 유대감이 없었다. 그들은 재난을 향해 함께 걸어가고 있는 게 아니었다. 재난은 이미 닥쳤기에 그들의 용기는 이제 의미가 없었다.

키팅은 도미니크 프랭컨과 함께 있으면 늘 그렇듯 심란하고 확신이 없었다.

그는 몸을 반쯤 돌려 도미니크를 보았다. 도미니크는 도로를 주시하고 있었다. 차가운 바람 속에서 그녀의 옆모습은 평온하고 초연하며 견딜 수 없을 정도로 사랑스러웠다. 키팅은 운전대 양쪽을 굳게 잡고 있는 그녀의 장갑 낀 두 손을 보았다. 액셀을 밟고 있는 가녀린 발에 시선을 던졌다가 다리 선을 따라 올라갔다. 그의 시선이 좁은 삼각형을 이룬 꼭 끼는 회색 치마에 머물렀다. 그는 지금 자신이 생각하고 있는 걸 생각할 권리가 있음을 깨달았다.

그러자 처음으로 결혼의 성적 의미가 완전하게 의식되었다. 그 순간 키팅은 자신이 늘 이 여인을 원해왔음을, 그건 지속적이고 절망적이며 사악하다는 점을 제외하면 창녀에게 품을 만한 감정이었음을 깨달았다. 내 아내. 그는 처음으로 그 말을 떠올렸고 그 말 속에 존중은 흔적조차 없었다. 그는 격렬한 욕망에 사로잡혔고 여름이었다면 도미니크에게 길가에 차를 세우라고 명령하고 그녀를 가졌을 터였다.

키팅은 좌석 등받이 너머로 슬그머니 팔을 뻗어 도미니크의 어깨를 안았는데 손은 그녀 몸에 거의 닿지 않았다. 도미니크는 저항하지도, 그를 돌아보지도 않았다. 키팅은 팔을 빼고 앞을 똑바로 응시했다.

"키팅 부인." 그가 무덤덤하게 말했다. 도미니크를 부른 것이 아니라 그냥 사실을 말한 것이었다.

"피터 키팅 부인." 도미니크가 말했다.

키팅의 아파트에 도착한 후 키팅이 차에서 내려 도미니크에게 문을 열어주었지만 도미니크는 차에서 내리려고 하지 않았다.

"잘 자요, 피터. 내일 봐요." 그녀가 말했다.

키팅의 얼굴에 나타난 표정이 음란한 욕설로 바뀌기 전에 그녀가 얼른 덧붙였다. "내일 짐을 보내겠어요. 그때 모든 걸 의논해요. 피터, 모든 게 내일 시작될 거예요."

"어디로 가는 거예요?"

"해결할 일이 있어요."

"하지만 오늘 밤 사람들한테 뭐라고 말하죠?"

"당신 좋을 대로 해요."

도미니크는 차를 몰고 떠나버렸다.

그날 밤 도미니크가 로크의 방에 들어갔을 때 로크는 미소를 보냈다. 그녀가 올 걸 예상하고 있었던 듯한 평소의 엷은 미소가 아니라 기다림과 고통을 말해주는 미소였다.

그는 재판 이후로 도미니크를 만나지 못했다. 그녀가 증언을 마치고 법정을 나간 후 그는 그녀의 소식을 들을 수가 없었다. 그녀 집으로 찾아가 보았으나 하녀가 나와서 프랭컨 양을 만날 수 없다고 했다.

도미니크는 로크를 바라보며 미소 지었다. 그 미소는 그녀가 처음 보이는 완전한 수용의 몸짓처럼 보였다. 마치 그를 보는 것만으로 모든 것이 해결되고, 모든 의문이 풀리고, 그녀의 존재 의미가 오로지 그를 바라보는 여자가 되는 것인 듯했다.

두 사람은 잠시 말없이 서로의 앞에 서 있었고, 도미니크는 가장 아름다운 말은 할 필요가 없는 말이란 생각이 들었다.

로크가 움직이자 도미니크가 말했다. "재판에 대한 얘긴 하지 말아요. 다 끝난 일이니까."

로크가 포옹을 해오자 도미니크는 몸을 돌려 정면으로 그를 맞이하여 마치 그의 몸 위에 포개어 눕듯 가슴과 가슴, 다리와 다리 전체를 맞댔다. 그의 억센 힘에 몸이 곧추세워졌고 발에 아무런 무게가 느껴지지 않았다.

그들은 침대에 누웠고, 그날 밤 언제 잠이 들었는지 알지 못했다. 사이사이 기진맥진해서 무의식 상태에 빠지는 것도 두 몸이 경련을 일으키며 합쳐지는 것과 마찬가지로 격렬한 결합의 행위였기 때문이다.

아침에 옷을 입고 도미니크는 로크가 방 안에서 움직이는 모습을 지켜보았다. 그녀는 로크의 힘없는 동작을 보며 자신이 그의 기를 다 빼앗았다고 생각했다. 하지만 자신도 손목이 묵직한 걸 보면 그에게 기를 준 것이니 서로 기를 나누었다고 볼 수 있었다.

로크는 방 저쪽 끝에서 잠시 그녀를 등진 채 서 있었다.

"로크." 도미니크가 낮고 조용한 목소리로 불렀다.

로크는 그녀가 부를 걸 예상한 듯, 어쩌면 그 이후의 것도 짐작한 듯 돌아보았다.

도미니크는 처음 이 방에 왔던 날처럼 엄숙히 의식을 치를 준비를 갖추고 방 한가운데에 서 있었다.

"사랑해요, 로크."

그녀가 처음 한 말이었다.

도미니크는 다음에 할 말이 자신의 입 밖으로 나오기도 전에 그의 얼굴에 투영되어 있는 걸 보았다.

"나 어제 결혼했어요. 피터 키팅하고."

차라리 그가 신음을 참으려고 입술을 깨물고 감정을 억제하려고 주먹을 부르쥐는 모습을 보였더라면 견디기가 쉬웠을 터였다. 하지만 로크는 그런 모습을 보이지 않았고, 도미니크는 그가 고통을 몸으로 표출하지 않고 고스란히 안으로 삭이고 있음을 알기에 견디기가 쉽지 않았다.

"로크……." 도미니크가 겁먹은 듯한 목소리로 부드럽게 말했다.

"난 괜찮소." 로크는 그렇게 말한 뒤 덧붙였다. "제발, 잠깐만 기다려줘요……. 좋소. 계속해요."

"로크, 난 당신을 만나기 전에 당신 같은 사람을 만날까 봐 두려워하며 살았어요. 당신 같은 사람을 만나면 내가 법정에서 본 걸 보게 되고 증인석에서 한 일을 하게 될 걸 알았으니까요. 난 그 일을 하는 게 싫었어요. 당신을 변호하는 건 당신에 대한 모욕이니까. 그리고 당신이 변호를 받아야만 한다는 건 나 자신에 대한 모욕이니까. 로크, 난 다른 건 다 받아들일 수 있어도 대부분의 사람들에겐 받아들이기 가장 쉬운 것인 듯한 어중간한 건 용납 못 해요. 그런 걸 받아들이는 사람들에겐 나름의 명분이 있겠죠. 난 그게 뭔지도 모르고 알고 싶지도 않아요. 그건 내가 결코 이해할 수 없는 한 가지니까요. 난 당신에 대해 생각할 때 당신에게 어울리는 세상 이외의 현실은 받아들일 수 없어요. 적어도 당신에게 싸울 기회가 주어지고 당신 자신의 방식으로 싸움을 할 수 있는 세상. 하지만 그런 세상은 존재하지 않아요. 그리고 난 이 세상과 당신 사이에서 괴로워하며 살 수가 없어요. 그건 당신의 적이 될 자격조차 없는 사람들과 싸우며 살아가는 걸 의미하니까요. 당신의 싸움에 그들의 방식을 동원한다는 건 …… 그건 너무도 끔찍한 신성모독이에요. 그건 내가 지금까지 피터 키팅을 돕기 위해 이용한 거짓말, 아부, 회피, 타협, 영합 행위 따위의 방식들로 당신을 돕는 걸 의미하니까요. 그런 방식들을 동원해서 사람들에게 애원하는 거죠. 당신에게 기회를 주라고, 당신이 살 수 있게 해달라고, 당신이 일을 할 수 있게 해달라고. 로크, 사람들에게 애원하는 거라고요. 그들을 비웃는 게 아니라, 그들이 당신을 해칠 수 있는 힘을 지녔다는 이유로 벌벌 떠는 거라고요. 내가 그런 짓을 할 수 없는 건 너무 약하기 때문일까요? 당신을 위해 그 모든 걸 감수하는 것과 그것들을 도저히 용납할 수 없을 정도로 당신을 사랑하는 것, 둘 중에 어떤 게 더 강한 건지 모르겠네요. 모르겠어요. 난 당신을 너무도 사랑해요."

로크는 도미니크를 바라보며 다음 말을 기다렸다. 도미니크는 자신이 지금까지 한 말은 로크가 이미 오래전부터 알고 있었던 사실이지만 그래도 말로 전해져야 한다는 걸 알고 있었다.

"당신은 그들을 의식하지 않지만 난 달라요. 그건 나도 어쩔 수가 없어요. 난 당신을 사랑해요. 당신은 그들과 너무 대조적이에요. 로크, 당신은 이길 수 없어요. 그들이 당신을 파멸시킬 거예요. 하지만 난 그걸 지켜보고 있진 않을 거예요. 먼저 나 자신을 파멸시킬 거예요. 그건 내가 취할 수 있는 유일한 저항의 몸짓이에요. 그것 말고 내가 당신에게 뭘 해줄 수 있겠어요? 사람은 희생할 수 있는 게 너무 적죠. 난 당신을 위해 피터 키팅과 결혼했어요. 그들의 세상에서 행복을 누리기를 거부하고 고통을 택한 거죠. 그게 내가 그들에게 주는 응답이고 당신에게 주는 선물이에요. 아마 난 다시는 당신을 만날 수 없을 거예요. 그러기 위해 노력할 거예요. 하지만 난 당신을 위해 살 거예요. 매 순간이, 나의 모든 치욕스런 행동이 당신을 위한 것이 될 거예요. 나만의 방식, 내게 가능한 유일한 방식으로 당신을 위해 살겠어요."

로크가 말을 하려고 하자 도미니크가 얼른 막았다.

"잠깐. 내 얘기 마저 들어줘요. 그럼 왜 차라리 자살을 택하지 않느냐고요? 당신을 사랑하니까요. 당신이 존재하고 있으니까요. 그 사실만으로도 난 죽을 수가 없어요. 그리고 난 당신이 살아 있다는 걸 알기 위해 살아남아야만 하기 때문에 있는 그대로의 세상에서 삶이 요구하는 방식대로 살 거예요. 어중간하게가 아니라 확실하게. 애원하거나 도망치지 않고 내 발로 나서서 삶을 맞이할 거예요. 내가 먼저 최악의 선택을 해서 고통스럽고 추악하게 살겠어요. 어중간하게 괜찮은 남자의 아내가 아닌 피터 키팅의 아내가 되어서. 그리고 오직 마음속에서만, 나 자신의 타락이라는 보호벽에 둘러싸여 그 어느 것도 닿지 못하는 그 신성한 영역에서만 당신에 대한 생각, 당신에 대한 앎이 존재할 거예요. 난 이따금 홀로 '하워드 로크'라고 중얼거리며 내가 그 이름을 부를 자격이 있다고 느낄 거예요."

도미니크는 얼굴을 들고 로크 앞에 서 있었다. 그녀는 입술에 힘을 주지 않고 살며시 다물고 있었지만 고통과 애정, 체념을 담은 입매가 아주 분명했다.

도미니크는 로크의 얼굴에서 오래전부터 거기 있었던 듯한 묵은 고통을 보았는데, 받아들여졌기에 묵은 고통이 된 것이고 상처가 아닌 흉터처럼 보였다.

"도미니크, 내가 당장 그 결혼을 취소하라고 한다면? 세상이나 싸움 같은 건 잊고 …… 아무런 분노도, 걱정도, 희망도 느끼지 말고 …… 그저 나를 위해서만, 당신을 필요로 하는 나를 위해서만, 내 아내로, 내 소유물로 존재하라고 한다면?"

도미니크가 결혼을 알리며 로크의 얼굴에서 본 것을 이제 로크가 그녀의 얼굴에서 보고 있었다. 하지만 그는 놀라지 않고 차분히 지켜보았다. 잠시 후 도미니크가 대답했는데, 그 말은 그녀의 입술에서 나온 게 아니라 밖에 있는 소리를 그녀의 입술이 억지로 끌어 모은 듯했다.

"당신 말에 따르겠어요."

"난 그렇게 하지 않을 거고 당신도 그 이유를 알고 있소. 난 당신이 하는 일을 막으려 하지 않을 거요. 도미니크, 당신을 사랑하오."

도미니크는 눈을 감았다.

로크가 말했다. "지금 그 말을 차라리 안 듣는 게 낫겠소? 하지만 난 당신에게 그 말을 하고 싶었소. 우린 함께 있을 땐 서로에게 아무 말도 할 필요가 없지. 이건 우리가 함께 있지 않을 때를 위해 하는 말이오. 도미니크, 난 당신을 사랑하고 있소. 내가 존재한다는 사실처럼 이기적으로. 내 폐가 공기를 빨아들이는 것처럼 이기적으로. 나는 자신의 필요에 따라, 내 몸에 산소를 공급하고 생존하기 위해 공기를 호흡하오. 난 당신에게 희생이나 동정이 아닌 내 자아를, 나의 적나라한 욕구를 주었소. 당신은 내게 그런 식으로밖엔 사랑받을 수 없소. 나 또한 당신에게 그런 식으로밖에 사랑받을 수 없고. 지금 당신이 나와 결혼한다면 난 당신의 존재 전체가 될 거요. 하지만 그러면 난 당신을 원하지 않게 될 거요. 당신도 자신을 원하지 않게 될 거고 나를 오래 사랑하진 않게 될 거요. '나는 당신을 사랑한다.'고 말할 때 우린 먼저 '나'를 어떻게 말해야 하는지 알아야만 하오. 지금 당신을 굴복시켜서 내가 얻을 수 있는 건 빈 껍데기뿐이오. 내가 그걸 요구한다면 당신을 파멸시키게 되는 거요. 그래서 난 당신을 막지 않겠소. 당신을 남편에게 보내주겠소. 내가 오늘 밤을 어떻게 견딜지 모르겠지만 난 결국 견뎌낼 거요. 난 당신이 나처럼 자아를 온전히 간직하기를 원하오. 스스로 선택한 싸움을 하기를 원하오. 자기가 없는 싸움은 있을 수 없으니까."

도미니크는 신중한 긴장감이 느껴지는 로크의 말을 들으며 그런 말을 하는 그가 듣는 자신보다 더 힘들다는 걸 알 수 있었다. 그래서 잠자코 들었다.

"당신은 세상을 두려워하지 않는 법을 배워야 하오. 지금과 같은 시각으로 세상을 보지 않는 법을. 법정에서처럼 세상에게 상처받지 않는 법을. 난 당신이 그걸 배우게 해야만 하오. 난 당신을 도울 수 없소. 당신 스스로 길을 찾아야 하오. 당신은 그걸 배우게 되면 내게 돌아올 것이오. 도미니크, 세상 사람들은 날 파멸시키지 못할 거요. 당신도 파멸시키지 못할 거요. 당신은 결국 이기게 될 거요. 세상에서 자유를 얻기 위한 가장 힘든 싸움을 선택했으니까. 당신을 기다리겠소. 당신을 사랑하오. 우리가 참고 기다려야만 하는 앞으로의 세월을 위해 이 말을 하는 것이오. 도미니크, 당신을 사랑하오."

로크는 도미니크에게 키스한 후 그녀를 보내주었다.

15

 그날 아침 9시, 피터 키팅은 자신의 방문을 걸어 잠근 채 초조히 서성이고 있었다. 그는 9시가 되었고 캐서린이 기다리고 있을 거란 사실은 잊고 있었다. 이미 캐서린에 관한 모든 기억을 억지로 지워버렸던 것이다.

 문을 잠근 건 어머니가 들어오지 못하도록 하기 위해서였다. 어젯밤 그가 안절부절못하는 걸 본 어머니가 사실을 고백하게 만들었던 것이다. 키팅은 도미니크 프랭컨과 결혼했다고 퉁명스럽게 말한 후 도미니크는 다른 지역에 사는 친척에게 결혼 사실을 알리러 갔다고 둘러댔다. 어머니가 기뻐서 숨을 헐떡거리며 질문을 던지기에 바빠 키팅은 대답을 얼버무리고 두려움을 숨길 수 있었다. 그는 자신에게 아내가 생겼으며 내일 아침 그녀가 자신에게 올 거란 사실에 확신이 없었다.

 키팅은 어머니에게 결혼 소식을 아무에게도 알리지 말라고 했지만 어머니는 지난밤에 전화 몇 통을 건 후 오늘 아침에 다시 몇 통을 걸었다. 그 바람에 전화기가 쉴 새 없이 울려댔고 수화기를 들면 "그게 사실이에요?"라는 질문과 함께 놀라움과 축하의 말이 쏟아졌다. 키팅은 전화를 건 사람들의 명성과 사회적 지위에 따라 소문이 파문처럼 번져가는 광경이 눈에 선했다. 그는 전화를 받지 않았다. 마치 뉴욕 전체에 축하의 물결이 넘실거리는데 주인공인 자신만이 방수 상자 같은 방에 숨어 추위와 두려움에 떨고 있는 듯한 기분이었다.

정오가 다 된 때에 초인종이 울리자 키팅은 누가 무엇 때문에 찾아왔는지 알고 싶지 않아서 양손으로 귀를 막았다. 잠시 후 어머니 목소리가 들려왔는데 기쁨으로 한껏 새되고 날카로워져서 민망할 정도로 이상하게 들렸다.

"애야, 피터, 어서 나와서 네 아내에게 키스해야지!"

키팅은 문을 박차고 나갔다. 도미니크가 부드러운 밍크코트를 벗고 있었는데 바깥의 한기와 그녀의 향수 냄새가 훅 끼쳐왔다. 도미니크가 그를 똑바로 보면서 아내다운 미소를 보냈다.

"피터, 나예요."

키팅은 잠시 얼어붙은 듯 서 있었다. 이제야 비로소 사람들의 전화에 대한 부담감이 싹 가시고 축하 전화를 받는 사람에게 어울리는 의기양양한 기분이 들었다. 그는 군중으로 가득한 원형 경기장에 선 주인공처럼 움직이며 얼굴에 환한 조명을 받고 있는 것처럼 미소 지었다. "도미니크, 꿈을 이룬 기분이오!"

비장한 분위기는 사라지고 정상적인 결혼이 된 듯했다.

도미니크도 기뻐하는 기색이었다. "피터, 당신에게 안겨 문지방을 넘어야 하는데 유감이네요." 도미니크가 말했다. 키팅은 그녀의 입술에 키스하지는 않았지만 그녀의 손을 잡고 손목에 자연스럽고 다정하게 입을 맞추었다.

키팅은 어머니가 옆에 서 있는 걸 보고 승리감에 찬 당당한 몸짓을 보이며 말했다. "어머니, 도미니크 키팅이에요."

키팅의 어머니가 도미니크에게 키스했다. 도미니크도 엄숙하게 마주 키스했다. 키팅의 어머니가 숨을 헐떡거리며 말했다. "어이구 기뻐라, 어이구 기뻐. 신의 은총이 있기를. 이렇게까지 아름다운 줄은 몰랐어요!"

키팅은 이제 어떻게 해야 할지 몰랐으나 도미니크가 앞장서서 어머니와 아들을 현실로 이끌었다. 그녀는 거실로 들어가며 말했다. "우선 점심부터 먹고 그다음엔 피터 당신이 집 구경을 시켜줘요. 한 시간쯤 있으면 내 짐이 도착할 거예요."

키팅의 어머니가 환한 미소를 보내며 말했다. "세 사람 분 점심이 준비되어 있어요, 프랭컨 양……. 아, 이제 뭐라고 불러야 하지? 키팅 부인이라고 불러야 하나, 아니면……."

"당연히 도미니크라고 부르셔야죠." 도미니크가 웃음기 없는 얼굴로 말했다.

"이제 사람들에게 알리고 손님도 초대해야……?" 키팅이 이야기를 꺼냈으나 도미니크가 말허리를 잘랐다.

"피터, 나중에요. 그냥 있어도 알려질 거예요."

나중에 짐이 도착하자 도미니크는 주저 없이 키팅의 침실로 들어갔다. 그녀는 하녀에게 옷 거는 법을 가르쳐주고 키팅에게 옷장을 다시 정리하는 걸 도와달라고 부탁했다.

키팅의 어머니는 어리둥절한 표정이었다. "아니, 둘이 아무 데도 안 갈 거야? 너무도 갑작스럽고 낭만적이긴 하지만……그래도 신혼여행은 가야지?"

"아뇨. 피터의 일을 방해하고 싶지 않아요." 도미니크가 대답했다.

키팅이 말했다. "도미니크, 물론 여기선 임시로 살다가 더 큰 아파트로 옮겨야 할 거요. 당신이 아파트를 골라봐요."

"아뇨, 그럴 필요 없어요. 여기서 그냥 살아요."

"내가 나갈게." 키팅의 어머니가 도미니크의 기에 눌려 아무 생각 없이 너그럽게 제안했다. "나 혼자 살 작은 집을 얻으면 돼."

"아뇨. 안 그러시는 게 좋겠어요. 전 아무것도 바꾸고 싶지 않아요. 피터가 살아온 삶에 제가 맞추겠어요."

"정말 고맙구나!" 키팅의 어머니가 미소 지으며 말했다. 하지만 키팅은 전혀 고맙지 않다고 멍하니 생각했다.

키팅의 어머니는 나중에 흥분이 가시고 이성을 되찾게 되면 며느리를 미워하게 되리란 걸 알고 있었다. 그녀는 차라리 경멸은 받아들일 수 있어도 도미니크의 엄숙한 정중함은 용서할 수 없었다.

전화벨이 울렸다. 회사 수석 설계사가 우선 축하 인사를 챙긴 뒤 말했다. "피터, 방금 소식 들었어요. 사장님은 너무 놀라서 넋이 나가 계세요. 사장님께 전화를 드리든지 직접 찾아뵈는 게 좋겠어요."

키팅은 잠시라도 집에서 벗어날 수 있는 걸 기뻐하며 황급히 회사로 갔다. 그는 사랑의 광채를 발하는 완벽한 새신랑의 모습으로 사무실에 들어섰다. 제도실에서 요란한 축하 인사와 부러움에 찬 환호성, 야한 농담을 들으며 웃는 얼굴로 직원들과 악수를 나눈 후 서둘러 프랭컨의 방으로 갔다.

키팅은 프랭컨의 축복과도 같은 미소를 처음 보는 순간 잠시 묘한 죄책감에 젖었다. 그는 다정하게 프랭컨의 어깨를 껴안으며 웅얼거렸다. "전 아주 행복해요, 아주 행복해요……."

프랭컨이 조용히 말했다. "줄곧 예상해온 일이지만, 이제 당연하게 느껴져. 피터, 모든 게, 이 방과 모든 것이 곧 자네 것이 된다는 게 당연한 일로 느껴지게 됐어."

"그게 무슨 말씀이세요?"

"이봐, 자네도 알고 있었으면서 그러나. 피터, 난 지쳤어. 알다시피 사람이 나이가 들면 결정적으로 지친 기분을 느끼는 시기가 오게 마련이고, 그렇게 되면……. 아니, 자넨 모를 거야. 너무 젊으니까. 젠장, 피터, 내가 여기서 더 있어봐야 무슨 소용이 있겠나? 재미난 건, 이제 더는 필요한 존재인 척하고 싶지도 않다는 거지. 난 가끔 정직해지고 싶네. 그건 기분 좋은 일이지……. 어쨌든, 한두 해 더 있다가 난 은퇴할 거야. 그럼 다 자네 것이 되지. 물론 난 여기서 조금 더 버티고 싶을지도 모르지. 알다시피 난 여길 정말 사랑하니까. 늘 분주하고, 성공적으로 잘 돌아가고, 사람들의 존경을 받는 회사고……. 프랭컨 앤드 헤이어, 참 훌륭한 회사였지, 안 그런가? 아니, 내가 무슨 소리 하고 있는 거지? 프랭컨 앤드 키팅. 나중엔 그냥 키팅이 되겠지." 그러고는 부드럽게 물었다. "피터, 왜 행복한 얼굴이 아닌가?"

"당연히 행복해요. 몹시 감사하고요. 그런데 도대체 왜 지금 은퇴 생각을 하시는 거죠?"

"그런 뜻이 아냐. 내 말은, 회사가 자네 것이 될 거라는 말을 들으면서 왜 행복한 얼굴이 아니냐는 걸세. 피터, 난 …… 난 자네가 그걸 좋아하면 좋겠네."

"맙소사, 왜 그렇게 우울한 얘기를 하세요, 왜……."

"피터, 내가 자네에게 남기는 걸 자네가 좋아하는 게 나한텐 아주 중요하네. 자네가 좋아하고 자랑스러워하는 게. 피터, 그런 거지, 그렇지? 그런 거지?"

"누군들 안 그렇겠어요?" 키팅은 프랭컨의 시선을 외면하며 대답했다. 그는 프랭컨의 애원하는 목소리를 견딜 수가 없었다.

"그래, 그래. 누군들 안 그렇겠는가? 당연히 …… 자네도 그렇겠지?"

"뭘 원하시는 건데요?" 키팅이 화가 나서 퉁명스러운 목소리로 물었다.

"피터, 내가 원하는 건, 자네가 날 자랑스러워하는 걸세." 프랭컨이 겸손하고 단순하면서도 간절하게 말했다. "내가 뭔가를 이루었다는 걸 확인하고 싶네. 그게 의미를 지니고 있다고 느끼고 싶어. 마지막 결산을 하면서 그 모든 게 무가치하지는 않았다고 확신하고 싶어."

"그런 확신이 없다고요? 확신이 없다고요?" 프랭컨이 갑작스런 위협이라도 된 듯 키팅의 눈에 살기가 돌았다.

"피터, 왜 그러나?" 프랭컨이 부드럽게, 거의 무관심하게 물었다.

"빌어먹을, 사장님은 그럴 권리가 없어요. 확신이 없을 권리가 없다고요! 그 나이에, 그 명성에, 그 지위에……."

"난 확신을 갖고 싶어. 그동안 열심히 일해왔으니까."

"그런데도 확신이 없다고요!" 키팅은 격분하고 겁에 질린 나머지 프랭컨에게 상처를 주고 싶어서 가장 큰 상처가 될 말을 뱉었지만 프랭컨은 그 의미를 모르고 짐작조차 할 수 없으므로 정작 상처를 입을 사람은 프랭컨이 아닌 자신임을 잊고 있었다. "삶을 마무리하면서 확신에 차 있을 인간을 하나 알긴 하죠. 염병하게 자신만만해서 그 잘난 목을 잘라버리고 싶게 만드는 그런 인간!"

"누군데?" 프랭컨이 아무 관심 없이 조용히 물었다.

"우리한테 무슨 문제가 있는 거죠? 우리가 지금 무슨 얘길 하고 있는 거죠?"

"모르겠네." 프랭컨이 지친 얼굴로 대답했다.

그날 저녁 프랭컨이 키팅의 집에 식사를 하러 왔다. 그는 잔뜩 멋을 부리고 왔고, 키팅 부인의 손에 키스할 때는 노련한 정중함이 빛을 발했다. 하지만 도미니크에게 축하의 말을 할 때는 엄숙한 얼굴이었다. 딸에게 거의 말을 하지 않았고 딸의 얼굴을 힐끗 볼 때 눈빛에 애원이 담겨 있었다. 그는 딸이 밝고 신랄한 조롱을 보이리라 예상했는데 놀랍게도 도미니크는 아버지를 이해하는 태도를 보였다. 도미니크는 말없이 허리를 굽혀 아버지의 이마에 살며시 키스했는데 그 입술이 형식적으로 요구되는 시간보다 조금 더 오래 머물렀다. 프랭컨은 처음에는 따뜻한 감사의 물결이 밀려드는 걸 느꼈지만 다음 순간 겁에 질렸다. 그는 다른 사람들이 듣지 못하게 속삭였다. "도미니크, 너 끔찍이도 불행한 모양이구나……."

도미니크는 쾌활하게 웃으며 그의 팔을 잡았다. "아녜요, 아버지. 어떻게 그런 말씀을 하세요!"

"용서해라. 내가 어리석은 소릴 했어……. 이 얼마나 기쁜 일인데……." 프랭컨이 웅얼거렸다.

초대하지도 않은 손님들이 저녁내 계속 찾아왔다. 소식을 듣고 연락 없이 들러도 되는 사이라고 생각한 사람들은 모두

온 것이다. 키팅은 그들을 보며 기뻐해야 할지 확신이 서지 않았다. 즐거운 복작거림이 이어지는 동안은 괜찮은 것 같았다. 도미니크는 우아하게 행동했고 조금도 냉소적인 태도를 보이지 않았다.

늦은 밤이 되어서야 마지막 손님이 돌아가고 가득 찬 재떨이들과 빈 술잔들과 함께 두 사람만 남았다. 그들은 거실 양쪽 끝에 앉아 있었고, 키팅은 지금 해야만 하는 생각을 최대한 미루려고 애쓰고 있었다.

"좋아요, 피터. 얼른 해치워요." 도미니크가 일어서면서 말했다.

키팅은 어둠 속에서 도미니크 옆에 누워 있었다. 욕망을 만족시킨 뒤였지만 전혀 반응이 없는, 하다못해 반감조차도 보이지 않는 도미니크의 나무토막 같은 몸에 갈증은 더 커져 있었다. 도미니크를 탄복시킬 줄 알았던 단 하나의 뛰어난 솜씨도 결국 통하지 않자 그는 절망에 차서 웅얼거렸다. "빌어먹을 것!"

도미니크는 아무런 움직임도 없었다.

다음 순간 키팅은 격정에 휩싸여 잊고 있었던 기억을 떠올렸다.

"그 남자가 누구요?" 그가 물었다.

"하워드 로크." 도미니크가 대답했다.

"좋소, 싫으면 억지로 말할 필요 없소!" 키팅이 퉁명스럽게 말했다.

그가 불을 껐다. 도미니크는 알몸으로 고개를 뒤로 젖힌 채 꼼짝도 않고 누워 있었다. 그녀의 얼굴은 평화롭고 순수하고 깨끗해 보였다. 그녀가 부드러운 목소리로 천장에 대고 말했다. "피터, 그 일을 치를 수 있었으니 …… 이제 난 뭐든 할 수 있어요……."

"만일 내가 당신을 자주 괴롭힐 거라고 생각한다면, 그런 생각이라면……."

"피터, 자주든 드물게든 당신 마음대로 해요."

이튿날 아침식사를 하러 식당에 들어가던 도미니크는 자신의 접시 위에 길고 흰 꽃상자가 놓여 있는 걸 보았다.

"저게 뭐죠?" 그녀가 하녀에게 물었다.

"오늘 아침에 배달됐는데 아침 식탁에 놓아달라고 그래서요."

상자는 피터 키팅 부인 앞으로 온 것이었다. 도미니크는 상자를 열었다. 지금 철에는 난초보다 훨씬 사치스러운 꽃인 흰 라일락 몇 송이가 들어 있었다. 작은 카드에 보낸 사람 이름이 크게 적혀 있었는데 그걸 쓰는 손의 힘찬 동작이 그대로 느껴졌고 글씨들이 종이 위에서 웃고 있는 듯했다. '엘즈워스 M. 투히.'

"고맙기도 하지! 그러잖아도 어제 하루 종일 왜 연락이 없나 했는데." 키팅이 말했다.

"메리, 물에 담가둬요." 도미니크는 하녀에게 상자를 건네며 말했다.

도미니크는 오후에 투히에게 전화를 걸어 저녁식사에 초대했다.

투히와의 저녁식사 자리는 며칠 후에 마련되었다. 키팅의 어머니는 선약이 있다는 핑계로 집을 비우며 새로운 환경에 익숙해지려면 시간이 필요하다는 믿음으로 자신의 행동을 정당화했다. 그래서 그날 저녁 수정 촛대에 촛불이 밝혀지고 중앙에는 푸른 꽃과 거품유리로 된 장식물이 놓인 식탁에는 세 사람만 앉게 되었다.

투히는 안으로 들어서며 궁정 연회에나 어울릴 법한 정중한 태도로 주인 내외에게 절을 했다. 도미니크는 줄곧 사교계 안주인 노릇을 해왔고 다른 역할은 상상조차 할 수 없는 듯한 귀부인의 모습을 하고 있었다.

"자, 엘즈워스, 어떠세요?" 키팅이 집과 도미니크를 한꺼번에 가리키며 물었다.

"나의 소중한 피터, 뻔한 말은 생략하기로 하세." 투히가 대답했다.

도미니크가 투히를 거실로 안내했다. 그녀는 남성용 셔츠처럼 재단된 흰 새틴 블라우스와 그녀의 윤기 흐르는 머리처럼 직선적이고 단순한 긴 검정 스커트 차림이었다. 스커트의 가느다란 허리선을 보면 두 손으로 허리가 완전히 감싸질 것 같고 살짝만 힘을 줘도 몸이 반으로 뚝 부러질 듯했다. 반소매 블라우스라 맨팔이 그대로 드러났고 아무 장식 없는 금팔찌를 차고 있었는데 가느다란 손목에 비해 너무 크고 무거워 보였다. 그녀는 도착적 우아함, 아주 어린 소녀처럼 보여서 얻어진 현명하고 위험한 성숙함을 지니고 있었다.

"엘즈워스, 놀랍지 않으세요?" 키팅이 두둑한 은행 잔고를 보듯 도미니크를 바라보며 말했다.

"내가 기대했던 것 이하도, 그 이상도 아니야." 투히가 대꾸했다.

식사 자리에서 키팅이 도맡아서 떠들었다. 그는 말에 취하기라도 한 듯했다. 그는 고양이가 개박하(catnip: 고양이가 환각을 일으킬 정도로 좋아하는 풀—옮긴이)에 코를 박고 뒹굴듯 정신없이 말에 탐닉했다.

"엘즈워스, 사실 당신을 초대한 건 도미니크였어요. 내가 부탁하지 않았는데도요. 당신은 우리의 공식적인 첫 손님이에요. 정말 멋진 일이에요. 내 아내와 나의 가장 소중한 친구. 난 줄곧 두 사람이 서로 좋아하지 않는다는 어리석은 생각을 품고 있었어요. 도대체 왜 그런 생각을 하게 됐는지 모르겠어요. 우리 셋이 이렇게 함께 있으니 정말 미치도록 행복해요."

"피터, 그럼 자넨 수학을 믿지 않는 거군, 안 그런가? 갑자기 그게 무슨 소리냐고? 특정 숫자들이 합쳐지면 특정한 결과가 나와야만 하지. 도미니크, 자네, 나 이렇게 세 실체가 모이면 반드시 합을 이뤄야 한다고." 투히가 말했다.

"셋은 너무 많다는 말이 있죠." 키팅이 웃으며 말했다. "하지만 그건 헛소리예요. 둘이 하나보단 낫고, 가끔은 셋이 둘보다 나을 때도 있으니까요. 그건 상황에 따라 다른 거라고요."

"그 속담에 문제가 하나 있다면 '군중'('Three is a crowd'는 직역하면 '셋이 모이면 군중이 된다.' 는 뜻이지만 '셋은 너무 많다.' 는 뜻의 속담이다―옮긴이)이란 단어에 부정적인 의미가 담겨 있다는 거지. 사실 그 반대인데. 자네가 지금 아주 즐겁게 깨닫고 있듯이 말이야. 사실 셋은 중요한 신비의 숫자라고 할 수 있다네. 그 예로 성 삼위일체가 있지. 삼각관계도 있고. 삼각관계가 없었다면 영화 산업이 발전할 수 있었겠나? 삼각관계에는 여러 변형된 형태가 있고 그게 다 불행한 건 아니지. 우리 셋처럼 말이야. 지금 난 삼각형의 빗변의 대역을 맡고 있는데 아주 적절한 대역이지. 나와 정반대의 존재를 대신하고 있으니까. 도미니크, 안 그렇소?"

디저트를 다 먹어갈 무렵 키팅이 전화를 받으러 나갔다. 급한 일로 밤늦게까지 야근을 하던 제도사가 키팅에게 물어볼 게 있어서 전화를 건 거였는데 옆방에서 키팅이 통명스럽게 지시를 내리는 소리가 들려왔다. 투히가 도미니크를 향해 미소를 보냈다. 그 미소는 도미니크의 태도 때문에 그가 입 밖에 내지 못하고 있었던 모든 걸 말하고 있었다. 도미니크의 얼굴에서는 눈에 보이는 움직임이 없었으나 분명 표정의 변화가 나타났다. 그녀는 투히가 보내는 미소의 의미를 모른 체하지 않고 순순히 인정하는 듯했다. 투히는 차라리 그녀가 모른 체하는 편이 나았으리라고 생각했다. 인정하는 것이 훨씬 더 경멸적이었다.

"도미니크, 원래 자리로 돌아왔군?"

"그래요, 엘즈워스."

"더는 자비를 간청하지 않고?"

"그럴 필요가 있을 것 같으세요?"

"아니오. 도미니크, 정말 대단하오. …… 그래, 어떻소? 물론 피터도 나쁘진 않지만 지금 우리 둘이 생각하고 있는 그 남자보단 못하지. 그 남자가 아마도 최고겠지만 당신은 이제 영영 그걸 확인할 기회를 못 갖게 됐군."

도미니크는 혐오스런 표정이 아니라 진짜로 무슨 소린지 모르겠다는 얼굴이었다.

"엘즈워스, 그게 무슨 뜻이죠?"

"오, 도미니크, 이제 아닌 척 시치미 뗄 단계는 지난 거 아니오? 당신은 키키 홀쿰의 집 파티에서 처음 로크를 본 순간 그를 사랑하게 되었소. 더 솔직하게 말하면, 그와 자고 싶어졌지. 하지만 로크는 관심을 주지 않았고, 그래서 당신은 그런 행동들을 보였던 것이오."

"그렇게 생각하세요?" 도미니크가 조용히 물었다.

"뻔한 거 아니오? 경멸당한 여자. 당신이 원하는 남자가 로크여야 했다는 사실만큼 뻔한 거지. 당신은 가장 원초적인 방식으로 그를 원했지만 그는 당신의 존재 자체도 몰랐소."

"엘즈워스, 제가 당신을 과대평가했군요." 도미니크가 말했다. 그녀는 투히의 존재에 이제 관심이 싹 가신 듯했고, 조심할 필요조차 못 느끼는 듯했다. 그녀는 따분한 표정이 되었다. 투히는 당황해서 얼굴을 찌푸렸다.

키팅이 돌아왔다. 투히는 옆으로 지나가는 키팅의 어깨를 툭 쳤다.

"피터, 가기 전에 스토더드 신전 개조에 대한 얘기를 좀 해야겠네. 난 자네가 그 개잡년 같은 일도 맡아줬으면 좋겠네."

"엘즈워스……!" 키팅이 깜짝 놀라서 외쳤다.

투히가 웃었다. "피터, 딱딱하게 굴지 말게. 기자들은 원래 입이 걸지. 도미니크도 모욕적으로 받아들이진 않을 걸세. 기자 출신이니까."

"엘즈워스, 왜 그러세요?" 도미니크가 물었다. "꽤나 절박하신 모양이죠? 수준에 안 맞는 무기까지 쓰시고." 그녀는 일어서며 덧붙였다. "커피는 응접실에서 마실까요?"

홉턴 스토더드는 로크에게서 받은 보상금에 거액을 보태 스토더드 신전 개조비로 내놓았고 엘즈워스 투히가 선정한 건축가들이 공사를 맡았다. 피터 키팅과 고든 L. 프레스콧, 존 에릭 스나이트, 그리고 거스 웨브가 그들이었는데, 거스 웨브는 길에서 지나가는 요조숙녀들에게 음란한 소리를 지껄이기를 좋아하는 스물네 살 청년으로 독단적으로 공사를 맡아 진행한 경험도 없었다. 나머지 셋은 사회적, 직업적 지위가 있는 반면 거스 웨브는 그런 게 전혀 없었지만 투히는 바로 그런 이유로 그를 끼워 넣은 것이었다. 넷 중에서 거스 웨브가 제일 목소리도 크고 자신감도 강했다. 거스 웨브는 아무것도 두렵지 않다고 했는데 그건 진심이었다. 그리고 네 사람 다 건축가위원회 소속이었다.

그동안 건축가위원회는 규모가 많이 커져 있었다. 스토더드 재판 이후로 건축가협회에서는 비공식적으로 많은 열띤 토론들이 이루어졌다. 사실 건축가협회에서는 엘즈워스 투히에게 그리 호의적인 편이 아니었고, 그가 건축가위원회를 만든 후로는 더욱 그랬다. 하지만 재판 이후로 미묘한 변화가 생겼다. 건축가협회의 많은 회원들이 투히의 칼럼 '하나의 작은 목소리'가 사실상 스토더드 소송을 야기했고, 건축주가 소송을 걸도록 영향력을 미칠 수 있는 인물은 조심스럽게 다뤄야 한다고 지적했던 것이다. 그래서 오찬 자리에 엘즈워스 투히를 연사로 초청하자는 의견이 제시되었다. 일부 회원들은 그 의견에 반대했는데 가이 프랭컨도 그중 하나였다. 가장 격렬히 반대한 사람은 젊은 건축가로 대중 앞에서 처음 연설을 하다 보니 목소리가 떨리기는 했지만 열변을 토했다. 자신은 엘즈워스 투히를 존경하고 투히의 사회적 이념에 늘 의견을 같이해왔지만 어느 단체든 한 인물이 그 단체 위에 군림할 힘을 지니고 있다고 느낀다면 그때부터 그 인물과 싸워야 한다는 내용이었다. 하지만 다수가 그의 의견에 반대했다. 결국 엘즈워스 투히는 오찬 연사로 초빙되었고 거대 규모의 청중 앞에서 재치 있고 정중한 연설을 했다. 그 후 건축가협회의 많은 회원들이 건축가위원회에 들었고 그 선두 그룹에 존 에릭 스나이트가 속해 있었다.

스토더드 재건축을 맡은 네 명의 건축가들이 키팅의 사무실에 모였다. 그들이 앉은 탁자에는 건설업자에게서 얻어낸 신전 청사진과 로크의 설계도 사진들, 키팅의 지시로 만들어진 점토 모형이 있었다. 네 사람은 대공황과 그로 인한 건축업계의 불경기에 대해 이야기했다. 여자 이야기도 했고 고든 L. 프레스콧이 야한 농담을 했다. 거스 웨브가 주먹을 들더니 아직 채 마르지도 않은 점토 모형을 내리쳐 납작하게 찌그러뜨리며 말했다. "자, 자, 일이나 하자고요."

키팅이 나무랐다. "거스, 이 개자식, 그거 돈 들여서 만든 거야."

그러자 거스가 대꾸했다. "염병! 우리 돈이 드는 것도 아니잖아요."

그들은 귀퉁이에 '하워드 로크'의 서명이 든 설계도 사진들을 각자 한 뭉치씩 갖고 있었다. 그들은 여러 날, 여러 주일을 들여 로크의 설계도 위에 나름의 설계도를 다시 그렸다. 그들은 필요 이상의 시간을 투자했고 필요 이상의 수정을 가했다. 그 과정에서 기쁨을 느끼는 듯했다. 각자의 설계가 끝나자 넷이 함께 모여 네 가지 설계로 하나의 작품을 탄생시키는 작업에 들어갔다. 그들은 그렇게 일을 즐겼던 적이 없었다. 그들은 길고 화기애애한 회의시간을 보냈다. 사소한 의견 충돌도 있었는데 이를테면 거스 웨브가 이렇게 말했다. "염병, 고든, 주방을 당신 걸로 간다면 변소는 내 걸로 가야죠." 하지만 그런 건 피상적인 작은 파문에 불과했다. 그들은 일체감과 서로에 대한 염려 어린 애정, 고문을 당해도 서로를 배신하지 않는 형제애로 똘똘 뭉쳐 있었다.

스토더드 신전은 완전히 해체되지 않고 뼈대는 남아 있는 상태에서 기숙사, 교실, 진료소, 주방, 세탁실의 다섯 층으로 나누어졌다. 현관은 유색 대리석으로 장식되었고, 계단에는 수제 알루미늄 난간이 설치되었다. 샤워실은 유리 칸막이로 막았고, 휴게실에는 금박을 입힌 코린트식 벽기둥들을 세웠다. 커다란 창들은 그대로 두고 층을 나누는 선들만 지나가게 했다.

네 명의 건축가들은 조화의 효과를 살리기 위해서 역사적인 건축 양식들을 원래 형태 그대로 사용하지 않기로 합의했다. 피터 키팅은 중앙현관에 흰 대리석으로 된 반(半) 도리아식 주랑현관을 배치했고, 베네치아식 발코니들을 내느라 문들을 새로 만들었다. 존 에릭 스나이트는 십자가 달린 작은 반(半) 고딕식 첨탑을 세우고, 멋진 아칸서스무늬 장식 띠를 석회암 벽에 새겨 넣게 했다. 고든 L. 프레스콧은 반(半) 르네상스식 돌림띠를 설계하고, 3층에 유리로 막은 돌출형 테라스를 만들었다. 거스 웨브는 창틀에 입체파 장식을 하고, 지붕 위에 '홉턴 스토더드 정박아의 집' 이란 글자가 든 현대식 네온사인을 설치했다.

"혁명이 오면 이 나라의 모든 어린이가 이런 집을 갖게 될 거예요!" 거스 웨브가 말했다.

건물의 원래 형태는 구분할 수 있도록 남겨져 있었다. 그리하여 그것은 도끼로 난도질해서 아무렇게나 다시 붙여놓은 시체와도 같았고, 차라리 산산조각내서 흩어놓는 게 더 자비로울 듯싶었다.

9월이 되자 입주자들이 들어왔다. 투히는 소수의 노련한 직원들을 뽑았다. 자격 요건에 맞는 아이들을 찾아내는 일이 더 힘들었다. 대부분의 아이들을 다른 시설에서 데려와야 했다. 친절하고 열정적인 보모들이 치료 가능한 경우는 제외시키고 가망이 없는 아이들만 골라 세 살부터 열다섯 살까지의 정박아들 예순다섯 명을 뽑아왔다. 그들 중에는 말하는 법을 배우지 못한 열다섯 살 남아, 읽고 쓰는 법을 모르는 늘 웃고 있는 아이, 코가 없이 태어났으며 아버지가 할아버지이기도 한 여아, 나이와 성별이 확실치 않은 '재키'라는 사람이 있었다. 그들은 아무것도 보지 못하는 죽음의 시선 같은 멍한 눈으로 새 집에 들어왔다.

날씨가 따뜻한 저녁이면 근처 빈민가에 사는 아이들이 스토더드 정박아의 집 정원으로 몰래 들어와 동경 어린 눈길로 커다란 창문 너머의 놀이실들과 체육실, 주방을 구경하곤 했다. 이 아이들은 꾀죄죄한 얼굴에 남루한 옷차림을 하고 있었지만 작은 몸이 무척이나 날래고 눈은 영악한 총기로 반짝였으며 건방지게 히죽거렸다. 정박아의 집 보모들은 그 아이들을 보면 '어린 깡패들'이라고 욕하며 쫓아냈다.

한 달에 한 번씩 후원자 대표단이 찾아왔다. 그들은 여러 특별한 명부들에 이름이 오른 저명인사들이었지만 개인적인 업적 같은 건 없었다. 그들은 밍크코트와 다이아몬드 넥타이핀으로 치장하고 있었고, 영국 상점에서 산 고급 중절모를 쓰고 1달러짜리 시가를 문 사람들도 가끔 눈에 띄었다. 엘즈워스 투히는 그들이 올 때마다 항상 나타나 안내를 맡았다. 그 시찰은 그들의 우월성과 이타적 미덕을 함께 입증하여 밍크코트를 더 따뜻하게 느끼도록 해주고 그걸 입을 그들의 권리를 더 확고하게 만들어주었으며 시체공치소 방문보다 더 강력한 효과를 지녔다. 시찰이 끝나면 엘즈워스 투히는 그가 하고 있는 경이로운 일에 대한 과분한 찬사들을 들었고 그의 다른 인도주의적 활동들, 이를테면 출판이나 강좌, 라디오 토론, 사회문제연구회 워크숍 같은 것들을 위한 후원금도 쉽게 얻어낼 수 있었다.

캐서린 홀시는 원생들의 작업요법 책임자 자리를 맡아 정박아의 집에 입주해서 살게 되었다. 그녀는 격정적으로 일에 매달렸다. 그녀는 들어주는 사람만 있으면 집요할 정도로 일에 대한 이야기를 늘어놓았다. 그녀의 목소리는 메마르고 독단적이었다. 그녀는 최근에 코밑부터 턱까지 팔자주름이 생겼는데 말을 할 때면 입의 움직임 때문에 그 주름이 보이지 않았다. 그리고 눈도 봐주기 민망할 정도여서 사람들은 그녀가 차라리 안경을 벗지 않기를 바랐다. 그녀는 자신의 일이 자선이 아니라 '인간 교정'이라고 단호히 주장했다.

그녀의 하루 일과 중 가장 중요한 것은 '창조의 시간'이라는 이름의 예술 활동이었다. 창밖으로 멀리 도시의 스카이라인이 보이는 방이 특별히 그 시간을 위해 배정되었고, 캐서린은 원생들에게 재료를 나눠주고 아무거나 만들어보라고 격려한 후 마치 탄생을 주재하는 천사처럼 지켜보았다.

원생들 중 가장 가망이 없는 재키가 드디어 작품을 완성한 날, 캐서린은 기뻐서 어쩔 줄 몰랐다. 그날 재키는 알록달록한 펠트 천 조각 몇 줌과 풀통을 챙겨 한쪽 구석으로 갔다. 그곳에는 벽에서 비스듬하게 튀어나온 선반이 하나 있었는데 로크가 일몰 때 빛의 후퇴를 조절하기 위해 만든 걸 없애지 않고 회반죽을 바른 후 초록 페인트를 칠해놓은 것이었다. 재키에게로 걸어간 캐서린은 푸른 점들이 박히고 다리가 다섯 개 달린 갈색 개의 형상이 선반 위에 놓여 있는 걸 발견했다. 재키는 자랑스러운 표정을 짓고 있었다. 캐서린이 동료들에게 말했다. "자, 봤죠, 봤죠? 정말이지 놀랍고 감동적이지 않아요? 잘 격려해주면 이 아이가 어디까지 발전할 수 있을지 아무도 모르는 거라고요. 아이들의 창조적 본능이 좌절된다면 그 어린 영혼들이 어떻게 될지 생각해봐요! 그들의 자기표현 기회를 빼앗지 않는 건 무척이나 중요한 일이에요. 재키의 표정 봤어요?"

도미니크의 조각상은 팔렸다. 그게 누구에게 팔렸는지 아무도 알지 못했다. 그걸 산 사람은 엘즈워스 투히였다.

로크의 사무실은 방 하나짜리로 줄어들었다. 그는 코드 빌딩이 완공된 후로 일거리를 맡지 못했다. 대공황의 직격탄을 맞은 건축업계는 불황에 시달렸고 마천루의 시대는 끝났다는 말이 나돌았다. 건축가들은 하나, 둘 폐업에 들어갔다.

가뭄에 콩 나듯 일거리가 생겼고 건축가들은 빵 배급을 받기 위해 줄을 선 사람들처럼 비장한 태도로 일거리를 노렸다. 평생 일거리를 구걸해본 적이 없고 오히려 골라서 일을 맡아온 랠스턴 홀콤 같은 사람들도 그 무리에 끼어 있었다. 로크가 일거리를 구하러 가면 사람들은 그렇게 주제 파악이 안 되는 인물에게는 예의를 갖출 필요조차 없다는 식으로 매몰차게 내쳤다. 신중한 사업가들은 이렇게 말했다. "로크? 신문에 난 그 친구? 요새 돈이 얼마나 귀한데 소송비에 낭비해?"

로크는 몇 가지 일을 맡았다. 하숙집 개조 공사로 가벽이나 세우고 배관이나 다시 까는 정도의 간단한 일이었다.

오스틴 헬러가 화를 내며 말했다. "하워드, 그런 일 하지 말게. 감히 자네한테 그따위 일을 맡기다니! 코드 빌딩 같은 마천루를 지은 자네한테. 엔라이트 하우스를 지은 자네한테."

그러자 로크가 대꾸했다. "무슨 일이든 하겠어요."

스토더드 보상금이 코드 빌딩에서 번 액수보다 더 컸다. 하지만 로크는 당분간은 버틸 수 있는 돈을 저축해두고 있었다. 그는 맬러리의 방세를 내주고 밥도 자주 사주었다.

맬러리는 사양하려고 했다. "스티브, 가만히 있게. 자네를 위해 이러는 게 아냐. 이런 시기에 난 몇 가지 사치를 부릴 수밖에 없다네. 지금 난 돈으로 살 수 있는 가장 귀중한 걸 사고 있을 뿐이네. 바로 자네의 시간이지. 난 나라 전체와 경쟁하고 있으니 대단한 사치라고 할 수 있지, 안 그런가? 사람들은 자네가 싸구려 벽장식을 만들기를 원하고 난 그게 싫네. 그래서 자네가 그걸 못 만들도록 자네의 시간을 사고 있는 거지."

"하워드, 내가 무슨 일을 했으면 좋겠어요?"

"타의가 아닌 자의로 할 수 있는 일을 했으면 좋겠네."

오스틴 헬러가 맬러리에게 그 이야기를 전해 듣고 로크와 둘만 있는 자리에서 말을 꺼냈다.

"자네가 지금 맬러리를 돕고 있는 것처럼 나도 자네를 돕는 건 어떻겠나?"

"마다하지 않겠지만 당신은 나를 도울 수 없어요. 맬러리에겐 시간만 있으면 돼요. 그는 고객이 없어도 일할 수 있어요. 난 그렇지 못하고요."

"하워드, 자네가 이타주의자 노릇을 하다니, 재미있군."

"모욕적인 말로 자극하실 필요 없어요. 그건 이타주의가 아니에요. 대부분의 사람들은 타인의 고통에 관심을 갖고 있다고 말하지만, 난 관심 없어요. 그런데 한 가지 이해할 수 없는 게 있어요. 대부분의 사람들은 뺑소니차에 치어 길에서 피 흘리고 있는 사람을 보면 그냥 지나치지 않죠. 그런데 그들은 스티븐 맬러리는 보려고도 하지 않아요. 고통의 양을 잴 수 있다면 하고 싶은 일을 할 수 없는 스티븐 맬러리의 고통이 탱크에 깔린 전장 가득한 병사들의 고통보다 더 크다는 걸 그들은 모르는 걸까요? 이 세상의 고통을 덜고자 한다면 맬러리부터 시작해야 하지 않을까요? …… 하지만 난 그런 이유로 그러는 게 아네요."

로크는 개조된 스토더드 신전을 본 적이 없었다. 11월의 어느 저녁, 그는 그것을 보러 갔다. 로크는 그것이 고통에의 굴복인지, 아니면 그것을 보는 두려움에 대한 승리인지 알지 못했다.

늦은 밤이라 스토더드 정박아의 집 정원에는 아무도 없었다. 건물도 캄캄했고 위층 뒤쪽 창문 하나에만 불빛이 보였다. 로크는 그곳에 서서 한참 동안 건물을 바라보고 있었다.

그리스식 주랑현관 문이 열리더니 가냘픈 체구의 남자가 나왔다. 남자는 서둘러 계단을 내려오다가 우뚝 멈추었다.

"로크 씨, 안녕하시오." 엘즈워스 투히가 조용히 말했다.

로크는 호기심 없는 눈길로 그를 바라보며 말했다. "안녕하십니까."

"제발 도망치지 말아요." 투히가 조롱기 없는 진지한 목소리로 말했다.

"그럴 생각 없습니다."

"난 당신이 언젠가는 여기 올 줄 알았고 그때 이곳에 있고 싶었소. 그래서 끊임없이 자신에게 핑계를 대며 여기서 얼쩡거렸지." 고소해하는 목소리가 아니었고 진이 빠진 듯한 단순한 목소리였다.

"그런데요?"

"당신은 나와의 대화를 꺼려선 안 되오. 난 당신의 작품을 이해하니까. 내가 그것에 대해 어떤 태도를 보이는지는 별개의 문제요."

"어떤 태도를 보이든 그건 당신 자유지요."

"난 당신의 작품을 그 누구보다 잘 이해하고 있소. 어쩌면 도미니크 프랭컨은 예외일 수도 있지. 어쩌면 내가 그녀보다 더 잘 이해할 수도 있고. 로크 씨, 그거면 된 거요, 안 그렇소? 당신에게 그렇게 말할 수 있는 사람은 많지 않소. 그건 당신을 헌신적으로, 그러나 맹목적으로 숭배하는 것보다 더 강한 유대를 의미하니까."

"당신이 내 작품을 이해한다는 걸 알고 있었습니다."

"그럼 나와 대화하는 걸 꺼려하지 않겠군."

"무엇에 대해서요?"

어둠 속에서 마치 투히가 한숨을 쉬는 듯한 소리가 들렸다. 잠시 후 투히가 건물을 가리키며 물었다.

"저걸 이해하오?"

로크는 대답하지 않았다.

투히가 부드럽게 말을 이었다. "저게 당신 눈에는 어떻게 보이오? 무의미한 쓰레기? 물에 떠내려온 쓰레기들이 아무렇게나 쌓여 있는 것? 저능한 혼돈? 그렇소, 로크 씨? 무(無)방식이 보이오? 구조의 언어와 형태의 의미를 아는 당신 눈에 말이오. 무(無)목적이 보이오?"

"그런 얘기를 할 의미를 못 느낍니다."

"로크 씨, 여긴 우리 둘밖에 없소. 나에 대해 어떻게 생각하는지 말해주겠소? 아무 말이라도 좋소. 아무도 듣는 사람이 없으니까."

"나는 당신에 대해 아무 생각도 하지 않습니다."

투히는 운명처럼 단순한 무언가를 주의 깊게 경청하는 듯한 표정이었다. 그가 침묵을 지키자 로크가 물었다.

"내게 하고 싶었던 말이 뭡니까?"

투히는 로크를 바라보다가 주위에 있는 벌거숭이 나무들을, 저 먼 아래에 있는 강을, 강 위로 높이 펼쳐진 하늘을 응시했다.

"없소." 투히가 말했다.

투히는 정적 속에서 엔진의 피스톤 소리처럼 날카롭고 고른 발소리를 내며 자갈길을 걸어 멀어져갔다.

로크는 아무도 없는 진입로에서 건물을 바라보며 홀로 서 있었다.

파운틴헤드 1

1판 1쇄 발행일 2011년 4월 25일
1판 4쇄 발행일 2023년 7월 31일

지은이 에인 랜드
옮긴이 민승남

발행인 김학원
발행처 (주)휴머니스트출판그룹
출판등록 제313-2007-000007호(2007년 1월 5일)
주소 (03991) 서울시 마포구 동교로23길 76(연남동)
전화 02-335-4422 **팩스** 02-334-3427
저자·독자 서비스 humanist@humanistbooks.com
홈페이지 www.humanistbooks.com
유튜브 youtube.com/user/humanistma **포스트** post.naver.com/hmcv
페이스북 facebook.com/hmcv2001 **인스타그램** @humanist_insta

편집주간 황서현 **편집** 정다이 김선경 임미영 **디자인** 김태형
용지 화인페이퍼 **인쇄** 청아디앤피 **제본** 경일제책

ⓒ 휴머니스트, 2011

ISBN 978-89-5862-397-7 03840
　　　978-89-5862-399-1 (세트)

- 이 책은 저작권법에 따라 보호받는 저작물이므로 무단 전재와 무단 복제를 금합니다.
- 이 책의 전부 또는 일부를 이용하려면 반드시 저자와 (주)휴머니스트출판그룹의 동의를 받아야 합니다.